बकुल

(उपन्यास)

वाणी प्रकाशन
21-ए, दरियागंज, नयी दिल्ली-110002
फोन : 011-23273167, 23275710, 41562622
फैक्स : 011-23275710
e-mail : vani_prakashan@yahoo.com
vaniprakashan@gmail.com
website : vaniprakashan.com

बकुल

नजरुल इस्लाम

अनुवाद

माधवी

वाणी प्रकाशन का लोगो
विख्यात चित्रकार मकबूल फिदा हुसेन
की कूची से

ISBN : 978-81-8143-672-6

वाणी प्रकाशन
21-ए, दरियागंज, नयी दिल्ली-110002
द्वारा प्रकाशित

प्रथम संस्करण : 2007

आवरण : वाणी चित्रांकन

मूल्य : 350.00

जय भारत प्रिंटर्स, दिल्ली-110032
द्वारा मुद्रित

BAKUL (Novel)
Nazrul Islam
Translated by Madhvi

सिलिगुड़ी की आम जनता
के हाथों में

आत्मकथ्य

मार्च 1983 से अप्रैल 1988 तक मैं सिलिगुड़ी में एडिशनल एस.पी. था। उस समय पहाड़ के तीन जिलों के लिए अलग राज्य की माँगों को लेकर जी.एन.एल. एफ. के कार्यकर्त्ता आंदोलन कर रहे थे, इसलिए बीच-बीच में पहाड़ पर जाना पड़ रहा था। एक बार तो लगातार पच्चीस दिनों तक के लिए मुझे कलिंपौग में रहना पड़ा।

पर इससे भी ज्यादा खतरनाक था अपने ही लोगों के बीच व्याप्त भ्रष्टाचार और अपराध जगत के लोगों—कालाबाजारी और मक्कार राजनीतिज्ञों के साथ उनकी अंतरंग और अशुभ साँठ-गाँठ। सिलिगुड़ी के अनुभवों से ही मैंने पहली बार जाना कि वास्तविक घटनाएँ कई बार कल्पनाओं को भी मात दे जाती हैं।

इन्हीं कल्पनाओं को मात दे जाने वाली घटनाएँ सब समय मेरा पीछा किया करती थीं। उसी 'हॉन्ट' के कारण 'बकुल' उपन्यास का जन्म हुआ। यह कहना ही काफी होगा कि इसके स्थान-काल-पात्र संपूर्ण काल्पनिक हैं। वास्तविक घटना या चरित्र के साथ अगर कहीं मेल हो जाए तो यह एक आकस्मिक घटना होगी। उपन्यास का नायक बकुल बैकुंठपुर का एडिशनल एस.पी. है।

—लेखक

एक

पाँच फरवरी। साफ आकाश। रोशनी से भरपूर दिन के बाद शांत-सौम्य संध्या। जिला-पुलिस की खेल प्रतियोगिता का आज समापन कार्यक्रम है। क्रार्यक्रम के अंत में पटाखे छोड़े जाएँगे, इसलिए स्टेडियम में लोग मानों उमड़ पड़ रहे हैं।

दिन के उजाले में ही मार्च पास्ट हो गया था। बैंड डिसप्ले चल रहा था। सूर्यास्त होते ही बिगुल रीट्रीट का स्वर गूँज उठा। सब के साथ बकूल भी उठ खड़ा हुआ। मैदान के बीचोंबीच बैंड-पार्टी और स्टेडियम के दोनों कोनों की आड़ से दो-तीन बिगुल क्रमबद्ध में रीट्रीट धुन बजाने लगे।

रीट्रीट के स्वर में पता नहीं कैसा एक करुण भाव था, मन उदास हो जाता है। बकुल को बहुत रोमांटिक लग रहा था। याद आ रहे थे, हैदराबाद के नेशनल पुलिस अकादमी में उनके ट्रेनिंग के दिन। दिन-भर का प्रोग्राम इस तरह बनाया जाता था कि वो सूर्यास्त के साथ-साथ ही खत्म हो। अंतिम पीरियड खेल का रहता। खेल के बीच में ही या मेस से लौटने के रास्ते में ही अचानक दिन की समाप्ति की घोषणा कर क्वार्टर गार्ड से रीट्रीट के स्वर बज उठते। घर-बाहर जो जहाँ भी रहता, अटैंशन की मुद्रा में खड़ा हो जाता। रीट्रीट का स्वर पास के पहाड़ से टकराकर काँप उठता। गोलकुंडा दुर्ग से प्रतिध्वनित होकर लौट आता। अकादमी की कार्य तत्परता की गति, उस प्रतिध्वनि की चोट से अचकचाकर रुक जाती। आज भी रीट्रीट के स्वर से अचकचाकर सभी खड़े हो गए।

रीट्रीट का स्वर बंद हो गया। पर बंद होने के बहुत देर बाद भी उस स्वर के अवशेष स्टेडियम में गूँज रहे थे। उसी गूँज से आकृष्ट होकर अँधेरा दल बद्ध होकर नीचे उतरने लगा। साँय-साँय करके दो पटाखे आकाश में जाकर फटाक-फटाक कर फट गए। उससे दो रंगीन रोशनियों की माला फूट पड़ी। कुछ और पटाखे साँय-साँय कर आकाश में ऊपर जा कर फटाक से फट गए और फुलझड़ी की तरह आकाश में फैल गए। मैदान के उस तरफ बाँस से बँधे पटाखों में आग लगाते ही प्रकाश समूहों का एक कदम का पेड़ बन गया। पूरा स्टेडियम पटाखों की रोशनी में झिलमिलाने लगा।

बकुल तन्मय होकर देख रहा था। अचानक कंट्रोल रूम के मैसेंजर मदन ने आकर एक मैसेज दिया। अवश्य ही कोई महत्त्वपूर्ण मैसेज है। वर्ना मदन मैसेज लेकर खेल के मैदान में नहीं आता। बकुल ने उन्हीं पटाखों की रोशनी में मैसेज पढ़ने की कोशिश की। पढ़ते ही वह चौंक उठा। यह तो उसके तबादले का आर्डर है।

'गवर्नर इज प्लीज्ड टू अपायंट श्री बकुल विश्वास नाऊ एडिशनल एस.पी., वामनपुर ऍज़् एडिशनल एस.पी. लामलिंग डिस्ट्रिक्ट यूश हेडक्वार्टर ऐट बैकुंठपुर। श्री विश्वास विल ज्वाइन हिज न्यू प्लेस ऑफ पोस्टिंग इम्मीडिएटली।' अर्थात् बैकुंठपुर का जोनल एस.पी. बनाकर उसका तबादला कर दिया गया है। पटाखों की रोशनियों को पारकर बैकुंठपुर का दृश्य उसकी आँखों के सामने घूमने लगा।

पहाड़ों की गोद से सटकर मधु गंधा नदी के किनारे बसा, फैलता हुआ शहर बैकुंठपुर। महकमा शहर, पर किसी भी जिले के शहर से काफी महत्त्वपूर्ण शहर। कलकत्ते को छोड़कर इस राज्य में बैकुंठपुर के अलावा कोई दूसरा महत्त्वपूर्ण शहर नहीं है।

तीन विदेशी राष्ट्र नेपाल, भूटान और बंगलादेश की सीमाएँ बैकुंठपुर के काफी करीब से गुजरती हैं। जिसके कारण यह शहर स्मग्लरों के लिए स्वर्ग है। एकमात्र मुंबई को छोड़कर भारत का और कोई शहर स्मग्लिंग के मामले में बैकुंठपुर की बराबरी में नहीं आता है।

पहाड़ों की तलहट्टी/तराई (?) में बसे बैकुंठपुर के आस-पास विस्तृत वनभूमि है। उन जंगलों से लकड़ी की स्मग्लिंग एक फायदेमंद व्यवसाय है। इस कारण बैकुंठपुर लकड़ी चोरों का एक बड़ा अड्डा है।

तराई अंचल में अनेक चाय बागान हैं। उन सब चाय बागानों के चाय इसी शहर के माध्यम से देश-विदेशों में निर्यात होते हैं। यहाँ तक कि चाय बागानों के लिए जरूरत का सामान भी इसी शहर के माध्यम से आयात होता है। फिर उत्तर-पूर्वीय राज्यों के सड़क और रेल मार्ग इसी शहर से होकर गुजरते हैं। बैकुंठपुर की भौगोलिक स्थिति सामरिक दृष्टि से भी महत्त्वपूर्ण है। इसी वजह से यहाँ एक फाइटिंग कोर, एक सब-एरिया ऑफिस और एक एयर फोर्स स्टेशन भी है। इन सभी कारणों से बैकुंठपुर एक बड़ा व्यावसायिक केंद्र है और व्यवसाय का मतलब रुपयों का खेल। व्यवसाय का मतलब गैरकानूनी तरीकों से अनाजों को गोदाम में भरना, कालाबाजारी, मिलावट। व्यवसाय का मतलब और अधिक निवेश और ज्यादा मुनाफे की लालसा।

जो भी हो इन विशेष परिस्थितियों के कारण बैकुंठपुर में खुद-ब-खुद बढ़ने की प्रचंड प्रवीणता है। बैकुंठपुर बढ़ता ही जा रहा है। इसी के साथ बढ़ रही हैं इसकी समस्याएँ, अपराधों की संख्या। इसी वजह से कुछ दिन ही हुए यहाँ एक

एडिशनल एस.पी. का पोस्ट बनाया गया। थाने के लिए नए सिरे से मकान तैयार किए गए हैं। एक सुंदर गेस्ट हाउस भी। पिछले महीने प्रधानमंत्री के दौरे के उपलक्ष्य में वी.आई.पी. ड्यूटी करने बकुल बैकुंठपुर गया था। थाने के गेस्ट हाउस में ठहरा था। गेस्ट हाउस से एडिशनल एस.पी. के दफ्तर जाकर उसके मन में आया कि यहाँ पोस्टिंग होने पर अच्छा ही होगा।

जो चीज दूर होती है, उसका सुंदर पक्ष ही दिखाई पड़ता है। पास आने पर उसके कँटीले पक्ष चुभने लगते हैं। बैकुंठपुर में पोस्टिंग का सबसे बुरा पक्ष है वहाँ की वर्तमान अस्थिरता।

जिले के तीनों पर्वतीय महकमाओं में गैर-बंगाली उपजातीय लोगों की संख्या ही अधिक है। इन तीन महकमाओं को लेकर एक अलग राज्य की माँग पर वे सशस्त्र आंदोलन चला रहे हैं। उपजातियों के संगठन टी.एन.एल.एफ. अर्थात् ट्राइबल नेशनल लिबरेशन फ्रंट ने हिंसा का रास्ता चुना है। उनके आक्रमण का लक्ष्य है—राज्य प्रशासन। और प्रशासन का सबसे अधिक दृष्टिगोचर होने वाला अंग—पुलिस विभाग, जिस पर सबसे अधिक हमला हो रहा है। उस पर से दूसरों पर आक्रमण न हो यह भी पुलिस को ही देखना पड़ता है। फलस्वरूप टी.एन.एल.एफ. के साथ पुलिस का संघर्ष लगातार बना हुआ था। इसमें टी.एन.एल.एफ. के लोग तो मर ही रहे थे, पुलिस के लोग भी मर रहे थे। ऐसी अवस्था में वहाँ पोस्टिंग होने का मतलब है यमराज का सान्निध्य लाभ करना। अब कौन उसके करीब होना चाहेगा? कम से कम बकुल तो नहीं।

तबादले का आर्डर उसको पसंद नहीं आया। उसके तबादले की भी कोई बात नहीं थी। छह महीने ही हुए उसे यहाँ आए। ऐसा कुछ भी तो नहीं हुआ जिसके कारण उसका तबादला हो। सत्तारूढ़ पार्टी के लोग भी उस पर नाराज नहीं हैं। तब फिर उसका तबादला क्यों? वह भी लामलिंग जिले में। एस.पी.साहब उसके कामों से उतने खुश नहीं थे। पुलिस के एक संगठन के कुछ लोगों को भी असुविधा हो रही थी। तो क्या उन लोगों ने ही ऊपर महल में कुछ चाभी घुमाकर...। अब कारण जो भी हो, तबादला जब हो ही गया है, उसे जाना ही पड़ेगा। नहीं जाने की कोई वजह भी नहीं थी। बाल-बच्चे भी नहीं हैं जिनकी पढ़ाई में नुकसान होगा कहकर गिड़गिड़ाएगा। शादी हुई है पर पत्नी साथ नहीं रहती। बहरमपुर कालेज में पढ़ाती है। वहीं रहती भी है। अतः उसे कुछ असुविधा हो रही है, यह भी नहीं कहा जा सकता। वो अगर यमराज के घर गया तो पत्नी को कुछ असुविधा जरूर होगी। पर यह कहा नहीं जा सकता क्योंकि इससे वो डरपोक ही प्रमाणित होगा। जो वो होना नहीं चाहता है। अतः उसने तय किया, जब आर्डर हुआ है तो वो बैकुंठपुर जाएगा। जितनी जल्दी संभव हो सके, वो यहाँ से चला जाएगा।

वो मैसेज लेकर एस.पी. साहब की तरफ बढ़ा। मैसेज दिखाकर उसने कहा,

"सर, इम्मीडिएटली ज्वाइन करना होगा। आपकी अनुमति मिलने पर वहाँ संपर्क करूँगा।"

एस.पी. साहब शायद तबादले की खबर पहले ही पा चुके थे। उनमें कोई भावांतर नहीं हुआ। मैसेज की कॉपी बकुल के हाथों में लौटाकर उन्होंने कहा, "डी. जी. साहब जब यहाँ हैं, तो उनसे बात कर लो।"

तब तक समारोह भी समाप्त हो चुका था। पटाखे छोड़ना भी खत्म हो गया था। समारोह के प्रधान अतिथि डी. जी. रॉनेन भट्टाचार्य भी अपनी कुर्सी से उठ गए थे। वे सर्किट हाउस में ठहरे हुए थे।

बकुल ने गाड़ी में बैठकर ड्राइवर से कहा, "सर्किट हाउस"।

सर्किट हाउस में गाड़ी से उतरकर उसने देखा कि डी.जी. साहब लाउंज में बैठकर चाय पी रहे हैं। बकुल अटेंशन होकर अभिवादन कर उनके करीब गया। मैसेज दिखाकर कहा, "सर, इम्मीडिएटली ज्वाइन करने के लिए कहा गया है। क्या मैं अभी लामलिंग से संपर्क करूँ?"

डी.जी. साहब हँस पड़े, "इतनी जल्दी भी क्या है? सभी ट्रांसफर आर्डरों में इसी तरह इम्मीडिएटली लिखा रहता है। कोई क्या इम्मीडिएटली जाता है? अभी तो सिर्फ आपका वायरलेस मैसेज आया है। दस्तखत किया हुआ आर्डर आने दीजिए। उसके बाद जो करना होगा करिएगा।" उन्होंने काफी देर तक मृदुल मुस्कान को अपने होठों पर सँजोए रखा।

बकुल ने फिर पूछा, "तब क्या सर, अभी मैं कुछ न करूँ?"

उन्होंने जवाब दिया, "इतनी जल्दी करने की कोई आवश्यकता नहीं है।" बकुल अटेंशन होकर अभिवादन कर घर के लिए रवाना हो गया।

वैसे बकुल को रॉनेन भट्टाचार्य बिल्कुल पसंद नहीं है। जब वो बहरमपुर के कृष्णनाथ कॉलेज में पढ़ता था तब वे मुर्शिदाबाद के एस.पी. थे। हर वक्त आतहर साहब के बरामदे में बैठे रहते। आतहर साहब की नीली पार्टी तब सत्तासीन थी और आतहर साहब मंत्री, रॉनेन बाबू मानों नीली पार्टी के एकनिष्ठ कर्मी थे। पर जब चुनाव के बाद लाल पार्टी सत्ता में आई तो रॉनेन बाबू रातों रात रंग बदलकर नीले से लाल हो गए। अब तो वो ऐसा दिखावा करते हैं मानों वो जन्म से ही लाल पार्टी के कॉमरेड हैं। पूर्व जन्म में भी लाल पार्टी करते हों। जातिस्मरण न होने के कारण पिछले जन्म की सारी बातें अब याद नहीं आतीं। पर लाल पार्टी करते थे यह बात बार-बार याद आती है। इसके अलावा बेईमान, घूसखोर अफसर के रूप में उनकी पूरे राज्य में सुख्याति थी। रूलिंग पार्टी के लोग जो कुछ भी कहते हैं, वह वो आँख मूँदकर कर देते हैं। वो संतुष्ट रहें, जिससे उन्हें मनमानी करने में कोई रोक-टोक न हो। इंस्पेक्टरों की पोस्टिंग को लेकर तो नियमानुसार नीलामी होती है। महत्त्वपूर्ण पोस्टिंग के लिए इंस्पेक्टर लोग उनके घर जाकर बोली

लगाते थे। जो सबसे अधिक रुपए देता, उसे वो पोस्टिंग मिलती। इसके बाद भी उन्हें महीने-महीने माहवारी देनी पड़ती थी। इस तरह के व्यक्ति को सम्मान कर पाना बकुल के लिए संभव नहीं था। पर उनकी आज की बातें उसे अच्छी लगीं।

दो दिन बाद फिर मैसेज आया–'ज्वाइन योर न्यू पोस्टिंग इम्मीडिएटली।' बकुल एस.पी. साहब के पास गया। एस.पी. साहब ने कहा, "आपने तो डी.जी. साहब के साथ बातें की हैं। उनके ऊपर मैं क्या कहूँ?" बकुल ने टेलीफोन से डी.जी. से बात करने की कोशिश की। किंतु डी.जी. ने टेलीफोन नहीं उठाकर पी.ए. के मार्फत डी.आई.जी. हेडक्वार्टर्स से बात करने के लिए कहा।

डी.आई.जी. हेडक्वार्टर्स साधनांद चक्रवर्ती ने टेलीफोन उठाते ही कहा, "हमने तुम्हें ट्रांसफर आर्डर में इम्मीडिएटली ज्वाइन करने को कहा था। अभी तक ज्वाइन क्यों नहीं किया?"

"डी.जी. साहब ने इंतजार करने के लिए कहा था।"

"तब तुम डी.जी. से ही बात करो।"

"उन्होंने तो आपसे बात करने के लिए कहा है।"

"अगर मेरी बात सुनो तो, आज ही चार्ज देकर चले जाओ। अगर न जाना चाहो तो लिखित रूप में बतलाओ। तुम्हारे लिए हम क्यूँ बातें सुनें?"

"मैं तो जाना चाहता हूँ, पर डी.जी. साहब ही...।"

"देखो बकुल। तुम मुझे बार-बार डी.जी. को मत दिखाओ। जो बोल रहा हूँ करो।" उन्होंने फोन रख दिया।

बकुल को बहुत बुरा लगा। पर कुछ कर नहीं सकता था। अपमान का घूँट पीकर उसने बैकुंठपुर के एडिशनल एस.पी. सुखेन सान्याल को फोन मिलाया।

"हैलो, सान्याल साहब बोल रहे हैं?"

"हाँ, आप कौन?"

"मैं, बकुल। आप कैसे हैं?"

"आपकी तो यहाँ पोस्टिंग हुई है, कब आ रहे हैं?"

"डी.आई.जी. हेडक्वार्टर ने तो आज ही जाने के लिए कहा है।"

"यह कैसे संभव है? मैंने तो बात की है। अठारह तारीख को चार्ज दूँगा, कह दिया है।"

"क्या डी.आई.जी. हेडक्वार्टर को कहा है?"

"नहीं, मैंने डी.जी. साहब से बात की है।"

"तब, क्या आप अठारह को ही चार्ज देंगे?"

"हाँ, अठारह तारीख दोपहर को।"

"अच्छा, तब मैं अठारह को चार्ज लूँगा, अभी रखता हूँ।"

फोन रखकर बकुल मन ही मन हिसाब लगाने लग गया। बैकुंठपुर यहाँ

से सात सौ किलोमीटर। उस हिसाब से ज्वाइनिंग टाइम सात दिन। जर्नी टाइम दो दिन। कुल मिलाकर नौ दिन। नौ तारीख को चार्ज देने से चलेगा, फिर भी एक दिन हाथ में रखना ठीक होगा। वो दस तारीख को चार्ज देगा। चार्ज देकर ही बहरमपुर चला जाएगा। रोजी के साथ दो-चार दिन बिताएगा। सारे दिन बिता सकता था। पर बहुत दिनों से घर जाना नहीं हुआ है। कुछ दिनों के लिए घर भी जाना पड़ेगा। घर से लौटकर सत्तरह तारीख को बहरमपुर से बैकुंठपुर के लिए बस पकड़ेगा।

दस तारीख को चार्ज देकर बकुल बहरमपुर रवाना हो गया। रवाना होते वक्त सुखेन सान्याल को मैसेज लिखा। 'ऍज पर माई डिस्कशन विद् यू आई है व हैंडेड ओवर चार्ज ऑफ एडिशनल एस.पी. बामनवाद ऑन टेनूथ आफ्टर नून। आई शैल टेक ओवर चार्ज ऍज एडिशनल एस.पी. बैकुंठपुर ऑन ऐटीन्थ इंसटेंट।' मैसेज की कापी बकुल ने एस.पी. लामलिंग, डी.आई.जी. श्रीकंठपुर एवं डी.आई.जी. हेडक्वार्टर को भी भेज दी।

गाड़ी में बैठते ही बकुल को रोजी की बातें याद आने लगीं। तीन महीनों बाद रोजी से मुलाकात होगी। ऐसी नौकरी है कि उसके लिए प्रायः मिलना संभव ही नहीं है। रोजी ही महीने में दो-एक बार उससे मिलने आती है। तीन महीने हुए वो भी नहीं आई। अवश्य ही काम का काफी दबाव रहा होगा। परीक्षा की कापियाँ देखना वो एकदम पसंद नहीं करती। किंतु कालेज में पढ़ाए, और कापी न जाँचे, यह तो संभव नहीं था। कापी देखनी ही पड़ती है। अधिकारियों ने जरूर इस बार बहुत सारी कापियाँ जाँचने के लिए दी होंगी। इसलिए नहीं आ सकी।

बहरमपुर यहाँ से प्रायः डेढ़ सौ किलोमीटर दूर है। रास्ता भी अच्छा नहीं है। पाँच-छह घंटा लगेगा। बहरमपुर पहुँचते-पहुँचते प्रायः रात बारह बज जाएँगे। रोजी तब तक अवश्य ही सो चुकी होगी। नींद से उठकर वो चौंक जाएगी। अच्छा सरप्राइज होगा। रोजी को इस आधी रात में शायद खाना बनाना पड़े। बर्नर जलाते-जलाते ओंठ फुलाकर कहेगी—अच्छे आदमी हो, जो भी हो खबर तो दे देते। बकुल तब क्या कहेगा? बकुल कहेगा—खबर देने का वक्त मिले तब तो। नहीं, यह काफी रुखा सा जवाब होगा। इससे अच्छा होगा वो कहेगा—अरे! यही तो मजा है। खबर देने से तो तुम्हें पता चल जाता कि मैं आ रहा हूँ। तब क्या तुम मुझे देखकर इतनी खुश होतीं? रोजी मन ही मन खुश तो होगी पर मुँह से इस बात को स्वीकार नहीं करेगी। बनावटी गुस्सा दिखाकर कहेगी—सिर्फ बातों की फुलझड़ी। पुलिस की नौकरी छोड़कर कविता, किया करो। वो कहेगा—यही करूँगा। नहीं तो क्या तुम्हारी तरह लड़के-लड़कियों को बॉटनी पढ़ा-पढ़ाकर जीवन बरबाद करूँगा? अब रोजी सचमुच गुस्सा हो जाएगी। सोचते-सोचते बकुल हँस पड़ा।

ड्राइवर ने पूछा, "सर कुछ बोल रहे हैं?"

"नहीं।" बकुल ने बाहर झाँककर देखा गाड़ी गंगा के ब्रिज के ऊपर से जा रही थी। उसने घड़ी की तरफ देखा। साढ़े बारह बज रहे थे। गाड़ी लालदीघी हाउसिंग स्टेट में आ गई।

रोजी का ब्लाक गेट के पास ही था। रोजी नीचे के ही दो नम्बर फ्लैट में रहती थी। बकुल ने गाड़ी से उतरकर दरवाजे का कॉलिंग बेल दबाया। बेल बजता गया, पर रोजी का कोई उत्तर नहीं मिला। खीजकर बकुल एक बार लगातार बेल बजाने लगा। दस मिनट बाद स्लीपिंग गाऊन पहने रोजी ने दरवाजा खोला। दरवाजे के बाहर बकुल को देखते ही वो बुरी तरह चौंक पड़ी। भीतर घुसते ही बकुल भी चौंक पड़ा। उसकी नाइट ड्रेस पहने हाफिज खड़ा था। हाफिज रोजी का सहकर्मी था। बहरमपुर में ही उसका घर था। मगर इतनी रात गए हाफिज इस वेश में यहाँ क्यों? बकुल के मस्तिष्क की नसें दर्द से मानों फटने लगीं। वो झट से अपने सोने के कमरे में जाकर रोजी से रू-ब-रू हुआ। दबे गले से क्षुब्ध स्वर में पूछा, "इतनी रात गए मेरी नाइट ड्रेस पहने हाफिज यहाँ क्यों?"

"शाम के वक्त आया था। बातें करते-करते रात हो गई। इस वजह से रुक गया।"

"बात करते-करते रात हो गई इसलिए रुक गया। घर के लोग चिंता करेंगें, खोजेंगे, हैरान होंगे, ये बातें एक बार भी ध्यान में नहीं आईं? तुम मुझे अपनी इन कोरी बातों पर विश्वास करने को कह रही हो? तुम अभी उसे यहाँ से चले जाने के लिए कहो, वरना मैं उसे गोली मार दूँगा।"

"क्यों?"

"ओ हाँ। यह भी ठीक है। घर में कहकर आया होगा, कान्दि जा रहा हूँ या कोलकाता। अभी वापस लौटा तो घरवाले क्या सोचेंगे।"

"तुम कहना क्या चाहते हो?"

"मैं क्या कहना चाहता हूँ, तुम बहुत अच्छी तरह से समझ रही हो। यह भी समझ रही हो कि मैं जो कुछ भी बोल रहा हूँ वो भी ठीक है। गलती तो मुझसे हुई है। मेरा ही यहाँ आना ठीक नहीं हुआ। मैं ही चला जा रहा हूँ। तुम लोग रहो।" बकुल ने दरवाजे की तरफ पैर बढ़ाया। मगर ड्राइवर, सिक्यूरिटी गार्ड क्या सोचेंगे? यह सोचकर वो ठिठककर खड़ा हो गया। उसी वक्त कौलिंग बेल बज उठा। बकुल ने जाकर दरवाजा खोला, तो देखा पीऊन बुक हाथ में लेकर एक मैसेंजर खड़ा था। उसने बकुल को एक मैसेज दिया। पीऊन बुक में साइन करके बकुल मैसेज पढ़ने लगा। 'ज्वाइन ऐट बन्स् विदाउट अवेलिंग ज्वाइनिंग टाइम।' एस.पी. लामलिंग ने मैसेज भेजा था।

बकुल ने चैन की साँस ली। गाड़ी के पास आकर वह ड्राइवर से बोला, "चलिए हम लोग रास्ते के किनारे किसी होटल में खा लेंगे। मुझे ज्वाइनिंग टाइम न देकर

ज्वाइन करने के लिए कहा गया है। भोर होने से पहले ही हमें बैकुंठपुर के लिए रवाना होना होगा।''

दूसरे दिन शाम के वक्त बकुल बैकुंठपुर एडिशनल एस.पी. के ऑफिस में पहुँचा। सुखेन बाबू ने बकुल के सामने और एक मैसेज कापी बिछा दी। पुलिस डाइरेक्टोरेट से सुखेन बाबू के लिए भेजा गया मैसेज। आज दोपहर को ही आया था। 'यू आर डाइरेक्टेड नॉट टू हैंड ऑवर चार्ज टू श्री बकुल विश्वास अनटिल, फरदर आर्डर।'

बकुल समझ नहीं पा रहा था यह कैसे संभव है? डी.आई.जी. हेडक्वार्टर ने उसी दिन चार्ज देकर चले आने को कहा। इधर सुखेन बाबू को चार्ज न देने का निर्देश दिया गया है। उसने हॉट लाइन में डी.आई.जी. हेडक्वार्टर को पकड़ा। बकुल की किसी बात को उन्होंने महत्त्व नहीं दिया। उन्होंने कहा, ''कर्ताओं की इच्छाओं पर ही कर्म होता है। मुझे जैसा कहा गया है, मैंने वैसे ही किया।''

''पर अब मैं क्या करूँ सर?''

''फर्दर इंस्ट्रक्शन के लिए इंतजार करो।'' उन्होंने फोन रख दिया। बकुल ने तब एस.पी. को पकड़ा। एस.पी. ने कहा, ''तुम थाने के गेस्ट हाउस में ठहर जाओ। मैं देखता हूँ।'' वो थाने के गेस्ट हाउस में ठहर गया।

दूसरे दिन थाने में जाकर उसने वापस एस.पी. से बात की। एस.पी. ने बताया आई हैव टॉक्ड टू होम सेक्रेटरी। तुम्हारे ज्वाइनिंग के लिए जल्दी ही आर्डर आएगा। पर आर्डर नहीं आया। अठारह तारीख को बकुल ने फिर डी.आई.जी. हेडक्वार्टर को पकड़ा।

''सर मेरा ज्वाइनिंग टाइम आज खत्म हो गया। इसके बाद मैं क्या करूँ?''

''ज्वाइनिंग टाइम खत्म हो गया तो क्या हुआ? तुमने जानबूझकर कोई देरी तो नहीं की है। कुछ न कुछ व्यवस्था हो जाएगी।''

बकुल उस व्यवस्था पर भरोसा नहीं रख पाया। एक के बाद एक हुई सभी घटनाओं का ब्यौरेवार वर्णन कर उसने पुलिस डाइरेक्टोरेट को मैसेज देकर इंस्ट्रक्शन माँगा। पर कोई जवाब नहीं आया। उसने पुनः एस.पी. से बात की। एस.पी. ने उसे फिर इंतजार करने के लिए कहा और फिर से कहा, ''शीघ्र ही आर्डर आएगा।''

बकुल ने जब देखा कि किसी को बोलकर कुछ नहीं हो रहा है। तब वो चुपचाप गेस्ट हाउस में बैठ गया। अंततः सत्ताईस तारीख को सुखेन बाबू ने खबर भेजी कि वे बकुल को आज ही चार्ज देना चाहते हैं। बकुल ने जानना चाहा कि—''चार्ज देने के लिए क्या कोई आर्डर आया है?'' सुखेन बाबू ने कहा, ''नहीं, डी.जी. साहब ने फोन पर ही कह दिया है।''

चार्ज रिपोर्ट टाइप हो गया। बकुल ने साइन किया। चार्ज लेकर बकुल ने संबंधित सभी अधिकारियों को मैसेज देकर बता दिया। और डी.आई.जी. हेडक्वार्टर्स

को उद्देश्य करके उसने एक चिट्ठी लिखी। आप लोगों के निर्देशानुसार ज्वाइनिंग टाइम खत्म होने के बाद भी चार्ज लेने के लिए मैंने आठ दिनों तक इंतजार किया। इस समय के लिए मेरी ज्वाइनिंग टाइम बढ़ाई जाए, इसकी व्यवस्था हो।

सुखेन बाबू चार्ज समझाने के बाद भी बैकुंठपुर छोड़कर नहीं गए। बकुल से कहा, ''लड़के की तबीयत काफी खराब है। आपको अगर असुविधा न हो तो ज्वाइनिंग टाइम तक मैं यहाँ रुक जाऊँ?'' असुविधा तो बकुल को थी ही। उन लोगों के रुकने का मतलब है तब तक उसे थाने के गेस्ट हाउस में ठहरना पड़ेगा। काम करने में असुविधा होगी। पर मुँह से यह सब न कह सका। भद्रता नाम की भी तो कोई चीज है। उसने कहा, ''मुझे कोई आपत्ति नहीं है। आप लोग जितने दिन चाहे खुशी से रह सकते हैं।'' वे रह गए।

दो

नई जगह आने पर दूसरे अफसरों के साथ औपचारिक रूप से मिलने का रिवाज प्रचलित है। विशेषकर ऊपर के अफसरों को 'कॉल-ऑन' करना पड़ता है। कामकाज करने में सुविधा हो इसलिए ऐसा किया जाता है। काम करने में एक-दूसरे की सहायता की आवश्यकता पड़ती है। जान-पहचान रहने से सुविधा रहती है। जान-पहचान करने के लिए ही 'कॉल-ऑन' का नियम बना है।

बकुल ने सोचा, इस कॉल-ऑन की रस्म को वो जितनी जल्दी संभव हो पूरा करेगा। अगले ही दिन लामलिंग जाकर एस.पी. साहब से मिल लेगा। डी.एम. साहब अगर लामलिंग में हुए तो उनसे भी मिल लेगा। उसके अगले दिन श्रीकंठपुर जाकर रेंज डी.आई.जी से मिलकर आएगा। बैकुंठपुर के अफसरों के साथ काम के बीच-बीच में मौका मिलते ही मिल लेगा।

बकुल ने हॉट लाइन में एस.पी. को माँगा। लाइन मिलते ही उसने कहा, ''नमस्कार सर, मैं बकुल बोल रहा हूँ।''

''नमस्का...र, तुमने चार्ज ले लिया?''

''हाँ सर, ले लिया।''

''कब लिया?''

''पाँच बजे सर।''

''वेलकम।''

“आप कल ऑफिस में रहेंगे सर?”

“क्यों?”

“मैं कल कॉल-ऑन करना चाहता हूँ। कितने बजे आऊँ सर?”

“कम ऐट, इलेवेन थर्टी।”

“नमस्कार सर।”

“नमस्का...र।”

फोन रखकर बकुल ने ड्राइवर को बुलाया। ड्राइवर के आने पर उसने पूछा, “आपका नाम क्या है?”

“रुद्र तामांग सर।”

“घर कहाँ है?”

“श्रीकंठपुर सर।”

“ग्यारह बजे लामलिंग पहुँचना हो तो यहाँ से कितने बजे निकलना होगा?”

“सात बजे निकलना होगा सर।”

“पच्चीस किलोमीटर का रास्ता, चार घंटे लगेंगे?”

“पहाड़ी रास्ता है। ज्यादा तेज तो नहीं जा सकते सर।”

“हाँ, यह भी सही है। तब कल, सुबह सात बजे ही हम लोग निकलेंगे।”

“ठीक है सर। परंतु आर्म्ड गार्ड को बोलना पड़ेगा।”

सिक्यूरिटी गार्ड वरुण आगे आकर बोला, “आर्म्ड गार्ड के बगैर जाना ठीक नहीं होगा। कितने गार्ड बोलूँ सर?”

“खतरे की संभावना कैसी है?”

“हो सकता है सर कुछ भी न हो और हो सकता है किसी झाड़ी से बम आकर गिरे। या तो फिर पहाड़ के ऊपर से गोली चले। ऐसा भी हो सकता है कि बोल्डर से गाड़ी रोककर सबको मार डालने की कोशिश हो।”

“ऐसा हुआ है क्या?”

“यही तो मालदह के जो डी.सी.पी. साहब मरे, वो तो लामलिंग से एक ऐम्बसडर गाड़ी में आ रहे थे। तीन धरिया के पास बोल्डर से गाड़ी रोककर सबको गाड़ी से खींचकर उतारा और कुकरि घोंपकर मार दिया।”

“तब तो गार्ड जरा अधिक लेने होंगे। एक स्टेनगन समेत एक सेक्शन फोर्स देने को बोलिए और आर्मर से कहिए, मेरे लिए एक नाइन एम.एम. पिस्तौल रेडी करके रखे।”

“ठीक है सर।” सिक्यूरिटी गार्ड सैल्यूट करके चला गया।

रात दस बजे थाने से ड्यूटी अफसर ने आकर खबर दी कि एस.पी. साहब बकुल से बात करना चाहते हैं। बकुल के आकर फोन पकड़ते ही उन्होंने कहा, “पिछले सप्ताह जो ए.एस.आई. किडनैप हुआ था, उसकी डेड बॉडी बैकुंठपुर भेजी

जा रही है। ए.एस.आई. का घर कूचबिहार में है। उसके घर पर खबर देनी होगी, जिससे उसके सगे-संबंधी आकर उसकी डेड बॉडी ले सकें। एक और सैड न्यूज है। एक वैन से एक प्लेटून सी.आर.पी.एफ. लामलिंग से सबंग जा रही थी। मगर रास्ते में माइन बिछा हुआ था, जो कि ड्राइवर समझ नहीं सका। माइन फटने से एक इंस्पेक्टर एवं दो कॉनस्टेबलों की मौत हो गई। उनकी भी डेड बॉडियाँ भेजी जा रही हैं। दाह-संस्कार की व्यवस्था करनी होगी।''

''सर, तब मैं कल लामलिंग न जाकर यहीं रह जाऊँ? बाद में आप लोगों से मुलाकात करने आऊँगा।''

''दैट्स लाइक ए गुड ऑफिसर! कैरीऑन। हाँ एक और बात। कुछ पाँच-एक टी.एन.एल.एफ. मुजरिम पकड़े गए हैं। उनको भी भेज रहा हूँ। उनसे पूछताछ करने के लिए यहाँ से अफसरों की एक टीम जा रही है। उनको अगर कुछ भी जरूरत पड़े तो देखना।''

''ऑल राइट सर। व्यवस्था हो जाएगी। वेस्ट ऑफ लक।'' एस.पी. साहब ने फोन रख दिया।

सुबह-सुबह मेडिकल कॉलेज अस्पताल जाकर बकुल ने देखा कि डेड बॉडी आ गई थी। पोस्टमार्टम की तैयारी हो रही थी। बकुल मोर्ग में दाखिल होकर बोला—''मैं आप लोगों का नया एस.पी. बकुल विश्वास।''

एक साधारण-सा आदमी आगे आकर बोला, ''मैं डॉक्टर हालदार हूँ और वे हैं हमारे सर डॉ. नंदी।''

बकुल ने देखा कि डॉ. नंदी हाथों में ग्लब्स पहन रहे थे। वे पास आकर बोले, ''कहिए मैं आपके लिए क्या कर सकता हूँ?''

बकुल ने कहा, ''मेरे आने से आप लोगों की कोई मदद हो सके इसलिए आया हूँ। ए.एस.आई. के सगे-संबंधियों को उसकी डेड बॉडी मिल सके, दूसरी डेड बॉडियों का भी सम्मानपूर्वक अंतिम संस्कार हो सके, यही देखने आया हूँ।''

बकुल की बातों को सुनकर डॉ. नंदी काफी खुश हुए। उन्होंने कहा, ''ऐसा लग रहा है कि अब हमारी समस्याएँ कुछ कम होंगी।'' उनके इशारा करते ही डोम ने डेड बॉडी को टेबिल पर रखा। बकुल ने देखा सर के टुकड़े-टुकड़े हो गए थे। लगता है पत्थर से सर पर मारा गया था। पूरा शरीर सादा पड़ गया था। जगह-जगह से चमड़ी उधड़ गई थी। पूरे बदन पर चोट के निशान थे। कितनी तकलीफ देकर इस आदमी को मारा गया था। बेचारे आदमी का अपराध बस इतना ही था कि पेट पालने के लिए पुलिस की नौकरी ज्वाइन की थी। लगता है, उसकी भी ऐसी परिणति होगी। होने से क्या होगा? रोजी तो शायद खुश ही होगी। सिर्फ माँ-बाप और भाई-बहनों को ही दुःख होगा। बकुल कमरे से बाहर चला गया।

पोस्टमार्टम खत्म होते-होते दोपहर हो गई। इसी बीच ए.एस.आई. के घरवाले

चले आए। वे एक मेटाडोर गाड़ी भाड़ा करके डेड बॉडी लेकर चले गए। सी.आर.पी.एफ. कैंप से भी लोग फूल मालाएँ-लकड़ी इत्यादि लेकर आ गए। तीनों डेड बॉडियाँ मधुछंदा नदी के किनारे श्मशान घाट पर लाई गईं। श्मशान के किनारे उनको अंतिम विदाई दी गई। श्मशान के सीने पर एक के बाद एक तीन चिताएँ सजाई गईं। एक सी.आर.पी.एफ. कांस्टेबल ने आवेग में आकर कहा, ''वे लोग जीवन भर एक साथ थे। मरने के बाद भी एक साथ रहे।'' यह बात बकुल को अन्दर तक छू गई। सच ही तो है। किसी का घर उत्तर प्रदेश में तो किसी का घर हरियाणा में है। पर एक साथ काम कर रहे हैं। एक साथ चिता पर भी चढ़े। उनके सगे-संबंधियों को शायद अभी तक मालूम भी न हो कि वे अब इस दुनिया में नहीं रहे। घर में उनकी प्रेयसियाँ भी शायद अधीर आग्रह से दिन गिन रही होंगी, कि वे कब लौटेंगे! कब उनके मधुर-मिलन से ये पृथ्वी मधुमय हो उठेगी। किन्तु वे दिन अब कभी नहीं आएँगे। मनुष्य का जीवन कितना अल्पस्थायी है। काँपते हाथों से उसने फूल की मालाओं को इंस्पेक्टरों की मृतदेह पर रख दिया।

चेहरा तो काफी पहचाना-सा है। कौन, कौन? कहाँ देखा था? हाँ हैदराबाद के नेशनल पुलिस अकादमी में हुकुम सिंह नाम के उनके जो इंस्पेक्टर थे, यह चेहरा बिल्कुल उनके जैसा है। बकुल घूमकर खड़ा हुआ। पास में खड़े असिस्टेंट कमांडेंट से पूछा, ''क्या, इसका नाम हुकुम सिंह है?''

''जी साहब, इनका नाम हुकुम सिंह था।''

''ये नेशनल पुलिस अकादमी में इंस्पेक्टर थे?''

''क्या थे यह तो नहीं बता सकता। लेकिन वे हैदराबाद अकादमी डेपुटेशन पर गए थे।''

बकुल समझ गया, मृत सी.आर.पी.एफ. इंस्पेक्टर उसके नेशनल पुलिस अकादमी के इंस्पेक्टर हुकुम सिंह ही हैं। उसकी आँखों के सामने फिर से अकादमी परेड ग्राउंड का दृश्य उभर गया। हुकुम सिंह उन्हें पी.टी. करा रहे थे। कितने फुर्तीले व्यक्ति थे। मगर किस तरह वे इस पृथ्वी से विदा हुए। याद आता है, एक दिन वो योग की क्लास ले रहे थे। उनकी स्क्वाड में पी.के. झा नामक एक प्रोवेशनर था। वह सब समय हँसता रहता था। उस दिन योग के क्लास में शवासन में सोकर भी वो हँस रहा था। जिससे गुस्साकर हुकुम सिंह ने कहा था—''झा, तेरे मुँह में मैं मिट्टी डाल दूँगा।'' यह सुनकर सिर्फ झा ही नहीं स्क्वाड के सभी लड़कों ने हँसना शुरू कर दिया था। बगल के स्क्वाड से बकुल ने भी उस हँसी में साथ दिया था। उस हँसी के कारण शवासन आदि स्थायी नहीं हो सका। वही हुकुम सिंह आज, सचमुच ही शवासन में सोया था। लोगों ने उसे उठाकर लकड़ी की चिता में लिटा दिया। मुँह में आग देते ही धधक कर चिता जल उठी। इसी के साथ, हुकुम सिंह का नामोनिशान इस पृथ्वी से खत्म हो गया। उसका छात्र बकुल भरे मन से ऑफिस लौट गया।

ऑफिस लौटते ही बकुल ने बैकुंठपुर थाने को फोन किया। ड्यूटी अफसर के फोन पकड़ते ही उसने पूछा, "लामलिंग से जो पाँच टी.एन.एल.एफ. कैदी आए थे उनकी क्या खबर है?"

"सर उनसे पूछताछ की गई है। उसके बाद भौमिक बाबू ने उन्हें कोर्ट में फॉरवर्ड किया है।"

"भौमिक बाबू कौन?"

"डी.ई.बी. इंस्पेक्टर सर।"

"डी.ई.बी. इंस्पेक्टर ने फॉरवर्ड क्यों किया?"

"पहाड़ से जो भी कैदी यहाँ आते हैं उनके विरुद्ध ठीक-ठाक व्यवस्था ली जाए, इसके लिए डी.ई.बी. इंस्पेक्टर के नेतृत्व में यहाँ एक सेल बनाई गई है, सर।"

"अच्छा तो कोर्ट में क्या हुआ?"

"एस्कॉर्ट पार्टी अभी तक लौटी नहीं है सर।"

"आने पर मुझे बताइएगा।"

"जी सर।"

टेलीफोन रखते ही ऑफिस अर्दली वृंदावन एक स्लिप लेकर आया—"एक महिला आपसे मिलना चाहती है सर।"

बकुल ने पूछा, "किस विषय में?"

वृंदावन ने कहा, "आपसे ही कहेगी, कह रही है सर।"

"ठीक है भेज दो।" बकुल की सहमति पाकर वृंदावन बाहर निकल गया। थोड़ी देर बाद चालीस वर्ष की एक अधेड़ महिला ने कमरे में प्रवेश किया। बकुल ने उसे बैठने के लिए कहा, "बैठिए।" किंतु महिला नहीं बैठी।

थोड़ी देर खड़ी रहकर संकोच के साथ बोली, "मेरो छोड़ालाई कोर्टमा चालान दियो।"

ईस्टर्न फ्रंटियर्स राइफल में रहते समय छोटे-छोटे लड़के-लड़कियों के साथ बातें करते-करते बकुल थोड़ी-थोड़ी नेपाली सीख गया था। काफी दिनों तक नेपाली बातचीत नहीं करने से सब भूल गया था। तब भी बकुल समझ गया कि महिला कह रही थी उसके लड़के को कोर्ट में चालान किया गया था। महिला उसके बाद क्या कहना चाहती है यह जानने के लिए बकुल ने कहा, "भोननू होस, बादमा के भयो?" बकुल नेपाली जानता है यह जानकर महिला ने नेपाली में अनर्गल कहना शुरू कर दिया। पर बकुल उसकी सारी बातें नहीं समझ सका। तब उसने ड्राइवर रुद्र तामांग को बुलाकर कहा, "ये क्या कह रही हैं, अच्छी तरह से सुन लें। उसके बाद मुझे बताएँ।"

रुद्र ने महिला से खोद-खोद कर सब पूछ लिया। उसके बाद बकुल की तरफ मुँह घुमाकर संकोच के साथ बोला, "सर, ये कह रही हैं, इनके लड़के को

कल लामलिंग से सी.आर.पी. के लोगों ने पकड़ा था। आज बैकुंठपुर भेजा गया है। उसे बैकुंठपुर कोर्ट में हाजिर किया गया था। इनके वकील ने कहा है, सरकारी वकील और पुलिस के लोगों के लिए एक हजार रुपए देने पर उनका लड़का छूट जाएगा। इनके पास इतने रुपए नहीं हैं। बाद में देने से चलेगा कि नहीं, पूछ रही हैं।''

''क्या कह रहे हैं?''

''सर इनके वकील ने यही कहा है?''

बकुल आश्चर्यचकित हुए बगैर नहीं रह पाया। टी.एन.एल.एफ. अपराधी, सरकार विरोधी काम के लिए पकड़ा गया है। रुपए देने पर छूट जाएगा। उससे भी बड़ी बात है, सरकारी वकील या पुलिस के लोगों को रुपए क्यों देने पड़ेंगे। बकुल को यह बात काफी अस्वाभाविक लगी। वो थाने में फोन करके ड्यूटी अफसर से बोला, ''भौमिक बाबू को मुझसे बात करने के लिए कहिए और आज जो लामलिंग से आए हैं, अर्थात् लामलिंग के जिन पाँच अपराधियों को कोर्ट में भेजा गया था उनमें कोई प्रेम लामा नाम का है कि नहीं, देखकर मुझे बताइए।''

ड्यूटी अफसर ने कहा, ''सर, एक मिनट जरा पकड़िएगा।'' बकुल पकड़ा रहा।

दस मिनट बाद ड्यूटी अफसर ने वापस फोन उठाकर कहा, ''सर जनरल डायरी में दिख रहा है, पाँच लोगों में एक का नाम प्रेम लामा है और भौमिक बाबू भी आ गए हैं सर, बात कीजिए।''

बकुल ने कहा, ''दीजिए।''

भौमिक बाबू ने फोन पकड़कर कहा, ''सर, मुझे खोज रहे थे?''

''हाँ, लामलिंग से जो अपराधी भेजे गए थे उनसे पूछताछ करके क्या मिला?''

''सर, पूछताछ करके कुछ भी नहीं मिला। मगर पहाड़ से भागकर जो लोग यहाँ आकर रह रहे हैं, उन्होंने तीन जनों को आईडेंटीफाई किया था कि वे टी. एन.एल.एफ. के लिए जबरदस्ती चंदा उगाहते थे। बाकी दो जनों में से एक प्रेम लामा भी है। उसके विरुद्ध कुछ भी नहीं मिला सर।''

''तब फिर उसे कोर्ट में क्यों भेजा गया?''

''उसको सर यहीं से छोड़ा जा सकता था। मगर टी.एन.एल.एफ. अपराधियों को हम थाने से नहीं छोड़ते। कोर्ट में भेज देते हैं। कोर्ट में ही जो होना हो होता है।''

''उसके बारे में कोर्ट में क्या हुआ?''

''मैं तो देख रहा हूँ पाँचों को ही थाने में वापस भेज दिया गया है।''

''आर्डर क्या हुआ है?''

''आर्डर की कापी सर मुझे नहीं मिली अभी तक।''

"आर्डर क्या हुआ है, पता लगाकर बताइए और इस केस में हमारे वकील कौन हैं?"

"सर यह तो स्पेशल कोर्ट का केस है। स्पेशल कोर्ट में ए.पी.पी. ढिल्लन सरदार है।"

"उनका फोन नम्बर क्या है?"

"सर उनके चेम्बर में तो फोन है मगर अभी तो वो कोर्ट में होंगे। कोर्ट में सर वो फोन पर नहीं मिलेंगे।"

"ठीक है आप आर्डर क्या हुआ है–पता लगाकर मुझे बताइए।"

फोन नीचे रखकर बकुल रुद्र से बोला, "इनके वकील का क्या नाम है पूछिए तो।" महिला ने बताया उसके वकील का नाम है रतन सरकार। बकुल महिला को लेकर कोर्ट इंस्पेक्टर के पास गया। उद्देश्य था ढिल्लन सरदार के साथ बात करना। मगर वो नहीं मिला पर रतन सरकार मिल गया।

बकुल ने रतन सरकार से पूछा, "इस महिला से आपने जो एक हजार रुपए माँगे हैं वो किस लिए?"

रतन सरकार का चेहरा पीला पड़ गया। मगर जल्दी से अपने आपको सँभालते हुए उसने कहा, "अपने लिए।"

"आपकी फीस कितनी है?"

"साठ रुपए।"

"उसने साठ रुपए नहीं दिए?"

"नहीं, हाँ दिए हैं।"

"तब फिर आपने एक हजार रुपए किसलिए माँगे?"

"नहीं तो, एक हजार रुपए नहीं माँगे।"

बकुल ने रुद्र के जरिए महिला से पुछवाया। महिला ने रतनबाबू के सामने ही कहा कि उन्होंने एक हजार रुपए माँगे हैं। उन्होंने माँगा है इस बात का गवाह भी है। बकुल ने तब रतन सरकार से पूछा, "कोर्ट में उन लोगों के बारे में क्या आर्डर हुआ है?"

"ठीक याद नहीं आ रहा है, देखना पड़ेगा।"

"जरा देखिए तो। मसला क्या है मैं जरा देखना चाहता हूँ।"

रतन सरकार ने अपनी फाइलों को देखा पर आर्डर की कापी उसे नहीं मिली। बकुल बाध्य होकर कोर्ट इंस्पेक्टर को लेकर बेंच क्लर्क के पास गया। बेंच क्लर्क ने आर्डर की कापी निकाली। प्रेम लामा को व्यक्तिगत जमानत पर छोड़ देने का आदेश हुआ था। बकुल फिर रतन सरकार के पास आया। पर तब तक वह कोर्ट छोड़कर चला गया था। बकुल ने तब जानना चाहा, यहाँ के बार एसोसियेशन के सेक्रेटरी कौन हैं? कोर्ट इंस्पेक्टर तब उसे सेक्रेटरी मि. बारिन भट्टाचार्जी के पास

ले गया। बकुल ने शिष्टाचारिता के बाद कहा–"देखिए इस महिला ने अपने बेटे के लिए आप लोगों के रतन सरकार को वकील नियुक्त किया था। लड़के को व्यक्तिगत जमानत पर रिहाई देने का आर्डर हुआ। पर रतन बाबू ने अपनी फीस लेने के बाद भी एक हजार रुपए की माँग की। कहा, सरकारी वकील और पुलिस को देना पड़ेगा। अवश्य ही रतन बाबू ने इन रुपए माँगने की बात को अस्वीकार किया है। मगर मैं इस महिला की बात पर विश्वास कर रहा हूँ, क्योंकि व्यक्तिगत जमानत पर रिहाई का आर्डर होने पर भी उसे वापस हवालात में भेजा गया। रुपए ऐंठने का चक्कर न होने पर इस तरह की घटनाएँ नहीं घटती हैं। अगर श्योरिटी की बात रहती तो भी समझता कि श्योरिटी नहीं मिली तो जमानत भी नहीं हुई किंतु व्यक्तिगत जमानत पर रिहाई का आर्डर हुआ है। बंदी मुक्ति पाना चाहता है। ऐसी हालत में उसको वापस हवालात में भेजने का कोई स्पष्ट कारण नहीं हो सकता।"

मि. भट्टाचार्जी काफी देर तक चुपचाप बैठे रहे। थोड़ी देर बाद धीरे से बोले, "मैं एसोसियेशन की मीटिंग में इस बात को उठाऊँगा। घटना अगर सत्य हुई तो काफी दुखद बात है।"

मि. भट्टाचार्जी के टेबिल के बगल में एक और वकील बैठे थे। वो कह उठे–"अगर सत्य हुई क्या सर? सच है।"

मि. भट्टाचार्जी ने कुछ नहीं कहा।

बकुल ने आग्रह के साथ पूछा, "बात थोड़ा खोलकर बताइए ना!"

"यहाँ कहना संभव नहीं है। आप मेरे घर आइए। या फिर आपको कब समय होगा बताइए। मैं आपके ऑफिस चला आऊँगा।"

"नहीं, मैं ही आपके घर चला आऊँगा।" सज्जन ने पॉकेट से अपना एक विजिटिंग कार्ड निकालकर बकुल के हाथ में देते हुए कहा, "कम ऐट ऐनी टाइम आफ्टर फोर।" बकुल ने देखा घड़ी में साढ़े तीन बज रहे थे। उसने महिला को अपने ऑफिस में बैठने को कहकर विजिटिंग कार्ड के पते को देखकर सवा चार बजे समर कुंडु के हाकिमपाड़ा घर में उपस्थित हुआ। समर कुंडु ने बताया, "टी.एन.एल.एफ. के सभी केसों में सरकारी वकील ढिल्लन सरदार है। जिन सब कैदियों को रिहाई का आर्डर होता है, ढिल्लन सरदार उनके वकीलों के साथ एक समझौता करता है। रिहाई दिलवा देने की व्यवस्था का आश्वासन देकर कैदियों के संबंधियों से काफी रुपए ऐंठकर वो बँटवारा करता है। कैदी तो वैसे भी रिहा होते, पर यहाँ रुपए देने के बाद होते हैं। कैदियों के रिश्तेदार सोचते हैं कि घूस देने के कारण ही रिहाई मिली है।"

"और अगर रुपए न दें तो?"

"रुपए न देने पर ठीक वैसा ही करते हैं, जैसा प्रेम लामा के साथ हुआ,

जिसे व्यक्तिगत जमानत पर रिहा होने के आर्डर के बावजूद भी हवालात भेज दिया गया।''

''कोई कुछ नहीं कहता?''

''कौन कहेगा? ढिल्लन बाबू पार्टी के आदमी हैं और असामी का वकील भी इसमें शामिल है।''

''पार्टी कुछ नहीं कहती?''

''पार्टी इसलिए कुछ नहीं कहती क्योंकि पार्टी का कोई भी केस होने पर वो बगैर रुपए लिए लड़ देता है। पार्टी अगर किसी असामी के मामले में इंटरेस्टेड होने पर पार्टी जो चाहती है, वो वही करता है।''

''पर इससे तो उसकी बदनामी हो रही है।''

''उसकी तो बदनामी नहीं हो रही है। रुपए तो वो नहीं माँगता। रुपए तो असामी पक्ष का वकील माँगता है। बदनामी तो उनकी हो रही है।''

''बदनामी नहीं हो रही है, ये आपको कैसे पता चला?''

''मैं तो काफी कुछ जानता हूँ। थाने के सामने पाँच तल्ले का मकान देख रहे हैं?''

''हाँ।''

''वो एक डिस्प्यूटेड लैंड के ऊपर है। जब सिर्फ नींव पड़ी थी तभी से इंजेक्शन जारी हुआ है। मेरे मुवक्किल को ही इंजेक्शन मिला है। मामले का फैसला नहीं होने तक धनीराम झुनझुनवाला कंस्ट्रक्शन का काम आगे न बढ़ा सके, यह देखने के लिए पुलिस को कोर्ट ने निर्देश भी दिया है। कोर्ट में हारकर झुनझुनवाला ढिल्लन सरदार के पास गए। ढिल्लन ने मुझे एक लाख रुपए दिलवाने की बात कही। शर्त यह थी कि कोर्ट के इंजेक्शन को वायलेट करने के बारे में मैं आवाज न उठाऊँ। मैं तैयार नहीं हुआ। तब ढिल्लन ने थाने के लोगों को अपने साथ मिला लिया। थाने के कुछ गज दूर पर ही दिन-रात कंस्ट्रक्शन का काम होने लगा। थाने के लोगों को दिखाई नहीं पड़ता। किस तरह देख पाएँगे? सुनने में आया है कि झुनझुनवाला से ढिल्लन सरदार ने थाने के लिए दो लाख रुपए लिए हैं। कितना उसने थाने को दिया है, कितनी उसमें अपनी दलाली रखी है, यह नहीं मालूम। मगर बात यहीं पर खत्म नहीं होती है। तय यह हुआ कि रास्ते के किनारे का एक फ्लैट ढिल्लन सरदार को देना होगा।''

''ऐसा भी क्या संभव है?''

''अगर आपको विश्वास न हो तो, केस के सब कागजात मेरे पास हैं, देख सकते हैं।''

''आप लोगों ने अदालत के निर्देश न मानने के लिए पुलिस से जवाब-तलब क्यों नहीं किया?''

"जवाब-तलब किया था। आपके आई.सी. ने कोर्ट में आकर कहा, अदालत के निर्देश के बाद किसी भी तरह का काम उसने वहाँ होते नहीं देखा।"

"कोर्ट ने विश्वास कर लिया?"

"विश्वास किया या नहीं मालूम नहीं। मगर पुलिस के खिलाफ कोई कार्रवाई भी नहीं की गई।"

सब सुनकर बकुल दंग रह गया। समर बाबू को धन्यवाद देकर वह वापस ऑफिस लौटा। ऑफिस से महिला को लेकर थाने गया। भौमिक बाबू आई.सी. के कमरे में ही थे। बकुल ने उनसे कहा, "प्रेम लामा और सुभाष क्षेत्री को पर्सनल बांड लेकर छोड़ दें।"

आई.सी. दुर्गा प्रसन्न बोस ने कहा, "बसर कोर्ट से वापस भेजा गया है। हमारा छोड़ देना क्या ठीक होगा?"

"काफी ठीक होगा वरन् पर्सनल बांड लेकर छोड़ देने का आर्डर होने के बाद भी हवालात में लाकर रखना गलत ही है।"

आई.सी. ने फिर कुछ नहीं कहा। भौमिक बाबू ने ड्यूटी अफसर को बुलवाया। ड्यूटी अफसर प्रेम लामा और सुभाष क्षेत्री को निकालकर ले आया। भौमिक बाबू ने उनसे पर्सनल बांड लिखवाकर छोड़ दिया। दोनों लड़के मुड़कर सबको देखने लगे। महिला रुपए न लेकर लड़कों को छोड़ देने पर चकित रह गई। वो कुछ देर तक अचंभित होकर खड़ी रही। उसके बाद कमरे से बाहर जाते वक्त दोनों हाथों को उठाकर आशीर्वाद देते हुए कहने लगी—"भगवान तेरो रामरो गर्छ।" बकुल की आँखें नम हो आईं। ये लोग कितने सरल हैं। फिर भी सभी इन्हें ठगते हैं। जोर जबरदस्ती, अन्यान्य तरीके से इनसे रुपए ऐंठते हैं। मैं कभी भी किसी भी दिन इन्हें प्रताड़ित नहीं करूँगा। इन्हें कभी नहीं ठगूँगा।

तीन

विधानसभा चुनाव होने में लगभग एक महीना बाकी था। चुनाव प्रचार काफी जोरों से चल रहा था। कल लाल पार्टी के चुनाव प्रचार के लिए मुख्यमंत्री जनता को संबोधित कर गए थे। दूसरे दिन नीली पार्टी के प्रचार के लिए प्रधानमंत्री आने वाले थे। वे हिंदी हाई स्कूल मैदान में जनता को संबोधित करेंगे। हेलिकॉप्टर से आएँगे। पहले यह तय हुआ था कि वो डाबग्राम में उतरेंगे पर एस.पी.जी. के लोग तैयार नहीं

हुए। इतने छोटे से मैदान में उनके अनुसार तीन-तीन हेलिकॉप्टर उतारना सुरक्षा की दृष्टि से सही नहीं होगा। अरे बाबा इतने हेलिकॉप्टरों की जरूरत ही क्या है? इस गरीब देश की सरकार का वोट पर इतना रुपया खर्च करना क्या उचित है। नीली पार्टी के प्रार्थी अनंत नंदी ने घोषणा की कि यह खर्च सरकार नहीं उसकी पार्टी वहन करेगी। यह तो और भी चिंताजनक बात है। पार्टी इतने रुपए कहा से लाएगी? सदस्यों से चंदा लेकर इतने रुपए नहीं इकट्ठा होते। तो फिर दूसरों से लेना पड़ेगा। कौन देगा? गरीब लोगों के पास इतने रुपए तो होते नहीं हैं। रुपए होते हैं बड़े-बड़े व्यापारियों, उद्योगपतियों, राजे-महाराजे, भू-स्वामियों के पास। उनसे ही रुपए लेने होंगे और उनके रुपए से वोट पाकर सत्ता में आई हुई सरकार के लिए उनके स्वार्थ के विरुद्ध कोई काम करना संभव नहीं होगा। अतएव इतने तामझाम से जो वोट माँगने आते हैं, आम जनता के लिए उचित है उन्हें वोट न दे। मगर उनकी बातें कौन सुनता है। राजनेता छोटी-छोटी बातों को लेकर बात का बतंगड़ बनाते हैं, पर इन सब बातों की तरफ जनता का ध्यान कोई नहीं खींचता। जिसके फलस्वरूप यह आडंबर वर्षों से चला आ रहा है। प्रधानमंत्री भी तीन हेलिकॉप्टर लेकर आएँगे डाबग्राम में। उतरने में असुविधा होगी इसलिए इंदिरा मैदान में उतरेंगे। वहाँ से गाड़ी से हिंदी हाई स्कूल जाएँगे। तीन-चार किलोमीटर का रास्ता बैरिकेड करना होगा? करो। बकुल ने पी.डब्ल्यू.डी. के साथ बात करके बैरिकेड की व्यवस्था की। रास्ते के दोनों ओर गार्ड की व्यवस्था भी की गई थी। परंतु उग्रपंथी हमले या काला झंडा दिखाने जैसी कोई लॉ एंड आर्डर प्राब्लम न हो, इस विषय को लेकर वो डी.एस.पी. गौतम पॉल एवं डी.आई.बी. इंस्पेक्टर सलिल सेन के साथ बातचीत कर रहा था।

सलिल सेन ने कहा, "सर, टी.एन.एल.एफ. और नीली पार्टी का संबंध अभी अच्छा है। इसके अलावा वे यहाँ आकर गड़बड़ी फैलाने का साहस नहीं करेंगे। परंतु आनंद पार्टी के लोगों के बारे में थोड़ी खोज खबर लेनी पड़ेगी। काला झंडा दिखलाने की कोई प्लानिंग है या नहीं यह लाल पार्टी से बात करने पर पता चल जाएगा। चूँकि वे यहाँ पर रूलिंग पार्टी है अतः वो अचानक ऐसा कुछ नहीं करेगी ऐसा मुझे लगता है।"

डी.एस.पी. गौतम पॉल कह उठे, "वो अपने ही मामलों को लेकर इतने व्यस्त हैं कि ऐसा कुछ करेंगे मुझे नहीं लगता?"

बकुल ने सहमति जताते हुए कहा, "हाँ, लामलिंग के मामले में उन्हें काफी सोचना-विचारना पड़ रहा है।"

पॉल से कहा, "लामलिंग नहीं सर। बैकुंठपुर में ही बहुत-सी बातें हुई हैं?"

"किस बारे में?"

"आप डी.आई.बी. इंस्पेक्टर से ही पूछ लें।" बकुल ने डी.आई.बी. इंस्पेक्टर

की तरफ कौतूहल भरी दृष्टि से देखा।

"क्या बात है?"

"ऐसी बात कुछ भी नहीं है सर। वह सब उनके आपस के बीच की बातें हैं।"

"हाँ तो वो बातें क्या हैं?"

"सर आप तो जानते हैं कि यहाँ से लाल पार्टी के प्रार्थी खड़े हुए हैं गौर कुंडू।"

"हाँ। पर उससे क्या हुआ?"

"दरअसल प्रार्थी होने की बात थी अशोक आचार्य की।"

"तो गौर कुंडू कैसे हुए?"

सलिल सेन पूरी घटना को सविस्तार बताने लगा। बहुत दिनों पहले से ही यह बात हवा में थी कि स्टैंडिंग एम.एल.ए. धीरेन यश को पार्टी इस बार टिकट नहीं देगी। इस कारण बहुतों ने टिकट पाने की कोशिश की थी। जिनमें अशोक आचार्य और गौर कुंडू मुख्य थे। जिला परिषद् के सभाधिपति एवं कृषक नेता सुनील साहा चाहते थे कि अशोक आचार्य प्रार्थी हो, पर ट्रेड यूनियन नेता विनय बनर्जी गौर कुंडू के पक्ष में थे। दूसरी तरफ एडवोकेट नेता ढिल्लन सरदार भी गौड कुंडू के पक्ष में थे, पर जिले के मंत्री अशोक भट्टाचार्य के पक्ष में रहने से उनका पलड़ा भारी पड़ गया। इसलिए यह तय हुआ कि अशोक आचार्य को इस बार टिकट दिया जाए, पर यह सब एक साथ मिलकर तय करेंगे। तय यह हुआ कि पहले अशोक आचार्य स्वयं गौर कुंडू के नाम का प्रस्ताव करेंगे। तब गौर कुंडू अपना नाम अस्वीकार करके अशोक बाबू के नाम का प्रस्ताव करेंगे जिससे दोनों गुटों के लोग उत्साहित होकर एकजुट होकर काम करेंगे। पहाड़ पर जो परिस्थिति है उसमें अभी पार्टी के अंदर सामान्य मतभेद भी स्वीकार्य नहीं है। तय रणनीति के अनुसार मंत्री सभी को लेकर बैठे। अशोक आचार्य ने गौर कुंडू के नाम का भी प्रस्ताव किया था किंतु पूर्व नियोजित कार्यक्रम के अनुसार गौर कुंडू ने प्रार्थी होने से अस्वीकार करके अशोक आचार्य के नाम प्रस्ताव नहीं किया। विनय बनर्जी पर दायित्व था कि वे अशोक आचार्य के प्रार्थी पद का समर्थन करेंगे परन्तु उसने गौर कुंडू का ही समर्थन किया। ढिल्लन सरदार ने भी उठकर गौर कुंडू का समर्थन किया। अशोक आचार्य समझ गए, वे गौर कुंडू के षड्यंत्र का शिकार हुए हैं, पर उन्होंने ही स्वयं सबके सामने गौर कुंडू के नाम का प्रस्ताव किया था इसलिए वे कुछ कर भी नहीं सकते थे। मंत्री को भी सारी बात समझ में आ गई। पर सबकी उपस्थिति में जो नाम स्वीकार हुआ था उसको खारिज करने की बात वो सोच भी नहीं सकते थे। जिसके फलस्वरूप गौर कुंडू प्रत्याशी बन गए।

सब सुनकर बकुल कह उठा—"आश्चर्य है। गौर कुंडू बड़ा घाघ आदमी है। तुलना में अशोक आचार्य काफी सीधा-सादा, भोला इंसान है। अवश्य ही लोग उसे

बेवकूफ कहेंगे और गौर कुंडू को टैक्टफुल।'' डी. एस.पी. एवं इंस्पेक्टर किसी ने भी कुछ नहीं कहा।

बकुल ने इंस्पेक्टर से कहा, ''अब आप आनंद पार्टी के बारे में खोज खबर लगाइए।''

''ठीक है सर। मैं आज ही आदमी लगा देता हूँ।''

इंस्पेक्टर सलिल सेन अभिवादन करके निकल गए।

बकुल ने डी.एस.पी. एवं पॉल की तरफ घूमकर कहा, ''शाम को जरा स्टेशन जाना होगा। कंचनजंघा से दो कंपनी एम.पी.एस.एफ. आ रही हैं।

''एम.पी.एस.एफ. का फुलफार्म क्या है, सर?''

''मध्य प्रदेश स्पेशल फोर्स।''

''उनको क्या कहना होगा सर?''

''उनको लामलिंग भेजना होगा। मगर इस हालत में रात के समय भेजना ठीक नहीं होगा। मैंने एस.पी. साहब से बात की है। लामलिंग से तीन गाड़ी भेजेंगे। हमारी दो गाड़ियाँ हैं। एम.टी.ओ. से कहिए कुछ ट्रक रिक्यूजिशन किया जा सकता है कि नहीं देखें। नहीं तो भोर में उठकर दो ट्रिप करनी होंगी। एक रात के लिए कहीं लाकर रखना भी झमेला है। इसलिए उनसे कहिए स्टेशन पर ही रात गुजार लें और अगर वे लोग स्टेशन पर न रहना चाहें तो मुझसे कहिएगा। वर्द्धमान रोड पर एक गोदाम ठीक किया गया है। मगर इसमें उन्हीं की परेशानी बढ़ जाएगी। जहाँ भी रहें आज की रात उन्हें काफी असुविधा होगी। मध्य प्रदेश से जर्नी करके आना फिर इस तरह से ठहरना, स्वाभाविक है उन्हें बुरा लगेगा। अतएव समझा कर कहना होगा, उनके भले के लिए ही यह व्यवस्था की गई है। यह काम नीचे के किसी आदमी से नहीं होगा। मैं स्वयं जाता पर मुझे कदमतल्ला में डी.आई. जी., बी.एस.एफ. के पास जाना है। कल सुबह, लामलिंग से तीन कंपनी बी. एस.एफ. आ रही है। उनको सबंग भेजना पड़ेगा। कुछ को एक दिन बाद भी भेजने से चलेगा। कदमतल्ला में अगर उनके कुछ दिन रहने की व्यवस्था की जाए तो सी.आर.पी.एफ. को भेजने के बाद उन्हें भेजूँगा।''

''सी.आर.पी.एफ. कब आ रही है, सर?''

''परसों कंचनजंघा से पाँच कंपनी सी.आर.पी.एफ. आ रही है। उनकी तीन कंपनियाँ खुर्शियोग भेजनी होंगी। बाकी दो कंपनियाँ लामलिंग।''

''इतनी गाड़ियाँ कहाँ मिलेंगी, सर?''

''किंतु कोई उपाय भी तो नहीं है। व्यवस्था तो करनी ही होगी। आप एम. टी.ओ. को कहिएगा। कुछ गाड़ियाँ पकड़ सकें तो अच्छा होगा। डी.आई.जी., बी. एस.एफ. दो बसें देने के लिए तैयार हुए हैं। आज एक बार एस.एस.बी. के डिविजनल ऑर्गनाइजर के पास जाऊँगा। यदि और दो-तीन गड़ियाँ मिल जाएँ तो सुविधा होगी।''

"सर, एस.आई.बी. की भी दो गाड़ियाँ हैं। डिप्टी डाइरेक्टर को एक बार बोलकर देखिए, शायद कुछ हो।"

"होता, पर देख तो रहे हैं वे लोग हमलोगों से ज्यादा टी.एन.एल.एफ. के साथ सहयोग कर रहे हैं। उस दिन बाघागुड़ी एयरपोर्ट में देखे थे तो एस.आई.बी. के लोगों ने विधान सुब्बा के बॉडी गार्ड का काम किया था।"

"हाँ यह तो है।"

"अतएव उनसे बात करने से कोई फायदा नहीं है। वरन् मैं एस.एस.बी. से बात करके देखता हूँ। नहीं तो, जैसे भी हो हम गाड़ी रिक्यूजिशन करेंगे। आप एम.टी.ओ. से एक बार बात करके रखिएगा।"

"ठीक है सर।" डी.एस.पी. पॉल सैल्यूट करके निकल गए। बकुल को लगा, गेस्ट हाउस में जाकर कुछ खा लेना चाहिए।

कल सुखेन सान्याल घर खाली करके चले गए थे। तुरंत ही घर में जाना होगा। नहीं तो वोट के पहले काम का इतना दबाव है कि असुविधा हो रही है। आफिस के बगल में ही क्वार्टर था। क्वार्टर में आ जाने पर सुविधा होगी। आज पी.डब्ल्यू.डी. के लोगों की व्हाइट वाश करने के लिए आने की बात थी। चूना होते ही उसके क्वार्टर में चले जाने की बात तय थी। उसने बेल बजाया। कांस्टेबल हरेन उपाध्याय आकर खड़ा हुआ। बकुल ने पूछा, "पी.डब्ल्यू.डी. के लोग आए हैं क्या?"

"हाँ सर, वे लोग चूना पोताई कर रहे हैं।"

"कितने दिन लगेंगे, कुछ कहा है?"

"कहा है, कल ही खत्म हो जाएगा सर।"

"तब मैं कल शाम को ही चला आऊँगा।"

"ठीक है सर, व्हाइट वाश होते ही साफ करके रखूँगा।"

उपाध्याय की बातें सुनकर बकुल को अच्छा लगा। जब से आया था देख रहा है लड़का किसी भी चीज में ना नहीं करता। कुछ करने को कहते ही काम में लग जाता है। कम से कम तैयार तो हो ही जाता है। उपाध्याय ने कहा, "सर, आप अगर एक बार देख लेते तो अच्छा होता।"

बात बकुल को पसंद आई। जहाँ वो कल से रहेगा वहाँ किस तरह की रंगाई हो रही है। देखना जरूरी है। अगर कुछ बदलना या ठीक करना होगा तो अभी ही करना होगा।

बकुल ने जाकर देखा, नीचे बैठक में गुलाबी रंग किया गया था। रसोई घर में मिट्टी रंग किया जा रहा था।

बकुल ने पूछा, "बाकी जो तीन सोने के कमरे हैं उनमें कौन-सा रंग होगा।"

मिस्त्री ने कहा, "सर, बेडरूमों में सफेद रंग करने की बात है।"

बकुल ने देखा, दो कमरों में सफेद रंग बुरा नहीं लग रहा था। मगर जिस कमरे का एक दरवाजा छत की तरफ खुलता है और दरवाजे के पास मलिका एवं माधवी लता आपस में लिपटी हुई हैं उस कमरे में हल्का हरा रंग होने से बेहतर होता। उसने मिस्त्री से कहा, ''वो दोनों सफेद हों, पर इस कमरे में हल्का हरा कीजिए।''

''किंतु सर। हमें तो सिर्फ व्हाइट वाश करने का आर्डर है। रंग तब आपको खरीद कर देना होगा।''

बकुल को यह प्रस्ताव पसंद नहीं आया। सरकारी क्वार्टर। उसके बाद उसका इतनी जल्दी तबादला होता है कि खुद रंग खरीदकर रंग करवाना बुद्धिमानी नहीं होगी।

उसने कहा, ''आर्डर किसने दिया था? किससे बात करनी होगी?''

मिस्त्री ने कहा, ''पहले तब हम ओवरसियर बाबू के साथ बात कर लें।''

''कर लीजिए। क्या होता है मुझे बताइएगा।''

बकुल सीढ़ी से उतरने लगा। उपाध्याय पास में आकर बोला, ''हम लोग रंग खरीदकर ले आते हैं न, सर।''

''नहीं उपाध्याय। उन्होंने कहा है कि वे बात करेंगे। नहीं तो मैं उनके इंजीनियर से बात करूँगा।''

''इन सब की क्या जरूरत है सर। हम रंग खरीदकर दे दें तो झमेला ही खत्म हो जाए।''

''नहीं, जो खर्च सरकारी होने की बात है, उसके लिए मैं पैसे नहीं खर्च करूँगा।''

''आपको खर्च नहीं करना पड़ेगा सर। रुपया है।''

''रुपया है मतलब? किसका रुपया?''

''पार्टी का रुपया।''

''पार्टी का रुपया। किस पार्टी का।''

''सर पार्टी क्या एक है? वैसे हमारा कुछ नहीं है। नेपाल से कुछ माल लाना-ले जाना करते हैं। कस्टम की बातें हैं मगर हम लोगों को भी कुछ-कुछ देते हैं। सुखेन बाबू तो कल सुबह ही चले गए और ये रुपया वे लोग शाम को देकर गए। इसलिए वे नहीं ले जा सके।''

''कितने रुपए देकर गए हैं?''

''सर एक हजार रुपए। जिसमें एडिशनल एस.पी. के तीन सौ रुपए, डी. एस.पी. के दो सौ, रीडर बाबू के एक सौ रुपए और बाकी हम सब मिलकर बाँट लेते हैं।''

''और कौन कितने रुपए देता है?''

"सर बड़ी-बड़ी पार्टियाँ तो हमारे पास नहीं आतीं। साहब लोगों के साथ ही सेटलमेंट कर लेते हैं। छोटी पार्टी सब हमारे पास आती हैं। कोई महीने में पाँच सौ रुपए देता है तो कोई एक हजार रुपए, दो-एक पार्टी दो-तीन हजार रुपए भी देती है। सब मिलाकर पच्चीस-तीस हजार रुपए होता है, सर।"

"पिछले महीने कितना हुआ था?"

"चालीस हजार के करीब सर।"

"आपने तो कहा, पच्चीस-तीस हजार होते हैं?"

"पिछले महीने थोड़ा ज्यादा हुआ था सर। साहब चले जाएँगे सुनकर दो-तीन बड़ी पार्टियों ने भी हमारे हाथ में दिया था।"

"वो रुपए क्या हुए?"

"कल बटँवारा हुआ है सर। साहब तो उन्हीं रुपयों के हिस्से की खातिर कल तक यहाँ थे।"

"यह एक हजार रुपए किसके पास हैं?"

"रीडर बाबू के पास सर। सारा रुपया उन्हीं के पास रहता है।"

"रीडर बाबू को बुलाइए।"

बकुल आकर ऑफिस के चेयर पर बैठा। उपाध्याय रीडर बाबू को बुला लाया। रीडर बाबू सामने आकर खड़े हुए।

बकुल ने कहा, "उपाध्याय से सुना हूँ, आपके पास एक पार्टी के दिए हुए हजार रुपए हैं। अनेक पार्टियाँ ही इस तरह महीनावारी देती हैं। वे लोग निश्चय ही मंदिर में जाकर घंटी बजाने के लिए महीनावारी नहीं देते। कोई अगर गलत काम करे तो उसे बंद करने के लिए ही हम वेतन लेते हैं। मेरे साथ काम करना है तो यह सब नहीं चलेगा।" रीडर बाबू, उपाध्याय दोनों ने सर झुका लिया। बकुल बोलता गया, "आप लोगों में जिन्होंने महीनावारी के लिए यहाँ पोस्टिंग ली है, उनको यह शायद पसंद न आए। वो अगर चाहें तो मुझसे कह सकते हैं, चुनाव के पहले न सही, चुनाव के बाद उनकी मैं बाहर पोस्टिंग की व्यवस्था कर दूँगा। अगर यहाँ रहना है तो महीनावारी बंद करनी होगी। कल जो लिए थे, कल के अंदर ही वापस देना होगा।"

इस बार रीडर बाबू ने मुँह खोला। उन्होंने कहा, "नहीं सर हम यहीं रहेंगे। आप जैसा कहेंगे वैसा ही होगा।"

बकुल ने कहा, "ठीक है। आप लोग काम करें पर इसके बाद मेरे कान में यह नहीं आना चाहिए कि कोई पार्टी मेरे ऑफिस में महीनावारी दे रही है।" उपाध्याय और रीडर बाबू दोनों चले गए।

बकुल आश्चर्यचकित होकर सोचने लगा। ये किस जगह वो आ पहुँचा। उस तरफ पहाड़ पर झमेला, हर समय खतरे के साये में रहो। टी.एन.एल.एफ.

आंदोलन के खिलाफ जैसे यह एक बेस कैंप हो। इसके बावजूद यहाँ घूस के लिए इतनी मारा-मारी। यहाँ काम करना ही मुश्किल होगा। एक तरह से अच्छा ही हुआ। उसे शुरू में ही मालूम पड़ गया। अब वो सावधान रह सकेगा। नहीं तो असावधान होने पर कब असुविधा में पड़ जाता। उसे यहाँ पर बहुत सावधान होकर रहना पड़ेगा।

वृंदावन ने आकर कहा, "सर केजरीवाल मिलने आए हैं।" उसने एक स्लिप आगे बढ़ा दिया।

बकुल ने स्लिप को हाथ बढ़ाकर लेते हुए कहा, "केजरीवाल कौन है?"

"एक मारवाड़ी सर।"

"क्या करता है?"

"आलूपट्टी में चावल का गोला है, सर। चाय का भी कारोबार करता है।"

"अच्छा, बुलाइए।"

वृंदावन चला गया। शर्ट-पैंट पहने एक मोटी तोंदवाले आदमी ने हाथ जोड़े कमरे में प्रवेश करते ही मुँह पर हँसी लाते हुए कहा, "नमस्ते सर।"

बकुल ने हाथ उठाकर कहा, "नमस्ते। बैठिए।" वो आदमी बहुत ही तकलीफ से अपने विशालकाय शरीर को सामने रखे चेयर में भरकर हँसते-हँसते बोला, "हमारे लायन्स क्लब का इनविटेशन कार्ड निश्चय ही आपको मिला है सर।"

"हाँ मिला है।"

"मैं स्वयं साहब के पास आया था, लेकिन आप नहीं मिले?"

"हाँ, उस दिन मैं जरा लामलिंग गया था।"

"ऑफिस में कार्ड देकर गया था। वो आपको मिला कि नहीं इसलिए मैं...।"

"नहीं, नहीं वो कुछ नहीं, मुझे कार्ड मिला है।"

"तब तो मेहरबानी करके सर को एक बार आना पड़ेगा।"

"आपका कार्यक्रम कितने बजे से है?"

"चार बजे से शुरू होगा।"

"नहीं चार बजे मुझे काम है। किसी भी तरह संभव नहीं है।"

"चार बजे न हो तो थोड़ा बाद में आ जाइएगा। दस बजे तक चलेगा। कहिए आपको कितने बजे समय होगा, मैं आदमी भेज दूँगा।"

"नहीं उसकी जरूरत नहीं है। मैं समय निकाल पाऊँगा कि नहीं कह नहीं पा रहा।"

"सर थोड़ा समय तो निकालना ही होगा। एस.डी.ओ. साहब जाएँगे, डी. एस.पी. साहब जाएँगे। पहाड़ में अगर गड़बड़ी नहीं होती तो डी.एम. साहब, एस. पी. साहब भी आते।"

"आपका कार्यक्रम क्या है?"

"हम लोग एवरी ईयर एक आई कैंप करते हैं। फ्री ऑपरेशन किया जाता है। और गरीब लोगों को कपड़े और कुछ पैसे भी दिए जाते हैं। यह उसी का उद्घाटन समारोह है।"

"अच्छा, मुझे अभी निकलना पड़ेगा। जरूरी काम है। दस बजे के पहले लौट सका तो अवश्य ही आऊँगा।"

"पाँच मिनट के लिए भी हो सके तो जरूर आइएगा सर। आप लोगों के आने से हमें उत्साह मिलता है।"

"अच्छा।"

"नमस्ते सर।" केजरीवाल नमस्ते करके चला गया।

बकुल के मन में हुआ, इतना जब वह कह रहा है तो एक बार जाना उचित है। पर पहाड़ पर फोर्स भेजने के लिए गाड़ी जुगाड़ करना एक ऐसा काम था जिसे छोड़कर जाया नहीं जा सकता था। वो तुरंत ही कदमतल्ला के लिए निकल पड़ा। डी.आई.जी.बी.एस.एफ. मि. सिंह ने काफी अच्छी तरह उसका स्वागत किया। बिना मिठाई खिलाए नहीं छोड़ा। पर काम भी हुआ। वो दो नहीं तीन गाड़ियाँ देने के लिए तैयार हो गए। कदमतल्ला से निकलकर बकुल रांगापानी में एस.एस.बी. ऑफिस गया पर डी.ओ. कलकत्ता गए हुए थे। बकुल ने एक कमांडेंट से बात की, वह किसी भी तरह का कोई ठोस आश्वासन नहीं दे सका। कल शाम को डी.ओ. आएँगे। बकुल ने सोचा, कल एक बार फिर कोशिश करके देखेगा।

रांगापानी में ही सात बज गए। बकुल वहाँ से सीधा लायंस क्लब चला गया। उसने देखा, लायनेस और लियो से हॉल भर गया था। भाषण चल रहा था। बकुल को ले जाकर सामने की लाइन में बैठा दिया गया। केजरीवाल ने आगे बढ़कर बगल के लोगों से परिचय करवाया। "गोराचंद अग्रवाल, ऑनरेरी प्रेसिडेंट। चंद्र भूषण दाँ, सेक्रेटरी। ये फोसिन के भी सेक्रेटरी हैं।"

"फोसिन क्या है?"

"फेडरेशन ऑफ चेंबर ऑफ कॉमर्स एंड इंडस्ट्री। संक्षेप में हम फोसिन कहते हैं।"

"अच्छा, अच्छा।"

"धनीराम झुनझुनवाला, मेंबर। रजत नायर, मेंबर। ये हिंदी डेली जनगण समाचार के संपादक भी हैं।"

"अच्छा। आप जनगण समाचार के संपादक हैं। आपने अपने समाचार पत्र का नाम 'जनगण समाचार' क्यों रखा?"

"इन्हीं जनताओं के बारे में लिखते हैं, इसीलिए?" नायर की तरफ से केजरीवाल ने उत्तर दिया। उस ओर भाषण समाप्त कर वक्ता डायस से उतरकर इस तरफ चला आया। केजरीवाल ने कहा, "हमारे एक्स प्रेसिडेंट श्री शोमन लाल गुप्ता।"

एक महिला आगे आई। केजरीवाल ने कहा, ''मेरी पत्नी, लायनेस सेक्रेटरी।'' बकुल ने देखा, केजरीवाल की पत्नी की तोंद भी उसके पति की तरह भारी थुलथुल थी। सिर्फ मिसेज केजरीवाल ही नहीं, कार्यक्रम में जो भी वयस्क स्त्री-पुरुष आए थे, उन सभी की तोंद काफी वजनदार थी। बकुल के मन में आया, इनको लायन-लायनेस न कहकर जलहाथी-जलहथिनी कहना बेहतर होगा। एक साथ एक दंगल तोंदवाले स्त्री-पुरुषों को देखकर उसको हँसी आने लगी। हँसी और ज्यादा आई तोंद के ऊपर सतरंगी कपड़ों की प्रचुरता देखकर। चलने में हथिनी होने से क्या हुआ। रंग-बिरंगे कपड़े पहनकर सभी फुरफुरी तितली हो गई थीं। अवश्य ही जिनकी उम्र थोड़ी कम थी वे चाल-चलन में तितली की ही तरह थीं। ऐसी ही एक सोलह-सत्रह साल की लड़की ने आकर नमस्कार किया। केजरीवाल ने कहा, ''सुनीता, लिओ सेक्रेटरी।'' बकुल ने उठकर नमस्कार किया।

सभा का काम फिर से शुरू हुआ। केजरीवाल ने बकुल से कुछ बोलने के लिए अनुरोध किया। पर बकुल तैयार नहीं हो रहा था। पर सब लोगों ने मिलकर उसे ऐसा पकड़ा कि वो और 'ना' न कर सका। विशेषकर सुनीता का मधुर आवेदन वो ठुकरा न सका। बकुल डायस पर खड़ा हुआ। अपने कॉलेज के दिनों में वह काफी अच्छा वक्ता था। वह कॉलेज का बेस्ट डिबेटर था। विभिन्न कार्यक्रमों में उसने अपने कॉलेज को रिप्रेजेंट भी किया था। उन दिनों जब वो बोलने उठता था तो सब उसके मुँह की तरफ नजरें गड़ाए रहते थे। वो हँसी-हँसी में बातों का ऐसा बाण छोड़ता कि विपक्षीय वक्ताओं के हृदय में वे सीधे बिंध जाते। हृदय बिंधता सभा में बैठी महिलाओं का भी। मगर यह सब बहुत पुरानी बात है। नौकरी में आने के बाद वो इस तरह के भाषण नहीं देता। उसे अब काफी सोच-समझकर बोलना पड़ता है। आज भी वह सोच समझकर कहने लगा। ''माननीय सभापति महाशय। उपस्थित देवियो एवं सज्जनो और प्यारे बच्चो। मुझसे सभा में कुछ बोलने के लिए अनुरोध किया गया है। पर मैं इस विषय पर विशेष कुछ नहीं जानता। मेरे ऑफिस में केजरीवाल साहब ने कहा था कि यहाँ एक फ्री आई कैंप होगा। इसके अलावा गरीबों में कपड़े वितरण किए जाएँगे। उनको आर्थिक सहायता भी दी जाएगी। यह सब निस्संदेह अच्छा काम है। हम जिस समाज में रहते हैं, उसकी भलाई के लिए सभी को कुछ करना चाहिए। हममें कोई सरकारी कर्मचारी है, कोई डॉक्टर है, सबका समाज के प्रति कुछ कर्तव्य है। उन कर्तव्यों का ठीक तरह से पालन करने पर ही समाज का सबसे ज्यादा फायदा होगा। जैसे मैं एक पुलिस अफसर हूँ। जो अपराध करते हैं, उनसे घूस न लेकर यदि उनके दंड की व्यवस्था करूँ तभी समाज का भला होगा। आप एक व्यवसायी हैं। दस रुपए में जिस चीज को खरीदते हैं गलत-सही तरीके से उसे तीस रुपए में न बेचकर कम मुनाफे में यदि ग्यारह रुपए में बेचें तो समाज का भला होगा। मुझे आशा है कि आज के

दिन आप लोग यही शपथ लेंगे।"

बकुल भाषण खत्म करके नीचे उतर आया। सब लोगों ने जोर-जोर से ताली बजाई। गुप्ता ने आकर अपना ऐक्स प्रेसिडेंट का बैच खोलकर बकुल के सीने में लगाते हुए कहा, "आपकी बातें मुझे बहुत अच्छी लगीं। आप हमारे संगठन के साथ रहिएगा।" गुप्ता की बातें काफी आत्मीय लगीं। बकुल अभिभूत हो गया। बगल के कमरे से खाने की मीठी सुगंध बहकर आने लगी।

सभा का अगला कार्यक्रम शुरू हुआ। एक डाक्टर डायस पर आकर एक रोगी की आँखों का परीक्षण करने लगे। फोटोग्राफर ने तुरंत उसका फोटो खींचा। उसके बाद प्रेसिडेंट डायस पर आए। पिछले दरवाजे से कुछ दरिद्र बच्चों को लाया गया। प्रेसिडेंट ने एक कपड़ा लेकर पोज दिया। उसकी फोटो खींची गई। बकुल को लगा जैसे कपड़ा दान करना असल उद्देश्य नहीं था। असल उद्देश्य था फोटो खिंचवाना। बकुल को बहुत बुरा लगा। इतने सुंदर-सुंदर कपड़े-लत्ते पहने लोगों के बीच दरिद्र बच्चों के मैले-कुचैले, फटे-चिटे कपड़े और असहाय मुँह देखकर उसे दया आई । उसके मन में आया कि नंगे होकर रहने पर भी इस तरह इनसे हाथ फैलाकर कुछ लेना शायद उचित नहीं है। बकुल उठ खड़ा हुआ। केजरीवाल दौड़कर आया, "सर सिर्फ पाँच मिनट। हमारी कुछ छोटी-मोटी डिनर की व्यवस्था है।"

"नहीं मैंने तो पहले ही कहा था, मुझे जरूरी काम है।"

"अच्छा आइए। आपको पहले खिला दूँ। सुनीता, आओ तो बेटी।" सुनीता आगे आई।

बकुल बोला, "नहीं, नहीं, रहने दीजिए। खाने में क्या रखा है, एक दिन में सब कुछ थोड़े ही समाप्त हो रहा है। दूसरे किसी दिन रखते हैं।" बकुल बाहर निकल पड़ा। साथ-साथ केजरीवाल और सुनीता भी। रुद्र ने आकर उसकी गाड़ी का दरवाजा खोल दिया।

बकुल ने गाड़ी में बैठते ही देखा, एस.डी.ओ. भजनराम की गाड़ी आकर खड़ी हुई। भजनराम के गाड़ी से उतरते ही केजरीवाल आगे बढ़ा। यह देखकर बकुल को लगा कि इनके साथ उसका काफी सौहार्दपूर्ण संपर्क है। ठीक किस समय आना होता है ये वह जानते हैं। भजनराम के अंदर जाते ही एक और गाड़ी आकर खड़ी हुई। हरे रंग की मारुति जिप्सी। गाड़ी से उतरे गौर कुंडू और ढिल्लन सरदार। गाड़ी को साइड करके ड्राइवर भी अंदर चला गया। बकुल ने रुद्र को बुलाकर पूछा, "यह ड्राइवर कौन है?"

"विनय बनर्जी सर।"

"ट्रेड यूनियन नेता विनय बनर्जी?"

"हाँ सर।"

"गाड़ी किसकी है?"

"उनकी ही है सर। नई खरीदी है।"

"उनकी माली हालत क्या बहुत अच्छी है?"

"अच्छी नहीं थी सर। लकड़ी की चोरी के पैसों से अब अच्छी हुई है।"

बकुल ने कुछ और नहीं पूछा। उसे पता नहीं कैसी घुटन-सी होने लगी। ट्रेड यूनियन नेता, लकड़ी की चोरी के पैसों से मारुति गाड़ी खरीदी है। यह कैसे संभव है? उसे कोई उत्तर नहीं मिला। गाड़ी चलने लगी।

चार

परसों चुनाव है। चुनाव में पुलिस की व्यवस्था विषय पर आज लामलिंग एस.पी. के ऑफिस में ब्रीफिंग थी। बकुल वर्दी पहनकर जीप में बैठा। उसकी जीप में सिक्यूरिटी गार्ड वरुण को छोड़कर एक स्टेनगनधारी हवलदार और दो राइफलधारी कांस्टेबल भी बैठे। गाड़ी स्टार्ड करने के पहले बकुल ने दोनों ड्राइवरों को बुलाकर ब्रीफ किया कि किसी भी हालत में दोनों गाड़ियाँ अलग नहीं होंगी। वरुण पीछे की गाड़ी पर नजर रखेगा। पीछे की गाड़ी थोड़ी दूर होते ही रुद्र गाड़ी की गति कम कर देगा। पीछे की गाड़ी को कुछ भी असुविधा होने पर सिग्नल देकर बताएगी। बकुल सामने रास्ते पर ध्यान रखेगा। संदेहजनक कुछ भी नजर आते ही सबको सूचना देगा।

ब्रीफिंग समाप्त होते ही गाड़ियाँ चल पड़ीं। देखते ही देखते माखना पारकर गाड़ी ने पहाड़ी रास्ता पकड़ लिया। एक ओर ऊँचे पहाड़ तो दूसरी ओर गहरी खाई। किसी भी तरह गाड़ी अगर थोड़ी फिसली तो कई हजार फीट नीचे गिरेगी। अवश्य ही इसके पहले इस पेड़ उस पेड़ से धक्का खाकर गाड़ी का कुछ भी अवशेष नहीं बचेगा। गाड़ी में बैठे लोगों के बारे में कुछ भी न सोचना ही अच्छा होगा। नीचे की तरफ देखते ही डर लगता था। पर उससे भी ज्यादा डर यह था कि गोली कब कहाँ से आकर लगे। हर समय एक आंतक-सा छाया हुआ था।

गोली नहीं चली पर ठंड ने जकड़ लिया। इससे पहले बकुल जब लामलिंग में एस.पी. साहब को कॉल-ऑन करने गया था तब धूप सारे दिन थी। तब ठंड ही नहीं लगी। उस दिन यूँ लगा मानों लामलिंग में ठंड ऐसी कुछ खास नहीं पड़ती। लोग-बाग बेकार ही यहाँ की ठंड के बारे में बढ़ा-चढ़ाकर बोलते हैं। इसी विश्वास

पर बकुल आज भी शर्ट के ऊपर एक स्वेटर पहनकर चला आया। किंतु आज सारा आकाश बादलों से भरा हुआ था। जरा-सी भी धूप नहीं थी। ठंड से सिकुड़कर उसने अपने दोनों हाथों को सीने के ऊपर बाँध लिया। तब भी कट्कट् कर दाँत कटकटा रहे थे। गाड़ी से उतरते ही ठंड ने उसे और जोर से जकड़ लिया। एडिशनल एस.पी. हेडक्वार्टर राव ने उसकी हालत देखकर आर.आई. साहब से कहा, ''विश्वास साहब को एक पोरखा लाकर दीजिए।'' आर. आई. साहब ने एक लम्बा-चौड़ा जैकेटनुमा कपड़ा लाकर बकुल को पहना दिया। वो कपड़ा झाबड़झोल की तरह होने पर भी बदन पर चढ़ाते ही बकुल को काफी आराम महसूस होने लगा। वो राव के साथ उसके कमरे में जाकर बैठा।

धीरे-धीरे सबंग के एस.डी.पी.ओ. खुर्शियांग के एडिशनल एस.पी., मिलिक के ओ.सी. सब लोग आने लगे। ग्यारह बजे एस.पी. आर. के. चांदा आए। तुरंत ही सभी राव के कमरे से निकलकर उनके कमरे में आ गए। वे सबको बैठने के लिए कहकर मैसेज फाइल में नजर दौड़ाने लगे। बकुल सामने के चेयर पर बैठकर उनको देखने लगा।

आर. के. चांदा, अर्थात् रजतकुमार चांदा। कुछ ही दिनों में क्या से क्या हो गए। कुछ दिन पहले तक वे कलकत्ता में आर्म्ड पुलिस बटालियन के डिप्टी कमिश्नर थे। तब बहुत कम लोग ही उनका नाम जानते थे। किंतु अब वे न्यूज के शिरोनाम हैं। इस जिले के तीन पार्वत्य महकमाओं के विधान सुब्बा के नेतृत्व में टी.एन.एल.एफ. द्वारा सशस्त्र लड़ाई शुरू करने पर स्वराष्ट्र मंत्री किसी इच्छुक व्यक्ति को एस.पी. बनाकर भेजना चाहते थे। यहाँ पर एस.पी. बनकर आने का मतलब जीवन को हमेशा खतरे में डाले रखना। किसी ने भी इच्छा नहीं जतलाई। तब चांदा साहब ने एक दिन गृहमंत्री से मुलाकात करके कहा—अगर वे मनोनीत करें तो वो तैयार हैं। गृहमंत्री ने चांदा साहब को मनोनीत किया। अपनी पसंद के अनुसार अफसरों को लेने की स्वाधीनता भी उन्हें दी गई। उसके बाद चांदा साहब ने लामलिंग के एस.पी. के रूप में कार्यभार सँभाला।

राष्ट्रीय पुलिस कमीशन पुलिस को जितनी भी स्वाधीनता से काम करने की सिफारिश करे, हमारे देश में पुलिस अभी भी दूसरों के अधीन काम करती है। कार्यरत जो भी हो, कानूनन जिला पुलिस के ऊपर डी.एम. का नियंत्रण रह ही गया। जिसके फलस्वरूप जिले का एस.पी. कौन बनेगा, इस बारे में डी.एम. की कुछ 'किंतु-परंतु' रह ही गई। मगर लामलिंग की बात पूरी तरह से अलग थी। यहाँ एस.पी. ही अब डी.एम. का चुनाव करते हैं। जब चांदा साहब यहाँ आए थे तब पी. पी. मिश्र यहाँ के ए.डी.एम. थे। चांदा साहब को मिश्र पसंद आए, उन्होंने गृहमंत्री से कहा, ''वर्तमान परिस्थिति में मिश्र ही राइट मैन हैं।'' मिश्र डी.एम. बन गए।

बकुल को यह सोचकर ही अच्छा लगता है कि चांदा साहब का उसके प्रति काफी स्नेह है। उन्होंने ही उसे चुनकर बैकुंठपुर बुलवाया था। अचानक वोट के दो महीने पहले जब उसका तबादला हुआ, तब वो कारण समझ नहीं पाया था। वोट के पहले साधारणतः प्रशासन में फेर-बदल नहीं की जाती। दूसरी बात यह भी कि वहाँ ऐसा कुछ नहीं घटा था कि जिसके कारण अचानक उसका तबादला कर दिया जाए। बैकुंठपुर आकर बकुल को पता चला कि चांदा साहब की वजह से उसका तबादला हुआ है। मगर डी.जी. उसकी पोस्टिंग के खिलाफ थे। बकुल को अब जाकर डी.जी. का व्यवहार समझ में आया। मगर चांदा साहब क्यों उसे इतना पसंद करते हैं यह बात अभी तक उसके समझ में नहीं आई।

साहब मैसेज की फाइल हटाकर बोले, "सब आ गए?" राव ने उठकर कहा, "सब आ गए हैं सर।"

चांदा साहब ने एक पल के लिए सब पर नजरें घुमाईं, फिर कहा, "कानोड़िया कहाँ है?"

राव ने कहा, "वो अभी तक नहीं आया है, सर। हो सकता है वो सीधे पुलिस लाइन में गया हो।"

चांदा साहब ने फिर पूछा, "अच्छा, सी.आई. साहब हैं?" सी.आई. सदर उठकर खड़े हुए। चांदा साहब ने उन्हें बैठने के लिए कहकर स्वयं ठीक से जमकर बैठ गए। उसके बाद उन्होंने अपनी बात कहनी शुरू की—"डे ऑफ्टर टूमारो इलेक्शन। अब तक हमें जो खबर मिली है, उसके अनुसार वोट वाले दिन टी.एन.एल.एफ. वायलेंस नहीं करेगी। मगर कोई वोट न दे इसकी कोशिश वो जरूर करेगी। कोई अगर वोट देने न आए तो हमारा कुछ करने का नहीं है, पर कोई अगर वोट देने आए तो वो निर्विघ्न होकर वोट दे, यही हमें देखना है। इसके लिए जरूरत के अनुसार पुलिस की व्यवस्था की गई है। कल सब-डिविजनल हेडक्वार्टर से उन्हें पोलिंग बूथ तक पहुँचा दिया जाएगा। किसी को अगर कोई असुविधा है तो बोलिए।"

सबंग के एस.डी.पी.ओ. प्रदीप लेपचा ने उठकर कहा, "सर, मेरे मोबाइल ड्यूटी के लिए दो और गाड़ियाँ दी जाने की बात थी। वो अभी तक नहीं पहुँचीं।"

चांदा साहब ने राव की तरफ देखकर कहा, "राव क्या मामला है?"

राव ने कहा, "सर खुर्शियांग के अतिरिक्त एस.पी. ने मिलिक के लिए तीन-तीन एक्स्ट्रा गाड़ी माँगी थीं और आपने सर देने के लिए कहा था। सबंग से दो तथा हेडक्वार्टर से एक काटकर खुर्शियांग में तीन गाड़ी बढ़ाया हूँ, सर।"

इस बार लेपचा वापस उठकर खड़ा हुआ। "सर मोबाइल की दो गाड़ियाँ नहीं रहने पर असुविधा होगी। दो तो देना ही होगा।"

चांदा साहब ने हल्के से कहा, "जरूर, जरूर देना होगा। राव, तुम लेपचा को दो और गाड़ियाँ दे दो।"

राव ने कहा, "पर सर देने लायक और गाड़ियाँ नहीं हैं।"

चांदा साहब ने और भी नरम स्वर में कहा, "नहीं हैं तो जुगाड़ करो। बकुल तुम कल दो गाड़ी पकड़कर सबंग भेजो।"

बकुल ने खड़े होकर कहा, "सर इलेक्शन के लिए प्रायः सब गाड़ियाँ रिक्यूजिशन हो गई हैं। इस समय दो गाड़ियों का जुगाड़ करना मुश्किल होगा।"

"मुश्किल होगा इसलिए तो तुम्हें कह रहा हूँ। नहीं तो किसी दूसरे से कहता। अब चलो। पुलिस लाइन में सब इंतजार कर रहे हैं।"

चांदा साहब ने सबके सामने ऐसे कहा कि बकुल और कुछ न कह सका। वो चांदा साहब के साथ पुलिस लाइन में आकर हाजिर हुआ। वे पुलिस कर्मचारी जिन्हें इलेक्शन ड्यूटी में डिटेल किया गया था वे लाइन में आकर खड़े हुए। परेड कमांडर ने उनको अटेंशन करके आकर रिपोर्ट किया और फिर चांदा साहब ने उनको विश्राम कह कर ब्रीफिंग शुरू की।

उन्होंने कहा, "भोली परशि भोट छूनेछे। टी.एन.एल.एफ. ने वोट बॉयकाट की घोषणा की है। इसमें हमें कोई आपत्ति नहीं है पर उन्होंने हमारी पुलिस के अंदर जो उपजाति के लोग हैं उनसे विद्रोह का आस्वान किया है। ये बात फैलाई है कि उपजाति के लोग बहादुर हैं। वे विद्रोह करेंगे ही। कोले भेंछ ट्राइबल बहादुर छय ना। मगर बहादुर होने से ही विद्रोह करना पड़ता है, इसका कोई मतलब नहीं है। हमारा काम है वोट में शांति शृंखला बनाए रखना। टी.एन.एल.एफ. की माँगों के अनुसार अगर ट्राइबल लैंड हो तो, तब भी हम यही काम करेंगे। इसका मतलब शांति शृंखला बनाए रखने का अर्थ ट्राइबल लैंड की विरोधिता करना नहीं है। टी. एन.एल.एफ. है, केन्द्रीय सरकार है बातचीत हो। जो भी तय होगा हमें मानना होगा। इसलिए हम लोग अपना काम करेंगे। आप लोगों पर मुझे पूरा विश्वास है। आशा करता हूँ हम सफल होंगे।" चांदा साहब ने अपनी बात समाप्त की। परेड कमांडर ने परेड खत्म की।

चांदा साहब ने आगे बढ़कर कहा, "तुम लोग जो बाहर से आए हो उनके लिए लंच की व्यवस्था है। ऑफिस में चलो।"

लेपचा ने आगे आकर कहा, "सिर्फ लंच खिलाइएगा सर?"

"नहीं, नहीं, शराब भी पिलाऊँगा। चलो।"

बकुल ने आगे आकर कहा, "सर।"

चांदा साहब ने व्यंग्यात्मक भाव में कहा, "तुम तो अच्छे लड़के हो, शराब नहीं पीते। ठीक है, दूध पी लेना, चलो।"

"सर मुझे अभी ही बैकुंठपुर लौटना पड़ेगा। पाँच बजे मैंने अपने ऑफिस में ब्रीफिंग बुलाई है।"

"इतनी जल्दी क्यों बुलाया? मैं अगर न छोड़ूँ तो?"

"नहीं छोड़ने पर वो लोग बैठे रहेंगे सर। फिर काफी देर होने पर सबंग के लिए गाड़ी जुगाड़ नहीं की जा सकेगी।"

चांदा साहब हो-हो-हो कर ठहाका मार हँस पड़े। राव को साक्षी रखकर कहा, "राव देख रहे हो? ये बकुल मुझे ब्लैकमेल कर रहा है कि देरी होने पर गाड़ी नहीं मिलेगी। नॉटी ब्वॉय।" चांदा साहब ने बकुल की पीठ पर एक थपकी देकर कहा, "जाओ मगर सबंग के लिए गाड़ी मिलनी ही चाहिए।" बकुल सैल्यूट कर बैकुंठपुर के लिए रवाना हुआ।

बैकुंठपुर पहुँचकर बकुल ने देखा कि सभी थाने के ओ.सी., सी.आई. बाघागुड़ी, आई.सी. बैकुंठपुर सभी डी.एस.पी. साहब के कमरे में बैठे थे। बकुल ने सबको बुलाया। सबके बैठने पर उसने कहा, "अभी तक हमारे पास जो खबर है, उसके अनुसार टी.एन.एल.एफ. मतदान के बायकाट की घोषणा के बाद भी मतदान में अहिंसा के पथ पर नहीं जाएगा। पर हमारा निश्चिंत होकर बैठे रहना ठीक नहीं है। पहाड़ों की गोद से सटकर जो भी बूथ हैं उनमें प्रत्येक बूथ में हम चार सशस्त्र पुलिस बल देंगे। जिन बूथों में झमेले होने की आशंका नहीं है उन सब में लाठीधारी पुलिस, एन.डी.एफ. या होमगार्ड दिया जाएगा। हाँ, जिन-जिन यूनिटों से जितने लोग तय किए गए हैं उतने ही भेजिएगा।"

अतिलाल बाड़ी के ओ.सी. प्रद्युत आचार्जी ने उठकर कहा, "सर दस जन तय किए गए हैं। सिर्फ होमगार्डों को थाने में रखकर भी होता तो दे देता पर छोटे बाबू के पिता का देहांत हो गया। उनको तो छुट्टी देनी ही पड़ेगी।"

बकुल ने गंभीर होने का दिखावा करते हुए कहा, "आपकी इतनी बड़ी समस्या। तो छोटे बाबू के पिता को वोट के बाद मरने के लिए कह सकते थे।" सब मुँह दबाकर हँस पड़े। आचार्जी खड़ा ही रहा।

बकुल ने कहा, "पिता का देहांत जब हो गया है तब तो छुट्टी देनी ही पड़ेगी। ठीक है आप एक आदमी कम दीजिएगा।"

आई.सी.बी.आर.एफ. अर्थात् बैकुंठपुर रिजर्व फोर्स के रिटायर ए.एस.आई. ने खड़े होकर कहा, "सर मैंने किसी को हाथ में रखकर फोर्स नहीं दिया।"

"क्या मैंने यह कहा है कि आपने हाथ में रखकर दिया है। मैं यह कह रहा हूँ, आप एक और आदमी अधिक दीजिएगा।"

"किंतु मैं कहाँ से दूँगा सर? एक भी आदमी नहीं है।"

"तब और क्या किया जाए। छोटे बाबू के पिता का जब देहांत हो गया है तब तो उन्हें छुट्टी देनी ही पड़ेगी। तब मेरे सिक्यूरिटी गार्ड को ही डिटेल करना पड़ेगा।"

"नहीं सर, ऐसा क्या कभी होता है?"

"तो फिर आप एक आदमी अधिक दीजिएगा।"

"अच्छा सर मैं कोशिश करूँगा।"

"कोशिश करने से ही होगा। एम.टी.ओ. साहब, सबंग के लिए दो गाड़ी और रिक्यूजिशन करनी होगी।"

एम.टी.ओ. समर हालदार उठ खड़ा हुआ। उसने काफी विनती करते हुए कहा, "सर गाड़ी पकड़ना अब और संभव नहीं है। पहाड़ पर वैसे भी कोई जाना नहीं चाहता। उसके ऊपर जिसकी भी गाड़ी पकड़ने जाता हूँ वो पिछले बार का पैसा माँगता है। कोई जाना नहीं चाहता है सर।"

"अच्छा किसकी गाड़ी है देखिए। जरूरत पड़ेगी तो मैं स्वयं जाकर अनुरोध करूँगा।"

एम.टी.ओ. बिना कुछ कहे ही बैठ गया। बकुल बोला, "कल कालेज के मैदान में फोर्स डिटेलमेंट के चार्ज में रहेंगे सी.आई. बाघागुड़ी। उनकी सहायता करेंगे आई.सी., बी.आर.एफ. मेरे रीडर एवं प्रत्येक थाने से एक-एक करके एस. आई.। किस थाने से कौन रहेगा, यह बात ओ.सी. आज बता जाएँगे। आर.डी. एस.पी. साहब आप थोड़ा देख लीजिएगा जिससे जितनी जल्दी संभव हो पोलिंग पार्टी फोर्स लेकर बूथ में चले जाएँ।"

डी.एस.पी. पाल ने कहा, "ठीक है सर।" ब्रीफिंग समाप्त हो गई।

बकुल कपड़े खोलने के लिए वापस ऊपर जाने की सोच रहा था कि एस. पी. साहब का फोन आया। बकुल के फोन पकड़ते ही चांदा साहब बोल पड़े, "बकुल मैं तो भूल ही गया था कि कल सुबह बैरकपुर से एक प्लाटून एस.ए.पी. आ रही है। यहाँ से गाड़ी भेजना संभव नहीं हो पा रहा है। जैसे भी हो तुम उनको लामलिंग भेजने की व्यवस्था करो।" बकुल को यह काम प्रायः असंभव जान पड़ा। परसों वोट है। सभी गाड़ियाँ वोट के काम में लगी थीं। अभी वो किस तरह गाड़ी जुगाड़ करे? पर यह सब बोलकर भी तो कोई लाभ नहीं है। काम तो करना ही होगा। वो बोला, "व्यवस्था हो जाएगी सर। कल भेज दूँगा।"

"कह तो दिया 'भेज दूँगा' मगर भेजेगा कैसे?" बकुल ने फोन पर एम. टी.ओ. को पकड़ा।

"किसी तरह सिर्फ एक वैन मिल सकती है?" बकुल ने डी.आई.जी., बी. एस.एफ. को भी फोन पर पकड़ा—"सर मुसीबत में फँस गया हूँ। मेरी इज्जत बचाइए।"

किंतु उनकी भी सभी गाड़ियाँ इलेक्शन में चली गई थीं, एकमात्र स्कूल बस के ड्राइवर के राजी होने पर भेजा जा सकता था अर्थात् दो गाड़ियाँ हुईं। दो गाड़ियों में एक प्लाटून फोर्स आ जाएगी। मगर फोर्स को पहुँचाकर तो गाड़ियों को वापस लौटना होगा। साथ में आर्म्ड गार्ड देने होंगे अर्थात् कम से कम एक गाड़ी और जुगाड़ करनी होगी।

गाड़ी जुगाड़ करके भेजने में दोपहर हो गई। शाम को कॉलेज के मैदान में जाकर बकुल ने देखा, फोर्स लेने के लिए दस-एक जन लोग लाइन में खड़े होकर हल्ला मचा रहे थे। आई.सी., बी.आर.एफ.सी.सी. में पुलिस के लोगों के नाम लिख रहे थे। आर.सी.आई. बाघागुड़ी लोगों के साथ तर्क कर रहे थे–"जाओ तो। हम लोग सुबह से आकर बैठे हैं। आप लोगों का कुछ पता ही नहीं और शाम होते ही बैलेट पेपर को लेकर हल्ला मचाना शुरू कर दिया। नाम तो लिखना होगा।" बकुल ने देखा, सी.आई. बाघागुड़ी जो बोल रहे थे वो शायद ठीक हो किंतु लोग जब साइकोलॉजी के द्वारा चल रहे होते हैं तब उनको तर्कसंगत बातें सुनाकर भी कोई लाभ नहीं होता। इसके अलावा डिटेलमेंट जितनी जल्दी खत्म हो उतना ही अच्छा है क्योंकि प्रत्येक बूथ में पोलिंग पार्टी के न पहुँचने तक उनको शांति नहीं मिलती। उसने कहा, "आई.सी., बी.आर.एफ. एक से तीस तक लिखिए और रीडर बाबू आप एक और सी.सी. बुक लेकर इकत्तीस से साठ तक लिखिए और दत्ता बाबू को इकसठ के बाद के लिए और एक खाता लेकर बैठने को बोलिए। आप लोगों में जिनका एक से तीस तक है वो यहाँ रहें। दूसरे लोग बगल में लाइन दें।" संग-संग लोग तीन लाइनों में बँट गए। आधे घंटे में डिटेलमेंट खत्म।

कॉलेज के मैदान से बकुल आकर कंट्रोल रूम में बैठा। बैकुंठपुर के बूथों में छह बजे के भीतर ही सब पोलिंग पार्टी पहुँच गईं। आठ बजे के अंदर छोड़िबाड़ी के एक बूथ को छोड़कर सभी बूथों में पोलिंग पार्टियों के पहुँचने की खबर आई। छोड़िबाड़ी थाने को वायरलेस पर इंस्ट्रक्शन दिया गया। थाने से आदमी भेजकर देखा गया कि प्रिसाइडिंग अफसर का घर पास ही था। वहाँ पहुँचकर बिना कोई सूचना दिए ही वे घर पर रात्रि का भोजन करने चले गए थे। दस बजे के करीब वे वापस लौटे। बकुल अपने क्वार्टर में लौट गया।

दूसरे दिन सुबह उठते ही बकुल फिर कंट्रोल रूम में आकर बैठ गया। उसके इलाके के सब पोलिंग बूथों में शांतिपूर्ण तरीके से वोट शुरू हुआ। पहाड़ पर कुछ बूथों को छोड़कर किसी में कोई वोट देने नहीं आया। बकुल ने स्वयं कुछ बूथों पर घूमकर देखा। उसके बाद आकर ऑफिस में बैठ गया।

ग्यारह बजे क्रिंग क्रिंग कर टेलीफोन बज उठा। फोन उठाकर कान में लगाते ही दूसरी तरफ से आवाज आई–"एडिशनल एस.पी. साहब बोल रहे हैं?"

बकुल ने कहा, "आप कौन बोल रहे हैं?"

"पार्टी ऑफिस से बोल रहा हूँ।"

"किस पार्टी ऑफिस से?"

"लाल पार्टी ऑफिस से।"

"कौन बोल रहे हैं?"

"विनय बनर्जी बोल रहा हूँ।"

"बोलिए।"

"बाबूपाड़ा और देशबंधुपाड़ा में नीली पार्टी के लोगों ने बूथ जाम कर रखा है। हमारे लोगों को वोट देने नहीं दे रहे हैं। आप जल्दी कुछ व्यवस्था कीजिए।"

बकुल को और कुछ बोलने का मौका दिए बगैर ही उसने फोन रख दिया। बकुल को विनय बनर्जी के बात करने का तरीका अच्छा नहीं लगा, पर अभियोग गंभीर था, उसे देखना ही होगा। उसने ड्राइवर से गाड़ी निकालने के लिए कहा। बाबूपाड़ा में पहुँचकर देखा कि बूथ के सामने काफी लंबी लाइन थी। तो क्या यही लोग बूथ जाम करके खड़े हैं? उसने लाल पार्टी के एजेंट से बात की। बकुल ने पूछा, "जो लोग लाइन में खड़े हैं वो वोटर हैं या अन्य कोई?"

"अन्य कोई क्यों होंगे? सब वोटर हैं।"

"इनमें से क्या कोई वोट देकर दुबारा लाइन में खड़ा हुआ है?"

"नहीं वोट देकर चले जा रहे हैं।"

"क्या कोई सिर्फ लाइन में खड़ा है, और वोट नहीं दे रहा?"

"ऐसा क्यों होगा? एक के बाद एक सभी वोट देकर जा रहे हैं।"

"फिर बूथ जाम कौन कर रहा है?"

"कहाँ है बूथ जाम? कहीं और हो सकता है, यहाँ पर तो नहीं हुआ।"

बकुल ने तब प्रिसाइडिंग अफसर से बात की।

प्रिसाइडिंग अफसर तो मानों आकाश से गिरा। "क्या कह रहे हैं? यहाँ किसी प्रकार की कोई गड़बड़ी नहीं हुई है। मुझे लगता है नाम बताने में भूल हुई है।" बकुल बूथ से बाहर निकल आया। उसने देखा नीली पार्टी के कैंप के सामने बेमतलब की काफी भीड़ जमा थी। लाल पार्टी के कैंप के बाहर उस तुलना में काफी कम लोग थे। बकुल वहाँ से निकलकर देशबंधुपाड़ा गया। वहाँ भी एक ही स्थिति थी। वो वापस ऑफिस लौट गया।

चेयर पर बैठते न बैठते स्टेनो बाबू ने आकर कहा, "सर होम सेक्रेटरी ने दो बार फोन किया था। आपको इम्मीडिएटली फोन करने के लिए कहा है।"

बकुल ने हॉट लाइन में होम सेक्रेट्री को माँगा। फोन उठाते ही होम सेक्रेटरी ने कहा, "नीली पार्टी ने इल्जाम लगाया है कि लाल पार्टी के लोगों ने बैकुंठपुर के कूलिपाड़ा का बूथ दखल कर लिया है। नीली पार्टी के वोटरों को वहाँ घुसने ही नहीं दे रहे हैं। तुम पर्सनली जाकर देखो और मुझे रिपोर्ट दो।"

फोन रखते न रखते ही ऑपरेटर ने कहा, "सर डी.आई.जी. हेडक्वार्टर बात करेंगे।" बकुल असमंजस में पड़ गया, अब डी.आई.जी. हेडक्वार्टर क्या बात करेंगे? पर डी.आई.जी. हेडक्वार्टर ने भी एक ही बात कही–"तुरंत रिपोर्ट दो।" बकुल गाड़ी लेकर निकल पड़ा। कूलिपाड़ा के बूथ के सामने काफी लंबी लाइन लगी थी। लाल पार्टी के कैंप के सामने काफी भीड़ थी पर नीली पार्टी का कैंप अगर कहा

जाए तो उसकी अपेक्षा खाली था। बकुल ने सीधे जाकर नीली पार्टी के एजेंट को खोजा। प्रिसाइडिंग अफसर ने कहा, "नीली पार्टी का सिर्फ एक आदमी पोलिंग एजेंट था। कुछ देर पहले ही वो खाना खाने गया है।"

"आपके बूथ में वोट कैसा चल रहा है?"

"ठीक-ठाक चल रहा है। किसी तरह की भी गड़बड़ी नहीं है।"

"वोटर नहीं है जो, क्या ऐसे लोग भी वोट देने आ रहे हैं?"

"नहीं तो, ऐसा तो मैंने एक भी नहीं देखा।"

"बाहर का कोई आदमी किसी को वोट देने में बाधा दे रहा है क्या?"

"नहीं, ऐसी भी कोई घटना नहीं घटी।"

"तब तो ठीक है।"

बकुल बाहर निकल आया। जिन दो कांस्टेबलों की ड्यूटी वहाँ थी उनको भी बुलाकर पूछा। लाल पार्टी के लोग यहाँ जोर-जबरदस्ती कर रहे हैं या नहीं? दोनों ने बताया कि ऐसी कोई भी घटना नहीं घटी। बकुल गाड़ी के पास जाकर जरा-सा ठिठका। उसका अगंरक्षक वरुण पास आकर बोला, "सर, वो जो लाइन के पास खड़ा है बाबुआ है।"

"बाबुआ कौन?"

"बाबुआ यहाँ का एक बड़ा मस्तान है। उसके नाम पर तीन-चार मर्डर केस हैं।" बकुल ने नजर उठाकर देखा एक पच्चीस-तीस साल का हट्टा-कट्टा बदन वाला युवक रंगबाज की तरह लाइन से थोड़ी दूर पर खड़ा होकर लाइन की तरफ नजरें गड़ाए था। लाइन में खड़े लोग घूम फिर कर उसकी तरफ देख रहे थे। और भी दो-तीन लड़के उसी तरह विभिन्न जगहों पर खड़े थे। बकुल मंद गति से बाबुआ के सामने जाकर खड़ा हुआ। किंतु उसमें कोई प्रतिक्रिया नहीं हुई।

बकुल ने पूछा, "आप क्या वोटर हैं?"

"हाँ इस बूथ में मेरा वोट है।"

"आप क्या अभी वोट देना चाहते हैं?"

"नहीं, मैं कुछ देर बाद वोट दूँगा।"

"तब आप लाइन के पास से दूर हट जाइए।"

"क्यों? मैं तो कुछ भी नहीं कर रहा?"

"सवाल करने या न करने का नहीं है, आपका तो यहाँ खड़े रहने का ही कोई सवाल नहीं उठता।"

"मैं तो कुछ भी नहीं कर रहा?"

"इसका मतलब आप यहाँ से नहीं जाएँगे। ठीक है। वरुण।" वरुण के पास आते ही बकुल ने कहा, "इसे गाड़ी में उठा लीजिए।" यह सुनते ही बाबुआ सर-सर करते हुए वहाँ से सरक गया। वह पहले लाल पार्टी के कैंप में गया। वहाँ

से आकर फिर लाइन में खड़ा हो गया। अन्य दो-चार लड़के जो उसकी तरह खड़े थे वे लोग कैंप में चले गए। बकुल खड़ा रहा। कुछ देर बाद तक बाबुआ लाइन में खड़े रहने के बाद, वहाँ से निकलकर वापस कैंप में जाकर बैठ गया। बकुल ने बूथ में कर्तव्यरत कांस्टेबलों से कहा, ‘‘यदि कोई लाइन में खड़ा हो तो ठीक है, किंतु अगल-बगल खड़ा हो तो हटा दीजिएगा। किसी तरह की कोई असुविधा होने पर मोबाइल वैन को रिपोर्ट करिएगा।’’ कांस्टेबलों ने ‘जो हुकुम’ की मुद्रा में सर हिलाया। बकुल ने गाड़ी में बैठकर वायरलेस से मोबाइल वैन को कूलिपाड़ा में चले आने को कहा।

ऑफिस में आते ही बकुल ने डी.आई.जी. हेडक्वार्टर को फोन किया, ‘‘सर मैं स्वयं कूलिपाड़ा बूथ जाकर देख आया हूँ। बूथ कब्जे का अभियोग सच नहीं है।’’

‘‘तुमने स्वयं जाकर देखा तो है।’’

‘‘हाँ सर, मैंने स्वयं जाकर देखा है।’’

‘‘अच्छा ठीक है।’’ उन्होंने फोन रख दिया। बकुल ने इस बार होम सेक्रेटरी को खबर थी। होम सेक्रेटरी इतनी जल्दी खबर पाकर बहुत खुश हुए। बकुल ने टेलीफोन पर कंट्रोल रूम के साथ संपर्क किया और डी.एस.पी. से कहा, ‘‘रिजर्व से एक पार्टी कूलिपाड़ा भेज दें नहीं तो मोबाइल वैन वहीं अटकी रहेगी। अच्छा और अन्य बूथों की क्या खबर है?’’

डी.एस.पी. ने कहा, ‘‘सब खबर ठीक है सर।’’ सही-सलामत वोट तो हो गया मगर सभी पोलिंग पार्टी के वापस लौटते-लौटते भोर हो गई।

पहाड़ के पच्चीस बूथ भी बैकुंठपुर विधानसभा इलाके में आते थे। वहाँ से बैलेट पेपर बॉक्स आया दूसरे दिन सुबह। देखा गया दोनों बूथों में ही वोट पड़ा था। बाकी सब बूथों से खाली बैलेट बॉक्स ही वापस आया। गिनती अगले दिन सुबह से शुरू होगी। सारा दिन साँय-साँय सा वातावरण रहा। पर गिनती वाले दिन सुबह होते न होते कॉलेज के मैदान में भीड़ बढ़ने लगी। दस बजे गिनती शुरू हुई। प्रत्येक घंटे में माइक से गिनती के परिणामों की घोषणा की जा रही थी। कुछ लोग खुश हो रहे थे। कुछ लोग चुपचाप थे। बैकुंठपुर के बूथों के बैलेट को पहले गिना गया। लाल पार्टी और नीली पार्टी के वोटों में अंतर काफी कम होने पर भी नीली पार्टी के अनंत नंदी ही आगे थे। लाल पार्टी के गौर कुंडू का मुँह सूख गया। पर दूसरे इलाकों के बूथों में देखा गया कि लाल पार्टी को ही वोट अधिक मिले थे। पहाड़ के जिन दो बूथों में वोट पड़े थे, वहाँ का सारा वोट लाल पार्टी को मिला था। गिनती खत्म होने में रात भी प्रायः खत्म हो गई। अंतिम गिनती में देखा गया कि लाल पार्टी के गौर कुंडू दो सौ से अधिक वोट पाकर निर्वाचित घोषित हुए हैं।

निर्वाचित होने का अर्थ है विजय। विजय का मतलब विजय जुलूस। अगले दिन धूम-धड़ाके से विजय जुलूस निकाला गया। एक-दूसरे पर लोग गुलाल उड़ाने लगे। पार्टी ऑफिस के पास आते ही बाजे और जोर-जोर से बजने लगे। रास्ते के उस पार नजदीक ही नीली पार्टी का ऑफिस था। कहाँ से क्या हुआ पता नहीं। पुलिस वालों ने देखा, जुलूस से नीली पार्टी के ऑफिस की तरफ पत्थर फेंके जा रहे थे। बकुल के पास खबर पहुँची। बकुल ने थाने से तत्काल फोर्स भेजने को कह एस.डी.ओ. को फोन किया। उद्देश्य था एक मैजिस्ट्रेट को भेजने के लिए कहना, पर एस.डी.ओ. का ऑफिस घर कहीं भी पता नहीं था। बकुल ने तब सेकेंड अफसर चक्रवर्ती को पकड़ा। चक्रवर्ती ने बताया एस.पी. और डी.एम. ब्लूबर्ड होटल में हैं। भजनराम वहीं गया है। सेकेंड अफसर स्वयं ही घटना स्थल पर गए। बकुल भी तत्काल घटना स्थल पर पहुँचा। उस समय तक भी पत्थर फेंका-फेंकी चल रही थी। बकुल ने तत्काल अपने लोगों को लेकर लोगों के बीच में पोजीशन ली। उसके बाद दोनों ओर पुलिस को रखकर जुलूस निकाला गया। बकुल ने एक बड़ी पुलिस पार्टी को जुलूस के साथ रवाना किया। सेकेंड अफसर घर लौट गया। बकुल भी ब्लूबर्ड होटल की तरफ रवाना हुआ।

होटल का ब्वॉय उसे पहली मंजिल के एक कमरे में ले गया। दरवाजा ठेलकर घुसते ही बकुल ने देखा कि, कुल पाँच बियर की बोतलें और कुछ फ्रायेड चिकेन टी पॉय के ऊपर रखे हुए थे। चांदा साहब, मिश्र साहब और भजनराम गिलास हाथ में लेकर कभी बियर की चुस्की ले रहे थे तो कभी झपकी ले रहे थे। बकुल को देखते ही चांदा साहब ने कहा, ''वेटर और एक गिलास।''

बकुल तुरंत बोल पड़ा—''सर मैं नहीं पीता।''

''अरे हाँ तुम तो शराब नहीं पीते। बच्चे हो, दूध पीओ। वेटर थोड़ा दूध लेकर आओ।'' वेटर बौखलाकर खड़ा रहा।

मिश्र साहब ने गिलास से चुस्की लेकर कहा, ''बकुल कैसे हो?''

''फाइन सर, आपलोग अच्छे हैं सर?''

''देख तो रहे हो, इलेक्शन अच्छी तरह बीत जाने के कारण सेलिब्रेट कर रहे है।'' वे गिलास को रखकर बाथरूम में घुस गए।

भजनराम चांदा साहब की तरफ झुककर कहने लगा, ''सर इस बियर को पीते ही बाथरूम में घुसना होगा। बियर पीना और फ्लश डालना एक ही बात है।'' चांदा साहब शायद इस बात को सत्य प्रमाणित करने के लिए हँसते-हँसते दूसरे बाथरूम में घुस गए। ब्वॉय एक प्लेट में बिल लेकर आया। भजनराम के साइन करते ही वो उसे लेकर चला गया। बकुल ने देखा एक हजार सत्तर रुपये का बिल था, पर किस चीज का बिल था कुछ नहीं लिखा था। बकुल को काफी कौतूहल हुआ।

उसने भजनराम से पूछा, "वह किस चीज का बिल था? और आपने भी आखिर साइन क्यों किया?"

उसने थोड़ा मुस्कुराकर उत्तर दिया, "कुछ दिन रहिए। तब आपको भी सब समझ में आ जाएगा।"

बकुल समझ गया। सरकारी पैसे से सेलिब्रेशन हो रहा था। चुनाव निर्विघ्न संपन्न होने का सेलिब्रेशन। मगर जो हुआ है उसमें सेलिब्रेशन करने की क्या बात थी? टी.एन.एल.एफ. ने घोषणा की थी, कोई वोट नहीं देगा। किसी ने वोट नहीं दिया। बैलेट बॉक्स खाली ही वापस लौट आया। इसमें तो चिंतित होने की बात है। इसमें खुश होने की क्या बात है? इसके अलावा बैकुंठपुर में जो हो रहा है, जिले के दूसरे स्थानों पर भी 'आफ्टर इलेक्शन क्लैश' हो सकता है। ऐसे समय, इन सबकी खोज खबर न लेकर होटल में बैठकर शराब पीना। ये किस तरह के अफसरों के अंडर में वो काम कर रहा है? बकुल का दम घुटने लगा।

पैंट का बेल्ट लगाते-लगाते चांदा साहब निकलते ही बोले, "क्या बकुल? तुम क्या कुछ कहना चाहते हो?" हाँ, बकुल तो कहने ही आया था। विजय जुलूस को लेकर झमेला हुआ था, यह बात वह एस.पी. साहब को बताकर रखना चाहता था। वोट के दिन विनय बनर्जी द्वारा दी गई झूठी खबर के बारे में बातचीत करना चाहता था। पर इस हालत में क्या बातचीत होगी?

उसने कहा, "नहीं सर। आप लोग आए हैं इसलिए मुलाकात करने आया था।"

"सब ठीक-ठाक चल रहा है ना?"

"सब ठीक-ठाक है सर।"

"तुम जब हो तो, ठीक-ठाक ही रहेगा।" चांदा साहब हँसने लगे। भजनराम खोया-खोया-सा बैठा था। चांदा साहब को हँसता देख वो भी हो-हो करके हँसने लगा।

मिश्र साहब ने बाथरूम से निकलते ही कहा, "बकुल खड़े क्यों हो? बैठिए।"

बकुल ने कहा, "सर मुझे कुछ काम है। तुरंत चला जाऊँगा।"

भजनराम ने इन बातों पर कान न देते हुए मिश्र साहब के पास जाकर पूछा, "सर एक बोतल व्हिस्की बोलूँ?"

मिश्र साहब ने कहा, "नहीं अभी रहने दो। रात में पिएँगे।" भजनराम ने तब चांदा साहब के पास जाकर पूछा, "सर एक बोतल रम?"

चांदा साहब कुछ बोलने जा रहे थे कि बकुल ने कहा, "सर मुझे जरा कुछ काम है, मैं जाता हूँ।" बकुल सैल्यूट करके निकल गया।

पाँच

ऑफिस की छुट्टी हो जाने पर सब चले गए। बकुल मैसेज फाइल देख रहा था। वृंदावन ने आकर कहा, ''बैकुंठपुर थाने के एस.आई. प्रबाल दाम मिलना चाहते है।'' बकुल ने भेजने के लिए इशारा किया। प्रबाल दाम के आकर सैल्यूट कर खड़ा होते ही बकुल ने बैठने का इशारा किया। दाम ने चेयर पर बैठकर टोपी को उतारकर गोद में रखा। बकुल ने फाइल से सर उठाकर कहा, ''बोलिए।''

''सर मित्तल के एजेण्ट सुशील जैन के यहाँ से मैंने आधा किलो के करीब सोने की सिल्ली सीज़ की थी।''

''मित्तल कौन?''

''टी.पी. मित्तल सर। बहुत बड़ा चोर व्यवसायी है सर।''

''क्या हुआ उसका फिर?''

''आई.सी. साहब ने सोना वापस दे दिया सर।''

''क्यों वापस किया?''

''ऐसे ही सर। जैन को बुलाकर वापस दे दिया।''

''सोना सीज हुआ था इसका प्रमाण है?''

''हाँ सर, सीजर लिस्ट है, डी.डी. एंट्री है। डी.डी. एंट्री नंबर सत्तरह है सर। कल के डेट में।''

''अच्छा मैं इस बारे में देखूँगा।''

''सर थोड़ा देखिएगा। पूरी अराजकता है सर।''

दाम सैल्यूट करके चला गया। बकुल ने बैकुंठपुर थाने में जाकर पिछले दिन के डी.डी. एंट्री का निरीक्षण करके देखा, सचमुच ही कल सुशील जैन से 455 ग्राम के करीब सोना सीज किया गया था। बकुल ने आई.सी. को बुलाकर सोना देखना चाहा। आई.सी. दुर्गा बोस ने कहा, ''सर कोई प्रमाण नहीं मिलने पर सोना वापस कर दिया गया है।''

''सोना उसी का है, इस बारे में जैन ने क्या प्रमाण दिया था?''

आई.सी. निरुत्तर हो गया। बकुल ने कहा, ''वह सोना संदिग्ध प्रोपर्टी के अनुसार सीज हुआ था। इस बारे में आपने बिना कोई खोज खबर लिए ही सोना वापस लौटा दिया?''

आई.सी. ने जवाब दिया, ''साहब लोग अगर कहें तो मैं क्या करूँ सर?''

''किस साहब ने आपसे कहा था?''

बोलने की इच्छा न होते हुए भी जैसे वो बोल रहा है ऐसा दिखावा करते हुए दुर्गा बोस ने कहा, ''डी.जी. साहब ने।''

बकुल आई.सी. का उत्तर सुनकर दंग रह गया। कइयों के मुँह से उसने सुना था कि दुर्गा बोस ने डी.जी. को दो लाख रुपए घूस देकर बैकुंठपुर में पोस्टिंग ली थी। एडवोकेट समर कुंडू से भी उसने उसके कार्यकलाप के बारे में थोड़ा-बहुत सुना था। मगर उसने इतना नहीं सोचा था। इस तरह से अगर उसके अधीनस्थ कर्मचारी डी.जी. का नाम लेकर अन्यान्य काम करते रहे तो प्रशासन नाम की कोई चीज ही नहीं रहेगी। ऐसा होने पर उसके यहाँ रहने न रहने का कोई मतलब ही नहीं रहता।

उसने आई.सी. से कहा, "इंस्पेक्शन रजिस्टर लाने के लिए बोलिए। अपनी जवाबदेही में लिखिए कि डी.जी. साहब ने कहा था इसलिए आपने सोना वापस किया है।"

दुर्गा बोस बाहर निकल गया। दफादार के इंस्पेक्शन रजिस्टर लाने पर बकुल ने उसमें अपनी फाइंडिंग रिकार्ड करके एक सप्ताह के भीतर आई.सी. को जवाबदेही देने के लिए कहा।

घर पर लौटते ही हॉट लाइन बज उठी। उठाते ही ऑपरेटर ने कहा, "डी. जी. साहब बात करेंगे।"

डी.जी. ने गंभीर आवाज में कहा, "बकुल तुमने दुर्गा बोस से एक्सप्लेनेशन माँगा है।"

बकुल मानसिक रूप से तैयार था। उसने कहा, "उसने गलती तो की ही है पर आर्डर सीटी देखिए, आपके नाम पर तोहमत लगा रहा है। पर मैं तो जानता हूँ आपको कुछ बोलना होगा तो आप आई.सी. को बोलने नहीं जाएँगे। एस.पी. को कहेंगे या बहुत हुआ तो मुझको कहेंगे?"

"व-व-व-व-व-व-वह तो तुम ठीक ही कह रहे हो। यू आर एब्सोल्यूटली राइट। तब मैं अगली इक्कीस तारीख को आ रहा है। तुम सर्किट हाउस में एक सूट बुक करके रखना और मित्तल को खबर दे देना।"

"कौन मित्तल?"

"टी.पी. मित्तल।"

"सर जरा पता बताइएगा।"

"वो दुर्गा सब जानता है। उसे कहना। वो ही सब ठीक करके रखेगा।"

"अच्छा सर। मैं दुर्गा बाबू से कह दूँगा। नमस्कार सर।"

"नमस्कार।" डी.जी. साहब ने लाइन छोड़ दिया।

हॉट लाइन रखकर बकुल ने बेल्ट खोला। पैंट खोलने को ज्यों ही हुआ वैसे ही टेलीफोन बज उठा। टेलीफोन उठाते ही किसी ने कहा, "एडिशनल एस.पी. साहब बोल रहे हैं, सर?"

"बोल रहा हूँ।"

"ओ.सी. मटिकाटा बोल रहा हूँ, सर।"

"बोलिए।"

"मेडिकल कॉलेज के प्रिंसिपल का छात्रों ने घेराव कर रखा है सर।"

"घेराव क्यों किया है?"

"उनकी माँग है सब अपराधियों को अरेस्ट करना होगा। अरेस्ट कर लूँ सर?"

"आश्चर्य है। किसका अपराधी, कौन अपराधी, क्यों अपराधी, यह सब बताए बिना कैसे कह दूँ आप अरेस्ट कर लीजिए।"

"रायोटिंग केस के अपराधी हैं सर।"

"अपराधी कौन है? उन्होंने कब और किसके साथ रायोटिंग की?"

"परसों सर। लाल पार्टी के छात्रों ने जुलूस निकाला। 'ज्यादा लाल पार्टी' के छात्रों ने आकर जुलूस पर हमला कर दिया।"

"परसों हमला हुआ, पर आपने तो खबर नहीं दी।"

"सर, मैंने सोचा, मैं सँभाल लूँगा, आपको परेशान नहीं करूँगा।"

"घेराव कब से किया है?"

"सुबह से घेराव कर रखा है सर।"

"और आप अभी रात को खबर दे रहे हैं?"

"मैंने सोचा था..."

"आप सँभाल लेगे। तब सँभाल क्यों नहीं पाए?"

"सर, लाल पार्टी के लोग कुछ भी सुनने के लिए तैयार नहीं हैं। कह रहे हैं, अरेस्ट करना पड़ेगा। मैं अरेस्ट कर लूँ सर?"

"मैं पूरी घटना की खोज खबर लेकर ही कुछ कहूँगा।" बकुल ने फोन रख दिया। वर्दी खोलना भी नहीं हुआ, उसने बेल्ट कसी, टोपी पहन वो गाड़ी में जा बैठा।

बकुल के मन में आया कि किसी व्यक्ति से पूरी घटना की जानकारी लेना उचित होगा। मगर जहाँ राजनीति जुड़ी हो वहाँ निरपेक्ष इंसान भी मिलना मुश्किल है। यदि एक-दो लोग होंगे भी तो वे ऐसे अलग होकर रहते हैं कि उनसे कुछ भी जानना मुश्किल होता है। पर डॉक्टर हालदार के पास जाना कैसा होगा? डॉक्टर हालदार लाल पार्टी के समर्थक हैं। मगर सच बात बोलते हैं। बकुल डॉक्टर हालदार के घर जा पहुँचा। डॉक्टर हालदार ने बताया—"परसों लाल पार्टी के लड़कों ने विजय जुलूस निकाला था। जुलूस जब हॉस्टल के सामने से निकल रहा था उसी समय एक पत्थर आकर जुलूस के बीच गिरा। जिससे एक लड़के का सर जरा-सा कट गया। पत्थर किस तरफ से आया था यह किसी ने भी नहीं देखा, पर वे बोल रहे हैं कि होस्टल से ही आया था। उस समय तो जुलूस खत्म होने पर सब अपने-अपने होटल में गए परंतु उसके बाद कट्टा, लाठी और बम लेकर हॉस्टल पर हमला किया।

बम की चोट से एक जन गंभीर रूप से आहत हुआ। उसको कलकत्ता भेजा गया है। इसके अलावा लाठी और रॉड की चोट से और भी पाँच-छह जन आहत होकर हमारे हॉस्पिटल में भर्ती हैं।''

''तो फिर लाल पार्टी के लड़कों ने प्रिंसिपल का घेराव क्यों कर रखा है?''

''घेराव काहे का? नाटक हो रहा है। जघन्य।''

''क्या हो रहा है, जरा बताइए तो।''

''मेरे मुँह से सुनकर क्या होगा? जाते ही देखने को मिलेगा। चले जाइए।''

बकुल प्रिंसिपल के ऑफिस के बाहर हाजिर हुआ। ऑफिस अंदर से बंद था और बाहर कोई भी नहीं था। तो क्या घेरावकारियों ने प्रिंसिपल को घर के अंदर बंद कर रखा है? बकुल दरवाजा खटखटाने लगा। पाँच मिनट तक दरवाजा खटखटाने के बाद एक सुंदर-सी महिला ने आकर दरवाजा खोला। महिला के माँग में सिंदूर था। बकुल सोचने लगा, महिला क्या कॉलेज की छात्रा है? पर देखने में तो वयस्का लग रही है। बकुल ने आखिर पूछ ही लिया—''आप क्या इस कॉलेज की छात्रा हैं?''

महिला न सूचक गर्दन हिलाकर बोली, ''मैं मिसेज मुखर्जी।''

बकुल चौंक गया। मिसेज मुखर्जी। मतलब प्रिंसिपल की पत्नी। ये यहाँ क्यों?

बकुल ने पूछा, ''आप यहाँ किस तरह आईं?''

''उनकी तबीयत खराब लग रही थी, इसलिए छात्रों ने मुझे आने दिया।''

''तो उन्हें घर लेकर क्यों नहीं गईं?''

''छात्रों ने घेराव जो कर रखा है।''

''छात्र कहाँ हैं? किसने घेराव कर रखा है?''

''वे लोग बाहर ही तो थे।'' मिसेज मुखर्जी इधर-उधर ताकने लगीं।

बकुल ने कहा, ''अभी यहाँ कोई नहीं है। आप मिस्टर मुखर्जी को लेकर घर चली जाइए।''

इस बार प्रिंसिपल भी बाहर आ गए। इधर-उधर देखकर बोले, ''वे लोग कोई नहीं हैं?''

बकुल ने कहा, ''कोई नहीं है।''

''आप लोग मेरी गाड़ी में बैठिए। आप लोगों को घर पहुँचा दूँगा।'' प्रिंसिपल मुखर्जी कुछ और कहे बिना पत्नी को लेकर गाड़ी में बैठ गए। गाड़ी उनको घर पहुँचाने के लिए चली गई।

उसके बाद मटिकाटा थाना की गाड़ी आकर रुकी। गाड़ी से उतरकर ओ. सी. मनोतोष भट्टाचार्य ने बकुल को सैल्यूट कर कहा, ''सर, आप आएँगे। कह देते तो मैं पहले ही चला आता।''

बकुल ने कहा, "उसकी अब जरूरत नहीं है। मैंने आकर किसी को नहीं देखा। किन लोगों ने घेराव किया था?"

ओ.सी. के कुछ कहने के पहले ही तीन-एक लड़के आगे आए, "हमने घेराव किया था।"

"आप लोग तो कोई थे नहीं।"

"हम लोग बलाई दादा की दूकान पर चाय पीने गए थे।"

"बहुत खूब। ऐसा घेराव किए कि प्रिंसिपल घर चले गए और आप लोगों को पता भी नहीं चला। जो भी हो घेराव क्यों किया था?"

"अपराधियों को अरेस्ट करना होगा।"

"किन अपराधियों को?"

"उस होस्टल के अपराधियों को।"

"वे अपराधी कैसे हुए?"

"हमारे जुलूस पर हमला किया था।"

"घटना तो यह है कि आप लोग जुलूस लेकर आ रहे थे। जुलूस के ऊपर एक पत्थर आकर गिरा। पत्थर किधर से आया, आप में से किसी ने भी नहीं देखा, पर आप लोगों ने लाठी, बम लेकर लड़के-लड़कियों को बिना कुछ सोचे-समझे मारा-पीटा। कम-से-कम छह लोग हॉस्पिटलाइज्ड हुए है। एक को तो कलकत्ता भेजा गया है। तब दोषी कौन है? अरेस्ट करना हो तो आप लोगों को करना चाहिए। और ऊपर से आप लोग ही नाटक कर रहे हैं?"

किसी के भी मुँह में एक शब्द तक नहीं था। तीनों लड़के और ओ.सी. एक-दूसरे का मुँह ताकने लगे। ओ.सी. हक्का-बक्का सा, खड़ा रहा। तीनों लड़के धीरे-धीरे वहाँ से सरक गए। बकुल ने सोचा झमेला मिट गया। मगर नहीं, कुछ ही देर में लगभग पचास-एक लड़के-लड़कियों ने उसको घेर लिया। बकुल को लगा, यह झमेला इतनी आसानी से नहीं मिटेगा। जितना उसने सोचा था। लड़के-लड़कियों ने उत्तेजित रूप में स्लोगन देना शुरू किया। "सरकारी ऑफिस में बैठकर पार्टीबाजी नहीं चलेगी, नहीं चलेगी, हॉस्टल के घटना की निरपेक्ष जाँच होगी, करनी होगी। पुलिस-अपराधी गठजोड़ खत्म हो, खत्म हो, खत्म हो। निरपराध छात्र-छात्राओं पर जुलुमबाजी नहीं चलेगी, नहीं चलेगी, नहीं चलेगी...।" बकुल को यह सब बेसुरा-सा लगा। लाल छात्र के लोग होते तो होस्टल के घटना की निरपेक्ष जाँच की माँग नहीं करते—जुलूस पर हुए हमले की जाँच की माँग करते। तब फिर ये कौन हैं?

बकुल ने ऊँचे स्वर में पूछा, "आप लोग कौन हैं?"

दो लड़कों ने आगे बढ़कर कहा, "हम लोग कौन हैं यह भी नहीं जानते?"

ओ.सी. बकुल के कानों के पास मुँह लाकर बोला, "अतिलाल छात्र के लोग हैं सर।"

सलवार कमीज पहने एक लड़की ने आगे आकर उन दोनों लड़कों से कहा, "जो कहना है मैं कहूँगी। तुम लोग कुछ नहीं कहोगे।"

बकुल ने आगे बढ़कर कहा, "कहिए, आप क्या कहना चाहती हैं?"

"मैं क्या कहना चाहती हूँ? भाड़े के गुंडे आकर बम-राड-लाठी लेकर होस्टल के छात्र-छात्राओं को बेधड़क पीट गए। हम लोगों ने थाने में रिपोर्ट किया मगर आप लोगों ने कोई एक्शन ही नहीं लिया।"

"मैंने तो सुना है मारपीट छात्र-छात्राओं ने ही की थी।"

"छात्र-छात्राओं ने ही की थी? रेजा मेडिकल कॉलेज का छात्र है? चलिए माना कि किसी न किसी दिन कॉलेज में पढ़ा होगा किंतु घोंटा, झुंटे किस कॉलेज में पढ़ते हैं?"

"विश्वास करिए, मैं इनके बारे में नहीं जानता था।"

"नहीं जानते थे। हमने थाने में इनका नाम लिखकर अभियोग नहीं दिया?"

एक लड़के ने थोड़ा आगे आकर कहा, "फुलझड़ी, ये ओ.सी. नहीं है—एडिशनल एस.पी. है।"

फूल भावावेश में चीख उठी—"रख अपने एडिशनल एस.पी. को। ऐसे एडिशनल एस.पी. के कान पकड़कर खींचते-खींचते गंदे नाले में ले जाकर फेंकना चाहिए। एडिशनल एस.पी. हुए हैं, इलाके की खबर नहीं रखते हैं।" गुस्से से बकुल का कान गरम हो गया पर बकुल यह सोचकर सँभल गया कि यह क्रोध जताने का समय नहीं है।

फूल ने चैलेंज करते हुए कहा, "ठीक है, नहीं जानते थे। अब तो जान गए। क्या करिएगा। बोलिए?"

"मैं निरपेक्ष जाँच की व्यवस्था करूँगा।"

"आप लोगों के निरपेक्ष जाँच को जानती हूँ मैं। अपराधियों के साथ कानाफूसी करके जिन्होंने लड़ाई रोकने की कोशिश की उल्टे उन्हीं को अरेस्ट करने का जाल बुनते हैं।"

"मैं जबान देता हूँ, किसी भी निर्दोष व्यक्ति को अरेस्ट नहीं किया जाएगा।"

"जबान दे रहे हैं?"

"हाँ, जबान दे रहा हूँ।"

"ऐ मोना, ये जब जबान दे रहे हैं तो आज इन्हें छोड़ दो। जाइए आप चले जाइए। कोई रोकेगा नहीं।"

"पर मैं अभी तुरंत नहीं जाऊँगा। जो लोग घायल होकर अस्पताल में भर्ती हैं उनको देखूँगा।"

"देखिए।" फूल सीढ़ी से ऊपर चढ़ने लगी। बकुल भी उसके पीछे-पीछे चढ़ने लगा। पहली मंजिल के एक वार्ड में घायल लोग मिले। देखा एक जन के माथे

पर बैंडेज बँधा था। चोट किस तरह की है बकुल समझ नहीं पाया। एक व्यक्ति के पीठ पर रॉड की चोट से तीन-चार जगह नीला जम गया था। उसके हाथ पर बैंडेज था। बाकी तीन लोगों में किसी के हाथ पर, किसी के पैर पर या किसी के पीठ पर नील जम गया था। बकुल ने ओ.सी. मनोतोष भट्टाचार्य से पूछा—"इनके इंज्यूरि रिपोर्ट कलेक्ट किए हैं?" वो चुपचाप खड़े रहे।

फूल ने कहा, "जिसे चोट अधिक आई है, उसे कलकत्ता भेजना पड़ा।"

बकुल ओ.सी. मनोतोष भट्टाचार्य को लेकर बाहर आया। उससे कहा, "लाल छात्र के घायल लोग कैसे हैं यह देखना भी जरूरी है। आप पूछ कर आइए वे कहाँ हैं।"

ओ.सी. कुछ देर यहाँ-वहाँ घूमने के बाद लौटकर आया और बोला, "सर उनमें से कोई भी अस्पताल में नहीं है।"

"कहाँ हैं?"

"सर, घर चले गए हैं।"

"उनकी चोटें तो देखनी होंगी। उनकी इंज्यूरि रिपोर्ट कलेक्ट किए हैं?"

"अभी कलेक्ट नहीं किया गया है, सर।"

"परसों केस हुआ और अब तक आपने इंज्यूरि रिपोर्ट कलेक्ट नहीं किया। तब आपने किया क्या?" बकुल गाड़ी में बैठ गया और गाड़ी सीधे जाकर रुकी मटिकाटा थाने में।

थाना पहुँचकर बकुल लकड़ी की सीढ़ियों से ऊपर चढ़ने लगा। जिसकी संतरी ड्यूटी थी वो शायद बगल के किसी कमरे में जाकर बैठा था। एडिशनल एस. पी. आए हैं सुनते ही जल्दी से आकर ऐसा सलाम ठोंका कि बकुल को हँसी आ गई। किसी तरह सलाम का जवाब देकर बकुल ओ.सी. के कमरे में जाकर बैठा। ओ.सी. सब कागजात लेकर आया। बकुल ने कहा, "केस का एफ.आई.आर. निकालिए।" ओ.सी. ने एफ.आई.आर. की एक कॉपी बकुल के हाथ में दी। बकुल ने पढ़कर देखा, जुलूस पर हमले का वर्णन देकर दस्तख्त किया गया है। उसने कहा, "यह तो लाल पार्टी के छात्रों के अभियोग के मुताबिक केस है। अतिलाल पार्टी के छात्रों का एफ.आई.आर. कहाँ है?"

"केस तो सर एक ही हुआ है।"

"यह कैसी बात है? मार खाए अतिलाल छात्र, जख्मी हुए भी अतिलाल छात्र और उनके अभियोग के मुताबिक केस न स्टार्ट करके लाल पार्टी के छात्रों के अभियोग पर उन्हीं के विरुद्ध केस स्टार्ट किए हैं? अच्छा जरा उनकी दरख्वास्त देखूँ।"

मनोतोष भट्टाचार्य ने उनकी दरख्वास्त को भी बकुल के हाथ में दे दिया। बकुल ने दरख्वास्त पढ़ने के बाद जनरल डायरी देखकर कहा, "यह दरख्वास्त तो

आपने नौ बजे रिसीव किया था और केस स्टार्ट हुआ आठ बजे। किंतु उस लड़की ने तो कहा था कि बारह बजे घटना घटने के साथ-साथ ही उन लोगों ने थाने में लिखित रूप से खबर दी थी।''

''सर उन्होंने एक दरख्वास्त तो दिया था।''

''कितने बजे दिया था?''

''सर वे लोग जब आए थे तब डेढ़-दो बज रहा होगा।''

''तब फिर आपने इसे रात नौ बजे क्यों रिसीव किया?''

''सर उनके यहाँ से खबर मिलते ही मैं तुरंत निकल गया। उस समय तो रिसीव नहीं कर सका। लेकर रख दिया था। मेरे वहाँ पर पहुँचने पर लाल छात्रों ने अपना अभियोग मुझे लिखित रूप में दिया। मैंने थाने में लौटकर आठ बजे केस किया। उसके बाद फ्री होने पर उनके दरख्वास्त को रिसीव किया।''

''किंतु इससे क्या यह प्रमाणित नहीं हुआ कि लाल छात्रों ने पहले केस किया और उसके बाद अतिलाल छात्रों ने आकर उल्टा एक अभियोग किया? पर वास्तव में हुआ ठीक इसका उल्टा। अतिलाल लड़कों ने पहले थाने में आकर अभियोग किया। उनके पास से खबर पाने के बाद आपके वहाँ जाने पर लाल छात्रों ने आपको अपना अभियोग बताया।'' मनोतोष भट्टाचार्य ने मुस्कुराते हुए कहा, ''सब कुछ ही तो समझतें हैं सर। लाल पार्टी अभी रूलिंग पार्टी है। उनके कम्प्लेन पर यदि केस न करूँ, तो मेरे ओ.सी. पद को लेकर खींचा-तानी होगी। सर, आप तो सब जानते हैं?''

''नहीं, मैं कुछ नहीं जानता। मुझे समझ में नहीं आता, आप राजनीति करने आए हैं या पुलिस की नौकरी करने। मैं सोच भी नहीं सकता, आप खुद ओ.सी. बने रहने के लिए जिन्होंने मार खाया उनके विरुद्ध ही केस स्टार्ट कर तहकीकात किए बिना ही अरेस्ट करना चाहते हैं।''

मनोतोष भट्टाचार्य चुप हो गए। बकुल बोला, ''जो हो गया उसके लिए शोक मनाने की आवश्यकता नहीं। मैं जो कह रहा हूँ, अच्छी तरह सुनिए।''

''बोलिए, सर।''

''अतिलाल छात्रों के आरोप के मुताबिक एक केस स्टार्ट कीजिए। होस्टल के कर्मचारियों और आस-पास के लोगों से पूछताछ कीजिए। इंज्यूरि रिपोर्ट बनाइए और वो रजा, न क्या नाम बताया था, रेजा, ये रेजा कौन है?''

''लाल पार्टी का छात्र नेता सर।''

''किस कॉलेज में पढ़ता है?''

''अब नहीं पढ़ता सर।''

''तब फिर वो छात्र नेता कैसे हुआ?''

''किसी दिन छात्र था, उसी जरिए से सर।''

“वो उस दिन होस्टल में गया था कि नहीं पता लगाइए।”

“अच्छा सर।”

“और वो घंटा, झुटके कौन है?”

“क्रिमिनल है सर। एकदम फालतू सर।”

“तब तो आपके लिए सुविधा ही है। उनको अरेस्ट कीजिए और उनसे पूछिए उनको होस्टल में कौन ले गया था। तब सब कुछ सामने आ जाएगा।”

“पर उन्हें पकड़ने से लाल पार्टी वाले बहुत गरम हो जाएँगे सर। झमेला होगा सर।”.

“झमेला होगा या नहीं मैं समझूँगा। आप उन्हें अरेस्ट करिएगा।”

“करूँगा सर।”

“और क्या डेवलेपमेंट हुआ मुझे दो दिन के अंदर बताइए।”

“अच्छा सर।”

बकुल उठ खड़ा हुआ। लकड़ी की सीढ़ी से उतरते ही एक गाड़ी आकर थाने के सामने रुकी। गाड़ी से विश्वविद्यालय का सिक्यूरिटी अफसर उतरा। उसके हाथ में टाइप किया हुआ एक कागज था। बकुल ने आगे बढ़कर उसके हाथ से कागज ले लिया। कुछ अज्ञात लोगों ने विश्वविद्यालय के अंग्रेजी के प्रोफेसर अतीन बोस के घर पर बम फेंका था। बकुल ने सिक्यूरिटी अफसर से पूछा, “बम कब फटा?”

“तब रात का नौ बज रहा होगा सर।”

“कोई जख्मी हुआ?”

“नहीं सर, बम क्वार्टर के बाहर फटा था।”

“आपको क्या लगता है? यह किसका काम है?”

“हम लोग सर ठीक से नहीं समझ पा रहे हैं।”

“किसी पर शक?”

“अभी तक तो किसी पर शक नहीं हुआ। कोई क्लू मिलने पर आप लोगों को बताऊँगा सर।”

“ठीक है।”

मनोतोष भट्टाचार्य बकुल के साथ बाहर निकल आए। बकुल ने कागज उसके हाथ में देकर कहा, “मैं विश्वविद्यालय होकर जाऊँगा। आप किसी को भेज दीजिएगा।”

“चलिए सर। मैं ही चलता हूँ।” वो लोग विश्वविद्यालय को रवाना हो गए। गाड़ी में जाते-जाते बकुल सोचने लगा, अध्यापक के घर पर कौन बम फेंक सकता है? आस-पास जब कोई राजनीतिक गतिविधियाँ नहीं थीं तब बाहर से बम खरीदने की संभावना भी काफी कम थी। तब क्या छात्र लोग। मगर छात्र क्यों अध्यापक पर नाराज होंगे? एक तो यह हो सकता है कि किसी छात्रा के साथ उन्होंने अपने

को उलझा लिया होगा। दूसरा यह भी हो सकता है कि उनकी लड़की या करीबी महिला रिश्तेदार का छात्रों के साथ मेल-जोल उन्हें पसंद न हो। इस मामले में इनमें कौन-सी बात थी? बकुल ने गाड़ी रोककर सिक्यूरिटी अफसर को अपनी गाड़ी में बैठा लिया।

"अच्छा अतीन बाबू की उम्र कितनी होगी?"

"पचास-पचपन होगी सर।"

"वे क्या कोई पार्टी करते हैं?"

"नहीं सर, वे इन सब चीजों से एकदम दूर हैं।"

"उनकी पत्नी क्या यहीं रहती है।"

"उम्र कितनी है, देखने में कैसी है?"

सिक्यूरिटी अफसर शरमा गया। बकुल ने कहा, "मैं मजाक नहीं कर रहा। सीरियसली पूछ रहा हूँ। केस डिटेक्ट करने के लिए यह सब जानना जरूरी है।"

"उनकी पत्नी की उम्र पैंतालीस-पचास के करीब होगी। देखने में कोई खास नहीं।"

"लड़के-लड़कियाँ कितने हैं?"

"लड़की नहीं है। सिर्फ एक लड़का है, वो भी यहाँ नहीं रहता।"

"वे प्राइवेट ट्यूशन पढ़ाते हैं?"

"यह तो सर नहीं बता सकता। मगर रोज ही कुछ लड़के-लड़कियाँ कॉपी-किताब लेकर उनके घर पर आते हैं, यह देखता हूँ।"

"कौन-कौन आते हैं, यह मुझे बता सकते हैं?"

"सर, नाम तो नहीं जानता, मगर पता लगाकर बता सकता हूँ।"

"आप जरा पता लगाकर रखिएगा।"

"अच्छा सर।"

"हम पहुँच गए हैं। अब आप बताइए किस तरफ जाना है?"

"वो जहाँ पर टैंक रखा है। वहीं से पश्चिम की तरफ। हाँ हाँ, अब रुकिए।"

गाड़ी से उतरकर सिक्यूरिटी अफसर ने बम फटने की जगह को दिखलाया। बकुल ने देखा, बहुत सारे जाली की काठी और सूते पड़े हुए हैं। अभी तक जले हुए बारूद की गंध आ रही थी। बकुल ने मनोतोष भट्टाचार्य की तरफ देखकर कहा, "मेडिकल कॉलेज वाला बम और यह बम एक ही जैसा लग रहा है, ना?"

"प्वाइंट याद रखिएगा। कहीं ऐसा न हो एक केस डिक्टेट करते-करते दोनों केस ही डिक्टेट हो जाएँ।"

"जरूर सर।" मनोतोष भट्टाचार्य जाली की लकड़ी और सूते चुनने लगे।

बकुल और उनके लोगों की बातचीत सुनकर अतीन बोस घर से बाहर निकल कर आए। प्राथमिक बातों के बाद बकुल ने जानना चाहा—"बम फेंकने के बारे

में आपको किसी पर शक है?''

अतीन बाबू ने दो टूक जवाब दिया–''नहीं।''

''अच्छा आप कितने लड़के-लड़कियों को प्राइवेट पढ़ाते हैं?''

''नहीं, मैं प्राइवेट नहीं पढ़ाता। हमें प्राइवेट पढ़ाना मना है।''

''नहीं, मैं कह रहा हूँ समझने-वमझने के लिए कौन-कौन आते हैं?''

''घर पर कोई नहीं आता। जरूरत होने पर स्टाफरूम में ही समझ लेते हैं।''

''आप इस बार किस-किस की कॉपियाँ देख रहे हैं?''

''एम.ए. इंग्लिश का सेकेंड पेपर एवं सेवंथ पेपर देख रहा हूँ।''

''कोई फेल हुआ है?''

''क्या कह रहे हैं आप। फेल नहीं करेंगे, यहाँ के लड़के क्या अंग्रेजी जानते हैं? वो हमारा जमाना था कि एक स्पेलिंग गलती हुई कि मरो और अब एक भी स्पेलिंग ठीक नहीं रहने पर भी हमें नंबर देने पड़ते हैं। फिर भी फेल करते हैं।''

''आप जरा घर के अंदर चलिए। कुछ जरूरी बातें करनी हैं।''

''हाँ जरूर।'' अतीनबाबू घर में घुसे, साथ-साथ बकुल भी। घर में घुसकर बकुल ने पूछा, ''किस पेपर में कितने जन फेल हुए हैं?''

''यह सब अकेले में पूछने की क्या जरूरत है? मैं किसी से नहीं डरता। किसी की खातिरदारी करके भी मैं नहीं चलता। हमारे व्ही.सी. ने भी दो लड़कों को पास कर देने के लिए कहा था। मैंने साफ-साफ कह दिया, यह असंभव है।''

''अच्छा वे दो लड़के कौन हैं, बताइए तो?''

''अरे वो नूरुल और शंकर। पढ़ने-लिखने का नाम नहीं। सब समय मीटिंग करते फिरेंगे। ऊपर से कहते हैं, पास करना होगा। तो कर दो ना, खुद ही पास कर दो। मुझे क्यों कहते हैं?''

''ठीक ही तो है। आप ठीक ही कह रहे हैं। आज तब हम चले। जरूरत पड़ने पर फिर परेशान करने आएँगे।''

''जरूर, जरूर, आप लोगों का तो यह कर्तव्य है।''

बकुल ने बाहर आकर सिक्यूरिटी अफसर से कहा, ''जो लड़के-लड़कियाँ आते थे उनके नाम जितनी जल्दी संभव हो ओ.सी. को दे दीजिएगा।'' बकुल ने ओ.सी. को नूरुल और शंकर दोनों का नाम देते हुए कहा, ''लग रहा है बम छात्रों ने ही फेंका है। कौन फेंक सकता है, आप पता लगाइए।'' ओ.सी. सैल्यूट कर अपनी गाड़ी की तरफ बढ़ने लगा। बकुल अपनी गाड़ी में बैठकर घर को रवाना हुआ। आज काफी देर हो गई थी। उसने घड़ी की तरफ देखा, साढ़े ग्यारह बज रहे थे।

छह

बम की घटना ने बकुल को चिंतित कर दिया। मेडिकल कॉलेज के हॉस्टल में बम फटा। परसों शाम के वक्त विधान मार्केट में बम का प्रयोग करके सोने की दुकान में डकैती और आज रात एक घर पर बम गिरा। सारे बम एक ही तरह के बारूद के साथ कील और जाली, सूते। पर कौन या कैसे लोग इसे बाँध रहे होंगे? उनके न पकड़े जाने तक ये बमबाजी बंद नहीं हो सकती। बकुल ने प्रत्येक केस को देखा था, पर अभी तक कोई सूत्र नहीं मिला। उसने तय किया कि, बम गिरे घर को भी वो एकबार देखकर आएगा। उसने थाने में फोन किया—"हाकिमपाड़ा, के जिस घर पर रात में बम गिरा था वहाँ कोई गया है?"

ड्यूटी अफसर ने कहा, "गया है सर, वहाँ पर दामबाबू गए हैं।"

"आपका आई.सी. कहाँ है?"

"आई.सी. साहब सर स्टेशन रोड गए हैं, एक यू.डी. केस हुआ है।"

"यू.डी. केस करने आई.सी. गया है? किसका क्या हुआ है?"

"युधिष्ठिर अग्रवाल के घर में एक मेड सर्वेंट ने सर सूइसाइड किया है।"

"अच्छा।" बकुल ने फोन रख दिया।

विधान मार्केट में बम और डकैती केस की जाँच आई.सी. खुद कर रहे थे। एक ही तरह का केस था इसलिए घर पर बम गिरने के केस को उसे एक बार देखना चाहिए था। ऐसा न करके वो एक साधारण-सी अस्वाभाविक सूइसाइड केस देखने चला गया। यह पूरी बात बकुल को अस्वाभाविक लगी। उसके मन में आया कि इस घटना को अच्छी तरह देखना होगा, पर इससे पहले उस घर को एक बार देखकर आना होगा जिस पर बम गिरा था। शायद कोई सुराग मिल जाए।

बकुल जब उस घर में पहुँचा तब आई.सी. दाम जाँच कर रहा था। उसने अटेंशन होकर बकुल को सैल्यूट किया। बकुल ने सैल्यूट का प्रतिउत्तर देकर पूछा—"कुछ मिला?"

"देख रहा हूँ सर।"

"देखिए। मगर इससे पहले मुझे वह जगह दिखाइए जहाँ बम गिरा था।" दाम बकुल को एक कमरे में ले गया। उस कमरे में सिर्फ एक चौकी थी। चौकी पर एक साधारण-सा बिस्तर था। बम यहीं पर गिरा था। बकुल ने जानना चाहा, "यहाँ रात में कौन सोता है?"

मकान मालिक ने आगे आकर कहा, "मेरा छोटा लड़का हरेन।"

"उम्र कितनी है उसकी?"

"बाईस-तेईस होगी।"

"वो करता क्या है?"

"नौकरी-चाकरी तो मिली नहीं। घूमता फिरता है और दो लड़कों को पढ़ाता है।"

"कहाँ तक पढ़ा है?"

"टेन तक पढ़ा था, मगर फाइनल परीक्षा नहीं दिया।"

"आपके लड़के के यार-दोस्त कौन-कौन हैं?"

"यार-दोस्त अधिक नहीं हैं। दो-एकजन आते हैं। मैं नाम नहीं जानता।"

"वो कहाँ गया है?"

"यहीं, बाबू ने तो कहा था गवाह लगेगा। इसलिए साधन और कमल को बुलाने गया है।"

"अच्छा ठीक है। दाम आप देखिए मैं उधर हूँ।"

बकुल कमरे से निकलकर मकान में यहाँ-वहाँ घूमने लगा। अचानक एक जगह उसकी आँखें अटक गईं। बरामदे में एक तरफ बहुत सारे जूते-चप्पल रखे हुए थे। उसमें एक पैर का ऐसा जूता था, वैसा ही एक पैर का जूता परसों विधान मार्केट में डकैती होने पर सोने की दुकान से सीज किया गया था। यह बिना जोड़ी का जूता बाएँ पैर का था। अच्छा तो क्या वो जूता दाहिने पैर का था? हाँ, दाहिने पैर का ही तो था। सीजर लिस्ट में लिखा गया था। सिर्फ दाहिने पैर का ही जूता जो दुकान के सामने पड़ा था अर्थात् ये दोनों जूते एक ही जोड़ी के हैं। पर जूते की जोड़ी किसकी है? हरेन की या किसी और की? बकुल बरामंदे की ओर बढ़ गया।

चार-पाँच साल की एक गोरी-सी बच्ची खड़ी थी। बकुल उसके पास जाकर बात करने लगा, "तुम्हारा नाम क्या है जी?"

वृद्ध मकान मालिक ने कहा, "उसका नाम नैना है।"

बच्ची ने तुरंत ही प्रतिवाद किया, "नहीं जी, मेरा नाम बुढ़िया है। सब मुझे बुढ़िया कहकर बुलाते हैं।"

रसोईघर के सामने से वृद्धा ने कहा, "देख रही हो बहू, तुम्हारी बेटी कैसी मुँहफट है। और कैसी बड़ी-बड़ी बातें करती है।"

बहू अपनी बच्ची की तरफ देखती ही रही। बकुल ने उधर ध्यान न देकर बच्ची का गाल दबाकर पूछा, "तो यह बात है? तुम्हारा नाम बुढ़िया है? बहुत सुंदर नाम है। पर तुमने जूते क्यों नहीं पहने हैं जी?"

इस बार बकुल के पैर की तरफ देखकर बच्ची ने आँखें तरेरकर कहा, "ऐ माँ, तुम नहीं जानते, घर के अंदर जूते पहनकर नहीं आना चाहिए? दादी माँ देखेंगी तो तुम्हें इतना डाँटेंगी ना?" उसकी बातें सुनकर सास-बहू दोनों रसोईघर में घुस गईं।

बकुल ने शरमाने का नाटक करते हुए कहा, "वाकई बहुत भूल हो गई। जूते कहाँ खोलकर रखूँ बताओ तो!"

बच्ची और भी आश्चर्यचकित हुई, "तुम यह भी नहीं जानते?" वो हाथ पकड़कर बकुल को जूते के पास ले गई। बकुल ने अपने जूते खोलते-खोलते प्रश्न किया, "इनमें से तुम्हारा जूता कौन-सा है?"

"वही तो लाल वाला।"

"और यह चिकचिक वाला?"

"वह मेरी माँ का है।"

"और वो?"

"वो हरेन चाचा का है। उसने एक पैर का जूता खो दिया। दादी माँ ने जो डाँटा था ना। तुम तो पुलिस हो। उसका जूता खोज दो ना।"

"हाँ कोशिश करनी होगी। चलो हम उधर चलते हैं।"

बकुल ने एक कांस्टेबल को पास बुलाकर कहा, "वो जो उन जूतों के बीच सिर्फ एक पैर का एक जूता देख रहे हो, उस पर नजर रखिएगा। कोई उसे हटाए नहीं।" सब इंस्पेक्टर को दूर बुलाकर उसने कहा, "हरेन को अरेस्ट कीजिएगा। और वो जो केवल एक पैर का जूता है वो एकदम प्रॉपर सीजर लिस्ट में सीज होना चाहिए।" दाम को बकुल पूरी घटना समझाकर स्टेशन रोड पर युधिष्ठिर के घर रवाना हुआ?

कई लोगों से पूछने के बाद युधिष्ठिर अग्रवाल का घर मिला। घर के भीतर घुसते ही बकुल स्तंभित हो गया। खुले बरामदे में लाश पड़ी थी। थोड़ी दूरी पर आई.सी. दुर्गा बोस एवं उसके संगी-साथी सब मिठाई का प्लेट लेकर बैठे हुए थे। एक आदमी डाब काटकर, प्लास्टिक की पाइप लगाए उसके सामने पकड़े खड़ा था। युधिष्ठिर अग्रवाल एक व्यक्ति से कह रहा था—"अकरम थोड़ी मिठाई और लेकर आओ।"

दुर्गा बोस मुँह में संदेश ठूँसते-ठूँसते कह रहा था, "नहीं, नहीं, और जरूरत नहीं है।"

युधिष्ठिर अग्रवाल विनयी होकर कह रहा था, "अरे दुर्गाबाबू, इतनी जल्दी क्यूँ? और थोड़ा बैठ जाइए। थोड़ी-सी मिठाई ले लीजिए।"

दुर्गा बाबू कुछ बोलने जा रहे थे कि हठात् बकुल पर नजर पड़ते ही फटाक से उठकर आगे बढ़ गए। दूसरे सभी लोग भी प्लेट छोड़कर उठ खड़े हुए। डाब पीना भी नहीं हुआ।

बकुल ने कहा, "गलत समय आकर डिस्टर्ब किया।"

दुर्गा बोस ने कहा, "नहीं सर। आए हैं तो आप भी एक बार देख लीजिए।"

"हाँ देखूँगा, इसलिए ही तो आया हूँ। जब सुना कि बम के केस में दूसरे

आदमी को भेजकर आप स्वयं यहाँ आए हैं तो निश्चय ही बहुत महत्त्वपूर्ण बात है। तो क्या मिला?''

''सिम्पल सूइसाइड सर।''

''ओह, आई सी। मुआयना हो गया? तो किस तरह का सूइसाइड है?''

''हाँ सर। मैंने मुआयना कर लिया है। गले में फंदा डालकर मरी है सर।''

''आपने कैसे समझा?''

''रस्सी में झूल रही थी सर।''

''किंतु कोई मारकर भी तो झुला सकता है। खैर और क्या देखा? अच्छा वो सूइसाइड करने क्यूँ गई? शौक से तो कोई सूइसाइड नहीं करता?''

''वो तो सर समझ में नहीं आ रहा।''

''यहाँ बैठकर मिठाई खाने से कैसे समझिएगा? खोज खबर तो लेनी होगी। लड़की कहाँ की है? माँ-बाप को खबर दी गई है? क्या कहा? घर कहाँ मालूम नहीं? पूछिए। और अपना इनक्योस्ट रिपोर्ट मुझे दीजिए।''

आई.सी. दुर्गा बोस ने मिठाई की प्लेट के पास से एक कागज लाकर बकुल को दिया—''यह लीजिए सर, सूरते हाल की रिपोर्ट। मैं सर कच्चा काम नहीं करता। पहले काम खत्म किया। उसके बाद...।'' उसके बाद क्या यह आई.सी. ने नहीं कहा। बकुल मुआयने की रिपोर्ट देखने लगा। मौत के कारण वाली जगह पर दुर्गा बोस ने लिखा था, गले में फंदा डालकर मरी है ऐसा लगता है। घर और आस-पास के लोगों ने भी यही कहा है। शरीर पर विशेष चिह्न क्या है? गले में फंदे का निशान। और? नहीं और कुछ भी उसने नहीं लिखा। बकुल धीरे-धीरे डेड बॉडी के पास पहुँचा। गले के पास के कपड़े को हटाकर देखा गले पर एक लिगेचर मार्क तो था, मगर गले में फंदा डालकर मरने से जैसा तिरछा और असंपूर्ण दाग होता है वैसा नहीं था। फंदे का निशान पूरा और गोल था। गले में फंदा डालकर हत्या करने से साधारणतः ऐसा निशान होता है।

बकुल ने कहा, ''जिस रस्सी से झूली हुई थी वो रस्सी कहाँ है?'' युधिष्ठिर अग्रवाल ने आगे आकर कहा, ''सर काम तो है ही पहले थोड़ा मुँह मीठा कर लीजिए।''

बकुल ने भौं चढ़ाकर उसकी तरफ देखा!

दुर्गा बोस ने जल्दी आगे बढ़कर कहा, ''साहब बाहर का कुछ नहीं खाते।''

युधिष्ठिर अग्रवाल को आश्चर्य हुआ। मुँह से सिर्फ कहा, ''अच्छा।''

एक कांस्टेबल रस्सी लेकर आया। बकुल ने रस्सी के फंदे का निरीक्षण करके देखा, चार गाँठें थीं। यह भी सूसाइडल हैंगिंग का लक्षण नहीं था। सूसाइडल हैंगिंग में साधारणतः एक या बहुत ज्यादा दो गाँठ रहती है।

बकुल बोला, ''जहाँ झूल रही थी उस जगह को मैं एक बार देखूँगा।'' आई. सी. उसे ले गया। रसोईघर के पास एक खाली बरामदा था। उस बरामदे की एक

सीलिंग से वो लड़की लटकी हुई थी। मगर वहाँ से लटकने के लिए रस्सी को वहाँ बाँधना होगा और इसलिए वहाँ चढ़ना भी होगा। किंतु वो जगह तो एकदम खाली थी। दीवार में एक ताक तक भी नहीं था जिस पर पैर रखकर चढ़ा जा सके।

बकुल ने आई.सी. से पूछा, "सुबह सबसे पहले किसने देखा था?"

युधिष्ठिर अग्रवाल ने आगे बढ़कर कहा, "मैंने ही देखा था सर। मैं तो सुबह उठकर गणेश जी की पूजा करता हूँ। पूजा करने के लिए भोर में उठा और उठते ही देखा, छत से झूल रही है।"

"उस समय यहाँ पर और क्या-क्या था?"

"और कुछ भी नहीं था, सर। जैसा आप देख रहे हैं वैसा ही था।"

बकुल और कुछ कहे बगैर डेड बॉडी के पास आया और चेहरे से कपड़ा हटाकर देखने की कोशिश करता है कि उसकी उम्र कितनी हो सकती है। बकुल को लगा कि सोलह-सत्रह वर्ष होगी। सीने से कपड़ा हटाकर देखा, स्तन के ऊपर नाखून और दाँत के दाग थे। पीठ की तरफ भी अनेक नाखून के दाग थे। पेट के निचले हिस्से में हल्का उभार था। स्त्री अंग का हाईमेन फटा हुआ था। इसका मतलब है इच्छा से हो या अनिच्छा से, यह लड़की किसी की संगम संगिनी हुई थी। मगर इसकी हत्या क्यों की गई? लग रहा है लड़की अंतःसत्वा थी। बकुल ने युधिष्ठिर अग्रवाल को बुलाया।

उसके पास आने पर उसने पूछा, "इस घर में आपको छोड़कर और कौन-कौन रहता है?"

"मैं, मेरी पत्नी, लड़के-लड़की सब ही रहते हैं।"

"अपनी पत्नी को बुलाइए।"

"सर वो तो कुछ दिनों के लिए, अपने मायके कलकत्ता गई है।"

"कब गई है?"

"वो तो चार-पाँच दिन हो गया सर।"

"लड़के-लड़कियाँ भी क्या आपकी पत्नी के साथ गए हैं?"

"हाँ सर वो अपनी माँ को छोड़कर रह नहीं सकते।"

"तब तो आज रात इस घर में सिर्फ आप और यह लड़की थी।"

युधिष्ठिर ने कुछ भी नहीं कहा। बकुल उस लड़की के सीने के ऊपर के दागों को दिखाकर बोला, "बोलिए तो ये सब दाग कैसे हुआ?"

"वो सर हम कैसे बताएँ।"

"घर पर तो आपको छोड़कर और कोई नहीं था। आप नहीं बताएँगे तो कौन बताएगा?"

युधिष्ठिर अग्रवाल निरुत्तर खड़ा रहा। बकुल के सामने एक तस्वीर घूमने

लगी। गरीबी से बाध्य होकर यह लड़की काम करने आई होगी। उसको देखनेवाला यहाँ कोई नहीं था। पर उसके शरीर पर युधिष्ठिर को लोभ था। गरीब घर की सीधी-सादी लड़की को ठगना बहुत आसान था। हो सकता है शादी करने का ही लालच दिखाया हो। लड़की ने उसी लालच में आकर अपना तन-मन सब दे दिया। मन के लिए इसे कोई सरदर्द नहीं था। शरीर को जैसा चाहा भोगा, पर औरत का शरीर कुछ भी फेंकना नहीं जानता। लड़की गर्भवती हुई। लोक-लाज के भय से हो सकता है उसने शादी के लिए दबाव डाला और इस निष्ठुर ने उसे यमलोक का रास्ता दिखा दिया। ऐसे लोगों को तो फाँसी पर लटका देना चाहिए। किंतु कौन लटकाएगा फाँसी पर? दुर्गा बोस जैसे आई.सी. लोग जब तक इनके दिए गए मिठाई और शीतल डाब के जल से तृप्त होते रहेंगे, तब तक इनको फाँसी पर कौन लटकाएगा? कुत्ते के सामने एक टुकड़ा मांस का फेंकने पर जैसे वो सब कुछ भूलकर उसकी तरफ दौड़ता है, उसी तरह दुर्गा बोस जैसे लोग भी कुत्ते की तरह इन अग्रवालों के फेंके टुकड़ों की तरफ ताकते रहते हैं।

बकुल ने दुर्गा बोस को बुलाकर पूछा, ''आपको ये निशान क्या दिखाई नहीं दिए या देखने की कोशिश नहीं की? आपने देखा कि लड़की गले में फंदा डालकर लटक रही है और आपने मान लिया कि गले में फंदा डालकर मरी है। गले में फंदा डालकर मरने से क्या ऐसा गोल निशान होता है? चलो माना कि हुआ है मगर आपको तो यह सोचना चाहिए कि लड़की जहाँ से झूली थी वहाँ से लड़की के लिए झूलना संभव है कि नहीं। यह सब गौर किए बगैर ही आपने कैसे निर्णय ले लिया कि यह सूइसाइडल हैंगिंग है। मुझे तो यह एक कैलकुलेटेड मर्डर केस लग रहा है।'' आई.सी. कुछ नहीं कहा। बकुल ने रुद्र को कहा, ''डी.एस.पी. को बुलाइए।''

डी.एस.पी. पाल के आने पर बकुल ने कहा, ''इस डेड बॉडी का आई.सी. ने एक पंचनामा किया है, पर वो ठीक नहीं है। इसलिए वह मेरे पास रहेगा। आप पंचनामा करके जो करना हो कीजिए और केस भी आप देखिएगा।''

बकुल आई.सी. का पंचनामा लेकर ऑफिस लौट गया। ऑफिस लौटकर बकुल ने पूरी घटना का विवरण देकर एस.पी. को लिखा, इस तरह के आई.सी. को लेकर काम करना संभव नहीं है। इसके तबादले की व्यवस्था कीजिए।

एस.पी. के पास आई.सी. के तबादले के लिए चिट्ठी का डिक्टेशन देना खत्म ही हुआ था कि डॉ. नंदी ने कमरे में प्रवेश किया। बकुल ने उठकर उनका स्वागत किया और मुस्कुराते हुए पूछा, ''कहिए, आपके लिए क्या कर सकता हूँ?''

नंदी बाबू ने कहा, ''आपसे कुछ बातें करनी थीं। यहाँ कहूँ या ऊपर चलेंगे? चलिए ऊपर ही चलते हैं।''

बकुल डॉक्टर बाबू को लेकर ऊपर अपने क्वार्टर में गया। खुले बरामदे में

अगल-बगल दो चेयर पर वे बैठे। डॉ. नंदी ने बगैर किसी भूमिका के बोलना शुरू किया–"आपने क्या लाल छात्रों को अरेस्ट करने का आदेश दिया है?"

"पर यह खबर आपको कैसे लगी?"

"यही तो बात है।"

"बात क्या है बताइए तो। मैं कुछ समझ नहीं पा रहा हूँ।"

"आपके समझने की बात भी नहीं है। आपने तो मटिकाटा के ओ.सी. को अरेस्ट करने के लिए कह दिया और ओ.सी. उसी रात दौड़कर सभापति शरदेंदु मंडल के पास पहुँच गया। सभापति दूसरे दिन सुबह ही सभाधिपति सुनील साहा के पास हाजिर हुआ। आपकी किस्मत अच्छी है कि सुनील साहा काफी बैलेंस्ड व्यक्ति है। उन्होंने शरदेंदु को समझाकर कहा कि हमारे लड़कों ने जो किया है उसके लिए उनका अरेस्ट होना ही उचित है। फिर भी इस विषय को लेकर वे आपसे बात करेंगे। शरदेंदु इतने से संतुष्ट न होकर गौर कुंडू के पास गए। आप तो जानते ही हैं गौर कुंडू किस तरह एम.एल.ए. बने हैं। वो अब पार्टी के अंदर अपना स्फेयर ऑफ इन्फ्लूयेन्स बढ़ाना चाहते हैं। गौर कुंडू ने इसे लेकर ही हल्ला शुरू कर दिया। जिले के मंत्री के कानों में भी इस बात को पहुँचा दिया, पर मंत्री ने भी जिलाधिपति का समर्थन किया। सुनील बाबू आपसे बात करते पर आप कैसे लेंगे इसलिए मुझसे कहा।"

"आप क्या कहना चाहते हैं?"

"अचानक ही सबको अरेस्ट करने मत जाइएगा।"

"तब क्या करूँ?"

"खोज-खबर लीजिए। बाहर के जो हैं उनमें से दो-एक को पकड़िए। जरूरत पड़ने पर उनको सरेंडर करवा दूँगा।"

"पर वे तो उल्टा प्रिंसिपल का घेराव कर रहे थे।"

"वह एक फूलिश डिसिजन था। कह दिया हूँ, अब नहीं करेंगे।"

"पर आप तो अच्छी तरह जानते हैं उन्होंने जो कुछ किया है उससे उन्हें अरेस्ट करना ही उचित है?"

"मैं जानता हूँ। मैं अस्वीकार भी नहीं करता कि उनको सजा मिलना उचित है। मगर आपको भी तो देखना होगा, आप कितना सँभाल सकेंगे और सँभालिएगा किसे लेकर? आपके ओ.सी. तो अपनी चुटिया बँधवाकर बैठे हैं। आपको मैं डिस्करेज नहीं कर रहा। मगर आपका शुभचिंतक होने के नाते ही कह रहा हूँ, थोड़ा सोच समझकर चलिएगा।"

"आपकी बातें मैं अवश्य ही ध्यान रखूँगा। मगर...। हाँ आज एक लड़की की डेड बॉडी जाएगी। जरा अच्छी तरह से पोस्टमार्टम करने के लिए कहिएगा।"

"बात क्या है?"

"मृत्यु के कारण को लेकर मत विभाजन है। मृत्यु के सही कारण पर केस निर्भर कर रहा है।"

"आपको क्या लगता है?"

"अभी कुछ नहीं कहूँगा। पोस्टमार्टम रिपोर्ट आ जाने पर आपके साथ बातचीत करूँगा।"

"तब फिर अभी मैं चलता हूँ। सुनील बाबू को भी आपसे बात करने को कहूँगा।" डॉक्टर बाबू चले गए।

बकुल ने ऑफिस में जाकर देखा, एक पैर के जूते और हरेन को लेकर दाम बैठा था। बकुल ने थाने से दूसरे पैर का जूता मँगवाया। जूते का जोड़ा हरेन की तरफ बकुल ने बढ़ाकर कहा, "पहनिए तो देखूँ।"

हरेन के जूते पहनने पर बकुल ने कहा, "बहुत सुंदर फिट हुआ है, ना। दोनों एक ही जोड़े के जूते हैं कि नहीं। एक पैर का जूता तो आपके घर से लाया गया है और एक पैर का जूता कहाँ था बोलिए तो देखें?" हरेन चुप रहा।

बकुल ने वापस पूछा, "एक पैर का जूता आपने कहाँ खोया था?"

"कल रात में झमेले के वक्त लगता है कोई ले गया था?"

"बम लेकर जूता लेने आया था कह रहे हैं? वो भी एक पैर का?"

"तब शायद कुत्ता ले गया हो?"

"पर कुत्ते तो पका चमड़ा नहीं खाते हैं। इसके अलावा कुत्ते को कल यह जूता कहाँ से मिलता? हम तो परसों ही सोने की दुकान के पास से इसे ले आए थे। देखिए आपके बारे में हमने सब कुछ पता लगा लिया है। अब आप तय कीजिए कि सच बोलेंगे या नहीं। सच बोलने पर भी आपको छोड़ नहीं सकूँगा। पर जेल न जाना पड़े यह कोशिश जरूर करूँगा। मगर झूठ बोलने पर जैसे आपके जूते को निकाला हूँ, जिस तरह आपको पकड़ के लाया गया है, उसी प्रकार आपको जेल भेजने की भी व्यवस्था करूँगा।"

"मैं सच बात ही बताऊँगा सर। मुझे जेल मत भेजिएगा और मेरे पिताजी को कुछ मत कहिएगा। पिताजी को काफी दुःख पहुँचेगा।"

"ठीक है। बताइए तो कल रात वे लोग आपको मारने क्यों आए थे?"

"डकैती करते वक्त तय हुआ था कि वो पोजीशन लेकर खड़े होंगे और मैं शोकेस से सोने के गहने उठाकर बैग में भरूँगा। किंतु जैसे ही मैं गहने उठाने गया आपकी गाड़ी आ गई। हम सब बम उछालकर भागे। मगर दुकानदार ने इंश्योरेंस कंपनी के पास से रुपए लेने के लिए कहा कि डेढ़ लाख रुपए के गहनों की डकैती हुई है। अब वो लोग सोच रहे हैं, मैंने पूरा माल लिया। इसी कारण कल वो लोग बदला लेने आए थे। वो तो मुझे मार ही डालते किंतु मैं...मैं दरवाजे के पीछे छुप गया था जिस वजह से वो बम मारकर चले गए।"

“कौन-कौन आया था?”

“कूलिपाड़ा का काटाकेष्टो और लोहापट्टी का कालू। गूरुंग बस्ती का प्रदीप भी था मगर वो घर में नहीं आया था।”

“डकैती के लिए बम किसने बनाया था?”

“काटाकेष्टो ने किसी से खरीदा था।”

“और पिस्तौल?”

“पिस्तौल तो मैंने ही तीन सौ रुपए देकर खरीदा था।”

“किससे?”

“स्टेशन रोड पर एक आटे का गोदाम है। उसी गोदाम में एक लड़का रहता है, उसके पास से।”

“उसका नाम क्या है?”

“मैं नाम नहीं जानता। मगर वहीं पर रास्ते के किनारे उसके पिता की पान की दुकान है। वो लड़का कभी-कभार दुकान में बैठता है। वो देखने में गोरा और नाटा है।”

“पिस्तौल अभी कहाँ है?”

“डकैती के वक्त वो कालू के पास था, सर। उसके बाद नहीं मालूम।”

“देखिए मैं आपको छोड़ सकता था मगर उनके न पकड़े जाने तक आपका बाहर रहना ठीक नहीं होगा। अच्छा दाम, आप इन्हें ले जाइए। देखिएगा कि कोई मारे नहीं। बाद में क्या करना होगा मैं बताऊँगा।”

‘दाम हरेन को लेकर थाने में चला गया।’

बकुल अपने ड्राइवर और स्क्यूरिटी गार्डों को लेकर प्लान बनाने लगा कि किस तरह कालू और काटाकेष्टो को पकड़ा जाए।

वरुण ने कहा, “सर कालू को पकड़ा जा सकता है किंतु कूलिपाड़ा में घुसा नहीं जा सकता है।”

“क्यों?”

“कूलिपाड़ा में पुलिस की गाड़ी घुसते ही सर गाड़ी के ऊपर बम मारते हैं। बाचाई लेंपचा रहते सर एक बार गए थे। उसके बाद कोई नहीं गया।”

“तब वहाँ पर लोग रहते कैसे हैं?”

“सब सर हफ्ता देकर रहते हैं। वहाँ बबुआ को हफ्ता देने पर कोई कुछ नहीं करता। वहाँ जितने घर हैं, जितने दुकान हैं, बबुआ सबसे महीना वसूल करता है सर।”

“यह सब बंद करना होगा।”

“कैसे बंद करिएगा सर? बबुआ अब लाल पार्टी करता है। उसके नाम पर दो-तीन मर्डर केस भी हैं। फिर भी कुछ नहीं हुआ।”

''अब होगा। मगर इस समय बबुआ से अधिक काटाकेष्टो को पकड़ना जरूरी है। किस तरह पकड़ना होगा यह मैं ठीक करूँगा। आप लोग छद्मवेश में जाकर उस लड़के को पहचान आइए और घर भी देख आइए। उसके बाद मैं व्यवस्था करता हूँ।''

''ठीक है सर। मैं और उपाध्याय किसी समय जाकर देख आएँगे।''

''किसी समय नहीं। आज ही शाम को जाइए।''

''ठीक है सर। आज ही जाएँगे।''

''और पासवान।'' माने सियाराम पासवान। पासवान आगे आया। ''बोलिए सर।''

''आपकी यह जिम्मेदारी है कि आप लोहा पट्टी में कालू का ठेका खोजकर निकालेंगे।''

''ठीक है सर।''

''अब रीडरबाबू को कागजात लेकर आने को बोलिए।'' रीडरबाबू उनकी फाइलों को लेकर आ गए। बकुल उन सबको देखने लगा। लीव क्लर्क रीनिका छुट्टी के दरख्वास्तों को लेकर आई।

बड़े बाबू ने आकर कहा, ''फर्नीचरों का पेमेंट सर अभी तक नहीं हुआ है।''

बकुल ने कहा, ''अच्छा मैं एस.पी. से और एक बार कहूँगा।'' वो छुट्टी का दरख्वास्त देखने लगा।

सात

दो दिन हो गए। पासवान ने लोहापट्टी में कालू का घर खोज निकाला, पर कालू घर पर नहीं था। कहाँ है इस बात का पता नहीं चला। वरुण और उपाध्याय ने भी काटाकेष्टो का घर ढूँढ़ निकाला था। ठीक कूलिपाड़ा में नहीं था उसका घर, जंक्शन स्टेशन के उस पार था। मगर वो भी घर पर नहीं था। तो क्या वे लोग फरार हो गए? बकुल ऑफिस में बैठ कर यही सब सोच रहा था कि वरुण हाँफते-हाँफते आकर कमरे में घुसा–''सर काटाकेष्टो स्वाधीन के गैरेज में बैठा है। उपाध्याय दूर से नजर रखे हुए है। आपको तुरंत खबर देने के लिए कहा है।'' बकुल तत्काल ही निकल पड़ा।

उसने वरुण से कहा, ''ऑफिस में जो बैठे हैं उन सबको आने को बोलिए।'' रीडर बाबू, वृंदावन, राखाल, प्रदीप सब जल्दी से आकर गाड़ी में बैठ गए। रुद्र ने गाड़ी स्टार्ट की।

बकुल ने कहा, "गाड़ी को आप मधुछंदा ब्रिज के उस पार खड़ा करिएगा। हम लोग पैदल ही चलेंगे। वरुण, आप लोगों के पास, रिवाल्वर है तो?"

वरुण ने जवाब दिया–"हाँ सर।"

बकुल ने कहा, "तब आप जोर-जबरदस्ती करने मत जाइएगा। वृंदावन, उपाध्याय और प्रदीप उसको दबोचेगा। रीडर बाबू तत्काल गाड़ी के पास चले आएँ। देरी नहीं करके जल्दी से उसे गाड़ी में उठाकर ले जाएँगे। हमारे पास अधिक हथियार नहीं हैं इसलिए देरी करने से नहीं चलेगा। रुद्र आप गाड़ी के स्टेयरिंग पर ही रहिएगा।" रुद्र ने उत्साह के साथ जवाब दिया–"ठीक है सर।"

मधुछंदा ब्रिज पार करके गुरुंग बस्ती के पास आकर गाड़ी रुकी। बकुल और उसके साथी गाड़ी से उतरकर तेजी से चलने लगे। स्वाधीन का गैरेज दिखाते ही वरुण ने धीरे से कहा, "सर वो देखिए चक्के के ऊपर जो लड़का बैठा है, वही काटाकेष्टो है।" वरुण उपाध्याय के पास आ गया। तीन तरफ से तीनों बिल्ली की तरह दबे कदमों से आगे बढ़ने लगे। प्रदीप ने लपककर उसकी कमर को जकड़ा और उसी के साथ-साथ उपाध्याय और वरुण दोनों मिलकर उसे सड़क पर ले आए। तब तक रुद्र भी गाड़ी लेकर पहुँच गया। काटाकेष्टो को गाड़ी में उठाते ही गाड़ी चल दी और जाकर रुकी सीधे बकुल के ऑफिस के सामने आकर।

काटाकेष्टो को ऑफिस में लाया गया। बकुल ने पूछा, "विधान मार्केट के सोने की दुकान की डकैती में आप लोग कौन-कौन थे?"

काटाकेष्टो मानो जैसे आसमान से गिरा–"कऊन सा डकैती के बारे में बोलत हो साहब? हम तो कुछ नहीं जानत हैं?"

उसका जवाब सुनकर बकुल को काफी गुस्सा आया। उसने व्यंग्यात्मक ढंग से कहा, "जानते नहीं हो? तब हाकिमपाड़ा के हरेन को बम मारने क्यों गए थे?"

"कऊन हरेन साहेब? हम तो हरेन को पहिचानत नाहीं।"

"हरेन को नहीं पहचानते? लोहापट्टी के कालू को पहचानते हो?"

"नहीं साहेब, ओकरा नमवा भी नहीं सुने हैं?"

"गुरुंग बस्ती के प्रदीप का नाम तो सुने हैं?"

काटाकेष्टो ने गरदन हिलाया। उसने प्रदीप का नाम भी नहीं सुना।

बकुल ने पूछताछ रोककर कहा, "देखिए, अगर आप कुछ न बोलना चाहें तो भी मैं जोर-जबरदस्ती नहीं करूँगा, क्योंकि मैं आपसे जो कुछ भी पूछ रहा हूँ उसका जवाब मैं जानता हूँ। यह भी जानता हूँ कि आप अगर कुछ भी न बोले तो भी हरेन सब बात बताएगा। कालू सब बात बोलेगा। बीच में केवल आप हवालात में सड़कर मरेंगे। सच बोले बगैर मैं आपको नहीं छोड़ूँगा। वरुण, इसको थाने में ले जाइए।"

काटाकेष्टो अब तक मुँह बंद करके खड़ा था। उसने अब मुँह खोला–"साहेब

हमका छोड़दीजे। हमर माई बीमार है। जनानी को बच्चा होई।"

बकुल ने फाइल पर से चेहरा बिना उठाए ही कहा, "उसका मैं क्या करूँ? आप स्वयं ही अगर हवालात में रहना चुन लें तो उसमें मेरा कुछ भी करने का नहीं है।"

वरुण और वृंदावन ने आकर उसका हाथ पकड़ा तो काटाकेष्टो ने मिन्नत करते हुए कहा, "हमका छोड़ दीजिए साहेब, नहीं तो हमर माई मर जाई। परिवार को भी देखने वाला कोऊनो आदमी नाहीं है।"

रीडर बाबू ने पीछे से सलाह दी–"जा रे जियादा फचर-फचर मती कर।" वरुण लोग उसका हाथ पकड़कर तानने लगे।

काटाकेष्टो घूमकर कहने लगा, "साहेब हमार एकगो बात...।"

बकुल ने निस्तेज भाव से ठंडे स्वर में कहा, "आप जब किसी को भी नहीं पहचानते, तब आपसे बात करके मुझे कोई फायदा नहीं। इसको थाने में ले जाइए और दाम को जल्दी से भेजिए।"

दाम आया। बकुल ने कहा, "उसको इन दोनों केसों में फॉरवर्ड करना होगा। दो सप्ताह का पुलिस रिमांड माँगिएगा। आप मेमो लिखकर ले आइए, मैं रेकॅमेंड करूँगा।" दाम फॉरवर्डिंग मेमो लिखकर ले आया। उसके ऊपर बकुल ने लिखा–"मैं व्यक्तिगत रूप से दोनों केस सुपरवाइज कर रहा हूँ। इनवेस्टिगेशन जितनी हुई है उससे मुझे पूरा विश्वास है कि विधान मार्केट के सोने की दुकान में हुई डकैती एवं हाकिमपाड़ा में बम मारने की घटना इन दोनों घटनाओं में काटाकेष्टो व्यक्तिगत रूप से था। अतएव इन दोनों केसों की अच्छी तरह जाँच-पड़ताल के लिए उसको दो सप्ताह की पुलिस कस्टडी की जरूरत है।" एस.डी.जे.एम. ने उसे दो सप्ताह के लिए पुलिस हिरासत में रखने का आदेश दिया।

इंसान जिसको प्यार करता है उसके लिए सब कुछ न सही, पर काफी कुछ कर सकता है। काटाकेष्टो की बातें सुनकर लगा कि वो अपनी माँ और पत्नी को काफी प्यार करता था। उसका मुँह खुलवाने के लिए इस बात को काम में लाना होगा। बकुल वरुण और पासवान के साथ कुछ परामर्श करके बैकुंठपुर थाने में चला आया। आई.सी. के कमरे में काटाकेष्टो को बुलाकर कहा, "देखा तो, आपने मेरी बात नहीं सुनी। कोर्ट से चौदह दिन हवालात में रहने का आर्डर हो गया। इसके बाद भी अगर आप सच नहीं बोलते हैं तो फिर वापस चौदह दिन का आर्डर होगा। इस तरह से अधिक नहीं तो भी दो-तीन महीने आप पुलिस हवालात में रहेंगे। इन दो महीनों में आपकी माँ और पत्नी को कौन देखेगा बताइए?"

काटाकेष्टो को काफी टूटा-सा महसूस हुआ। वो प्रायः रो पड़ने की तरह रुँधे गले से बोला, "साहेब इतना दिन हमका हवालात में रखिए तो हमार माई मर जाई।"

ठीक उसी वक्त पासवान कमरे में घुसकर निरीह भले मानुष की तरह बोला, ''सर, इसके घर के पास से एक आदमी खबर लेकर आया है, इसकी माँ की हालत काफी खराब है। इसको देखना चाहती है।''

बकुल मर्माहत होने का अभिनय करते हुए बोला, ''काफी खराब खबर है। अच्छा उस आदमी को अपने घर जाने को बोलिए और मैं देखता हूँ इसको इसके घर ले जाने के लिए मैं क्या कर सकता हूँ। ड्यूटी अफसर को बुलाइए तो।'' पासवान ड्यूटी अफसर को बुलाने चला गया। ड्यूटी अफसर भजगोपाल बाबू के आने पर बकुल ने कहा, ''आप एक गाड़ी की व्यवस्था कीजिए। और एक सेक्शन फोर्स रेडी रखिए। इसकी माँ बीमार है। एक बार मिलकर आएगा।''

काटाकेष्टो ने इस बार रो दिया—''हमका हैंडकैप पहने देखिहैं तो हमार माई मर जाई साहेब। हम नाही जाई।''

बकुल को जैसे चिढ़ हो गई। उसने चेहरा उठाकर पूछा, ''माँ को क्या बीमारी है?''

''ऊ तो न जानत है साहेब। पेटमा काफी दरद होत है ढेरों डॉक्टर दिखावा पर कऊनो लाभ ना भाय। सेनगुप्ता डॉक्टर बाबू को भी दिखावा। सौ रूपीआ भिजिट। कागजवा में का जानी का लिखके बोलले, शर्मा का दुकान में जावा। हम शर्मा का दूकानवा में गए। उहाँ हमसे कहा, एक हजार रुपीया लगी आंटागाफि का खातिर छह सौ रुपीया, भिपी खातिर चार सौ रुपीया। आप ही बोलअ हमका एक हजार रुपीया कहाँ से मिली?''

''अच्छा अगर मैं सरकारी अस्पताल में बात करके यह सब बिना पैसे में करवा दूँ तो?''

''तब तो हमका अऊर डकैती करने का कोऊनो दरकार ना होई।''

''मैं कैसे जानूँगा। मुझे तो आपने कुछ बताया ही नहीं। अच्छा मैं जबान देता हूँ करवा दूँगा।''

''साहब इसब करवाई दो अऊर हमका छोड़ दो। काली मईय्या की कसम हम अऊर कऊनो दिन डकैती ना करी।''

''इसका मतलब माँ की बीमारी के लिए आपको डकैती करनी पड़ी?''

''हाँ साहब आप ठीक ही कही रहे हैं। बमबाजी में हाथ की अँगुलि उड़ जाने के बाद हम चोरी-डकैती छोड़ दिया। गरजवा का काम करके जो मिली वो ही खाइ। बियाह किए है मगर परिवार मा अभाव है। ओकरा में भी कोऊनो दिन हम खराब काम नहीं किए। पर दू बरस से माई का तबीयत खराब है। शर्मा कहले कि एक हजार रुपीया लगी। स्वाधीन भाई से उधार माँगे रहे तो ना दिए। तबही कालू और हरेन का लेईके इसब पिलान किए रहे मगर हरेनवा बेईमानी कर गवा। हिस्सा नहीं दिया।''

"समझ गया। पर वो बम आप कहाँ से लाए।"

"बम सर हमने खरीदा। एक-एक का दाम पचास रुपया लेला। ऊ मालापाड़ा मा साहब वेश्या के घरगुलान के उल्टे बाजू जोऊन चाय का दुकान बा ओकरा में ही हेमेन नामका एक लड़का बैठत है। ऊही कही से लाई के दिए रहा। हम सब बताए दिए है साहेब। इब हमका छोड़ दो।"

"छोड़ दूँगा, पर हरेन ने जो पिस्तौल दिया, वो कहाँ है बताइए।"

"पिस्तौल नहीं साहब। एक टूटल-सा पाइपगन। ऊ कालू के पास बा।"

"कालू कहाँ है? कुछ दिन से घर में तो नहीं रह रहा।"

"ऊ कोऊनो दिन घर में ना रहत है साहेब।"

"कहाँ रहता है?"

"अभी साहेब वर्द्धमान रोड पर एक गोदाम में रहत है।"

"चलिए दिखाइए।"

"अभी जाने से ना मिली साहब। इ बखत कहाँ है कोऊनो ठीक नाहीं। ओकरा को पकड़ने के लिए आधा रात माँ जावे के पड़ी।"

"अच्छा गोदाम में घुसने के कितने रास्ते हैं?"

"एक ही रास्ता बा सामने का साहब। हाँ पिछवाड़े मा एक खिड़की का रास्ता था। हम सब बताए दिए है साहेब हमका अब छोड़ दयो।"

"आपको मैं अभी नहीं छोड़ सकता क्योंकि कोर्ट का ऑर्डर लेना होगा। कल सुबह दस बजे कोर्ट खुलने पर आपके छूटने की व्यवस्था करूँगा। हाँ अगर आप चाहें तो पुलिस के पहरे में जाकर अपनी माँ को देखकर आ सकते हैं, जाइएगा?"

"नाही साहब, पुलिस पहरा में हमना जाई। हम कल ही जाब।"

वरुण, ड्यूटी अफसर से कहिए इसको ले जाए।"

"ड्यूटी अफसर आकर काटाकेष्टो को ले गया। बकुल ने उसे कहा, "जर देखिएगा कोई इसको कुछ न कहे और दाम को आने को बोलिए।"

थोड़ी देर बाद दाम कमरे में आया। बकुल ने उससे कहा, "काटाकेष्टो ने जब सब कुछ स्वीकार कर लिया है तब उसे और रोककर रखने की जरूरत नहीं है। उसको इसी आधार पर कल कोर्ट में फारवर्ड कर दीजिए। इसका बेल हो जाए।" दाम सहमति जताकर कमरे से बाहर निकल गया।

बकुल सोचने लगा हेमेन को पकड़ने से बम बनाने के रहस्य का पता चल सकता है, पर वो हेमेन को खाली हाथ नहीं पकड़ेगा। इससे वो हाथ से निकल सकता है, बल्कि उसे जाल बिछाकर बम समेत पकड़ेगा जिससे उसके पास अस्वीकार करने का कोई रास्ता नहीं रहे।

बकुल जब ये सब सोच रहा था उसी समय दरवाजे पर टँगे पर्दे को हटाकर एम.एल.ए. गौर कुंडू ने कमरे में प्रवेश किया। बकुल ने चेयर से उठकर उनका

अभिवादन किया। गौर कुंडू के पीछे-पीछे डॉक्टर बी.राय ने भी कमरे में प्रवेश किया। वे होमियोपैथी के डॉक्टर थे। चांदा साहब ने सर्किट हाउस में उनसे परिचय करवाया था। उन्होंने कहा था—"ही इज दी नंबर वन मैन इन दी पार्टी हियर। इफ देयर इज ऐनी प्रॉब्लम यू टेल हिम।" बकुल ने उनसे भी बैठने को कहा पर उन्होंने बैठने के बजाय दरवाजे के पास जाकर पर्दा हटाकर बाहर देखा। उसके बाद उनके वापस लौटते ही दस-बारह आदमियों ने उनके पीछे-पीछे कमरे में प्रवेश किया। वे लोग अनुमति मिलने का इंतजार न करते हुए, अपनी मर्जी से जो जहाँ बैठ सका बैठ गया।

गौर कुंडू सामने के एक चेयर पर बैठ गए। उन्होंने बगैर किसी भूमिका के ही प्रश्न किया—"आप कूलिपाड़ा के केष्टो की पकड़कर लाए हैं?"

बकुल ने जवाब दिया—"हाँ उसको अरेस्ट किया गया है।"

"पर हम तो यह जानते हैं कि वो कोई खराब काम नहीं करता।"

"पर उसके विरुद्ध निर्दिष्ट अभियोग है जिसे उसने स्वीकार भी किया है।"

"अभियोग किसने किया है?"

"यह तो मैं आपको अकेले में बता सकता हूँ, सबके सामने नहीं बताया जा सकता।"

"ठीक है, उसके विरुद्ध जब अभियोग है तो उसे जमानत दे दें। अदालत का फैसला जो होगा सो होगा।"

"मैं जमानत तो नहीं दे सकता। कोर्ट से आर्डर लेना होगा। वो कोर्ट के आर्डर पर ही यहाँ है।"

"इसी बीच आपने उसे कोर्ट में कब भेजा?"

"उसे अरेस्ट करने के बाद ही कोर्ट में भेजा गया था। हमने उसकी दो सप्ताह के लिए पुलिस हिरासत में माँग की थी जो कि कोर्ट ने मंजूर कर ली।"

"इसका मतलब केष्टो अभी दो सप्ताह यहीं रहेगा?"

"आप लोग कोर्ट में आवेदन करिए, कल भी जमानत हो सकती है।"

"पर आप जमानत नहीं देंगे?"

"कोर्ट का आर्डर है। मैं जमानत नहीं दे सकता। ये अब मेरे अधिकार में नहीं है।"

एक गोरा-सा लंबा लड़का गौर कुंडू के पीछे बैठा था। वो अब तक बात करने के लिए व्याकुल हो रहा था। इस बार वो अपने को रोक न सका और कहा, "असल में आप केष्टो को छोड़ेंगे नहीं, यह बोलिए ना। वरना आप लोग तो लोगों को पकड़कर लाते हैं और बिना कोर्ट में भेजे ही चार-पाँच दिन थाने में बंद करके रखते हैं और उसे पकड़ते न पकड़ते ही कोर्ट में भेज दिया। आप क्या सोचते हैं, हम लोग कुछ नहीं समझते?"

बकुल ने उलटकर प्रश्न किया—"आप क्या तब कोर्ट में भेजे बगैर ही थाने में चार-पाँच दिन बंद रखने की बात कर रहे हैं?"

"मैं कुछ नहीं बोल रहा। आप लोग रखते हैं यही कह रहा हूँ।"

"जो रखता है उसको बोलिए। मैं नहीं रखता।"

"नहीं रखते तो केष्टो को छोड़ दीजिए।"

"कहा तो छोड़ नहीं सकता।"

"छोड़ नहीं सकते, मतलब! आपने नीली पार्टी का जमाना पाया है क्या? जिसको-तिसको मर्जी हुआ, पकड़कर जेल में बंद कर दिया। आपकी हिम्मत तो कम नहीं है, आप हमारे छात्रों को अरेस्ट करने के लिए कहते हैं। आपको इसके लिए जवाब देना होगा।" वो चिल्लाता रहा।

बकुल ने गौर कुंडू की तरफ देखकर कहा, "आप लोग इन्हें धीरे बात करने के लिए बोलिए और ये सब अप्रासंगिक बातें बंद करने के लिए कहिए।"

गौर कुंडू ने कहा, "पर वो कौन-सा झूठ बोल रहा है?"

बकुल ने आश्चर्यचकित होकर कहा, "इसका मतलब है इस सबके पीछे आपकी सहमति है?" गौर कुंडू ने कोई उत्तर नहीं दिया।

वो लड़का पीछे मुड़कर कहने लगा—"साथियो, हमलोग केष्टो को थाने से लिए बगैर नहीं जाएँगे। पुलिस की जुल्मबाजी हम बरदाश्त नहीं करेंगे।"

बकुल ने भी ऊँची आवाज में कहा, "यह कोई जनसभा का मंच नहीं है—थाना है। जनसभा करने की इच्छा हो तो थाने से निकलकर रास्ते पर जाइए। यहाँ इस तरह का शोर-शराबा नहीं चलेगा।"

"आपकी इतनी हिम्मत। हमें थाने से निकलने के लिए कह रहे हैं। हम भी देख लेंगे। मैदान में प्रमाणित होगा किसमें कितनी ताकत है।"

"मैदान में ही जब प्रमाणित होगा तब यहाँ से जाइए।"

"हम जा रहे हैं पर आपको इसके लिए सफाई देनी होगी।" लड़का बाहर निकल गया और उसके साथ-साथ बाकी सब भी निकल गए। उन सबके साथ गौर कुंडू भी। सबसे अंत में डॉ. बी. राय कमरे से बाहर निकल रहे थे। बकुल ने उनसे कहा, "डॉ. राय क्या थोड़ी देर बैठ सकते हैं?"

डॉ. राय ने कहा, "गौर भाई ही जब चले गए तब मेरा बैठना उचित नहीं होगा।" वे भी तुरंत उठकर बाहर निकल गए।

आई.सी. दुर्गा बोस सर झुकाकर बैठा था। उसने कहा, "सर इनके कारण कुछ भी एक्शन लेना मुश्किल होता है।"

बकुल ने उसकी बात का कोई जवाब नहीं देकर पूछा, "सबसे ज्यादा जो चिल्ला रहा था वो लड़का कौन है?"

आई.सी. ने कहा, "छात्र नेता बेजा सर। मुँह में कोई लाइसेंस ही नहीं है,

जो मन में आता है वही कह देता है।''

बकुल ने कहा, ''इन सबके लिए हम लोग ही जिम्मेदार हैं। हम लोग इतना अधिक गलत काम करते हैं कि हमारे बारे में लोगों की राय ही खराब हो गई है। हम लोग न्यायपूर्ण तरीके से कोई काम कर भी सकते हैं, यह बात लोग सोच भी नहीं सकते। जिसके कारण दो-एक लोग के ठीक-ठाक काम करने पर भी उन्हें समर्थन नहीं मिलता। छोड़िए, जाने दीजिए इन सब बातों को। आप करीब रात के बारह बजे एक पार्टी तैयार रखिएगा, मेरे साथ जाएगी।'' बकुल थाने से निकलकर ऑफिस चला गया।

मटिकाटा के ओ.सी. मनतोष भट्टाचार्य बहुत देर से ऑफिस में बैठे हुए थे बकुल को देखते ही वो उठ खड़े हुए। बकुल ने बैठते न बैठते पूछा, ''क्या बात है? आपकी क्या खबर है? विश्वविद्यालय के उन दो लड़कों को आइडेंटिफाई किए?''

''कौन दो लड़के?''

''वही नूरुल और शंकर। वे लोग क्या अतीन बाबू के यहाँ प्राइवेट पढ़ते थे? उनको पास करने के लिए व्ही.सी. क्यों अतीन बाबू पर दबाव डाल रहे थे?''

''मैं आज ही जाऊँगा सर।''

''और उस मेडिकल कॉलेज के घोंटा और झूँटे को पकड़ा गया? इंज्यूरि रिपोर्ट कलेक्ट किया?''

''सर उस केस के बारे में तो पार्टी के साथ आपकी बातचीत हो गई है। आप कुछ नहीं करने के लिए तैयार हुए?''

''मेरी पार्टी के साथ बात हुई या नहीं इस मुद्दे पर मैं बाद में आऊँगा। पहले आप मुझे यह बताइए ये बात आपको कैसे पता चली? आप पार्टी की बात सुनकर काम करिएगा या मेरी? और हाँ, आपको मैंने जब मेडिकल कॉलेज के केस के असामियों को अरेस्ट करने के लिए कहा था, तब वहाँ मेरे और आपके अलावा कोई नहीं था, तो फिर यह बात बेजा को कैसे पता चली?''

''सर मुझ पर गुस्सा मत होइए, मैंने काम शुरू कर दिया।''

''किस तरह का काम?''

''आज सर बीस-पच्चीस लीटर चोलाई (कच्चा शराब) पकड़ा हूँ।''

''पर किसकी चोलाई पकड़े हैं? इस अंचल में सब स्मग्लर, लकड़ी चोर और चोलाईकारी तो शरदेंदु मंडल के प्रोटेक्शन में है। उनकी देखा-देखी और भी कुछ लोग चोलाई बनाकर बेच रहे हैं। शरदेंदु मंडल के व्यवसाय में तकलीफ हो रही थी। आप शरदेंदु मंडल को खुश करने के लिए उनकी चोलाई पकड़ कर ले आए। फिर मुझे बताने आए हैं। मगर मैं इस तरह के काम से खुश नहीं होता।''

''सर मेरी तरफ जरा ध्यान दीजिएगा। मैं बहुत दिनों बाद ओ.सी. बना हूँ और मेरी नौकरी भी अधिक दिन की नहीं है।''

"मुझे जो देखना होगा देखूँगा। अब आप जा सकते हैं।"

मनोतोष भट्टाचार्य के चले जाने के बाद बकुल ने कुछ देर बैठकर प्लान तैयार किया। उसके बाद पासवान को बुलाया। पासवान के कमरे में घुसते ही दरवाजा बंद करने को कहा। पासवान दरवाजा बंद करके सामने आकर खड़ा हुआ। बकुल ने कहा, "पासवान मैं हेमेन को बम समेत पकड़ना चाहता हूँ। आपको छद्मवेश में उसके पास जाकर बम खरीदने के लिए सौदा करना होगा। उसके मान जाने पर जितनी जल्दी संभव हो बम की डिलीवरी लेने की व्यवस्था करिएगा।"

"ठीक है सर, कैसे जाना होगा बताइए।"

"इस तरह से जाइएगा कि लगे आप लोग डकैती करना चाहते हैं जिसके लिए बम की जरूरत है। आपके पास फटा-पुराना शर्ट-पैंट है?"

"है सर। पुराना जो नहीं पहनता हूँ वही ले लूँगा।"

"थोड़ा मोड़कर सलवट भर दीजिएगा जिससे गरीब-गरीब लगे और सर के बालों को हाथ से बिखेर लीजिएगा।"

"अच्छा सर।"

"पर आपका परिचय क्या होगा? यदि नाम-वाम पूछे तो?"

"नाम बताऊँगा सर?"

"पहले मत बताइएगा। आप कहिएगा इस लाइन में नाम-पता बतलाने का नियम नहीं है। नोट दूँगा, माल लूँगा। आशा करता हूँ कि और कुछ नहीं पूछेगा। मगर यदि वे बोले कि नाम-पता नहीं बताने पर मैं बम नहीं बेचूँगा तब तो बताना ही पड़ेगा। क्या बोलिएगा?"

"बिहार का नाम-पता दे दूँगा सर। कोई भी समझ नहीं पाएगा।"

"पर बिहार से यहाँ क्यों? शक करेगा। यही आस-पास की किसी जगह का नाम बोलना पड़ेगा, जैसे मान लीजिए गाँव का नाम छीटमहल, पो. फूलबाड़ी। पर अगर उसका या उसके किसी रिश्तेदार का घर अगर छीटमहल में हो तो? तब दूसरा नाम बोलना पड़ेगा। सीधी-सी बात है काफी सावधानी बरतनी होगी।"

"ठीक है सर। हो जाएगा।"

"बहुत खूब। यह लीजिए डेढ़ सौ रुपए। बम देने को तैयार हो जाए तो पचास रुपए अग्रिम दे दीजिएगा। कहिएगा तीन बम लूँगा और बम देने को तैयार हो जाए तो पाइपगन कहाँ मिलेगा पूछ लीजिएगा। अगर बता दे तो ठीक है नहीं तो स्टेशन रोड के उस लड़के के सामने भी इसी तरह का नाटक करना पड़ेगा। मैं उसे भी रंगे हाथों पकड़ना चाहता हूँ।"

पासवान ने सर हिलाकर सहमति जताई। बकुल ऊपर क्वार्टर में चला गया। ढेर सारी दुश्चिंताओं ने उसे घेर लिया। इस पूरी दुनिया में मानों वह एकदम अकेला हो। वो ठीक-ठीक काम करना चाहता था पर हर कोई उसे गलत समझ रहा था।

मटिकाटा का ओ.सी. उसकी बातें नहीं सुन रहा था। रूलिंग पार्टी के लोग उसे गलत समझ रहे थे। किसी से मन खोलकर बात कर सके यह भी संभव नहीं है। शादी की। पर अभी जो देख रहा है, उससे शादी न ही करता तो ठीक था। बकुल का मानो दम घुटने लगा। होमगार्ड प्रदीप ने आकर खाना चढ़ाया। बकुल ने उससे पूछा—"अच्छा प्रदीप यहाँ गाना सिखाने के टीचर मिल सकते है?" प्रदीप ने क्या कहा उसे समझ में नहीं आया। हताशा में रात बीतने लगी।

बारह बजे बकुल बैकुंठपुर थाने पहुँचा और काटाकेष्टो को गाड़ी में लेकर वर्द्धमान रोड की तरफ बढ़ गया। पासवान, उपाध्याय तथा और दो लोगों को पीछे खिड़की के रास्ते रखकर, औरों को लेकर गोदाम में घुसा। उनके घुसते ही एक लड़का खिड़की के रास्ते भागने लगा। पासवान ने उसे दबोच लिया। काटाकेष्टो ने बताया—"यही कालू है।"

पासवान कालू को बकुल के सामने लेकर आया। बकुल ने कालू से कहा, "आपको हम लोग मारेंगे-पीटेंगे नहीं। आप हमें सिर्फ यह बताइए कि पाइपगन कहाँ है।"

कालू ने काँपते गले से कहा, "मेरे पास कोई पाइपगन नहीं है।"

बकुल ने काटाकेष्टो को दिखलाकर कहा, "देख रहे हैं। तो थाने में हरेन भी है और आपको लेकर अब हम प्रदीप के पास जाएँगे। समझ ही रहे हैं, झूठ बोलकर कोई लाभ नहीं होगा। किसके पास क्या है यह हम जानते हैं। बस जल्दी से बता दीजिए। पाइपगन कहाँ रखा है।"

कालू कुछ भी नहीं बोला। बकुल ने कहा, "पासवान इसको हैंडकैप पहनाइए। हवालात में दो-एक महीना रहेगा तो खुद ही बोलेगा।"

उपाध्याय बोला, "सर इसके घर की एक बार तलाशी ले लेते तो कैसा रहता? अगर कुछ मिले?"

बकुल तैयार हो गया। सब लोग मिलकर वापस गाड़ी में बैठ गए। गाड़ी में काटाकेष्टो ने कालू से कहा, "कलुआ बाबू लोग सब जान गए हैं। कहाँ रखल है बताई दे। तब्हे तू छूट सकी।"

बकुल तुरंत बोल उठा, "हाँ कालू यदि आप पाइपगन दे दे तो हम आपको रोककर नहीं रखेंगे।"

"सच कह रहे हैं।"

"हाँ ठीक कह रहा हूँ।"

"वो हमारे रसोईघर के पुआल के छज्जे में छुपाकर रखा हुआ है।"

गाड़ी आकर कालू के घर के सामने रुकी। गाड़ी से उतरकर घर में घुसते ही कालू के माँ-बाप जाग गए। पासवान और अन्य कालू को लेकर रसोईघर में घुसे। कालू के माँ-बाप डर से दुबककर दूर ही खड़े रहे। छज्जे के पुआल के अंदर

से पाइपगन निकालकर कालू ने बकुल के हाथ में दे दिया। पाइपगन के साथ ही थ्री नॉट थ्री राइफल की गोलियाँ भी थीं।

बकुल ने कालू के बाप से कहा, "कल कोर्ट में जाइएगा। आपका लड़का छूट जाएगा।" कालू के पिता बिना कुछ कहे डबडबाये नेत्रों से देखते रहे। बकुल के गाड़ी में बैठते ही गाड़ी ने चलना शुरू कर दिया।

आठ

तपती दोपहर। धूप कड़कड़ा रही थी। हल्की-हल्की हवा बह रही थी। खालपाड़ा का रास्ता प्रायः मानव विहीन था। उसी मानव विहीन रास्ते पर पासवान आगे बढ़ रहा था। मगर इस वक्त पासवान को देखकर कोई भी नहीं कह सकता था कि वो एक स्मार्ट पुलिस कांस्टेबल है। उसने एक गंदा-सा पैंट पहन रखा था और बदन पर उससे भी अधिक मैला एक शर्ट। सर के बाल रूखे-सूखे बिखरे से थे। धीरे-धीरे पैर बढ़ाकर वो चल रहा था और हिरणी की तरह भयभीत आँखों से इधर-उधर देख रहा था। रास्ते के ऊपर चाय की दुकान के पास आकर सतर्क नेत्रों से उसने अपने आस-पास देखा। उसके बाद धीरे से दुकान के सामने के बेंच पर आकर बैठ गया। बैठते ही वह डरे हुए नेत्रों से फिर इधर-उधर देखने लगा।

चाय की दुकान के लड़के ने पूछा, "चाय पीजिएगा?"

पासवान ने अपने उच्चारण में यथासंभव ग्रामीणता लाकर जवाब दिया–"दे द भाई एक काप।...अच्छा आपका नाम का हेमेन बा ना?"

लड़के की आँखों में संदेह की लहर दौड़ गई। उसने पासवान की तरफ तीक्ष्ण नेत्रों से देखते हुए सवाल दागा–"क्यों बोलिए तो?"

पासवान ने फिर एक बार अपने आस-पास का निरीक्षण करके, धीमी आवाज में कहा, "हम कुछ माल खरीदने का चाहत है। दू दिन से घूमत है मगर मिलत नाही रहा। लेकिन आज लामलिंग बस अड्डा के पासमा एक लड़कवा ने कहा कि आपके पास मिली। कुछ एक माल का तो हमका बहुत दरकार बा।"

हेमेन जैसे कुछ भी नहीं समझ पाया हो ऐसा दिखावा करते हुए पूछा–"आपको कौन से माल की जरूरत है?"

पासवानं मुँह से कुछ न कहकर अपने दोनों हाथों की अँगुलियों को गोल की तरह बनाकर समझाना चाहा कि वो बम खरीदना चाहता है।

हेमेन ने अपने आपको समेटते हुए कहा, ''नहीं, मेरे पास वो सब नहीं मिलता।''

शिकार को चारा खाते न देख पासवान ने खुशामद भरे लहजे में कहा, ''काहे ला फड़का मारतहो गुरु। हमहु पक्का खबर लेकर आए है।''

''तुम्हारा नाम क्या है?''

''नाम ठिकाना बतावे का हमार उस्ताद का मनाही बा।''

''क्यों?''

''सोचअ, अगर आप पुलिस के पकड़ावे में आई गए अऊर पुलिस आपके जरिए हमार नाम ठिकाना जान लेई, पर अगर हम नाम ठिकाना ना बोलिहे तो पुलिस हमरा कभी हो ना पकड़ सकी।''

''एकदम तैयार माल लग रहे हो।''

''ऊ तो गुरु आप ठीक ही पकड़े हो। तो बोलअ माल कहाँ मिली?''

''कितना चाहिए?''

''इबखत तो तीन-एक मिल जाई तो काम चल जाई। मगर बाद में अऊरो लेईके पड़ी।''

''डेढ़ सौ रुपया करके पड़ेगा और दाम एडवांस देना होगा।''

''काहेला अंड-संड बकत हो गुरु। तुम तो पचास रुपए दाम लेत हो अऊर हमार से डेढ़ सौ माँगत हो।''

''डेढ़ सौ करके ही लगेगा। लेना हो तो एडवांस पेमेंट करो।''

''पर गुरु इ बखत वो हमार पासमा इतना पईसा नहीं बा। हम तो पचास रुपिया के हिसाब से डेढ़ सौ रुपिया लाए हैं। अभी डेढ़ सौ रुपिया रखअ। माल जब डिलिवरी लेई तब तोहार बाकी रुपीया दे देई।''

पासवान ने आगे-पीछे, दाएँ-बाएँ अच्छी तरह देखकर पॉकेट से रुपया निकालकर चुपचाप हेमेन के हाथ में दे दिया। हेमेन ने चटपट रुपया अपने पॉकेट में रख लिया। इस बार पासवान ने सर झुकाकर पूछा—''कब लेवे के आई?''

''शाम को चार बजे। अपना बैग रख जाओ।''

पासवान ने अपने कंधे पर झूल रहे बैग को उतारकर हेमेन के हाथ में देते हुए कहा, ''तब हम शाम का चार बजे आई। अभी जात है।'' वो दुकान से निकलकर चलने लगा। एडिशनल साहब को खबर देना होगा।

बकुल उस समय ऑफिस में बैठकर स्टेनो को डिक्टेशन दे रहा था। थोड़ी ही देर पहले उसे युधिष्ठिर अग्रवाल के घर की उस मृत नौकरानी की पोस्टमार्टम रिपोर्ट मिली थी। रिपोर्ट में साफ-साफ लिखा था कि लड़की को चार महीने का गर्भ था। उसके गले में रस्सी डालकर हत्या की गई है। रिपोर्ट मिलते ही उसने मर्डर केस स्टार्ट करने का आदेश दिया। साथ ही साथ आई.सी. से जवाब-तलब के लिए डिक्टेशन दे रहा था।

ऐन वक्त पर चेहरे पर हँसी लिए पासवान कमरे में घुसा। बकुल ने डिक्टेशन रोककर पूछा, "क्या खबर है पासवान?"

पासवान ने जवाब दिया, "खबर अच्छी है सर?"

बकुल ने स्टेनो बाबू की तरफ देखकर कहा, "मैं आपको थोड़ी देर में बुलाता हूँ।"

स्टेनो बाबू उठकर चले गए।

पासवान ने करीब आकर धीरे से कहा, सर चार बजे बम देने के लिए तैयार हुआ है। डेढ़ सौ रुपया एडवांस दिया हूँ। अब पाइपगन का क्या करूँ?"

"पाइपगन वाला मामला भी आज हो जाता तो अच्छा रहता, क्योंकि बम पकड़े जाने पर हो-हल्ला होगा। इससे वे लोग सावधान हो जाएँगे। आपका कपड़ा तो ठीक ही है। एक बार उधर जाकर कोशिश करके देखिए।"

"सर तब तो कुछ रुपए और लगेंगे।"

"हाँ, ले जाइए।" बकुल ने पॉकेट से पचास रुपए के दो नोट निकालकर दे दिए। रुपए लेकर पासवान जैसे आया था, वैसे ही निकल गया।

बकुल स्टेनो को बुलाकर डिक्टेशन देने लगा। बैकुंठपुर थाने के आई.सी. दुर्गा बोस को संबोधित करके कहा गया–"नौकरानी के मृतदेह पर जो निशान थे उससे यह साफ पता चलता है कि वो गर्भवती थी और उसके गले में फंदा डालकर हत्या की गई थी। डी.एस.पी. साहब ने अपने पंचनामा रिपोर्ट में यही कहा है। पोस्टमार्टम रिपोर्ट से भी यही प्रमाणित हुआ है। पर आपने जो पंचनामा तैयार किया है उसमें आपने यह विचार दिए कि उसने गले में फंदा डालकर आत्महत्या की है। आपने पंचनामा में जो सत्य नहीं है ऐसा क्यों लिखा? तब क्या आपमें पंचनामा बनाने तक की योग्यता नहीं है। एक सप्ताह के अंदर आपका जवाब मेरे पास पहुँच जाना चाहिए।"

स्टेनो डिक्टेशन लेकर चला गया। बकुल पासवान के लिए अधीरता से प्रतीक्षा करने लगा। तीन बजे के करीब पासवान वापस लौटा।

बकुल ने पूछा, "क्या हुआ, पासवान?"

पासवान ने कहा, "सर, यहाँ की भी खबर अच्छी है। शाम को ही देने के लिए तैयार हो गया। पर यहाँ एडवांस नहीं दिया। कहा एक हाथ से माल लूँगा और दूसरे हाथ से पैसा दूँगा। वो तैयार हो गया। मगर, रुपए काफी माँग रहा है। कह रहा है एक के दाम आठ सौ रुपए देने होंगे।"

"उसमें परेशानी नहीं होगी। अब आप जल्दी से कुछ खा लीजिए। ज्यादा लेट करने से दिक्कत हो जाएगी।"

पासवान के खाकर वापस आते ही, बकुल और उसके साथी निकल पड़े। पासवान पैदल ही गया। बकुल और उसके साथी गाड़ी में निकले। निकलने के

पहले बकुल ने पासवान से कहा, "मैं थोड़ी दूर पर रहूँगा। बम का बैग हाथ में आते ही संकेत दीजिएगा। आपके बाएँ हाथ को सर के ऊपर ले जाकर तीन बार मोड़ने से हम समझ जाएँगे कि आपको बम मिल गया है।"

पासवान सहमति में सिर हिलाकर रवाना हो गया।

बकुल ने गाड़ी को वर्द्धमान रोड पर इस तरह खड़ा किया कि किसी को भी जरा सा शक न हो। यूनिफार्म पहने लोगों को उसने गाड़ी में ही बैठकर इंतजार करने के लिए कहा। ड्राइवर रुद्र को उसने वर्द्धमान रोड से थोड़ी दूर खालपाड़ा के रास्ते के ऊपर खड़ा करके कहा, "मुझे पासवान से संकेत मिलते ही मैं आपको संकेत करूँगा। आप मुझे लगातार ध्यान से देखते रहिएगा।" रुद्र ने सिर हिलाकर अपनी सहमति जाहिर की। बकुल वरुण को लेकर चाय की दुकान से दो सौ गज की दूरी पर एक जगह बैठ गया। उसने कुर्त्ता-पायजामा पहन रखा था और बालों को कंघी कर आँखों तक उतार रखा था। इस वक्त उसे देखकर कौन कहेगा कि वो एक पुलिस अफसर है। सब सोचेंगे नया आदमी है। दलाल ने भी शायद यही सोचा होगा। उसने चुपचाप आकर कहा—"डू यू वॉण्ट गर्ल, सर?" उस आदमी की भाव भंगिमा और उसके प्रस्ताव को सुनकर बकुल का मिजाज खराब हो गया, पर यह मूड ख़राब करने का समय नहीं था। अभी जैसे भी हो इस आदमी को टालना होगा।

वो कुछ न समझने का नाटक करके हाथ हिलाकर वरुण से इशारे में पूछा, "क्या बात है?" वरुण ने पक्के अभिनेता की तरह इशारे में उत्तर दिया, "क्या मालूम?"

वो आदमी तब सर नीचा करके हल्की आवाज में कहने लगा, "लड़की सर।" एकदम अनछुई नई। आज ही बोहनी होगी। पूरा-पूरी बीस रुपया सर? पूरे रात के लिए दो सौ रुपया। कम में भी मिलेगी सर। मात्र पाँच रुपए में भी है। मगर नई वाली ही अच्छी है सर।"

गुस्से से बकुल के कान लाल हो गए पर कोई उपाय नहीं था। उस आदमी को टरकाने के लिए वो फिर गूँगे की तरह इशारा करने लगा। वरुण ने भी उसी तरह इशारा करके बकुल की सहायता की। उस आदमी ने खिसियाकर कहा, "साले बहरे हैं न गूँगे हैं रे भाई। आज भाग्य ही खराब है। शाम अच्छी नहीं गुजरेगी।" वो चला गया। बकुल ने देखा कि पासवान धीरे से आकर दुकान के सामने बेंच पर बैठ गया।

बकुल की दोनों आँखें चुंबक की तरह पासवान पर लगी रहीं। पर वहाँ ऐसे बैठे रहने को स्वाभाविक करने के लिए वह बाएँ हाथ की हथेली पर दाहिने हाथ के अँगूठे से खैनी मलने का अभिनय करने लगा। बीच में बाएँ हाथ के ऊपर बेख्याली में ही कई बार चपत लगाया, पर इससे उल्टा मुसीबत आ गई। एक आदमी

ने आकर कहा, "बाबू नशे की बहुत जोर तलब लगी है। थोड़ा दीजिएगा?" बकुल एक बार उसकी तरफ देखकर वापस पासवान की ओर नजर दौड़ाते हुए उसे चले जाने का इशारा करने लगा। इस तरफ पासवान ने अपने बाएँ हाथ को सर के ऊपर उठाकर तीन बार मोड़कर इशारा किया। तुरंत बकुल खड़ा होकर गाड़ी की तरफ दौड़ने लगा। बकुल और वरुण आहिस्ते से जाकर पासवान के दोनों ओर खड़े हो गए। वर्दी पहने हुए लोगों को लेकर गाड़ी के पहुँचते ही वरुण ने जाकर हेमेन को पकड़ा। खैनीखोर आदमी उसके साथ पीछे-पीछे आया था, धर-पकड़ देखकर वो वहाँ से खिसक रहा था। बकुल ने उसको रोका–"जाइएगा नहीं, आपको गवाह बनना पड़ेगा।" थोड़ी दूर पर दर्जी की दुकान से एक और आदमी को लाया गया। उसको गवाह बनाकर तीनों बमों को सीज किया गया। हेमेन को अरेस्ट कर गाड़ी में उठाया गया।

घटना की आकस्मिकता से हेमेन जड़वत हो गया था। उसके चेहरे से चौंकने का भाव अभी तक नहीं गया। गाड़ी में बैठते ही वो अजीब दृष्टि से चारों तरफ देखने लगा। इस हालत में कुछ मालूम किया जा सकता है यह सोचकर बकुल ने पूछना शुरू किया–"कितने लोग मिलकर बम बनाते हैं?"

"मैं नहीं बनाता सर। मैं तो सिर्फ किसी के माँगने पर लाकर देता हूँ।"

"तब कौन बनाता है?"

"नाम लेने पर मेरा खून कर देंगे सर।"

"पाएँगे तभी तो खून करेंगे। बम समेत आप पकड़े गए हैं। दो-तीन महीने हवालात फिर उसके बाद सात साल के लिए जेल। उसके बाद अगर वो लोग बाहर रहेंगे तब तो आपका खून करेंगे?"

"तब तो सर मेरे माँ-बाप खाए बगैर मर जाएँगे। मुझे मेहरबानी करके बचा लीजिए सर।"

"तब आप सच-सच बता दीजिए, मैं कोशिश करूँगा। कौन-कौन बम बनाता है?"

"सर, बम हरिदास ही बनाता है लेकिन माल-मसाला तपन के घर में रहता है।"

"उनका घर कहाँ है?"

"वही हैदरपाड़ा में सर। मेरे घर के आस-पास ही।"

"वे लोग और कोई काम करते हैं?"

"तपन रिक्शा चलाता है हरिदास कुछ भी नहीं करता। पहले डकैती करता था। एक बार पकड़ा गया, बहुत मार खाई। उस दिन से फिर डकैती नहीं करता बस यही सब करता है।"

"आप कैसे इनके साथ भिड़ गए?"

"विश्वविद्यालय से दो लड़के बम खरीदने आए थे, पर बस से ले जाने के लिए उनमें हिम्मत नहीं थी। तब सुकुमार भाई ने मुझे उनके साथ भेजा था। मैंने तब बम का बैग पहुँचा दिया था।"

"उसके बाद आप भी यही बिजनेस करने लगे?"

"नहीं सर बिजनेस शुरू नहीं किया। केष्टो मेरा बहुत पुराना दोस्त है। उसने इस बारे में जानते ही कुछ बम जुगाड़ कर देने के लिए कहा और मैंने उसे लाकर दे दिया। उसके बाद आज दोपहर ये आए। मैं किसी भी तरह तैयार नहीं था। पर इन्होंने नहीं छोड़ा। इन्होंने कहा, "एक एक्शन करना है, जुगाड़ करके देना ही होगा।"

बकुल को पता नहीं क्यों ऐसा लगा कि हेमेन सब सच बोल रहा है। उसने उससे फिर पूछा, "अच्छा विश्वविद्यालय से जो लड़के बम लेने आए थे उनका नाम क्या है?"

"नाम तो मुझे नहीं बताया। मगर सुकुमार भाई एक लड़के को शंकर कहकर बुला रहे थे।"

"सुकुमार कौन?"

"सुकुमार हैदरपाड़ा में लाल पार्टी का लीडर है।"

"अच्छा, आप बम का बैग कहाँ देकर आए थे।"

"मुझे वो लोग अपने साथ एक होस्टल में लेकर गए थे। वहीं एक कमरे में बैग रखकर मैं चला आया था।"

"आप उन दोनों लड़कों को पहचान सकेंगे।"

"देखने पर पहचान लूँगा और कमरा भी।"

"अच्छा यह बताइए तो, कब जाने पर हरिदास और तपन घर पर मिलेंगे?"

"अभी मिल सकते हैं, पर रात में जरूर मिलेंगे।"

बकुल के कुछ और प्रश्न करने के पहले ही गाड़ी बैकुंठपुर थाने में घुस गई। बकुल ने ड्यूटी अफसर को बुलाकर हेमेन को उसके हवाले कर दिया। बमों को सावधानी से रखने के लिए कहा। पासवान को लेकर वो स्टेशन रोड के लिए निकल पड़ा। उसने पासवान से कहा, "इस बार रुपए लेने की जरूरत नहीं है। पाइपगन देखूँगा कहकर हाथ में लेते ही आप मुझे संकेत कीजिएगा। हम आ जाएँगे।" पासवान ने आत्मविश्वास के साथ कहा, "ठीक है सर।"

बकुल ने उसको रास्ते में उतारकर सीधे रास्ते से न ज़ाकर बाबूपाड़ा के अंदर से होते हुए वर्द्धमान रोड पर गाड़ी खड़ी की। बकुल और वरुण पहले की तरह आगे बढ़कर फायर ब्रिगेड की ऑफिस के सामने खड़े होकर बात करने लगे। पासवान दूसरी तरफ से आकर पान की दुकान के पास खड़ा हो गया। उसके बाद वहाँ से गोदाम की तरफ बढ़ गया। थोड़ी देर बाद दिखाई पड़ा कि पासवान वापस आने

की कोशिश कर रहा था, और एक गोरा-चिट्टा सुडौल शरीर का लड़का उसे बार-बार पकड़ने की कोशिश कर रहा है। बकुल रुद्र को इशारा करके उस तरफ दौड़ पड़ा। वरुण ने जाकर लड़के को पकड़ा, तब तक रुद्र भी गाड़ी लेकर चला आया। गवाह बुलाकर पाइपगन सीज किया गया। सुडौल शरीर वाला मधु का लड़का सुधाकर अरेस्ट हुआ। वरुण और पासवान ने मिलकर उसे गाड़ी में उठाया। गोदाम और पान की दुकान को सर्च किया गया, पर कुछ भी नहीं मिला। सुधाकर को थाने ले जाकर पूछताछ करने पर पता चला कि कलकत्ते से एक लंबा लड़का पाइपगन बेचने के लिए लाता है और सुधाकर उससे खरीदकर अधिक दाम में बेचता है।

बकुल ने सुधाकर को थाने में रखकर गाड़ी के पास लौटकर पासवान और वरुण से कहा, "आप लोग हाथ-मुँह धोकर अच्छे कपड़े पहन लें और उपाध्याय को रेडी होने को बोलिए।" बकुल ने खुद भी हाथ-मुँह धोकर अच्छे कपड़े पहन लिए। उसके बाद हेमेन को लेकर वो विश्वविद्यालय गया। शाम हो गई थी। लड़के-लड़कियाँ जोड़े में घूम रहे थे। बकुल गाड़ी से उतरा। उद्देश्य था बम लाने वाले उन दोनों लड़कों को खोज निकालना। बकुल आगे-आगे चल रहा था और हेमेन उसके पीछे-पीछे। हेमेन को तीनों ओर से तीन लोग घेरे हुए थे, ताकि किसी भी हालत में हेमेन भागने की कोशिश न कर सके। वे लोग फूलबगान की तरफ गए। वहाँ बहुत सारे लड़के-लड़कियाँ घूम रहे थे। पर वे दोनों लड़के हेमेन को दिखाई नहीं पड़े। तब वे लोग होस्टल की तरफ गए। होस्टल के जिस कमरे के सामने आकर हेमेन खड़ा हुआ उस दरवाजे के बाहर लिखा था एन. आलम। एन. माने क्या नूरुल?

बकुल ने आश्वस्त होने के लिए बगल के कमरे में जाकर पूछा—"नूरुल किस कमरे में रहता है?"

लड़के ने ठीक उसी कमरे को दिखाया। बकुल ने दोबारा पूछा, "वो कब वापस लौटेगा, बता सकते हैं?"

लड़के ने उत्तर दिया, "कुछ दिन हुए वो घर गया है। कब लौटेगा यह मालूम नहीं।"

बकुल हेमेन को लेकर गाड़ी में बैठा और मटिकाटा थाने में आकर ओ.सी. मनोतोष भट्टाचार्य को नूरुल और शंकर के बारे में कहा, "उन लोगों को पूछताछ के लिए बुलाइए और उन्हें जब बुलाइए तब मुझे खबर दीजिएगा।"

मनोतोष भट्टाचार्य ने तुरंत कहा, "ठीक है सर।" बकुल घर लौट गया।

वापस लौटते ही वृंदावन ने कहा, "सर, सेकेंड अफसर चक्रवर्ती साहब ने फोन किया था। आपके लौटते ही खबर करने को बोले हैं।"

बकुल ने कहा, "ठीक है, मैं ही फोन करता हूँ।" बकुल ने सेकेंड अफसर को फोन किया।

"हैलो, चक्रवर्ती साहब बोल रहे हैं? मैं बकुल बोल रहा हूँ।"

"हाँ, हाँ एडिशनल साहब। मैं आप ही को खोज रहा था।"

"क्या बात है? मुझ जैसे अधम की खोज?"

"क्या कह रहे हैं, आप अधम, अधम तो हम हैं।"

"और नम्रता मत दिखाइए। काम की बात बोलिए।"

"बात वैसे कोई नई नहीं है। आपके पहले वाले साहब को भी कई बार बोला था पर कुछ भी नहीं हुआ। इसलिए मैं भी चुप था।"

"अब काम होगा ऐसा लगता है?"

"लग रहा है इसलिए तो आपकी खोज कर रहा हूँ। देखता हूँ आप कुछ कर सकते हैं या नहीं।"

"बात क्या है, बताइए तो।"

"आपके मटिकाटा थाने के पास एक टुकड़ा सरकारी जमीन थी और वो जमीन एक सब्जी वाली को एलॉट किया गया था।"

"सब्जी वाली मतलब?"

"वो लड़की साग-सब्जी बेजकर गुजारा चलाती है।"

"उससे क्या हुआ?"

"लड़की ने वहाँ पर एक झोंपड़ी खड़ी कर ली थी और आपके ओ.सी. ने उसे हूट आउट करके अपनी रखैल के नाम पर वहाँ एक मोटामोटी छोटा-सा महल तैयार करवाया है। हमने जमीन को वैकेट करने के लिए अनेकों बार नोटिस दिया था जिसे कि आपके ओ.सी. ने ही साइन करके लिया था। ओ.सी. के पास हमने एफ.आई.आर. भी किया था पर कोई एक्शन नहीं हुआ। घर को हमने अपने दखल में लेने की कोशिश भी की थी, पर आप लोगों से किसी तरह की भी कोई सहायता नहीं मिली।"

"आप क्या कह रहे हैं? वो ओ.सी. कौन है?"

"आपका वर्तमान ओ.सी. मनोतोष भट्टाचार्य। उसकी कोई रखैल भी है?"

"नहीं कागज-कलम में तो नहीं, मगर हकीकत में है।"

"आप लोगों ने जो एफ.आई.आर. किया था या नोटिस दिया था, उन्होंने स्वयं साइन करके लिया था?"

"तो मैं आपको और क्या कह रहा हूँ?"

"विश्वास ही नहीं होता। आप एक काम करिएगा। पूरी घटना को ठीक से लिखकर मेरे पास भेज दीजिए।"

"कोई काम होगा तो? या सिर्फ बेकार का परिश्रम होगा?"

"मेरी क्षमता के बाहर नहीं हुआ तो होगा।"

"तब जरूर होगा। कल शायद संभव न हो मगर परसों मैं स्वयं जाकर आपके

हाथ में देकर आऊँगा।''

''तब परसों मुलाकात हो रही है।''

''हाँ, नमस्कार।''

''नमस्कार।''

फोन रखने के बाद बकुल सोचने लगा, मनोतोष भट्टाचार्य में तो बहुत सारे अलौकिक गुण हैं। इतना होने के बावजूद भी यह आदमी किस तरह अब तक ओ.सी. बना हुआ है? ठीक है सेकेंड अफसर की रिपोर्ट आ जाए उसके बाद देखा जाएगा, क्या किया जा सकता है। पर इस वक्त यह सब सोचने से नहीं चलेगा। आज रात हैदरपाड़ा में रेड करना होगा, पर आकाश में काले बादल छाए हुए थे। थोड़ी ही देर में बरसात होने लगी। इसका मतलब बरसाती पहनकर ही निकलना पड़ेगा। पैर में भी गम बूट पहनना होगा। बारिश के दिनों में पहने जानेवाले विशेष जूतों को गम बूट क्यों कहा जाता है, यह बात बकुल को समझ में नहीं आती है। सबसे मुश्किल बात तो यह है कि गम बूट पहनकर दौड़ा नहीं जा सकता है।

बरसात होने लगी और उसी बारिश में बकुल और उसकी पार्टी हेमेन को लेकर हैदरपाड़ा की तरफ बढ़ने लगी। हरिदास के घर वे सबसे पहले पहुँचे, पर वो वहाँ नहीं था। घर पर रहते हुए भी अगर वो ना कर दे तो भी बकुल और उनके साथियों के पास कोई उपाय नहीं था, क्योंकि उनमें से कोई भी हरिदास को नहीं पहचानता था। पर बकुल को लग रहा था हेमेन सच ही कह रहा है। हेमन के कहे अनुसार हरिदास के घर को सर्च करने पर उसके कई फोटो मिले। उन फोटो को लेकर बकुल दलबल सहित तपन के घर जा पहुँचा। तपन उस समय सोया था। उसके घर में छानबीन करने पर कुछ जाली की काटियाँ और प्रेक मिले पर बारूद या विस्फोटक पदार्थ कुछ भी नहीं मिला।

बकुल ने तपन से पूछा, ''आप रिक्शा चलाते हैं तो जाली की काटियाँ आपके किस काम आती हैं?''

तपन ने तत्काल उत्तर दिया, ''ऊ सब हमार नहीं है बाबू। सुकुमार भाई हमका रखे खातिर दिए है।''

बकुल ने फिर पूछा, ''कौन सुकुमार भाई?''

''आप ऊको नहीं पहिचानते? लोकल कमीटि का मेम्बर है ऊ।''

''उनका घर कहाँ है?''

''इहो नहीं जानते? थाने के सब लोग उनका घर जानते हैं। मगर आप कहाँ से आवे हैं?''

''मैं बाहर से आ रहा हूँ। उनका घर कौन-सा है?''

'ऊ जो टिन का दलानवा देख रहे हैं ना, ओही उनका घर बा।''

बकुल धीरे-धीरे टिन की छत वाले घर की तरफ बढ़ने लगा। उसकी इच्छा

थी कि सुकुमार बाबू से एक बार पूछेगा कि ये सब चीजें उन्होंने तपन बाबू के घर में रखी हैं या नहीं। बकुल को जवाब मालूम था कि वो इनकार ही करेंगे, फिर भी एक बार पूछ लेना अच्छां है जिससे बाद में वो कोई बखेड़ा न खड़ा कर सके। बकुल ने जाकर दरवाजा खटखटाया। कुछ देर तक दरवाजा खटखटाने के बाद एक महिला ने आकर दरवाजा खोला। वो बोली, "वे तो घर पर नहीं हैं। आज सुबह ही कलकत्ता गए हैं। लौटने में कुछ दिन लगेंगे।" बकुल और ज्यादा वक्त बरबाद न करके तपन को लेकर थाने में लौट आया।

अगले दिन स्थानीय अखबार में यह खबर प्रमुखता से छपी। दो दिन बाद साप्ताहिक बैकुंठपुर वार्त्ता में लिखी गई पुलिस की सफलता। उसमें छपा था–बैकुंठपुर में अपराध जिस तरह से बढ़ रहा है, उसी के साथ बढ़ रही है पुलिस की तत्परता। इस विषय में बैकुंठपुर के नए एडिशनल एस.पी. बकुल विश्वास का नाम विशेषरूप से उल्लेखनीय है। जिस प्रकार उन्होंने जाल बिछाकर हैदरपाड़ा से बम के माल-मसाले को पकड़ा और दोषी व्यक्तियों को गिरफ्तार किया, इससे वो प्रशंसा के अधिकारी हैं। हम आशा करते हैं कि उनके नेतृत्व में स्थानीय पुलिस अब सक्रिय एवं चुस्त हो उठेगी एवं लोग-बाग शांति से रह सकेंगे। बैकुंठपुर वार्त्ता को पढ़कर दूसरे अन्य अखबारों के लोग बकुल से घटनाओं की जानकारियाँ लेने लगे। एम.एल.ए. गौर कुंडू ने फोन कर जानना चाहा–"बात क्या है? आपने ये सब कैसे पकड़ा?"

बकुल ने कहा, "आप जिसको छुड़ाने आए थे उसी केष्टो के कारण यह संभव हुआ?"

"क्या कह रहे हैं?"

"विश्वास न हो तो आप केष्टो से ही पूछ सकते हैं। वो तो अभी बेल पर है।"

"नहीं-नहीं। मैं विश्वास कर रहा हूँ। कांग्रेच्युलेशन।"

"धन्यवाद। पर आपको थोड़ा परेशान कर रहा हूँ। इस केस में आपके हैदरपाड़ा लोकल कमिटि के सुकुमार बाबू का नाम आ रहा है। आप अगर जरा पता लगाकर बता दें तो अच्छा होगा।"

"ठीक है मैं पता लगाकर बताऊँगा।" फोन रखते ही वीरेन सेन हाजिर हुए। वीरेन सेन यहाँ के एक व्यावसायिक प्रतिष्ठान के कर्मचारी थे। बकुल के गाँव के कुछ गाँवों के बाद ही बेनेखाली में उनका घर था। बकुल के यहाँ ज्वाइन करने के बाद ही वे बकुल से आकर मिले थे। उसके बाद से ही वो बीच-बीच में आने लगे। उनकी पत्नी एवं लड़के-लड़कियाँ भी दो-एक बार आ चुके थे। बकुल भी दो-एक बार उनके घर गया था। आपस में मिलने पर उनके बीच सिर्फ गाँव की ही बातें होतीं और होतीं औपचारिक कुशल क्षेम की बातें। पर आज वे आते ही बोल पड़े–"हिमानीश कुंडु ने आपकी काफी प्रशंसा की है पर वो तो किसी का

अच्छा देख ही नहीं सकता। हम लोग उसे विश्वनिंदक कहते हैं। बात क्या है बताइए तो?''

''हिमानीश कुंडु कौन?''

''क्यों बैकुंठपुर वार्त्ता नहीं देखा। वो तो हिमानीश कुंडु का ही अखबार है। मगर ये हिमानीश कुंडु अचानक आपकी प्रशंसा क्यों करने लगा?''

''ये तो वही बता सकते हैं। मैं कैसे कहूँ?''

''हाँ, यह भी ठीक है। लेकिन क्या यह सही है कि आप छद्मवेश में बम खरीदने गए थे?''

''सच तो यह है कि बम पकड़ा गया है। किस तरह यह नहीं बताया जा सकता।''

''आप कह रहे हैं, नहीं बताया जा सकता पर अखबारों में तो लिखा ही जा रहा है ना।''

''तब अखबार से ही पढ़ लीजिए।''

''वो तो पढ़ ही लूँगा परंतु आप यह बताइए कि आप हमारे घर कब आ रहे हैं?''

''इन दिनों तो कुछ व्यस्त हूँ। वक्त मिलते ही आऊँगा।''

''तब अभी मैं चलता हूँ। कल वापस कलकत्ता जाना पड़ेगा।''

''अच्छा।''

वीरेन सेन के उठकर जाते ही बकुल मुँह-हाथ धोने के लिए बाथरूम में घुस गया। उसके भी ऑफिस जाने का समय हो गया था।

नौ

ऑफिस में घुसते ही बकुल ने देखा कि टेबिल के ऊपर आठ-दस विजिटिंग स्लिप पड़े हुए हैं। बकुल ने उन स्लिपों को वृंदावन के हाथ में देकर कहा, ''एक-एक करके भेज दीजिए।''

बकुल अखबार पर नजर दौड़ा रहा था। इतने में ही एक लड़की ने कमरे में प्रवेश किया। बकुल ने नजर उठाए बगैर ही कहा—''बैठिए।'' लड़की सामने के चेयर पर बैठ गई। बकुल अखबार से नजर उठाकर उस लड़की को देखते ही चौंक गया। यह तो मेडिकल कॉलेज वाली वही लड़की है जो दलबल सहित उसका

कान पकड़कर खींचते-खींचते कांदे से भरे नाले में फेंकना चाहती थी। उसने उन लोगों को जबान दी थी कि निरपेक्ष जाँच की व्यवस्था करेगा पर उसके ओ.सी. ने रूलिंग पार्टी के लोगों के साथ गलत गठजोड़ करके उसे कुछ भी करने नहीं दिया। अगर सही कहा जाए तो मेडिकल कॉलेज की घटना के बारे में वो किसी तरह की कोई भी जाँच नहीं कर सका था। उसके उपरांत जिन दो व्यक्तियों को अरेस्ट करने के लिए उसने निर्देश दिए थे उसके लिए गौर कुंडू और लाल पार्टी के लोग उस दिन बैकुंठपुर थाने में आकर उसे धमका गए थे। रेजा तो एक तरह से उसे थ्रेट करके गया था। कहा था, किसमें कितनी ताकत है मैदान में प्रमाणित होगा। उसने और भी कहा था, इसके लिए उसे सफाई देनी होगी। मगर उसने भी उनको नहीं छोड़ा। जिसके कारण बम के रहस्य का पता चला। बम बनाने वाले गैंग को वो तोड़ सका। मेडिकल कॉलेज के केस में भी अगर वो डॉ. नंदी की बात सुनकर लीनीयंट न होता तो आज उसे इस तरह फॉल्स पोजीशन में नहीं पड़ना पड़ता। लड़की को अब वो क्या जवाब देगा? लड़की भी तो वैसी मुँहफट है! अवश्य ही इसके लिए वो उसे दोष नहीं दे सकता। एकतरफा अन्याय-अविचार का शिकार होने पर किसका दिमाग खराब नहीं होगा?

बकुल ने कहा, "वेरी सॉरी। मैंने आपको जबान दिया जरूर था पर अधिक कुछ न कर सका।" बकुल को आशंका थी कि इस बार यह लड़की बहुत गर्मा जाएगी पर वो गुस्साने के बजाय शरमा गई। लज्जित होने का भाव लेकर वो बोली, "रैदर आई ब्रूड से सॉरी। हम लोगों ने आपको काफी झमेले में डाल दिया।"

"क्यों?"

"डॉ. नंदी के साथ मेरी बात हुई थी। उन्होंने मुझे पूरी बातें बता दीं।"

"तो फिर?"

"आपने जो कुछ भी किया है, उसके लिए धन्यवाद देने आई हूँ।"

"मैं तो कुछ भी न कर सका।"

"नहीं ऐसा नहीं है। हमारी शिकायत पर कम से कम केस तो शुरू हुआ। माना दोषी लोग अरेस्ट नहीं हुए पर हमारे निर्दोष लड़के-लड़कियों को भी तो परेशानी नहीं हुई। सबसे बड़ी बात तो यह है कि वो लोग समझ गए हैं कि अब मनमानी करने से बचना मुश्किल है।"

"आप लोग अगर खुश हुए हैं तो यह मेरे लिए सौभाग्य की बात है। पर मैं तो आपको देखकर डर गया था।"

"क्यों? मैं क्या देखने में काफी भयानक हूँ? पर मैंने तो सुना है, आप किसी से भी घबराते नहीं।"

"हाँ, अगर मुझे लगे कि मेरा जो-जो करना उचित था और मैंने वही किया है, तब मैं नहीं घबराता। पर जब मुझे ऐसा लगता है कि मुझे जो करना उचित

था वो मैं नहीं कर सका तब मुझे काफी बुरा लगता है।''

''आज कैसा लग रहा था?''

''ऐसा लग रहा था कि आप अभी फुंकार उठेंगी कि बहुत बोल रहे थे निरपेक्ष जाँच करूँगा। कहाँ गई आपकी निरपेक्ष जाँच। मैं यही सोचकर असहाय-सा हो रहा था कि मेरे पास इन प्रश्नों का कोई सही उत्तर नहीं है।''

''तब तो मैंने आपको काफी बचा लिया?''

''हाँ, इस विषय में कोई संदेह नहीं है। अच्छा जो लड़के जख्मी हुए थे वे लोग क्लास कर रहे हैं क्या?''

''हाँ, जिसे कलकत्ता भेजना पड़ा था, उसको छोड़कर बाकी सभी क्लास कर रहे हैं। आपका काफी समय मैंने लिया, अब चलती हूँ।''

''जाएँगी, अच्छा आज आप अकेली ही आई हैं या दलबल को साथ लेकर?''

''नहीं, आज अकेले ही आई हूँ। जरूरत पड़ने पर दलबल को साथ लेकर आऊँगी। अब चलती हूँ।''

लड़की नमस्कार करके चली गई। बकुल दूसरे विजिटर का इंतजार करने लगा। वो सोचने लगा, इस लड़की के उस मेडिकल कालेज वाले मुँहफट रूप से आज की यह शांत, सभ्य, सुसंस्कृत लड़की में कितना अंतर है। परिस्थिति इंसान को कितना बदल देती है और कम समय के लिए मिले हुए इंसान के बारे में कितनी गलत राय बन सकती है। आज अगर वो लड़की उसके ऑफिस में मुलाकात करने नहीं आती तो वह उसे मुँहफट, असंयम ही समझता। दूसरे विजिटर के आने के पहले ही रीडर बाबू ने टेलीफोन का बजर दबाया–''सर, ओ.सी. मटिकाटा लाइन पर है।''

बकुल ने कहा, ''दीजिए।'' रीडर बाबू ने लाइन दे दिया। ओ.सी. मटिकाटा मनोतोष भट्टाचार्य ने कहा, ''सर, कल मैं यूनिवर्सिटी गया था पर शंकर या नूरुल दोनों में से कोई भी हॉस्टल में नहीं मिले। वो लोग सर घर चले गए हैं।''

बकुल ने पूछा, ''उनका घर कहाँ है?''

''शंकर का घर कूचबिहार में और नूरुल का मालदह में है सर।''

''कूचबिहार और मालदह में कहाँ? पूरा पता क्या है?''

''वो तो सर, कोई नहीं बता पाया।''

''विश्वविद्यालय के रिकार्ड से ही मिल जाएगा।''

''रिकार्ड सर, अभी नहीं देखा।''

''वो क्या मेरे लिए रखे हैं?''

''नहीं सर, मैं आज ही वापस जाता हूँ।''

''उसके बाद? उसके बाद क्या करिएगा?''

''बोलिए, सर।''

"मैं क्या बोलूँ? आपको क्या करना उचित लगता है?"

"सर वो लोग हॉस्टल तो लौटेंगे ही। उस समय बुलाने से चलेगा।"

"वे लोग अगर छह महीना नहीं लौटे तो हम लोग क्या बैठे रहेंगे?"

"नहीं सर। आप ही बताइए क्या करना होगा?"

"नाम-पता जुगाड़ करके उन दोनों के पास नोटिस भेजिए। डाक में देर हो सकती है। घर पर मैसेंजर भेजिए।"

"अच्छा सर। मैं व्यवस्था करता हूँ।" बकुल के फोन रखते ही एक सत्ताईस-अट्ठाईस साल के लंबे चेहरे वाले युवक ने कमरे में प्रवेश किया। उसका चेहरा काफी उलझन भरा लग रहा था। उसके गालों पर बेहतरीन छोटी-छोटी दाढ़ी बढ़ी हुई थी।

बकुल ने कहा, "बैठिए।"

लड़का चुपचाप चेयर पर बैठ गया।

बकुल ने पूछा, "आपका घर कहाँ है?"

"बाघागुड़ी में सर।"

"बोलिए, आपके लिए मैं क्या कर सकता हूँ?"

पर युवक कुछ भी कहे बिना सिर्फ मुँह नीचे झुकाए बैठा रहा। बकुल ने कहा, "आपकी समस्या क्या है आप नहीं बताएँगे तो मैं कुछ भी नहीं कर सकता। आपकी मदद करने के लिए मुझे यह जानना होगा कि आपकी समस्या क्या है?"

इस बार उसने मुँह खोला, "सर, मेरी पत्नी खो गई है।"

"कैसे खो गई?"

"सर मैं बेरोजगार हूँ। बी.ए. पास करने के बाद भी नौकरी नहीं मिली। एक छोटा-सा मोदी का दुकान बनाया था।"

"यह तो काफी अच्छी बात है कि आप नौकरी नहीं मिलने पर भी अपने पैर पर खड़े हो गए।"

"पर इनकम बहुत नहीं है सर। किसी तरह रूखा-सूखा जुगाड़ हो पाता है। मेरी पत्नी हायर सेकेंड्री पास है। वो थोड़ा ऐशो-आराम चाहती थी। उसे स्नो-पाउडर इत्यादि की चाह थी। सर, आप ही बोलिए जब पेट का ही जुगाड़ नहीं हो पा रहा है तो यह सब कहाँ से जुगाड़ करूँ?"

"वो तो ठीक है, पर उसके बाद क्या हुआ?"

"सर मुहल्ले का पीरू अक्सर हमारे घर आता था। मेरी पत्नी को भाभी बुलाता था। मुझे इसमें कुछ गलत नहीं दिखा, पर इन दिनों उसने काफी हद पार कर दी। अक्सर ही वह मेरी पत्नी की पसंद की कोई न कोई चीज ले आता। मेरे मना करने के बावजूद परसों वो एक साड़ी लेकर आया था। इससे मुझे काफी गुस्सा आया। मैंने उसे अपने घर आने के लिए मना कर दिया। उसके बाद से मेरी पत्नी

चुप मारकर बैठ गई। कल रात को मैंने घर लौटकर देखा कि वो घर में एक चिट्ठी लिखकर चली गई थी।"

"क्या लिखी है?" बकुल ने जानना चाहा। युवक ने चिट्ठी उसकी तरफ बढ़ा दी। एक चिरकुट में लिखा था, "मैं जा रही हूँ। तुम मुझे मत खोजना और अगर खोजोगे भी तो नहीं मिलूँगी। तुम्हारी—मौली।"

युवक ने कहा, "मौली मेरी पत्नी का नाम है। पीरू ही उसे कहीं ले गया है। मैं कल रात से उसे बहुत खोज रहा हूँ। रात में ससुराल भी गया था। वो वहाँ भी नहीं थी।"

"अब आप क्या चाहते हैं? यदि यह ठीक भी हो कि आपकी पत्नी पीरू के साथ कहीं चली गई है तो क्या उसके लौटने पर आप उसे अपनाएँगे?"

"हाँ, सर क्योंकि मैं उसे बहुत प्यार करता हूँ।"

"आप तो प्यार करते हैं, पर आपकी पत्नी भी क्या आपसे प्यार करती है?"

"हाँ सर, वो-वो मुझे बहुत प्यार करती है।"

"तो फिर पीरू के साथ भागी क्यों?'

"शौकीन चीजों की वो लालची थी। पीरू सर उसे अच्छी-अच्छी चीजों का लालच दिखाकर ले गया।"

"पीरू करता क्या है?"

"वैसे तो कुछ नहीं करता पर उसका स्मग्लिंग का धंधा है।"

"तब आप बाघागुड़ी थाने में एक डायरी करिए। अच्छी तरह छानबीन हो यह मैं देख लूँगा।"

पर सर बाघागुड़ी थाने में डायरी करने से सबको मालूम पड़ जाएगा। मैं किसी के सामने मुँह दिखाने लायक नहीं रहूँगा। और तब मौली को भी घर में फिर से नहीं रख सकूँगा।"

"सब बातों को गुप्त रखकर आपकी पत्नी को ढूँढ़ निकालना प्रायः असंभव है।"

"सर, आपके जरा-सी कोशिश करने पर ही हो जाएगा। सारा जीवन आपका शुक्रगुजार रहूँगा। सर अखबारों में आपके बारे में काफी पढ़ा हूँ। अगर आप जरा-सी कोशिश करेंगे तो होगा सर।"

"मैं कोशिश करूँगा। आप अपनी पत्नी और पीरू का कोई फोटो हो तो दे जाइए।"

युवक ने बैग से एक ग्रुप फोटो निकालकर उसमें अपनी पत्नी और पीरू को दिखाया। उसके चले जाने के बाद बकुल ने उपाध्याय को बुलाकर कहा, "आपकी तो यहाँ के काफी लोगों से जान-पहचान है। उनसे कहिए इस लड़की को खोजकर निकालना है।" उपाध्याय ने सहमति में सिर हिलाया।

रीडर बाबू ने आकर कहा, "एस.डी.ओ. साहब बात करना चाहते हैं।"

बकुल ने टेलीफोन उठाया। एस.डी.ओ. भजनराम ने कहा, "गुड मार्निंग।"

"गुड मार्निंग। कहिए।"

"आपने क्या यूनिवर्सिटी के दो लोगों को अरेस्ट करने के लिए कहा है?"

"अरेस्ट नहीं, पूछताछ के लिए बुलाने को कहा है।"

"पर वाइस चांसलर उन्हें बुलाने के लिए मना कर रहे हैं।"

"वे जाँच-पड़ताल भी चाहेंगे और किसी को पूछताछ के लिए बुलाने भी नहीं देंगे; ऐसे तो नहीं चलेगा।"

"मैं यह सब नहीं जानता मगर उन्होंने मुझे एक लेटर दिया है।"

"आप मुझे चिट्ठी भेज दीजिए, मैं देखता हूँ।"

"ठीक है। मेरा सी.ए. अभी तुरंत जाकर आपको देकर आ रहा है।"

सी.ए. ने चिट्ठी की एक कापी बकुल को दी। वी.सी. ने लिखा था, "मुझे बताया है कि पुलिस दो छात्रों को अरेस्ट करना चाहती है पर नूरुल या शंकर किसी का भी इस केस से कोई संबंध नहीं है। इनको अरेस्ट करने पर फिर से शायद छात्रों में अशांति शुरू हो जाए। इसलिए पुलिस इनके विरुद्ध कोई कार्रवाई न करे।"

चिट्ठी पढ़कर बकुल को काफी बुरा लगा। केस की जाँच जल्दी हो इसके लिए वी.सी. ही बार-बार पूछते थे। कितनी तकलीफ और मेहनत से उसने दोषी व्यक्तियों की शिनाख्त की थी। अब वो ही कह रहे हैं कि उन लोगों के खिलाफ कोई कार्रवाई न की जाए। वी.सी. पद के एक जिम्मेदार व्यक्ति इस तरह की परस्पर विरोधी बातें कैसे कर सकते हैं? नहीं, इस तरह की परस्पर विरोधी बातें कर सकते हैं इसलिए ही तो वे वी.सी. बने हैं। वी.सी. हैं इसलिए दायित्वहीन, परस्पर विरोधी बातें करते हैं? बकुल ने स्टेनो को बुलाकर वी.सी. को संबोधित कर एक चिट्ठी का डिक्टेशन देना शुरू किया–जाँच में दोषी प्रमाणित होने पर उनके विरुद्ध किसी तरह की कोई भी कार्रवाई न करने की बात आप नहीं कह सकते। फिर भी आपने छात्र अशांति का हवाला देकर नूरुल और शंकर के विरुद्ध किसी भी तरह की कोई कार्रवाई न करने की बात कही है। ऐसी हालत में इस मामले की जाँच में अग्रगति की अब किसी भी तरह की कोई संभावना नहीं है। अब आप लोग ही तय करें कि आप लोग क्या चाहते हैं।

स्टेनो बाबू के डिक्टेशन लेकर बाहर निकलते ही एक वृद्ध ने कमरे में प्रवेश किया और उसके साथ ही प्रवेश की उसकी एक सोलह-सत्रह साल की लड़की। वृद्ध लाठी का सहारा लेकर चल रहा था। बकुल के बैठने के लिए कहने पर वो लाठी लेकर सामने चेयर पर बैठ गया। लड़की को भी उसने हाथ पकड़कर बगल में बैठा लिया। बकुल ने कहा, "कहिए, आप किसलिए आए हैं?"

वृद्ध ने दोनों हाथों से लाठी को पकड़कर नमस्कार की तरह करके कहा, "तुम्हारे पास बहुत दुःखी होकर आया हूँ।"

अचानक ही वृद्ध के मुँह से 'तुम' सुनकर बकुल की भौंहें तन गईं।

वृद्ध ने शायद बकुल के मन को भाँपकर ही कहा, "तुम्हारी उम्र मेरे लड़के से भी कम है। इसलिए तुम कह कर ही कह रहा हूँ।" वृद्ध के स्वर में काफी आत्मीयता थी।

बकुल ने कहा, "ठीक है। आप अपनी समस्या के बारे में बताइए।"

वृद्ध लड़की को दिखाकर कहने लगा, "यह मेरी नातिन है। छुटपन में ही इसके पिता का देहांत हो गया। यह अपनी माँ के साथ मेरे पास ही रहती है।"

बकुल ने कहा, "उसके बाद क्या हुआ?"

"वही तो असली बात है। ये बारहवीं कक्षा में पढ़ती है। हर रोज पैदल ही स्कूल जाती है। बाबूराम अग्रवाल का मवाली लड़का रास्ते में खड़ा होकर टोन मारता है। मुझे इसने बहुत दिन पहले ही कहा था, पर मैंने कहा कि इन सब झमेले में कान न देकर तू सीधे रास्ते से घर आना-जाना। ये वैसा ही करती थी पर पिछले सोमवार के पहले वाले सामेवार को ये जब स्कूल से लौट रही थी, उस आवारे लड़के ने न केवल अश्लील इशारा किया वरन इसका आँचल भी पकड़कर खींचा था।"

"आप थाने में गए थे?"

"गया था पर वहाँ बाबूराम के लड़के के खिलाफ कोई भी डायरी लेने को तैयार नहीं हुआ। मेरे साथ थोड़ा तर्क-वितर्क कर स्पष्ट रूप से कहा, स्कूल आते-जाते लड़के-लड़कियाँ मजाक-वजाक करते हैं, इन सब बातों की क्या डायरी? मैं अपमानित होकर घर लौट आया पर अगले दिन जब ये स्कूल जा रही थी तब वो लफंगा आकर इसका आँचल पकड़कर खींचातानी करने लगा, इसके आपत्ति करने पर उसने इसका गाल दबा दिया और ये स्कूल न जाकर वापस घर लौट आई। मैं वापस थाने गया। मेरे वहाँ पहुँचने के थोड़ी ही देर बाद सतीश जैन थाने में आया। थाने के अफसर ने कहा, जिस आदमी को बोलने से काम होगा मैं उसी से कह देता हूँ। अफसर ने सतीश जैन से कहा, सतीश जैन ने मुझसे कहा, ठीक है मैं बाबूराम के लड़के को लेकर आपके पास आऊँगा। अब और झमेला नहीं होगा। मैं घर लौट आया पर सतीश जैन नहीं आया और इस तरह लड़की भी स्कूल नहीं जा पा रही।"

"बाबूराम क्या करता है?"

"अतिलाल बाड़ी में उसकी एक कपड़े की दुक़ान है मगर वो तो सिर्फ एक दिखावा है। उसका असली काम है स्मग्लिंग। नेपाल से माल लाकर विभिन्न जगहों पर भेजता है।"

"उसका लड़का क्या करता है?"

"पहले तो स्कूल जाता था पर ऐट-नाइन के बाद पढ़ाई छोड़कर अपने बाप के कारोबार में घुस गया। अभी एक मोटर-बाईक खरीदा है। उसे लेकर स्कूल के समय वो रास्ते में जाकर खड़ा रहता है।"

सब कुछ सुनकर बकुल को काफी बुरा लगा। टेलीफोन का बजर दबाकर उसने रीडर बाबू से अतिलाल बाड़ी थाने की लाइन माँगी। कुछ देर बाद बजर दबाकर रीडर बाबू ने कहा, "ड्यूटी अफसर लाइन पर है सर।"

बकुल ने फोन उठाकर कहा, "ओ.सी. को दीजिए।" ओ.सी. प्रद्युत आचार्य के फोन पकड़ते ही बकुल ने पूछा, "बाबूराम के लड़के के विरुद्ध आपके थाने में किसी तरह की कोई शिकायत आई थी?"

"आई थी सर, पर वो मामला तो सलट गया है।"

"किस तरह सलट गया। बाबूराम का लड़का स्कूल के वक्त मोटर-बाईक लेकर रास्ते में खड़ा रहेगा और लड़कियों के साथ असभ्य व्यवहार करेगा, ऐसे?"

"नहीं सर।"

"तो फिर किस प्रकार सलटा है आप ही बताइए। आप लोगों ने किसी प्रकार की कोई कार्रवाई की है?"

"नहीं सर, माने।"

"क्या नहीं सर, नहीं सर कह रहे हैं? शिकायत सच है कि नहीं आज ही पता लगाइए। झूठ अगर न हो अर्थात् आँचल पकड़कर खींचातानी की बात अगर सच हो तो आज ही रात के अंदर लड़के को अरेस्ट करके मुझे खबर दीजिए। और अगर अरेस्ट न कर सके तो क्यों नहीं कर सके यह मुझे सुबह के अंदर ही बताया जाए।"

सेकेंड अफसर चक्रवर्ती कमरे में घुसा। बकुल ने टेलीफोन हाथ में लिए खड़े-खड़े ही उसका स्वागत किया और इशारे से उसे बैठने के लिए कहा। चक्रवर्ती ने चेयर पर बैठते-बैठते ही कहा, "क्या अरेस्ट करने की बात कह रहे हैं?"

बकुल ने टेलीफोन रखते हुए उत्तर दिया, "अब क्या बताएँ। धनी व्यवसायी के खिलाफ कोई भी थाना एक्शन नहीं लेता, चाहे वो कितना ही बड़ा अपराधी क्यों न हो।"

"सिर्फ थाना ही क्यों बोल रहे हैं? सब जगह एक जैसी ही हालत है।"

"क्यों बोलिए तो?"

"दरअसल..."

वृद्ध व्यक्ति ने संकोच के साथ पूछा, "तब क्या हम लोग जा सकते हैं बेटा?"

बकुल ने कहा, "जाइए। तीन दिन के अंदर अगर थाना एक्शन न ले तो मुझे बताइएगा।" वृद्ध हाँ में गर्दन हिलाकर चले गए। चक्रवर्ती ने फिर से शुरू किया, "दरअसल यहाँ स्मग्लिंग, कालाबाजारी और चोरी के कारण व्यवसायियों के

हाथ में इतना अधिक काला पैसा है कि उन लोगों ने रुपए देकर सबको खरीद रखा है।''

''पालिटिशियन क्या कर रहे हैं?''

''ये सब काम करने के लिए तो पालिटिशियनों को हाथ में रखना पड़ता है। इसलिए प्रायः प्रत्येक पालिटिशियन ही बिजनेसमैनों के पास से रेगुलगर रुपया पाते हैं। इन रुपयों का सामान्य अंश पार्टी फंड में जाता है और बाकी उनके पॉकेट में। पॉकेट में बहुत रुपए होने के कारण वे लोग अपने को किसी भी बंधन से मुक्त समझते हैं। मैंने सुना है कि उस दिन थाने में आप पर भी गर्मी दिखाकर गए थे।''

''हाँ, पर आप लोग कोई एक्शन क्यों नहीं लेते बोलिए तो?''

''एक्शन किस तरह से लें, हमारे बॉस का तो इनके साथ उठना-बैठना रहता है। कभी-कभी तो मुझे ऐसा लगता है कि इन धनी लोगों विशेषकर मारवाड़ियों की सेवा करने के लिए ही जैसे मैं सर्विस में आया हूँ।''

''यह बंद होना चाहिए।''

''हम तो नहीं कर सके, आप यदि कर सकें तो करिए। हमारा मोरल सपोर्ट आपको मिलेगा।''

''देखता हूँ, अपने डिपार्टमेंट से ही शुरू किया जाए। आपकी शिकायत देखूँ।''

चक्रवर्ती ने फाइल से एक टाइप की हुई शिकायत निकालकर बकुल के हाथ में दी। बकुल उसे लेकर देखने लगा। बकुल ने देखा, मनोतोष भट्टाचार्य की रखैल का नाम था अल्पना दास। अल्पना दास ही ने ओ.सी. मनोतोष भट्टाचार्य की सहायता से सब्जी विक्रेता लड़की को खदेड़कर, वहाँ एक सुंदर मकान बनवाई। कुछ गुंडे प्रकृति के लोग जब उस सब्जी वाली की झोंपड़ी तोड़ रहे थे तब वो थाने में डायरी करने गई थी, पर उसकी डायरी नहीं ली गई। उसके बाद वो एस.डी.ओ. के ऑफिस गई। अल्पना दास ने उस जमीन पर मकान बनाना शुरू किया ही था कि एस.डी.ओ. की ऑफिस से जमीन वेकेट करने के लिए नोटिस दिया गया। अल्पना दास की ओर से मनोतोष भट्टाचार्य ने उस नोटिस को साइन करके लिया पर उसने जमीन खाली नहीं की। तब एस.डी.ओ. ऑफिस की ओर से मटिकाटा थाने में अल्पना दास के नाम पर एक एफ.आई.आर. दर्ज किया गया। उस एफ. आई.आर. को भी मनोतोष भट्टाचार्य ने साइन करके लिया, पर कोई केस स्टार्ट नहीं किया। तब एस.डी.ओ. ऑफिस से उस जमीन के विषय में एक प्रोसीडिंग स्टार्ट की गई। उस नोटिस को लेकर अल्पना दास ने एस.डी.ओ. ऑफिस में जाकर दरख्वास्त की कि वो जमीन उसके नाम पर एलाट की जाए। उसके पति का देहांत हो चुका है। वो मनोतोष भट्टाचार्य के घर में काम करके गुजारा करती है। मनोतोष भट्टाचार्य ने वेतन के रुपए से उस जमीन पर अल्पना का घर बना दिया है। उसे

जमीन वेकेट करने के लिए वापस एस.डी.ओ. ऑफिस से नोटिस दी गई। उस नोटिस को भी मनोतोष भट्टाचार्य ने साइन करके लिया। बकुल अवाक् हो गया कि इस तरह लगातार गैरकानूनी काम करके भी लोग आराम से नौकरी में कैसे टिके रहते हैं? एक रखैल के लिए एक आदमी इतना रिस्क ले सकता है?

शिकायत को अच्छी तरह देखने के बाद बकुल ने चक्रवर्ती की ओर देखकर कहा, "क्या कर सकूँगा यह अभी नहीं बोल पा रहा। लेकिन मैं कोशिश जरूर करूँगा।"

चक्रवर्ती ने कहा, "मैंने तो आशा ही छोड़ दी थी। देखिए, अगर कुछ हो सके तो।" वो चला गया।

बकुल एक बार फिर से शिकायत देखने लगा। जितनी गंभीर शिकायत थी उससे तो प्रोसीडिंग स्टार्ट करनी ही पड़ेगी। उसने शिकायत को एक फॉरवर्डिंग लेटर के साथ एस.पी. के पास भेज दिया।

दस

यहाँ के प्रभावशाली लोग जो प्रशासन की परवाह नहीं करते और पुलिस समेत प्रशासन के लोग जो इनके विरुद्ध किसी भी तरह की व्यवस्था नहीं लेना चाहते, इसका मुख्य कारण था कि स्मग्लिग, चोरी और कालाबाजारी के माध्यम से एक श्रेणी के व्यवसायियों के हाथ में बेहिसाब पैसा होना। असत्य व्यवसायी वर्ग इन रुपयों से (उनकी भाषा में चाँदी का जूता मारकर) प्रशासन के कर्णधार और राजनीतिक नेताओं को खरीद कर रखते हैं। इस तरह असत्य व्यवसायियों के साथ बेईमान राजनीतिज्ञ—तुम लोग लूटपाट कर खाओ, हमें भी कुछ दो और जो है वो है खाऊ। तुम लोग रुपए के लिए जो करो वही ठीक है। हमारे पॉकेट में माहवारी आते ही सब गलत सही हो जाएगा। गरीब जनता रो रही है? रोने दो। जिनकी रुलाई स्वयं सृष्टि-रचयिता नहीं सुनते, उनकी रुलाई ऊपरी महल के लोग क्या सुनेंगे? इस जीवन-दर्शन को जो दिल से मान सका वही है प्रैगमेटिक, प्रैक्टिकल और टैक्टफुल। जो न मान सके वो है बेवकूफ, ब्लडी फूल। काले धन का यही है खेल।

चक्रवर्ती की बातें बकुल के मन में घर कर गईं, और उसकी बातें उसे एकदम सही लगीं। यहाँ कानून का शासन और प्रशासन की उपस्थिति कायम करनी हो तो इस काले धन के खेल को बंद करना होगा। कम से कम नियंत्रण में लाना ही होगा।

बकुल ने देखा, कालाबाजारी फिर भी चोरी छुपे होती थी, पर स्मग्लिंग और संरक्षित वनों से काठ की चोरी एकदम खुले आम होती थी और इन दोनों के लिए अलग-अलग विभाग भी थे। सीमा में स्मग्लिंग रोकने के लिए राज्य सरकार का वन विभाग या फॉरेस्ट डिपार्टमेंट है। बकुल ने दोनों विभागों के साथ ही संपर्क किया था। कस्टम के स्थानीय डिप्टी कलेक्टर थे सफल ठेकेदार। बकुल जब उनसे मिलने गया था तब उन्होंने काफी दिलचस्पी दिखाई थी। उनके कहे अनुसार बकुल ने उनको कुछ स्मग्लरों के गैंग की गतिविधियों के बारे में खबर भी दी थी, पर लाभ कुछ भी नहीं हुआ। पूछने पर ठेकेदार ने कहा, वो अभी भी खोज-खबर ले रहे हैं। सब व्यवस्था हो जाएगी, पर बकुल के पास गुप्त सूचना थी कि उन दलों के साथ इसी बीच ठेकेदार की महीनावारी की व्यवस्था हो गई थी, बकुल को यह जानकर बहुत बुरा लगा। ठेकेदार को खबर देकर उसके घूस की व्यवस्था करने के अलावा उसे और कोई फायदा नहीं हुआ। इसके बाद नुकसान यह हुआ कि स्मग्लरों का वर्ग यह जान गया कि बकुल उनकी गतिविधियों पर नजर रख रहा है। बकुल ने एक और भूल कर दी। उसने सभी थानों के ओ.सी. से स्मग्लिंग के ऊपर नजर रखने के लिए कह दिया। सभी ओ.सी. ने मुँह पर तो यस सर, यस सर कर दिया पर बकुल के पास अंदर की खबर है कि स्मग्लिंग जोर-शोर से चल रही थी। मगर ओ.सी. लोगों से पूछने पर वे कहते, "नहीं सर, अभी स्मग्लिंग एकदम बंद है। आपके डर से सर कोई भी माल पार नहीं कर पा रहा है।" बकुल यह जानता था कि उसे मूर्ख बनाने के लिए ही उसकी प्रशंसा कर रहे थे। जिससे उसकी आत्म-संतुष्टि बनी रहे और उनकी माहवारी बनी रहे।

बकुल सोचने लगा कि उसे खुद ही व्यवस्था लेनी होगी पर मुश्किल तो यह थी कि कस्टम ऐक्ट में पुलिस को सीधे-सीधे कोई क्षमता नहीं दी गई थी। पर स्मगल्ड गुड्स कानून के अनुसार स्टोलेन प्रॉपर्टी थी और स्टोलेन प्रॉपर्टी पुलिस सीज कर सकती थी। बकुल सोचने लगा, जरूरत पड़ने पर वो यही करेगा, पर स्मग्लिंग के बारे में सही समय पर उसे खबर नहीं मिल रही थी। कभी खबर मिलती थी अतिलाल बाड़ी के सिंडिकेट ने अभी-अभी माल दिल्ली भेज दिया। किसी दिन खबर आती, आज या कल छोड़ी बाड़ी का दल माल पार करेगा। आज उपाध्याय खबर लेकर आया था कि बाघागुड़ी के सिंडिकेट ने आज माल भूटान में चालान करने के लिए एक लॉरी भाड़ा किया है। लॉरी का नंबर था डब्ल्यू.बी.एस. 5009। रात ग्यारह बजे के बाद लॉरी रवाना होगी। बकुल वरुण, उपाध्याय, पासवान और दो कांस्टेबलों को लेकर रात दस बजे के करीब रवाना हुआ। सभी ने यूनिफार्म पहन लिया परंतु जरूरत पड़ने पर छद्मवेश धारण करने के लिए चद्दर, गमछा आदि चीजें भी साथ ले लीं। रुद्र ने सेवक रोड से होते हुए रेल लाइन के पास पहुँचकर गाड़ी को रोका। यही जगह बकुल को उपयुक्त लगी। रेल गेट के पास स्वाभाविक

रूप से ही लॉरी की गति कम हो जाएगी और इसी कारण अत्यंत सहजता से गाड़ी को रोककर चेक किया जा सकता था। अगर कोई लॉरी बात न सुने और भागने की कोशिश करे तो उसका पीछा करके पकड़ने के लिए जीप का मुँह उत्तर की तरफ रखा गया।

बैकुंठपुर की तरफ से किसी लॉरी के आने पर बकुल और उसके साथी उनका नंबर देखते। एक-दो करके बहुत सारी लॉरियाँ चली गईं पर डब्ल्यू.बी.एस. 5009 नंबर की लॉरी नहीं आई। रात गुजरने लगी और गाड़ी की संख्या भी कम होने लगी। फिर भी बकुल ताक में बैठा रहा। बारह-एक-दो करके तीन बज गए। बकुल और उसके साथियों को लगने लगा कि लॉरी अब आज नहीं आएगी। वे लोग गाड़ी में चढ़कर बैठ गए। गाड़ी के वापस लौटकर बैकुंठपुर के अंदर घुसते ही याद आया कि हासिकुआँ के मोड़ पर फॉरेस्ट डिपार्टमेंट का एक चैकपोस्ट है। कोई गाड़ी में लकड़ी लेकर जा रहा है कि नहीं, और अगर ले जा रहा है तो उसके पास वैध कागजात हैं या नहीं, यह देखना ही इस चैकपोस्ट का काम था। किसी गाड़ी में लकड़ी न रहने पर उसको छोड़ देने की बात थी पर लकड़ी रहने पर अधिक घूस लेना और लकड़ी न रहने पर कम से कम दो रुपए घूस ऐंठना ही इस चैकपोस्ट का काम रह गया था। बकुल के पास इस बारे में शिकायत भी आई थी। दिन के समय गाड़ी से रास्ते में जो कुछ नजर आया था उससे शिकायत में सच्चाई ही लगी। पर कभी जाँच करके नहीं देखा। आज देखा जा सकता था। बकुल ने रुद्र को गाड़ी घुमाने के लिए कहा।

लामलिंग मोड़ पर पहुँचकर उसने एक कोयले की गाड़ी को रोका। लॉरी ड्राइवर से कहा, "आपकी लॉरी में तो लकड़ी है नहीं। तब चैकपोस्ट पर रोकने की बात नहीं है।"

ड्राइवर ने कहा, "बाबू दू रुपया लिए बगैर न छोड़ी।"

बकुल ने जानना चाहा—"आप क्या नहीं चाहते यह बंद हो?"

ड्राइवर ने जवाब दिया, "हम तो चाहत है पर ई कईसे बंद होई?"

बकुल ड्राइवर के बगल में चढ़कर बैठ गया और यूनिफार्म के ऊपर चद्दर लपेटकर सर पर गमछा बाँध लिया ताकि वह खलासी-सा लगे। बकुल के बगल में पासवान बैठ गया और पासवान के बगल में लॉरी का असली खलासी। बकुल ने एक दो रुपए के नोट पर साइन करके ड्राइवर को देते हुए कहा, "चैकपोस्ट पर माँगने पर यह नोट दीजिएगा।" लॉरी चल पड़ी। मटिकाटा के पास आकर लॉरी खड़ी हुई। बकुल ने देखा कि मटिकाटा थाने की जीप रास्ते के किनारे खड़ी थी। थाने का ए.एस.आई. अनिल सेन अपने दलबल को लेकर ड्राइवर से बात कर रहा था। एक कांस्टेबल ने भिखारी की तरह हाथ फैला दिया और ड्राइवर ने बकुल के साइन किए हुए नोट को उसके हाथ में दे दिया।

मगर उसने कहा, ''दो रुपए से नहीं होगा।''

ड्राइवर ने कहा, ''इकरा से अधिक हम न दे सकी।''

अनिल सेन ने आगे बढ़कर कहा, ''इस तरह क्यों कर रहे हैं? हम लोग तो आप के लिए ही हैं।''

बकुल का कलेजा जलने लगा। अपने अधीनस्थ कर्मचारियों की करतूत देखकर शर्म भी आ रही थी। सबसे अधिक शर्म तो इसलिए आ रही थी कि अनिल की पत्नी रीनिका बकुल के ऑफिस की लीव क्लर्क थी। उसी से बकुल ने सुना था कि उसका पति अनिल सेन एक ईमानदार अफसर है। कल इस खबर को सुनने पर रीनिका की प्रतिक्रिया क्या होगी?

अनिल सेन बोलता ही गया, ''दीजिए पाँच रुपया दीजिए।'' मगर ड्राइवर जानता था कि गाड़ी में खुद साहब बैठे हैं इसलिए उसका दिमाग सातवें आसमान पर था।

उसने कहा, ''दू रुपया से अधिक हम ना दे सकी।''

अनिल सेन ने कहा, ''तब कुछ भी नहीं देना होगा।''

ए.एस.आई. की बात सुनकर कांस्टेबल ने दो रुपए का नोट ड्राइवर को वापस लौटा दिया और ड्राइवर ने नोट वापस लेकर निर्विकार रूप से एक्सीलरेटर पर पाँव रख दिया।

कुछ आगे बढ़ने पर बकुल ने कहा, ''आपने पाँच रुपया क्यों नहीं दिया?''

''तब तो वो पकड़े जाते?'' ड्राइवर ने जवाब दिया, ''लेकिन साहब आप अऊर कऊनो नोट में तो साइन करके नहीं दिए रहे।''

बकुल ने कहा, ''अन्य नोटों के साथ तो साइन किया हुआ नोट दे सकते थे?''

ड्राइवर ने इस बार कहा, ''आप तो अईसा नहीं बोले रहे।''

बकुल ने उससे कहा, ''इस बार होने पर ऐसा ही करिएगा।'' ड्राइवर ने सहमति में सिर हिलाया।

चैकपोस्ट के करीब गाड़ी आते ही ड्राइवर ने लॉरी के कागजात और साइन किए हुए नोट को खलासी के हाथ में दिया। काउंटर के पास लॉरी के रुकते ही खलासी लॉरी से उतरकर काउंटर के छेद से सब कागजात दे दिया। बकुल चुपके से जाकर खलासी के पीछे खड़ा हो गया। काउंटर के आदमी ने कागज लेकर भिखारी की तरह हाथ बढ़ा दिया। खलासी ने दो रुपए के नोट को उसके हाथ में दिया और उस आदमी ने नोट को दराज में रखकर कागज पर स्टांप मारकर कागज वापस लौटा दिया।

बकुल ने बदन से चद्दर और सिर से गमछा खोलकर उससे पूछा, ''आपने घूस क्यों लिया?''

वो आदमी बौखला गया। इसी बीच पासवान आकर उस तरफ खड़ा हो गया। बकुल ने मैनपैक गाड़ी को चले आने को कहा। बरुण, रुद्र और अन्य लोगों के आने पर चैकपोस्ट के अफसर को बुलाया गया। बकुल ने उन्हें बताया कि इस लॉरी के कागज पर स्टांप मारने के लिए चैकपोस्ट के आदमी ने घूस ली है। नोट बकुल की साइन की हुई है। गवाह के सामने दराज खोला गया। उसी नंबर का साइन किया हुआ नोट मिला। पाँच, दस, दो रुपए के नोटों को मिलाकर कुल दो सौ पचहत्तर रुपए दराज में मिले। रुपए को सीज करके, उस आदमी को अरेस्ट कर बकुल बाघागुड़ी थाना रवाना हुआ।

इस तरफ मोटरसाइकिल लेकर जो आदमी रास्ते की खबर लेने निकला था उसके वापस लौटने में काफी देरी होते देख सिंडिकेट के दूसरे लोग काफी घबरा गए थे। भोर चार बजे उस आदमी के लौटते ही सबने उसको घेर लिया।

उसने कहा, "एडिशनल एस.पी. गाड़ी लेकर ताक में बैठा था और मैं भी होटल में घुसकर डटकर बैठा था मगर साढ़े तीन बजे आखिरकार बेटा वापस लौट गया।" सबने सोचा अभी सबसे सुरक्षित समय है। दोनों गड़ियों ने चलना शुरू किया।

बाघागुड़ी मोड़ के पास आते ही बकुल ने देखा, डब्ल्यू.बी.एस. 5009 नंबर की एक लॉरी आ रही थी। रुद्र के रास्ते के ऊपर गाड़ी खड़ी करते ही लॉरी रुकी। उपाध्याय और पासवान ने लपककर ड्राइवर को लॉरी से उतारा। यह देखकर तुरंत पीछे की लॉरी भागने लगी। रुद्र ने पीछा करके उसे पकड़ा। चैक करके देखने पर मिला कि पहली लॉरी में कपड़े-लत्ते से शुरू करके व्ही.सी.पी., व्ही.सी.आर. और विभिन्न प्रकार के विदेशी सामान थे। पीछे की लॉरी में प्लास्टिक के दाने थे। किसी भी लॉरी के पास वैध कागजात नहीं थे। बकुल और उसके साथियों ने उन लोगों को तथा माल समेत दोनों लॉरियों को बाघागुड़ी थाने में हैंडओवर कर दिया।

बाघागुड़ी थाने में सुबह होते न होते मेला सा लग गया। कुख्यात स्मग्लर नारायण घोष का माल पकड़ा गया था। लोगबाग माल देखने आए। बाघागुड़ी थाने में कर्मचारी अधिक चाहिए वरना पूरे माल को वे सीज नहीं कर पाएँगे। आस-पास के थानों में खबर दी गई, वहाँ से कर्मचारी माल सीज करने आए। विदेशी माल पकड़ा गया था। इसलिए कस्टम्स को भी खबर दी गई। इच्छा न होने पर भी ठेकेदार दल बल लेकर हाजिर हुए। खबर की गंध पाकर, खबर इकट्ठा करने के लिए अखबार वाले भी आकर हाजिर हुए। माल सीज होते-होते शाम हो गई। कस्टम्स के सीजर लिस्ट के अनुसार दोनों लॉरियों के माल का दाम निकला सात लाख रुपए। मगर कस्टम के लोगों ने किसी भी चीज कां दाम बाजार के दाम के मुकाबले चालीस प्रतिशत से अधिक नहीं आँका। सबने हिसाब लगाया, जो माल पकड़ा गया था उसकी मार्केट प्राइस होगी अट्ठारह लाख रुपए। अगले दिन अखबारों में बड़ी-बड़ी

हेडलाइनों में खबर छपी, बैकुंठपुर के एडिशनल एस.पी. बकुल विश्वास ने छद्मवेश में अभियान चला कर अट्ठारह लाख का विदेशी सामान पकड़ा। बातों ही बातों में उसके इस अभियान की बात लोगों के जुबान पर आ गई और इस अभियान की बात सुनकर दो नंबर के व्यवसायियों का दल, अगर डर से न सही पर बेचैनी में दिन गिनने लगा।

बकुल ने स्थानीय डी.एफ.ओ. कमल मजुमदार से मुलाकात की। बकुल के हासिकुआँ मोड़ के चैकपोस्ट की बात बोलते ही कमल बाबू ने कहा, "अरेस्ट किए ठीक किए। आप जरा कुछ और भी लोगों को अरेस्ट कीजिए। सब के सब चोर, बदमाश हैं, नहीं तो क्या जंगल बरबाद होता। फॉरेस्ट गार्ड की मिलीभगत न रहने पर चोर क्या फॉरेस्ट के पेड़ काट सकते? आप जरा दो-चार फॉरेस्ट गार्ड पकड़िए तो।"

पहले दिन जब बकुल कमल बाबू के साथ इस बारे में बात करने गया थ तब उन्होंने ठेकेदार की तरह इतनी दिलचस्पी नहीं दिखाई थी। उल्टा उन्होंने कहा, "अरे महाशय हमारे सरसों में ही तो भूत है। भूत भगाइएगा कैसे?"

"मगर कोशिश करके देखने में क्या दोष है? आपके लोग अगर सहयोग करें तो पूरी तरह न सही पर कुछ तो फल मिलेगा।"

बकुल को उसकी बातों को सुनकर उतना उत्साह नहीं मिला। उसकी तुलना में कस्टम के ठेकेदार की बातें उसे कहीं अधिक उत्साहजनक लगी थीं पर कालक्रम मे बकुल ने देखा कि ठेकेदार ने अपनी माहवारी बढ़ाने के अलावा स्मगिंलग रोकने के लिए कोई काम नहीं किया। उसकी तुलना में कमल मजुमदार ने लकड़ी की चोरी को रोकने के लिए काफी कोशिश की थी। कई बार फॉरेस्ट डिपार्टमेंट के लोगों ने उससे रेड करने के लिए पुलिस माँगी। कई लॉरी चोरी की लकड़ियाँ भी जब्त हुई परंतु लकड़ी की चोरी बंद नहीं हुई।

कमल मजुमदार ने कहा, "बाघागुड़ी के फॉरेन गुड्स की तरह आप हमारे फॉरेस्ट गुड्स की दो एक गाड़ियाँ पकड़िए ना।" बकुल कोशिश करने लगा।

उस दिन शाम को बकुल फिदानगर जा रहा था। अचानक उसने देखा कि एक लॉरी राष्ट्रीय सड़क से काफी तेजी से जा रही थी। लॉरी में क्या है समझ में नहीं आ रहा था। पूरी लॉरी तिरपाल से ढकी थी। बकुल को शक हुआ। उसने रुद्र को गाड़ी और तेज चलाने के लिए कहा। कुछ ही देर में रुद्र ने लॉरी को पकड़ लिया। तिरपाल हटाकर देखने पर ताजा कटी हुई लकड़ियाँ मिलीं। तिरपाल से ढककर लकड़ियों को ले जाते देख बकुल का संदेह और बढ़ गया। उसने कागजात देखने चाहे। ड्राइवर की बगल से एक पच्चीस-छब्बीस वर्ष का लड़का कागजात लेकर उतरा। कागजात के अनुसार तकरीबन सप्ताहभर पहले माखला फॉरेस्ट से लकड़ियाँ खरीदी गई थीं, पर लकड़ियों को देखकर ऐसा लग रहा था कि ये आज

या कल काटी गई हैं। बकुल का शक और भी बढ़ने लगा। उसने उस लड़के को अपनी गाड़ी में बैठाकर ड्राइवर को फ़िदानगर की तरफ गाड़ी घुमाने को कहा। उसने फिदानगर थाने से बैकुंठपुर थाने को वायरलेस पर निर्देश दिया, फॉरेस्ट ऑफिस में यह पता लगाकर देखने के लिए निर्देश दिया कि सात दिन पहले इन लकड़ियों को फॉरेस्ट डिपार्टमेंट ने श्रीगुरु टिम्बर्स के सुजीत चक्रवर्ती को बेचा है या नहीं।

तकरीबन डेढ़ घंटे बाद खबर मिली कि श्री गुरु टिंबर्स को फॉरेस्ट डिपार्टमेंट के द्वारा लकड़ियाँ बेचने की कोई संभावना नहीं है क्योंकि इस नाम का कोई भी लकड़ी का गोदाम, मिल या व्यावसायिक संस्था बैकुंठपुर में नहीं है। बकुल और भी आश्चर्यचकित हो गया क्योंकि उस लड़के ने पूरे आत्मविश्वास से कहा था कि बैकुंठपुर के मालगुड़ी में उसका एक लकड़ी का गोदाम है श्री गुरु ट्रेडर्स नाम से। मालगुड़ी में कई लकड़ी के गोदाम थे इसलिए यह बात उतनी अविश्वसनीय नहीं लगी। उसने अब उस लड़के से पूछताछ करना शुरू किया, "आपका नाम क्या है?"

"सुजीत चक्रवर्ती सर।"

"बैकुंठपुर के मालगुड़ी में श्री गुरु टिम्बर्स नाम से आपका लकड़ी का गोदाम है?"

"हाँ, सर।"

"वो जमीन पर है या आसमान पर?"

"आसमान पर क्यों होगा सर? जमीन पर ही है।"

"फिर थाने के लोगों को मिल क्यों नहीं रहा है?"

"पर गोदाम तो वहाँ है सर।"

"ठीक है चलकर दिखा दीजिए। लेकिन पहले कह देता हूँ गोदाम नहीं मिलने पर रास्ते के ऊपर ही खड़ा करके पीटूँगा। वरुण एक अच्छा-सा डंडा ले लीजिए। अभी भी बोल दीजिए आपका नाम क्या है?"

"सर, मेरा नाम रतन वर्मन है।"

"घर कहाँ है?"

"डाबग्राम में सर।"

"आपने तो कहा था कि आपका नाम सुजीत चक्रवर्ती है?"

"सर, तारा दादा ने यही कहने को कहा था।"

"तारा दादा कौन?"

"सर तारापदो बसाक। प्रधान नगर में रहते हैं। उन्होंने ही चैकपोस्ट पार कराकर यह कागजात मुझे दिया था।"

"उनका घर पहचानते हैं?"

"पहचानता हूँ। सर, मगर रात दस बजे के बाद ही वो घर लौटते हैं सर।"

"ठीक है, दस बजे के बाद तो रहते हैं। दस बजे के बाद ही जाऊँगा।"

पर दस बजे के पहले ही बारिश होने लगी। बारिश में ही बकुल और उसके लोग रतन को लेकर प्रधान नगर पहुँचे। तारापदो बासक मिला पर लकड़ियाँ किसकी हैं यह तारापदो भी नहीं बता सका। तारापदो ने कहा, "दोनों चैकपोस्ट पार कराकर रतन के हाथों में कागजात सँभला देने के लिए द्विजपदो विश्वास ने उससे अनुरोध किया था।"

बकुल ने पूछा, "द्विजपदो कौन?"

"सर, वही विनय बनर्जी के लकड़ी गोदाम का मैनेजर।"

"किस विनय बनर्जी की बात कर रहे हैं?"

"वही जो मारुति गाड़ी में घूमता-फिरता है वही विनय बनर्जी। द्विजपदो उनके गोदाम में ही काम करता है।"

"द्विजपदो का घर कहाँ है?"

"हाकिमपाड़ा में सर। वही जहाँ फॉरेस्ट ऑफिस है उसके ही पास।"

तारापदो को गाड़ी में बैठाकर बकुल और उसके लोग द्विजपदो के घर को रवाना हुए। गाड़ी में ही बकुल ने तारापदो से प्रश्न करना शुरू किया, "चैकपोस्ट किस तरह पार किया?"

"दलाल पकड़ना पड़ा मगर हासिकुआँ मोड़ पर दो सौ रुपए ज्यादा लिया। उनका शायद कोई स्टाफ पकड़ा गया है, उसके केस के लिए सौ रुपया अधिक लिया।"

"स्टाफ पकड़ा गया है कौन बोला?"

"उसी दलाल ने ही कहा था सर।"

"दलाल का नाम क्या है?"

"अर्जुन विश्वकर्मा सर।"

"वो वहाँ किस जगह रहता है?"

"पास के होटल में ही रहता है सर।"

"अभी जाने पर मिलेगा?"

"नहीं सर, वो अभी सुबह की शिफ्ट में ड्यूटी करता है।"

"ड्यूटी करता है, मतलब? तो क्या कोई सरकारी स्टॉफ है?"

"नहीं सर, वहाँ पर तो तीन-चार दलाल हैं ना। वो लोग आपस में समय बाँटकर लेते हैं। उसके हिस्से में अभी सुबह का समय पड़ा है।"

"और सेवक में कितने दलाल हैं?"

"वहाँ भी सर दो-तीन दलाल हैं।"

"जिसने आपकी गाड़ी को पार करवाया उसका नाम क्या है?"

"विश्वनाथ शर्मा सर।"

"उसकी ड्यूटी कब है?"

"नहीं सर। वहाँ उसका अपना होटल है। प्रायः हर समय रहता है।"

बातों ही बातों में गाड़ी हाकिमपाड़ा में द्विजपदो के घर के पास पहुँच गई।

द्विजपदो सोच भी नहीं सका कि कोई उसको पकड़ने आ रहा है। वो आराम से सो रहा था। बड़ी सहजता से ही वह मिल गया। उसके बाद गाड़ी चल पड़ी विश्वनाथ शर्मा की खोज में सेवक और वहाँ से अर्जुन विश्वकर्मा के लिए हासिकुआँ पोस्ट। सुबह तक गैंग के दस लोग अरेस्ट हो गए। उनसे पूछताछ करने पर पता चला, लकड़ी चोरों के गैंग का संचालन करते हैं विनय बनर्जी और मटिकाटा के सभापति शरदेंदु मंडल का भाई मंटू, मंडल पर उनके विरुद्ध, किसी प्रकार का कोई ठोस सबूत नहीं मिला। जिनके विरुद्ध सबूत मिला उन सबको अरेस्ट किया गया।

बकुल ने सभी थानों को लकड़ियों की लॉरी पर नजर रखने को कहा। एक सप्ताह के अंदर इस तरह की चोरी की लकड़ियों की पचास गाड़ियाँ पकड़ी गईं। इनमें शामिल लोगों के विरुद्ध केस स्टार्ट किया गया। जिसके फलस्वरूप लकड़ियों की चोरी पूरी तरह बंद न होने पर भी काफी कम हो गई। सबसे अच्छा फल हुआ माखना में। वहाँ पर पुलिस ने अभियान चलाकर बदमाशों से छह बड़ी बंदूकें बरामद कीं। ये बंदूकें लकड़ियों की चोरी और जंगल के जानवरों को मारने के काम में लाई जाती थीं। माखना की खबर से दूसरी जगहों के बदमाश भी सावधान हो गए। अखबारों में खबरें बड़े तौर पर छपीं। रेडियो में भी न्यूज आई। इन खबरों को पढ़कर इलाके के लोगों में उत्साह बढ़ा।

अगले दिन स्थानीय लेबर कोऑपरेटिव के दस-बारह लोग बकुल से मिलने आए। उनकी पूरी बातें बकुल समझ नहीं पाया पर उनके सरदार शमदेव प्रसाद यादव की बातें सुनकर लगा कि समन्वय समिति रेल से माल लोडिंग-अनलोडिंग का काम करती है। सरकार का सारा काम उन्हें मिलता है। इलेक्टेड बोर्ड ने नियम से बाहर काम किया था इसलिए सरकार की तरफ से उस नियोग को तोड़कर ढिल्लन सरदार को प्रशासक नियुक्त किया गया था। पर ढिल्लन सरदार तो उनसे भी अधिक बुरा निकला। काम करके समिति को जो बिल मिलता था, वो ठीक-ठीक खाते में लिखा नहीं जाता। तीन बिल अगर लिखा जाता तो दो नहीं लिखा जाता, रुपया ढिल्लन के पॉकेट में जाता। इसी तरह किसी काम में अगर दस मजदूर लगते तो वो पंद्रह लिखकर रखता। बाकी पाँच का रुपया उसके पॉकेट में जाता। वे लोग उसके इस काम में रुकावट डालते थे इसलिए ढिल्लन अपने पसंद के लोगों को ही सिर्फ काम देता था। कोई काम उनको नहीं देता। सब सुनकर बकुल ने पूछा, "आप लोगों का तो यूनियन है? यूनियन से आप लोग दबाव क्यों नहीं डलवाते?"

"सर यूनियन का नेता सुजयदास है और इसमें उसकी मिलीभगत है। दबाव कैसे पड़ेगा?"

"ठीक है अगर सुजयदास की मिलीभगत है तो उसके ऊपर के नेता को बोलिए।"

"हुजूर। यहाँ का बड़ा नेता विनय बाबू है, लेकिन वो भी ढिल्लन बाबू का ही आदमी है।"

"आप लोग ए.आर.सी.एस. के पास क्यों नहीं जाते?"

"सर वहाँ भी गए थे लेकिन वो तो कुछ सुनते ही नहीं हैं। बोलते हैं एडमिनिस्ट्रेटर को बोलो। एडमिनिस्ट्रेटर के विरुद्ध एडमिनिस्ट्रेटर को कैसे बोलें?"

"आप लोग ए.एन.सी. के पास गए थे?"

"हाँ सर, वहाँ भी गए थे लेकिन वो भी कुछ सुनते नहीं। हर कोई विनय बनर्जी और ढिल्लन सरदार का नाम सुनकर चुप हो जाता है।"

"तब फिर आप लोग यहाँ क्यों आए हैं?"

"सर, आपने तो विनय बनर्जी के लकड़ी चोरों के गैंग को पकड़ा है। अगर आप हमारे लिए भी कुछ करें।"

बकुल समझ गया, विनय बनर्जी के लकड़ी चोरों का गैंग पकड़े जाने पर ये लोग आशान्वित हुए हैं। ये सोच रहे हैं शायद मेरे पास आने से कुछ होगा, पर हालात जैसे हैं उससे तो नहीं लगता वो कुछ कर पाएगा। हाँ, पर इस विषय को लेकर वो ए.एस.सी. और ए.आर.सी. से बात करके देख सकता है। वो उनसे बोला, "अच्छा मैं खोज खबर लेकर देखता हूँ, कुछ किया जा सकता है या नहीं।" वे लोग आश्वस्त होकर चले गए।

ग्यारह

लकड़ी चोरियाँ कुछ कम होने पर बकुल ने दूसरी तरफ ध्यान दिया। उसने अपने लोगों को भी इसी हिसाब से खबर इकट्ठा करने के लिए कहा।

कालाबाजारी, मिलावट इत्यादि रोकने के लिए बैकुंठपुर में एक डी.ई.बी. इंस्पेक्टर और उसके अधीन कुछ सब-इंस्पेक्टर और कांस्टेबल थे। पर डी.ई.बी. इंस्पेक्टर भौमिक को टी.एन.एल.एफ. के काम में लगाने के कारण ऐनफोर्समेंट डिपार्टमेंट प्रायः शिथिल हो गया था। उन्होंने भी नए सिरे से काम शुरू किया था। इसी बीच कुछ केस भी स्टार्ट हुए मगर कालाबाजारी चलती ही रही।

बड़े पैमाने की कालाबाजारी की सूचना इकट्ठा करने के लिए बकुल ने कुछ

आदमियों को लगाया था। दस बजे के करीब एक ने आकर खबर दी कि सुबह एफ.सी.आई. के गोदाम से चावल की बोरियों से भरी तीन लॉरियाँ आकर झूमनलाल की गद्दी में घुसी हैं। बकुल तत्काल गाड़ी लेकर रवाना हो गया। एफ.सी.आई. के गोदाम से चावल की बोरियाँ झूमनलाल की गद्दी में घुसने की बात तो नहीं है। उसकी तो कोई राशन की दुकान भी नहीं है कि राशन की दुकान के लिए चावल आएगा या उसका ट्रांसपोर्ट का काम भी नहीं है, जिससे वो दूसरे का माल लेकर आए और बाद में पहुँचा दे। इसका मतलब जरूर यह ब्लैक मार्केटिंग की बात है।

बकुल ने झूमनलाल की गद्दी में जाकर देखा, गेट बंद है। काफी देर तक आवाज लगाकर उसने गेट खुलवाया। उसने अंदर घुसकर देखा, तीन नहीं, एक ही लॉरी थी। लॉरी का नंबर था एम.के.एन. 4239। सोर्स ने जो तीन लॉरियों का नंबर दिया था उसमें से यह भी एक था। लॉरी में चावल के बोरे ही थे। बोरों के ऊपर कुछ आदमी थे और नीचे भी कुछ लोग थे। ऊपर से तीन लोग मिलकर एक बोरा चावल उठाकर नीचे एक आदमी के सर पर चढ़ा रहे थे।

बकुल को देखकर झूमनलाल आगे आया, "राम, राम साहब।"

"राम, राम। ये चावल आपने कहाँ से खरीदा।"

"यो चावल म्हारो कोनी साहब।"

"तब फिर ये सब यहाँ क्यों?"

"मेरो एक व्यापारी कठई सूँ ले आयो। बोल्यो बाद में ले जासूँ।"

"आप उस व्यापारी को बुलाइए।"

झूमनलाल घूमकर बुलाने लगा, "ऐ बेटा किरण, ओ कठअ गयो रे?"

किरण नहीं बता सका और दूसरे भी कोई नहीं बता सके कि झूमनलाल का वो व्यापारी कहाँ गया। बकुल ने उसका नाम पता जानना चाहा पर झूमनलाल ने कहा कि वो उसका नाम पता नहीं जानता। आता-जाता रहता है इसलिए चेहरा पहचानता है। बकुल ने लॉरी के ड्राइवर को खोजा पर वो भी नहीं मिला।

बकुल ने थाने में खबर भेजी। डी.ई.बी. इंस्पेक्टर एक एस.आई. और तीन कांस्टेबल लेकर हाजिर हुआ। बकुल ने भौमिक से कहा, "आप स्टॉक मिलाकर देखिए और लॉरी में कितना चावल है, यह भी देखिए। मैं अभी आ रहा हूँ।"

बकुल सीधे एफ.सी.आई. के गोदाम पहुँचा। वहाँ जाकर गेट के रजिस्टर का निरीक्षण करने पर मिला कि एम.के.एन. 4239 नंबर की लॉरी सुबह नौ बजे चावल लेकर यहाँ से निकली थी। बकुल ने साढ़े दस बजे झूमनलाल के गोदाम में आकर देखा कि उस लॉरी से चावल के बोरे उतारे जा रहे थे। इसका मतलब है कि ये चावल के बोरे एफ.सी.आई. के गोदाम के चावल के बोरे ही हैं। इससे भी अधिक आश्चर्य की बात थी कि भेदिया ने और भी जो दो लॉरियों का नंबर

दिया था वो दोनों लॉरियाँ भी सवा नौ बजे यहाँ से चावल लेकर निकली थीं। बकुल ने गोदाम का खाता देखना चाहा। ले डेस्क क्लर्क ने बताया कि इसके लिए उसे अफसर की परमिशन लेनी होगी। बकुल ने कहा, "परमिशन ले लीजिए।"

"पर वो तो छुट्टी पर हैं।"

"कब आएँगे?"

"परसों।"

"तब कोई न कोई तो चार्ज में होगा?"

"मैनेजर बाबू थे पर वो तो बैकुंठपुर गए हैं।"

"तो क्या रिकार्ड नहीं देख सकता हूँ?"

क्लर्क ने काफी नम्रता के साथ कहा, "मैं क्या करूँ बताइए? यहाँ पर ऐसा ही नियम है।" बकुल लिखित रिक्यूजिशन देकर चला आया। वो जबरदस्ती सारे कागजात सीज कर सकता था पर उससे किसी प्रकार का कोई फायदा नहीं होता। इसके बाद वहाँ के किसी आदमी से कोई सहयोग नहीं मिलता। उसने फोन पर एफ.सी.आई. के मैनेजिंग डाइरेक्टर को पूरी घटना बता दी। मैनेजिंग डाइरेक्टर के हस्तक्षेप करने पर बकुल और उसके आदमियों को रजिस्टर देखने के लिए मिल गया। देखा गया, छोड़ीबाड़ी के एक राशन डीलर के नाम पर चावल डिलीवरी हुई थी मगर रजिस्टर में उसके साइन नहीं थे। छोड़ीबाड़ी में आदमी भेजा गया पर उस राशन डीलर ने कागजात दिखाकर कहा कि उसने कुछ दिन पहले ही अपने कोटे का राशन उठा लिया था। आज उसके चावल लेने की कोई संभावना ही नहीं है। इसके अलावा उसके साइन भी पूरी तरह से अलग हैं।

इधर झूमनलाल के गोदाम का स्टॉक वेरीफाइ करके देखा गया, पचपन क्विंटल चावल शॉर्ट हो रहा था और उस लॉरी में भी ठीक पचपन किंटल ही चावल थे। बकुल समझ गया कि लॉरी के चावलों को लेकर ही झूमनलाल का स्टॉक-बुक लिखा गया था। बोरे अगर अनलोड हो जाते तो और कुछ करने के लिए नहीं रहता। बकुल ने झूमनलाल के विरुद्ध अतिआवश्यक सामग्री कानून के तहत केस स्टार्ट करने के लिए कहा। भौमिक बाबू से उसने कहा, "केस काफी इम्पोर्टेंट है। आप जरा खुद देखिएगा।" बकुल वापस ऑफिस लौट गया।

रात दस बजे के करीब भौमिक बाबू ने फोन किया, "सर, झूमनलाल को अरेस्ट किया है। अभी हवालात में है। पर मुझे लगता है अब उसे और ज्यादा देर तक नहीं रख सकेंगे।"

"क्यों?"

"सर, शाम को मैं केस के सारे कागजात लेकर ढिल्लन सरदार के घर गया था। जाकर देखा कि झूमनलाल के आदमी वहाँ मुझसे पहले ही पहुँच चुके थे।"

"वे लोग ढिल्लन सरदार के पास क्यों?"

"ई.सी. एक्ट का केस स्पेशल कोर्ट में होता है और स्पेशल कोर्ट में मात्र दो ही ए.पी.पी. हैं। जिसमें एक बीमार है। इसलिए सब जानते हैं कि ई.सी. एक्ट का केस ढिल्लन सरदार ही करेंगे। जिसके कारण केस स्टार्ट होते ही मारवाड़ी पार्टी सबसे पहले ढिल्लन सरदार के पास ही जाती है। ढिल्लन जैसा कहता है वे लोग ठीक वैसी ही प्ली लेते हैं जिस वकील को केस देने के लिए कहते हैं उसी को ही केस देते हैं।"

"ढिल्लन सरदार के बारे में सुना है कि वो पार्टी का आदमी है। पार्टी कुछ नहीं कहती?"

"सर, ये सब बातें बोलकर कोई फायदा नहीं है। आप भी जानते हैं और मैं भी।"

"नहीं, सच बात तो यह है कि मैं सब नहीं जानता पर हमारा केस तो साफ है। उसके स्टॉक में पचपन क्विंटल चावल तो शार्ट था।"

"वे लोग सर एक ही प्ली ले रहे हैं।"

"क्या प्ली ले रहे हैं?"

"वे लोग कह रहे हैं कि रेल यातायात में रुकावट होने के कारण स्टैंड के यात्रियों के खाने के लिए पचपन क्विंटल चावल इन्होंने रेलवे विभाग को डोनेट किया था।"

"कहने से क्या होता है? रेल में अटके हुए यात्रियों के लिए दान खाता खोला गया है, और कोई नहीं तो झूमनलाल ने ही जाकर पचपन क्विंटल चावल डोनेट किया।"

"यह तो सर मैं समझता हूँ पर रेल विभाग ने तो लिखकर दिया है।"

"आपने यह सब किससे जाना है?"

"सबसे पहले तो ढिल्लन सरदार से ही जाना। उसके बाद कुछ देर पहले ही एक आदमी आकर सर्टिफिकेट की एक जेराक्स कॉपी दे गया है।"

"सर्टिफिकेट किसने दिया है?"

"पी.आर.ओ. ने सर।"

"पी.आर.ओ. से पूछताछ कीजिए। उसने किस अधिकार से झूमनलाल से डोनेशन लिया और लिया भी तो ठीक पचपन क्विंटल ही लिया।"

"आदमी भेजा था सर पर वो नहीं मिल रहा है। घर में बोल रहे हैं ऑफिस गए हैं और ऑफिस में बोल रहे हैं कि घर गए हैं। इसका मतलब कल केस की सुनवाई के पहले वो नहीं मिलेगा सर।"

बकुल हताशाग्रस्त होने लगा। दुनिया के सारे लोग क्या बेईमान हो गए हैं। नहीं तो सब इस बेईमान व्यापारी की सहायता क्यों कर रहे हैं? सब इस व्यवसायी के काले पैसों से पाले हुए कुत्ते हैं। हमारी मदद करने के लिए क्या कोई एक

आदमी भी नहीं है? पर निराश होने से काम नहीं चलेगा। वो सोचने लगा, किस तरह केस लड़ा जाए। अचानक उसे एक उपाय सूझा। उसने भौमिक से कहा, "यदि मान भी लें कि पचपन क्विंटल चावल को उनलोगों ने रेल को डोनेट किया था। पर उसे भी तो स्टॉक में लिखना होगा जो कि नहीं लिखा गया होगा।"

"वो तो ठीक है सर। मगर यह तो टेकनिकल प्वाइंट है। कोर्ट सिम्पैथेटिक ग्राउंड में यह ओवरलुक कर जाएगी और हमारे वकील का भी तो भरोसा नहीं है।"

"ठीक है। कल जब हियरिंग होगी, तब मुझे खबर दीजिएगा। मैं स्वयं कोर्ट में रहूँगा।"

दूसरे दिन सुबह भौमिक बाबू का फोन पाकर बकुल कोर्ट पहुँचा। उसने देखा झूमनलाल असामी के कठघरे में खड़ा था। जज साहब आकर बैठे थे। बकुल के पहुँचते ही ढिल्लन सरदार ने कहना शुरू किया। उसने कोर्ट को बताया कि कल झूमनलाल के स्टॉक को मिलाकर देखा गया कि पचपन क्विंटल चावल शार्ट था। उसने एफ.आई.सी. की एक कॉपी जज साहब की तरफ बढ़ा दी। झूमनलाल का वकील उठकर कहने लगा, "माई लार्ड। यह बात ठीक है कि पुलिस ने झूमनलाल का स्टॉक मिलाकर पचपन क्विंटल चावल कम पाया था पर कम क्यों पाया? रेल के यात्री जब अटक गए थे तब उनके आहार के लिए मेरे क्लाइंट ने यह पचपन क्विंटल चावल रेलवे विभाग को डोनेट किया था। माई लार्ड, यह है उसका सर्टिफिकेट। इस तरह के जनहित काम के लिए मेरे क्लाइंट को सजा मिलनी उचित नहीं है। इसलिए कोर्ट के सामने मेरा सबमिशन है माई लार्ड कि मेरे क्लाइंट को जमानत पर मुक्ति दी जाए।"

जज साहब ने ढिल्लन की तरफ देखा। ढिल्लन सरदार ने शर्माने का नाटक करते हुए कहा, "माई लार्ड, इस तरह के कारणों से डिस्क्रिपेन्सि होने पर मेरे कहने के लिए कुछ नहीं बचता है।"

बकुल ने जाकर ढिल्लन सरदार के कान में कहा, "आप बोलिए कि इस सर्टिफिकेट को जिसने दिया है वो मिल नहीं रहा है और अगर सचमुच डोनेशन दिया गया है तो उसे भी स्टॉक बुक में लिखना चाहिए था। इसके अलावा एक लॉरी में ठीक इतनी ही पचपन क्विंटल चावल एफ.सी.आई. के गोदाम से उठाई गई बेनामी चावल भी उसके गोदाम में था।" मगर ढिल्लन सरदार ने किसी भी प्रकार का कोई आग्रह नहीं दिखाया।

बकुल तब खुद खड़ा होकर बोला, "सर, मुझे कुछ बोलना है।"

जज साहब ने कहा, "आप लोगों का वकील है। कॉम थ्रू हिम।"

बकुल ढिल्लन सरदार के पास गया, "आप बोलिए। ये सब बातें बोलिए।"

ढिल्लन सरदार ने बात बदलकर कहा,"देख रहे हैं तो जज साहब कुछ और सुनना नहीं चाहते।" वो कुछ भी नहीं बोला। बकुल की आँखों के सामने झूमनलाल

की बेल हो गई। बेल लेकर उसका वकील बकुल की तरफ एक बार देखकर मुस्कराया और निकल गया।

बकुल हताश मन से ऑफिस लौटा। उसने ऑफिस लौटकर देखा कि सेकेंड अफसर चक्रवर्ती बैठा था। बकुल को याद आया, मनोतोष के विरुद्ध प्रोसेडिंग में साक्षी के तौर पर उसे बुलाया गया था। बकुल ने एस.पी. के पास जो कागजात भेजे थे, उसी के अनुसार मनोतोष के विरुद्ध प्रोसेडिंग स्टार्ट करके एस.पी. ने उसके पास भेजा था। उसे पाकर बकुल ने आज इनक्वायरी का दिन रखा था। चक्रवर्ती इसलिए ही आया था।

बकुल ने रीडरबाबू को बुलाया, ''मनोतोष भट्टाचार्य नहीं आए?''

रीडर्र बाबू एक कागज हाथ में लिए हुए आकर बोले, ''नहीं सर उन्होंने यह दरख्वास्त भेजी है।''

बकुल ने देखा, मनोतोष भट्टाचार्य ने बकुल के बदले दूसरे किसी अफसर को इनक्वायरी अफसर नियुक्त करने के लिए एस.पी. के पास दरख्वास्त भेजी थी। उसकी एक कॉपी बकुल के पास भी भेजी थी। बकुल ने उस कॉपी को सील कर फाइल में नोट देकर एस.पी. के पास वापस भेज दिया।

चक्रवर्ती से कहा, ''आपको बिना मतलब परेशान होना पड़ा।''

चक्रवर्ती ने हँसकर कहा, ''बिना मतलब नहीं सर। समझ में आ गया, मनोतोष भट्टाचार्य आपको फेस नहीं करना चाहता। देखें अब आपके एस.पी. क्या करते हैं।''

बकुल कुछ कहने ही जा रहा था कि उसी समय प्रदीप ने कमरे में घुसकर कहा, ''सर, एक आदमी आपसे मिलना चाहता है।''

''किस बारे में?''

''कुछ बोल नहीं रहा। कह रहा है आपसे ही कहेगा।''

''अच्छा भेज दीजिए।''

''सर वो कह रहा है अकेले में बात करेगा।''

चक्रवर्ती उठ खड़ा हुआ, ''ठीक है, मैं चलता हूँ।''

बकुल ने कहा, ''नहीं आप यहीं बैठिए। प्रदीप उसे कमरे के पीछे की तरफ आने को बोलिए।'' प्रदीप चला गया। बकुल पीछे की तरफ आकर खड़ा हुआ। कुली जैसे कपड़े पहने एक आदमी वहाँ आकर खड़ा हुआ। वो एक मैली धोती और गंजी पहने था। बकुल का वो कोई परिचित सोर्स भी नहीं था।

उस आदमी ने आकर कहा, ''बाबू, मेरा नाम आनंद है। स्टेशन पर कुलीगिरी करके खाता हूँ।''

''पर हुआ क्या?''

''बाबू मुझे कुछ नहीं हुआ। मेरे पास एक खबर है।''

"कैसी खबर?"

"आज रात डब्लू.एम.के. 1875 नंबर की लॉरी में रेल की चोरी का माल आएगा।"

"आपने कैसे जाना?"

"उस माल को उठाने के लिए मुझे भी ठीक किया गया है।"

"किसने ठीक किया?"

"यह तो मैं नहीं बता सकता, मुझे तो मेरे सरदार ने कहा है रात आठ बजे लॉरी आकर हमें ले जाएगी।"

"और क्या कहा है?"

"कहा है रेल के पात लॉरी में उठाने होंगे। तकरीबन घंटे भर का काम है। एक सौ रुपया करके देगा।"

"कहाँ से पात उठेगा?"

"यह नहीं बताया मगर फिदानगर ले जाएँगे ऐसी ही बात है। इसके पहले भी एक बार गया था।"

"उस बार कहाँ से उठाए थे?"

"उस बार इसलामपुर से उठाया था और इस रोलिंग मिल में उतारा था।"

"तो क्या रास्ते पर खड़े रहने से ही पकड़े जाएँगे।"

"हाँ सर मैं चलता हूँ।" इधर-उधर ताककर वो आदमी चला गया।

बकुल वापस लौटकर चक्रवर्ती से बातें करने लगा। चक्रवर्ती के चले जाने पर पासवान को थाने भेजकर आई.सी.-बी.आर.एफ. की एक टीम तैयार रखने के लिए कहा।

रात नौ बजे के करीब बकुल फिदानगर चैकपोस्ट पर आकर परिवहन रजिस्टर देखने लगा। उसने देखा कि वही लॉरी कुछ देर पहले इसलामपुर की तरफ गई है। वो उस गाड़ी की ताक में बैठा रहा।

तकरीबन रात साढ़े दस बजे लॉरी आई। चैकपोस्ट के ड्रॉप गेट को गिराकर लॉरी को रोका गया। रेल की नई लाइनों से लॉरी प्रायः भरी हुई थी और उसके ऊपर कुल इकतीस लोग थे। सभी श्रमिक या दिहाड़ी मजदूर थे। उन्होंने कहा कि लॉरी में माल लोड करने के लिए उन्हें भाड़ा किया गया था। जिसने भाड़ा किया वो ड्राइवर के पास बैठा था। उसको नीचे उतारा गया। उसने स्वीकार किया कि ये सब रेलवे लाइन चोरी के हैं मगर उन्होंने खुद चोरी नहीं की। रेलवे के लोगों ने ही चोरी-चुपके बेचा था। यह माल कहाँ जाएगा उसे नहीं मालूम। हीरापुर में हलधर सेन के घर पर श्रीकुंठ नाम का एक आदमी रहेगा। उसके पास पहुँचते ही उसका काम समाप्त। इसके लिए उसको पाँच सौ रुपए मिलने की बात थी। उसका नाम कमल था।

चैकपोस्ट से हीरापुर की दूरी सामान्य थी। चैकपोस्ट पर दूसरे लोगों को रखकर बकुल अपने कुछ लोगों को लेकर हीरापुर पहुँचा। गाड़ी को थोड़ा दूर खड़ा करके वे लोग पैदल ही हलधर सेन के घर पहुँचे। उन्होंने देखा, बरामदे में दो स्कूटर खड़े हैं और बाहर बेंच पर एक आदमी सोया था। कमल ने बताया कि ये हलधर का ग्वाला है। ग्वाले को उठाकर बकुल ने श्रीकंठ के बारे में पूछा, परंतु ग्वाला अचरज भरी नजर से इधर-उधर देखने लगा। बकुल को लगा, यह श्रीकंठ को नहीं पहचानता। इसी बीच दो लोग घर के अंदर दाखिल हो चुके थे। वे लोग हलधर को ले आए। हलधर के घरवालों की बातचीत की आवाज सुनकर बैठकखाने का दरवाजा खोलते हुए एक आदमी बाहर आया। कमल ने इशारे से बताया, यही श्रीकंठ है। श्रीकंठ को पकड़ लिया गया। घर के अंदर से दो लोग और मिले। हलधर समेत चारों लोगों को गाड़ी में बैठाया गया।

पता चला श्रीकंठ का घर बैकुंठपुर के मिलनपल्ली में था। श्रीकंठ के साथ घर में जो दो लोग सो रहे थे, उसमें एक आदमी बैकुंठपुर थाने के एक ए.एस.आई. का दामाद था, पर ससुर के साथ उसके संबंध अच्छे नहीं थे। चोरी का लोहा वे लोग मॉडर्न रोलिंग मील में ले जाकर बेचते। फिदानगर थाने में लॉरी और अन्य असामियों को रखकर बकुल अपने आदमियों के साथ बैकुंठपुर के पास मॉडर्न रोलिंग मिल के लिए रवाना हुआ। वैसे तो यह मिल बैकुंठपुर की सीमा के बाहर था, पर किसी केस की जाँच करने के लिए वे इलाके के बाहर जा सकता था।

आधी रात को मॉडर्न रोलिंग मिल में पहुँचकर बकुल ने देखा गेट के करीब एक छोटी-सी बत्ती जल रही थी। दरवाजे पर दस्तक देते ही दरबान ने गेट खोल दिया। इसके साथ ही एक आदमी आगे आया। श्रीकंठ ने फुसफुसाकर कहा, ''ये ही मालिक है।''

बकुल ने श्रीकंठ को दिखाकर कहा, ''इसे पहचानते हैं?'' वर्दीधारी पुलिस को देखकर वो अचकचा गया। इसके बाद कुछ सँभलकर वो अच्छी तरह से श्रीकंठ को देखा, पर उसने उसे पहचाने से इनकार कर दिया।

बकुल ने पूछा, ''इतनी रात गए आप किसलिए जगे बैठे थे?''

उस आदमी ने रक्षात्मक स्वर में कहा, ''जगा नहीं था, बातचीत सुनकर उठ आया।''

''आप क्या रात में यहीं रहते हैं?''

''रोज नहीं रहता, पर कभी-कभार रहना पड़ता है। काम रहने पर रहना पड़ता है।''

''आज क्या काम पड़ गया था?''

''हिसाब-किताब देखते-देखते रात हो गई थी, इसलिए रह गया।''

"अच्छा तो आप अपना बही-खाता देखकर बताइए, रेल लाइन का कितना स्टॉक है?"

वो आदमी इस बार मुश्किल में पड़ गया। बहुत खोज-बीन के बाद भी उसे स्टॉक बुक नहीं मिला। बकुल गोदाम की तरफ बढ़ गया। वहाँ बहुत सारी रेल की लाइनें ढेरों में पड़ी हुई थीं।

बकुल ने कहा, "यह सब आपको कहाँ से मिला, इसके कागजात निकालिए।"

उस आदमी ने अनुनय-विनय के स्वर में कहा, "सर हमारे इतने माल को देखकर आप कागजात देखना चाहते हैं, पर नोबल रोलिंग में तो इससे भी कहीं ज्यादा माल है। उससे तो कागजात देखने के लिए नहीं माँग रहे हैं।" उस आदमी की बातों से बकुल को एक और जानकारी मिली। वो नोबल रोलिंग मिल में जाकर हाजिर हुआ। सचमुच वहाँ और भी ज्यादा रेलवे लाइन थी। मालिक ने रेलवे की नीलामी से कुछ रेलवे लाइन खरीदने के कागजात दिखाए। पर वो भी छह महीने पुराने। यदि मान भी लिया जाए कि छह महीने से वो माल एकदम उपयोग में नहीं लिंया गया, फिर भी वहाँ कागजात में दिए गए माल से कहीं अधिक माल था। अपने बचाव में मालिक ने कहा कि उसने लोहापट्टी के एक स्क्राप मर्चेंट से माल खरीदा था। दोनों रोलिंग मिल में आदमी पोस्ट करके बकुल लोहापट्टी पहुँचा।

लोहापट्टी के एक नहीं पाँच-पाँच गोदामों से बिना कागजात के रेलवे लाइनें मिलीं। बकुल ने वहाँ भी आदमी पोस्ट करवा दिया। तब तक सुबह हो गई। बकुल को काफी थकान महसूस होने लगी। वो सोचने लगा, इतना चोरी का माल लेकर वो क्या करेगा? उसके पूरे आदमियों को लगाने के बाद भी पूरे माल को सीज करने में तकरीबन सप्ताह-भर लगेगा। जिले की जो हालत है, उसमें बाहर से आदमी मिलना मुश्किल है। बकुल ने परामर्श के लिए भौमिक को बुलवा भेजा। यही एक आदमी बकुल को सच्चा लगता था। पर था थोड़ा स्लो एंड स्टेडी।

भौमिक ने आकर कहा, "सर हम अगर केस करें भी तो संपत्ति रेल की है। रेल के लोगों को बुलाना ही होगा। अच्छा होगा कि हम रेल को पहले खबर दें।

बकुल को उसकी बात में दम लगा। उसने न्यू श्रीकंठपुर जाकर रेल के एरिया अफसर और बाद में पी.एफ.ए. के असिस्टेंट सिक्यूरिटी अफसर के साथ बात की, उन्होंने बहुत दिलचस्पी दिखाई। रेलवे हेडक्वार्टर में खबर भेजी गई। हेडक्वार्टर से आदमी आया। बकुल ने उनको लॉरी भरे रेलवे लाइन से लेकर रोलिंग मिल और गोदामों का चार्ज समझा दिया।

शाम हो गई। ऑफिस लौटते ही पत्रकारों ने बकुल को घेर लिया। बकुल ने कहा, "मैंने केवल स्टोलेन प्रॉपर्टियों को ऑन-आई किया है। रेलवे संपत्ति होने के कारण रेलवे अधिकारियों को खबर दी गई। आर.पी.एफ. के अफसर भी आए

हुए थे। अब जो कुछ करना होगा वे ही करेंगे। इसके बाद अगर आपको कुछ जानना हो तो उनसे ही पूछिए। स्पॉट पर जाइए।''

पत्रकारों के विदा होने पर बकुल ने वृंदावन से कहा, ''मैं नहा-धोकर कुछ खाने के बाद थोड़ा सोऊँगा। बहुत जरूरी काम न होने पर मुझे कोई डिस्टर्व न करे।''

बकुल ने ऊपर जाकर स्नान किया और भात खाकर सो गया। सोने के साथ ही साथ थकी हुई दोनों आँखों पर नींद उतरने लगी।

शाम के वक्त नींद में ही उसे लगा कि टेलीफोन बज रहा है। बकुल फोन उठाने की सोच ही रहा था कि लाइन कट गई पर कुछ देर बाद ही वापस बजने लगा। बकुल किसी भी तरह से आँख नहीं खोल पा रहा था। नींद की हालत में वो टेलीफोन टटोलने लगा पर टेलीफोन उसके हाथ नहीं लगा और वो बजे ही चला जा रहा था। बकुल किसी तरह से बिस्तर पर उठकर बैठा। सचमुच ही टेलीफोन की घंटी बज रही थी। बकुल के रिसीवर उठाते ही वृंदावन ने कहा, ''सर, एक आदमी आया है वो कह रहा है खबर है मगर अपना नाम-पता कुछ भी नहीं बता रहा है। कह रहा है कि डेल्टा कहने से ही साहब समझ जाएँगे।'' बकुल समझ गया, उसको हमेशा जो लोग खबर देते हैं—उनमें से ही कोई आया है। डेल्टा माने श्यामु। श्यामु तो एकदम ठीक-ठीक खबर देता है। बकुल नीचे उतर आया। श्यामु ने बताया, छेदीलाल बाजोडिया अपने गोदाम के पीछे मस्टर्ड ऑयल में रेप्सीड ऑयल मिला रहा है। टिन काटकर मिलाने के बाद वापस गाला से सील कर दे रहा है। इस तरह से मिलावट की हुई तेल एक ट्रक में लोड करके लामलिंग बस स्टैंड के पास पेट्रोल पंप पर खड़ी है। लॉरी का नंबर है डब्लू.एम.के. 1502।

थाने में फोन पर भौमिक बाबू को आने के लिए कहकर बकुल बाथरूम में जाकर आँख-मुँह में पानी मारने लगा। वर्दी पहनने का एकदम मन नहीं कर रहा था। भौमिक के आने पर कुर्त्ता-पायजामा पहने हुए ही वो गाड़ी में बैठ गया। लामलिंग बस स्टैंड के पास पेट्रोल पंप पर पहुँचकर देखा कि लॉरी अभी भी खड़ी थी। भौमिक ने ड्राइवर को बुलाया। ड्राइवर ने बताया, लॉरी में मस्टर्ड ऑयल है। लामलिंग जाएगा। बाजोडिया बाबू के गोदाम से आ रहा है। तिरपाल हटाकर तेल की टिन निकालकर देखा गया कि श्यामु की खबर ही ठीक थी। ऐसे तो कुछ भी पता नहीं चलता। साधारण तौर पर देखने से भी समझ में नहीं आएगा क्योंकि ऊपर की तरफ जरा सी जगह पर नए से सील किया गया है।

बकुल के लोग लॉरी समेत तेल के टिनों को लेकर बाजोडिया के गोदाम पर पहुँचे। नहीं, तब मिलावट का काम नहीं चल रहा था, पर गोदाम को सर्च करने पर मिलावट के औजार, सामान, गाला, रांगा, हापोर ये सब चीजें मिलीं। लॉरी के टिनों की तरह नए से सील की हुई कुछ टिनें मस्टर्ड ऑयल के मिले। कुछ

खाली रेप्सीड ऑयल के टिन भी मिले। बकुल ने भौमिक बाबू से कहा, "अपने लोगों को बुला लीजिए। इन सब को कानून के मुताबिक सीज करें और मिलावटी तेल का सैंपल लेकर परीक्षा करने भेजिए। कहीं भी किसी भी तरह की कानून की गलती न रह जाए।" बकुल घर लौट आया।

थोड़ी रात गुजरने पर भौमिक ने फोन किया, "सब ठीक तरह से सीज कर लाया हूँ। बाजोडिया को भी अरेस्ट किया हूँ पर इसका परिणाम कुछ भी नहीं होगा सर। मुझे खबर मिली है बाजोडिया पार्टी इसी बीच ढिल्लन सरदार के घर जाकर हाजिर हुई है।"

बकुल को असह्य लगने लगा। उसका इतना परिश्रम क्या पानी में मिल जाएगा? और अगर ऐसा हुआ तो बेईमान व्यवसायी लोग जैसा चाहेंगे, वैसा करेंगे। ढिल्लन सरदार के ए.पी.पी. रहने तक उसके विरुद्ध किसी प्रकार की कोई व्यवस्था नहीं ली जा सकेगी। वे लोग अपने मन मुताबिक कालाबाजारी, मुनाफाखोरी, मिलावट, फटकाबाजी करेंगे। ये सब चलने नहीं दिया जा सकता।

बकुल ने एस.पी. साहब को फोन किया, "सर इसका तो कुछ उपाय करना होगा।"

एस.पी. साहब ने कहा, "तुम मिश्रा से बात करो।"

मिश्रा मतलब डी.एम.। उसने डी.एम. साहब को फोन किया। डी.एम. साहब ने बताया, "ए.पी.पी. लोगों का पैनल सरकार द्वारा होने पर भी पार्टी ही मोटा-मोटी ठीक करती है। आपको कुछ असुविधा होने पर गौर कुंडू से कहिए।"

गौर कुंडू को कहने पर कितना काम होगा इस बारे में बकुल को संदेह था। बम केस में हैदरपाड़ा के सुकुमार का नाम आने पर उसने उनसे कहा था। बाद में कुछ दिनों तक पूछा भी था, पर कोई जवाब नहीं मिला। फिर भी लकड़ी चोरी के केस में विनय बनर्जी, मंटू मंडल की भूमिका, लेबर कोऑपरेटिव के श्रमिक का ढिल्लन सरदार, सुजय दास के विरुद्ध अभियोग और ए.पी.पी. के हिसाब से ढिल्लन सरदार की भूमिका को लेकर गौर कुंडू से वह बात करेगा, ऐसा सोचा था। डी.एम. की सलाह को सुनकर उसने उसको फोन किया। उनको सब बातें बताकर उसने प्रश्न किया, "ये सब खबर क्या आपके पास नहीं है?"

"खबर बिल्कुल नहीं है, ऐसी बात नहीं है।"

"तब फिर इनके विरुद्ध कोई कार्रवाई क्यों नहीं की जाती?"

"पहाड़ के झमेले की पृष्ठभूमि में हमारी पार्टी की अवस्था के बारे में तो आप जानते ही हैं। इसके अलावा नैतिकता पर तो सिर्फ पार्टी नहीं चलती। विनय के पीछे बहुत लोग हैं और ढिल्लन तो वकील आदमी है। समय-असमय पार्टी के काम आते हैं।"

इसके बाद बकुल के पास कहने के लिए कुछ भी नहीं बचा। उसने धन्यवाद देकर फोन रख दिया।

अगले दिन समाचार-पत्रों में बड़ी खबर छपी, "इन ऍन ऍवर बिगेस्ट रेड इन दिस एरिया, बकुल विश्वास, एडिशनल एस.पी., बैकुंठपुर ऑनआर्डड स्टोलेन रेलवे प्रॉपर्टी वर्थ रुपीज थर्टी फाइव लैक्स।" स्थानीय दैनिक में रेलवे चोरी के माल पकड़े जाने के साथ-साथ मिलावटी तेल के पकड़े जाने की बात भी बड़े रूप में छपी। बैकुंठपुर वार्त्ता के हिमानीश कुंडू बकुल का साक्षात्कार लेने चले आए।

बारह

चिट्ठी पाकर बकुल आश्चर्यचकित हो गया। व्ही.सी. ने लिखा था, अंग्रेजी के प्रोफेसर अतीन बोस के घर पर बम गिरा था। स्थानीय थाने में केस किया गया पर पुलिस अपराधियों के विरुद्ध कोई कार्रवाई नहीं कर रही। इसके लिए टीचिंग स्टाफ अत्यंत असंतुष्ट है। इस बारे में जरूरी कार्रवाई करने के लिए आपसे अनुरोध किया जाता है। उन्होंने शिक्षा मंत्री को लिखा था। शिक्षा मंत्री ने अपने सेक्रेटरी को मार्क किया था। डी.जी. ने मार्क किया था, डी.आई.जी. हेडक्वार्टर को और डी.आई.जी. हेडक्वार्टर ने एस.पी. को भेजा था और एस.पी. ने भेजा था बकुल के पास उसकी राय जानने के लिए। बकुल अपनी क्या राय देगा? उसने तो दोषियों को खोज निकाला था व्ही.सी. ने ही उन्हें पकड़ने के लिए मना किया था। बकुल ने जाँच में जो भी मिला उसका विवरण देकर व्ही.सी. की चिट्ठी की कॉपी और व्ही.सी. को उसके द्वारा लिखी हुई चिट्ठी की कॉपी देकर एस.पी. के पास भेज दी।

बीरेन सेन ने आकर कहा, "आप क्या फैंसी मार्केट में रेड कर रहे हैं?"

बकुल ने उल्टा प्रश्न किया, "किसने कहा?"

बीरेन सेन ने कहा, "हर कोई बोल रहे हैं। यहाँ तक सुनने में आया है कि दिन और समय भी तय हो गया है। कस्टम के अफसरों को लेकर अगले सोमवार आप रेड करेंगे?" बकुल तो अब चौंकना तक भूल गया था। फैंसी मार्केट विदेशी मालों के लिए विख्यात था। सीमा के उस पार से जो विदेशी माल यहाँ आते थे उनका एक बड़ा हिस्सा इसी फैंसी मार्केट में बिकता था। मगर फैंसी मार्केट में जो सामान बिकते थे वे सब विदेशी हों ऐसा भी नहीं था। आधे से अधिक सामान देशी थे मगर उन पर विदेशी ठप्पा मारा हुआ रहता था। बैकुंठपुर के विभिन्न

स्थानों पर यह ठप्पा मारने का काम होता था। हमारे देश के लोगों के मन में विदेशी बीवी की तरह विदेशी चीजों के प्रति एक अजीब सा आकर्षण है। जिसके कारण लोग विदेशी ठप्पा देखकर देशी माल आराम से खरीद लेते हैं और व्यवसायी लोग दो पैसा बना लेते हैं। कुछ विदेशी माल भी बिकता है। बकुल जब स्मग्लिंग ही बंद करना चाहता था तब नाक के सामने इस तरह के विदेशी मालों का धंधा बर्दाश्त नहीं किया जा सकता था। पर असल में प्राथमिक रूप से यह काम कस्टम्स का था। इसलिए बकुल ने ठेकेदार से बात की थी। तय हुआ था कि अगले सोमवार को पुलिस और कस्टम के लोग संयुक्त रूप से फैंसी मार्केट में रेड करेंगे। पहले से ही न्यूज आउट होने पर कुछ भी नहीं मिलेगा। इसी वजह से प्रोग्राम को गुप्त रखने के लिए उसने अपने डी.एस.पी. को भी नहीं बताया था। इसके बाद भी न्यूज आउट हो गई। यह कैसे संभव है? बकुल ने ठेकेदार को फोन किया। ठेकेदार ने कहा, उसने अपने कुछ घनिष्ठ अफसरों को छोड़कर और किसी से नहीं कहा। बकुल समझ गया घनिष्ठ कुछ लोग न भी हों तो, ठेकेदार ने स्वयं ही खबर लीक की होगी। इन सब के बाद सोमवार को रेड करने का कोई मतलब नहीं रह जाता है।

बकुल सोचने लगा। कहीं ऐसा तो नहीं बीरेन सेन ने आकर उसके मन की बात जानने के लिए अँधेरे में तीर छोड़ा हो और उसका अंदाजा सही बैठ गया हो? बकुल ने खबर लगाने के लिए वृंदावन और उपाध्याय को बाजार भेजा। उन्होंने भी आकर खबर दी कि अफवाह है, सोमवार को रेड होगी। बकुल के दिमाग में एक योजना दौड़ गई। सब यही समझते हैं कि रेड सोमवार को होगी, इसलिए इस सप्ताह वे लोग निश्चिंत रहेंगे, वो रेड इसी सप्ताह करेगा। वो शुक्रवार यानी कल रेड करेगा। मगर यह बात उसने किसी को भी नहीं बताई। सभी को उसने अपने हाव-भाव से यही दर्शाया कि रेड सोमवार को ही होगी।

आधी रात को वो पासवान और वरुण को लेकर फैंसी मार्केट गया। पूरा बाजार ही एक मरे हुए जानवर की तरह मुँह उल्टाकर पड़ा हुआ था। बकुल उस मृतदेहनुमा बाजार की गलियों का स्केच बनाने लगा। उसने महत्त्वपूर्ण रास्ते-गलियों का नाम लिख लिया। ऑफिस में आकर उसने आई.सी.बी.आर.एफ. को निर्देश दिया—"सुबह नौ बजे माखना के फॉरेस्ट बंगले के सामने एक प्लाटून फोर्स मेरे पास आकर रिपोर्ट करे। फॉरेस्ट में रेड होगी।" कुछ दिन पहले ही माखना के फॉरेस्ट में रेड करके काफी बंदूकें बरामद की गई थीं। इसी वजह से यह खबर विश्वसनीय लगी। इसके अलावा सभी यही जानते थे कि फैंसी मार्केट में रेड सोमवार को होगी। अतः शुक्रवार को रेड फॉरेस्ट में ही हो सकती है। बकुल ने हर थाने में फोन करके यही खबर दी। थाने में मेसेज भी भेजा—"शुक्रवार नौ बजे माखना फॉरेस्ट बंगले पर मेरे पास रिपोर्ट करने के लिए दो अफसर हर थाने से भेजिए।" सी.आई. बाघागुड़ी, आई.सी. बैकुंठपुर और डी.एस.पी. को भी रिपोर्ट करने के लिए कहा गया।

सबके रिपोर्ट करने के बाद बकुल ने उनको तीन लाइनों में फॉलो-इन करके बताया कि आज फैंसी मार्केट में रेड होगी। सभी अफसर एक-दूसरे का मुँह देखने लगे। बकुल ने पूरे फोर्स को चार हिस्सों में बाँटकर, एक हिस्सा अपने पास रखा। बाकी तीन हिस्सों को डी.एस.पी., आई.सी. बैकुंठपुर और सी.आई. बाघागुड़ी के हवाले कर दिया। पॉकेट से स्केच मैप निकालकर कहा, "डी.एस.पी. साहब पहले जाकर मार्केट के दक्षिण में इस जगह पोजीशन लेंगे। उसके बाद जाएँगे आई.सी. बैकुंठपुर। वे स्टेडियम के पास से जाकर इस जगह पोजीशन लेंगे। उसके बाद सी.आई. बाघागुड़ी सेवक रोड से घुसकर उत्तर की तरफ पोजीशन लेंगे। मैं स्वयं मेन रोड से दाखिल होऊँगा। घड़ी के काँटे के मुताबिक ठीक ग्यारह बजे ऑपरेशन शुरू होगा।" सभी गाड़ी में बैठ गए।

ठीक ग्यारह बजे बकुल ने वायरलेस से ग्रीन सिग्नल दिया। पुलिस वालों ने चारों तरफ से फैंसी मार्केट को घेर लिया। विदेशी मालों के विक्रेता किसी तरफ से भाग नहीं सके। काफी माल पकड़ा गया। थाने से वैन लाई गई। पर उसमें माल नहीं समा पाया। दो लॉरियाँ मँगवाई गईं। पर एक बात बकुल को कचोट रही थी और वो कुछ नहीं कर पा रहा था। पुलिस वाले ही अपने-अपने पॉकेटों में माल घुसाने लगे थे। छोटी-मोटी विदेशी चीजों पर पुलिस वालों का चेहरा अंतःसत्वा औरत की तरह हो गया था। कांस्टेबल लोग अपने जूते उतारकर उसकी जगह विदेशी जूते पैरों में डालने लगे, निर्लज्ज की तरह दामी कपड़े अपने गलों से लिपटाने लगे। सिर्फ कांस्टेबल ही नहीं अफसर लोग भी जिसे जो कुछ हाथ लगा झपटने लगा। बकुल को ऐसा लग रहा था सीज के लिए विदेशी माल जैसे लूट का माल हो और उसके आदमी जैसे लुटेरों का दल हो। बकुल घूम-घूमकर अपने-अपने आदमियों को सँभालने के लिए कहने लगा, पर कौन किसको सँभाले? बकुल को बहुत बुरा लगा। विक्रेता तो अपने पेट पालने के लिए बेचते हैं पर उसके ही लोग अगर ड्यूटी में आकर चोरी करना शुरू करें तो विदेशी माल या चोरी का माल सीज करने का अधिकार उनको था ही नहीं। ऑफिस लौटकर बकुल ने सीज किया हुआ माल हस्तांतर करने के लिए कस्टम को खबर दी। ठेकेदार फोन उठाते ही फट पड़े—"सोमवार हम लोगों के साथ रेड करने की बात थी। हम लोगों को बताए बगैर आज ही रेड डालकर हम लोगों के साथ विश्वासघात किया गया है। हम लोग माल नहीं लेंगे।" बकुल ने समझाना चाहा—"सोमवार के रेड की खबर जब लीक हो गई थी तब सोमवार को रेड करने से कुछ नहीं मिलता। हम लोगों के द्वारा माल सीज होने पर भी तो माल आप लोगों को ही दे रहे हैं।" पर ठेकेदार कोई बात सुनने को तैयार नहीं हुआ। बकुल ने उस माल को ऑफिस के गेस्ट हाउस में डालकर ताला बंद कर दिया और दरवाजे के सामने चौबीस घंटे के लिए गार्ड तैनात कर दिया।

पत्रकार लोग हाजिर हुए। बकुल ने उनको पूरे आपरेशन की बात बताई। उसके बाद उन लोगों ने एक के बाद एक प्रश्न करना शुरू किया। बकुल अब काफी झमेले में पड़ गया। एक पत्रकार ने प्रश्न किया–"चोरी के माल को पकड़ने के लिए जाकर पुलिस के लोगों ने खुद ही चोरी की। इस बारे में आपका क्या कहना है?" बकुल कुछ भी न कह सका। अभियोग तो सच था पर सच को स्वीकार करने पर उनका नेता होने के हिसाब से उसका भी दोष बनता था और अस्वीकार करने पर सफेद झूठ बोलना पड़ता। बकुल यह नहीं कह सका। सभी पत्रकार समझ गए कि अभियोग सत्य था पर अगले दिन अखबार में किसी ने भी इस बात को नहीं लिखा, बल्कि किस तरह बकुल के नेतृत्व में पुलिस ने अभियान चलाकर स्मगल्ड गुड्स सीज किया यही विस्तार से छापा गया।

बकुल यह खबर पढ़ ही रहा था कि महिला समिति की संपादिका भारती मुखर्जी अस्त-व्यस्त हालत में कमरे में घुसीं। बकुल ने उनसे बैठने के लिए कहा। वो बुझे हुए चेहरे को लेकर सामने के चेयर पर बैठ गईं?

बकुल ने पूछा, "क्या हुआ है? आप इतनी परेशान क्यों लग रही हैं?"

उसने चेहरा उठाकर कहा, "जो हुआ है आपको कहते हुए खराब लग रहा है। मगर बगैर बोले कोई उपाय नहीं है। आप मेरी थोड़ी सहायता करें।"

बकुल ठीक से बैठ गया–"मेरे कुछ करने लायक अगर हुआ तो जरूर करूँगा, पर बात क्या है बताइएगा?"

भारती देवी बताने लगीं। उनका एकमात्र लड़का तमाल मुखर्जी बैकुंठपुर कॉलेज में पढ़ता था। रिजल्ट अच्छा हो इसलिए वो कॉलेज के होस्टल में ही रहता था। नवारुण बाबू उसे ठीक तरह से नहीं पढ़ाते थे। वे कहते थे कि परीक्षा के पहले तैयारी करवा देंगे, पर परीक्षा के पहले समझ में आया कि तैयारी नहीं कुछ प्रश्न तैयार करवा देंगे। मगर उसके लिए अलग से रुपए देने होंगे। जो जितने अधिक रुपए देगा उसे वो उतना ही अधिक प्रश्न बताएँगे। तमाल इसके लिए तैयार नहीं हुआ और रुपए भी नहीं दिया। प्रश्न भी नहीं जान सका। पर तमाल के साथ एक लड़की पढ़ती थी। जिसका नाम भास्वती था। भास्वती ने भी रुपए नहीं दिए, पर तमाल का मानना है कि नवारुण बाबू ने भास्वती को प्रश्न बता दिए थे। भास्वती ने परीक्षा में अच्छा रिजल्ट किया। अगली परीक्षा में भी अच्छा रिजल्ट हो इसके लिए नवारुण बाबू के साथ कुछ अधिक ही मेल-मिलाप करने लगी। जब तब नवारुण बाबू के घर पढ़ने के लिए जाने लगी।

तमाल को यह बात पसंद नहीं थी। भास्वती से उसका लगाव था। पर भास्वती अब उसे पूछती तक नहीं थी। भास्वती का झुकाव अब नवारुण बाबू की तरफ था। तमाल ने भास्वती को नवारुण बाबू से ज्यादा मेलजोल न करने के लिए कहा। भास्वती ने उसकी बात को कोई महत्त्व ही नहीं दिया। तब तमाल ने अपने मन

के अवसाद को लिखकर भास्वती को एक चिट्ठी दी थी। उससे भी कोई काम नहीं होने पर वह ताक में था। उस दिन शाम को भास्वती के नवारुण बाबू के होस्टल में घुसते ही उसने बाहर से साँकल लगा दी। भास्वती बहुत देर पढ़ाई करती रही। जब पढ़ाई खत्म हुई तब बहुत रात हो चुकी थी। उस वक्त धीरे से दरवाजा खोलकर निकलते वक्त उसने देखा कि बाहर से दरवाजा बंद था। छात्रा-शिक्षक दोनों के मन में अपराध बोध था। जिसके कारण क्या किया जाए यह सोचने में ही काफी समय बीत गया। इसी बीच आधी रात गुजर गई। इतनी रात गए दरवाजा खोलने के लिए किसी को बुलाना भी उचित नहीं होता। तब दोनों ने मिलकर तय किया कि अगले दिन कॉलेज के समय दरवाजा खोलने के लिए किसी को बुलाएँगे।

इधर भास्वती के घर न लौटने पर उसके घर के लोग चिंतित हो उठे। काफी रात तक उसके घर न लौटने पर उसे खोजना शुरू किया गया। रिश्तेदारों के घर पर खबर दी गई। दोस्तों-सहेलियों से पूछताछ की गई पर कोई कुछ नहीं बता सका। काफी रात गए थाने में डायरी की गई। रात के दो बजे पुलिस खोजते-खोजते नवारुण बाबू के घर जा पहुँची। भास्वती उस समय बैठी-बैठी रो रही थी। नवारुण बाबू ने अभियोग लगाया कि तमाल ने ही बाहर से दरवाजा बंद किया था। भारती मुखर्जी ने कहा, "उससे कुछ नहीं होता पर भास्वती ने तमाल की लिखी हुई चिट्ठी पुलिस को दे दी। उसे पाकर पुलिस ने तमाल के खिलाफ रांगफूल कंफाइनमेंट वाले धारा पर केस स्टार्ट कर दिया।"

बकुल ने पूछा, "आप दरअसल मुझसे क्या चाहती हैं?"

"बच्चा है, अभी से केस के चक्कर में फँसने पर और भी खराब हो जाएगा। केस क्या किसी तरह भी मिटाया नहीं जा सकता?"

"आपका लड़का क्या जरूरत पड़ने पर माफी माँगेगा?"

"वो मैं जैसे भी हो करवाऊँगी।"

"मैं क़ोशिश करके देखता हूँ। आप एक बार आकर मिल लीजिए।"

"आप अगर कोशिश करेंगे तो जरूर होगा।" महिला थोड़ी आश्वस्त होकर घर की तरफ रवाना हुई। बकुल ने तय किया, वह पहले नवारुण बाबू के साथ बात करेगा। उसके बाद जरूरत पड़ने पर भास्वती के पिता से भी बात करेगा।

बकुल ने वृंदावन को बुलाकर कहा, "बैकुंठपुर कॉलेज के प्रोफेसर नवारुण बाबू के पास एक बार जाना होगा। उनसे कहिएगा कि मैं उनसे बात करना चाहता हूँ। कब जाने पर उन्हें सुविधा होगी? और अगर उन्हें असुविधा न हो तो वो खुद भी आ सकते हैं।" वृंदावन चला गया।

रीडर बाबू रिवार्ड रोल साइन करवाने के लिए आए। बकुल उन रोलों की जाँच कर साइन कर रहा था। उसी समय सेकेंड अफसर चक्रवर्ती का फोन आया। कल एक लड़का ड्राइविंग लाइसेंस बनवाने आया था। लाइसेंस मिलने के लिए

टैस्ट देना होगा और लगभग सप्ताह भर समय लगेगा यह सुनकर लड़का चला जा रहा था। तब एक दलाल ने उसे पकड़ा। दलाल ने उससे कहा कि वो एक दिन में ही ड्राइविंग लाइसेंस निकलवा देगा। दलाल उसे सेवक रोड पर एक पंजाबी सिख कंबल वाले के पास ले गया। कंबल वाले ने रुपए लेकर उसे ड्राइविंग लाइसेंस दिया। इतनी जल्दी लाइसेंस मिल जाने पर उसे शक हुआ। यह सचमुच ड्राइविंग लाइसेंस है कि नहीं, यह देखने के लिए वो ऑफिस में आया।

चक्रवर्ती ने कहा, ''और टी.ओ. के लोग उस लड़के को लेकर मेरे पास आए थे। मुझे लगा कि कोई जाली परमिट चक्र काम कर रहा है। आपको बताना जरूरी है।''

बकुल ने कहा, ''लड़के को चुपके से मेरे पास भेज सकेंगे? ज्यादा हल्ला-गुल्ला न हो।''

चक्रवर्ती ने जवाब दिया, ''मैं अभी तुरंत भेज रहा हूँ।''

कुछ देर में ही चक्रवर्ती के पीयून के साथ लड़का हाजिर हुआ। उसने भी यही बात कही। इस हालत में थाने में एक केस करके तभी मामले की जाँच करने के लिए भेजना उचित था पर बकुल को लगा कि इन सब लोगों की साधारणतः थानों के साथ मिलीभगत रह सकती है। इस हालत में थाने में खबर देने का मतलब था अपराधी को खबर देना। अर्थात् जो कुछ भी करना हो तो पहले पहल उसी को करनी पड़ेगी। उसने प्रदीप को बुलाया। प्रदीप देखने में तो साधारण सा लगता था मगर काफी चालाक चतुर था इसलिए वो ही उपयुक्त था। बकुल ने एक सौ के नोट के कोने में सही कर प्रदीप के हाथ में दिया। नोट का नंबर नोट करके कहा, ''आप इस लड़के के साथ जाइए। मगर याद रखिएगा आप ड्राइविंग लाइसेंस बनवाने जा रहे हैं। ऑफिस से बनवाने पर देरी होगी इसलिए बाहर से बनवाना चाहते हैं। आप इसलिए जल्दी करवाना चाहते हैं क्योंकि आपको किसी ने कहा है कि ड्राइविंग लाइसेंस होने पर वो आपको अपनी लॉरी में, ड्राइवर का काम देगा। इसी हिसाब से आपको नाटक करना होगा। लाइसेंस बनाने के लिए वो आदमी एडवांस माँगेगा तब आप इस सौ के नोट को दीजिएगा और कब लाइसेंस लेने जाना होगा यह भी पूछ लीजिएगा। अगर शाम को कहे तो शाम को कितने बजे यह भी पूछ लीजिएगा।''

बकुल ने यथासंभव प्रदीप को ब्रीफ करके उस लड़के से कहा, ''अब आप इनको अपने साथ ले जाकर कंबल वाले से कहिए कि मेरे दोस्त को भी एक लाइसेंस बनाकर देना होगा।'' लड़का अपनी सहमति जताकर प्रदीप को अपने साथ ले गया। नवारुण बाबू को लेकर वृंदावन कमरे में घुसा। बकुल ने कहा, ''बैठिए, बैठिए।''

सामने रखे चेयर पर नवारुण बाबू ने बैठते हुए कहा, ''बोलिए मुझे क्यों बुलवाया है?''

"दरअसल मैंने आपको वैसे नहीं बुलवाया है मेरे आदमी ने ही शायद कहने में कुछ गलती की है।"

"नहीं, नहीं, आपके आदमी ने ठीक ही कहा था। मेरे पास वक्त था इसलिए मैं ही चला आया। कहिए आपकी क्या सेवा कर सकता हूँ।"

बकुल ने सीधे-सीधे काम की बात शुरू न करके पहले परिचय करना शुरू किया। उसने पूछा, "वैसे आपका घर कहाँ है?"

"बालूरघाट।"

"आपके कितने बाल-बच्चे हैं?"

नवारुण बाबू ने रूखे स्वर में कहा, "नहीं मेरी अभी तक शादी नहीं हुई।"

"सॉरी, मैं समझ नहीं सका। तो आप इस कॉलेज में कितने दिनों से हैं?"

"इस जुलाई महीने में तीन साल पूरे होंगे।"

"ओ! इसका मतलब आप ज्यादा दिनों से इस कॉलेज में नहीं हैं?"

"नहीं, नहीं।"

बकुल ने इस बार काम की बात करनी शुरू की—"आप तो जानते ही हैं भास्वती के पिता ने थाने में एक केस किया है। असल बात क्या है मैं जानना चाहता हूँ।" नवारुण बाबू उसके लिए तैयार थे। उन्होंने जो कुछ भी कहा उसे सुनकर लगा कि मिसेज मुखर्जी ने मोटा-मोटी ठीक ही कहा था। सब कुछ बताने के बाद नवारुण बाबू ने कहा, "यहाँ के लड़के कितने असभ्य हैं बाप रे बाप! तो लड़की बेचारी मेरे पास पढ़ने के लिए आई और उसने बाहर से सिकड़ी चढ़ा दी।"

बकुल ने पूछा, "अच्छा तमाल को सिकड़ी चढ़ाते हुए किसी ने देखा था?"

"नहीं, देखा तो नहीं मगर भास्वती को धमकाकर लिखी हुई तमाल की चिट्ठी मिली है। आपके लोग तो उस चिट्ठी को ले भी आए हैं।"

"हाँ उस चिट्ठी को देखकर ही तमाल पर संदेह किया जा रहा है, पर आप तो जानते ही हैं कि संदेह करना एक बात है और साबित करना और एक बात।"

"तब क्या तमाल को कोई सजा नहीं मिलेगी?"

"हम चाहेंगे कि सजा हो। उसी मुताबिक कोर्ट में भी भेजेंगे पर कोर्ट में तो आप ही को साबित करना होगा। आप ही तो प्रमुख गवाह हैं।"

"मैं गवाही दूँगा।"

"गवाही तो जरूर दीजिएगा। पर गवाही कहने से तो गवाही नहीं होती। वहाँ तमाल का वकील होगा, जिरह करेगा। जिरह में वकील लोग नौ का छह कर देते हैं।"

"किस तरह का जिरह कर सकते हैं?"

"मान लीजिए भास्वती से पूछा जा रहा है। पुलिस को भास्वती मिली आपके

घर से रात दो बजे। सबसे पहला प्रश्न होगा, आप कितने बजे नवारुण बाबू के घर गई थीं? भास्वती अवश्य ही नहीं कह सकेगी कि रात के दो बजे गई थी। वो कहेगी कि चार या पाँच बजे गई थी। तुरंत ही वकील पूछेगा कि चार बजे से दो बजे तक इन दस घंटों तक आप क्या कर रही थीं? प्रश्न पूछा जाएगा कि आपने कितने बजे देखा कि दरवाजा बाहर से बंद है? भास्वती किसी भी तरह नहीं कह पाएगी कि रात बारह या एक बजे। उसे कहना पड़ेगा कि शाम पाँच या साढ़े पाँच बजे। तुरंत ही वकील प्रश्न करेगा, पाँच से दो तक इन नौ घंटों के बीच आप लोगों ने दरवाजा खोलने के लिए किसी को बुलाने की कोशिश क्यों नहीं की? ऐसा ही प्रश्न आप से भी किया जाएगा। मुश्किल तो यह है कि पुलिस जब वहाँ पहुँची थी तब आप लोग चुपचाप बैठे थे।''

नवारुण बाबू का मुँह सूखने लगा।

बकुल कहता गया—''इसके अलावा और एक अभियोग उठाया गया है कि आप रुपए लेकर प्रश्न बता देते हैं। भास्वती को प्रश्न बता दिए इसलिए उसका रिजल्ट अच्छा हुआ नहीं तो वो सिर्फ देखने में अच्छी है, पढ़ने में नहीं।''

''ये बात एकदम झूठ है।''

''झूठ बात है यह तो मैं भी समझ रहा हूँ पर जिरह के वक्त ये सब बातें तो उठेंगी ही।''

''तो क्या होगा?''

''आप लोग अगर जिरह में टिक गए तो उसको सजा होगी, नहीं तो वो छूट जाएगा।''

''छूटने पर तो वो हम लोगों का मान कभी नहीं रखेगा।''

''आप लोगों को मान बचाना ही अगर जरूरी लग रहा है तो एक काम करिए, वो क्षमा माँग लेगा और आप लोग केस उठा लें।''

''उसे आप नहीं जानते, वो कभी भी क्षमा नहीं माँगेगा।''

''यह मैं देखूँगा। यदि तैयार नहीं हुआ तो जेल जाएगा।''

''तब फिर सबके सामने क्षमा माँगनी होगी।''

''वो देखा जाएगा, पर उससे पहले आप एक बार भास्वती से बात कर लें। मुझे शाम तक बताने से चलेगा। जो भी तय होगा मैं उसी मुताबिक कार्रवाई करूँगा।''

नवारुण चले गए।

बकुल मैसेज फाइल देख रहा था। चेहरे पर मुस्कान लिए प्रदीप ने कमरे में घुसते हुए कहा, ''सर, चार बजे लाइसेंस देगा कहा है। सौ रुपया लिया है मगर और पचास रुपए ले जाने के लिए कहा है।'' बकुल ने पॉकेट से एक पचास रुपए का नोट निकालकर उसके एक कोने में साइन कर प्रदीप के हाथ में दिया और नोट का नंबर डायरी में नोट करके प्रदीप से कहा, ''आप ठीक साढ़े तीन

बजे पैदल ही यहाँ से रवाना हो जाइए। हम लोग आपके आसपास ही रहेंगे। रुपए देकर लाइसेंस के हाथ में आते ही आप सिग्नल दीजिएगा। क्या सिग्नल दीजिएगा? पॉकेट से कंघी निकालकर बाल सँवारना शुरू करिएगा। हम जाकर उस जगह को घेर लेंगे।''

प्रदीप को निर्देश देकर बकुल ने बी.आर.एफ. से तीन-चार जवानों को भेजने के लिए कहा। उसने वरुण और पासवान से सफेद वर्दी पहनने के लिए कहा और स्वयं पायजामे के ऊपर एक शर्ट पहनकर सर पर पुराने चद्दर से एक पगड़ी बना लिया। पोशाक पहने हुए लोगों के साथ गाड़ी को एक गैराज में खड़ी करके वे लोग पैदल ही कंबल की दुकान के सामने पहुँचे। वहाँ पहुँचकर उन्होंने देखा कि प्रदीप सामने की कुर्सी पर बैठा था। बकुल और पासवान योजनानुसार पीछे की तरफ चले गए।

बकुल रुद्र को लेकर एक पूचके की दुकान के सामने खड़ा होकर कंबल की दुकान पर नजर रखने लगा। प्रदीप को सिग्नल नहीं देनी पड़ी। बकुल ने जब देखा कि वो आदमी रुपए लेकर एक कागज प्रदीप के हाथ में दे रहा है तब वो रुद्र को इशारा करके दुकान के सामने आकर खड़ा हो गया। बकुल और पासवान भी धीरे-धीरे चले आए। रुद्र भी वर्दी पहने जवानों को लेकर आ गया। बकुल के कहने पर रुद्र पास के चेंबर से डाक्टर बाबू और एक गवाह को बुला लाया।

बकुल डाक्टर बाबू को सारी बातें खोलकर बताने लगा—''मेरे आदमी ने मेरा साइन किया हुआ सौ का एक नोट सुबह दिया था और इस वक्त भी पचास रुपए का नोट दिया है। दोनों ही नोटों का नंबर नोट किया हुआ है। सुबह वाला नोट इनके पास है या नहीं, मैं नहीं बता सकता, पर अभी वाला नोट जरूर मिलेगा।'' डाक्टर बाबू को उसके ऊपर वाले पॉकेट से दोनों नोट मिले। बकुल लाइसेंस और उन नोटों को सीज करके उस आदमी को लेकर उसके घर गया। मकान सर्च करके कुछ भी नहीं मिला, पर बालू के ढेर से प्लास्टिक में मुड़े हुए विभिन्न क्षेत्रीय ट्रांसपोर्ट ऑथोरिटी के सत्रह जाली सीलमोहर, अनेकों फॉर्म, कुछ ब्लू बुक और ड्राइविंग लाइसेंस मिले। बकुल समझ गया, ये कंबलवाला खुद ही ड्राइविंग लाइसेंस बनाता था। बकुल वो सब सीज करने लगा। उसके घर में लोग उमड़ने लगे। मकान मालिक बहुत गुस्से में था। जमा हुए लोगों को सम्बोधित करके कहने लगा—''क्या देखने आए हो? ऐसा तो होता ही रहता है।'' बकुल को लगा कि ये लोग इन सब बातों के आदी हैं और इस वजह से इन लोगों के मन में कोई भय या पश्चात्ताप नहीं है। रहने की बात भी नहीं है। दुर्गा बोस और ढिल्लन सरदार का दल तो इन लोगों के लिए प्रस्तुत ही था।

बकुल कंबल वाले दरिन्दर सिंह को अरेस्ट करने के बाद थाने में भेजकर ऑफिस लौट आया। उसने लौटकर देखा कि भास्वती के पिता आकर बैठे थे।

उन्होंने कहा, "हम लोग केस-वेस कुछ नहीं चाहते। वो लड़का अगर माफी माँगने को तैयार हो जाए तो केस उठा दीजिए। असल में लड़की मिल जाएगी यह जानते तो हम थाने में ही नहीं जाते। पाँच-छह साल तक केस चलने पर लड़की की शादी ही हम नहीं कर सकेंगे। हमें इन सब की जरूरत नहीं है।"

बकुल ने कहा, "आप लोग अगर ऐसा ही चाहते हैं तो इसकी व्यवस्था जरूर होगी पर इसके पहले एक बार फिर सोचकर देख लीजिए।"

उन्होंने कहा, "इसमें सोचने की कोई बात ही नहीं है। मैं काफी सोच समझकर ही यह बात बोल रहा हूँ।"

बकुल ने उनको आश्वासन दिया–"आप जैसा चाहते हैं वैसा ही होगा।" भास्वती के पिता आश्वस्त होकर चले गए।

न्यूज की गंध पाकर पत्रकार लोग हाजिर हुए। अगले दिन अखबारों में जाली ड्राइविंग लाइसेंस के गिरोह के बारे में विस्तार से खबर छपी थी। बकुल ने कैसे जाल बिछाकर उन्हें रंगे हाथों पकड़ा, यह खबर बड़े-बड़े अक्षरों में छपी थी। बैकुंठपुर में बकुल एक न्यूज हो गया। वो हर तरफ चर्चा का विषय बन गया था।

तेरह

अगले दिन सुबह कोर्ट में भेजने से पहले बकुल दरिन्दर सिंह से कुछ बातें जान रहा था।

उसने कहा, "सर, मैं कागज पत्र की जालसाजी करता हूँ, यह ठीक है। मगर क्या मैं अकेला ही करता हूँ?"

बकुल ने पूछा, "और कौन-कौन करता है?"

दरिन्दर सिंह ने कहा, "और किस-किसकी बात कहूँ? ऑफिस से ही तो जाली सर्टिफिकेट देते हैं। ये जो इतने ट्रक-बस चल रहे हैं। कितनों के पास एक नंबर के कागजात हैं। बैकुंठपुर से कलकत्ता, पटना, कटिहार, मालदा आदि जगह अनेक लंबी दूरी की बसें चलती हैं। आप उन सबके कागजात देखिए, कितनों के पास से असली कागज मिलेंगे?"

यह बात बकुल के मन में घर कर गई। इसके पहले भी काफी लोगों से सुना था कि ये बसें सरकार को प्रायः नहीं के बराबर टैक्स देती हैं। झूठे कागजात दिखाकर या किसी भी तरह कोई कागजपत्र लिए बगैर ही ये चलते हैं। बकुल

ने तय किया कि वो आज ही इन सबों को पकड़ेगा। उसने एस.टी.ओ. को बुलाकर अपने ऑफ़िस में तीन-चार गाड़ी मँगवाई। बैकुंठपुर थाने से छह अफसरों और एक सेक्शन फोर्स को बुला लिया और उसके बाद चार टीम करके एक साथ निकल पड़ा। प्रत्येक गाड़ी से कह दिया कि जहाँ जो भी गाड़ी दिखे उसके कागजात की जाँच करे। कागजातों में गड़बड़ी होने पर सीधे थाने ले आए। ड्राइवर अगर न मिले तो पुलिस का ड्राइवर गाड़ी चलाएगा। पूरी टीम तत्काल काम पर लग गई। बकुल घूम-घूमकर सभी टीमों के कामकाज देखने लगा। दोपहर तक चौबीस लंबी दूरी की गाड़ियाँ वैध कागजात न रहने के कारण थाने में लाई गईं। बकुल ने उनके विरुद्ध मोटर वेहिकल एक्ट के तहत केस स्टार्ट करने को कहा। सभी गाड़ी के मालिकों ने कोर्ट में गिल्टी प्लीड करके फाइन दे दिया।

बकुल ऑफिस में बैठकर चिट्ठी-फाइल देख रहा था। उसने देखा कि उसकी एक व्यक्तिगत चिट्ठी भी आई थी। चिट्ठी थी उसकी पत्नी रोजी की। उसने चिट्ठी को बाद में पढ़ने का सोचकर पॉकेट में डाल दिया। वृंदावन ने आकर खबर दी—"सर, मेडिकल कॉलेज से फूलझड़ी संथाल नाम की एक छात्रा आई है। आपसे मिलना चाहती है।" बकुल को याद आया कि मेडिकल कॉलेज में भीड़ के अंदर से एक लड़के ने आगे बढ़कर उस लड़की को फूलझड़ी कहकर संबोधित किया था। वही लड़की मिलने आई थी।

उसने कहा, "भेज दीजिए।" वृंदावन चला गया। फूलझड़ी आकर चेयर पर बैठ गई। बकुल आज काफी सहज था। उसने मुस्कुराते हुए कहा, "तब आपका नाम फूलझड़ी संथाल है?"

फूलझड़ी आश्चर्यचकित हो गई—"आप नहीं जानते थे?"

"कैसे जानूँगा? आपने बताया था क्या?"

"पूछा ही कब था आपने जो बताऊँगी?"

"यह भी ठीक है। मगर आज तो पूछे बगैर ही पता चल गया। आप अच्छी हैं, तो?"

"हाँ और आप? अखबारों में देख रही हूँ, काफी काम कर रहे हैं।"

"असल में मेरे जो कुछ करने की बात है उससे अधिक कुछ नहीं कर रहा। कहिए आपके लिए क्या कर सकता हूँ?"

"नहीं, मैं किसी काम के लिए नहीं आई। यहाँ एक सहेली के घर आई थी तो सोचा आपसे एक बार मिलती जाऊँ।"

"यह मेरा सौभाग्य है। आज क्या आप लोगों की छुट्टी है?"

"वैसे तो छुट्टी नहीं है मगर एक फोर्थ क्लास स्टाफ मर गया इसलिए क्लास बंद है। आजकल आप मेडिकल कॉलेज की ओर क्यों नहीं आते?"

बकुल काफी भयभीत होने के अंदाज में बोला, "मुझे काफी डर लगता है।

कोई अगर कान पकड़कर तानने लगे तो?"

फूलझड़ी शर्म के मारे लाल हो गई। वह चेहरा उठाकर अनुरोध के स्वर में बोली, "उस दिन गुस्से में क्या कह दिया, आप उसे अभी तक याद रखे बैठे हैं?"

"क्या करूँ? अब फिर से आपको गुस्सा नहीं आएगा इसकी भी तो कोई गारंटी नहीं है।"

"वो तो नहीं है। मगर अभी तो गुस्सा नहीं हूँ।" फूलझड़ी ने हँसकर जवाब दिया।

बकुल ने कहा, "तब तो फिलहाल जा सकता हूँ।" बकुल भी हँसने लगा।

फूलझड़ी ने हँसते-हँसते कहा, "आइएगा।" और वो उठ खड़ी हुई।

बकुल ने जवाब दिया, "आऊँगा।"

फूलझड़ी चली गई। बकुल के होठों पर तब भी मुस्कुराहट तैर रही थी। बकुल को पता नहीं कैसा अटपटा-सा लगा। लड़की के साथ लगता है कुछ ज्यादा हँसी मजाक हो गया। वो नहीं जानता कि ऑफिस के कर्मचारी क्या सोच रहे थे। यह जानने के लिए उसने रीडर बाबू को बुलाया—"रीडर बाबू।" रीडर बाबू आकर खड़े हुए—"कुछ बोल रहे हैं सर?" उनको देखकर कुछ भी समझ में नहीं आया, पर उनसे क्या कहा जाए? काम की तो कोई बात ध्यान में ही नहीं आ रही है। पता नहीं फूलझड़ी दिमाग में क्या कर गई थी?

सहसा बकुल कह उठा—"ऑफिस के लिए फर्नीचर खरीदने के लिए कह रहे थे न?"

रीडर बाबू ने कहा, "हाँ, सर काफी विजिटर आ रहे हैं इसलिए कुछ और चेयर खरीदने पड़ेंगे।"

बकुल ने मशवरा दिया, "आप इस बारे में एक नोट दीजिए। मैं अप्रूव करके एस.पी. के पास भेज दूँगा।" रीडर बाबू कागज कलम लेकर बैठ गए।

बैकुंठपुर जनहित संस्था के विमल बाबू आए। चेयर पर बैठते न बैठते ही उन्होंने कहना शुरू कर दिया—"आपने सभी बसों को पकड़कर थाने में भर दिया। सरकार को एक पैसा टैक्स नहीं देते हैं, आपने अच्छा ही किया। पर हमारी तरह के साधारण यात्रियों के बारे में भी एक बार सोचिए। बस रहने पर फिर भी यात्रा की जा सकती थी पर बसों के न रहने पर दलालों के कारण टिकना मुश्किल हो गया है। अभी मैं ट्रेन का टिकट कटाने गया था। सब दलालों से भरा है। एक महीने के बाद की भी टिकट नहीं है। पर दलाल ठीक घूम रहे हैं। ज्यादा रुपया देने पर ही टिकट मिल जाता है। आप ही बातइए, हम जैसे साधारण लोगों के पास अधिक रुपया कहाँ से आएगा?"

विमल बाबू के रुकने के बाद बकुल ने मुँह खोला—"इसका मतलब दलालों के उपद्रव के कारण आप जैसे साधारण लोगों को टिकट नहीं मिल रहा है?"

विमल बाबू ने जवाब दिया, "बिल्कुल नहीं मिल रहा है। इन दलाल के बच्चों को एक बार देखिएगा तो।"

बकुल ने उपाध्याय को देखने के लिए भेजा। सिटी बुकिंग ऑफिस पास ही था। उपाध्याय ने लौटकर विमल बाबू की बात का समर्थन किया। बकुल ने तब थाने से पाँच-छह लोगों के साथ एक अफसर को उनके पास रिपोर्ट करने के लिए कहा। बुकिंग ऑफिस के हर तरफ से लोग भाग सकते थे इसलिए वहाँ आदमी नियुक्त करके बकुल गाड़ी लेकर भीतर घुस गया। उसे देखकर दलाल लोग जो जहाँ हो सकता था भागने लगा। जो भागने लगे वे बकुल के आदमियों के हाथों पकड़े गए। कुल बारह दलाल पकड़े गए। ऑफिस में लाकर उन लोगों से बकुल ने पूछा, "आप लोग ऐसा क्यों करते हैं? आप लोगों के कारण साधारण यात्रियों को परेशानी झेलनी पड़ती है।"

टिकट ब्लेकरों में एक कम उम्र का लड़का था। उसने कहा, "क्या करें सर? माध्यमिक पास किया पर कोई नौकरी नहीं मिली। पिता चल बसे। माँ है, तीन छोटे-छोटे भाई-बहन हैं। टिकट अगर ब्लैक न करें तो किसी को भी खाने को नहीं मिलेगा।"

फिर सभी ने समवेत स्वर में कहा, "सर, हमारी भी एक जैसी ही हालत है। इस तरह के हालात में वे लोग अगर टिकट ब्लैक न करें तो क्या करें?"

उसका मन करता था कि उनको छोड़ दे पर तब साधारण यात्रियों को टिकट नहीं मिलेगा। बकुल ने उनसे और अधिक पूछताछ न करके थाने में भेज दिया। उसका मन खराब हो गया। ये कैसा काम उसने ले लिया? बड़े-बड़े चोर-डकैतों का तो वो कुछ नहीं कर पाता पर असहाय लोगों को पकड़कर जेल भेज देता। अगर इन कुछ लोगों को वो छोड़ दे तो ये वापस जाकर टिकट खरीदकर अधिक दाम में बेचेंगे। इससे इनका गुजारा तो हो जाएगा पर बहुत सारे साधारण यात्रियों को तकलीफ होगी। क्योंकि अधिक रुपए देकर वही लोग ही टिकट खरीद सकते हैं जिनके पास अधिक रुपया होगा।

बकुल ऊपर चला गया। कपड़ा उतारते वक्त चिट्ठी हाथ में लगी। बकुल कुर्ता-पायजामा पहनने के बाद चिट्ठी लेकर बरामदे की खुली छत पर आकर बैठ गया। रोजी की याद आते ही उसका मन दर्द से भर गया। रोजी के साथ अगर उसकी शादी नहीं होती तो शायद अच्छा होता।

बकुल एक साधारण घर का लड़का था। उसके पिता खेत-मजदूर थे। दूसरों की जमीन पर सारा दिन कमर तोड़ मेहनत करने के बाद उन्हें सवा रुपए मिलते थे। उसके बावजूद न जाने उनको क्या शौक चर्राया कि चार आने की एक स्लेट खरीदकर और एक आने से चार पैसे मूल्य की एक किताब खरीदकर अपने बड़े लड़के बकुल को पास के गाँव के 'प्राइमरी इस्कूल' में भेज दिया। उनके सौभाग्य

या दुर्भाग्य से बकुल शुरू से ही मास्टर साहब की नजर में पड़ गया। गाँव का मजदूर, खटकर खानेवाला अब्दुल का बेटा बकुल प्राइमरी स्कूल पास करके हाई स्कूल में गया।

सुबह उठकर वो गाय के लिए घास काटता। उसके बाद खेत में खाना-पीना पहुँचाकर स्कूल जाता और फिर स्कूल से लौटकर शाम को गाय चराने ले जाता। इस तरह उसने हाई स्कूल पास किया। अब पिता की इच्छा हुई कि बकुल एक नौकरी करे पर बकुल था कि और ज्यादा पढ़ना चाहता था। वो जिद करके कॉलेज में दाखिल हुआ पर होस्टल में रहने की बात तो दूर, कॉलेज की किताबें खरीदने के पैसे तक उसके पिता के पास नहीं थे। चालीस किलोमीटर का रास्ता बस से और सात किलोमीटर का रास्ता पैदल चलकर उसे कॉलेज जाना पड़ता। आने-जाने के लिए बस में भाड़ा लगता। उस भाड़े के लिए उसे कॉलेज से लौटते वक्त रास्ते में प्राइवेट ट्यूशन पढ़ाकर आना पड़ता। सुबह सात बजे निकलकर घर लौटते-लौटते किसी दिन रात बारह बजते तो किसी दिन एक।

उस समय बकुल से प्यार करने की बात कोई सोच सकती थी, दुनिया में ऐसी कोई लड़की थी ही नहीं। उसे देखने पर गरीब-गरीब सा लगता। बदन पर सोडे का धुला सस्ता सूती का कपड़ा। चेहरे पर अपौष्टिकता की छाप। दिल में घनीभूत क्षोभ। वह क्षोभ था किसी से महत्त्व न पाने का, कुछ न कर पाने की। बकुल की काफी इच्छा थी पढ़-लिखकर बड़ा आदमी बनने की। पर बी.एस-सी. का रिजल्ट उसका इतना खराब हुआ कि एम.एस-सी. में दाखिला लेने का कोई उपाय ही नहीं रहा। बकुल बड़ा आदमी बनने में व्यर्थ होकर, अब किसी तरह जिंदा रहने के लिए एक नौकरी तलाश करने लगा। पर गरीब का लड़का, जिसका कोई गॉड फादर नहीं था। उसके नौकरी खोजने मात्र से ही नौकरी आकर उसके हाथ में नहीं लगती। बकुल ने काफी कोशिश करके बहुत जगह नौकरी के लिए दरख्वास्त की पर कोई फल नहीं मिला। तब वो प्रतियोगिता परीक्षा में बैठने लगा नौकरी पाने के लिए। पर वहाँ भी पैसे की जरूरत थी। फॉर्म लाने के लिए पैसा, फॉर्म के साथ पोस्टल आर्डर के लिए पैसा, परीक्षा देने जाने के लिए पैसा, परीक्षा की तैयारी के लिए पत्र-पत्रिका और किताबें खरीदने के लिए पैसा। पैसे की जरूरत लगातार थी। उन पैसों के जुगाड़ के लिए बकुल ने कुछ लड़के-लड़कियों को प्राइवेट पढ़ाना शुरू किया। इससे उसकी परीक्षा की तैयारी का समय कम हो गया, पर इसके अलावा और कोई उपाय भी तो नहीं था। उसके पिता तो उनके लिए दो वक्त का दो मुट्ठी अन्न जुगाड़ करने में ही बेहाल थे। उनसे इन सब के लिए पैसे की उम्मीद नहीं की जा सकती थी।

बकुल ने क्लर्कशिप की परीक्षा से लेकर मिसलिनियस रेल के बोर्ड, बैंक के पी.ओ. यहाँ तक कि सिविल सर्विस तक सब तरह की परीक्षाओं के लिए फॉर्म

भरना शुरू कर दिया। सालभर इस तरह की परीक्षा देने के बाद उसे कलकत्ते के राइटर्स बिल्डिंग में कनिष्ठ क्लर्क की नौकरी मिल गई। वेतन चार सौ तीस रुपए। उस वक्त बकुल के लिए वही बहुत था। बकुल ने ज्वाइन तो कर लिया पर रहेगा कहाँ? वेतन में जितने रुपए मिलेंगे वो सारे रुपए देकर भी कलकत्ते में एक घर भी नहीं मिलता। बड़े बाबू ने हँसकर कहा, "कोई रहता नहीं। सब लोग ट्रेन या बस से भोर में आते हैं और शाम को चले जाते हैं। जिनका पहले से कलकत्ता में घर है उनकी बात अलग है। बाकी कुछ क्लर्क, जिनके पास कुछ उपाय नहीं है, वे लोग बहुत जन मिलकर ठसमठस होकर किसी एक मेस में रहते हैं।" सप्ताह भर भटककर बकुल के पैरों में दर्द हो गया, पर कहीं भी सर छुपाने की जगह नहीं मिली। अंत में वो हाजिर हुआ अपने सहपाठी खालेक के पास।

खालेक उसके साथ कॉलेज में पढ़ता था। एक साल ड्रॉप देकर अभी बालीगंज साइंस कॉलेज में एम.एस-सी. में पढ़ रहा था। वो कॉलेज के होस्टल में ही रहता था। खालेक बकुल को कुछ दिन रहने देने के लिए तैयार हुआ। पर मुश्किल यह थी कि उस कमरे में एक छात्र और रहता था। उसे यह व्यवस्था पसंद नहीं आई। वो समय-असमय अपना असंतोष प्रगट करने लगा। और कहीं चला जाए यह उपाय भी बकुल के पास नहीं था। उसे अवहेलना सहकर भी वहाँ रहना पड़ा। पर होस्टल के कमरे में बकुल अधिक समय नहीं रहता था। सुबह उठते ही वह बैग उठाकर राइटर्स के लिए रवाना हो जाता और सबके आने के पहले ऑफिस में बैठकर जितना पढ़ सकता पढ़ लेता। सबके आने पर, राइटर्स के अंदर कैंटीन में खा लेता। शाम को राइटर्स से निकलकर वो सीधा चला जाता नेशनल लाइब्रेरी। वहाँ आठ बजे तक पढ़ने के बाद बस पकड़कर बालीगंज लौटता। बालीगंज फाड़ी में बस से उतरकर सस्ते होटल में खाना खाने के बाद वो होस्टल लौटता।

इसी तरह उसने सेंट्रल सर्विस की परीक्षा दी। परिणाम निकलने पर देखा गया कि बकुल को आई.पी.एस. मिला है। रातोंरात ही वो एक महत्त्वपूर्ण व्यक्ति बन गया।

हैदराबाद में एक साल ट्रेनिंग लेकर कश्मीर में आर्मी अटैचमेंट पूरा कर बकुल बैरकपुर आया। पुलिस ट्रेनिंग कॉलेज में तीन महीने ट्रेनिंग लेने के बाद प्रैक्टिकल ट्रेनिंग के लिए उसे मुर्शिदाबाद जिले भेज दिया गया। बहरमपुर में रहने के लिए उसे स्क्वेअर फील्ड के उत्तर में एक फ्लैट दिया गया। कुछ ही दिनों में एस.पी., डी.एम. के साथ-साथ जिले के अन्य अफसरों के साथ भी उसका अच्छा परिचय हो गया। पर आबेदीन साहब के साथ उसकी घनिष्ठता कुछ अधिक ही थी। उस समय वो सदर के एस.टी.ओ. थे। बकुल के घर के उत्तर में पुलिस लाइन था और उसके उत्तर में चौंतीस नंबर राष्ट्रीय सड़क पर उनका बंगला था। आबेदीन साहब ने एक दिन बकुल को अपने घर खाने पर बुलाया। बकुल ने आबेदीन साहब

के बँगले पर जाकर देखा कि आबेदीन साहब काफी अधिक रक्षात्मक प्रकृति के थे। आबेदीन साहब की पत्नी पर्दे में रहती थी। घर के दूसरे लोग भी कुछ अलग तरह के थे। उसके पिता खेतों में मजदूरी करते थे। माँ हमेशा खेतों में नहीं जाती थी पर घर का सब काम ही करती थी। जरूरत पड़ने पर खेत में खाना पहुँचाने जाती थी, पर उसके माँ-बाप की तरह अपनत्व का संपर्क यहाँ नहीं था। उस पर यहाँ एक बड़ा-सा झाबड़झोले की तरह का कपड़ा पहने एक पीर साहब कहीं से आए थे और कुछ दिन और रहेंगे। वो अक्सर ही बीच-बीच में आते थे। बकुल के घर में यह झमेला भी नहीं था। बकुल को यह सब अच्छा नहीं लगा। पर आबेदीन साहब की लड़की रोजी बकुल को अच्छी लगी। वो कलकत्ता विश्वविद्यालय में एम.एस-सी. में पढ़ती थी। पूजा की छुट्टियों में अपने माँ-बाप के पास आई थी। वो बातचीत में काफी सुशील और देखने में भी सुंदर थी। प्रथम परिचय में ही बकुल के साथ रोजी की घनिष्ठता हो गई थी। बकुल ने एक दिन आबेदीन साहब को आमंत्रित किया। आबेदीन साहब रोजी को लेकर आए। इस तरह एक-दूसरे के घर आना-जाना होने लगा।

एक दिन शाम को रोजी बकुल के घर आकर बोली, ''मुर्शिदाबाद में तो ट्रेनिंग ले रहे हैं पर जिस शहर के नाम पर जिले का नाम है उस शहर को क्या एक बार भी देखे हैं? नहीं गए? कल सुबह हम लोग हजारद्वारी देखने जा रहे हैं। आप भी चलिए ना!'' उसे और अधिक कुछ नहीं कहना पड़ा। बकुल तैयार हो गया। अगले दिन आबेदीन साहब की गाड़ी में लालबाग जाकर हजारद्वारी, इमामबाड़ी, कटरा मस्जिद, जहान कोषा, काउगोला बगान यहाँ तक कि गंगा पार खोशबाग भी देख आया। रोजी हर वक्त बकुल के साथ-साथ रही।

दो दिन बाद रोजी वापस आई।

''कल्पना में एक अच्छी बंगला फिल्म लगी है 'हारानो सूर' चलिएगा?'' इस बार बकुल और रोजी के अलावा और कोई भी नहीं था। सिनेमा देखकर लौटते हुए रोजी ने कहा, ''सिनेमा हॉल में इतनी भीड़ होती है कि जरा सी भी बात नहीं की जा सकती है। इससे अच्छा है एक दिन चलिए ना कर्णसुवर्ण चलें। एकदम शांत जगह है। जी भरकर बात कर सकेंगे।''

''वो कहाँ है?''

''आपने नहीं सुना? शशांक की राजधानी। वही शशांक जिसने हर्षवर्द्धन को हराया था।''

''यह तो सुना है। पर वो जगह कहाँ है?''

''यही तो कुछ एक मील होगा। गंगा के पार खागड़ा घाट स्टेशन से दक्षिण में कुछ एक स्टेशन बाद ही है चिरूटी। बस वही है कर्णसुवर्ण। अभी खनन कार्य

चल रहा है। जमीन खोदकर शशांक की राजधानी निकाली गई है। आपको अच्छा लगेगा। चलिएगा?"

बकुल के जीवन में इससे पहले और किसी भी युवती ने इतने अपनत्व के साथ बात नहीं की थी। वो ना नहीं कर सका। अगले दिन रविवार को आबेदीन साहब की गाड़ी ने उन्हें स्टेशन तक पहुँचा दिया। वे लोग ट्रेन पकड़कर कर्णसुवर्ण स्टेशन पर उतरकर पैदल ही शशांक की राजधानी पहुँचे। वहाँ रोजी ने बकुल को कितनी ही बातें कहीं। "वो जो नीचा सा देख रहे हैं, वो खाई थी। दुश्मनों के आक्रमण से बचने के लिए और यह जो स्ट्रक्चर है इसे इतिहासकार शिवमंदिर बनाते हैं। वो जो प्राचीर जैसे-जैसे ऊँचे-ऊँचे दीवार देख रहे हैं, उन्हीं को देखकर ही तो इतिहासकारों ने इतिहास लिखा है।" रोजी ऊँचे एक टीले पर जाकर बैठ गई। बकुल भी उसके बगल में जाकर बैठ गया। बातों ही बातों में दिन बीत गया। शाम के वक्त उन्होंने ट्रेन पकड़ी। घर पहुँचते-पहुँचते रात हो गई।

अगले दिन सुबह रोजी आकर रोने लगी। "तुम्हारे साथ मेलजोल के कारण घर में कुछ दिनों से अशांति हो रही है। कल लौटने में रात हो गई थी इसलिए अब्बा ने बहुत गुस्सा किया। मैंने कहा, हम लोग शादी करेंगे, पर अब्बा कुछ भी नहीं सुन रहे हैं।" रोजी के रोते-रोते ही झाबड़झोल जैसा कपड़ा पहने पीर साहब ने आकर कहना शुरू किया–"रोजी बहुत अच्छी लड़की है। उसके ऊपर अल्लाह की दुआ है। तुम राजी हो जाओ।" बकुल अपने क्रोध को सँभाल न पाने के कारण पीर साहब को घर से निकाल दिया। पर रोजी ने ऐसी परिस्थितियाँ तैयार कीं कि बकुल को जबान देनी ही पड़ी कि वो उससे विवाह करेगा। पर गाँव के घर में उसके रहने लायक घर नहीं था। दो कोठरियों का घर तैयार हुआ था। छत ढलाई करने से ही हो जाएगा। एक बाथरूम बनाना पड़ेगा। तीन महीने में सब हो जाएगा। उसके बाद वो शादी करेगा। रोजी इसी में खुश हो गई। वो अपने घर लौट गई। पर शाम को वापस लौटकर उसने अपनी मायारूपी रुलाई फिर शुरू कर दी–"अब्बा ने कहा है अभी शादी नहीं करेगा तो फिर इतनी मेलजोल क्यों बढ़ाई? अभी शादी नहीं करने पर मुझे तुम्हारे साथ मिलने नहीं देंगे। मैं तुम्हारे बिना नहीं रह सकती। तुम मुझसे अभी शादी करो।" रोजी के व्यवहार से उसके प्रति जो लगाव था वो उड़कर बकुल के मन में वितृष्णा ने जन्म ले लिया। फिर भी रोजी जोंक की तरह चिपकी रही कि बकुल को शादी करनी ही पड़ी।

स्क्वेअर फील्ड के पूर्व की तरफ एस.पी. के ऑफिस में बकुल की ट्रेनिंग हो रही थी। उसके ठीक नीचे ही डिस्ट्रिक्ट रजिस्ट्रार का ऑफिस था। बकुल एक दिन जाकर रोजी के साथ अपनी शादी की रजिस्ट्री कर आया। एक दिन आबेदीन साहब पलंग और बिस्तर लेकर हाजिर हुए। उन्होंने रोजी से कहा, "मैं आदमी भेज दे रहा हूँ। पलंग ठीक से लगा देगा। फ्रिज की दुकान में बोल दिया हूँ। कल

सुबह ही दे जाएगा और तुम्हें कौन सा टी.वी. चाहिए बोलने से ही मैं ला दूँगा।" बकुल बिस्तर पर बैठा था। बिस्तर कहने का मतलब एक सस्ती सी चौकी और उसके ऊपर एक शतरंजी और उस पर एक चद्दर। एक तरफ एक तकिया और दूसरी तरफ मुड़ी हुई रजाई।

उसने कहा, "शादी के पहले ही तो बात हुई थी कि आपके घर से कोई भी चीज नहीं लूँगा, आपके घर भी नहीं जाऊँगा। उसके बाद भी आप...।"

"वो सब तो तुम्हारे गुस्से की बात थी बेटे। अब तो तुम मेरे दामाद हो। जैसा बेटा वैसा ही दामाद। इसलिए तुम्हें 'तुम' कह रहा हूँ...।"

"तुम ही कहिए, पर पलंग-बिस्तर सब ले जाइए और टी.वी., फ्रिज बगैरा कुछ भी नहीं आनी चाहिए। नहीं तो वापस जाएगा।"

आबेदीन साहब बात को और न बढ़ाकर पलंग, बिस्तर लेकर लौट गए। रोजी ने देखा कि यहाँ रहने पर उसे बिस्तर विहीन चौकी पर ही सोना पड़ेगा। वो भी अपने पिता के घर चली गई और दो दिन बाद ही कलकत्ता चली गई। पूजा की छुट्टियों के बाद क्लास शुरू हो गई।

बड़े दिन की छुट्टी में वो बहरमपुर आई। इतने दिनों में बकुल की ट्रेनिंग भी समाप्त हो चुकी थी। रानाघाट के एस.डी.पी.ओ. के हिसाब से उसकी पोस्टिंग हुई। वहाँ ज्वाइन करने से पहले एक बार वो अपने गाँव वाले घर जाना चाहता था। बकुल के पिता ने काफी कष्ट से उसे पढ़ाया-लिखाया था। लड़के को अभी बड़ी नौकरी मिली थी। माँ-बाप को उम्मीद थी कि बड़े लड़के की शादी में वे लोग बहुत आनंद करेंगे, पर कब लड़के की शादी हो गई वे जान ही नहीं पाए। दुःख होने की ही बात थी। फिर भी बकुल की माँ ने इस बात को मान लिया। बहू के लिए उन्होंने एक सोने की माला बनवाई थी। उन्होंने बकुल को कहा, "जितनी जल्दी हो सके बहू को एक बार लेकर आना। मैं माला देकर मुँह देखूँगी।" इसलिए बकुल की इच्छा थी कि रोजी को लेकर जाए।

रोजी ने बकुल के प्रस्ताव को सुनकर मुँह बनाते हुए कहा, "तुम्हारे यहाँ के घर की जो हालत है गाँव के घर की हालत जरूर इससे भी खस्ता होगी। इसके अलावा तुम लोगों के घर में बाथरूम भी नहीं है।" लज्जा-घृणा के कारण बकुल और कुछ नहीं कह सका।

रानाघाट में ज्वाइन करते ही बकुल को कृष्णनगर से निसार अहमद नाम के एक व्यक्ति का पत्र मिला। पत्र पढ़ते-पढ़ते बकुल का सर फटने लगा। निसार ने लिखा था,

महाशय,

आप मुझे नहीं पहचानते हैं, पर आपकी पत्नी रोजी मुझे बहुत अच्छी तरह पहचानती है। मैं यहाँ एक कॉलेज में पढ़ाता हूँ। मेरे पिता एडवोकेट हैं। रोजी

के अब्बा आबेदीन साहब जब यहाँ सीनियर डी.सी. थे तब उनके साथ मेरा परिचय हुआ था। उसके बाद रोजी के साथ मेरी शादी की बात चली। सगाई पक्की हो जाने पर बीच-बीच में रोजी हमारे घर आया करती थी। कभी-कभी रात में भी रह जाती थी। तीन रातों की बातें तो मुझे एकदम स्पष्ट रूप से याद हैं। (आप अगर चाहें तो तारीख भी दे सकता हूँ।) मैं भी रोजी के घर जाता था। इस बार पूजा की छुट्टियों में भी गया था। पर मैं अचंभित रह गया था यह देखकर कि उस घर में कोई भी मेरे साथ अच्छा व्यवहार नहीं कर रहा था। रोजी मुर्शिदाबाद घूमने गई थी। लौट ही रहा था कि देखा रोजी आ रही थी, साथ में एक अपरिचित आदमी भी था। मैं समझ गया कि रोजी ने नया मुर्गा पकड़ा है। उस दिन ही शायद आपको ये सब बातें बता देना उचित था। पर उस दिन आप मेरी बातों का कुछ अलग ही मतलब निकाल सकते थे। आज भी मैं यह समझ नहीं पा रहा हूँ कि यह चिट्ठी आपको लिखना उचित हो रहा है या नहीं। मगर मेरा दिल कह रहा है कि ये बातें आपकी जानकारी में आना उचित हैं। इससे कोई सुविधा हो न हो, काफी असुविधा से आप बच सकेंगे। आपका जीवन सुंदर हो।

आपका

निसार अहमद

बकुल ने पत्र रोजी के हाथ में दिया। उसने पढ़कर कहा—"मुझसे शादी करना चाहता था। हार जाने पर बढ़ा-चढ़ाकर लिखा है।"

बकुल ने दृढ़ता से शांत स्वर में पूछा—"हो सकता है लिखा हो पर उसके घर जाकर रात गुजारने की बात भी क्या बढ़ा-चढ़ाकर लिखी गई है?"

रोजी ने इस बात का कोई जवाब नहीं दिया। बकुल समझ गया, किसी के साथ मेलजोल करने के लिए रोजी को फिर नए से बोलने के लिए कुछ भी नहीं था। उससे मेलजोल के लिए रोजी को उसके अब्बा की डाँट असल में उसे हलाल करने के लिए बिछाए गए जाल का अंश मात्र था। इसकी वजह से रोजी से उसका संपर्क बहुत खराब हो गया था। रोजी ने एम.एस-सी. पास करके बहरमपुर कॉलेज में नौकरी कर ली। बकुल की भी रानाघाट से अन्य जगह बदली हो गई।

तकरीबन दो वर्षों तक उनके बीच कोई संपर्क नहीं रहा। बकुल उस समय वर्द्धमान में एडिशनल एस.पी. था। एक दिन दोपहर के समय रोजी अचानक उसके ऑफिस में उपस्थित हुई—"दोष कहो या भूल जो होना था वो हो गया। इस वजह से क्या हम लोग अपना जीवन नष्ट कर देंगे? हमारी जो उम्र बीती जा रही है वो क्या लौटकर वापस आएगी? हम लोग कोशिश करके क्या थोड़े ठीक नहीं हो सकते?" बकुल को उसकी ये बातें अच्छी लगीं। वो रोजी को बंगले पर ले गया। दोनों के बीच एक समझौता हो गया। उसके बाद से रोजी बीच-बीच में बकुल के पास आती। बकुल भी समय मिलने पर बहरमपुर चला जाता। पर इस बीच

हाफिज ने कॉलेज ज्वाइन किया। हाफिज का चेहरा जिस तरह चुहार की भाँति था, उसी तरह उसका रंग काला-कलूटा था। गहरे काले रंग के लड़कों के प्रति रोजी की दुर्बलता हमेशा से रही है। निसार के साथ उसका जो लगाव था उसकी सबसे प्रमुख वजह थी उसका काला स्याह रंग। रोजी हाफिज के प्रति आकृष्ट हुई। बकुल यह जानने के बाद मानसिक यंत्रणा में जलने लगा। उसने रोजी के पास जाना छोड़ दिया। रोजी का आना भी अब कम हो गया। बकुल पहले सोचता था कि काम के दबाव के कारण रोजी नहीं आ पा रही है। पर बामनवाद आने के रास्ते में उसने जो देखा...। बकुल अब और सोच नहीं पा रहा था। उसने रोजी का पत्र खोलकर आँखों के सामने रखा।

बकुल, उस दिन रात को तुम आकर तुरंत ही वापस घर से निकल गए, उसके बाद तकरीबन छह महीने हो गए, तुमने मुझे एक पत्र भी नहीं लिखा। ऐसी हालत में हमारा यह झूठा रिश्ता टिकाए रखने का क़ोई मतलब नहीं है। इस बारे में तुम क्या सोच रहे हो बताना।

तुम्हारी—रोजी

बकुल ने एक लंबी साँस ली और उसके बाद कमरे में आकर लिखने बैठ गया।

रोजी,

तुम अगर मेरे साथ रिश्ता तोड़ना चाहती हो तो मुझे कोई आपत्ति नहीं है। तुम दरख्वास्त करो। मैं रोड़ा नहीं अटकाऊँगा। मगर मैं अपनी ओर से तुम्हारे साथ संपर्क तोड़ने नहीं आऊँगा।

तुम्हारा—बकुल

चौदह

इस बार का नेहरू गोल्ड कप टूर्नामेंट बैकुंठपुर में होने की बात हो रही थी। उसके लिए स्टेडियम पूरा तैयार हो गया था। पश्चिम के तरफ की जमीन रेल की थी। एक कहावत ही है, कंपनी का माल दरिया में डाल। तो वह जमीन दरिया में न डालने पर भी आरक्षित पड़ी थी। विभिन्न समय पर आश्रयहीन लोगों ने आकर वहाँ झंडा गाड़ दिया। उनको हटाने के लिए बराबर रेल के छोटे-बड़े बाबू लोग आते थे। उनके पॉकेट में कुछ रुपए घूस देने पर वे लोग निश्चिंत होकर लौट

जाते थे। जमीन कब्जे से मुक्त नहीं हुई। अंततः ऐसा हुआ कि उनको हटाना प्रायः असंभव सा हो गया। वोट की गंध पाकर पार्टी के लोग भी आकर घुस गए थे। नीली पार्टी ने तो उस जमीन पर एक पार्टी ऑफिस भी बना लिया था। रेल के अधिकारी अब उस जमीन को दखल में लेने की बात भी नहीं सोच पा रहे थे। यहाँ तक कि ऐसी हालत हो गई कि जमीन को अगर छोड़ दें तो जान बचे। जिसके कारण स्टेडियम कमिटी ने जब जमीन खरीदनी चाही तब रेलवे अधिकारी तुरंत तैयार हो गए। कल जमीन की रजिस्ट्री हो गई पर जमीन पर जबरदस्ती दखलकारी लोग अभी भी बैठे थे। स्टेडियम को पूरा करने के लिए उन्हें हटाना पड़ेगा। स्टेडियम कमिटी के ऑफिस में उसकी मीटिंग थी।

स्टेडियम कमिटी के सेक्रेटरी आकाश राय ने कहा, "यह बैकुंठपुर के प्रेस्टीज की बात है। स्टेडियम के पूरे नहीं होने पर खेल नहीं होगा। जैसे भी हो उन्हें हटाना ही होगा।"

एस.डी.ओ. भजनराम अपने चेयर पर सक्रिय होकर बैठ गए। दो-एक बार इधर-उधर हिलकर, टेबिल पर हाथ घिसते-घिसते उन्होंने कहा, "चिंता की कोई बात नहीं सब इंतजाम हो जाएगा। क्या कहते है एडिशनल साहब?"

एडिशनल साहब अर्थात् बकुल।

बकुल ने कहा, "हाँ वे लोग गरीब हैं कोर्ट से स्थगनादेश नहीं ला पाएँगे। अगर कोई पार्टी उनके बगल में खड़ी न हुई तो गुट भी नहीं बना पाएँगे। जबरन उठा देने से ही काम हो जाएगा। पर एक अल्टरनेटिव अरेंजमेंट नहीं करने पर बहुत खराब लगेगा।"

"अल्टरनेटिव का मतलब। आप क्या कहना चाहते हैं?" आकाश बाबू ने पूछा।

बकुल ने कहा, "किसी जगह अगर उन्हें एक टुकड़ा जमीन दे दिया जाए।"

एम.एल.ए. गौर कुंडू इतनी देर तक चुपचाप आलोचना सुन रहे थे। बकुल के प्रस्ताव को सुनकर उनके तन-बदन में आग लग गई। उन्होंने झल्लाकर कहा, "तब तो सब लोग आकर सरकारी जमीन दखल कर लेंगे।" स्टेडियम कमेटी के सदस्य परेश बोस एक कोने में बैठे थे। वे इस बार ठीक से बैठ गए। उस मीटिंग में वे ही एक मात्र नीली पार्टी के आदमी थे पर वो इस मीटिंग में नीली पार्टी के प्रतिनिधि बनकर नहीं आए थे। लोग कहते हैं, वे पहले नीली पार्टी के आदमी थे। काम के लिए अगर लाल पार्टी के लोगों के साथ उठना-बैठना पड़े तो वे कर सकते थे। काम करना तो बंद नहीं कर सकते। उन्होंने कहा, "एम.एल.ए. साहब ने ठीक ही कहा था। जबरन दखल करने वालों को अगर जमीन देनी पड़े तो सरकार तो दिवालिया हो जाएगी।"

बकुल ने कहा, "हाँ, इसके लिए आपका चिंतित होना स्वाभाविक है। मगर

जिनके पास जमीन या दूसरी जगह है या उनकी आर्थिक स्थिति अच्छी है ऐसे दखल करने वालों के लिए मैं नहीं कह रहा हूँ। पर मैं जितना जानता हूँ, उसके अनुसार यहाँ जितने लोग हैं उनकी अपनी कोई जमीन या जगह नहीं है। जगह-जमीन खरीदने लायक आर्थिक साधन भी उनके पास नहीं हैं। अब प्रश्न उठता है कि उनकी झोंपड़ियों को तोड़ देने पर वे लोग कहाँ जाएँगे?"

भजनराम सतर्क होकर बैठ गए। जैसे परेश बोस वैसा ही भजनराम। एम.एल.ए. साहब क्या चाहते हैं यह तो मालूम चल गया। अतः उसे क्या कहना होगा यह वो जान चुका था। उसने कहा, "वे लोग जहाँ से आए थे वहीं चले जाएँगे।"

बकुल ने जवाब दिया, "यह कोई युक्तिसंगत बात नहीं हुई। हो सकता है कि पता चले, यहाँ झोंपड़ी खड़ी करने के पहले वे लोग रास्ते के किनारे पड़े रहते थे या स्टेशन के प्लेटफार्म पर सोए रहते थे। यहाँ पर बहुत दिनों से हैं। इस कारण बिना किसी वैकल्पिक व्यवस्था के उनकी झोंपड़ियाँ तोड़ देना अमानवीय कार्य होगा।"

आकाश बाबू ने तुरंत कहा, "तब तो स्टेडियम कभी नहीं बनेगा।"

बकुल ने कहा, "स्टेडियम क्यों नहीं बनेगा?"

"स्टेडियम बने और साथ ही साथ इन असहाय लोगों के लिए एक व्यवस्था भी हो।" परेश बोस ने अभिभावक की तरह समझौता करवा दिया—"एम.एल.ए. साहब यहाँ पर हैं। वे उन लोगों से बात करके जैसा भी हो व्यवस्था करेंगे। अब आगे की बात हो।"

आकाश बाबू ने एस.डी.ओ. भजनराम की ओर देखकर पूछा, "फिर कौन-सा दिन तय हुआ?"

भजनराम ने कहा, "कल का दिन ही अच्छा होगा। कोर्ट-वोर्ट भी बंद है। कोई रिस्क नहीं रहेगा।"

आकाश बाबू ने भजनराम का सहारा पाकर कार्यकारिणी इंजीनियर सुभाष बाबू को संबोधित करके कहा, "तब आप अपने लोगों को बोल दीजिए।" सुभाष बाबू ने 'हाँ' में सर हिलाया।

आकाश बाबू ने अबकी बकुल की तरफ देखकर कहा, "तब आप एक फोर्स की व्यवस्था कीजिएगा। अगर आप स्वयं रहे तो और भी अच्छा होगा।"

बकुल ने कहा, "मैं स्वयं रहूँगा। पर पुलिस का काम इतना ही होगा कि जो लोग काम करेंगे उनकी हिफाजत करना। वे लोग एक झोंपड़ी भी तोड़ने नहीं जाएँगे।"

आकाश बाबू ने कहा, "नहीं, नहीं, उसकी जरूरत नहीं पड़ेगी। कांट्रेक्टर के लोग ही वो सब करेंगे।"

भजनराम की ओर देखकर उन्होंने जानना चाहा—"एस.डी.ओ. साहब तो जरूर रहेंगे?"

भजनराम ने जवाब दिया, "हूँ, रहना ही पड़ेगा।" मीटिंग समाप्त हो गई।

बकुल गाड़ी में चढ़ रहा था कि उसके एक विश्वस्त इनफार्मर ने दूर से संकेत किया, खबर है। बकुल खड़ा रहा। भीड़ थोड़ी हल्की होने पर वो उसकी ओर बढ़ गया। उसने बताया, गुरुंग बस्ती का कमलनाथ शर्मा हिरोइन का थोक में धंधा कर रहा है। उसका धंधा इतना गर्म चल रहा था कि लाभ के रुपयों से उसने एक सेकेंड हैंड गाड़ी खरीद ली।

कुछ दिनों से बैकुंठपुर में हिरोइन का धंधा काफी बढ़ गया था। मुहल्ले-मुहल्ले में हिरोइन के अड्डे बन गए थे। उसके ऑफिस से कुछ दूरी पर आश्रमपाड़ा के बड़ के पेड़ के नीचे एक अड्डा बना हुआ था। हिरोइन के आदी होकर छोटे-छोटे बच्चे सब खत्म होते जा रहे थे। बहुत लोगों ने उनसे इसके विरुद्ध कार्रवाई करने के लिए अनुरोध किया था। कुछ दिन पहले बैकुंठपुर वेलफेयर ऑर्गनाइजेशन से भी कुछ लोग उसके पास आए थे। उसके बाद उसने छोटा-मोटा रेड भी किया, पर उससे केवल छोटी मछलियाँ ही पकड़ में आईं। एक भी मगरमच्छ जाल में नहीं फँसा। इस वजह से बकुल ने आदमी लगा रखा था। इनफर्मिर की खबर यदि ठीक हुई तो इस बार एक बड़ी मछली हाथ लगेगी।

ऑफिस लौटकर बकुल सोचने लगा, कैसे कमलनाथ को पकड़ा जाए। ड्रग्स का केस ऐसा होता है कि एकदम पिन प्वाइंट इनफोर्मेशन के बिना कोई फायदा नहीं होता। ड्रग्स अगर न मिले तो कोई केस भी नहीं बनेगा। नकली परमिट के केस में प्रदीप ने काफी अच्छा अभिनय किया था। बकुल ने प्रदीप को बुलाकर कहा, "गुरुंग बस्ती में कमलनाथ हिरोइन का धंधा कर रहा है। मैं उसे रंगे हाथों पकड़ता चाहता हूँ। आप नशाखोर का अभिनय करके चले जाइए। पहले थोड़ी-सी हिरोइन खरीदिएगा और उसके बाद कहिएगा कि आप धंधा करने के लिए ज्यादा खरीदना चाहते हैं। वो कब देना चाहेगा यह जानकर आइए।" बकुल ने पॉकेट से पचास रुपए के दो नोट निकालकर प्रदीप के हाथ में दे दिए। प्रदीप नोट लेकर चला गया।

बकुल विजिटरों को बुलाने लगा। ब्रॉडवे होटल के मालिक अशोक सरकार ने आकर कहा, "सर इलाके के कुछ मस्तान मेरे होटल में आकर खा रहे हैं और पैसे भी नहीं देते। ऊपर से बहुत सारे तरीकों से डर दिखा रहे हैं। आप अगर एक बार चक्कर लगाकर आ जाएँ तो ठीक हो जाएगा।"

बकुल ने कहा, "मेरे जाने की जरूरत होगी तो जरूर जाऊँगा पर पहले मैं खोज खबर लूँगा। जो भी हो, मैं इस विषय को देखूँगा।" अशोक सरकार नमस्कार करके चला गया।

रीडर वाबू ने आकर कहा, "सर डी.एम. साहब बात करना चाहते हैं।"

बकुल ने फोन उठाकर कहा, "नमस्कार सर।"

डी.एम. मिश्रा का स्वर सुनाई पड़ा–"बकुल आप कैसे हैं?"

"अच्छा हूँ सर।"

"सुना है कि आप मनोतोष भट्टाचार्य के खिलाफ प्रोसेडिंग कर रहे हैं?"

"प्रोसेडिंग मैं नहीं कर रहा हूँ, सर। एस.डी.ओ. साहब ने शिकायत की थी। मैंने एस.पी. साहब को फॉरवर्ड कर दिया। वे प्रोसेडिंग कर रहे हैं।"

"जो भी हो पर उस महिला को आप लोग रखैल कह रहे हैं पर उससे तो मनोतोष भट्टाचार्य की शादी हुई है, क्या आप यह जानते हैं?"

"यह कैसे संभव है? उनकी पहली पत्नी तो अभी जिंदा है।"

"जो भी हो मनोतोष भट्टाचार्य ने मिलिक के मंदिर में जाकर उसे सिंदूर लगाया था। उसके बाद दोनों ने पति-पत्नी के रूप में फोटो भी खिंचवाई थी। मेरे पास फोटो है। आपको मैं भेज दूँगा।"

"सर प्रोसेडिंग की फाइल तो अब एस.पी. साहब के पास है। तस्वीर उनके पास ही भेजने से अच्छा रहेगा।"

"अच्छा ठीक है भेज दूँगा। और क्या खबर है?"

"सब ठीक-ठाक है सर।"

"रखता हूँ।"

"नमस्कार सर।"

"नमस्कार।"

बकुल फोन रखकर वापस अपने ऑफिस के काम में लग गया। तकरीबन एक घंटे बाद प्रदीप ने आकर बकुल को एक पुड़िया दी। हिरोइन की पुड़िया। बकुल ने खोलकर देखा कि मैदे जैसा सफेद रंग का पाउडर थोड़ा सा था। प्रदीप ने कहा, "सर इसे व्हाइट सुगर बता रहा है। इस एक पुड़िया का दाम पचास रुपए है। एक और पाउडर है बादामी रंग का, जिसे ब्राउन सुगर कह रहा है। उसकी एक पुड़िया का दाम है साठ रुपए। मैंने सर कहा है कि दोनों तरह की पुड़िया लूँगा। शाम के वक्त बुलाया है।"

शाम के वक्त प्रदीप को भेजकर बकुल अपने दलबल के साथ जाल बिछाकर ताक में लगा रहा। लकड़ी के पुल के पास एक दुकान में बैठकर बकुल ने प्रदीप पर नजर गड़ाए रखी। कुछ देर बाद एक हट्टा-कट्टा गोरा लड़का प्रदीप के पास आया। प्रदीप केवल उससे बातें ही किए जा रहा था और तय बातानुसार संकेत नहीं दे रहा था। बकुल को अच्छा नहीं लग रहा था। वो तय नहीं कर पा रहा था कि वो क्या करे? कुछ देर बाद प्रदीप उस लड़के से बात बंद करके लौट आया। बकुल के चाय की दुकान से उठकर आते ही प्रदीप ने कहा, "पहले रुपए माँग

रहा है। कह रहा है रुपए होने पर घर से माल लाकर देगा। मैंने कहा कि माल हाथ में नहीं आने पर रुपया नहीं दूँगा।" बकुल ने जानना चाहा, "तब उसने क्या कहा?"

"उसने कहा कि तब वो भी माल नहीं बेचेगा।"

"उसने कहा, रुपए देने पर घर से माल लाकर देगा?"

"हाँ, कहा है।"

"तब फिर उसको पकड़िए।"

बकुल ने इशारा किया। पासवान, वरुण, उपाध्याय सब लोगों ने बगल से निकलकर कमलनाथ को पकड़ लिया। बकुल और उसके लोग उसे उसके घर ले गए पर पूरे घर की अच्छी तरह से तलाशी लेने पर भी हिरोइन नहीं मिली। मगर उसने प्रदीप को कहा था कि रुपए देने पर घर से हिरोइन लाकर देगा। इसका मतलब घर पर ही हिरोइन है। इनफार्मर ने बकुल को बताया था कि सोने वाले कमरे में किताबों की जो अलमारी है, उसके दाहिने तरफ हिरोइन है पर पूरी किताबों को निकालकर देखने के बाद भी कुछ नहीं मिला। मगर उसका यह इनफार्मर तो गलत खबर नहीं देता। बकुल अलमारी का फ़िर से एक बार निरीक्षण करने लगा। अलमारी के सामने का हिस्सा काँच का था और तीनों ओर लकड़ी का। बकुल काँच हटाकर हाथ घुसाकर देखने लगा। अचानक एक चीज पर बकुल का ध्यान गया। दाहिने ओर का तख्ता बाएँ ओर के तख्ते से पतला था। तब क्या इस तरफ पीछे मोटी लकड़ी दी गई है? नहीं ऐसा तो नहीं है। तब? बकुल ताक के पीछे हाथ देकर खींचातानी करने लगा। अचानक, खट्ट से एक लकड़ी हट गई। उस गड्ढे के अंदर से कागज का एक पैकेट बाहर निकल आया। जिसमें तकरीबन एक भरी हिरोइन थी। बकुल और उसके आदमी हिरोइन समेत कमलनाथ को लेकर ऑफिस लौट आए।

पूछताछ करने पर पता चला, कमलनाथ शंभु से हिरोइन खरीदता था। शंभु ही बैकुंठपुर का सबसे बड़ा व्यापारी था। वो अमित अग्रवाल के आटे की मिल में काम करता था और वहीं से हिरोइन का धंधा भी करता था।

बकुल ने पूछा, "शंभु मिल में किस वक्त रहता है?"

कमलनाथ ने उत्तर दिया, "सर मिल खुली रहने पर ही रहता है।"

बकुल ने पूछा, "अभी जाने पर मिलेगा?"

"हाँ सर अभी तो मिलेगा क्योंकि शाम के वक्त ही अधिक ग्राहक आते हैं।"

बकुल ने डी.ई.बी. इंस्पेक्टर भौमिक बाबू को फोन किया, "बड़ी खबर है। कुछ लोगों को लेकर आप तुरंत चले आइए।" भौमिक बाबू चले आए।

बकुल ने कहा, "अमित अग्रवाल की फ्लोर मिल पहचानते हैं तो? उस मिल

से शंभु नाम का एक आदमी हिरोइन का थोक धंधा कर रहा है। अभी जाने पर मिलेगा। ये हैं कमलबाबू जो दूर से बता देंगे। उनको रंगे हाथों पकड़ना होगा।''

''पर सर वहाँ तो हम जा नहीं सकते।''

''क्यों?''

''हाईकोर्ट का एक आर्डर है।''

''कैसा आर्डर?''

''आर्डर है कि अमित अग्रवाल और उसके किसी भी रिश्तेदारों या कर्मचारियों के विरुद्ध किसी भी प्रकार का क्रिमिनल केस स्टार्ट नहीं किया जा सकता है। उन लोगों में से किसी के घर या कारोबार को भी सर्च नहीं किया जा सकेगा।''

''इस तरह का आर्डर कोर्ट दे ही नहीं सकता।''

''यह तो सर मैं नहीं बता सकता पर इस तरह का आर्डर है।''

''आर्डर की कॉपी कहाँ मिल सकती है?''

''सर आपके ऑफिस में ही तो रहने की बात है और थाने में भी।''

बकुल ने बड़े बाबू को बुलाया। बड़े बाबू ने कहा, ''सर ये सब मिसेस सेन देखती है।'' मिसेज सेन अर्थात् रिनिका सेन। वो खोजकर आर्डर की कॉपी निकाल लाई। एक लाइन का एक छोटा-सा आर्डर था। ''ऐन ऐड इंटरिम आर्डर ऐज प्रेड फॉर इज ग्रांटेड।''

जिस तरह की याचिका थी उसी तरह का अंतर्वर्तीय स्थगनादेश दिया गया था। तब फिर याचिका क्या थी यह जानने के लिए पिटीशन देखना होगा। रिनिका सेन वापस खोजने लगी। अंततः बहुत खोजने के बाद पिटीशन मिला। उसमें एकदम स्पष्ट रूप से लिखा था कि ''प्रतिवादी या उसके किसी अधीनस्थ कर्मचारी या उसके किसी एजेंट के द्वारा याचिकाकर्त्ता, उसके किसी आत्मीय या कर्मचारी या एजेंट के विरुद्ध किसी तरह का फौजदारी मामला दायर न करने और उसके निवास स्थान और व्यावसायिक स्थल सर्च न करने का आदेश दिया जाए।'' कोर्ट ने यही आर्डर दिया था। बकुल यह जानता था कि इस तरह के आर्डर देने की क्षमता कोर्ट को कानून ने कहीं भी नहीं दी थी। फौजदारी नियम विधि के 482 नंबर धारा में हाईकोर्ट के 'इन्हीरेंट पावर' की बात कही गई है पर इस बारे में 1977 साल में कुरुक्षेत्र यूनिवर्सिटी बनाम हरियाणा राज्य के मामले में सुप्रीम कोर्ट ने राय दी थी कि 'इन्हीरेंट पावर' हाईकोर्ट को मनमर्जी करने की क्षमता प्रदान नहीं करती है। इस क्षमता को सोच-समझकर 'रेयरेस्ट ऑफ दी रेयर' केस में ही प्रयोग करना चाहिए। ऐसी हालत में बेमतलब का मामला दायर करने को रोकना तो दूर की बात, दायर किया हुआ मामला भी खारिज नहीं कर सकता। हाईकोर्ट को भी शायद यह बात पता थी। इसलिए किसी तरह का कोई फाइनल आर्डर न देकर इंटरिम आर्डर पर ही दो वर्षों से छोड़ रखा था क्योंकि फाइनल आर्डर देते ही हायर कोर्ट में वो राय चैलेंज की

जाएगी पर इंटरिम आर्डर के विरुद्ध हायर कोर्ट नहीं जाया जा सकता है। फिर भी इस तरह के गैरकानूनी आर्डर हाईकोर्ट के एक विचारक कैसे दे सकते हैं।

भौमिक ने कहा, ''सर, यह आर्डर जस्टिस दासगुप्ता का है। दासगुप्ता साहब पहले उनके वकील थे।''

बकुल ने पूछा, ''उसके बाद?''

''उसके बाद दासगुप्ता साहब जब हाईकोर्ट के जज बने तब उनके जूनियर सेनगुप्ता साहब उनके वकील बन गए। सेनगुप्ता साहब ने दरख्वास्त किया और दासगुप्ता साहब ने आर्डर दिया। सर सब समझ ही रहे हैं ना।''

''वो तो समझ ही रहा हूँ पर हाईकोर्ट में तो और भी जज हैं पर सेनगुप्ता की पिटीशन ठीक दासगुप्ता साहब के एजलास में पहुँची कैसे?''

''वहाँ भी गड़बड़ घोटाला है सर। उस समय रिट् पिटीशन को सुनने के बेंच पर थे जस्टिस बनर्जी। जस्टिस बनर्जी अत्यंत निरपेक्ष जज हैं। वे इस तरह का फैसला कभी नहीं देते इसलिए जस्टिस बनर्जी को हटाने के लिए उसके भाई धिलन बनर्जी के द्वारा पिटीशन दाखिल करवाया गया। जस्टिस बनर्जी ने स्वाभाविक रूप से पिटीशन वापस लौटा दिया। तब सेनगुप्ता ने कोर्ट के मुलाजिमों को पटा कर पिटीशन दासगुप्ता साहब के एजलास में ले गए और गुप्ता साहब ने याचिकाकर्त्ता का सिर्फ वक्तव्य ही सुनकर इंटरिम आर्डर दे दिया।''

''यह तो दो वर्ष पहले की बात है, पर अभी आर्डर वेकेट क्यों नहीं हुआ? हम लोगों ने एफिडेविट् दाखिल किया है?''

''यह तो सर मैं नहीं कह सकता पर जहाँ तक मैं जानता हूँ, कोई एफिडेविट् दाखिल नहीं किया गया है।''

''क्यों नहीं किया गया जरा बताइए तो?''

''सर आर्डर रहने से ही यदि काम करने में सुविधा हो तो एफिडेविट् क्यों दाखिल किया जाएगा?''

''आर्डर रहने पर काम करने में सुविधा होती है? आपकी बात मैं फोलो नहीं कर सका।''

''इससे अधिक सर कुछ कहना मेरे लिए संभव नहीं है। एफिडेविट् फाइल करने पर आप स्वयं समझ जाएँगे।''

''आपकी बातें मुझे कैसी ऊटपटाँग सी लग रही हैं। ठीक है मैं समझ गया। अब आप मुझे प्वाइंट वाइज एक मेमो लिख दीजिए। मैं सोमवार को ही पी.पी. के पास हाईकोर्ट में आदमी भेजूँगा। मैं स्वयं ही लिखता पर कल वक्त नहीं मिलेगा। स्टेडियम का झमेला है।''

''सर आप जब कह रहे हैं तो मैं लिख दूँगा पर एस.पी. साहब के साथ बात कर लेते तो अच्छा रहता।''

"हाँ, बात तो करनी पड़ेगी। अब मेमो लिख दीजिए। पिटीशन ले जाइएगा और इस मुलजिम को भी थाने में ले जाइए।"

भौमिक कागज-पत्र लेकर चला गया। बकुल भी ऊपर क्वार्टर में चला गया। मगर सोने के कमरे में पाँव रखते न रखते ही टेलीफोन बज उठा। रिसीवर उठाते ही दूसरी ओर से दुर्गा बोस की आवाज आई, "सर, एस.पी. साहब ने आपसे मिलने के लिए कहा है।"

"एस.पी. साहब कहाँ हैं?"

"सर्किट हाउस में सर।"

"अच्छा मैं मिल ले रहा हूँ।" बकुल ने फोन रख दिया।

कुछ दिन हुए एस.पी. साहब कलकत्ता गए थे। कल ही लौटने की बात थी पर किसी कारण से लौट नहीं पाए। हो सकता है कि वे आज की ही फ्लाइट से आए हों इसलिए बकुल निकल पड़ा। सर्किट हाउस पहुँचकर उसने देखा कि एन.डी.सी. गुप्ता साहब बाहर खड़े थे। बकुल ने उन्हीं से पूछा, "एस.पी. साहब कहाँ हैं?" गुप्ता साहब ने हाथ के इशारे से एक नंबर सूट दिखा दिया। बकुल ने फिर जानना चाहा—"एस.पी. साहब क्या कर रहे हैं?" इस बार गुप्ता साहब दाहिने हाथ को गिलास पकड़ने की मुद्रा में मुँह के पास ले गए और उन्होंने बताना चाहा कि एस.पी. साहब पी रहे हैं। यह बात बकुल को एकदम अच्छी नहीं लगी। दिन नहीं रात नहीं वो जब भी एस.पी. साहब से मिलने आता है वो बोतल और गिलास लेकर बैठे रहते हैं। शराब के नशे में बम भोलेनाथ होकर रहने से उनसे किसी समस्या पर बातचीत नहीं की जा सकती है? इस तरह दिन-रात शराब पीकर पड़े रहने से वो अपना काम कैसे करते होंगे? वो भी तब जब उन्हें एक अत्यंत महत्त्वपूर्ण दायित्व देकर भेजा गया है। बकुल का मूड ऑफ हो गया। उसने दरवाजा धकेल कर कमरे में घुसते ही देखा—एस.पी. साहब और डॉक्टर राजू पटनायक शराब का गिलास मुँह की ओर ले जा रहे हैं। एक ओर गिलास हाथ में लिए भजनराम कह रहा है—"सर, बियर ठीक जम नहीं रहा है। एक ह्विस्की बोलूँ? गुप्ताबाबू।" उसने दरवाजे की ओर मुड़कर देखा, गुप्ताबाबू तो नहीं पर बकुल खड़ा था। बकुल ने एस.पी. साहब को सैल्यूट किया। एस.पी. साहब ने केवल सर से थोड़ा ऊपर हाथ उठाकर नौटंकी में कोर्निश करने की मुद्रा में सामने की ओर झटकते हुए कहा, "कमऑन, कमऑन। तुम तो शराब पीते नहीं और सर्किट हाउस में दूध मिलता नहीं। तुम एकदम आदमी नहीं बन पाए।" वे जिस सोफे पर बैठे थे उसके खाली हिस्से को देखने लगे। बकुल के उस जगह बैठते ही उन्होंने कहा, "बोलो।" मतलब उन्होंने बकुल को किस लिए बुलाया था इसी बीच ये बात वो भूल गए। ऐसी हालत में बकुल उनसे क्या बात करे? पर कोई उपाय भी तो नहीं है क्योंकि अगर कुछ बोलना भी है तो इसी हालत में बोलना पड़ेगा।

बकुल ने कहा, ''सर आई.सी. के बारे में आपको लिखित रिपोर्ट दी थी। उसे लेकर काम करना प्रायः असंभव हो गया है।''

चांदा साहब ने कहा, ''तुम्हारी रिपोर्ट मैंने पढ़ी है। तुम किसे आई.सी. बनाना चाहते हो बताओ।'' बकुल इस तरह के प्रस्ताव के लिए तैयार नहीं था।

उसने कहा, ''सर मैं कल ही आपको नाम दे दूँगा।''

''दे देना, और क्या बोलो?''

''सर मटिकाटा के मनोतोष भट्टाचार्य का विषय जितनी जल्दी हो सके निपटा देना जरूरी है। उन्होंने किसी दूसरे आदमी से जाँच कराने के लिए कहा है।''

पर ऐसा वह क्यों चाहता है यह वह नहीं बोल सका। ''फाइल मैंने वापस तुम्हारे पास भेज दी है। और उसका भी मैंने बैकुंठपुर कोर्ट में तबादला कर दिया है। उसकी जगह सामंत की पोस्टिंग कर दी है। तुम्हें कोई आपत्ति है?''

''नहीं सर। पर सिर्फ ओ.सी. को चेंज करने से नहीं होगा और भी कई समस्याएँ है। स्पेशल कोर्ट...।'' बकुल की इच्छा थी कि स्पेशल कोर्ट में ढिल्लन का घूस खाना, विनय बनर्जी की लकड़ी चोरी, अमित अग्रवाल का अंतरिम आर्डर इत्यादि समस्याओं को लेकर एस.पी. चांदा साहब से बात करेगा। पर स्पेशल कोर्ट का नाम सुनते ही चांदा साहब का मूड ऑफ हो गया। उन्होंने बात को घुमाते हुए कहा, ''व्हेन यू आर इंगेज्ड इन सम ग्रेटर बैटेल, व्हाई यू बौदर फॉर दीज स्मालर प्रॉबलेम्स। फॉरगेट ऑल दीज।'' बकुल को यह बात पसंद नहीं आई। मगर वो समझ गया चांदा साहब इन सब बातों पर बातचीत नहीं करना चाहते हैं। चांदा साहब ने जानना चाहा–''तुम्हारी तबीयत कैसी है?''

''ठीक है सर।''

''तुम्हारी पत्नी कहाँ है?''

''बहरमपुर में सर।''

''आस्क हर टू कॉम हिअर। नहीं तो तुम ही दो दिन के लिए घूम आओ। क्या सारा-सारा दिन इतना काम करते रहते हो? सब कहते हैं कि तुम सारा-सारा दिन काम करते हो और रेड डालते फिरते हो। आज कितनों को पकड़ा है?''

''सर एक हिरोइन बेचने वाले को पकड़ा पर मुश्किल है कि असली अपराधी को पकड़ नहीं पाया।''

''क्यों नहीं पकड़ पा रहे?''

''सर वो अमित अग्रवाल के फ्लोर मिल में रहता है और हाईकोर्ट का एक आर्डर है कि...।''

''हाँ समझ गया।''

''सर वो आर्डर वैकेट कराना होगा।''

''नहीं करा पाओगे क्योंकि सिर्फ कलकत्ता ही नहीं दिल्ली में भी बहुत बड़े-बड़े लोगों से उसका परिचय है।''

''जो भी हो, आप अगर अनुमति दें तो मैं वैकेट करवा लूँगा।''

''यदि करा सको तो करो। मगर उससे भी अधिक बुरे लोग हैं। तुम उनको पकड़ो।''

''आप किसकी बात कर रहे हैं सर?''

''क्यों टी.पी. मित्तल।''

''सर आपने ठीक कहा। मेंरे आने के बाद से ही वो काफी सतर्क हो गया है और पहले वाले डी.जी. के रिटायर करने के बाद से तो और भी सावधानी बरत रहा है।''

''अरे तुम खोज खबर लो ठीक मिल जाएगा।''

बकुल समझ गया, चांदा साहब अमित अग्रवाल के आर्डर को वैकेट कराने के बारे में उतने आग्रही नहीं हैं। वे प्रसंग बदलने के लिए दूसरी बात को उठा रहे हैं। बकुल अब उन बातों को और न उठाकर चांदा साहब से साधारण बातचीत करने लगा, उसके बाद विदाई लेकर चला गया।

पंद्रह

मीटिंग में लिए गए निर्णय के अनुसार बकुल ठीक नौ बजे फोर्स लेकर स्टेडियम पहुँच गया। उन्हें देखकर रास्ते के उस पार से कांट्रेक्टर के लोग आ गए। भजनराम भी उपस्थित हुआ। परेश बोस पहले ही आ गए पर आकाश बाबू या एम.एल.ए. गौर कुंडू नहीं आए।

झोंपड़पट्टी के सभी लोग अपने बाल बच्चों को लेकर अपनी-अपनी झोंपड़ियों में बैठे थे। कांट्रेक्टर के लोग समझ नहीं पा रहे थे कि काम किस तरह शुरू किया जाए। भजनराम एक बार झोंपड़ी की तरफ बढ़े। क्या बात हुई समझ में नहीं आया।

उसने लौटकर बकुल से कहा, ''एडिशनल साहब, आप एक बार बोलकर देखिए।''

बकुल आगे बढ़ गया। एक बुढ़िया आगे आई—''एम.एल.ए. साहब कहाँ हैं? हम लोग उनका साथ बात करेंगे। भोट का समय तो बेहूत बोला रहा—तुम लोगों का व्यवस्था होगा। अब आकर बोले, का व्यवस्था हुआ।''

बकुल ने कहा, "उनसे बात करना है तो उनके पास जाना होगा, क्योंकि वे तो आए नहीं पर झोंपड़ियाँ तोड़ने के लिए लोग आ गए हैं। इसलिए आप लोग यह सब छोड़कर चले जाइए।" पास की झोंपड़ी से एक और लड़की निकलकर बाहर आई। उसने सीधे-सीधे प्रश्न किया—"जावे खातिर तो बोलत हो मगर जाई कहाँ तनी बताव तो।"

बकुल असमंजस में पड़ गया। यह प्रश्न वह स्वयं से कई बार कर चुका है पर उसे कोई उत्तर नहीं मिला। वह जानता था, इस विराट विश्व में इन लोगों के लिए एक टुकड़ा जमीन कहीं नहीं है। बकुल वहाँ से हट गया।

भजनराम ने पता नहीं कांट्रेक्टर के लोगों से क्या विचार-विमर्श किया और उसके बाद एक साथ कुछ लोग जाकर झोंपड़ियाँ खींचने लगे। शुरू में उन लोगों ने थोड़ी रुकावट पैदा की। पर विशाल पुलिस वाहिनी को देखकर ज्यादा कुछ करने का साहस नहीं किया। छोटे-छोटे बच्चों ने रोना शुरू कर दिया। माँ-बाप अपने बच्चों को लेकर दूर खड़े हो गए। उनकी आँखों के सामने ही उनकी झोंपड़ियों को तोड़कर लॉरी में भरा जाने लगा। एक झोंपड़ी के बगल में बिजौरा नीबू का छोटा सा एक पेड़ था। जिसमें अनेकों बड़े-बड़े बिजौरे लगे थे। अंत तक किसी ने भी एक बिजौरा नहीं तोड़ा। कांट्रेक्टर के लोगों ने पेड़ को काट दिया। सबों ने लूट-पाटकर बिजौरों को तोड़ लिया। संतान की तरह जिन्होंने उस पेड़ को बड़ा किया था, वे दूर ही खड़े रहे।

आज जहाँ झोंपड़ियाँ थीं, कल वहाँ स्टेडियम की दीवार खड़ी होगी। व्ही.आई. पी. गैलरी होगी। गण्यमान लोग वहाँ बैठकर देश-विदेश के नामी-गिरामी खिलाड़ियों का खेल देखेंगे। इसके लिए ये अभागे लोग आज स्थानच्युत हुए। सर के ऊपर नीले आकाश को छोड़कर और कोई छत नहीं रही। उन लोगों के लिए बकुल का मन रोने लगा।

झोंपड़ियों को तोड़ने के बाद कांट्रेक्टर के लोग रास्ते के किनारे के मजबूत कंस्ट्रक्शन को तोड़ने लगे। डी.एस.पी. साहब पर फोर्स का भार सँभालकर बकुल ऑफिस लौट आया। पर उसका मन शांत नहीं हुआ। वो एस.डी.ओ. ऑफिस में जाकर भजनराम से बोला, "आप लोगों की तो काफी जमीन पड़ी हुई है। देखिए ना उन लोगों के लिए कुछ किया जा सकता है या नहीं।" भजनराम ने बकुल की ओर देखकर कहा, "आप जब बोल रहे हैं तो मैं सेकेंड अफसर को इस बारे में देखने के लिए कहूँगा। जमीन वगैरह का विषय वो ही देखते हैं। तब मैं चक्रवर्त्ती साहब से बात कर लूँ।" बकुल उठने लगा। भजनराम को जैसे अचानक कुछ याद आया हो ऐसी भाव-भंगिमा दिखाकर उसने कहा, "ईद तो आ गई है, है ना?"

बकुल ने कहा, "हाँ?"

"ईद के समय आप यहीं रहेंगे तो?"

"नहीं तो कहाँ जाऊँगा।"

"नहीं, घर पर तो नहीं जाएँगे ना?"

"नहीं, घर नहीं जाऊँगा।"

"ओह, तब तो मैं बच गया।"

"मैं समझा नहीं।"

"ईद के दिन का मैंने आपकी तरफ से साकिल साहब के घर का निमंत्रण ग्रहण कर लिया है। अब अगर आपको नहीं ले जा सका तो मेरी प्रेस्टीज नहीं रहेगी।"

बकुल मुश्किल में पड़ गया। कॉलेज के दिनों से ही वह किसी भी धार्मिक कार्यक्रम में शरीक नहीं होता था। ईद पर तो वह अपने घर ही नहीं जाता, तो दूसरे के घर किस तरह जाएगा? इसके अलावा गैरकानूनी काम-काज करने के लिए शकील के विरुद्ध उसके पास काफी शिकायतें आई थीं। उसको याद आया, वैध कागजात न होने के कारण शकील की ऐंबेसडर गाड़ी एक दिन पुलिस के हाथों पकड़ी गई थी। जिसके लिए शकील मिन्नत करने आया था। उसका तर्क था कि भजनराम गैंगटॉक घूमने गाड़ी ले गया था। इसी कारणवश निर्धारित समय पर कागज रिन्यू नहीं करवाया जा सका। इशारे-इशारे में भजनराम से उसने अपनी निकटता के बारे में बतला दिया और यह भी कि गाड़ी भजनराम ने बिना भाड़े के ली थी।

बकुल ने कहा, "पर मैं तो किसी धार्मिक कार्यक्रम में नहीं जाता।"

"आपको धार्मिक कार्यक्रम में नहीं जाना होगा। धार्मिक कार्यक्रम तो सुबह है और शकील साहब ने शाम को खाने पर बुलाया है।"

"पर खाना तो ईद के उपलक्ष्य में है।"

"हाँ, वो तो है।"

"मैं नहीं जा पाऊँगा।"

"पर मैंने जबान दे दिया है कि मैं आपको लेकर जाऊँगा।"

बकुल के मन में आया कि कहे, मुझसे पूछे बगैर आपने जबान क्यों दिया? पर मुँह से यह बात नहीं कह सका। उसने कहा, "आप उन्हें समझाकर कहिएगा, वे समझ जाएँगे।" मगर फिर भी भजनराम अनुनय-विनय करने लगा। पर बकुल किसी भी तरह तैयार नहीं हुआ। जिससे भजनराम असंतुष्ट हो गया। बकुल चक्रवर्ती के केबिन में चला गया।

चक्रवर्ती ने कहा, "बकुल बाबू आप क्यों हैरान होते हैं? वो तो सिर्फ ऊपर से कह रहे हैं, भजनराम कुछ करेंगे नहीं क्योंकि एम.एल.ए. नहीं चाहते कि उन लोगों का पुनर्वास हो। कारण वहाँ की झोंपड़ियों में जो लोग थे उनमें से अधिकांश ही नीली पार्टी के सपोर्टर थे। आप हैं इसलिए कह रहा हूँ! नहीं तो ये सब बातें मेरे बोलने की नहीं हैं।" बकुल को अब सारा माजरा समझ में आ गया इन लोगों

के पुनर्वास के लिए गौर कुंडू हाँ क्यों नहीं कर रहे थे। भजनराम बिल्कुल दिलचस्पी क्यों नहीं ले रहा था। अब इसका कारण भी पानी की तरह साफ हो गया। बकुल ऑफिस लौट आया।

राखाल ने आकर कहा, "सर, एक महिला मिलना चाहती है।" बकुल ने इशारे से भेजने को कहा। महिला ने आकर कहा, "हुजूर, हमार मरद, मिलेटरी में काम करत है, कश्मीर में रहेला। मटिकाटा के बजारमा हमलोगन का एक छोटा सा मकान रहल। दू बरस होईले है शरदिंदू मंडलवा का भाई गोपाल मंडलवा जबरदस्ती दखल करले है।"

बकुल ने पूछा, "आपने थाने में केस किया है?"

"थाने मा तो हमर जेठजी गए रहे मगर दरोगा केस नहीं लिए।"

"क्या कहा?"

"कहत रहे, इसब छुटपुट बात आपस में मिटाई ल्यो। हमलोगन का मकान दखल करके है, तो आप ही बोलो ना, कईसे हम मिटा लेवे?"

बकुल जानता था कि इस बात का कोई उत्तर नहीं है। मनोतोष भट्टाचार्य जैसा काम कर रहा था उसका कोई उत्तर नहीं था। मगर बचाव था कि उसका तबादला हो गया।

बकुल ने कहा, "वो पहलेवाला दरोगा बाबू अब नहीं रहे। कल-परसों बाद आप थाने में जाकर एक डायरी करिए। उसके बाद मैं देखूँगा कि क्या किया जा सकता है।"

महिला यह बात सुनकर आश्वस्त होकर चली गई। रीडर बाबू ने आकर कहा, "सर मनोतोष भट्टाचार्य की प्रोसेडिंग फाइल को एस.पी. ने वापस आपको एंडोर्स करके भेज दिया है।" बकुल ने उसको रिसीव करके तकरीबन दो सप्ताह बाद एक इन्क्वायरी का डेट तय किया। रीडर बाबू को उसी के अनुसार अभियुक्त और गवाहों को खबर देने के लिए कहा। रीडर बाबू फाइल लेकर चले गए।

स्थानीय दैनिक के संवाददाता द्विवेंदु साहा और आजकल के संवाददाता विप्लव सरकार ने कमरे में प्रवेश किया। चेयर पर बैठते न बैठते ही द्विवेंदु साहा ने हँसते-हँसते पूछा, "बताइए, स्टेडियम बनाने के लिए झोंपड़पट्टी वालों को जबरदस्ती हटाने के बारे में आपकी क्या प्रतिक्रिया है?"

"मेरी कोई प्रतिक्रिया नहीं है।"

"पर दलबल लेकर आप वहाँ थे।"

"वह तो मेरी ड्यूटी के अंदर आता है।"

"पर किसी विकल्प की व्यवस्था किए बगैर उन लोगों को हटाना क्या ठीक था?"

"इस बारे में मैं कुछ नहीं बोलूँगा।"

"जिस तरह वे घर तोड़ गए, क्या वो ठीक था?"

"आप लोग तो थे...।"

बकुल की बात खत्म होने से पहले ही आनंद बाजार पत्रिका के संवाददाता धीरेन चटर्जी कमरे में दाखिल हुए पर द्विवेंदु और विप्लव को बैठा देखकर वे झट से घूमकर वापस निकल गए। वैसे तो धीरेन बाबू काफी आदर्शवान और सच्चे व्यक्ति हैं पर उनमें दोष यह था कि नई पीढ़ी के संवाददाताओं को वे संवाददाता ही नहीं मानते थे। इसी बात को लेकर दूसरे लोग उसके पीठ पीछे हँसते थे। पर वे इन सब बातों पर ध्यान नहीं देते थे। धीरेन बाबू को इस तरह जाते देख द्विवेंदु और विप्लव दोनों मुँह दबाकर हँसने लगे। हँसते-हँसते ही वे लोग निकल गए। थोड़ी देर बाद धीरेन बाबू कमरे में आए। उनके पीछे-पीछे मानव राय भी आए। मानव राय आकाशवाणी के संवाददाता थे। सज्जन एवं आदर्शनिष्ठ व्यक्तित्व पर थोड़े से घंमडी भी थे। वे भी दूसरे संवाददाताओं को अपने मुकाबले कुछ नहीं समझते थे। पर धीरेन बाबू की तरह उतने निराशावादी नहीं थे। इसी कारण दोनों के मिलने पर तर्क शुरू हो जाता था। आज भी हो गया। धीरेन बाबू ने चेयर पर बैठते ही अनुयोग के स्वर में कहा, "उन लोगों की कोई व्यवस्था किए बगैर ही झोंपड़ियों को तोड़ दिया। यह काम क्या ठीक हुआ?"

मानव बाबू ने बीच में टोककर कहा, "तो इन्हें क्यों बोल रहे हैं? हिम्मत है तो पार्टी के लोगों से पूछिए।"

धीरेन बाबू ने उलटकर प्रश्न किया, "क्यों, ये क्या वहाँ पर नहीं थे?"

मानव बाबू के जवाब देने के पहले ही वृंदावन ने आकर कहा, "सर, एक व्यक्ति आपसे मिलना चाहते हैं। कहता है कि गामा कहने से ही आप समझ जाएँगे।" धीरेन बाबू और मानव बाबू दोनों ने एक साथ जिज्ञासु दृष्टि से बकुल की तरफ देखा।

बकुल ने कहा, "वो मेरा कोड नाम है। आप लोग जरा बैठिए।" बकुल कमरे से बाहर निकल गया।

गामा ने बताया, "आलोक सरकार ने ब्रोडवे होटल में खाकर पैसे न देने की जो शिकायत की थी, वो पूरी तरह से सच नहीं है। दरअसल जिन लड़कों के विरुद्ध शिकायत की गई थी उनको आलोक सरकार शराब और लड़कियों की सप्लाई के लिए व्यवहार करता था। इस काम के सिलसिले में वे लोग आलोक सरकार से कुछ रुपया पाते थे। वे लोग उन रुपयों के लिए दबाव डाल रहे थे और आलोक सरकार वो रुपया मारना चाहता था। इसी वजह से उनके विरुद्ध यह शिकायत की गई। एडिशनल एस.पी. का डर दिखाकर वो उनको दूर करना चाहता था।" यह सब बातें सुनकर बकुल को काफी बुरा लगा।

गामा ने यह भी बताया कि "ब्रोडवे होटल के चार तल्लों पर 414 नंबर कमरे में नियमित जुआ खेला जाता है। इसके लिए वहाँ सोलह ड्रावर वाली एक टेबिल रखी हुई है। वो कमरा कभी भी किसी को भाड़े पर नहीं दिया जाता है।

बैकुंठपुर के अनेक महत्त्वपूर्ण व्यक्ति इस जुए के अड्डे पर जाते हैं। होटल के एक ब्वॉय के साथ मेरी बात हुई है। जुआ खेलना शुरू होते ही वो आपको टेलीफोन पर खबर देगा। उसको मैं आपका टेलीफोन नंबर दे आया हूँ परंतु खबर के मुताबिक काम होने पर उसे दो सौ रुपए देने होंगे। और हाँ वो पिंटू बोलकर अपना परिचय देगा सर।''

बकुल ने कहा, ''ठीक है, खबर ठीक होने पर मैं आपके हाथ में उसका रुपया दे दूँगा। मगर उसे सावधान कर दीजिएगा, जिससे वो पकड़ा न जाए।'' गामा हाँ कर के चला गया।

रात साढ़े दस बजे के करीब फोन आया—''एडिशनल एस.पी. बोल रहे हैं? सर, मैं पिंटू बोल रहा हूँ। ब्रोडवे होटल के 414 नंबर रूम में अभी जुआ चल रहा है। आप आकर पकड़ सकते हैं।'' बकुल ने तुरंत थाने में फोन किया।

ड्यूटी अफसर के फोन उठाते ही उसने कहा, ''इम्मिडिएटली एक गाड़ी में एक सेक्शन फोर्स लेकर एक अफसर को मेरे पास आने को बोलिए।'' फोन रखकर वो नीचे आ गया।

उसने पासवान को बुलाकर कहा, ''जल्दी से अपने कपड़े पहन लीजिए, वरुण और उपाध्याय को भी बुलाइए।'' बकुल खुद भी कपड़े पहनने के लिए ऊपर चला गया।

शीघ्र ही थाने से एक गाड़ी ले कर सब-इंस्पेक्टर पलाश मजुमदार ने बकुल के ऑफिस में आकर रिपोर्ट किया। पासवान के साथ-साथ वरुण, उपाध्याय, रुद्र भी कपड़े पहनकर हाजिर हुए। बकुल सबको लेकर थाने की गाड़ी में चढ़ गया। अपनी गाड़ी लेना ठीक नहीं होगा वर्ना इलाके में हल्ला हो जाएगा फिर जिस लिए जा रहे थे वो काम नहीं होगा।

होटल से कुछ दूरी पर गाड़ी उल्टी दिशा की ओर मुँह करके खड़ी कर दी गई। बकुल ने गाड़ी से उतरकर पलाश से कहा, ''खबर न देने तक आप अपने लोगों को लेकर गाड़ी में बैठे रहिए।'' पलाश वापस गाड़ी में चढ़कर बैठ गया। बकुल सादी वर्दी पहने लोगों को लेकर होटल की ओर चल दिया। होटल में रहने के लिए जा रहा है ऐसा लगने के लिए उसने अपने हाथ में एक अटैची ले ली और सब लोग एक साथ न जाकर आगे-पीछे होकर चलने लगे।

कुछ दूर जाने पर होटल दिखाई पड़ा। बकुल थके कदमों से रास्ता छोड़कर होटल की तरफ बढ़ने लगा। आगे-आगे उपाध्याय चल रहा था। पीछे कुछ दूरी पर वरुण और उससे कुछ दूरी पर पासवान और रुद्र।

रिसेप्शन काउंटर पर आते ही महिला रिसेप्शनिस्ट मृदु मुस्कान लिए खड़ी हो गई। बकुल ने पॉकेट से अपना कार्ड निकालकर उसके हाथ में देते हुए कहा, ''यहाँ से किसी को किसी भी प्रकार की खबर देने की कोशिश मत करिएगा।

करने से आपको ही असुविधा होगी।''

उपाध्याय को संबोधित करके बकुल ने कहा, ''आप यहाँ रुकिए। यहाँ से कहीं भी कोई फोन न किया जाए और बाहर से फोन आने पर आप पकड़िएगा।''

बकुल वरुण और पासवान को साथ लेकर ऊपर चढ़ने लगा। तीसरे तल्ले की सीढ़ी के मुँह पर एक आदमी रास्ते की ओर मुँह करके बैठा हुआ दिखाई पड़ा। सीढ़ी की दीवार में बने झरोखे से संभवतः होटल में पुलिस या एक्सचेंज के आदमी आ रहे हैं या नहीं, वो ध्यान रख रहा था। बकुल ने झुककर कहा, ''हम लोग खेलने आए हैं। 414 नंबर कमरा जरा दिखला दीजिए।'' वो आदमी एक झलक उनकी तरफ देखकर चलने लगा। इनफार्मर ने कहा था–''414 नंबर कमरा पश्चिम की तरफ कोने में है।'' बकुल ने देखा, आदमी उसी तरफ जा रहा था। उस आदमी के साथ-साथ बकुल और उसके आदमी भी 414 नंबर कमरे में जा पहुँचे।

दरवाजे से भीतर घुसते ही बकुल ने देखा, एक आठ कोने वाली काठ की मेज के आठ तरफ प्लास्टिक के चेयर पर बैठकर आठ जन जुआ खेल रहे थे। उन सभी के हाथों में कुछ-कुछ ताश के पत्ते थे। टेबिल पर अलग-अलग जगह ढेर लगे हुए विभिन्न प्रकार के डाइस रखे हुए थे। उसके एक तरफ लिखा था 10, 100 या 200 और दूसरी ओर एच.बी. या एस.बी. लिखा हुआ था। प्रत्येक के सामने दस, पचास या एक सौ के कुछ नोट रखे हुए थे। मेज पर जो गिलासें रखी हुई थीं उन सब में कम या ज्यादा शराब थी एवं जमीन पर भी शराब की दो खाली बोतल रखी हुई थीं। एक मेज पर आधी और दो पूरी भरी हुई शराब की बोतलें थीं। मेज के पास होटल का मालिक आलोक सरकार खड़ा था। किसी के भी मुँह में कोई शब्द नहीं था। आलोक सरकार बकुल के मुँह को ताक रहा था और बाकी सभी आलोक सरकार के मुँह को। हलचल के नाम पर वे लोग मुँह को बनाकर सिर्फ हाथ के ताश को हिलाडुला रहे थे। बकुल ने वरुण को हाथ से इशारा किया और वो पलाश को बुलाने चला गया।

वरुण के निकलते ही एक फ्रेंचकट दाढ़ीवाला आदमी आकर आलोक सरकार के पीछे खड़ा हो गया।

बकुल ने पूछा, ''आप कौन हैं?''

उस आदमी ने जवाब दिया, ''सर मैं किरण राय। इस होटल का मैनेजर।''

बकुल ने जानना चाहा, ''इस जुए की देख-रेख भी क्या आपके दायित्व में है?'' उसने कोई उत्तर नहीं दिया।

बकुल ने इस बार आलोक सरकार की ओर देखकर कहा, ''आप तो हमारे पास शिकायत करने आए थे कि लोग खाकर आपको पैसे नहीं दे रहे हैं। मगर जुए में सब रुपए खत्म हो जाने पर ये लोग आपको खाने का दाम किस तरह देंगे?'' आलोक सरकार ने कोई जवाब नहीं दिया।

इस बार बकुल ने जो लोग जुआ खेल रहे थे उनकी तरफ देखकर कहा, ''आप लोग जो इस तरह यहाँ बैठकर जुआ खेल रहे हैं, क्या आप लोग नहीं जानते कि यह कानूनन अपराध है?'' उन लोगों ने भी कोई जवाब नहीं दिया और सर झुकाकर ताश को हिलाते-डुलाते रहे।

पलाश अपने लोगों को लेकर कमरे में घुसा। यह देखकर जुआरी लोग चौंक पड़े। बकुल ने पलाश से कहा, ''ये लोग यहाँ बैठकर जुआ खेल रहे हैं और ये मालिक और मैनेजर हैं जो जुए को चला रहे हैं। आप बोर्डमनी समेत जुए के सामान सीज कीजिए और इन लोगों को अरेस्ट करके थाने ले जाइए।''

पलाश अपने लोगों को लेकर काम पर लग गया। उसने प्रत्येक दराजों को खोलकर ताश, डाइस और रुपया निकालकर सजाकर रखा और उसके बाद गिन-गिनकर सीज किया। बकुल ने देखा कुल बयालीस हजार सात सौ पाँच रुपए बोर्डमनी थे। नौ पैकेट ताश थे। पंचानवे डाइस थे। डाइसों के एक तरफ पाँच, दस, एक सौ तथा दो सौ की एक संख्या लिखी हुई थी और दूसरी तरफ लिखा था एच.बी. या एस.बी.। ताश-डाइस-रुपए सीज हो जाने पर पलाश ने आठों चेयर समेत आठ कोने वाले काठ की मेज को सीज किया। इनफार्मर के अनुसार सचमुच ही मेज में सोलह ड्रावर थे। बकुल के कहने पर मैनेजर होटल का रूम-एलोटमेंट चार्ट ले आया। उसका निरीक्षण करके देखा गया कि 414 नंबर कमरा सचमुच ही कभी भी किसी को एलोट नहीं किया गया था। चार्ट को भी सीज किया गया।

तब तक थाने से एक प्रिजनर वैन आ पहुँची। बकुल की गाड़ी भी आ गई। सीज किया गया सामान प्रिजनर वैन में डाला गया। आलोक सरकार, किरण राय समेत सभी मुलजिमों को वैन में डालने के लिए होटल से रास्ते पर लाया गया। आलोक सरकार का खुद गैर कानूनी काम में लिप्त होना पर षड्यंत्र के तहत झूठी शिकायत दर्ज करवाने के कारण बकुल उससे बहुत नाराज था। उसके मन में आया कि इन सब लोगों को उचित शिक्षा देना जरूरी है। उसने पासवान को कुछ इशारा किया, इशारा पाकर पासवान ने प्रिजनर वैन में मुलजिमों को उठाने से पहले उन्हें सड़क पर खड़ा करके कुछ थप्पड़ जड़ दिए। सम्भ्रांत लोगों पर इस तरह के व्यवहार से शहर में हलचल मच गई।

प्रिजनर वैन से मुलजिम लोग और सीज किया गया माल थाने पहुँचा। बकुल थाने में उतरकर केस स्टार्ट करने का निर्देश देकर क्वार्टर में चला गया। अगले दिन एस.डी.जे.एम. कोर्ट में लोगों की बाढ़ सी लग गई। शहर के विशिष्ट लोग कठघरे में खड़े हुए थे। यह देखने के लिए लोग जमा होने लगे। ताजे खबर की गंध पाकर पत्रकार लोग जुड़ने लगे। एक चटपटा फोटो उपहार में देने के लिए फोटोग्राफर भी इकट्ठे होने लगे। पर इतना ज्यादा हो-हल्ला विशिष्ट लोगों को क्यों पसन्द आने लगा? उन्होंने अपने असंतोष की बात अपने दोस्तों को बताई। दोस्त

लोग अपने-अपने आदमियों को लेकर चले आए। लोगों में भगदड़ मच गई। संवाददाताओं ने धक्का खाया पर फोटोग्राफर ने धक्का खाने के बाद भी रिहाई नहीं दी। उन्होंने इसी बीच विशिष्ट बंदियों के एक-दो फोटो उतार लिए। उनको कैमरे की रील खोलनी पड़ी। जो खोलने को तैयार नहीं हुए उनका कैमरा ही चला गया। जो लोग कैमरे को छुड़ाने गए उनको थप्पड़-मुक्के खाने पड़े।

उनमें से एक फोटोग्राफर ने बकुल के पास आकर निर्दिष्ट रूप से कुछ लोगों के खिलाफ शिकायत की। इसी बीच सभी बदमाश गायब हो गए। एक बदमाश वहाँ से भागने के चक्कर में बकुल के सामने पड़ गया। बकुल के नाम पूछने पर उसने अपना असली नाम छिपाकर दूसरा नाम बताया। कोर्ट में आने का कारण पूछने पर उसने एक वकील से मिलने की बात कही, पर खोज-खबर लेने पर देखा गया कि वो वकील उस दिन कोर्ट में नहीं आया था। बकुल समझ गया कि उसके खिलाफ फोटोग्राफर पर बदमाशी करने की बात सच थी। उसने उसे अरेस्ट करके थाने भेज दिया। अरेस्ट होने के बाद उसने स्वीकार किया कि वो असल में हेलाराम घोष नहीं, भोला घोष है।

जमानत पर छूटने के बाद आलोक सरकार तथा अन्य लोगों ने बकुल के विरुद्ध मुख्यमंत्री को एक पत्र लिखा। वह पत्र मुख्यमंत्री के पास से होते हुए सौराष्ट्र मंत्री के पास पहुँचा। जुआरियों में एक टाटा का अफसर था। उसके माध्यम से जुगाड़ भिड़ाकर उन लोगों ने सौराष्ट्र मंत्री से मुलाकात की। सौराष्ट्र मंत्री ने मामले की इन्क्वायरी अपने सचिव को सौंप दी। होम सेक्रेटरी कमल कृष्णाचारी ने बकुल को राइटर्स में बुलाया। बकुल ने उनको सारी बात खोलकर बता दी। सब कुछ सुनकर उन्होंने दरख्वास्त को फाइल करने की सिफारिश की और बकुल से कहा, "तुम वहाँ काफी कम समय से हो। किसके साथ किसका क्या संपर्क है तुम नहीं जानते इसलिए तुम जरा सावधान रहो।" बकुल को उनकी ये बातें बहुत अच्छी लगीं क्योंकि कभी किसी ने उसको इस तरह की सलाह नहीं दी थी। होम सेक्रेटरी के ऊपर उसकी श्रद्धा बढ़ गई।

सोलह

स्टेडियम का काम ठीक समय पर ही समाप्त हो गया। नेहरू गोल्ड कप इस बार यहाँ पर होगा। उसके लिए बैकुंठपुर को दुल्हन की तरह सजाया जा रहा था। कई

विदेशी दल भी आ रहे थे। उनके लिए बड़े-बड़े होटल नए सिरे से सजाए जा रहे थे। छोटे-छोटे होटल भी किसी से पीछे नहीं थे। लोगबाग भी तो कम नहीं आ रहे थे। उन सबों के लिए बड़े होटल में जगह नहीं होगी इसलिए उनके पास तो आना ही पड़ेगा। इस वजह से वे लोग भी कम से कम बाहरी हिस्सा ही थोड़ा बहुत सजा ले रहे थे। कुछ विज्ञापन संस्थाओं के लोग इधर-उधर घूम रहे थे। खेल की दुनिया के लोग तो अनवरत आ ही रहे थे। आज कोई खेल विशेषज्ञ आ रहे थे तो कल कोई खेल संवाददाता। परसों रेफरी आ रहे थे तो उसके अगले दिन आ रहे थे अधिकारीगण। आई.एफ.ए. ने तो टूरिस्ट लाज में एक अस्थायी ऑफिस ही खोल लिया। बैकुंठपुर का पूरा वातावरण ही अभी खेल के सामचार से भरा पड़ा था।

बकुल के मन में जरा भी शांति नहीं थी। खेल के उपलक्ष्य में जो लोग आ रहे थे, उनकी सुरक्षा के लिए चौकन्ना होकर नजर रखना पड़ रहा था क्योंकि इस बारे में सामान्य सी कोई भी घटना प्रशासन की बदनामी के लिए काफी थी। पहाड़ पर चल रहे झमेले के कारण पहले तो कोई भी इस तरह का बड़ा टूर्नामेंट कराने के लिए तैयार नहीं हो रहा था। उस वक्त बकुल ने बड़े गर्व से संपूर्ण सुरक्षा का आश्वासन दिया था मगर एक चीज ने उसे बहुत चिंता में डाल दिया था। वो यह कि कुछ दिन हुए बैकुंठपुर के विभिन्न जगहों, बसों या रेलगाड़ियों में बम फट रहे थे। ये सब बम बिल्कुल अलग तरह के थे। मोटे लोहे की पाइपों के अंदर शक्तिशाली विस्फोटक भरकर दोनों ओर के मुँह को लकड़ी से अटका दिया गया था। बैटरी की सहायता से विस्फोटक की व्यवस्था की गई थी। सर्किट में घड़ी रखकर निश्चित समय पर विस्फोटक अर्थात् फाइन क्वालिटी का टाइमबम।

पहला विस्फोट हुआ सेवक रोड पर सबंग जानेवाली एक बस में। दो लोग गंभीर रूप से आहत हुए। दूसरा विस्फोट हुआ मधुछंदा ब्रिज के उस पार गुरुंग बस्ती में खुर्शियांग जाने वाली एक बस में। एक व्यक्ति मारा गया और तीन लोग आहत हुए। तीसरा विस्फोट हुआ था माखना में लामलिंग जाने वाले टॉय ट्रेन के कमरे के अंदर। कमरे का एक हिस्सा उड़ गया। दो लोग घटनास्थल पर ही मारे गए। पाँच लोगों को माखना अस्पताल में भर्ती किया गया। जिस जगह पर विस्फोट हुआ था वहीं पर हाथ से लिखे कुछ लिफलेट पाए गए थे। उसमें लिखा था—हम बंगाली हैं, बंगालास्थान चाहिए, विधान सुब्बा, होशियार, ट्राइबल लैंड मुर्दाबाद। जहाँ कहीं भी विस्फोट हुआ, केवल पहाड़ के लोग मारे गए या घायल हुए। जिसके कारण ऐसा लग रहा था कि आतंक फैलाने वालों का लक्ष्य था पहाड़ के उपजाति के लोग। मगर काफी कोशिशों के बावजूद भी बकुल यह नहीं जान पाया कि यह काम करने वाले लोग कौन हैं।

बकुल को सबसे ज्यादा डर इस बात का था कि अगर खेल के मैदान में वे लोग इस तरह का एक भी बम अगर फोड़ सकने में कामयाब हुए तो बहुत

बड़ा झमेला खड़ा हो जाएगा। इसलिए जैसे भी हो गैंग को डिटेक्ट करना ही होगा। अब और सिर्फ तीन दिन ही बाकी रह गए थे नेहरू गोल्ड कप के खेल में। उससे पहले आज मोहन बगान-ईस्ट बंगाल के खेल से स्टेडियम का उद्‌घाटन होना था। उद्‌घाटन करने आ रहे थे राज्य के खेल मंत्री। मैदान की सुरक्षा-व्यवस्था और शांति शृंखला बनाए रखने के लिए काफी मात्रा में पुलिसिया बंदोबस्त किया गया था। इसके लिए पुलिस डाइरेक्टोरेट ने बाहर से भी अफसर और फोर्स भेजे थे। यथासंभव सावधानी पालन करने के लिए बकुल ने उनको ब्रीफ किया था। मगर पुलिस के लोगों की समस्या यह थी कि हरदम एक ही काम करते-करते इस काम के प्रति उनमें बोरियत आ गई थी। उनमें से कोई भी अब इस तरह के काम को सीरियसली नहीं लेते थे। बकुल के मन में इस कारण भी शांति नहीं थी।

काफी भीड़ हुई थी, लाइन से लोग मैदान में घुस रहे थे। दोनों दलों के खिलाड़ी मैदान में अभ्यास कर रहे थे। बाहर से पाइलट कार की सायरन सुनाई पड़ी। इसका मतलब खेल मंत्री पहुँच गए। परेश बोस हड़बड़ाकर दौड़ पड़ा। बकुल भी गेट के पास आ गया। मंत्री के साथ एम.एल.ए. गौर कुंडू भी गाड़ी से उतरे। आकाश बाबू खड़े ही थे, पर उनको लाँघकर परेश बोस मंत्री को रास्ता दिखलाते हुए लाने लगे। मंत्री के व्ही.आई.पी. गैलरी के छोटे मंच पर बैठते ही कार्यक्रम शुरू हो गया। मंत्री ने भाषण देना शुरू किया—"हम लोग खेल-कूद को कलकत्ते के अंदर ही सीमा बद्ध रखना नहीं चाहते। गाँव-गाँव में फैला देना चाहते हैं। इसी वजह से नेहरू गोल्ड कप का आयोजन हमने यहाँ किया है। यह स्टेडियम यहाँ पर बना ही इसलिए कि जिससे इस स्थान की बहुत पुरानी एक कमी दूर हो सके। यहाँ के क्रीड़ाप्रेमी साधारण लोग इसके द्वारा उपकृत होंगे। गरीब लोगों का कल्याण होगा।" बकुल को उन तमाम गरीब लोगों की बातें याद आ गईं कुछ दिन पहले यहाँ जिनकी झोंपड़ियाँ थीं। बकुल के कान में ध्वनित हो उठा—"जावे खातिर तो बोलत हो मगर जाई कहाँ तनी बताव तो।" बकुल ने चारों तरफ नजर दौड़ाकर देखा उनमें से कोई भी आज मंत्री का यह भाषण सुन रहा था या नहीं। नहीं उनमें से कोई भी उसे दिखलाई नहीं पड़ा। वे लोग कहाँ चले गए? झोंपड़ी तोड़ने के बाद भी वे लोग अपने बोरिया-बिस्तर लेकर आस-पास ही चक्कर काट रहे थे। उसके बाद एक-एक करके वे कहीं अदृश्य हो गए। बकुल निश्चिंत हुआ।

उद्‌घाटन कार्यक्रम समाप्त हुआ। दूसरे दिन बकुल को खबर मिली कि शाम को लामलिंग के एक चाय की दुकान में ठीक वैसा ही एक बम फटा है। बम से जो लोग आहत हुए थे उन्होंने अपने शरीर को ढक के रखा था। इसका मतलब जो लोग आहत हुए थे वे लोग ही बम लेकर आए थे। जिस बैग में बम था उसी के अनुरूप लीफलेट छोड़कर भी आनंद पार्टी के कुछ हैंडबिल थे। इस घटना से ऐसा लग रहा था कि बम के षड्यंत्र के पीछे आनंद पार्टी का हाथ हो सकता

है। बैकुंठपुर के उपकंठ में आनंद पार्टी का एक ऑफिस था? वहाँ एक अवधूत (संन्यासी) रहते थे। उनका नाम था आनंद स्वामी। आनंद स्वामी एक प्राइमरी स्कूल भी चलाते थे। लामलिंग के बम विस्फोट का विवरण पाते ही बकुल ने आनंद स्वामी पर नजर रखने के लिए एक आदमी नियुक्त कर दिया। पर वैसी कोई खबर नहीं मिली। सिर्फ यही मालूम चला कि पिछली रात दो लड़के आकर आनंद स्वामी के आश्रम में ठहरे थे।

आज नेहरू कप शुरू हो रहा था। शाम को यूरोप की एक टीम के साथ लैटिन अमेरिका की एक टीम का खेल होना था। बकुल ने पक्की पुलिस व्यवस्था की थी। आई.एफ.ए. ने उसके पास कुछ कम्पलिमेंटरी कार्ड भी भेजा था। बकुल ने उन सबको विभिन्न ऑफिसों में भेज दिया।

उद्घाटन के दिन गेट का ताला खोलने का दायित्व स्टेडियम कमिटी पर था। कमिटी ने जिसके पास चाभी रखी थी, उसके आने में देरी होने के कारण ठीक वक्त पर गेट नहीं खोला जा सका। गेट के बाहर उस वक्त लंबी लाइन थी। सब लोग ही अच्छी जगह लेने के लिए पहले घुसना चाहते थे। माइक में परेश बोस बार-बार घोषणा कर रहा था—"सभी स्वयंसेवी अपने-अपने गेट खोल लें। पुलिस आप लोगों की सहायता करेगी।" मगर चाभी रहने पर ही तो गेट खुलेगा। स्वयंसेवी गेट नहीं खोल पा रहे थे। लाइन बढ़ती ही जा रही थी। और बढ़ रहा था धक्का-मुक्की-चीखना-चिल्लाना-शोर-शराबा। बकुल चाभी की खोज कर रहा था। बाहर हो रही धक्का-मुक्की देखकर एम.एल.ए. गौर कुंडू एस.डी.ओ. भजनराम के पास गया। भजनराम ने बकुल को बिना कुछ बोले रिजर्व से एक सेक्शन सी. आर.पी.एफ. ले जाकर धक्का-मुक्की सँभालने के लिए कहा। पिछले कुछ दिनों से पहाड़ पर सी.आर.पी.एफ. काफी अच्छा काम कर रही थी। इसलिए भजनराम को शायद यह आशा थी कि समस्या का समाधान हो जाएगा पर धक्का-मुक्की सँभालने के लिए सी.आर.पी.एफ. ने लाठी चार्ज कर दिया। बंधुत्व की भावना लिए लोगों पर लाठी चार्ज करने से पुलिस की काफी बदनामी हुई। जबकि इस घटना के लिए जिम्मेदार गौर कुंडू और भजनराम थे पर पूरा दोष आकर पड़ा बकुल पर। इसलिए बकुल ने साफ कह दिया कि नेहरू कप के समय चाभियाँ उसके पास ही रहेंगी, अशोक बाबू चाभी लेकर आ गए, बकुल पूरी चाभियाँ समझ ले रहा था।

पूरी चाभी समझना अभी खत्म नहीं हुआ था कि थाने से फोन आया। बर्द्धमान रोड के लामलिंग बस स्टैंड पर लामलिंग जानेवाली एक बस में आज फिर से एक बम फटा है। कोई मरा नहीं पर दो लोग काफी बुरी तरह घायल हुए हैं। खबर मिलते ही बकुल परेशान हो गया। अशोक बाबू के चेहरे पर भी चिंता के भाव छा गए। बकुल तुरंत घटनास्थल के लिए रवाना हो गया। उसने जाकर देखा कि वह भी उसी सीरीज का विस्फोट था। एक ही तरह के लीफलेट, लोहे के टुकड़े,

घड़ी के टूटे यंत्रों के अवशेष। आक्रमण के लक्ष्य थे पहाड़ी लोग। सब कुछ बिल्कुल एक जैसा था।

बकुल ने थाने में आकर जिसे नजर रखने के लिए कहा था, उसे बुलाया। उन्होंने बताया दो लड़के आठ बजे के करीब दो बैग कंधे पर लटकाकर निकले थे और अभी तक वापस नहीं लौटे। बकुल ने हिसाब लगाकर देखा कि विस्फोट साढ़े दस बजे हुआ था। इसका मतलब उन दोनों लड़कों के द्वारा बम रखाया ही जा सकता था। वो थाने से कुछ लोगों को लेकर आनंद स्वामी के आश्रम में जा पहुँचा। आनंद स्वामी से पूछताछ करने पर पता चला कि दोनों गुरु भाई कल आए थे और आज सुबह ही चले गए। मगर वे लोग कौन थे, कहाँ से आए थे, कहाँ जाएँगे, किस काम से जाएँगे वो नहीं जानता।

बकुल ने पूछा, "आपने उनके संबंध में बिना कुछ जाने ही आश्रय क्यों दिया?"

आनंद स्वामी ने बताया, "हमारा नियम ही इस तरह का है। संगठन के लोग आने पर हम आश्रय देने को बाध्य हैं।" बकुल को लगा कि वो सच बोल रहा था।

बकुल ने आश्रम को सर्च करके देखा, पर किसी भी प्रकार का बम या विस्फोटक कुछ भी नहीं मिला। आनंद पार्टी के कागजों को छोड़कर कोई भी लीफलेट भी नहीं था। ताख के एक कोने में रखी कुछ किताबों को बकुल देखने लगा। उसमें सब मामूली बातें लिखी हुई थीं। किसने किस महीने कितना चंदा दिया, किसमें कितना खर्च हुआ, हेडक्वार्टर में कब चंदा भेजा यह सब लिखा हुआ था। बकुल एक-एक करके पन्ना उलटने लगा। हर पन्ने में किसी न किसी महीने का हिसाब लिखा था। अचानक एक पन्ने में कुछ अलग तरह का लिखा हुआ लगा। बकुल ने अच्छी तरह से पढ़कर देखा, कुछ केसों के नंबर लिखे थे। इन केसों के नंबर कहाँ से मिले और लिखा ही क्यों गया? इन प्रश्नों का उत्तर वो दे न सका।

बकुल को संदेह हुआ, बम-षड्यंत्र से आनंद स्वामी जुड़ा है। कम से कम कौन लोग यह काम कर रहे हैं वो यह जानता था। बकुल नोटबुक सीज करके आनंद स्वामी को थाने ले आया। थाने में लाकर कुछ लोगों ने उससे पूछताछ करनी शुरू कर दी। पहले असली प्रश्न न पूछकर उसके जीवन से संबंधित प्रश्न किए गए। मिदनापुर के किसी गाँव में उसके पिता का घर था। छोटी उम्र में ही माँ के मर जाने के बाद पिता ने दोबारा शादी कर ली। सौतेली माँ उसे पसंद नहीं करती थी। वो उसके पिता को लेकर कहीं और चली गई। वो अपने दादा के पास रहने लगा। दादा की हालत जब मरणासन्न थी तब उसे एक अवधूत के हाथ में सौंप दिया गया। तब उसकी उम्र पाँच या छह वर्ष की थी। अवधूत उसे आनंद पार्टी के आश्रम में ले आया। वहीं पर उसकी पढ़ाई-लिखाई की व्यवस्था हुई। वो

उच्च माध्यमिक तक पढ़ा। उसके बाद संन्यासी की तरह उसका अभिषेक किया गया। उसने गेरुआ वस्त्र पहनना शुरू किया। उसे बैकुंठपुर के इस स्कूल को चलाने का भार सौंपा गया। संन्यासी को सांसारिक बनने की मनाही थी। इस कारण उसने विवाह नहीं किया। अपने पिता के साथ उसका संपर्क नहीं था। संपर्क रखने का उनका नियम भी नहीं था।

बातों ही बातों में संन्यासी के थोड़ा सहज होने पर बकुल काम की बात पर आया। उसने पृष्ठभूमि तैयार करते हुए कहा, "मैं समझ सकता हूँ कि उन्होंने आपको पाला, बड़ा किया, पढ़ाया-लिखाया। उनकी बातें मानकर आपको चलना पड़ता है। तो क्या ये केस के नंबर भी आपने उनके कहे अनुसार ही लिख रखे हैं।"

"हाँ इन केसों की क्या डेवलपमेंट हो रही है, यह जानने के लिए मुझे बोला गया था।"

"आप भी और क्या करते? पर इस तरह निरपराध लोगों को बम से उड़ा देना क्या ठीक है?"

मैंने भी यही बात कही थी मगर उन्होंने कहा, "जो लोग पहाड़ पर हमारे लोगों को मार रहे हैं उनको सावधान करना जरूरी है।"

"पर पहाड़ पर जो लोग अत्याचार कर रहे हैं बम से तो वो लोग मर नहीं रहे हैं। मर रहे हैं दूसरे लोग, जिन्होंने कोई अपराध नहीं किया। यह क्या ठीक है? यही देखिए, हम लोग अच्छी तरह से यह जानते हैं कि बम फेंकने आप नहीं गए थे पर हम आपको पकड़ लाए। दूसरों के लिए आप सजा पा रहे है। यह क्या ठीक है?"

"मैंने सचमुच ही बम नहीं फेंका मुझे छोड़ दीजिए।"

"आपको रखकर हम लोग क्या करेंगे? मगर वे दोनों लड़के कहाँ गए हैं अगर बता दें तो।"

"वे लोग तब मुझे मार डालेंगे?"

"उनको पता कैसे चलेगा?"

"एक तो छोड़िबाड़ी थाने के उत्तर में हमारी पार्टी का जो आश्रम है रात को वहीं रहेगा। मगर दूसरा कहाँ रहेगा मुझे नहीं मालूम।"

"उसके पास और भी बम है क्या?"

"उसके पास क्या है क्या नहीं मैंने नहीं देखा। हमें देखने का नियम भी नहीं है।"

"अच्छा-अच्छा आपको अब और परेशान नहीं करूँगा।"

बकुल को जो कुछ जानना था मोटा-मोटी वो जान गया। संन्यासी को कोर्ट में भेज दिया गया। बकुल हल्के मन से मैदान में लौट आया। उसको ऐसा लग

रहा था कि बम के रहस्य का समाधान अब हो जाएगा।

रात के वक्त जो आनंद स्वामी पर नजर रखे हुए थे उनमें से ही कुछ लोगों को लेकर बकुल छोड़िबाड़ी थाने पहुँचा। थाने से कुछ लोगों को ले जाकर आनंद पार्टी के आश्रम को घेर लिया। उसके बाद उसने भीतर जाकर देखा, आनंद स्वामी की खबर एकदम ठीक थी, पिछली रात जो दो लड़के बैकुंठपुर में आनंद स्वामी के आश्रम में थे, उनमें से एक वहाँ था। उसको अरेस्ट किया गया। थाने में लाकर उससे पूछताछ की गई। पता चला कि उसका नाम प्रशांत पालधि था और घर कूचबिहार में। इससे अधिक और कुछ भी नहीं जाना जा सका। बम फेंकने की बात उसने कबूल नहीं की। आनंद स्वामी को पहचानता है यह भी स्वीकार नहीं किया। सुबह उसे कोर्ट भेजा गया। कोर्ट ने उसे सात दिनों तक पुलिस हिफाजत में रखने का निर्देश दिया। उसको हवालात में रखा गया।

अगले दिन सुबह बकुल को समाचार मिला कि आनंद स्वामी ने अपने पहने हुए कपड़े को खोलकर उसका फंदा बनाकर बाथरूम में पानी के पाइप से लटककर आत्महत्या कर ली। समाचार पाकर बकुल घबड़ा गया। पुलिस के बारे में लोगों की राय इतनी खराब है कि कोई भी विश्वास नहीं करना चाहेगा कि उसने आत्महत्या की है। सभी कहेंगे, उसे पीट-पीटकर मार डाला गया। बकुल थाने को दौड़ा। हवालात का ताला खोलकर वह भीतर घुसा। सब कुछ देखने के बाद उसे विश्वास हो गया कि उसने सचमुच ही आत्महत्या की थी। मगर इस पाइप से कोई लटक भी सकता है इस बात पर उसे पहले ध्यान देना चाहिए था। अब मिस्त्री बुलवाकर इसका इंतजाम करना पड़ेगा।

पुलिस हिफाजत में किसी के मरने पर मजिस्ट्रेट के द्वारा पंचनामा करवाना पड़ता है। एस.डी.ओ. के पास खबर भेजी गई। सेकेंड अफसर चक्रवर्ती साहब आए। पंचनामा के बाद डेड बॉडी को पोस्टमार्टम के लिए मेडिकल कॉलेज के मुर्दाघर में भेजा गया।

एक के बाद एक पत्रकारों का दल आकर पूछने लगा–"सचमुच आत्महत्या ही तो थी?" हत्या करके आत्महत्या बताने की घटनाओं के कारण ऐसा हो गया था कि सचमुच आत्महत्या करने पर भी लोग विश्वास नहीं करना चाहते थे। इस कारण बकुल के लिए पत्रकारों को विश्वास दिलाना कठिन हो गया था कि आनंद स्वामी ने सचमुच आत्महत्या की थी। उसे टार्चर करके नहीं मारा गया।

दोपहर के करीब डी.आई.जी. ने फोन किया। उन्होंने बकुल की एक न सुनी। एकतरफा बकुल को डाँटने लगे, जैसे बकुल ने ही उसे मार दिया हो। उसके गुस्से का कारण तब समझ में आया जब कुछ देर बाद डी.जी. साहब ने फोन किया। इसी बीच नीरेन होम नए डी.जी. बने। ऑनेस्ट एंड अपराइट अफसर के रूप में उनका नाम था। वे बकुल को पसंद करते थे। उन्होंने कहा, "चलो मैंने तुम्हारी

बात पर विश्वास किया कि उसने आत्महत्या ही की थी। मगर मेरी बात पर विश्वास ही कौन कर रहा है? उनके हेडक्वार्टर की ओर से हाईकोर्ट में केस किया गया है कि उसको पीटकर मार डाला गया है। हाईकोर्ट ने इस घटना की जाँच के लिए उनके एडवोकेट को स्पेशल अफसर नियुक्त किया है। डेडबॉडी को प्रिजर्व करने के लिए कहा गया है, जिससे स्पेशल अफसर के तत्वावधान में नए सिरे से पोस्टमार्टम किया जा सके। स्पेशल अफसर रात को ही लामलिंग मेल से रवाना हो रहा है। थोड़ा ध्यान रखना। खेल की क्या खबर है?''

''सब ठीक-ठाक है।''

''बम गिरना बंद हुआ?''

''हाँ सर। इसी कारण तो यह सब कांड हुआ है।''

''ठीक है काम करो।'' उन्होंने फोन रख दिया।

दूसरे दिन सुबह स्पेशल अफसर हाजिर हुआ। थाने के हवालात में अन्य जो मुलजिम थे उनसे पूछताछ करके वो बकुल के पास हाजिर हुआ। बकुल ने पूरी घटना को खोलकर उसे बताया। सब सुनने के बाद वो सेकेंड अफसर चक्रवर्ती के पास गया। वहाँ से वो मेडिकल कॉलेज डेडबॉडी पोस्टमार्टम करवाने गया। पोस्टमार्टम करने के लिए टीम तैयार की गई थी पर स्पेशल अफसर बैकुंठपुर लौट आया। आई.सी. समीनाथ चक्रवर्ती ने आकर कहा, ''सर वे मैच देखना चाहते हैं।''

बकुल ने उत्तर दिया, ''वो हाईकोर्ट के स्पेशल अफसर होने पर भी असल में आनंद पार्टी के वकील हैं। मैच देखना है तो टिकट खरीद कर देखें।''

समीनाथ चक्रवर्ती ने मृदुल हँसी हँसते हुए कहा, ''वो तो ठीक है सर। फिर भी घुसा दीजिए। बाद में काम आएगा।'' समीनाथ बकुल का प्रिय अफसर था। बकुल के कहे अनुसार ही दुर्गा बोस की जगह उसकी पोस्टिंग की गई थी। बकुल कुछ समझ नहीं पाया कि समीनाथ किस काम की बात कर रहा था। फिर भी उसने उसे एक कम्प्लीमेंट्री कार्ड दे दिया। स्पेशल अफसर वी.आई.पी. ब्लॉक में बैठकर खेल देखने लगा।

बाद में हुई पोस्टमार्टम रिपोर्ट ने पहले वाली रिपोर्ट का ही समर्थन किया। अर्थात् दूसरी बार भी पोस्टमार्टम करके देखा गया कि आनंद स्वामी संन्यासी ने आत्महत्या ही की थी। उसकी हत्या नहीं हुई थी। हवालात में दूसरे जो मुलजिम थे उन्होंने भी बयान दिया कि संन्यासी ने आत्महत्या ही की थी। यहाँ तक कि छोड़िबाड़ी से आनंद पार्टी के जिस लड़के को अरेस्ट किया था उसने भी स्पेशल अफसर से कहा कि अवधूत ने आत्महत्या ही की थी। स्पेशल अफसर ने अपनी रिपोर्ट में इस बात का जिक्र किया था पर उसके साथ-साथ उसने यह भी लिखा कि उसे पहली रात को इतना मारा-पीटा गया था कि उसने बाध्य होकर आत्महत्या कर ली। इसका मतलब संन्यासी को आत्महत्या करने के लिए पुलिस ने बाध्य किया।

स्पेशल अफसर की रिपोर्ट पाकर हाईकोर्ट ने पुलिस के काम की सफाई माँगी। समीनाथ बाबू सफाई लिखकर ले आए। बकुल देखकर अवाक् हो गया। उसने पूरी घटना को क्रम से लिखा था, गवाहों की बातें और दूसरी बार हुई पोस्टमार्टम की रिपोर्ट। उसके बाद उसने लिखा, "स्पेशल अफसर ने यहाँ आकर अपना काम ठीक से किए बगैर मैदान में बैठकर फुटबाल मैच देखा। जिसके कारण, पोस्टमार्टम जिन्होंने किया था उनमें से सभी के साथ बात नहीं की। अतएव स्पेशल अफसर की उस रिपोर्ट में सत्यता नहीं है। हकीकत तो यह है कि आनंद स्वामी को मारा-पीटा ही नहीं गया है। पोस्टमार्टम रिपोर्ट में भी मार-पीट का जिक्र नहीं है। गवाहों ने भी नहीं कहा है। हवालात में आनंद पार्टी का एक और मुजरिम था उसने भी स्पेशल अफसर को मार-पिटाई की बात नहीं कही। अतएव यह मार-पीट का विषय स्पेशल अफसर की कल्पना की उपज है। इसलिए इस रिपोर्ट को स्वीकार नहीं किया जाए।"

बकुल अब जाकर समझ पाया कि समीनाथ क्यों स्पेशल अफसर को खेल दिखाने के लिए इच्छुक था। बेचारा स्पेशल अफसर खेल देखने के लिए आकर फँस गया। बहुत सारे लोगों के सामने बैठकर उसने खेल देखा था। अब इनकार भी नहीं कर सकता। बकुल समीनाथ की बुद्धि की प्रशंसा किए बगैर नहीं रह सका। मेमो में दस्तख्त करके वो खेल के मैदान की तरफ रवाना होने के लिए तैयार हुआ।

रीडर बाबू ने आकर कहा, "सर मनोतोष भट्टाचार्य ने एक दरख्वास्त दी है।" उसने दरख्वास्त समेत मनोतोष भट्टाचार्य के प्रोसेडिंग फाइल को आगे बढ़ा दिया। बकुल फाइल लेकर पढ़ने लगा। मनोतोष भट्टाचार्य ने लिखा था—"महाशय, मैं अस्वस्थ होने के कारण डॉक्टर श्रीमाली सरकार के अधीन चिकित्सा में हूँ। उन्होंने मुझे चार सप्ताह पूर्ण विश्राम लेने के लिए कहा है। ऐसी अवस्था में मेरे लिए इन्क्वायरी अटेंड करना संभव नहीं है। अतएव मुझे कम से कम तकरीबन एक महीने का समय दिया जाए।" दरख्वास्त के साथ मेडिकल सर्टिफिकेट भी था जिसमें चार सप्ताह के लिए विश्राम की सिफारिश थी। बकुल समझ गया कि मनोतोष भट्टाचार्य उसकी इन्क्वायरी फेस करना नहीं चाहता। इसलिए तो उसने मेडिकल सर्टिफिकेट जुगाड़ किया। उसकी बात तो समझ में आती है पर ये डॉक्टर? वे तो जानते हैं कि मनोतोष को कुछ भी नहीं हुआ। फिर भी उसको सजा के हाथ से बचाने के लिए झूठे सर्टिफिकेट दे रहे हैं। पहले तो इनको सजा मिलनी चाहिए। इन जैसे लोगों के कारण सचमुच कोई भी नियम मान कर चलना संभव नहीं है। एक व्यक्ति जिसे कुछ भी नहीं हुआ पर रुपया देकर ऐसा सर्टिफिकेट ले आता है कि छुट्टी मिलनी बाध्य है। हो सकता है कि किसी और व्यक्ति को उससे भी अधिक छुट्टी की जरूरत हो पर उसने झूठा सर्टिफिकेट नहीं दिया। उसे छुट्टी नहीं मिलेगी। डॉक्टरों की जालसाजी के कारण निर्दोष लोगों को सजा मिलती है। और इस मनोतोष भट्टाचार्य

जैसे लोग सुविधा भोग करते हैं। मगर क्या किया जा सकता है? बकुल ने एक महीने के बाद का एक दिन निश्चित किया। उसी के अनुसार अभियुक्तों और गवाहों को सूचना देने का निर्देश दिया।

सत्रह

बैकुंठपुर में आयोजित जवाहरलाल नेहरू गोल्ड कप इंटरनेशनल फुटबाल टूर्नमिंट बकुल के जीवन का एक विशेष अनुभव था। बैकुंठपुर के एडिशनल एस.पी. के तौर पर वह स्टेडियम के लिए जमीन दखल करने से लेकर अंत में विदाई भोज तक जुड़ा था। जब स्टेडियम तैयार हो रहा था, स्टेडियम कमिटी के लोग काफी परिश्रम कर रहे थे। खेल मंत्री खुद बराबर काम में तेजी के बारे में खोज-खबर ले रहे थे। आई.एफ.ए. के सभापति भी बीच-बीच में खोज-बीन ले रहे थे पर जैसे ही सब कुछ ठीक-ठाक हो गया, आई.एफ.ए. के सभापति ने खेल शुरू होने के पहले दिन अखबारों में ऐसा बयान दे दिया कि खेल मंत्री फिर खेल के मैदान में नहीं आए। स्थानीय एम.एल.ए. और अन्य नेतागण भी नहीं आए।

बकुल समझ गया, उसके शांति शृंखला बनाए रखने का काम थोड़ा और कठिन हो गया है। आई.एफ.ए. और स्टेडियम कमिटी एक-दूसरे को इस तरह शिक्षा देना चाहेगी। बकुल ने आई.एफ.ए. और स्टेडियम कमिटी से बात करके कानून-व्यवस्था के साथ जुड़े सभी विषयों को अपने हाथों में ले लिया। गेट का ताला खोलने, बंद करने से लेकर टिकट चेक और बैठने की व्यवस्था तक सभी कुछ उसकी निगरानी में होना तय हुआ। इस कारण उसके लोगों पर काम का दबाव बढ़ा मगर आई.एफ.ए. और स्टेडियम कमिटी में मनमुटाव के कारण उसके बदनाम होने की संभावना नहीं रही।

इसी बीच एक सच्चे, परिश्रमी और कर्मनिष्ठ अफसर के रूप में बकुल ने अपने को प्रतिष्ठित कर लिया। नेहरू कप में असाधारण सुरक्षा व्यवस्था करके उसने और भी अधिक प्रशंसा हासिल कर ली। इस राज्य में कलकत्ता से बाहर इतने बड़े खेल का आयोजन यह पहला ही था। इस जिले के तीन महकमाओं में जहाँ सशस्त्र आंदोलन चल रहा था वही पर बैकुंठपुर में इतने बड़े खेल के आयोजन की सुरक्षा के बारे में अनेकों के मन में शंका थी। उनकी इस शंका को झूठा प्रमाण कर देने पर बकुल का यश बढ़ गया। हर अखबारों में उसकी प्रशंसा छपी। खेल-कूद

की पत्रिकाओं में उसकी तस्वीर छपी। इस कारण जिस प्रकार उसकी लोकप्रियता बढ़ी, उसी प्रकार दूसरी ओर उसके शत्रुओं की संख्या भी बढ़ गई।

साधारण लोग, विशेषकर युवा लड़के-लड़की बकुल से बहुत प्रभावित हो गए। इस लगाव का पता विभिन्न तरीके से चलने लगा। एक दिन मोहन बगान और पी.एस.ई.बी. का खेल चल रहा था। गैलरी में अनेकों नामी-गिरामी खिलाड़ी बैठे थे। एम.एल.ए. भी बैठे थे। एक मंत्री भी थे। उनके पास न जाकर हाफटाइम में कुछ बच्चे बकुल का ऑटोग्राफ लेने चले आए। बकुल पहले तो तैयार नहीं हुआ पर बगल में सभाधिपति सुनील साहा बैठे थे। उन्होंने कहा, "अरे छोटे बच्चे आए हैं, एक साइन मार दीजिए ना।" बकुल जैसे ही एक कॉपी लेकर अपना नाम साइन करने लगा, वैसे ही तुरंत उसका ऑटोग्राफ लेने के लिए तुरंत लाइन लग गई। बकुल असहज महसूस करने लगा और गैलरी छोड़कर कंट्रोलरूम में चला गया पर उसके पहले ही फोटोग्राफरों ने ऑटोग्राफ लेने वाले शिकारियों के बीच बकुल का फोटो खींच लिया। अगले दिन बैकुंठपुर वार्त्ता में वो फोटो छप भी गई।

इससे उसके सहकर्मी, विशेषकर उसके आला अफसर बहुत असंतुष्ट हो गए। अखबारों में पुलिस के बारे में बहुत समाचार निकलते रहते हैं। कहना नहीं होगा कि उसमें पुलिस के सात पुश्तों का श्राद्ध किया जाता है। इसमें किसी को कोई आपत्ति नहीं थी। इसका मतलब यह नहीं कि अखबार में किसकी तारीफ निकल जाए। अगर निकले भी तो केवल आला अफसरों की ही निकल सकती है, दूसरे और किसी की नहीं। यह सहा नहीं जा सकता।

दो दिन बाद चांदा साहब आए। अब फाइनल में मात्र और तीन दिन बाकी थे। खेल के अंत में उन्होंने सभी अफसरों को मैदान में फालो इन करवाया। उसके बाद बकुल की जवाबदेही लेनी शुरू की। शुरू में ही उन्होंने अपनी राय दी—"मेरे पास रिपोर्ट है, मैदान में कोई नियम कानून नहीं है, सब कुछ अव्यवस्थित है।" बकुल ने कोई जवाब नहीं दिया। इस बार उन्होंने सीधे-सीधे बकुल को दोषी मानते हुए कहा, "गेट पर तुम किसी स्थानीय अफसर को नहीं रख रहे, गण्यमान्य लोग खेल देखने के लिए आकर लौट जा रहे हैं।"

इस बार बकुल ने मुँह खोला—"सर भूलचूक तो हो ही सकती है, मगर जैसी व्यवस्था है उसमें किसी के लौट जाने की बात ही नहीं है। कौन वापस चले गए हैं जानने पर मैं पता लगाकर देखता हूँ सर।"

"दूसरे लोगों की बात ही छोड़ो, मोहन बाबू कल खेल देखने के लिए आकर वापस लौट गए। उनको इतना दुःख हुआ कि हो सकता है वे अब मैदान में ही नहीं आए।"

मोहन बाबू अर्थात् एडिशनल एस.पी., डी.आई.जी.। उनके तो वापस लौट जाने की बात ही नहीं थी। बकुल ने जवाब दिया—"सर, मैंने स्वयं मोहन बाबू

के पास कमप्लीमेंट्री कार्ड भिजवाया है। इसके बावजूद उनके खेल देखने के लिए आकर लौट जाने की बात ही नहीं थी।''

''मुझे कमप्लीमेंट्री कार्ड दिया गया है इसका मतलब यह नहीं है कि मैं अगर कार्ड लेकर न आऊँ तो मुझे घुसने नहीं दोगे।''

''सर मैं यह नहीं कह रहा। वे अगर जरा सी भी सूचना देते तो उनके खेल देखने की व्यवस्था करवा देता।''

''ऐसा कर कहाँ रहे हो? उल्टे स्थानीय कोई सज्जन व्यक्ति अगर कहीं बैठते हैं तो तुम उठा देते हो।''

बकुल समझ गया, यह अभियोग विनय बनर्जी के बारे में था। इसी बीच आई.एफ.ए. के साथ स्टेडियम कमिटी का विरोध खत्म हो चुका था। आई.एफ. ए. के सभापति ने वापस उसी के अनुसार अखबारों में सूचना जारी कर दी। स्टेडियम कमिटी तथा उससे जुड़े लोग फिर से खेल के मैदान में आ रहे थे। उस दिन विनय बनर्जी अपने कुछ दोस्तों के साथ प्रेस के लिए आरक्षित जगह पर बैठ गए। पत्रकारों के अनुरोध पर भी वे लोग नहीं उठे और पत्रकारों को बैठने की जगह नहीं मिल रही थी। तब उन लोगों ने उस ओर बकुल का ध्यान दिलवाया। बकुल ने उनको प्रेस के लिए आरक्षित स्थान को छोड़ने के लिए कहा। यह भी कोई शिकायत का विषय हो सकता है। बकुल सोच भी नहीं सकता। चांदा साहब ने कहा, ''तुम जब ठीक तरह से नहीं चला पा रहे हो, तब मैदान का चार्ज अरुण बोस को समझा दो।'' वे चले गए।

अरुण बोस एस.ए.पी. थर्ड बटालियन का कमांडेंट था। खेल के लिए जो लोग बाहर से आए थे वे उनमें से ही एक थे। वे बकुल के सीनियर भी थे। बकुल ने जाकर अरुण बोस को सैल्यूट करके कहा, ''सर, तब फिर कल से मैदान के चार्ज में आप रहेंगे। किसी मदद की जरूरत पड़े तो कहिएगा मैं तुरंत कर दूँगा। अभी आप इन कागजों को अपने पास रखिए।''

अरुण बोस ने जवाब दिया, ''मैं तो बाहर से आया हूँ। किससे क्या करवाना है मैं कुछ भी नहीं जानता। मैं मैदान का चार्ज कैसे लूँ?''

''पर सर, यह बात आप एस.पी. साहब से कह सकते थे। तब तो आपने कुछ नहीं कहा। वे आर्डर देकर चले गए। मैं तो उनके आदेश को अमान्य नहीं कर सकता। यह रहे कागजात।''

अरुण बोस को मैदान का चार्ज समझाकर बकुल ऑफिस चला गया। ऑफिस पहुँचकर उसने देखा कि फूलझड़ी बैठी थी। बकुल को देखकर उसने मुस्कुराते हुए एक कॉपी बकुल की तरफ बढ़ाते हुए कहा, ''दीजिए मुझे भी एक ऑटोग्राफ दीजिए।'' उसकी भाव भंगिमा को देखकर बकुल भी हँस पड़ा। मगर मन के अंदर उसका दर्द टीस दे रहा था। इसलिए उसकी हँसी मधुर न होकर करुण दिखी। करुणा

से हँसकर उसने कहा, ''मजाक कर रही हैं।''

''वाह रे! अखबार में जिनको लाइन में देखा, वे भी क्या मजाक कर रहे थे?''

''नहीं, नहीं, वे लोग मजाक क्यों करने लगे।''

''तब फिर मेरे करने पर मजाक क्यों कर हुआ?''

''उन लोगों ने जो कुछ भी किया अंतर्मन से, स्वतःस्फूर्त रूप से और आप जो कर रही हैं, जान-बूझकर मुझे काबू में करने के लिए।''

''आपको काबू करूँगी मैं? तब तो हो गया। धड़ पर सिर नहीं रहेगा?''

''आपका सर कौन काटेगा? मेडिकल कॉलेज में आपका जो दलबल है...''

''वो माना कि है। पर आप जरा बताइए तो आप मुझे कब तक आप-आप कहिएगा?''

''तब क्या कहूँ?''

''तुम कहकर बोलिए। मैं आपसे कितनी छोटी हूँ?''

''छोटी तो हो। पर एक-दो घनिष्ठ दोस्तों को छोड़कर मैं सभी को आप कहकर बुलाता हूँ।''

''मुझे घनिष्ठ दोस्त नहीं समझते?''

''ऐसा नहीं है, दरअसल...''

''दरअसल क्या?''

''अच्छा तुम ही कहूँगा। अब बोलिए, और क्या करना होगा?''

''वापस बोलिए?''

''अच्छा बोलो और क्या करना होगा?''

''और फूलझड़ी न कहकर फूल कहकर बुलाना होगा। मैंने तो कितनी बार ही कहा है, मेरे दादाजी मुझे फूल कहकर बुलाते हैं।''

''अरे आप क्या मुझे दादाजी बना दे रही हैं?''

फूल ने चिढ़ते हुए कहा, ''आपसे मैं और बात नहीं करूँगी।''

''क्यों? मेरा अपराध?''

''अपराध यह है कि आपने अभी तक मेरी कॉपी में अपना आटोग्राफ नहीं दिया।'' उसने कॉपी आगे बढ़ा दी। बकुल उसे लेकर साइन करने लगा।

वृंदावन पर्दा हटाकर मुँह बढ़ाते हुए बोला, ''सर, मटिकाटा की एक महिला बहुत देर से आपसे मिलने के लिए बैठी है।''

बकुल ने शिकायत के स्वर में कहा, ''इतनी देर से कहा क्यों नहीं?''

वृंदावन ने चुप रहना ही श्रेयस्कर समझा।

फूल कॉपी लेकर उठ खड़ी हुई, ''आपके ऑफिस की बातें होंगी इसलिए मेरा न रहना ही बेहतर है।''

बकुल ने उससे कहा, "ऐसी कोई गुप्त बात नहीं है कि आपके रहने पर असुविधा होगी। बैठिए।" फूल बैठ गई।

महिला आकर सामने के चेयर पर बैठ गई। बकुल ने पूछा, "आप थाने गई थीं?"

महिला ने उत्तर दिया, "गए रहे। दरोगा बाबू केस करी लिए है पर ओकरा बाद अभी तलक कुछो नहीं भया।"

बकुल ने मटिकाटा थाने में फोन किया। ओ.सी. के फोन पकड़ते ही उसने कहा, "गोपाल मंडल के विरुद्ध जो केस किया गया है उसकी जाँच की व्यवस्था जल्दी कीजिए। वैसे भी काफी देर हो चुकी है। अब और ज्यादा देरी न हो।" फोन रखकर उसने महिला से कहा, "मैंने ओ.सी. को बोल दिया है। आपके केस की जल्दी ही जाँच होगी।" महिला दोनों हाथ जोड़कर नमस्कार करके चली गई।

फूल ने बकुल की ओर देखकर पूछा, "इन सामान्य वजहों के लिए भी इन लोगों को आपके पास आना पड़ता है?"

बकुल के कुछ कहने से पहले ही टेलीफोन की घंटी बज उठी। रीडर बाबू ने कहा, "सर चांदा साहब आपसे बात करेंगे।"

बकुल के टेलीफोन उठाते ही चांदा साहब की आवाज सुनाई पड़ी–"तुमने अरुण बोस को मैदान के सारे कागजात दे दिए हैं?"

"सर आपने ही तो कहा था।"

"डोंट बी सिली। अरुण बोस बाहर से आए हैं। यहाँ के बारे में कुछ भी नहीं जानता। वो चार्ज लेकर क्या करेगा?"

"पर मैदान में तो आपने यही कहा था।"

"कहने से ही करना होगा? मैं तो तुम्हें शराब पीने के लिए भी कहता हूँ, तुम पीते हो?"

"सर वो तो आप मजाक में कहते हैं।"

"और यह मैंने गुस्से में कहा था। यही तो। तुम कागजात वापस ले लो।"

चांदा साहब ने फोन रख दिया। बकुल सोचने लगा कि यह कैसा व्यवहार था। वह इतनी मेहनत से मैदान में शांति शृंखला की रक्षा कर रहा था पर चांदा साहब ने कहा, मैदान में कोई नियम शृंखला नहीं है। सब लोग उसके काम की प्रशंसा कर रहे थे पर उन्होंने कहा, सब कुछ अव्यवस्थित है। सबके सामने उन्होंने बकुल को फटकारा था। उन्होंने तो कहा था, "तुम जब सँभाल नहीं पा रहे हो तो अरुण बोस को चार्ज दे दो।" उसने वही तो किया था। तब फिर क्यूँ उसे लेकर खींचातानी की जा रही है? उसके चेहरे पर वेदना की छाप स्पष्ट होकर उभर आई।

फूल से रहा नहीं गया। उसने पूछा, "बात कुछ गंभीर लग रही है। क्या हुआ?"

बकुल ने कहा, "वो बहुत सारी बातें हैं। हो सकता है कि तुम समझ सको, तुम्हें मैं बाद में बताऊँगा। आज मेरा मन अच्छा नहीं है।"

"इस तरह तो मैं भी बेचैनी में रहूँगी।"

"फूल तुम मेरे झमेले में मत पड़ो। पढ़ाई करो, तुम्हारी परीक्षा नजदीक है।"

फूल और बात बढ़ाए बगैर बैग कंधे पर लटकाकर चली गई। बकुल उसकी तरफ देखता रहा। राखाल ने आकर कहा, "सर, एक आदमी मिलना चाहता है।" बकुल ने इशारे से भेजने को कहा।

उस आदमी ने आकर जो कुछ कहा उसका सार यह था कि कलकत्ता के पास नरेंद्रपुर में उसका घर है और वह गैंगटॉक में नौकरी करता है। परसों उसकी शादी है। वह छुट्टी लेकर घर लौट रहा था।

रास्ते में बस की भीड़ में उसकी पॉकेटमारी हो गई। उसके पास इस वक्त एक पैसा भी नहीं है और उधर ठीक समय पर घर नहीं पहुँचने पर वह लड़की लग्न भ्रष्ट हो जाएगी। इस कारण जैसे भी हो उसे टिकट की व्यवस्था करनी होगी। सब कुछ सुनकर बकुल के मन में दया आई। उसने पूछा, "पर आप यहाँ क्यों आए?"

"बहुत जगह गया पर सभी ने कहा, बकुल विश्वास के पास जाइए, मदद जरूर मिलेगी। इसलिए आया हूँ।"

सभी उसके पास जाने के लिए कह रहे हैं, यह सुनकर बकुल को अच्छा लगा। तब तो उसके सीनियर अफसर कुछ भी कहें, आम लोग उसे अच्छा ही कहते हैं। लोग सोचते हैं कि उसके पास जाने से मदद मिलती है, पर वो क्या मदद करे?

उसने कहा, "पर हम लोगों के पास तो इस तरह का कोई फंड नहीं रहता।"

आदमी ने कहा, "यदि किसी से उधार की व्यवस्था कर दें तो मैं पहुँचकर मनीआर्डर करके भेज दूँगा।" उसने पॉकेट से अपना आइडेंटिटी कार्ड निकाला।

बकुल ने रोका, "नहीं नहीं कार्ड नहीं दिखाना होगा।" उसने पॉकेट से एक सौ रुपए का नोट निकालकर उसके हाथ में दे दिया। वह बकुल का नाम-पता लिखकर असंख्य धन्यवाद देते हुए चला गया। बकुल भी मैदान के कागजात वापस लेने के लिए अरुण बोस से मिलने सर्किट हाउस चला गया।

पेनोरल के साथ मोहम्डन का मैच था। खेल शुरू होने में मात्र कुछ मिनट ही बाकी थे। बकुल ने देखा फेंस के अंदर आई.एफ.ए. के सभापति के बगल में अमित अग्रवाल बैठा हुआ है। स्टेडियम के तैयार होने से लेकर आज तक वहाँ खेल के बारे में जो कुछ भी हुआ उसमें व्यवसायियों का प्रतिनिधित्व चंद्र बाबू ने किया था। चंद्र बाबू अर्थात् फोमिन के सेक्रेटरी चंद्र भूषण दा। अमित अग्रवाल को एक दिन भी नहीं देखा था पर आज अचानक वो फेंस के अंदर। और चंद्र

बाबू गैलरी में बैठे थे। बकुल यह माजरा समझ नहीं पाया।

अचानक चार नंबर गेट से खबर आई कि एक आदमी अपने आपको पुलिस का सब-इंस्पेक्टर बतलाकर इस गेट से घुसने की कोशिश कर रहा है, पर उसके पास दूसरे गेट का टिकट है। वह किसी की बात नहीं सुन रहा है। इस हालत में क्या किया जाए उस गेट के डी.एस.पी. साहब पूछ रहे हैं। क्या इंस्ट्रक्शन दे, बकुल तय नहीं कर पाया। पहली बात तो यह थी कि टिकट रहने के बावजूद वह चार नंबर गेट से क्यों घुसना चाहता है? बकुल मेनपैक हाथ में लेकर चार नंबर गेट की तरफ गया। कर्त्तव्यरत डी.एस.पी. ने कहा कि उसे इस गेट से घुसने से रोकने पर उसने कहा, "आपके जैसा डी.एस.पी. मैंने बहुत देखा है।" बकुल ने उस आदमी को बुलाया पर वो शुरू से ही चिल्लाना शुरू कर दिया। उसके चिल्ला-चिल्ली से बकुल ने जो कुछ भी समझा वो यह था, कि वह पुलिस में सब-इंस्पेक्टर होने के अलावा श्रीकंठपुर नील पुलिस संगठन का नेता भी है। बहुत ही जिम्मेदार व्यक्ति है। टिकट लेकर खेल देखने आया है। उसमें डी.एस.पी. रोकने वाला कौन है? बकुल ने उसकी टिकट देखनी चाही, उसने पॉकेट से दो टिकट निकालकर दे दिया। बकुल ने देखा कि दोनों ही कमप्लीमेंट्री टिकट हैं। एक वी.आई.पी. गेट का और दूसरा ग्यारह नंबर गेट का। दोनों टिकट वापस देकर बकुल ने पूछा, "आपका एक भी टिकट इस गेट का नहीं है। तब फिर आप इस गेट से क्यों घुसना चाहते हैं?" प्रश्न सुनकर वह व्यक्ति और भी उत्तेजित हो गया। वह कहने लगा, "घुसने से क्या होगा? खाली ही तो पड़ा है।"

"यह आपके देखने की बात नहीं है। आपका टिकट इस गेट का नहीं है। अब आप इस गेट से नहीं घुस पाएँगे। डी.एस.पी. ने रोका ठीक किया क्योंकि उसके पास यही निर्देश है। आप अनुरोध कर सकते हैं। पर आपने ऐसा नहीं किया उल्टे झगड़ा करने लग गए, ऐसे नहीं चल सकता।"

"आप सर रैंक देख रहे हैं, न्याय-अन्याय नहीं देख रहे हैं।"

बकुल को गुस्सा आया। उसने कहा, "आप क्या कहना चाहते हैं! एक गेट का टिकट लेकर दूसरे गेट से घुसना क्या न्याय है और उसको रोकना अन्याय है। आपकी टिकट जहाँ की है आप वहाँ जाइए।"

"यहाँ मेरे परिचित बैठे हैं। मैं इसी गेट से खेल देखूँगा। देखता हूँ आप लोग क्या कर सकते हैं।"

बकुल और गुस्सा हो गया। अपने आप को पुलिस का कर्मचारी कह रहा है, अन्याय भी कर रहा है। ऊपर से गाल भी बजा रहा है कि यहीं पर खेल देखेगा। उसने अपने आदमियों को इशारा किया। उन लोगों ने उसे मैदान के बाहर निकाल दिया। मैदान के बाहर आकर वह चिल्लाने लगा–"मैं भी देख लूँगा। मेरा नाम अम्लान गुप्ता है। मैं श्रीकंठपुर नीली पुलिस संगठन का सेक्रेटरी हूँ।"

बकुल ने कहा, "आपको जो देखना हो देख लीजिएगा। मगर आपने जैसा आचरण किया है उसके लिए यदि माफी नहीं माँगी तो मैं आपको थाने भेज दूँगा, आपके विरुद्ध कार्रवाई करने के लिए।" उसने एक गाड़ी लाने के लिए कहा, दूसरे अफसर सभी दौड़कर आ गए। उनके समझाने पर अम्लान गुप्ता ने बकुल से माफी माँगी। बकुल अपने स्थान पर लौट गया। अम्लान गुप्ता भी चला गया।

नेहरू कप खेल खत्म हो गया। पहले दिन के खेल में यूरोप के जिस दल ने पेनोरल को दो गोल से हराया था, फाइनल में उसी दल को पेनोरल ने एक गोल से हराया। खेल के सारे समय पेनोरल के गोल पोस्ट के ही अगल-बगल ही बॉल घूम रहा था, पर मौका मिलते ही पेनोरल ने एक गोल कर दिया। खेल के खत्म होते ही यूरोपीय खिलाड़ी हताश होकर मैदान के बीचों-बीच बैठ गए। सारे समय वे काफी अच्छा खेले। सारे समय वे अपने प्रतिपक्ष के ऊपर हावी रहे। फिर भी जीत प्रतिपक्ष की ही हुई क्योंकि उन लोगों को जो एकमात्र अवसर मिला था उसको वे काम में लगा सके।

मनुष्य का जीवन भी शायद इसी तरह का है। किसी के जीवन में बहुत अवसर आते हैं पर उनमें से वो एक भी काम में नहीं लगा पाता है। पर किसी-किसी के जीवन में एक ही अवसर या सुयोग आता है और वह उसे काम में लगाकर बहुत ऊपर उठ जाता है। लोग उसे सौभाग्यशाली कहते हैं। लक्की। बैकुंठपुर में अब सब लोग कह रहे हैं कि पेनोरल बहुत लक्की है। जो लोग एक चांस को भी काम में नहीं लगा पाते हैं उन्हें कोई भी याद नहीं रखता। वे खो जाते हैं।

खेल समाप्त हो गया। बैकुंठपुर में अभी विदाई का माहौल था। ग्यारह बजे टाउन हाल में संवाददाताओं की फेयर वेल मीटिंग है और शाम पाँच बजे ट्यूरिस्ट लॉज में आई.एफ.ए. की फेयर वेल डिनर है। बकुल जल्दी-जल्दी डाक फाइल देखकर टाउन हाल के लिए रवाना हो गया। तब तक सभा शुरू हो चुकी थी। सबसे अंत में स्थानीय दैनिक के संवाददाता दिव्येंदु साहा ने सभी संवाददाताओं के लिए धन्यवाद ज्ञापन किया और उसी के साथ सभा का काम भी समाप्त हुआ। सभी के लिए चाय की व्यवस्था थी। बकुल चाय नहीं पीता था। उसने बिस्कुट खाई। चाय के बाद सांस्कृतिक कार्यक्रम शुरू हुआ। किसी ने गाना सुनाया तो किसी ने कविता। सब लोगों ने बकुल को पकड़कर कहा, उसे भी एक गाना सुनाना होगा।

बकुल शुरू से ही गाना पसंद करता था, पर बचपन में उसे गाना सीखने का कोई मौका नहीं मिला। हसनावाद में रहते हुए, उसने गाना सीखना शुरू किया था, जो तबादला होने के कारण बंद हो गया था। उसके बाद बैकुंठपुर आकर अकेलेपन से बचने के लिए उसने वापस गाना सीखना शुरू कर दिया। एक गाने के टीचर का इंतजाम करने के लिए उसने मानव बाबू से कहा था पर मानव बाबू के टीचर का इंतजाम करने के पहले ही धीरेन बाबू ने एक लेडी टीचर का इंतजाम कर

दिया। उनकी लड़की को जो गाना सिखाती है, बकुल उन्हीं से गाना सीखता था। मैडम रविवार सुबह-सुबह आती है। मगर बकुल इतना नहीं सीख पाया था कि किसी कार्यक्रम में वह गा सके। परंतु लोगों ने उसे नहीं छोड़ा। यह एक विदाई समारोह था इसलिए उसने गाना शुरू किया—"मेरे जाने का आया वक्त विदाई दो।"

बकुल समझ गया कि उसका गाना अच्छा नहीं था पर फिर भी लोगों ने तालियाँ बजाकर उसे उत्साहित किया।

उसके गाने की बहुत प्रशंसा भी हुई। इस बार सबों ने मिलकर एक पत्रकार को पकड़ा। अंत में सभापति के भाषण से विदाई सभा का समापन हुआ।

बकुल ऑफिस से होते हुए ट्यूरिस्ट लॉज में हाजिर हुआ। गेट के पास से ही आई.एफ.ए. के लोग उसे रिसीव करके ले गए। बकुल ने देखा कि बहुत लोग आए थे। स्टेडियम कमिटी के तो प्रायः सभी लोग उपस्थित थे। आकाश बाबू उस तरफ बैठे थे और इस तरफ एम.एल.ए. गौर कुंडू के बगल में पी. राय एवं विनय बनर्जी। ढिल्लन सरदार भी थे पर फोमिन के कोई भी सदस्य नजर नहीं आए। चांदा साहब भी नहीं। मगर भजनराम हाथ में गिलास लिए बैठा था। डायस के ऊपर कुर्सियाँ सजी हुई थीं। बकुल इधर-उधर नजरें दौड़ाकर देखने लगा।

वैसे तो वह किसी पार्टी-वार्टी में नहीं जाता था। पार्टी का मतलब शराब और गोश्त पार्टी। बड़े लोगों के पैसों का खेल। इसी वजह से इस पार्टी में वह जाए कि नहीं इस बारे में वह सोच रहा था, पर उसने सोचा कि यह पार्टी तो आई.एफ.ए. की है इसलिए यहाँ जाया जा सकता है।

चेयर सजाना पूरा होते ही अमित अग्रवाल को साथ में लेकर आई.एफ.ए. के सभापति डायस पर आए और माइक से घोषणा की—"बैकुंठपुर के विशिष्ट नागरिक अमित अग्रवाल अतिथियों का अभिनंदन करेंगे।" अमित अग्रवाल ने तुरंत नम्रता के अवतार की तरह हाथों को जोड़कर नमस्कार करते हुए भाषण शुरू किया।

बकुल समझ ही नहीं पा रहा था कि अमित अग्रवाल न तो आई.एफ.ए. का कोई था न तो स्टेडियम कमिटी का, व्यावसायिक समिति का भी कुछ नहीं। यहाँ तक कि कोई जनता का प्रतिनिधि भी नहीं था तो फिर वह क्यों अतिथियों का अभिवादन करेगा। उसने पीछे आकर हिमानीश कुंडू से पूछा—"मामला क्या है?"

हिमानीश कुंडू ने मुस्कुराते हुए जवाब दिया—"आप नहीं जानते? पूरे डिनर का खर्च वह उठा रहा है।"

"डिनर तो आई.एफ.ए. दे रहा है।"

"सिर्फ नाम के लिए आई.एफ.ए. दे रहा है। दरअसल डिनर दे रहा है अमित अग्रवाल। देख नहीं रहे, कुछ दिनों से विद्युत बसु कैसे अमित अग्रवाल के पीछे

जोंक की तरह लगा हुआ था। सब लोग दो पैसे कमाने के धंधे में लगे हैं।''

''माना कि विद्युत बसु अपने धंधे में लगा है पर अन्य लोग, क्या वे भी सब कुछ जान-बूझकर आए हैं?''

''तो आपने क्या सोचा है?''

''वह जो एम.एल.ए. साहब बैठे हैं, वे भी अमित अग्रवाल का डिनर खाने आए हैं?''

''तो आपने क्या सोच रखा है, वे लोग कुछ नहीं जानते। अब अगर सब कुछ जानकर भी आप यदि कुछ भी नहीं जानना चाहें, तब बात अलग है।''

बकुल ने और कुछ नहीं कहा। अमित अग्रवाल डिनर देगा और वह उस डिनर में शामिल है। यह सोचकर ही उसे खराब लग रहा था। वह चुपचाप हाल से बाहर निकल गया। आई.एफ.ए. का एक कार्यकर्त्ता दौड़कर आगे आया। ''सर आप अभी चले जा रहे हैं?''

बकुल ने कहा, ''बहुत जरूरी काम है। मैं जा रहा हूँ।'' उसने और कुछ नहीं कहा। बकुल जाकर अपनी गाड़ी में बैठ गया।

बकुल ने ऑफिस में आकर देखा कि मानव बाबू आकर बैठे थे। उन्होंने पूछा, ''क्या बात है? इतनी जल्दी डिनर खत्म हो गया?'' बकुल ने उनको पूरी बातें खोल कर बतला दीं।

सुनकर मानव बाबू ने कहा, ''सभी जानते हैं अमित अग्रवाल डिनर दे रहा है। मैं तो इसी कारण नहीं गया। यहाँ आकर जब सुना कि आप गए हैं तो बहुत आश्चर्य लगा चलो लौट तो आए। आप कह रहे हैं कि गौर कुंडू, बी. राय ये सब वहाँ हैं?''

''सिर्फ गौर कुंडू या बी. राय नहीं, ढिल्लन सरदार, विनय बनर्जी, आकाश बाबू सभी हैं।''

''विनय बनर्जी, ढिल्लन सरदार की बात तो मैं हिसाब में ही नहीं रखता क्योंकि ये लोग तो शुरू से ही ऐसे हैं, पर गौर कुंडू, बी. राय ऐसे नहीं थे। लाल पार्टी के नेता वो भी उद्योगपति की दी गई पार्टी में डिनर खा रहे हैं। इस देश का क्या होगा?''

अठारह

सुबह से उठकर बकुल हारमोनियम लेकर बैठा था। उस दिन टाउन हाल में स्टेज पर गाना गाते हुए उसको लगा कि गाना और अच्छी तरह से सीखने की जरूरत है। मैडम उसे आजकल केदार सिखा रही है। केदार में दोनों माध्यम व्यावहारिक होता है। रात्रि के प्रथम पहर का राग। पर बकुल गा रहा था सुबह। अलाप और तान उसका हो गया था। पिछले दिन मैडम ने उसे तराना अभ्यास करवाया था। अलाप से शुरू करके बकुल ने तराना गाना शुरू किया—"ना दिर दिर ता नी ता दा नी तो ओ ओ ओ ओ म...।"

हारमोनियम के पास रखा टेलीफोन बज उठा। फोन उठाते ही राखाल ने कहा, "सर एक आदमी कह रहा है कि एक जरूरी खबर लाया है।"

बकुल ने जानना चाहा—"क्या खबर है?"

राखाल ने बताया, "यह तो हमें नहीं बता रहा। आपसे ही कहेगा बोल रहा है।" बाध्य होकर बकुल को हारमोनियम बंद करके नीचे उतरना पड़ा।

उस आदमी ने बकुल के हाथ में कागज का एक चिरकुट थमा दिया। टेढ़े-मेढ़े अक्षरों में उसमें लिखा था—"महाशय मेरा नाम स्मृतिकना है। मैं इक गौओ की असहाय लड़की हूँ। मेरी उमर पंद्रह-सोलह बरस है। दू-तिन जन हमका इहा काम पे लगावे का बोलके लाकर वेश्या के इहा कोठा पर बेच दिए है। हमरा उपर अत्याचार करत है। हमका दया करके बचाई ल्यो।"

बकुल ने चिट्ठी पढ़कर उस आदमी से पूछा, "यह चिट्ठी आपको किसने दी?"

उस आदमी ने मृदु हँसी हँसते हुए कहा, "उसी लड़की ने।"

बकुल ने वापस प्रश्न किया, "किस लड़की ने? लड़की अभी कहाँ है?"

"खालपाड़ा में। कमला मासी के घर।"

"आपसे उसकी मुलाकात कैसे हुई?"

"मैं रास्ते से जा रहा था। लड़की दौड़कर आई और मेरे हाथ में चिट्ठी देकर आपके पास पहुँचा देने के लिए बोली।"

"आपको जानती नहीं, पहचानती नहीं। दौड़कर आपके हाथ में चिट्ठी देकर चली गई? आपका घर कहाँ है?"

"आराम बाग में सर।"

"यहाँ क्या करने आए थे?"

"लड़की खरीदने सर?"

"रात में कहाँ थे?"

"मानुजा होटल में सर।"

"तो रात में मानुजा होटल का मालिक लड़की को होटल में लाया था या आप कमला मासी के (आस्ताने) में गए थे?"

आदमी ने बिना कुछ उत्तर दिए सर झुका लिया। बकुल को लगा कि ये

आदमी झूठ होने पर भी हो सकता है कि लड़की की चिट्ठी सही हो। बकुल ने उससे वापस पूछा, "लड़की कहाँ रहती है दिखा सकते हो?" आदमी ने 'हाँ' में सर हिलाया।

बकुल ने थाने फोन करके कुछ लोगों को बुला लिया और उन सबको साथ लेकर वो खालपाड़ा में मासी के डेरे पर पहुँचा। कमला मासी उस समय एक कमरे का दरवाजा धक्का देते हुए कह रही थी, "ओ मुमताज और कितनी देर रहोगी। दो घंटे हो गए। अरे और भी तो लोग बैठे हैं।" उस आदमी ने इशारे से बकुल को बता दिया कि यही कमला मासी है। बकुल ने तुरंत पासवान को इशारा किया कि मासी भाग न सके। बकुल वर्दी पहनकर गया था।

उसने कमला मासी से कहा, "जरा स्मृतिकना को एक बार बुलाइए।"

मासी ने नरम शब्दों में कहा, "उस कमरे में आदमी है।"

बकुल ने कहा, "आदमी रहे उसको बुलाइए।"

मासी ने उसकी बात पर गौर न करते हुए कहा, "मैं इस महीने का पैसा तो दे चुकी हूँ। स्मृतिकना है बोलकर बेसी ही दी हूँ। इससे अधिक और नहीं दे सकती।"

थाने का सब-इंस्पेक्टर आलोक पाल तुरंत आगे बढ़कर बोला, "किससे क्या बोल रही है? ये हमारे एडिशनल साहब हैं।"

आलोक पाल की बात सुनकर मासी ने तुरंत हाथ उठाकर नमस्कार किया। खबर देने वाले आदमी पर नज़र पड़ते ही फिर कहने लगी, "क्या रे भाई, तू सारी रात यहाँ रहा। सबसे अढाई सौ रुपया लेती हूँ, पर तेरे से दो सौ लिया उस पर भी तू जाकर साहब को बुला लाया।"

बकुल को बरदाश्त से बाहर लगने लगा। उसने पूछा, "आप स्मृतिकना को बुलाएंगी या नहीं?"

मासी बिना कुछ कहे दूसरी ओर जाकर एक दरवाजे को धक्का देने लगी—"बाबू दरवाजा खोलो। साहब आए हैं।" दरवाजा खुल गया। मगर कोई बाबू नहीं, तकरीबन चौदह-पंद्रह साल की एक दुबली-पतली लड़की निकलकर रोने लगीं।

बकुल ने आगे बढ़कर पूछा, "यह चिट्ठी आपने लिखी है?"

लड़की ने 'हाँ' में गर्दन हिलाकर स्वीकार किया।

बकुल ने फिर पूछा, "आप यहाँ रहना नहीं चाहतीं?"

लड़की ने सिर हिलाकर उत्तर दिया, "नहीं।"

उसके ना करते ही मासी चिल्ला उठी—"बोलने से ही होगा नहीं चाहती। अपन इच्छा से आई हो अब रहना नहीं चाहती। कहे से नाहीं चलेगा। मेरा कागज-पत्र सब पक्का है।" मासी कमरे से एक एफिडेविट लाकर कहने लगी, "देखो साब। जरा आप भी देख ल्यो।" बकुल ने देखा, स्मृतिकना ने कोर्ट में जाकर एफिडेविट

किया था कि अपनी मर्जी से इस पेशे को स्वीकार कर रही है एवं कमला मासी के पास रह रही है।

बकुल ने स्मृतिकना से पूछा, "आपको कोई कोर्ट ले गया था?" उसने फिर सर हिलाकर 'ना' में उत्तर दिया अर्थात् वो कोर्ट में नहीं गई पर एफिडेविट हो गया। रुपए खर्च करने पर सब कुछ होता है।

बकुल ने लड़की से पूछा, "आपका घर किधर है?"

लड़की ने उत्तर दिया–"फूलबाड़ी।"

"वहाँ आपके कौन-कौन हैं?"

"बाप मर गया है। माई है। माई लोगों के घर में काम करके खाती है। हमका भी काम पे लगवा देगा बोलकर लाया था। उसका बाद इहाँ रखकर उलोग चले गए। ऊ रोज रात में ही हमार घर में आदमी घुसाया था। ओकराबाद से रोज बईसा ही कर रहे हैं। अभी तो दिन मा सोला-अठारह जना करके घुसाते हैं। हमर पूरा बदन दरद करत है। अभी सुबह ही से हमर घर मा आदमी घुसाया है।"

इस समय प्रॉस क्वार्टर में आए हुए उस आदमी के बारे में बकुल को जानने की इच्छा हुई। उसने वरुण को इशारा किया। वरुण अंदर जाकर देखकर आया फिर मुँह नीचे करके धीरे से बोला–"परेश बोस सर।" परेश बोस? स्टेडियम कमिटी सदस्य लाल नेता परेश बोस? बकुल को यकीन ही नहीं हुआ। वह दरवाजे की तरफ बढ़ गया। उसने देखा, सचमुच ही परेश बोस था। धोती-कुर्ता पहने नए दूल्हे की तरह चौकी के ऊपर बैठा था। बकुल को देखकर उसने मुँह घुमा लिया।

बकुल ने बाहर निकलकर आलोक पाल से कहा, "लड़की को ले जाकर कोर्ट में पेश करिए और फूलबाड़ी में उसकी माँ को खबर भेजिए। उसके बाद कोर्ट जैसा आर्डर देगी वैसा ही होगा, और इस मासी को ले जाकर हवालात में रखिए। जिसने उसे लाकर यहाँ मासी के कोठे पर बेचा है, उसे जैसे भी हो पकड़ना है।"

आलोक पाल ने सैल्यूट करके कहा, "ठीक है सर।" बकुल चला गया।

बकुल ने ऑफिस पहुँचकर देखा, काफी विजिटर बैठे थे। अखबारों में प्रशंसा छपने पर यह भी एक मुसीबत है। जिसकी जो भी समस्या होती है उसे लेकर वह बकुल के पास हाजिर हो जाता है। उनकी धारणा यह थी कि किसी प्रकार बकुल के पास पहुँचने से कुछ न कुछ समाधान जरूर होगा। बकुल भी जी-जान से कोशिश करता था, पर उसकी क्षमता बहुत सीमित थी जिसे लोग समझना ही नहीं चाहते थे। बकुल भी उन्हें समझा नहीं पाता था।

ऑफिस में घुसते ही रीडर बाबू ने आकर कहा, "सर एस.ए.पी. के एक सूबेदार साहब आपसे मिलने के लिए बैठे हैं।" बकुल ने सूबेदार साहब को भेजने के लिए कहा। सूबेदार साहब ने सैल्यूट करके एक सी.सी. आगे बढ़ाते हुए कहा, "सर, हमें लामलिंग जाने के लिए भेजा है। मगर ओ.सी. साहब ने आपके पास

रिपोर्ट करने को कहा। उन्होंने कहा है, आप ही लामलिंग जाने की व्यवस्था कर देंगे।''

बकुल ने कहा, ''ठीक ही कहा है। आप जरा बैठिए।'' उसने बैकुंठपुर थाने को फोन किया। ड्यूटी अफसर के फोन उठाते ही कहा, ''आई.सी. को दीजिए।'' आई.सी. के फोन पर आते ही उसने पूछा, ''समीनाथ बाबू, हमारे पास अभी कितने वैन हैं?''

''दो हैं सर।''

''बैरकपुर से एक प्लाटून एस.ए.पी. आई है, लामलिंग भेजना होगा। दो से काम चल जाएगा। आपको क्या लगता है?''

''दो में तो कुल तीस आदमी आ जाएँगे सर। मगर दोनों गाड़ियाँ लौटेंगी तो। इसलिए कम से कम एक सेक्शन गार्ड देने होंगे, इसलिए एक और गाड़ी लगेगी।''

''भाड़े की गाड़ी तो इतनी जल्दी नहीं मिलेगी, आप एक काम कीजिए, एक जीप में गार्ड दे दीजिए।''

फोन रखकर उसने सूबेदार से कहा, ''आप जरा थाने में जाकर आई.सी. से बात कीजिए। आपके सामने ही तो बात हुई है। वे व्यवस्था कर देंगे।'' सूबेदार साहब ने सैल्यूट करके विदाई ली।

बकुल विजिटर स्लिप देख-देखकर एक-एक करके विजिटरों को बुलाने लगा। सबसे पहले एक महिला आई। वो कहने लगी, ''सर, मेरा नाम गायत्री झा है। मैं आश्रमपाड़ा में रहती हूँ। मेरे पति की एक मनिहारी की दुकान थी। उनके मरने के बाद मुहल्ले के सुबोल दत्ता ने उस पर कब्जा कर लिया। मैंने थाने में कहा था पर थाने से कुछ भी नहीं किया गया। तब विकास साहा नाम का एक पुलिस अफसर मुझसे आकर मिला। उसने कहा नौ हजार देने पर वह मेरी दुकान खाली करवा देगा। रुपए लेने के बाद विकास साहा एक दिन दो वर्दीधारी पुलिस लेकर आया। वे लोग सुबोल दत्ता को पकड़ कर ले गए पर शाम को ही सुबोल दत्ता वापस घर लौट आया। मेरी दुकान उसके बाद फिर खाली नहीं हुई। उसके बाद मैं कई बार विकास साहा के पास गई, पर उसने इधर-उधर की बातें करके मुझे टरका दिया। दुकान को खाली करवाना तो दूर मेरे पैसे भी नहीं लौटा रहा।''

बकुल ने पूछा, ''विकास साहा कहाँ रहता है?''

महिला ने जवाब दिया, ''वहीं थाने के पीछे एक लाल साइन बोर्ड लगा घर है, वो प्रायः वहाँ रहता है।''

''विकास साहा क्या देखने में थोड़ा साँवला है? चेहरा क्या जरा लंबा सा है?''

''हाँ, हाथ-पैर भी कुछ सूखे-सूखे से हैं।''

बकुल समझ गया कि महिला जिस विकास साहा की बात कर रही थी वह पुलिस अफसर नहीं कांस्टेबल था। लाल पुलिस संगठन का नेता है। उसने फिर पूछा, "वर्दी पहने हुए जो दो लोग आए हैं उनको पहचान पाएँगी?"

"नहीं, मगर विकास साहा एक आदमी को अनाथ दा, अनाथ दा कहकर बुला रहा था।"

बकुल को याद आया बैकुंठपुर थाने में अनाथ आईच नाम का एक ए.एस. आई. था। उसने महिला से फिर पूछा, "सुबोल दत्ता को कितने दिन पहले पकड़ के लाया गया था?"

महिला ने बताया, "दस महीने हुए होंगे।"

बकुल ने थाने में फोन करके ड्यूटी अफसर से कहा, "आप ऑल अरेस्ट रजिस्टर को देखकर झट से बताइए तो, दस महीने पहले सुबोल दत्ता नाम के आश्रमपाड़ा के किसी व्यक्ति को अरेस्ट किया गया था या नहीं! मैं फोन पकड़ता हूँ।"

ड्यूटी अफसर ने कुछ देर बाद उत्तर दिया—"नहीं सर।"

बकुल समझ गया, पूरी घटना ही सजाई हुई थी। उसने डी.एस.पी. पाल को बुलाकर कहा, "इनकी बातें आप पूरी तरह सुन लीजिए और जरूरत पड़ने पर इनसे एक दरख्वास्त भी लिखवा लीजिए। उसके बाद पूरी घटना की जाँच करके मुझे सात दिन के अंदर रिपोर्ट दीजिए।" पाल गायत्री झा को अपने कमरे में ले गया।

इसके बाद बीस-बाईस वर्ष की एक लड़की आई। बकुल के बार-बार कहने पर भी वह कुर्सी पर नहीं बैठी। वो खड़े-खड़े ही कहने लगी—"मेरा घर बाघागुड़ी में है। मोड़ पर मेरे पिता की एक चाय की दुकान है। मैं अक्सर ही दुकान में बैठती थी। डाबग्राम का संतोष लारी लेकर प्रायः ही हमारी दुकान पर आता था। एक दिन उसने कहा कि वह मुझसे शादी करना चाहता है। हम लोगों ने काली बाड़ी (मंदिर) में जाकर शादी कर ली और उसके बाद हम लोग कुलिपाड़ा में एक भाड़े का घर लेकर रहने लगे। काफी दिन हुए संतोष अब मेरी कोई खोज खबर नहीं लेता। मैंने पता लगाकर देखा कि उसका घर डाबग्राम में है और उसके घर में उसकी एक पत्नी भी है। दो लड़कियाँ भी हैं। अब मैं क्या करूँ?"

बकुल ने सब कुछ सुनने के बाद कहा, "देखिए मैं संतोष की सजा की व्यवस्था कर सकता हूँ लेकिन उससे आपका कोई लाभ नहीं होगा। इससे अच्छा होगा कि मैं महिला समिति से बात करूँ, वे लोग अगर आपकी सहायता कर सकें।"

"तो फिर मैं कब आऊँ?"

"आप एक सप्ताह बाद आइए?"

लड़की बकुल को नमस्कार करके चली गई। उसके बाद एक वृद्ध व्यक्ति आया। बकुल ने उसे देखते ही पहचान लिया। वो झंकार सिनेमा के पास रहता था। एक मारवाड़ी ने उसके भतीजे से पूरा मकान ही खरीद लिया था। उसके बाद

दस दिन पहले शाम को बाल-बच्चे समेत इस वृद्ध को गुंडा लगाकर घर से बाहर निकाल दिया था। वृद्ध थाने में गया था पर आई.सी. बदलने के बावजूद थाने के कामकाज में कोई बदलाव नहीं आया था। इस वजह से थाने में किसी ने भी उसकी सहायता नहीं की। तब वह रोता हुआ बकुल के पास आया था। बकुल जाकर उसको फिर से घर में घुसा आया था और उस मारवाड़ी और उसके गुंडों के सरदार को लाकर हवालात में बंद कर दिया था। वृद्ध ने चेयर पर बैठते ही कहा, "बेटा, तुमने तो उस बदजात को हवालात में घुसाया था मगर अब वो बाहर आकर मुझे धमका रहा है कि तेरे एडिशनल एस.पी. का एक बार तबादला होने दे। उसके बाद तेरे को किस तरह फसाद में डालता हूँ देखना। बेटे, तुम जाने से पहले एक व्यवस्था कर जाना।" बकुल जानता था कि इस विषय में वह कुछ भी नहीं कर सकता है। उसके जाने के बाद वृद्ध पर अत्याचार हो ही सकता था। फिर भी उसने वृद्ध को आश्वासन दिया—"डरिए मत। मैंने केस स्टार्ट तो किया है। वे लोग मुँह से कुछ भी बोलें, आपको हिलाने का साहस वे लोग अब और नहीं करेंगे।" वृद्ध ने दोनों हाथों को उठाकर कहा, "ऐसा ही हो बेटा," वो छड़ी का सहारा लेकर चला गया।

उसके बाद एक और वृद्ध कमरे में घुसा। मैले-कुचैले कपड़े। दाढ़ी से भरा हुआ गाल। ठिगनी देह। देखने मात्र से ही खट कर खाने वाला इंसान लगता था। बकुल ने पूछा—

"आपका घर कहाँ है?"

"हजूर छोड़िबाड़ी थाना। मूनार गाँव मा।"

"आप क्यों आए हैं?"

"हजूर हम लोगन का गाँव मा रमजान मुनडोल रहत है। ऊ हमको शराफत का विरुद्ध झूठ-मूठ गवाही देने को बोलत रहा। हम तैयार नहीं हुए रहे। ई खातिर ऊ हमर नाम मा झूठन मामला किए है। हमका सब लोगन ने कहा, जावअ बकुल विश्वास के पास मा जावअ। कऊनो व्यवस्था हो जाई।"

उसने बकुल के हाथ में एक कागज थमा दिया। बकुल ने देखा, अगले रोज ही मामले का दिन था। दीवानी मामला। उसने पूछा, "आपका कोई वकील है?"

"ऊकील कहाँ से करी। हम तो हुसैन के उहा हल चलात है।"

बकुल ने सेकेंड अफसर चक्रवर्ती को फोन किया—"लीगल ऐड सेल तो आप ही देखते हैं?"

"क्यों, बताइए तो?"

"मैं आपके पास एक आदमी को भेज रहा हूँ। एक आदमी ने उसके नाम में झूठा मामला किया है। उसकी वकील करने की सामर्थ्य नहीं है। आप अगर उसके लिए एक वकील की व्यवस्था कर दें तो बहुत उपकार होगा।"

बकुल ने फोन रखकर रुद्र को बुलाकर कहा, ''इनको चक्रवर्ती साहब के पास ले जाइए।''

इस बार एक वृद्धा अपनी लड़की को साथ लेकर आई। वृद्धा मटिकाटा में रहती थी। उसका एक मात्र लड़का वहाँ एक दुकान के लिए लोगों के घर जा-जाकर वीडियो चलाता था। एक दिन जब वो वीडियो लेकर लौट रहा था, तब कुछ गुंडों ने वीडियो छीनने के लिए उसे काफी पीटा। वे लोग वीडियो ले जाकर बेच दिए। पर लड़का मर गया। मुलजिम सभी पकड़े गए। शायद उन्हें सजा भी हो, पर उससे वृद्धा को कोई लाभ नहीं होगा। घर में कमाने वाला और कोई भी लड़का नहीं था। महिला बार-बार बकुल के पास आती थी। बकुल किसी भी तरह उसे समझा नहीं पा रहा था कि इसमें वो कुछ भी नहीं कर सकता था। अतः थाने के ओ.सी. के मार्फत वीडियो दुकान के मालिक को अनुरोध किया यदि कुछ आर्थिक सहायता मिल जाए। वह दो हजार रुपए देने को तैयार हुआ। बकुल ने मटिकाटा के सामंत को फोन किया।

सामंत ने कहा, ''परसों देगा सर।''

बकुल ने वृद्धा से कहा, ''आप परसों मटिकाटा थाने में जाकर मेरा नाम लेकर ओ.सी. से मुलाकात करिए। उसके बाद जो भी करना होगा ओ.सी. ही करेंगे।'' महिला लड़की को लेकर चली गई।

इस बार आई और एक वृद्धा। बकुल ने उसे भी पहचान लिया। फिदानगर में डकैत उसके घर डकैती करके उसकी लड़की को नदी के किनारे ले जाकर पहले बलात्कार किया और फिर उसकी हत्या कर दी। दरअसल लड़की ही डकैतों का लक्ष्य थी। नहीं तो वृद्धा की आर्थिक स्थिति ऐसी नहीं थी कि डकैती हो। उस लड़की की पहले एक व्यक्ति से शादी हुई थी मगर वह शादी अधिक दिनों तक नहीं टिकी। मगर आदिवासियों में विधवा-विवाह होने में कोई असुविधा नहीं होती। उस लड़की की वापस शादी हो गई। लड़की जमाई दोनों वृद्धा के घर में ही रहते थे। दोनों मिलकर देशी शराब बेचते थे। पहले वाला पति भी कभी-कभार वहाँ शराब पीने आता था। एक दिन उसने लड़की को वापस आने का प्रस्ताव दिया पर लड़की तैयार नहीं हुई। तब पहले वाले पति ने उसके कपड़े पकड़कर खींचना शुरू कर दिया। तो लड़की ने भी उसके मुँह पर लात जमा दी। इससे वीर पुरुष पूर्व पति के सम्मान को ठेस लगी। उसने पास के गाँव से डकैतों को भाड़े पर लाकर उसके घर में डकैती करवाई। वृद्धा कुर्सी पर बैठते हुए बकुल से बोली, ''बाबू ऊ लोगन म से कऊनो आदमी अब्हे तलक पकड़ा नहीं गबा।'' बकुल ने फिदानगर के ओ. सी. को फोन किया—''उस डकैती केस के कितने मुलजिम पकड़े गए?''

''अभी तक पकड़ में नहीं आए हैं सर। मगर हम कोशिश कर रहे हैं।''

''एक भी आदमी पकड़ा नहीं गया। फिर मैं कैसे समझूँ कि आप कोशिश

कर रहे हैं। यदि नहीं मिले तो प्रोवक्लेमेशन के लिए प्रेयर कीजिए।''

''मैं इसी सप्ताह के अंदर ही पकड़ लूँगा, सर।''

''ठीक है और एक सप्ताह देखता हूँ, वरना समझूँगा कि आपसे नहीं होगा। मुझे खुद ही कोशिश करनी होगी।''

''नहीं सर मैं इस बार जिस तरह से भी हो पकडूँगा।''

फोन रखकर बकुल ने वृद्धा से कहा, ''आप और एक सप्ताह इंतजार करिए। इस बीच अगर अपराधी पकड़े न जाएँ तो मुझे बताइएगा।'' वृद्धा हाँ में सर हिलाकर चली गई।

इस बार अतिलाल पार्टी के प्रो. कमिश्नर उत्पल चौधरी ने एक सजीले सज्जन आदमी के साथ कमरे में प्रवेश किया। बकुल ने पूछा, ''ये कौन है?'' साथ वाले आदमी ने सर झुकाकर अभिवादन की मुद्रा में जवाब दिया, ''सर, मेरा नाम तपन भुवालका है। आपने मुझे आने के लिए कहा था।'' बकुल समझ गया, यह वही आदमी था जो हरान सिकदार की दीवार को तोड़कर घर बनाने जा रहा था।

बकुल ने उस आदमी से कहा, ''आप जरा बाहर जाकर बैठिए। आपको बाद में बुलाऊँगा।''

भुवालका बाहर चला गया। बकुल ने उत्पल से कहा, ''आपसे मुझे यह उम्मीद नहीं थी। आप गरीब लोगों की पार्टी करते हैं और भुवालका को साथ लेकर आए हैं।''

''पहले मेरी बात तो सुनिए।''

''आपकी बात तो जरूर सुनूँगा। मैं सिर्फ लोगों की बातें सुनकर नहीं बोल रहा। मैं घटना स्थल पर गया था कागज पत्र भी देखे। यह बात तो सही है कि वह संपत्ति पहले पूरी ही सिकदार की थी। किस तरह से भुवालका आधे का मालिक हो गया इस प्रश्न पर मैं नहीं जा रहा। यह बात भी सही है कि दोनों लोगों की सीमाओं पर एक दीवार बहुत दिनों से है। अब अगर यह मान भी लिया जाए कि भुवालका दीवार के इस तरफ की और भी कुछ जमीन पाएगा, तब तो माप-जोख करके देखना होगा, कितना वो पाएगा। ऐसा न करके सिकदार गरीब आदमी है इसलिए उसकी दीवार को तोड़कर घर बनाना ही होगा।''

उत्पल ने और कुछ नहीं कहा। बकुल ने बेल बजाकर राखाल को बुलाया और सिकदार आया है कि नहीं देखने के लिए कहा। राखाल ने लौटकर बताया—हाँ सर, बाहर बैठा है। बकुल ने उसको और भुवालका को बुलाने के लिए कहा। उन लोगों के आने पर वह बोला, ''उत्पल बाबू म्युनिस्पैलिटी से आदमी ले जाकर माप-जोख करके आप लोगों की सीमाएँ ठीक कर देगा। उसके पहले कोई गड़बड़ होने पर मैं पकड़कर हवालात में बंद कर दूँगा।''

सिकदार ने कहा, ''हूजूर मैं कुछ भी नहीं करूँगा। परंतु माप-जोख के वक्त आप जरा दया करके रहिएगा।''

बकुल ने कहा, "मैं अगर न रहूँ तो भी उत्पल बाबू रहेंगे। आपको कोई असुविधा नहीं होगी।" सिकदार ने सम्मति जताई। भुवालका ने भी कुछ नहीं कहा। उत्पल चौधरी उनको लेकर बाहर निकल गया।

राखाल ने आकर बताया, "सर और विजिटर नहीं है।" बकुल फिर चिट्ठी-पत्री फाइल खोलकर बैठ गया।

चिट्ठी वाली फाइल के अंत में एक बंद चिट्ठी रखी हुई थी। जिस पर सिर्फ बकुल का नाम-पता लिखा था। किसने भेजा है यह नहीं लिखा था। हाथ की लिखावट भी परिचित नहीं थी। वो समझ नहीं पाया कि यह चिट्ठी उसकी व्यक्तिगत थी या ऑफिसियल। वो चिट्ठी खोलकर पढ़ने लगा। किसी लड़की ने लिखा था—

महाशय,

आपको बताने से कोई न कोई समाधान होगा इस विश्वास के साथ ही आपको लिख रही हूँ। मैं एक अति साधारण लड़की हूँ, विश्वविद्यालय में पढ़ती हूँ। घर से पैदल जाकर बस पकड़कर विश्वविद्यालय जाती हूँ। पर कुछ असभ्य लड़कों के कारण मेरा घर से बस स्टैंड तक का रास्ता असह्य हो चुका है। रास्ते के किनारे जो प्राइमरी स्कूल है उसके उल्टे तरफ फुटपाथ पर एक बादाम वाला बैठता है। वहीं पर वे लड़के खड़े होकर या बैठकर अड्डा मारते हैं। मेरे घर से निकलते ही वे लोग मेरे पीछे लग जाते हैं और अशोभनीय कटूक्ति करते हैं। आपत्ति करने पर और भी कटूक्ति करके गंदी-गंदी बातें बोलते हैं। आप अगर इस समस्या का कोई समाधान करें तो सदैव आपकी आभारी रहूँगी।

आपकी
रूपमंजरी राय

बकुल ने उसका पता अच्छी तरह देख लिया। शाम को वह सादे पोशाक में रूपमंजरी के घर पर हाजिर हुआ। बेल बजाते ही एक बाईस-तेईस वर्ष की लड़की ने आकर दरवाजा खोला। बकुल ने उसे नमस्कार करके कहा, "मैं रूपमंजरी राय से एक बार मिलना चाहता हूँ।"

लड़की ने संकुचित होकर जवाब दिया, "मैं ही रूपमंजरी हूँ। कहिए।"

बकुल ने अपना परिचय दिया, "मैं बैकुंठपुर का एडिशनल एस.पी.।"

लड़की आनंद विभोर हो उठी—"आप ही बकुल विश्वास हैं। आइए-आइए। अंदर आकर बैठिए। दादाजी आपका बहुत नाम लेते हैं।"

बकुल ने सोफे पर बैठकर पूछा, "आपके दादाजी कहाँ हैं?"

"दाजाजी और दत्ता बाबू घूमने निकले हैं, अभी तुरंत ही लौट आएँगे। आप बैठिए, मैं जरा चाय बनाकर लाती हूँ।"

"सुनिए मैं चाय नहीं पीता। काम की बातें पहले कर लें। आपने मुझे एक पत्र लिखा था। वो असभ्य लड़के कौन हैं आप जानती हैं?"

"मैं नाम-पता नहीं जानती। मगर उनमें से एक हमारे मुहल्ले का लड़का है और अन्य सभी दूसरे मुहल्ले के हैं। गैर-बंगाली शायद मारवाड़ी।"

"आप कितने बजे घर से निकलती हैं?"

"नौ बजे। कभी-कभार दो-पाँच मिनट इधर-उधर हो जाता है।"

"कल निकल रही हैं तो?"

"हाँ।"

"कल छद्मवेश में आपके आस-पास मेरे आदमी रहेंगे। वे लोग यदि आपके पीछे लगें तो आप आपत्ति जताइएगा।"

"पर मैं कोर्ट में गवाही-बुवाही नहीं दूँगी। दादाजी पसंद नहीं करते।"

"आपको कुछ भी नहीं करना होगा। आप सिर्फ कल सही वक्त पर घर से निकलिएगा और कुछ कहने पर विरोध करिएगा। उसके बाद जो भी करना होगा मैं करूँगा। आज जरा जल्दी है।" बकुल नमस्कार करके गाड़ी में जा बैठा।

रास्ते से लौटते वक्त बकुल ने देखा कि स्कूल के उल्टे तरफ फुटपाथ पर एक मझले उम्र का बादामवाला बैठा था। बकुल ने वरुण से कहा, "इस बादाम वाले को देखकर रखिए।" वरुण ने गाड़ी से मुँह निकालकर उसे देख लिया। ऑफिस लौटकर उसने वरुण से कहा, "स्कूल-कॉलेज के समय कुछ शैतान लड़के उस बादाम वाले के पास खड़े होकर रास्ते की लड़कियों को टीज करते हैं। हम लोग कल उनको पकड़ेंगे। आप अच्छी तरह से इस जगह को देख लें, जिससे आप लोग छुपकर रह सकें। हाँ, उस बादाम वाले से बटखरा-तराजू समेत बादाम का डाला कल दस बजे तक भाड़े पर लेना होगा। आधे किलो के करीब बादाम होने से चलेगा। वो आप खरीद लीजिएगा। दो दस रुपए के नोट निकालकर बकुल ने वरुण को दिए। वरुण उन नोटों को लेकर चला गया।

दूसरे दिन सुबह साढ़े आठ बजे के करीब धोती और हॉफ शर्ट पहनकर, सिर पर गमछा बाँधकर बकुल स्कूल के उल्टी तरफ बादाम बेचने बैठा। पौने नौ बजे के करीब सत्रह-अठारह वर्ष का एक लड़का आकर इधर-उधर ताकने लगा। दो-एक मिनट के अंदर विपरीत दिशा से दो समान उम्र के मारवाड़ी लड़के सीटी बजाते-बजाते आए। थोड़ी देर बाद साइकिल लेकर एक और महारथी नजर आया। सबसे अंत में आए लड़के ने साइकिल रखते-रखते पहले लड़के से पूछा, "क्यों मानिक, तेरी बुलबुल आज बस पकड़ेगी?" पहले वाले लड़के के जवाब देने के पहले ही बगल से एक लड़के ने गाना शुरू किया, "नाच मेरी बुलबुल कि पैसा मिलेगा।" फिर दूसरे ने कहा, "माँ कसम माल तो बहुत बढ़िया है उस्ताद।" पहले वाले लड़के ने आपत्ति जतायी—"दीदी की उम्र की लड़की को माल मत बोलो।" तुरंत ही जवाब मिला, "पहले पहले सब साले ही दीदी बोलते हैं। उसके बाद धीरे-धीरे बहन होती है और उसके बाद माल। क्यों बहुत दर्द छलक रहा है देख रहा हूँ।"

बगल से लास्ट वाला लड़का बोल पड़ा—"गुरु माल निकली है।" बकुल ने देखा नौ बजने में पाँच मिनट बाकी थे। लड़की करीब आती जा रही थी।

लास्ट वाले लड़के ने सलाह की मुद्रा में दूसरे से पूछा, "आज क्या किया जाए बोल तो?"

दूसरे लड़के ने जवाब दिया—"चल आज उसका आँचल पकड़ा जाए।"

बकुल ने निर्लिप्त स्वर में कहा, "अच्छे घर की लड़की के साथ इस तरह का खराब व्यवहार करना उचित नहीं है।"

एक ने अवहेलना की दृष्टि से बकुल की तरफ देखकर कहा, "ये बेटा धर्मराज युधिष्ठिर कहाँ से आया रे?"

सबसे अंत में आए लड़के ने मुँह बिगाड़कर कहा, "तू बेटा बादाम बेच रहा है बादाम बेच बड़ी-बड़ी बातें करने की जरूरत नहीं।"

लड़की तब तक करीब आ चुकी थी। उसको केंद्रित कर सीटी बजने लगी। लड़की घूमकर ताकी। एक लड़के ने कमर हिलाते हुए आगे बढ़कर पूछा, "दीदी आज बहुत जल्दी जा रही हो?" लड़की ने कोई उत्तर नहीं दिया। फिर दूसरे ने टोन कसा—"लगता है दीदी को हम पसंद नहीं आ रहे।" तीसरे ने दूसरी ओर से आकर उसका आँचल पकड़कर खींचा। लड़की बिजली की गति से घूमकर खड़ी हुई—"आप लोग क्यों मेरे साथ ऐसी असभ्यता कर रहे हैं? आप लोगों को शर्म नहीं आती? घर में माँ-बहन नहीं हैं क्या?" सबसे अंत में साइकिल से आए हुए लड़के ने शर्माने की मुद्रा में कहा, "माँ है बाप के लिए, बहन है जीजा जी के लिए, और दीदी आप हैं हमारे लिए।" दूसरों ने समर्थन में समवेत स्वर में सीटी बजा दी। बकुल ने पूर्वनिर्धारित तरीके से अपना दाहिना हाथ ऊपर उठा लिया। वरुण, पासवान, उपाध्याय, वृंदावन, राखाल सबों ने चारों तरफ से आकर उनको घेर लिया। बकुल ने कागज से मैनकेप सेट निकालकर गाड़ी में इंतजार कर रहे रुद्र को खबर दी। गाड़ी आने पर उनको थाने भेज दिया गया।

शाम को लड़कों के अभिभावकों ने बकुल के पास आकर दरबार लगाया—"हजूर, बच्चे हैं कर बैठे? उनको छोड़ दीजिए।"

"गलती कर बैठे? उस बादाम वाले से बात करके आइए। तो समझ में आएगा कि क्या किया है।"

"हजूर, जो करना है आप ही करिए। उन सब लेबर क्लास के लोगों की किसी बात का कोई ठीक है?"

"लेबर क्लास के लोगों की बातों का कोई ठीक नहीं है? रुपए नहीं हैं इसलिए बात भी ठीक नहीं है और आप लोगों की बात ठीक है क्योंकि आप लोगों के पास काफी रुपए हैं। लड़कों को बंदर बना कर छोड़ दिया है। कार्तिक महीने के कुत्तों की तरह कूँ-कूँ करते फिर रहे हैं। न्यूनतम सम्मान बोध नहीं है। छोटे-बड़े

किसी का कोई लिहाज नहीं है। जाइए कल कोर्ट से जमानत में छुड़ाने की व्यवस्था करिएगा। किसी भी हालत में थाने से उनकी जमानत नहीं होगी।''

उन्होंने बहुत अनुनय-विनय किया, पर बकुल तैयार नहीं हुआ।

उन्नीस

आज शुक्रवार था। बकुल वर्दी पहने ऑफिस में आकर बैठा। डी.एस.पी. की रिपोर्ट मिलने के बाद आज अनाथ आईच और विकास साहा दोनों को ही ऑर्डरली रूम में बुलाया गया था। डी.एस.पी. की खोजबीन से गायत्री झा के अभियोग की सत्यता प्रमाणित हुई थी। प्रमाणित हुआ था कि विकास साहा ने नौ हजार रुपए लेने के बाद अनाथ आईच से परामर्श किया और अनाथ आईच थाने से एक कांस्टेबल को लेकर सुबोल दत्ता को पकड़ने चला गया। सुबोल को विकास ने पहले ही कहकर रखा था कि वो सहजता से पकड़ में आ जाए।

रास्ते में उसे लाकर छोड़ दिया गया। उसकी इस सहयोगिता के लिए विकास से अनाथ को दो हजार रुपए मिले। अनाथ ने आकर सैल्यूट किया और बकुल के सामने खड़ा हो गया। सब बातें स्वीकार करके उसने कहा, ''सर गलती हो गई। इस बार माफ कर दीजिए।''

''तब गायत्री झा को आप दो हजार रुपए लौटा दें।''

''सर रुपए तो खर्च हो गए। कैसे दूँ?''

''तब सजा भुगतिए।''

''नहीं सर, तब तो मैं मर जाऊँगा। मुझे सात दिन का वक्त दीजिए। मैं रुपए लौटा दूँगा।''

''तब मैं सात दिन बाद ही आपका ऑर्डर लिखूँगा।''

बकुल ने कलम रख दिया। अनाथ सैल्यूट करके राइट टर्न करके चला गया। रीडर बाबू ने विकास को हाजिर किया, तेज चल, रुक जा, सैल्यूट। विकास ने अभियोग अस्वीकार किया। बकुल ने उसे सस्पेंड कर उसके खिलाफ प्रोसेडिंग स्टार्ट करने के लिए एस.पी. को सिफारिश की।

अगले अभियुक्त को हाजिर करने से पहले ही फोन आया। बकुल ने फोन उठाकर कहा, ''हैलो, एडिशनल एस.पी. बोल रहा हूँ।''

''बीटा बोल रहा हूँ, सर।''

"बोलिए।"

"हासिमारा गाँव में नीली पार्टी के सह-सभापति साधन मुखर्जी की राशन की दुकान है सर। आप जानते हैं?"

"हाँ, जानता हूँ। उसको क्या हुआ?"

"उस दुकान से राशन का गेहूँ डब्लू.एम. के 4576 में लोड किया गया है। मैंने खलासी से बात करके पता लगाया है, गेहूँ बैकुंठपुर के किसी मारवाड़ी की गद्दी में जाएगा। ट्रक अब तक रवाना हो चुका है। ट्रक में साधन मुखर्जी स्वयं बैठे हैं।"

"ठीक है। मैं देखता हूँ।"

टेलीफोन रखकर बकुल ने रुद्र से गाड़ी निकालने के लिए कहा।

रीडर बाबू से बोला, "मैं जरा बाहर जा रहा हूँ। बाकी जो लोग हैं उनको छोड़ दीजिए।"

बकुल और उसके आदमियों ने जंक्शन स्टेशन के पास जाकर गाड़ी रखी और एक ऑटो को भाड़े पर लिया—लामलिंग मोड़ पर आकर वे लोग इंतजार करने लगे। जिस किसी भी रास्ते से होकर हासिमारा से बैकुंठपुर आने के लिए लामलिंग मोड़ से ही घुसना पड़ेगा। ऑटो में बैठे-बैठे वे लोग ट्रकों के नंबर देखने लगे। तकरीबन एक घंटे बाद लगा कि मटिकाटा की ओर से निर्दिष्ट ट्रक आ रहा है। बकुल ने बैग में रखे मैनकेप से तुरंत गाड़ी में बैठे रुद्र को खबर दी।

ट्रक के पास आने पर ऑटो से पासवान ने उसे रुकने के लिए हाथ दिखाया। ट्रक स्पीड कम करने पर भी नहीं रुका। बगल काटकर निकल गया। बैकुंठपुर में न घुसकर ट्रक राष्ट्रीय सड़क पर दौड़ने लगा। तब तक रुद्र भी गाड़ी लेकर चला आया। बकुल और उसके आदमी जल्दी से गाड़ी में चढ़कर रुद्र को ट्रक का पीछा करने के लिए कहा। कुछ दूर जाकर रुद्र ने ओवरटेक करके रास्ते के ऊपर ही जीप को खड़ा कर दिया। ट्रक रुकने के लिए बाध्य हो गया।

बकुल ने ड्राइवर से पूछा, "गाड़ी में क्या माल है?" ड्राइवर ने बगल में बैठे साधन मुखर्जी को दिखा दिया। साधन मुखर्जी ने नीचे उतरकर कहा, "गेहूँ है सर।"

"कहाँ जाएगा?"

"बैकुंठपुर में ही, अमित अग्रवाल के आटा मिल में।"

"कहाँ से आ रहा है?"

"ईलामपुर से।"

"कागजात निकालिए।"

"गाड़ी में तो नहीं हैं सर। मेरे घर में हैं। अगर आप बोलें तो ला सकता हूँ।"

"आपका घर कहाँ है बताइए। हम खुद देख लेंगे।"

"मुझे पहचान नहीं रहे हैं सर। मैं नील पार्टी के डिस्ट्रिक्ट कमिटी का वाइस

प्रेसीडेंट।''

''ओ तब तो खबर ठीक ही है। आपका घर हासिमारा में है।''

''कैसी खबर सर?''

''आप राशन का गेहूँ बाजार में बेचने जा रहे हैं।''

''इस बार छोड़ दीजिए, सर। नहीं तो बहुत बेइज्जत हो जाऊँगा। मैं किसी को मुँह दिखाने लायक नहीं रहूँगा।''

''यह बात तो पहले सोचनी चाहिए थी। अब सोचकर क्या होगा? अभी अब आप मेरे साथ चलिए। आपके दुकान का स्टॉक देखना होगा। पासवान और वरुण मेरे साथ आइए। उपाध्याय आप ट्रक को थाने ले जाकर केस स्टार्ट करने को बोलिए और एफ.सी.आई. ऑफिस में आदमी भेजकर यह जान लें कि साधन बाबू ने कब कितना गेहूँ उठाया था।''

बकुल साधन मुखर्जी को लेकर हासिमारा में उसके राशन की दुकान पर पहुँचा। राशन की दुकान का स्टॉक पिछले एक सप्ताह से नहीं लिखा गया था। इस हालत में कुछ भी समझ में नहीं आया मगर दुकान में मात्र तीन बोरा गेहूँ पाया गया। बकुल स्टॉक रजिस्टर सीज करके बैकुंठपुर थाने पहुँचा। एफ.सी.आई. ऑफिस से जरूरी जानकारियाँ आ चुकी थीं। ट्रक के गेहूँ का हिसाब किया गया। स्टॉक रजिस्टर के साथ एफ.सी.आई. से मिले तथ्य को मिलाकर देखा गया कि दुकान में पचासी बोरे गेहूँ रहने की बात थी पर वहाँ मात्र तीन बोरे थे और ट्रक में थे सत्तर बोरे। साधन मुखर्जी के खिलाफ केस स्टार्ट करके उन्हें अरेस्ट किया गया।

बकुल के ऑफिस लौटते ही रीडर बाबू ने कहा, ''अनंत बाबू आए हैं।'' बकुल उनको किस तरह फेस करेगा इसके लिए मानसिक रूप से तैयार हुआ पर अनंत नंदी बकुल से मिलने ही नहीं आए। वरुण से पूरी बातें सुनकर वे खिन्न होकर चले गए।

बकुल को याद आया आई.जी.आई.बी. श्री चटर्जी लामलिंग आए थे। आज की फ्लाइट से उनके कलकत्ता लौटने की बात थी। इससे पहले जब वे आए थे तब बकुल को उन्होंने हवाई अड्डे का ब्यूरो ऑफ सिविल एवियेशन सिक्यूरिटी के डिप्टी कमिश्नर बनाकर ले जाने का प्रस्ताव दिया था। बकुल तैयार भी हुआ था। कलकत्ते में रहने से पढ़ाई-लिखाई में सुविधा होती है। बकुल एम.एस-सी. कर नहीं पाया पर उसकी इच्छा थी कि प्राइवेट में एम.ए. करे। ऐसे समय कलकत्ते में पोस्टिंग होने पर अच्छा ही होगा। बकुल बाघागुड़ी एयरपोर्ट के लिए रवाना हुआ। श्री चटर्जी ने कहा, ''सॉरी बकुल तुम्हारा नहीं हुआ। डी.जी. तैयार नहीं हुए। मैंने तुम्हारा नाम सजेस्ट करके लिखित प्रोपोजल दिया था। डी.जी. ने उस पर स्पष्ट लिख दिया—''काण्ट बी स्पेयार्ड।'' वे प्लेन में चढ़ गए।''

बकुल सोचने लगा, तब तो अभी कुछ दिन यहीं रहना होगा। एम.ए. की परीक्षा यहाँ से भी दी जा सकती है। क्यों नहीं पता लगाकर देखा जाए। बैकुंठपुर लौटते वक्त रास्ते में वह विश्वविद्यालय में घुसा। ऑफिस में पूछने पर पता चला कि बांग्ला विभाग पूर्व दिशा की ओर है। पूछते-पूछते वह एक तीन मंजिले मकान के सामने आकर खड़ा हुआ। वहाँ पर कुछ लड़के खड़े होकर बातें कर रहे थे। उसने उनसे पूछा, "बांग्ला विभाग किस तल्ले पर है, मेहरबानी करके बताइएगा?" एक लड़के ने मुड़कर कहा, "दो तल्ले पर। वह जो महिला जा रही है वे बांग्ला विभाग में काम करती हैं।" बकुल ने देखा एक पच्चीस-छब्बीस वर्ष की कमसिन सी लड़की सीढ़ी से ऊपर चढ़ रही थी। बकुल उसके पीछे-पीछे दो तल्ले तक चढ़ गया। दो तल्ले पर पहुँचकर महिला एक कमरे में घुस गई। बकुल ने देखा, उस कमरे के बाहर बोर्ड पर लिखा था, डॉ. (मिसेज) सत्यवती दत्ता, अध्यापिका, बांग्ला विभाग। बकुल दरवाजा धकेलकर कमरे के अंदर घुसा। लड़की टेबिल के सामने के एक चेयर पर बैठी थी। बकुल ने कहा, "मैं डॉ. दत्ता से मिलना चाहता हूँ।" लड़की ने अपना चेहरा ऊपर उठाकर देखा। बकुल ने देखा, उसकी माँग में काफी घनी सिंदूर भरी हुई थी। उसने कहा, "दीदी तो नहीं हैं। कलकत्ता गई हैं। कुछ कहना हो तो मुझे कह सकते हैं।"

"नहीं, मैं उनसे कुछ बात करना चाहता था।"

"तब तो आपको सोमवार को आना पड़ेगा। अच्छा, आप पहचाने-पहचाने से लगते हैं। आपको कहाँ देखा है बताइए तो?"

"आप कहाँ रहती हैं?"

"मालदाह।"

"नहीं, मालदाह में मैं कभी नहीं रहा।"

"तब फिर आपका चेहरा इतना जाना-पहचाना सा क्यों लग रहा है?"

"यह मैं कैसे कह सकता हूँ, मगर संभवतः किसी पत्रिका में आपने मेरा फोटो देखा होगा।"

लड़की के चेहरे पर चिंता की एक लहर दौड़ गई। पता नहीं उसने क्या सोचा। उसके बाद वह खुश होकर बोल पड़ी—"ओ समझ गई। आप बकुल विश्वास हैं ना?"

"हाँ, मैं बकुल विश्वास ही हूँ।"

"अरे श्रीमान आप तो नमनीय व्यक्ति हैं। पर आप यहाँ क्या सोचकर? दीजिए मुझे एक ऑटोग्राफ दीजिए।"

"मेरा ऑटोग्राफ लेकर क्या होगा?"

"होगा कुछ नहीं। मेरी कॉपी में रहेगा, दीजिए ना।"

वह कॉपी खोलकर खड़ी हो गई। बकुल ने एक ऑटोग्राफ दिया। वह बोली,

"और एक सुंदर सा।" बकुल ने कई जगह ऑटोग्राफ दे दिए। उसने कॉपी बंद करके पूछा, "बोलिए आपको क्या काम है, शायद मैं कुछ मदद कर सकूँ।"

"मैं प्राइवेट से बांग्ला में एम.ए. करना चाहता हूँ।"

"आप फिर से परीक्षा देकर क्या करेंगे?"

"पढ़ने-लिखने की इच्छा थी। बी.एस-सी. पास करते ही नौकरी पर लग गया। इसलिए सोचता हूँ एम.ए. कर ही लूँ। अच्छा आप क्या करती हैं?"

"मैं मालदाह महिला कॉलेज में पढ़ाती हूँ। पी-एच.डी. नहीं होने पर इंक्रीमेंट नहीं होगी। इसलिए छुट्टी में यहाँ आकर पी-एच.डी. कर रही हूँ।"

"इसका मतलब आप शोध कर रही हैं। आपके शोध का विषय क्या है?"

"इसे शोध नहीं कहते। मुझे डिग्री की जरूरत है इसलिए कुछ काम कर रही हूँ।"

"पर कोई एक विषय तो होगा?"

"हाँ वह तो है। मेरा विषय है वैष्णव पदावली में प्रेम।"

"सर्वनाश। आपने तो अच्छा विषय चुना है। मगर प्रेम का मतलब आप भागवत प्रेम कह रही हैं या प्रकृत प्रेम।"

"वैष्णव पदावली में तो सिर्फ प्रकृत प्रेम है पर सिर्फ कहने भर से तो डिग्री नहीं मिलने वाली। मुझे भागवत प्रेम ही कहना होगा। पर आप इतना सब कुछ कैसे जानते हैं?"

"स्कूल में तो थोड़ा-बहुत पढ़ा था। उसके बाद सिविल सर्विस की परीक्षा में मेरा विषय बांग्ला था।"

"तब तो आपकी अच्छी पढ़ाई है।"

"इसलिए तो परीक्षा देना चाहता हूँ। आप मुझे जरा नियम कानून बता दें।"

"मुझसे गलत-सलत न सुनकर आप सत्यवती दीदी से ही बात करिए। सोमवार को दीदी आ रही हैं। आप किसी भी दिन चले आइए, पर आप जितना व्यस्त रहते हैं, वक्त नहीं भी मिल सकता है। अगर आप कहें तो मैं आपको खबर देकर आ सकती हूँ अगर आपके आदमी ऑफिस में घुसने दें तो।"

"मेरे आदमी जरूर ही घुसने देंगे पर आपको तकलीफ नहीं उठनी पड़ेगी। मैं ही आ जाऊँगा। तब मैं चलूँ। धन्यवाद।" बकुल चला गया।

गाड़ी में बैठते ही उसे याद आया, कल सुबह की ट्रेन से रोजी आ रही है। रोजी ने चिट्ठी में लिखा था गर्मी की छुट्टियों में वो इस बार यहीं रहेगी। बहुत दिनों बाद वह आ रही है पर उसके लिए बकुल का मन खुशी से नाच नहीं रहा था। पूरे दिन काम के बाद सूने घर में लौटना अकेले-अकेले रहना उसे अच्छा नहीं लगता। पर रोजी के आने पर भी अच्छा नहीं लगेगा। रोजी के प्रति उसके मन में जरा सी भी जगह नहीं थी। उसने तो कुछ और ही चाहा था।

ग्रीक पुराण की तीन देवियों ने पेरिस द्वारा स्वयं को श्रेष्ठ सुंदरी निर्वाचित करने के लिए पेरिस को तीन प्रस्ताव दिए थे। देवराज जियूस की पत्नी हेरा ने कहा था, पेरिस अगर उसे श्रेष्ठ सुंदरी निर्वाचित करे तो वह पेरिस को विश्व का सबसे बड़ा योद्धा बना देगी। देवी एथेना ने कहा था, उसे श्रेष्ठ सुंदरी निर्वाचित करने पर पेरिस को वह पृथ्वी का सबसे बुद्धिमान व्यक्ति बना देगी। देवी अफ्रोदी ने कहा था, पेरिस अगर उसे सर्वश्रेष्ठ सुंदरी निर्वाचित कर दे तो वह विश्व की सर्वश्रेष्ठ सुंदरी से उसका विवाह करवा देगी। पेरिस ने अफ्रोदी को श्रेष्ठ सुंदरी निर्वाचित किया।

बकुल के सामने यदि तीन नहीं, वैसे तीन सौ प्रस्ताव भी रहते, तब भी वह अफ्रोदी का प्रस्ताव ही ग्रहण करता। मनचाही जीवन संगिनी के लिए उसके मन की कामना वैसी ही तीव्र थी। उसने चाहा था, उसकी पत्नी शिक्षित, रुचिशील, हृदयवती हो। वे दोनों परस्पर को अंतस्थल से प्रेम करेंगे। उनके बीच मन की कोई दीवार नहीं होगी। रोजी से पहली मुलाकात में उसे ऐसा ही लगा था। पर बहुत कम समय में ही उसका असली चेहरा सामने आने लगा। अब उनका संबंध टिका हुआ था कोर्ट में साइन किए हुए सिर्फ एक कागज पर।

गाड़ी ऑफिस में पहुँच गई थी। बकुल ने उतरकर देखा, बैकुंठपुर थाने का आई.सी. बैठा था। बकुल के ऑफिस में घुसते ही उसने कहा, ''सर, साधन मुखर्जी के खिलाफ केस स्टार्ट कर दिया गया है। जो भी खोज-खबर लेनी थी ले ली गई है। सिर्फ अमित अग्रवाल के आटा चक्की में नहीं जाया जा सका। आप तो जानते ही हैं, सर हाईकोर्ट का आर्डर है।''

''हाँ, उस आर्डर ने ही हमारे हाथ-पाँव बाँध रखे हैं। उस दिन निर्दिष्ट खबर मिली थी कि गोदाम में हिरोइन है फिर भी सर्च नहीं किया जा सका। आज फिर साधन मुखर्जी ने कहा है—वो राशन का गेहूँ वहाँ बेचता है। सिर्फ वह ही नहीं और भी बहुत लोग करते हैं, पर हम लोग वेरीफाइ नहीं कर पा रहे हैं। ऐसी हालत हो गई है कि अगर खबर मिले कि उसने पाँच लोगों का खून करके मिल के अंदर भर रखा है, तो भी हम लोग उसके विरुद्ध केस भी स्टार्ट नहीं कर सकेंगे। यहाँ तक कि खोज भी नहीं लगा सकेंगे। इस तरह का गैरकानूनी आर्डर कोर्ट दे भी सकता है, यह सोचा भी नहीं जा सकता। पर जब आर्डर दिया है तो वैकेट भी करना ही पड़ेगा। मैंने भौमिक से एफिडेविट लिखवा रखा है। आप कल ही किसी के हाथ इसे हाईकोर्ट के पी.पी. के पास भेज दें।''

बकुल ने एफिडेविट का ड्राफ्ट ड्रावर से निकालकर आई.सी. के हाथ में दे दिया। आई.सी. ने कागज लेते हुए कहा, ''सर बेल के लिए कई लोग आए थे। शुभंकर सरकार अक्काम। वे लोग अभी तक थाने में बैठे हैं। अनंत नंदी ने भी फोन किया था। कहा, आपके ऑफिस में आए थे, पर शर्म से कुछ नहीं कह सके।''

बकुल ने उत्तर दिया, ''रंगे हाथों पकड़ा गया है। थाने से बेल न देकर आप उसे कोर्ट में ही भेज दीजिए।''

आई.सी. ने कहा, ''ठीक है सर। अब मैं चलूँ।'' वो चला गया।

आई.सी. के जाते ही रोजी की बातें फिर से याद आने लगीं। कल सुबह की ट्रेन से रोजी आ रही थी। उसके ऑफिस या क्वार्टर को वह नहीं पहचानती। इसके अलावा स्टेशन से क्वार्टर का रास्ता सात-आठ किलोमीटर लंबा था। पहले-पहल एक महिला के लिए अकेले-अकेले आना असुविधाजनक होगा। वह स्टेशन पर गाड़ी भेज देगा, पर वह स्वयं नहीं जाएगा। वह रोजी से संतुष्ट नहीं है यह बात रोजी समझे। बकुल ने रुद्र को बुलाकर कहा, ''कल लामलिंग मेल से आपकी भाभी आ रही है। स्टेशन जाना होगा।'' रुद्र ने सर हिलाकर सम्मति जाहिर की। बकुल ऊपर चला गया।

सुबह रुद्र ने आकर कहा, ''सर, स्टेशन जाएँगे कह रहे थे।''

बकुल ने जवाब दिया, ''मैंने, जाऊँगा नहीं कहा था। आप लोग जाइए और भाभी को ले आइए।''

''किंतु आपके नहीं जाने से हम लोग मेमसाहब को पहचानेंगे कैसे?''

यह भी तो ठीक था। बकुल के दिमाग में यह बात आई ही नहीं थी। यहाँ किसी ने भी रोजी को नहीं देखा था। पहचानेंगे कैसे? अतएव बकुल के न जाने पर उन्हें रोजी का नाम लिखकर गेट के पास जाकर खड़ा होना पड़ेगा या माइक से रोजी के लिए गाड़ी का नंबर अनाउंस करना पड़ेगा। ये सब अच्छा नहीं लगता, जिसके कारण बकुल को जाना ही पड़ा। स्टेशन पहुँचकर उसे पता चला ट्रेन डेढ़ घंटा लेट चल रही है। ओवर ब्रिज के ऊपर चढ़कर वह खड़ा रहा। ट्रेन के घुसने का समय जितना करीब आता गया उतना ही उसका मन चंचल होने लगा। रोजी सचमुच आएगी तो? चिट्ठी भी तो बहुत पहले लिखी थी। उसके बाद वापस मन बदल भी तो सकता है। अगर ऐसा हुआ तो बहुत शर्म की बात होगी। वरुण, रुद्र आदि लोग क्या सोचेंगे। उन लोगों को, उसकी पत्नी आ रही है, यह बात अगर नहीं बताता तो शायद अच्छा रहता। ऐसी हालत में वह मन-प्राण से कामना करने लगा कि रोजी आए।

दूर से ट्रेन दिखाई देने लगी, पर आउट सिग्नल तक आकर वह खड़ी हो गई। इसी बीच ओवर ब्रिज के ऊपर और भी बहुत लोग आकर खड़े हो गए। उनमें से अधिकांश ही बकुल को देख रहे थे। वे लोग क्या सोच रहे थे? शायद सोच रहे थे, यहाँ बकुल कोई केस पकड़ने आया है। एक परिचित व्यक्ति ने तो आकर पूछ ही लिया, सर, आज कुछ होने वाला है क्या? बकुल ने मुस्कुराते हुए—ना की मुद्रा में गर्दन हिला दिया। ट्रेन धीरे-धीरे प्लेटफार्म पर आकर खड़ी हुई। लोग, ट्रेन से निकलकर सीढ़ी की तरफ दौड़ने लगे। कुलियों की दौड़ भाग, यात्रियों की

व्यस्तता सब मिलाकर स्टेशन जाग उठा। धीरे-धीरे भीड़ बढ़ने लगी, पर रोजी दिखाई नहीं दी। बकुल का शक ही शायद ठीक निकला। बकुल आगे-पीछे देखने लगा, अचानक नजर पड़ी, रोजी प्लेटफार्म पर खड़ी होकर शायद किसी को खोज रही थी। तब क्या रोजी को विश्वास था कि बकुल आएगा। वो आगे बढ़ गया।

बकुल को देखकर रोजी आश्वस्त हुई—"ओह, तुम आ गए। अच्छे हो?"

"अच्छा हूँ। ट्रेन में तुम्हें कोई असुविधा तो नहीं हुई?"

"नहीं! कोई असुविधा नहीं हुई।"

"झूठमूठ में दो घंटे देर कर दिया। तुम जरूर बहुत देर से खड़े हो?"

"हाँ। ट्रेन लेट होने पर क्या किया जा सकता है? चलो, बाहर गाड़ी खड़ी है?"

"चलो।"

दोनों चलने लगे। ओवर ब्रिज से बाहर आकर सब लोग गाड़ी में बैठ गए। रोजी के नहाकर निकलने के बाद वे लोग खाने बैठे। खाना खाने के बाद तुरंत ही बकुल वर्दी पहनने लगा। रोजी ने पूछा, "आज भी तुम्हारी ऑफिस है?"

"क्या किया जाए? इस ऑफिस में तो तुम्हारे कॉलेज की तरह वैकेशन नहीं है।"

"रहने पर भी क्या तुम लेते?"

"जो नहीं है उसके रहने पर क्या करता, क्या नहीं यह सोचने से कोई फायदा नहीं।"

"कब लौटोगे?"

"लौटने वाली तो कोई बात ही नहीं है। नीचे ही रहूँगा। अगर कोई खबर नहीं आई तो पाँच-साढ़े पाँच बजे तक ऊपर आ जाऊँगा।"

"और खबर आने पर?"

"यह तो नहीं कहा जा सकता। खबर पर निर्भर करेगा। चलूँ।" बकुल नीचे उतर गया। रोजी ने जाकर दरवाजा बंद कर लिया।

पाँच-साढ़े पाँच कहने पर भी बकुल साढ़े पाँच बजे ऊपर नहीं चढ़ सका। साढ़े पाँच से जरा पहले चक्रवर्ती साहब आए। मनोतोष भट्टाचार्य के प्रोसेडिंग के विषय में वे काफी आग्रही थे। अगले दिन भी गवाही होगी कि नहीं वे यही पता लगाने आए थे। उनके जाते ही मानव बाबू आए। उन्होंने कहा, बहुत लोगों ने तो बहुत कुछ किया है। साधन मुखर्जी को आपने कोर्ट में लाकर खड़ा कर दिया। पर देखिए, उस आदमी में कुछ तो आदमीयत थी। आप लोगों के खिलाफ उसने एक बात भी नहीं कही। बल्कि अपने पार्टी के पद से इस्तीफा दे दिया। मानव बाबू ने बकुल के हाथ में एक विज्ञप्ति थमा दी। बकुल ने देखा, साधन मुखर्जी ने फौजदारी मामले में अभियुक्त होने पर नीली पार्टी के जिला कमिटी के उपाध्यक्ष

पद से इस्तीफा दे दिया है।

बकुल ने कहा, "मैं क्या करूँ बताइए। इस तरह रंगे हाथों पकड़े जाने पर मैं कुछ कर भी नहीं सकता।"

मानव बाबू ने कहा, "ठीक है। तब फिर और जो अन्य लोग कर रहे हैं, उनके विरुद्ध भी कार्रवाई करिए।"

"आप बताइए कौन कर रहा है। मैं जरूर कार्रवाई करूँगा।"

"आप नहीं जानते? तब तो बोलना ही पड़ेगा।"

बकुल कुछ कहने ही जा रहा था कि उसी वक्त धीरेन चटर्जी कमरे में घुसे। बहस होने लगी। बकुल का मन नहीं लग रहा था, पर कुछ बोल भी नहीं पा रहा था। अंततः जब सबने विदाई ली तब साढ़े आठ बज चुके थे।

बकुल ने ऊपर जाकर देखा, रोजी खाना लगाकर बैठी थी। कपड़े खोलकर वह खाना खाने बैठ गया। रोजी ने पूछा, "सोओगे नहीं?"

"सोऊँगा, पर जरा यह अखबार देख लूँ।"

"कल रात ट्रेन में सो नहीं पाई मैं तो सोने जा रही हूँ।"

"अच्छा।"

रोजी जाकर बत्ती बुझाकर सो गई। बकुल अखबार पढ़ने लगा। रात ग्यारह बजे के करीब अखबार पढ़ना भी खत्म हो गया। अब सो जाना चाहिए, पर रोजी के साथ एक बिस्तर पर उसका सोने का मन नहीं कर रहा था। इस कमरे में भी सोया जा सकता है। पर यह खराब दिखेगा। इच्छा न होते हुए भी वह मच्छरदानी उठाकर रोजी के बगल में सो गया। बहुत संभव है रोजी सो चुकी थी। बकुल दूसरी ओर कुछ इस प्रकार सो रहा था कि रोजी के बदन का स्पर्श न हो। पर किसी भी तरह उसे नींद नहीं आ रही थी। वो रह-रहकर सावधानीपूर्वक करवट बदल रहा था। सर पर हाथ रखकर वह सोचने लगा, रोजी उसके बिस्तर पर सोई है। फिर भी कितनी दूर है।

रोजी बोल उठी, "तुम्हें बहुत बुरा लग रहा है ना?" बकुल ने बहुत शांत स्वर में उत्तर दिया, "नहीं तो। ऐसा क्यों सोच रही हो?"

"तब फिर मेरे पास क्यों नहीं आ रहे? इतनी दूर हटकर क्यों सोए हो?"

"दूर क्यों रहूँगा? ठीक ही तो हूँ।"

"यही तुम्हारा ठीक रहना है? जब जानते हो कि सह नहीं सकोगे तो फिर इतनी बड़ी-बड़ी बातें क्यों करते थे?"

"क्या कहता था?"

"कहते थे, मेरी जो मर्जी होगी मैं वही करूँगी। तुम रोकोगे नहीं।"

"मैं नहीं चाहता था कि मेरी पत्नी मुझ पर निर्भर रहकर मुझसे प्यार करे। मैंने तो चाहा था कि वह संपूर्ण रूप से स्वाधीन होकर भी मुझसे प्यार करे।"

"सिर्फ तुमसे ही प्यार करेगी ऐसा नहीं, वरुण और किसी से प्यार नहीं करेगी।"

"हाँ, यह प्रत्याशा भी थी।"

"पर मन तो कोई मशीन नहीं है कि तुम जैसा चाहोगे ठीक वैसा ही होगा।"

"मैंने तो कभी भी नहीं कहा कि मन मशीन है।"

"तब तुमने उस वक्त अनुमति क्यों दी? मैंने तो तुमसे पहले ही कहा था कि हाफिज मुझे अच्छा लगता है, उससे मेल-जोल रखने की इच्छा हो रही है। उसे पाने की इच्छा होती है। तब तुमने कहा था कि मेरा जो मन चाहे मैं कर सकती हूँ। तब मना क्यों नहीं किया?"

"मना करने का कोई भी रास्ता तुमने उस वक्त खुला नहीं छोड़ा था। तुमने कहा था कि मुझसे शादी करने का मतलब यह नहीं है कि तुम मेरी संपत्ति हो गई हो। तुम्हारी स्वाधीन इच्छा-अनिच्छा या विचार रह सकते हैं। तुम बोली थीं कि विधि-निषेध के अंदर रहने पर तुम्हारा दम घुटने लगता है। किसी दूसरे से मेल-मिलाप रखने पर प्रतिबंध लगाने पर तुम मन खराब करके रहोगी। घर में मिजाज खराब करोगी। तुम्हें दोष नहीं दे सकूँगा। इसके बदले अगर तुम्हें सबके साथ मन मर्जी से मिलने दूँ तो तुम दूसरों को जिस तरह प्यार करोगी, मुझे भी करोगी।"

"करूँगी तो। मैं तो अभी भी तुम्हें प्यार करती हूँ और सबों से अधिक ही प्यार करती हूँ। मगर तुम ऐसा क्यों कर रहे हो? तुमने मुझे जबान दी थी कि मैं अगर किसी दूसरे को भी प्यार करूँ, तो भी हमारा संबंध पहले की तरह ही रहेगा। तुम मुझे पहले की तरह ही प्यार करोगे।"

"रोजी तुम भूल कर रही हो। मैंने जबान दी थी कि तुम जो कुछ भी करोगी मैं मान लूँगा और तुम्हारे साथ संबंध त्याग नहीं करूँगा। जो मैंने किया किंतु इसका अर्थ यह तो नहीं है कि मेरे मन में किसी तरह की कोई प्रतिक्रिया ही न हो।"

"मुझे तो यह नहीं समझ में आ रहा है कि इसमें इतना मन खराब करने की क्या बात है। मैं तो तुम्हें पहले की तरह ही प्यार करती हूँ। मैं अगर किसी और से प्यार नहीं करती तब तुम मुझे जिस तरह पाते, अभी भी तुम ठीक उसी तरह ही पा रहे हो। किसी दूसरे से मिलती हूँ इसका मतलब बदल तो नहीं गई। मैं, मैं ही हूँ। मान लो कि अगर तुमसे छुपकर मैं अगर किसी और से संबंध रखूँ तो तुम्हें बुरा नहीं लगता। तब फिर तुमसे जब छुपाया ही नहीं तो फिर बुरा क्यों लग रहा है? छुप-छुपकर कुछ करने से मैं जैसी रहती अभी भी वैसी ही हूँ। तब तुम इतना मन क्यों खराब कर रहे हो?"

दुःख के कारण बकुल का दम अटकने लगा। बहुत तकलीफ से उसने कहा, "रोजी तुम नहीं समझोगी।"

"समझाकर ही बोलो ना।"

"मान लो कि जो साड़ी तुम आज पहनी हो। तुम ऐसी साड़ी पसंद करती हो इसलिए मैं तीन-चार दिनों तक बाजार की खाक छानकर यह खरीदा हूँ। अब तुम इस साड़ी को पहनकर यदि किसी गैर के सीने से लगी हो तो, तब क्या यह देखकर मुझे फख्र होगा? और तुम्हें भी क्या मेरी याद एक बार भी नहीं आएगी? वो उस दिन मैं बामनबाद से लौटकर तुम्हारे फ्लैट में गया था, उस समय तुम हाफिज को लेकर एक ही बिस्तर पर सोई थीं। तुम लोगों ने और क्या-क्या किया था इस विषय को मैं नहीं उठा रहा, पर जैसे ही मैं घर आया तब उसे छोड़कर मेरे बिस्तर पर आते वक्त क्या तुम्हें एक बार भी उसकी याद नहीं आई?"

"वह तो मैं अगर उसे लेकर एक बिस्तर पर न रहूँ तो भी मन में याद आ सकती है।"

"आ सकती है, पर बिस्तर पर नहीं आ सकती।"

"तुम्हारी तो बस सिर्फ यही एक बात है। मन ही मन में जो करना हो करो, शरीर नहीं देने से ही चलेगा। मैं यह सब पाखंड नहीं मानती। किसी को अगर मन देने में कोई दोष नहीं है तो फिर शरीर देने में क्या दोष है? मेरे हिसाब से किसी से अगर प्यार किया जाए तो उसे शरीर भी दिया जा सकता है।"

"हाँ रोजी, तुम ऐसा सोच ही सकती हो।"

"मैं अगर ऐसा सोच सकती हूँ, तब तुम इस तरह क्यों कर रहे हो?"

बकुल को अब और बरदाश्त नहीं हो रहा था। उसने अनुनय के स्वर में कहा, "रोजी तुम यह क्यों नहीं याद रखतीं कि जो स्वाधीनता तुम स्वयं भोग करना चाहती हो, वही स्वाधीनता मेरे लिए भी होना उचित है। मेरी भी अगर इसी तरह रहने की इच्छा हो तो तुम्हारा दखल देना उचित नहीं होगा।"

"तुम कहना क्या चाहते हो?"

"तुम जैसा चाहो करो और मैं जैसा रहना चाहता हूँ मुझे रहने दो।"

"तुम्हारी तो यह इच्छा है कि मुझे हर तरह की स्वाधीनता दोगे पर मैं तुम्हें छोड़कर और किसी को नहीं जानूँ। मैं इस तरह के ढकोसले का मुखौटा नहीं पहन सकती।"

"तब तुम जिस प्रकार चाहो उस प्रकार ही रहो।"

"और तुम इस तरह बम भोलेनाथ होकर रहोगे?"

बकुल ने इस बात का कोई जवाब नहीं दिया। वह करवट बदलकर सोने की कोशिश करने लगा। पर रोजी के लगातार प्रश्न से उसकी कोशिश नाकाम सी होने लगी। "बात क्यों नहीं कर रहे? जवाब दो।" बकुल ने कोई जवाब नहीं दिया। जवाब न पाकर रोजी भी मुँह घुमाकर सो गई। उसके बाद पूरे कमरे में उतर आई एक असहनीय निस्तब्धता।

बीस

आज मनोतोष भट्टाचार्य के प्रोसेडिंग इनक्वायरी की डेट थी, पर कलकत्ता के एक एफ.आर.सी.एस. डाक्टर के मेडिकल सर्टिफिकेट को अटैच करके उसने एक और दरख्वास्त जमा कर दिया। लिखा था, वह इस समय कलकत्ते में इस डाक्टर बाबू के चिकित्साधीन है। डाक्टर बाबू ने उसे तीन महीने संपूर्ण विश्राम लेने के लिए कहा है। इस कारण तीन महीने के अंदर उसके लिए इनक्वायरी अटेंड करना संभव नहीं है।

बकुल बहुत अच्छी तरह से समझ गया कि मनोतोष भट्टाचार्य की यह बीमारी सिर्फ एक बहाना है। वह इनक्वायरी से बचना चाहता है और डाक्टर बाबू पैसों के बदले उसे मेडिकल सर्टिफिकेट देकर मदद कर रहे हैं। इस पर अब एक निर्णय लेना जरूरी था। बकुल ने मेडिकल कॉलेज के प्रिंसिपल को पत्र लिखा जिससे स्टैंडिंग मेडिकल बोर्ड जाकर मनोतोष भट्टाचार्य की जाँच करके देखे कि उसमें इनक्वायरी अटेंड करने की शारीरिक योग्यता है या नहीं। आर्डर शीट की कॉपी मनोतोष भट्टाचार्य के पास भेज दी गई।

डिक्टेशन लेकर स्टेनो उठा ही था कि डी.आई.बी. इंस्पेक्टर सलिल सेन आकर कमरे में घुसे। सलिल सेन स्वभावतः थोड़ा गंभीर व्यक्ति था। सोच-समझकर चलता था। अप्रासंगिक बातें यथासंभव कम करता था। उसने टेबिल पर जरा झुककर कहा, ''सर, मेरे एक सोर्स ने खबर दी है कि प्रधान नगर के एक मारवाड़ी के घर में एक मेटाडोर कंट्राबैंड गुड्स अभी इस वक्त घुसा है। सब माल अनलोड हो रहे हैं। उसने अवश्य ही रिवार्ड के लालच में खबर दी है।''

बकुल ने पूछा, ''वह घर का नाम, मेटाडोर का नंबर सब सही-सही बता रहा है तो?''

''हाँ सर। वह एक मैप स्केच करके भी लाया है।''

उसने बकुल के हाथ में मैप दे दिया। बकुल ने उसे देखकर गाड़ी निकालने के लिए कहा। रीडर बाबू समेत ऑफिस के सभी लोगों को लेकर तुरंत ही वह उस मकान के सामने हाजिर हुआ। रीडर बाबू जाकर ड्राइवर से पूछताछ करने लगा। ड्राइवर ने खुद केस में फँसने के डर से साफ-साफ बता दिया कि हरलाल का साहब मुझे भाड़े पर अतिलाल बाड़ी ले गए थे। वहाँ एक मकान से मेरी गाड़ी में विदेशी सामान लादा और अभी इसी वक्त सब माल घर में उतारा गया है।

बकुल ने जाकर बेल बजाई। एक बीस साल के युवक ने दरवाजा खोला। बकुल ने अपना परिचय दिया—''मैं एडिशनल एस.पी. बैकुंठपुर।''

युवक ने भी उसी एक रूप से कहा, ''आई एम ऑलसो एन आई.ए.एस.

आफिसर।''

''आफ व्हिच कैडर?''

''राजस्थान।''

''नाउ पोस्टेड एज?''

''ए.डी.एम.।''

''तब तो मुझे सुविधा ही हुई । मेरे पास खबर है, स्टोलेन प्रॉपर्टी आई मीन कंट्राबैंड गुड्स इसी समय उस मेटाडोर से इस घर में अनलोड हुई है। इसे देखने में मेरी मदद करें।''

इस बार युवक का मुँह सूख गया। वह उनको घर के भीतर ले गया। बकुल ने देखा बहुत सारे विदेशी वीडियो, वीसीपी, टेपडेक, डिनर सेट, बिजली-बत्ती इत्यादि सामान सोने के कमरे में पलँग के नीचे और बगल में एक के ऊपर एक सजाकर रखे हुए थे।

बकुल ने युवक से पूछा, ''इस सब माल के कागज-पत्र हैं?''

''दरअसल आप जो कर रहे हैं मुझे भी वही करना चाहिए था। पर घटनाक्रम में आई एम इन दी रिसीविंग एंड, आई.एम. फीलिंग वैरी बैड अबाउट इट।''

''यह मकान किसका है?''

''मेरे पिता का।''

''वे क्या करते हैं?''

''बिजनेस, कपड़े का बिजनेस करते हैं।''

''तब फिर ये सब माल यहाँ कैसे आया?''

''वे आर्मी के सप्लायर हैं। आप तो जानते ही हैं आर्मी अफसर किस तरह फॉरेन गुड्स के बारे में क्रेजी हैं। उन्हें देने के लिए लाया गया है। यदि न दें तो कांट्रेक्ट ही नहीं मिलेगा।''

''देशी चीजें देने से भी तो होता।''

''वे फॉरेन गुड्स ही चाहते हैं। नहीं देने पर दूसरे लोगों को आर्डर दे देंगे।''

''आप जो कह रहे हैं वो असेस्ट नहीं किया जा सकता। आप खुद ही बोलिए?''

''लेकिन यह सच बात है। मैं तो बनाकर भी आपको दूसरी बात कह सकता था।''

बकुल को लगा कि कोई आई.ए.एस. अफसर नहीं, एक व्यवसायी बात कर रहा है। रुपए के बल पर, कोचिंग क्लास लेकर ये लोग अब सब बड़े-बड़े पोस्ट पर जा रहे हैं। इनकी जो मानसिकता थी उससे साधारण लोग इनसे क्या आशा कर सकते हैं। उसने कहा, ''जो भी हो, यह सब माल हम सीज करेंगे। आपसे भी कर सकते हैं। इन दैट केस यू कैन अंडरस्टैंड दी लीगल इमप्लिकेशन, इसलिए आप चाहें तो किसी दूसरे को बुला सकते हैं।'' उसने अपने छोटे भाई

को बुला दिया। माल सीज कर बकुल और उसके आदमी थाने लौट गए।

थाने से ऑफिस लौटते ही राखाल ने कहा, "सर, एस.डी.ओ. साहब ने कई बार फोन किया था। आपको लौटते ही फोन करने के लिए कहा है।"

बकुल ने कहा, "ठीक है। मैं फोन कर रहा हूँ।" मगर बकुल को फोन नहीं करना पड़ा। उसके चेयर पर बैठते न बैठते ही एस.डी.ओ. साहब का फोन आ गया। बकुल के फोन उठाते ही भजनराम ने जानना चाहा—"एडिशनल साहब बोल रहे हैं?"

"हाँ। नमस्कार। बोलिए।"

"नमस्कार। आज दोपहर को प्रधान नगर से कुछ फॉरेन गुड्स सीज़्ड हुआ है। वहाँ जिससे आपकी मुलाकात हुई थी वो मेरा बैच मेट है। इसकी एक व्यवस्था करनी होगी।"

"आपका बैचमेट तो किसी पिक्चर में ही नहीं है? उसे कुछ नहीं होगा।"

"पर उसके पिता और भाई को कुछ होने पर भी तो झमेला है। कोर्ट में जाना पड़ेगा। कठघरे में खड़ा होना पड़ेगा। बदनाम हो जाएँगे।"

"आप एक्चुअली क्या चाहते हैं?"

"वो सब कोर्ट-वोर्ट में न जाना पड़े, उसकी व्यवस्था करें।"

"यह कैसे संभव है?"

"वह सब माल उन्हें दे दीजिए और सीजर लिस्ट कोर्ट में न भेजने से ही झमेला खत्म।"

"अरे आप यह क्या बोल रहे हैं? मैंने अपने अफसरों को लेकर सीज किया है और अगर मैं ही ऐसा करूँ तो मेरे बारे में वे लोग क्या सोचेंगे?"

"वे लोग कुछ नहीं सोचेंगे। इतना-सा तो सामान है, दरअसल उसकी बहन का विवाह है। विवाह में उपहार देने के लिए लाया गया है।"

"पर आपके बैचमेट ने तो कहा था, आर्मी अफसरों को उपटोकन देने के लिए लाया गया है। आप कह रहे हैं, बहन की शादी के लिए लाया गया है। बहन की शादी में एक-एक सेट करके दे सकता था। पर पाँच-सात वीडियो, वीसीपी बहन की शादी के लिए कैसे हो सकता है? अगर ऐसा ही था तो आपका बैचमेट तो यह बात बोल सकता था। आप पता लगाकर देखिए आपका बैचमेट आपको मिस रिप्रेजेंट कर रहा है।"

"जो भी हो, आप जरा देखिए।"

"मैं देख रहा हूँ। मगर आप जैसा बोल रहे हैं, वह संभव नहीं है।"

"अच्छा ठीक है। नमस्कार।"

"नमस्कार।"

बकुल के फोन रखते ही उपाध्याय कमरे में घुसा—"सर एक अच्छी खबर

आई है। रास्ते पे आते ही तो हम लोग पकड़ रहे हैं। इसलिए स्मग्लर लोग सड़क पर नहीं उतर रहे हैं। एक सौ-डेढ़ सौ लोगों को लगाकर नदी पार करके भालुगाड़ा के जंगल में माल ला रहे हैं। उसके बाद उस जंगल से ही लॉरी में माल उठाकर बाहर चालान कर रहे हैं। सुना है कि आज भी लाएँगे। रात बारह बजे जाने से मिल जाएँगे सर।''

बकुल ने कहा, ''इंसान के कंधे या सर पर रखकर जंगल से माल ला रहे हैं, यह हो सकता है, पर बारह बजे जाने से ही माल मिलेगा, यह आपने कैसे जाना?''

''जो आदमी खबर लाया है वही यह कह रहा है सर।'' उपाध्याय उसे बुलाने बाहर चला गया।

उस आदमी ने कमरे में आकर कहा, ''सर वे लोग तो आज दोपहर को ही हमारे मुहल्ले में आकर आदमी भाड़ा करके गए हैं। साढ़े नौ बजे जाने के लिए कहा है। जाकर माल लाने में तीन घंटे के करीब वक्त लगेगा। मतलब साढ़े बारह-एक बजे के अंदर आ जाएँगे।''

बकुल को यह बातें संभव लगीं। उसने जानना चाहा–''पर ठीक किस जगह से माल लाएँगे यह हम लोग कैसे समझेंगे?''

उस आदमी के कुछ कहने के पहले ही उपाध्याय बोल पड़ा–''सर, यह हमारे साथ रहेगा बोल रहा है।''

''तब ठीक है भालुगाड़ा पहुँचने में आधे घंटे से चालीस मिनट के करीब समय लगेगा। हम लोग ग्यारह बजे निकलेंगे। आप बाघागुड़ी मोड़ पर इंतजार कीजिएगा। हम लोग आपको पिकअप कर लेंगे, और उपाध्याय, आप आई.सी. को बोल दीजिएगा कि दो अफसर, एक सेक्शन फोर्स और एक गाड़ी लेकर पौने ग्यारह बजे मेरे पास रिपोर्ट करे।''

''ठीक है सर।'' उपाध्याय उस आदमी को लेकर चला गया।

रीडर बाबू ने टेलीफोन का बजर दबाकर कहा, ''चांदा साहब बात करना चाहते हैं सर।''

बकुल ने टेलीफोन उठाया–''नमस्कार सर, बकुल बोल रहा हूँ।''

''नमस्का...र। प्रधान नगर से भजनराम के एक बैचमेट ने बहन की शादी के लिए कुछ सामान खरीदा था। तुमने जाकर सीज कर दिया?''

''सामान सीज किया है, यह ठीक है सर। मगर शादी के लिए खरीदा गया था, यह ठीक नहीं है सर। बहन की शादी के लिए कोई पाँच वीसीपी, सात वी. सी.आर. और दस टेप-डेक नहीं खरीदता सर और मैंने जब सीज किया था तब तो उनके बैचमेंट वहाँ पर उपस्थित थे सर। उन्होंने तो मुझसे कहा था, ये सब सामान आर्मी अफसरों के लिए लाया गया है।''

''देन वाई दिस बलगर टॉक?''

"बहुत दुःख की बात है सर। पता नहीं एस.डी.ओ. साहब क्यों इस तरह की झूठी बातें बोल रहे हैं। मेरे साथ तो उनकी बातें हुई हैं।"

"डोंट वरी। चलाते जाओ।"

"नमस्कार सर।"

"नमस्का...र।" चांदा साहब ने फोन रख दिया।

बकुल इंस्पेक्टरों की टूर डायरी देख रहा था। राखाल ने आकर कहा, "सर सुप्रियो सान्याल नाम के एक सज्जन मिलना चाहते हैं।" कॉलेज में सुप्रियो दा बकुल से दो साल सीनियर थे। तब इतनी हृदयता नहीं थी। सिर्फ चेहरे से ही परिचय था। सुप्रियो दा एम.एस-सी. पास करके हासनाबाद के एक कॉलेज में पढ़ा रहे थे। बकुल हासनाबाद में जब एडिशनल एस.पी. होकर गया था तो एक दिन सुप्रियो दा मुलाकात करने आए थे। उसके बाद से ही घनिष्ठता हो गई थी। सुप्रियो दा बहुत बार बकुल के घर आ चुके थे। बकुल भी कई बार सुप्रियो दा के घर गया था। रोजी भी एक बार साथ गई थी। सुप्रियो दा की पत्नी बेला भाभी भी दो-एक बार आई थी।

बकुल कुर्सी छोड़कर खड़ा हो गया। तब तक सुप्रियो दा दरवाजे का पर्दा हटाकर झाँकने लगे। बकुल ने कहा, "आइए-आइए सुप्रियो दा। बैठिए।"

सुप्रियो दा ने केबिन में घुसकर बकुल से हैंडसेक कर कुशल मंगल पूछा, "कैसे हो?"

"अच्छा हूँ। आप?"

"पाप काट रहा हूँ। यहाँ रहकर छुट्टी बितानी होगी। जितने दिन थीसिस कमप्लीट नहीं होती, इससे मुक्ति नहीं है।"

"अच्छा आप लोगों की सर्विस रूल्स क्या चेंज हो गई? वरना इतनी पी-एच.डी. करने की तोड़-जोड़ क्यों लगी है।"

"चेंज नहीं, नियम बना दिया गया है, एक निश्चित समय के अंदर करना पड़ेगा। रोजी कहाँ है?"

"अभी तो यहीं है।"

"वाकई। तब तो अच्छा ही हुआ उससे भी मुलाकात हो जाएगी।"

बकुल सुप्रियो दा को लेकर ऊपर चला गया।

सुप्रियो दा आज रात यहीं रहेंगे। खाना खाते-खाते रात नौ बज गए। बस दो घंटे बाद ही बकुल को रेड पर जाना होगा। सुप्रियो दा जब बामनवाद में उसके घर जाया करते थे तब रोजी के साथ उसका संबंध नार्मल था। पर अभी रोजी के साथ उसका संबंध बहुत खराब हो गया था। बकुल नहीं चाहता था कि सुप्रियो दा यह सब जाने। पर सुप्रियो दा को रोजी के साथ घर में अकेले छोड़कर बकुल बाहर नहीं जाना चाहता था। बकुल नहीं चाहता था कि सुप्रियो दा को यह बात

मालूम चले। फिर रोजी पर बकुल को जरा भी भरोसा नहीं था। वो कुछ भी छिपाना नहीं चाहती थी। वो खुल्लम-खुल्ला जीवन जीना चाहती थी। इसके अलावा सुप्रियो दा के शरीर का रंग काला था। काले आदमी रोजी को बहुत पसंद थे। सुप्रियो दा के आते ही 'सुप्रिय दा-सुप्रिय दा-सुप्रिय दा' करके एकदम ही गले पड़ने लगी। और सुप्रियो दा भी वैसे! रोजी को देखते ही गलने लगे। घर पर बेला भाभी जिंदा है या मर गई, इसका खयाल भी नहीं है। पर यहाँ आकर रोजी का कष्ट देखकर दर्द फूट पड़ा है। रोजी के झाड़ हाथ में लेते ही वे खुद झाड़ू लगाने चल दिए। बकुल के घर में कोई नौकर नहीं था। ठीक है अपनी थाली धोना चाहते हैं, धो लीजिए पर रोजी की थाली भी लेकर चल दिए। इतना प्रेम देखकर बकुल का तन-बदन जलने लगा।

बकुल ने एक बार सोचा, थाने में मना कर दे, आज वह रेड पर नहीं जाएगा। पर मुश्किल तो यह थी कि खबर मिलने के बाद भी अगर केस की जाँच-पड़ताल करके नहीं देखा तो आगे से फिर खबर नहीं मिलेगी। फिर सोचा, दो अफसरों को तो उसने बुलाया है, उनको ही भेज देगा, स्वयं नहीं जाएगा। तभी उसे याद आया, दिन में तो उसने कहा था कि वह स्वयं जाएगा। अब अगर नहीं गया तो वे लोग क्या सोचेंगे? अतः अब कोई उपाय नहीं बचा। रोजी के साथ सुप्रियो दा को घर पर अकेला छोड़कर ही उसे रेड पर जाना पड़ेगा।

सुप्रियो दा को बड़ी सहजता से ही वह यूनिवर्सिटी के होस्टल में पहुँचा सकता था। उसे तो उसी रास्ते से जाना है, पर खुद चलाकर उनसे यह बात कैसे कहे। अचानक बकुल को याद आया, घर में भी तो और एक-दो आदमी रहने की जरूरत है। उसने सुप्रियो दा को बोला—"तब सो जाइए। मुझे एक रेड पर जाना है।" रेड की बात सुनकर सुप्रियो दा बहुत उत्साहित हो गए—"ए बकुल मुझे तुम लोग कैसे रेड करते हो देखने का बहुत शौक है, मुझे ले जा सकोगे?"

"नहीं सुप्रियो दा। यह संभव नहीं है क्योंकि इसमें बहुत रिस्क है।" बकुल ने मुँह से तो ना कह दिया, पर मन ही मन बोला, सुप्रियो दा अगर उसके साथ जाए तो अच्छा ही होगा। वो निश्चित मन से रेड पर जा सकेगा। इसलिए उसने कहा, "वैसे तो रेड काफी एक्साइटिंग है पर उनके पास भी अस्त्र हैं। कब क्या हो जाए कहा नहीं जा सकता।"

"कुछ नहीं होगा। मुझे ले चलो।"

"जब आप मान नहीं रहे हैं तब तैयार हो जाइए।" वो खुद भी यूनिफार्म पहनने लगा।

तभी टेलीफोन बज उठा। राखाल ने नीचे से बताया—"सर थाने से अफसर और फोर्स आ गए हैं।" बकुल ने घड़ी की तरफ देखा, ग्यारह बजने में दस मिनट बाकी थे। वो हेलमेट पहनकर नाईन.एम.एम. पिस्तौल कमर में झुलाकर सुप्रियो

दा को लेकर नीचे उतरा।

थाने से आए अपने लोगों को बकुल ने काम समझा दिया। उसके बाद गाड़ी चलने लगी। बाघागुड़ी मोड़ पर आकर उन लोगों ने उस आदमी को उठा लिया। राष्ट्रीय सड़क से कुछ दूर जाने पर रास्ते के किनारे एक स्कूल मिला। बकुल ने दोनों गाड़ियों को वहीं खड़ा कर दिया। ड्राइवर और दो राइफलधारियों को गाड़ी के पास रखकर वे लोग चाय बागान के भीतर से होकर चलने लगे। मगर मुश्किल हुआ सुप्रियो दा को लेकर, उनको इस सबका अभ्यास नहीं था। वे अँधेरे में चल नहीं सकते थे। ऊपर से टार्च भी नहीं जलाया जा सकता था, वर्ना उन लोगों को आभास मिल जाएगा। बकुल ने प्रस्ताव दिया, एक आदमी को लेकर सुप्रियो दा गाड़ी के पास लौट जाए, पर वे उसके लिए भी तैयार नहीं हुए। रेड उनको देखना ही था। बाध्य होकर सुप्रियो दा का हाथ पकड़कर बकुल उस आदमी के पीछे-पीछे चलने लगा। कहीं पर ऊँची, कहीं पर नीची, तो कहीं कँटीली झाड़ियाँ। सुप्रियो दा को काफी असुविधा होने लगी। एक बार तो पाँव फिसलकर कीचड़ में ही गिर पड़े। उठाने पर देखा गया, उनके पूरे बदन पर कीचड़ लग गया था, फिर भी उन्होंने साथ नहीं छोड़ा। तकरीबन एक घंटे चलने के बाद बड़े-बड़े पेड़ों का एक जंगल मिला। जिसके एक ओर एक छोटा-सा मुहल्ला और एक ओर एक कच्चा रास्ता था। उसी रास्ते से होकर यहाँ ट्रक आते हैं। ट्रक से ही माल रातों-रात पार हो जाता है। यह सब सुनकर सुप्रियो दा की आँखें खुशी से चमक उठीं।

बकुल ने सोच समझकर पहाड़ की गोद से सटकर जंगल के पास पोजीशन ले लिया। यदि जरूरत पड़े तो वे लोग मुहल्ले को पीछे रखकर गोली चला सकते हैं और उनके ऊपर मुहल्ले को छोड़कर और किसी भी तरफ से गोली नहीं चलाई जा सकती, नहीं तो गोली से मुहल्ले के लोग मर सकते थे।

बकुल ने अपने दल को तीन गुटों में बाँट कर करीब-करीब तीन जगहों पर पोजीशन लेने के लिए कहा। वह खुद एक दल को लेकर मेंड़ से थोड़ा अंदर घुस गया। चाय बागान की नरम मिट्टी में पैर धँसे जा रहे थे। मच्छर भी काट रहे थे। एक बार तो एक मेढक ने आकर बदन पर पेशाब कर दिया। मगर जिनके लिए वे बैठे थे वही लोग ही नहीं आ रहे थे। बकुल ने हताश होकर उस आदमी से पूछा, "वे लोग आएँगे तो?" उस आदमी ने विश्वास के साथ कहा, "आएँगे सर।"

"तब फिर इतनी देर क्यों हो रही है? दो तो बज गए।"

"अवश्य ही माल मिलने में या रास्ते में किसी तरह की असुविधा हुई होगी, पर आएँगे जरूर, सर।"

"शुक्र मनाओ कि आ जाएँ।" बकुल ने और बात नहीं बढ़ाई।

कुछ मिनट बाद दिखाई पड़ा, उस तरफ जंगल के पास से एक टार्च जल-बुझ

रही थी। आदमी ने कहा, "सर वह देखिए लाइन क्लियर दे रहा है। अब आएँगे।"

बकुल और उसके आदमी बिना कोई बात किए मिट्टी के ऊपर लेटकर इंतजार करने लगे। बकुल ने हाथ से अपना पिस्तौल टटोला कि वह ठीक है या नहीं।

कच्चे रास्ते की तरफ एक तीव्र प्रकाश दिखलाई पड़ा। धीरे-धीरे प्रकाश बढ़ने लगा। कुछ देर बाद आवाज भी सुनाई पड़ी। यह समझ में आ गया कि कोई गाड़ी आ रही है। बकुल और उसके आदमी जमीन से चिपककर पड़े रहे। एक ट्रक आकर जंगल में घुसा। ट्रक की हेडलाइट से चाय बागान रौशन हो गया। पर जंगल में पहुँचकर सारी लाइट बुझा दी गई। आदमी ने धीरे से कहा, "आज तो पहले ही लॉरी चली आई।" बकुल ने कुछ नहीं कहा। वह जंगल की तरफ कान खड़ा रखकर लेटा रहा।

दस मिनट बाद जंगल के उस पार से खुसुर-फुसुर की आवाज सुनाई पड़ी। कूच-कॉच जैसे कुछ शब्द होने लगे। आदमी ने कहा, "सर, बॉक (कॉवर) की आवाज आ रही है। वे लोग आ रहे हैं।" बकुल ने एक गहरी उत्तेजना महसूस की। उसने सुप्रियो दा को धीरे से पूछा, "कैसा लग रहा है?" सुप्रियो दा ने कोई उत्तर नहीं दिया। बॉक (कॉवर) की कूच-कॉच की आवाज और लोगों के दबे कंठस्वर और भी करीब आने लगे। धीरे-धीरे आवाजें जंगल में आकर बंद हो गईं। उसके बाद ट्रक में माल लोड करने की धुपधाप की आवाजें आने लगीं। उसके बाद चारों ओर खामोशी।

कुछ देर बाद दूर से फिर से बॉक (कॉवर) के कूच-कॉच के शब्द और लोगों के दबे कंठ स्वर सुनाई पड़े। पहले की तरह ही इस बार भी वे शब्द जंगल में आकर रुके एवं उसके बाद ही धुपधाप की आवाजें आने लगीं। बकुल समझ गया कि माल बॉक (कॉवर) से लाकर ट्रक में लादा जा रहा है।

आदमी ने कहा, "सर, दो दल आ गए हैं अब दो और दल आएँगे।" थोड़ी ही देर बाद बॉस की कूच-कॉच और लोगों के खुसुर-फुसुर के शब्द कान में पड़े। बकुल ने अपना कान लगाए रखा। वे शब्द जैसे ही जंगल में घुसे वैसे ही उसने ह्विसिल बजा दी। तुरंत ही दो ओर से दो गोली चलने की आवाजें सुनाई पड़ीं और उसके साथ ही जंगल के अंदर भागा-दौड़ी की आवाजें कुछ देर तक छाई रहीं। उसके बाद जंगल के उस पार से गोली की आवाजें। इसका मतलब यह था कि उनके पास भी बंदूकें या राइफलें थीं। बकुल सोच में पड़ गया। अँधेरे में शत्रु या मित्र को पहचानने में गड़बड़ी हो जाएगी। यदि उस ओर से गोली चलती रही तो फिर इधर से भी गोली चलानी होगी। ऐसी हालत में काफी लोग घायल होंगे। इसके अलावा और कोई रास्ता भी तो नहीं है। उसने मैनकैप सेट खोलकर रुद्र को इस ओर जल्दी से गाड़ी लेकर आने के लिए कहा और कहा कि सायरन बजाते हुए आएँ। मगर उस ओर से गोलियाँ चलनी बंद नहीं हुईं। ऐसा लग रहा था कि जो लोग ट्रक और माल रखकर भागे

थे वही लोग ही बंदूकें लेकर आ रहे थे। बकुल ने अपने आदमियों को सीने के बल जमीन पर लेट जाने के लिए कहा। सब लोग उसके कहे अनुसार लेट गए। बकुल ने हाथ बढ़ाकर सुप्रियो दा को टटोला। बेचारे काफी घबड़ा गए थे। बहुत तकलीफ से उन्होंने पूछा, "ये लोग अगर इधर आ गए तो?" बकुल ने उन्हें साहस देने के लिए धीरे से कहा, "हमारे पास भी दस रायफलें हैं। डरने की कोई बात नहीं है। वे लोग करीब तो आएँ।" सुप्रियो दा चुप हो गए। अब गोली की आवाजें करीब आने लगीं।

अचानक कच्चे रास्ते की ओर से रोशनी दिखलाई पड़ी। थोड़ी देर बाद सायरन की आवाज भी सुनाई दी। बकुल समझ गया–उनकी गाड़ी पहुँच गई थी। जंगल के उस पार से आने वाली गोली की आवाजें अब बंद हो गई थीं। इसके बाद गाड़ी के पास आते ही लोगों में भगदड़ मच गई। एक व्यक्ति तो आकर बकुल के सामने गिर पड़ा। पासवान ने उसे पकड़ लिया। बकुल ने ह्विसिल बजा दिया। उसके लोग निकलकर गाड़ी की ओर गए। गाड़ी लेकर जंगल के भीतर जाकर देखा गया, सिर्फ सूते के बंडल पड़े थे। कुछ ट्रक पर लोड किए गए थे और कुछ नीचे थे। बकुल ने एक गाड़ी को बाघागुड़ी थाने भेज दिया और दूसरी गाड़ी को लेकर आस-पास के रास्तों को देखने लगा। पकड़े गए आदमी ने काफी मदद की। जंगल के उस पार जहाँ से गोलियों की आवाज आ रही थी, वहाँ से और भी कई बंडल सूते मिले।

यही करते-करते सुबह हो गई। बाघागुड़ी थाने से आदमियों को लेकर ओ. सी. चले आए। बाकी बचे सूतों के बंडलों को ट्रक में लोड करके पुलिस के ड्राइवर द्वारा बाघागुड़ी थाने में लाया गया। कस्टम को खबर दी गई। पुलिस के लोगों ने बंडल समेत ट्रक को सीज कर लिया। बकुल सुप्रियो दा को होस्टल छोड़कर घर के लिए रवाना हुआ।

इक्कीस

अपनी माँगों को मनवाने के लिए टी.एन.एल.एफ. ने पहाड़ पर तेरह दिनों का बंद बुलाया था। जन-जीवन पूरी तरह से अस्त-व्यस्त हो चुका था। बाजार, ऑफिस, अदालत सब बंद। बाजार में मनुष्य कोई नहीं था। सड़क पर यातायात की चहल-पहल भी नहीं थी। तार में बिजली नहीं, पाइप में पानी नहीं। झरने का पानी ही एक

मात्र सहारा था। पर खाने की कोई व्यवस्था नहीं थी। पहाड़ पर अधिकांश खाने-पीने की चीजें मैदानी भाग से आती हैं। यातायात बंद हो जाने से अब और नहीं आ रहे थे। साधारण लोगों की हालत बिना खाए मरने जैसी हो गई थी। इसलिए जिला प्रशासन को कड़े पुलिस पहरे में बैकुंठपुर से पहाड़ पर खाद्य सामग्री भेजनी पड़ रही थी। पुलिस पहरे की व्यवस्था करने के अलावा भी बकुल को इन सब खाद्य सामग्रियों को भेजने के लिए ट्रक जुगाड़ करना पड़ रहा था।

वर्तमान परिस्थितियों में यह काम करना बहुत मुश्किल था। पहला तो अपने जीवन को खतरे में डालकर कोई भी ड्राइवर पहाड़ पर जाना नहीं चाहता था। दूसरा यह कि लामलिंग ऑफिस में काम-काज ठीक नहीं होने के कारण भाड़े की गाड़ियों के मालिक ठीक समय पर भाड़ा नहीं पा रहे थे। जिसके फलस्वरूप एक बार जाने के बाद, दूसरी बार और कोई भी जाना नहीं चाहता था। पर खाना तो भेजना ही पड़ेगा। इसलिए अगर कहा जाए तो एक प्रकार से पुलिस भेजकर प्रायः जबरदस्ती ही गाड़ी पकड़कर लाई जा रही थी। इस वजह से पुलिस के प्रति लोगों की राय गलत होती जा रही थी। जिसे दूर करने के लिए ट्रक मालिकों के साथ बकुल बातचीत करने बैठा था।

ट्रक मालिकों ने पुलिस की मार्फत उन्हें तंग न करने के लिए आवेदन दिया था। बकुल ने किसी तर्क-वितर्क में न जाकर वर्तमान परिस्थितियों में प्रशासन की सहायता करने के लिए उनसे अनुरोध किया। उन्होंने 'हाँ' या 'ना' कुछ भी नहीं कहा। मौनता अगर सहमति की निशानी होती है तो इसमें उन्होंने सहमति दी थी।

बातचीत के अंत में राखाल उन्हें चाय दे रहा था। बकुल ने कंट्रोल रूम में फोन किया—"खाद्य-सामग्रियाँ लेकर गाड़ियाँ क्या रवाना हो गईं?"

ड्यूटी अफसर ने बताया, "सर, लामलिंग के लिए दो और सबंग के लिए एक रवाना हो गई है। खुर्शियांग का ट्रक लोड हो रहा है। घंटे भर में वो भी रवाना हो जाएगा।"

"उसके रवाना होते ही मुझे जरा बताइएगा।"

"अच्छा सर।"

बकुल ने फोन रख दिया। ट्रक मालिक लोग विदाई लेकर चले गए। रीडर बाबू ने एक फाइल लाकर कहा, "मनोतोष भट्टाचार्य ने फिर एक दरख्वास्त दिया है।" बकुल ने फाइल खोलकर देखा, उसकी चिट्ठी पाकर मेडिकल कॉलेज के प्रिंसिपल ने आज मनोतोष भट्टाचार्य को मेडिकल बोर्ड के सामने हाजिर होने के लिए कहा था। मनोतोष भट्टाचार्य ने बैकुंठपुर के एक डॉक्टर के सर्टिफिकेट को अटैच कर मेडिकल कॉलेज के प्रिंसिपल को दरख्वास्त दिया था। उसकी एक कॉपी बकुल को भी भेजी थी। उसने बताया था कि उसकी शारीरिक अवस्था इतनी खराब थी

कि उसके लिए मेडिकल बोर्ड के सामने हाजिर होना संभव नहीं था। अभियुक्त मनोतोष भट्टाचार्य की धृष्टता और डाक्टरों की दायित्वहीनता देखकर बकुल को काफी गुस्सा आया। उसने मेडिकल बोर्ड को घर जाकर उसके निरीक्षण करने के लिए अनुरोध करने का आग्रह करते हुए कॉलेज के प्रिंसिपल को एक पत्र लिखा। पत्र को किसी आदमी के मार्फत भेजकर बकुल ने उनको फोन किया। प्रिंसिपल का तबादला हो गया था। वाइस प्रिंसिपल महोदय उनकी जगह काम कर रहे थे। ये वाइस प्रिंसिपल साहब जिस प्रकार काम कर रहे थे, उसी हिसाब से वे कोओपरेटिव भी हैं। बकुल का फोन पाते ही उन्होंने कहा, ''हम लोग तो आपके मनोतोष भट्टाचार्य का ही इंतज़ार कर रहे हैं पर उसका तो कोई पता नहीं है।'' बकुल ने उनको सारी बातें खोलकर बताईं। उसके बाद घर जाकर उसका निरीक्षण करने के लिए अनुरोध किया। जरूरत पड़ने पर वो गाड़ी भेज देगा। वे मान गए। उन्होंने कहा, ''गाड़ी भेजने की जरूरत नहीं है। हमारे पास एम्बुलेंस है।'' बकुल ने धन्यवाद देकर फोन रख दिया। अनेक तरह की खबरें बताकर बकुल के पास भिन्न-भिन्न प्रकार के लोग चिट्ठी लिखते थे। कोई नाम बताकर लिखता था तो कोई अपना नाम गुप्त रखकर। रोज ही ऐसी एक-दो चिट्ठियाँ उसके पास आती थीं। आज कुछ ज्यादा ही आई थीं, पाँच। बकुल उन चिट्ठियों को पढ़ रहा था कि अचानक चंदबाबू कमरे में घुसे। चंदबाबू अर्थात् चंद्र भूषण दा, फोमिन के सेक्रेटरी। इसके अलावा वे यहाँ के रेडक्रास सोसायटी के साथ भी जुड़े थे। स्टेडियम बनाने के बारे में उन्होंने व्यवसायियों की ओर से बहुत सहयोग किया था। जिसके कारण चंदबाबू को यहाँ के लोग बहुत सम्मान देते थे। चंदबाबू बहुत साफ्ट स्पोकेन व्यक्ति थे। किसी झमेले-झंझट में नहीं रहते थे। बकुल को यहाँ पर आए हुए कई महीने हो गए थे। वे किसी के लिए गलत सहायता माँगने के लिए भी नहीं आए थे। इसलिए चंदबाबू के साथ बकुल का संपर्क अच्छा ही था। बकुल ने पूछा, ''क्या बात है चंद बाबू? अचानक आप यहाँ?'' चंदबाबू ने उत्तर दिया, ''एक बात हुई है। आप अवश्य ही जानते हैं।'' शायद चंदबाबू यह समझ गए कि बकुल विषय को पकड़ नहीं पा रहा है। उन्होंने संदेह प्रकट करते हुए कहा, ''इसका मतलब आप सचमुच कुछ नहीं जानते?''

''बात क्या है बताइएगा। तब तो मैं समझूँगा, मैं जानता हूँ या नहीं।''

''मित्तल को थाने से अरेस्ट किया गया है, आप क्या नहीं जानते?''

''नहीं तो, कब अरेस्ट किया गया है? किसलिए?''

''मित्तल अच्छा आदमी है यह मैं नहीं कहता। पर जिस अभियोग में उसे गिरफ्तार किया गया है उसमें उसका कोई दोष नहीं है। इसीलिए आपके पास आया हूँ। अगर उसका कोई दोष पकड़ा जाए तो मैं कुछ नहीं कहूँगा, पर उसकी अगर कोई गलती या दोष न हो तो आप जरा देखिएगा।''

"जरूर देखूँगा। पर उनके विरुद्ध अभियोग क्या है?"

"अभियोग बहुत भयंकर है, ब्राइड बर्निंग का। पर आप देखते ही समझ जाएँगे कि केस सजाया हुआ है।"

बकुल बिना कुछ कहे थाने में गया। उसने जाकर देखा कि एफ.आई.आर. सरोजिनी जैन नामक एक महिला ने किया था। उसका अभियोग था कि उसका पति दुबारा शादी करना चाहता है। इस कारण उस पर अत्याचार करता है। अत्याचार सहन नहीं कर सकने के कारण वह अपने पिता के घर चली गई थी। घटना के दिन टी.पी. मित्तल और उसके ससुर जाकर उसे ले आए थे। टी.पी. मित्तल घटना के दिन उसके ससुर और अन्य लोगों के साथ क्या योजना बना रहा था। उसके पति ने उसे चाय बनाने के लिए कहा। रसोईघर के खिड़की दरवाजे बंद थे। वह समझ नहीं पाई कि रसोईघर में गैस छोड़ी हुई थी। उसने जैसे बर्नर जलाने के लिए दियासलाई जलाई वैसे ही धप से आग जल उठी। उसकी साड़ी में आग लग चुकी थी। उसने किसी तरह दौड़कर बाहर निकलकर अपनी जान बचाई। किसी ने उसकी मदद नहीं की। इस वजह से उसे लगा कि उसके पति, ससुर और सास टी.पी. मित्तल के साथ मिलकर षड्यंत्र करके उसे जलाकर मारना चाहते हैं। उनकी सजा का इंतजाम किया जाए। एफ.आई.आर. के नीचे देवनागरी अक्षर में हस्ताक्षर था।

एफ.आई.आर. देखकर बकुल सीधे सरोजिनी जैन के ससुराल गया। रसोईघर का मुआयना अच्छी तरह किया, पर आग लगने का कोई चिह्न नहीं मिला। गैस का सिलेंडर भी ठीक-ठाक था। घर में अन्य ज्वलनशील पदार्थ भी ठीक-ठाक थे। घर में कहीं भी जले टुकड़े की राख या गंध नहीं थी यहाँ तक कि आज घर को धोया-पोंछा गया था यह भी नहीं लगता था। बकुल को लगा, कम से कम आग लगने की बात तो झूठी है।

बकुल वहाँ से सरोजिनी के मायके गया। उसके पिता का अदरक का थोक का व्यवसाय था। वे बैठे-बैठे लोगों को लेकर अदरक छाँट रहे थे। पुलिस के आदमी को देखते ही उन्हें परेशानी महसूस हुई। बकुल ने अपना परिचय देते हुए कहा, "मैं सरोजिनी देवी से जरा बात करना चाहता हूँ।"

"लेकिन वो तो यहाँ नहीं है।"

"कहाँ गई है?"

"आज सुबह हमारे रिश्तेदार के घर कलकत्ता गई है।"

बकुल को यह बात विश्वास योग्य नहीं लगी। कल ससुराल में उसे जलाकर मारने की कोशिश की गई, रात को थाने में केस हुआ और सुबह उठकर वह कलकत्ते अपने रिश्तेदार के घर घूमने चली गई। बकुल समझ गया, कहीं कुछ गड़बड़ तो है।

बकुल थाने लौटा आई.सी. को बुलाकर पूछा, "आप केस देख रहे हैं? मित्तल

को क्यों अरेस्ट किया है?''

आई.सी. ने धीमे स्वर में कहा, ''सर, चांदा साहब ने कहा है।''

''चांदा साहब ने कहा है? चांदा साहब ने कहा है इसका मतलब यह नहीं है कि किसी को भी झूठे केस में अरेस्ट करना होगा? इससे हमारी कितनी बदनामी होती है जानते हो? एफ.आई.आर. किसने लिखा है।''

''आलोक पाल ने किसी से लिखवाकर उस लड़की से साइन करवाया था सर।''

''इसका मतलब साइन जाली नहीं है आप कह रहे हैं।''

''अच्छा इस केस में, सही-सही मित्तल का इन्वाल्वमेंट क्या है?''

''वह महिला कुछ रुपए लेकर अपने पति की शादी में आपत्ति न करे इसके लिए पंचायत की थी सर।''

''अच्छा अब क्या किया जाए? हम अगर उसे कस्टडी में न चाहें तो सारा झमेला मिट जाएगा। कोर्ट से वो बेल पा जाएगा।''

''तब तो चांदा साहब गुस्सा करेंगे सर।''

''चांदा साहब से मैं बात कर लूँगा।''

''तब तो फिर कोई असुविधा नहीं होगी सर।''

बकुल कहने ही जा रहा था–''तब ऐसा ही कीजिए।'' किंतु उसके पहले ही दफा ने आकर कहा, ''चंद बाबू, अमित बाबू, रजत बाबू अंदर आना चाहते हैं।'' बकुल ने इजाजत दे दी। चंद बाबू आकर सामने बैठे। चंद बाबू ने पूछा, ''आपने तो खुद ही सब कुछ देखा है। आपको क्या लगता है?'' बकुल ने थोड़ा घुमाकर उत्तर दिया–''हो सकता है कि एफ.आई.आर. में जो अभियोग लगाया गया है वो पूरा सच न हो। पर मित्तल का इस केस में कोई दोष न हो, ऐसा नहीं है। सरोजिनी जैन रुपए लेकर अपने पति की दूसरी शादी में आपत्ति न करे इसके लिए उसने दबाव डाला था। मित्तल का ऐसा करना क्या उचित था? एक औरत क्या सिर्फ रुपए के लिए शादी करती है? सरोजिनी का पति अगर दुबारा शादी कर लेगा तो उसका क्या होगा?''

तभी अमित अग्रवाल बोल उठा–''सरोजिनी को तो वह छोड़ नहीं रहा है। वह तो कह रहा है कि सरोजिनी को रखैल रखेगा?''

बकुल अपने कानों पर ही विश्वास नहीं कर पा रहा था। यह आदमी क्या कह रहा है? अपनी पत्नी को रखैल बनाकर रखेगा? बकुल ने स्वतःस्फूर्त रूप से प्रश्न कर डाला–''आप बोल रहे हैं? रखैल रखेगा?''

''हाँ, सबने मिलकर आलोचना की है, यही तय हुआ है।''

''तय हुआ है रखैल बनाकर रखेगा? अपनी पत्नी को रखैल रखेगा? यू मीन केप्ट?''

''हाँ, केप्ट।''

''आपकी जो मानसिकता है ऐसी स्थिति में आपसे बात करना संभव ही नहीं है। आप थाने से बाहर निकल जाइए।''

अमित अग्रवाल शायद समझ ही नहीं पा रहा था कि बकुल उसे क्यों बाहर जाने के लिए कह रहा है—वह दूसरों की ओर देखने लगा। चंद बाबू का इशारा पाकर वो बाहर चला गया। बकुल ने कहा, ''देखिए चंद बाबू। आपने अनुरोध किया था इसलिए मैं केस देख रहा था, पर अब लग रहा है कि ठीक ही हुआ है, इसमें मैं कुछ भी नहीं कर सकता। उनको कोर्ट में अच्छा वकील करने के लिए बोलिए। जिससे बेल मिल सके।'' वह थाने से बाहर निकल गया।

अपने ऑफिस में लौटते ही बकुल ने चांदा साहब को फोन मिलाया। चांदा साहब ने बताया, ''डामडिंग में टी.एन.एल.एफ. के लोगों ने लाल पार्टी के अंचल प्रधान का अपहरण कर लिया है। उनको खोजने के लिए तुम सी.आर.पी.एफ. लेकर डामडिंग चले जाओ। माखला कैंप में कह दिया गया है। तुम एक बार बात कर लो।'' उन्होंने फोन रख दिया।

बकुल सोचने लगा, कब स्टार्ट किया जाए। डामडिंग उसके इलाके में नहीं था। लामलिंग जिला भी पूरा नहीं। जरा सा पास का जिला श्री कंठपुर का था और जरा सा लामलिंग जिले का महकमा था। पर सबंग या लामलिंग से दूर पड़ता था इसलिए कुछ होते ही बकुल को जाना पड़ता था। यही कुछ दिन पहले चाय बागानों में टी.एन.एल.एफ. के लोग जब गड़बड़ कर रहे थे तब वो गया था पर जाने पर कोई भी नहीं मिला। सब घर बार छोड़कर जंगल में घुस जाते थे और मौका मिलते ही पुलिस पर हमला कर देते थे। पिछली बार बकुल और उसके लोगों को उन्होंने प्रायः घेर लिया था। अंततः गोली चलाकर वे लोग अपनी जान बचा सकें अतः डामडिंग में उन्हें सावधानीपूर्वक जाना होगा। बकुल ने माखला के सी.आर.पी.एफ. कैंप में खबर भेजी कि एक प्लाटून फोर्स रात एक बजे उसके पास रिपोर्ट करे। डामडिंग पहुँचने में चार बज जाएगा। एकदम भोर से सर्च शुरू कर देगा। उसने अपने ड्राइवर एवं सिक्यूरिटी गार्ड को भी एक बजे तैयार रहने के लिए कहा।

शाम हो चुकी थी। बकुल ऊपर चढ़ने की सोच ही रहा था कि ऐसे समय राखाल ने आकर कहा, ''सर, यूनिवर्सिटी से एक महिला आई है।''

''आने के लिए बोलिए।''

राखाल चला गया। थोड़ी देर बाद सरस्वती कमरे में घुसी। बकुल ने आश्चर्य से पूछा, ''क्या बात है? आप अचानक?''

''क्यों? आ नहीं सकती।''

''अवश्य ही आ सकती हैं। किंतु क्यों, यही पूछ रहा हूँ।'' ''आप तो एक

दिन आऊँगा कहकर चले आए और फिर दुबारा नहीं गए। इसलिए खबर लेने मैं ही चली आई।" वो टेबिल पर अपना बैग रखकर खोलने लगी। बकुल एकटक उसकी तरफ देखता रहा। उस दिन यूनिवर्सिटी में उसे अच्छी तरह नहीं देख पाया था। आज उसने समझा सरस्वती अस्वाभाविक रूप से सुंदर थी। उसके बदन का रंग दूध की तरह एकदम सफेद था। गाल भरा हुआ। बदन सुडौल। आँखें गहरी। बाल घने काले। कोई-कोई लड़की इतनी सुंदर कैसे होती है, बकुल समझ नहीं पाता। बकुल ने बेल बजाकर राखाल को बुलाया और फिर राखाल के आने पर चाय लाने के लिए कहा। सरस्वती बैग से एक लिफलेट निकालकर बकुल के हाथों में देते हुए बोली, "अच्छा, आपके नाम से अखबारों में जो कुछ भी छपता है क्या वो सच है?"

"यही तो आज रात डामडिंग जा रहा हूँ। साथ चलिए, तब सब समझ जाएँगी कि सच है या झूठ?"

"अरे बाप रे, आपके साथ जाऊँ वो भी मरने?"

"तब फिर झूठ ही समझिए।"

"नहीं, नहीं, झूठ क्यों सोचूँगी? जरूर सच है। शाम हो गई है। आज चलती हूँ।"

सरस्वती चाय पीए बगैर ही चली गई। बकुल ऊपर जाकर जल्दी खाना खाकर सो गया। एक बजे के पहले कुछ देर सो लेने की इच्छा थी पर बेवक्त सोने से नींद नहीं आती। इधर-उधर की बातें याद आती हैं। सरस्वती का चेहरा बार-बार आँखों के सामने घूमने लगा। तभी टेलीफोन बज उठा। थाने से ड्यूटी अफसर ने बतलाया—"बी.आर.एफ. के एक कांस्टेबल सपन को बेहोशी की अवस्था में सब-डिविजनल अस्पताल में भर्ती किया गया है। टी.ओ.पी. के दो कांस्टेबलों ने नाइट ड्यूटी पर निकलकर देखा कि मारवाड़ गेस्ट हाउस का मालिक भ्रमरलाल अग्रवाल अपने लोगों को लेकर सपन को पीट रहा था। सपन वहीं पर बेहोश हो गया। उसे अस्पताल ले जाया गया। थोड़ी ही दूर पर उसका स्कूटर रखा हुआ था। जिसे उसके घर पर पहुँचा दिया गया है।"

सब डिविजनल अस्पताल उसके घर के नजदीक ही था। वो अस्पताल पहुँचा। उसने जाकर देखा कि सपन अभी भी बेहोश था। उसने डाक्टरों से बात भी की पर वे कुछ न कह सके। उनको शक था कि इंटरनल हैमरेज हुआ है। मेडिकल कॉलेज भेजना होगा। बकुल ने टी.ओ.पी. के कांस्टेबलों से बात की, पर वे लोग कुछ नया न कह सके। आई.सी.बी.आर.एफ. ने बताया कि सपन की अभी अतिलाल बाड़ी के पास पानीटंकी चैकपोस्ट पर ड्यूटी थी। बकुल समझ नहीं पाया, पानीटंकी चैकपोस्ट पर ड्यूटी रहने पर मारवाड़ गेस्ट हाउस वह किस तरह गया। उसने आई. सी. समीनाथ चटर्जी को टी.ओ.पी. के दोनों कांस्टेबलों से कम्पलेन लेकर एक केस स्टार्ट कर तुरंत ही भ्रमरलाल अग्रवाल को अरेस्ट करने का हुकुम दिया। फिर एंबुलेंस

के साथ वह मेडिकल कॉलेज रवाना हुआ।

मेडिकल कॉलेज में पहुँचते ही सपन को एमरजेंसी में भेजकर बकुल डाक्टर नंदी के पास गया। डाक्टर नंदी को न पाकर वो डाक्टर हालदार के पास गया। डाक्टर हालदार अपने एक दोस्त को लेकर एमरजेंसी में गए। बकुल ने उनसे कहा, ''जरा देखिएगा जिससे इलाज हो।''

वो पानी टंकी के लिए रवाना हो गया। वहाँ जनरल डायरी में देखा गया, उस समय चैकपोस्ट पर उसकी शिफ्ट ड्यूटी थी। दूसरे लड़कों से पूछकर बकुल ने जाना कि शाम के वक्त बिना किसी से कुछ कहे सपन चला गया था। बकुल ने हवलदार की खोज की। सब लोगों ने कहा, ''वे इस बाजार की तरफ गए थे।'' बकुल समझ गया, हवलदार अपने घर के लिए निकल गया था। इसी सुअवसर में कांस्टेबल सपन ने भी छुट्टी मार ली। पर उसका दुर्भाग्य दुर्घटना घट गई, नहीं तो उसकी इस गैरकानूनी अनुपस्थिति की बातें कोई भी जान नहीं पाता। वो जनरल डायरी में नोट देकर बैकुंठपुर रवाना हो गया।

ऑफिस लौटते-लौटते डेढ़ बज गया। तब तक सी.आर.पी.एफ. ऑफिस पहुँच चुके थे। बकुल ने प्लाटून कमांडर को बुलाकर अपने लेट होने का कारण बता दिया। प्लाटून कमांडर ने रोकते हुए कहा, ''नहीं, नहीं साहब। कोई बात नहीं। हम लोग तैयार हैं।''

बकुल ने थाने में फोन किया, आई.सी. ने बताया–''भ्रमरलाल अग्रवाल, उसके मैनेजर और गेस्ट हाउस के दो ब्वॉय को अरेस्ट किया गया है।''

बकुल ने कहा, ''मैं तो डामडिंग रवाना हो रहा हूँ। डी.एस.पी. साहब हैं। जरूरत पड़े तो उनसे बात कर लीजिएगा। और ज्यादा कुछ लगे तो चांदा साहब को फोन कर लीजिएगा। जो घटना घटी है वह सब अभी उन्हें बता दीजिए।'' बकुल रवाना हो गया।

रात के अँधेरे को चीरकर उनका कॉनवॉय बढ़ रहा था। कुछ दूर समतल रास्ते जाने के बाद पहाड़ी रास्ता था। टेढ़ा-मेढ़ा मुड़कर चलना पड़ रहा था। तो कहीं नीचे उतरना पड़ रहा था। अधिक तेजी से नहीं जाया जा रहा था। जिसके कारण निकटवर्ती थाने में पहुँचते-पहुँचते पाँच बच गए। थाने से एक अफसर को लेकर वो डामडिंग चाय बागान की तरफ रवाना हुआ।

तब तक पूरब का आकाश साफ होने लगा था। आस-पास के पेड़ों से चिड़ियों के पैरों की फड़फड़ाहट के शब्द सुनाई पड़ रहे थे। दूर कहीं से एक मुर्गा बाँग दे रहा था। कॉनवॉय बढ़ता ही जा रहा था। फैक्ट्री को पार करते ही रुकावटें आनी शुरू हुईं। काँटों के तार के बाड़ से रास्ते के दोनों ओर चाय बागान घिरा हुआ था। उन कँटीले तारों को काट कर दोनों ओर के पेड़ों से बाँधकर रास्ता बंद कर दिया गया था। गाड़ी से उतरकर बकुल ने अपने लोगों को लेकर उसे खोल दिया।

एक-दो-तीन करते-करते सभी तारों को खोल कर उनकी गाड़ी आगे बढ़ गई। बस्ती के पास आकर फिर से रुकावटें मिलीं। रास्ते पर लकड़ी के टुकड़े रखे हुए थे। एक पहाड़ पर यह बस्ती है और उसके उस पार जंगल। पहाड़ के सर्वोच्च अंश को यहाँ टॉप लाइन कहते हैं। रास्ते से लकड़ी के टुकड़ों को हटकार टॉप लाइन में फॉरेस्ट डिपार्टमेंट के ऑफिस के पास आए।

वहाँ गाड़ी रखकर तीन सेक्शन में बँटकर वे लोग बस्ती के अंदर गए। बस्ती के किसी घर में ही प्रायः कोई नहीं था। दो एक घरों में सिर्फ दो-एक बच्चे या वृद्ध-वृद्धा थे। उनसे पूछताछ करके अपहृत प्रधान के बारे में वो कुछ न जान सका। गाड़ी से लौटकर इस बार वे लोग पश्चिम बस्ती की ओर रास्ते से होकर रवाना हुए। दूसरी सेक्शन गाड़ी के पास ही रही। प्रत्येक सेक्शन के पास ही आर.टी. सेट था।

बकुल काफी चौकन्ना होकर हर तरफ नजर रखते हुए बढ़ रहा था। दाहिने ओर पहाड़ का सर्वोच्च अंश घने जंगलों से ढका था और बाईं ओर पहाड़ उतरकर चाय बागान के साथ मिल गई थी। कतारों में लंबे-लंबे पेड़। सामने पहाड़ मानो बाएँ दब आया हो। इसी वजह से रास्ता भी टेढ़ा-मेढ़ा था। बकुल बाईं तरफ मुड़ने ही जा रहा था कि नायक हरजिंदर चीख उठा—''सर, होशियार बाएँ दुश्मन।'' बकुल ने देखा पेड़ की ओट में कुछ लड़के बंदूक लिए ताक लगाए खड़े थे। बकुल जल्दी से रास्ते पर बैठ गया और दूसरे लोगों ने भी एक-एक करके ओट देखकर पोजीशन ले लिया, वे लोग गोली चलाने लगे। एक गोली आकर बकुल के सर के ऊपर पत्थर पर धाँय से आकर लगी। पत्थर में एक सूराख हो गया। गोली रिबाउंड होकर लौट गई। सी.आर.पी.एफ. के लोगों ने भी गोली चलाई पर गोली से कोई घायल नहीं हुआ। बंदूक हाथ में लेकर वे लड़के घुटनों के बल भागकर चाय बागान में घुस गए।

आर.टी. द्वारा प्लाटून कमांडर को खबर दी गई। वो अपने प्लाटून को लेकर इस तरफ चला आया। तय हुआ, अलग-अलग न जाकर एक साथ तलाशी चलाएँगे। वरना क्रॉस फायर में अपनी ही गोलियों से अपने ही लोग मारे जाएँगे। बकुल अपने लोगों को आगे-पीछे, दाएँ-बाएँ करके इस प्रकार बढ़ने लगे जिससे गोली आने पर भी एक गोली से अनेकों घायल न हों। थोड़ा सा आगे बढ़ते ही बकुल ने देखा, बंदूक लेकर कुछ लड़के सामने के रास्ते को पारकर दाहिने तरफ पहाड़ के ऊपर चढ़ रहे थे। बकुल समझ गया कि लड़ने में सुविधा के लिए वे लोग ऊपर जाकर कहीं पर पोजीशन ले रहे थे। पहाड़ की लड़ाई में ऊपर रहने पर कई सुविधाएँ होती हैं। ऊपर से यदि पत्थर भी लुढ़का दिया जाए तो नीचे खड़ा आदमी मर जाए। बकुल और सामने न बढ़कर फारेस्ट अफसर के पास लौट आया। उसके बाद पगडंडी से पहाड़ के सर्वोच्च बिंदु पर से चलने लगा। कुछ दूर चलने के बाद

बकुल को नजर आया कि बंदूक वाले लड़के पश्चिम की बस्ती के आगे की खाड़ी के अंदर आश्रय ले रहे थे। बकुल उनको निशाने पर रखकर गोली दागने लगा। खाड़ी से जरा सी बंदूक की नली निकालकर वे टूक करके गोली चलाते थे। स्नैप शूटिंग के समय जैसे टार्गेट कुछ समय के लिए उठकर वापस उतर जाता है, खाड़ी के अंदर से वैसे ही कभी एक सर, कभी सिर्फ बंदूक की नली, कुछ सेकेंड के लिए ऊपर उठती थी। बकुल के आदमी उनका कुछ नहीं कर पाते। चिढ़कर हरजिंदर दो साथियों के साथ दाहिने तरफ से खाड़ी के बराबर बढ़ने लगे। उसके बाद पोजीशन में राइफल ताक में लगाकर पड़ा रहा। अचानक एक गोली की आवाज गूँजी। बंदूक लेकर एक व्यक्ति गिरता हुआ प्रतीत हुआ। दूसरे लोग भी तब खाड़ी से उतरकर नीचे उतरने लगे। नीचे चाय बागान में घुसने के मुँह पर उनको देखा गया था। दूसरे सभी चाय बागान में घुस पड़े।

बकुल और उसके साथी धीरे-धीरे खाड़ी की ओर बढ़ने लगे। उन्होंने देखा, बाईस-तेईस साल का एक गोरा सा लड़का बंदूक हाथ में लिए चित होकर पड़ा था। सीने पर उसके गोलियों की माला थी। सावधानी का पालन करते हुए उसके पास पहुँचकर देखा गया कि उसके गले में गोली लगी थी। वो मर चुका था। खाड़ी से होते हुए बकुल और उसके आदमी चाय बागान की ओर बढ़ गए। वहाँ भी एक व्यक्ति गिरा पड़ा था। मगर अब और सावधानी का पालन करने की जरूरत नहीं है। उसके हाथ में बंदूक नहीं थी। वायरलेस पर गाड़ी को खबर दी गई। दूसरा सेक्शन गाड़ी ले आया। दोनों डेड बॉडियों को गाड़ी में लाकर वे लोग पश्चिम की बस्ती में पहुँचे किंतु बस्ती में बच्चे और बूढ़ों को छोड़कर एक आदमी भी नहीं था। बकुल और उसके आदमियों ने चप्पा-चप्पा खोजा। स्थानीय थाने से व्यक्ति को भी लाया था जो प्रधान को पहचानता था। उन्होंने भी खोजा पर कुछ लाभ नहीं हुआ।

पश्चिम से बकुल और उसके लोग उत्तर की तरफ बढ़ने लगे। ऊपर से बस्ती के अंदर देखते-देखते वे लोग नदी के किनारे तक गए। देखा गया, कुछ लोग नदी पारकर उस तरफ जा रहे थे। उनमें से कुछ के हाथों में हथियार था। कुल तीन राइफल ही बकुल को हाथ लगे। कुछ दिन पहले स्थानीय आउट पोस्ट से लूटे गए थे। वही राइफल होगा लगता है। बकुल ने उन राइफलधारियों को निशाने पर रखकर गोली चलाई, पर काफी दूर होने के कारण गोली लगी नहीं। वे लोग जल्दी से गहन जंगलों में घुस गए। बकुल के लोग जंगल में कुछ दूर तक अग्रसर हुए पर प्रधान की कोई खोज नहीं लगा पाए। दोपहर काफी चढ़ गया था। बकुल और उसके आदमी खाने-पीने के लिए बाजार लौट आए। वहाँ से वायरलेस पर लामलिंग के साहब ने बकुल को फोर्स लेकर लौट जाने का निर्देश दिया।

शाम को दोनों मृतदेहों को गाड़ी में लादकर बकुल बैकुंठपुर रवाना हुआ।

बकुल का मन दुःखी सा हो उठा। यही तो कुछ घंटे पहले तक ये दोनों लड़के उसकी तरह ही इंसान थे और अब वे लाश के अलावा और कुछ भी नहीं थे। जो गोली आकर उसके सर के ऊपर से गुजर कर पत्थर पर लगी थी, वो अगर जरा सी नीचे होकर आती। तो वह भी अब तक ऐसा ही लाश बनकर रह जाता। मनुष्य का जीवन कितना अनिश्चित है। फिर भी इस जीवन के लिए कितना झंझट।

बाईस

डामडिंग से बैकुंठपुर पहुँचने में ही बकुल को शाम हो गई। सबसे पहले वो थाने पहुँचा। डायरी करके दोनों डेड बॉडियों को पोस्टमार्टम के लिए मेडिकेल कॉलेज भेजा गया।

आई.सी. समीनाथ चटर्जी ने आकर कहा, "सर एस.डी.जे.एम. ने मित्तल को पुलिस कस्टडी में दिया है। उन लोगों ने हाईकोर्ट में बेल के लिए दरख्वास्त किया है। लाल पार्टी नीली पार्टी ने मिलकर पाँच बड़े घाघ बैरिस्टर दिए हैं। चांदा साहब ने फोन किया था। कल सुनवाई है। आई.ओ. को पी.पी. से मुलाकात करने के लिए मैसेज आया है।"

"आलोक पाल से कहिएगा, अमित अग्रवाल के केस का भी जरूर से पता लगाकर आए। सुनवाई हुई है या नहीं? अगर हुई तो कोर्ट ने क्या राय दी है यह जानकर आए और अगर अभी भी कुछ नहीं हुआ हो तो जिससे जल्दी हो इसके लिए पी.पी. से बात करके आए।"

"ठीक है सर, मैं बोल दूँगा। आप सर काफी टायर्ड लग रहे हैं। आपको आराम की जरूरत है।"

"हाँ कल से दिन-रात लगातार परिश्रम चल रहा है, जाता हूँ..." बकुल ने ऑफिस में जाकर मैसेज फाइल देखा। नहीं, कोई जरूरी मैसेज नहीं था। वो ऊपर चढ़ गया। नहा-धोकर कुछ खाकर वो सो गया। रात कैसे गुजर गई उसे पता ही नहीं चला।

अगले दिन जब उसकी नींद खुली तब दिन सर पर चढ़ आया था। राखाल ने आकर बताया–आई.सी. साहब बहुत देर से आकर बैठे हैं। बकुल ने उसे ऊपर आने के लिए कहा। आई.सी. ने आकर कहा, "सर, मेडिकल कॉलेज कह रहा है, सपन को पी.जी. भेजना होगा। उसकी जो हालत है, ट्रेन से भेजने पर तो रास्ते

में ही मर जाएगा। हम कह रहे थे कि आप यदि चांदा साहब से कह कर प्लेन फेयर की व्यवस्था करते। पर जो हालत है, प्लेन की टिकट तो मिल ही नहीं रही है।''

''ब्लू बर्ड होटल में उनके काउंटर पर गए थे?''

''मैं नहीं गया सर, महादेव को भेजा था। कहा भरा हुआ है।''

''मि. विश्वास से मुलाकात की?''

''महादेव के जाकर मिलने से क्या होगा सर। आप अगर एक बार फोन करें तो हो सकता है।''

बकुल ने विश्वास को फोन किया पर विश्वास ने जानना चाहा, क्या बात है? बकुल ने उसे टिकट की समस्या के बारे में बताया। उसने बताया—''तीन टिकटें अभी ही कैंसिल हुई हैं। आप आदमी भेज दीजिए।'' आई.सी. चला गया। प्लेन की टिकट कटाकर दोपहर की फ्लाइट से अचेतन अवस्था में सपन को मेडिकल कॉलेज से कलकत्ता भेजा गया। बकुल ने हॉट लाइन से डी.आई.जी. वेलफेयर को पकड़कर कलकत्ता एयरपोर्ट से अस्पताल तक एक गाड़ी देने के लिए अनुरोध किया।

दिन चढ़ गया था। नहा-धोकर खाना खाकर बकुल ऑफिस में आया। रीडर बाबू ने मनोतोष भट्टाचार्य की फाइल लाकर कहा, ''सर मेडिकल बोर्ड की रिपोर्ट आई है।'' बकुल फाइल लेकर रिपोर्ट देखने लगा। उसकी धारणा सही प्रमाणित हुई थी। मेडिकल बोर्ड ने रिपोर्ट दिया कि मनोतोष भट्टाचार्य इनक्वायरी अटेंड करने के लिए सक्षम है। बकुल ने तकरीबन एक हफ्ते बाद का दिन तय किया। उसके आर्डर की कॉपी अभियुक्त और संबंधित सभी को देने के लिए कहा।

आई.सी. ने फोन किया—''सर आलोक ने कलकत्ते से फोन किया था। मित्तल की जमानत हाईकोर्ट से भी नहीं हुई और आलोक अग्रवाल के आर्डर के बारे में जल्द हियरिंग के लिए पी.पी. ने बहुत बार मेंसन किया पर अभी भी लिस्ट में नहीं चढ़ा। लिस्ट में आ जाए इसके लिए पी.पी. कोशिश करेंगे कहा है सर।''

बकुल ने कहा, ''ठीक है। याद रखिएगा अगले सप्ताह इस बारे में किसी को भेजना होगा।'' बकुल ने फोन रख दिया।

राखाल तब तक कमरे में घुसकर खड़ा हो गया था। इस बार उसने कहा, ''सर, अतिलाल बाड़ी का ड्राइवर आपसे मिलना चाहता है।''

''आने को बोलिए।''

राखाल बाहर चला गया। ड्राइवर आकर सैल्यूट करके खड़ा हो गया। बकुल ने बैठने के लिए कहा—पर वो नहीं बैठा। उसने कहा, ''सर, हमारे बड़े बाबू थाने को स्मग्लरों के हाथों बेच दे रहे हैं। आप जरा देखिए।''

''किस तरह?''

''सर, सभी स्मग्लर पार्टियों के साथ बड़े बाबू ने मंथली फिट कर लिया है

इस वजह से स्मग्लर लोग अब हमसे डरना तो दूर उल्टा हम पर ही खबरदारी करते हैं।''

''पर मंथली कलेक्शन का हिस्सा तो आप लोग भी पाते हैं।''

''झूठ नहीं बोलूँगा सर। पहले पाते थे पर ये बड़े बाबू, आकर सब अपने ही पॉकेट में घुसा रहे हैं। स्टाफ लोग अब कुछ नहीं पा रहे हैं। इसलिए सब गुस्सा हो रहे हैं।''

''ओ अब समझा आप लोगों का अभियोग स्मग्लिंग के विरुद्ध नहीं, आप लोगों का क्षोभ अच्छी तरह से बँटवारा नहीं होने के कारण है। तो आप चाहते क्या हैं, आप लोगों को सही-सही हिस्सा देने के लिए मैं बड़े बाबू से कह दूँ।''

''नहीं सर, हम सबों ने मिलकर तय किया है कि हम लोग हिस्सा नहीं लेंगे। स्मग्लिंग बंद हो।''

''हम सबों के अंदर कौन-कौन है?''

''बड़े बाबू को छोड़कर सब हैं सर।''

''हिस्सा इतना कम हो रहा है कि आप लोगों ने सोचा, इससे बेहतर तो हिस्सा न लेना है?''

''नहीं, सर, बड़े बाबू ने यह समझ जाने के बाद एक चाल चली है। स्मग्लर पार्टियों को अब हमारे हाथों में रुपया देने के लिए कहा है। यही तो पिछले सप्ताह सनत आकर छोटे बाबू के हाथ में रुपया दे गया था।''

सनत का नाम सुनकर बकुल का आग्रह और भी बढ़ गया। उसके अभियान के बाद स्मग्लिंग बंद न भी हुई हो पर कम तो हो ही गई थी। स्मग्लर लोग अब स्मग्लिंग करते थे तो प्रशासन से डरते भी थे। प्रायः सभी स्मग्लर पार्टियों को बकुल ने चाहे प्रत्यक्ष हो या अप्रत्यक्ष रूप में, पकड़ा था। सड़क वाले रास्ते को छोड़कर जो लोग पैदल वाले रास्ते से वन-जंगलों के अंदर से अपना कारोबार चला रहे थे, भालुगाड़ा की रेड के बाद वे भी भयभीत हो गए थे। पर बाघागुड़ी का यह सनत और अतिलाल बाड़ी का नृपेन मिलकर जो दल चलाते थे वो उस दल का कुछ भी नहीं कर सका। बकुल ने काफी कोशिश की थी पर कुछ भी नहीं हुआ। पता नहीं कैसे उन्हें खबर लग जाती थी। पकड़े जाते-जाते भी पकड़े नहीं जाते। इसलिए सनत का नाम सुनते ही उसका आग्रह बढ़ गया। उसने पूछा—''सनत खुद आकर थाने में रुपया दे गया था? किंतु छोटे बाबू ने वो रुपया क्यों लिया?''

''छोटे बाबू ने तो लेना नहीं चाहा था। सनत टेबिल पर रखकर चला गया। छोटे बाबू ने सी.आई. साहब को खबर दी। सी.आई. साहब ने जाकर वो रुपया सीज कर दिया।''

''अच्छा, तब तो काफी घटना घटी है।''

''हाँ सर। और कुछ दिन ऐसा चला तो पुलिस-पुलिस में मारपीट शुरू हो

जाएगी। आप जरा देखिए सर?"

"मैं देख सकता हूँ पर उसके पहले उस सनत को पकड़वाना होगा।"

"वो तो कोई बात ही नहीं है सर। बड़े बाबू का नाम करके बुलाने से ही आ जाएगा। आप चलिए सर। आज ही पकड़वा दूँगा। मगर सर, आपकी वो गाड़ी लेने से नहीं चलेगा। वो गाड़ी देखते ही खबर फैल जाती है।"

"ठीक है मैं दूसरी गाड़ी ले लूँगा पर वो मिलेगा तो?"

"हाँ सर, सिर्फ सनत ही नहीं नृपेन भी मिलेगा। थाने में गड़बड़ चल रही है। लाइन क्लियर नहीं है। वे लोग कहीं भी नहीं जाएँगे। घर पर रहेंगे।"

"ठीक है। आप बाहर थोड़ा इंतजार कीजिए।"

ड्राइवर बाहर चला गया। बकुल ने बेल बजाकर राखाल को बुलाया। राखाल के आने पर उसने डी.एस.पी. गौतम पाल को बुलाने के लिए कहा। डी.एस.पी. के आने पर बकुल ने कहा, "पाल, मैं आपकी गाड़ी लेकर जरा निकल रहा हूँ। आपको अगर जरूरत पड़े तो मेरी गाड़ी ले लीजिएगा।"

पाल ने गर्दन हिलाकर कहा, "ठीक है सर। मैं ऑफिस में ही हूँ।" बकुल डी.एस.पी. की गाड़ी लेकर निकल गया। तय हुआ, बकुल सीधे अतिलाल बाड़ी थाने जाएगा। अतिलाल बाड़ी का ड्राइवर अतुल बड़े बाबू का नाम लेकर सनत को बुलाएगा। वो जाकर सनत से कहेगा, "एक विदेशी टाइपराइटर की जरूरत है। बड़े बाबू ने बुलाया है।" बाघागुड़ी तक आकर एयरपोर्ट मोड़ पर गाड़ी रखकर वो पैदल चलने लगा।

बकुल ने अतिलाल बाड़ी थाने में पहुँचकर देखा, सेंट्री थाने के सामने वट वृक्ष के नीचे बनाई गई बेदी पर बैठकर दो आदमियों के साथ गप्पें लड़ा रहा था। बकुल को गाड़ी से उतरते देखकर वह सटाक् से खड़ा हो गया और वो दो आदमी भी खिसक गए। बकुल जाकर बड़े बाबू के केबिन में बैठ गया। छोटे बाबू ही ड्यूटी अफसर थे वे दौड़कर आए। उसने पूछा, "बड़े बाबू को खबर दूँ सर?"

"नहीं, उसकी जरूरत नहीं है। मैं जरा बैठूँगा। आप अपना काम करिए।" छोटे बाबू सैल्यूट करके अपने कमरे में चले गए।

तकरीबन दस मिनट बाद अतिलाल बाड़ी थाने की जीप आकर रुकी। जीप से अतुल के अलावा भी तीस-बत्तीस वर्ष का एक आदमी उतरा। अतुल उसको साथ में लेकर ओ.सी. के कमरे में घुसा—"सर सनत को ले आया हूँ।" बकुल को देखकर सनत चौंक गया। अतुल ने भी घबड़ा जाने का नाटक कर कहा, "आप कब आए सर? बड़े बाबू नहीं हैं?"

"मेरे आ जाने से काफी असुविधा हो गई ना। तो अब जरा सी असुविधा और भोग लीजिए। नृपेन को लेकर आइए।"

बकुल अतुल को लेकर बाहर चला आया। बाहर आकर अतुल से पूछा, "नृपेन

को क्या कहकर बुलाइएगा?''

बकुल ने देखा, ड्राइवर का काम करने पर भी अतुल में काफी बुद्धि थी। यह बात थाने के लोगों के सामने दृष्टि कटु न हो इसलिए बकुल ने भर्त्सना के स्वर में कहा, ''जो कह रहा हूँ वही कीजिए। आप जाइए बड़े बाबू को जो बोलना होगा मैं बोलूँगा।''

अतुल गाड़ी लेकर चला गया। बकुल ने ओ.सी. के कमरे में घुस कर देखा, वरुण और पासवान सनत को घेरे खड़े थे। बकुल ने चेयर पर बैठकर पूछा, ''मैं कौन हूँ, पहचानते हैं?'' सनत ने मृदु स्वर में उत्तर दिया, ''आपको कौन नहीं पहचानता सर?''

''पहचानते हैं तब तो समझ ही रहे हैं कि आपको जब इतनी मेहतन से पकड़ा हूँ तब सहजता से नहीं छोड़ूँगा। हाँ अगर आप सच-सच बोलेंगे तो आपके बारे में सोच सकता हूँ। नहीं तो जेल।''

''सर मुझे जेल मत भेजिएगा। घर में पत्नी, बाल-बच्चे हैं।''

''रुपया भी तो है। तब क्या चिंता है?''

''गरीब आदमी हूँ। रुपया कहाँ मिलेगा सर?''

''क्यों स्मग्लिंग का रुपया?''

''स्मग्लिंग करके कितना रुपया बचता है सर?''

''क्यों रुपया कहाँ जाता है?''

''पुलिस और कस्टम्स को देकर ही सब खत्म हो जाता है सर। हमारी बस मेहनत ही होती है। तकलीफ लेकर प्राणों को जोखिम में डालकर माल पार करते हैं पर लाभ जो होता है उसे दे आना पड़ता है। वे लोग महीने-महीने गवर्नमेंट से पगार भी लेंगे और ऊपर से हमारे मेहनत से कमाए हुए लाभ पर भी हिस्सा जमाएँगे। उसके बाद भी ऊपर वालों को दिखाने के लिए वापस आकर माल पकड़ेंगे। यह अन्याय है कि नहीं सर बोलिए? उसके बाद और रुपया रहेगा कैसे?''

''हाँ, तब तो रुपया रहना मुश्किल है पर आपने तो मुझे मेरे लाभ का हिस्सा नहीं दिया।''

''आप तो घूस नहीं खाते हैं सर। जो खाते हैं उनको देना पड़ता है।''

''किसे-किसे देना पड़ता है?''

''सर अतिलाल बाड़ी थाने में हर महीने पाँच हजार रुपया देना पड़ता है। बाघागुड़ी थाने को भी पाँच हजार देने पड़ते हैं। यहाँ के कस्टम को छह हजार देने पड़ते हैं। बैकुंठपुर कस्टम्स की भूख तो और भी ज्यादा है सर। दस हजार के नीचे तो सुनते ही नहीं हैं।''

''अच्छा तो ये रुपए आप देते कैसे हैं? इसी थाने की बात ले लीजिए। कैसे देते हैं?''

"क्यों सर? आकर बड़े बाबू के हाथ में दे जाता हूँ। इस महीने बड़े बाबू ने छोटे बाबू के हाथ में देकर जाने के लिए कहा था, दे गया हूँ।"

"पिछले महीने किसके हाथ में दिए थे?"

"पिछले महीने सर मैंने नहीं दिया। नृपेन देकर गया था। बड़े बाबू के हाथ में ही दिया था।"

"उसके पिछले महीने?"

"सर मैंने दिया था। बड़े बाबू के हाथ में।"

"कहाँ दिए थे?"

"बड़े बाबू के क्वार्टर में ही देकर आया था सर।"

"बड़े बाबू ने सबके सामने आपसे रुपए लिए थे?"

"नहीं सर, बैठने के कमरे में दरवाजा बंद करके लिया था।"

"ओह, तब तो बड़े बाबू में कुछ लज्जा अभी भी है।"

इसी समय ओ.सी. प्रद्युत आचार्य म्लान मुख से कमरे में घुसे। उसको देखकर सनत ने धक् हुए चेहरे से बकुल की तरफ देखा। बकुल ने प्रद्युत आचार्य को संबोधित करके कहा, "आइए बड़े बाबू, आइए। आपके बारे में ही बातें हो रही थीं। बैठिए।" प्रद्युत घबड़ाए हुए चेहरे से सामने के एक चेयर पर बैठ गया। थाने की गाड़ी वापस आकर बरगद के पेड़ के नीचे रुकी। गाड़ी से अतुल सनत के उम्र के एक आदमी को लेकर उतरा। कमरे के दरवाजे पर उसे लाकर कहा, "सर नृपेन।" प्रद्युत ने गर्दन घुमाकर उसे देखा। नृपेन का मुँह सूख गया। बकुल ने कहा, "डरने की कोई बात नहीं है। यहाँ आपका मित्र सनत भी है।" पासवान सावधानी बरतने के हिसाब से नृपेन के बगल में जाकर खड़ा हुआ।

बकुल ने नृपेन से कहा, "मैं आपसे अधिक कुछ नहीं पूछूँगा। एक ही बात पूछ रहा हूँ। पिछले महीने पाँच हजार रुपए आप ही ने तो बड़े बाबू को दिया था?" नृपेन एक बार बड़े बाबू, एक बार बकुल को तो एक बार सनत की ओर देखने लगा। बड़े बाबू ने सर झुका लिया। सनत ने कहा, "बोल।" नृपेन ने सर हिलाकर 'हाँ' कहा। बकुल ने पूछा, "कहाँ दिए थे?"

"थाने के पीछे जहाँ मुँडेर लगी कुआँ है वही पर सर।"

"बड़े बाबू ने रुपया अपने हाथों से लिया था या दूसरे किसी ने बड़े बाबू को ओर से लिया था?"

"नहीं वहाँ और कोई नहीं था। वे ही थे।"

"बड़े बाबू, आप इस बारे में कुछ बोलेंगे?" बकुल ने प्रद्युत आचार्य से पूछा।

प्रद्युत आचार्य ने कहा, "सर, थाने के सभी स्टाफ ने मिलकर मेरे विरुद्ध षड्यंत्र किया है सर। आप जरा अच्छी तरह से खोज खबर ले के देखिए सर।"

"हाँ, मैं अवश्य ही खोज खबर लेकर देखूँगा। लेकिन सबने मिलकर आपके

विरुद्ध षड्यंत्र क्यों किया है।''

''सर, मैं आपकी बात सुनकर स्मग्लिंग बंद करने की कोशिश कर रहा हूँ, सर। इससे सर थाने का कलेक्शन कम हो गया है। इसलिए सर सब लोग मुझ पर असन्तुष्ट हो गए हैं सर।''

ओ.सी. की बात सुनकर बकुल को खटका लगा। सचमुच तो, ऐसा भी तो हो सकता है! वो सिर्फ प्रद्युत आचार्य पर शक कर रहा था, पर थोड़ा सोचते ही वो समझ गया, यह ओ.सी. की चालाकी थी। उसने कहा, ''यदि देखता कि स्मग्लर लोग आपको देखकर डर रहे हैं, तब शायद आपकी बात पर विश्वास करता। मगर मैं तो देख रहा हूँ कि इनसे आपका अच्छा-खासा मेलजोल है। मैंने आपका नाम लेकर दो लोगों को बुलवाया और वे लोग आपके थाने की गाड़ी में चढ़कर आ गए। आप अगर स्मग्लिंग बंद करना चाहते तो क्या ये लोग इस तरह आने का साहस करते। मेरा नाम लेकर किसी को बुलाइए तो देखूँ?'' प्रद्युत आचार्य ने इस बार अपना सर झुका लिया। बकुल ने सम्पूर्ण घटना को इंस्पेक्शन रजिस्टर में लिख लिया। उसके बाद सनत और नृपेन को गाड़ी में बैठाकर बैकुंठपुर रवाना हुआ।

गाड़ी में जाते-जाते सनत ने बकुल से कहा, ''सर आपको हमने सब कुछ सच-सच बता दिया। एक बात भी झूठ नहीं कही। आप दया करके हमें बचाइए।''

''हाँ मेरी भी यही धारणा है कि आप लोगों ने झूठ नहीं कहा है। मगर आप लोगों को बचाऊँगा किस तरह बताइए तो?''

''सर हम लोगों को जेल मत भेजिएगा।''

''नहीं, आप लोगों को जेल नहीं भेजूँगा। कल कोर्ट में भेजूँगा। कोर्ट से आप लोग जमानत पर छूट जाएँगे।''

''पर बड़े बाबू तो हमें इस देश से ही खदेड़ देंगे।''

''हाँ, उस बड़े बाबू के थाने में रहने पर आप लोगों को थोड़ी असुविधा तो होगी। मगर आप लोग तो चोरी-डकैती नहीं करते। स्मग्लिंग भी यदि अगर न करें तो फिर बड़े बाबू से क्या डर?''

''सर स्मग्लिंग किए बगैर उपाय भी तो नहीं है सर। यही तो इस महीने लाइन क्लियर नहीं था। काम नहीं हो रहा था पर कस्टम के बाबू लोग कह रहे हैं कि उनकी माहवारी देनी होगी। नहीं तो अंदर कर देंगे।''

''स्मग्लिंग किए बगैर कैसे अंदर कर देंगे?''

''सर, कहा था। उन्होंने कहा, पहले तो किया है। उसी केस में कर देंगे।''

''पहले तो उन्होंने कोई केस नहीं किया। अंदर कैसे करेंगे?''

''सर, आप व्यवस्था कर दीजिए, पुलिस और कस्टम्स को अगर पैसा न देना पड़े तो हम लोग और स्मग्लिंग नहीं करेंगे।''

''स्मग्लिंग नहीं करोगे तो व्यवस्था हो जाएगी।''

गाड़ी बैकुंठपुर थाने आकर पहुँची। बकुल गाड़ी से उतरकर आई.सी. के कमरे में घुसा।

आई.सी. दुःखी मन से कमरे में बैठा था। बकुल को देखकर बोला, "सर, बहुत बुरी खबर है। पी.जी. अस्पताल में सपन मर गया।"

"खबर कब मिली?"

"सर अभी थोड़ी देर पहले शिफ्ट अटैंडेंट ने फोन किया था।"

"और कोई यह खबर जानता है?"

"नहीं सर। वैसे ही सब लड़के उत्तेजित हुए हैं। खबर मिलने पर रियेक्शन होगा। सर भ्रमरलाल अग्रवाल तो अभी भी, यहाँ के लॉकअप में है। अब क्या यहाँ रखना ठीक होगा?"

"आप एक काम करिए। उनको मटिकाटा थाने भेज दीजिए। मैं वहाँ बोल देता हूँ। अतिलाल बाड़ी से मैं दो असामियों को लेकर आया हूँ। उनको जब घुसाने के लिए लॉकअप खोला जाएगा उसी समय ही अग्रवाल और उनके साथियों को निकालकर भेज दीजिएगा और डेड बॉडी तो लानी होगी। उस बारे में क्या कहा?"

"सर, वे लोग डी.आई.जी.ओ. के पास गए थे पर कोई व्यवस्था नहीं हुई।"

"तो फिर? यहाँ से गाड़ी ले जाकर लाने में तो बहुत देर हो जाएगी।"

"आप यदि एस.पी. चौबीस परगना को बोल दें तो सर एक व्यवस्था हो सकती है।"

बकुल टेलीफोन लेकर डायल करने लगा। उसी समय बीस-बाईस साल की एक सुंदर सी युवती ने कमरे में घुसकर आई.सी. से पूछा, "उनकी कोई खबर मिली। मेरा मन काफी घबरा रहा है।" आई.सी. ने उसकी बात का उत्तर न देकर बकुल से कहा, "सर, सपन की पत्नी।" बकुल ने चेयर छोड़कर खड़े होते हुए महिला को हाथ जोड़कर नमस्कार किया। क्या उत्तर दिया जाए, वे दोनों ही यह सोच रहे थे। अभी अगर उसे सही खबर दे दी जाए तो वह चिल्लाकर रो पड़ेगी। हो सकता है कि बेहोश ही हो जाए। तुरंत ही एक अप्रिय कांड हो जाएगा। फिर इस लड़की को यहाँ देखने वाला कोई भी नहीं है। इससे बेहतर तो उसे घर भेज कर खबर देना ठीक होगा। आई.सी. ने कहा, "हम खबर लगा रहे हैं। खबर मिलते ही आपको बता देंगे। अभी आप घर जाइए।" "आप लोगों ने तो बहुत कुछ किया। फिर भी कहती हूँ, जरा देखिएगा। मेरा और कोई नहीं है।" महिला आँसू पोंछते-पोंछते चली गई। बकुल ने पूछा, "सपन के तो दो-दो बड़े भाई हैं। तब कोई नहीं है क्यों बोल रही है?" आई.सी. ने उत्तर दिया, "सर इस लड़की ने घर से भागकर सपन से शादी की थी। पिता के घर से कोई संबंध नहीं है।" बकुल को बहुत खराब लगा। युवती अभी तक नहीं जानती कि सपन अब नहीं रहा।

बकुल ने टेलीफोन पर अलीपुर पी.बी. बॉक्स को पकड़कर एस.पी. को माँगा।

एस.पी. के लाइन पर आते ही बकुल ने उनको पूरी घटना बताकर कहा, "यहाँ से गाड़ी ले जाकर लाने में बहुत देर हो जाएगी। आप यदि एक गाड़ी की व्यवस्था कर दें तो उपकार होता।" उसके अनुरोध पर एस.पी. गाड़ी की व्यवस्था करने के लिए राजी हो गए। बकुल ने आई.सी. से कहा, "डेड बॉडी तो आ रही है। खबर दे दीजिए। और हमारे लड़कों को तो खबर मिल ही जाएगी। इससे पहले दोनों संगठनों के नेताओं को बुलाकर एक बार बात कर लीजिए, जिससे किसी प्रकार की अप्रिय घटना न घटे।" बकुल ऑफिस लौट गया।

एक घंटा बीतते न बीतते थाने के ड्यूटी अफसर का फोन आया। सपन की मृत्यु का समाचार पाकर बी.आर.एफ. के जवान उत्तेजित हो गए थे। खबर मिलते ही वे लोग लॉकअप की ओर दौड़ गए। वहाँ अग्रवाल और उसके साथियों को न पाकर आई.सी. का घेराव कर दिया। बकुल जल्दी से थाने में चला आया। देखा, आई.सी. के कमरे में बहुत हो-हल्ला हो रहा है। बकुल ने कमरे में घुसते ही पूछा, "क्या हुआ है?" आई.सी. के कुछ कहने के पहले ही उत्तर मिला, "सर, हमारे आदमी को मार डाला। उसको कुछ नहीं हुआ और आप लोग उनके लिए परवाह कर रहे हैं?" और एक व्यक्ति ने कहा, "उनको मटिकाटा क्यों भेजा गया?" दूसरे किसी और ने अपनी राय जाहिर की–"सभी असामियों को पीटा जाता है। उनको क्यों नहीं पीटा गया?"

बकुल ने कहा, "आप लोगों में से अगर कोई कुछ जानना चाहता है तो सामने आए। आप लोग बोल रहे हैं सपन के लिए कुछ नहीं किया गया। पर सच बात तो यह है कि जो लोग दोषी हैं उनके विरुद्ध केस स्टार्ट किया गया है। उनको अरेस्ट किया गया है। वे लोग अभी पुलिस हवालात में हैं। सपन के लिए हम लोगों ने अस्पताल में चिकित्सा की व्यवस्था की। मेडिकल कॉलेज में भेजा यहाँ तक कि प्लेन का खर्च देकर कलकत्ते भेजा। आप लोग बताइए हमारी तरफ से और क्या करने के लिए बचा?"

नीली पुलिस संगठन के सुशांत ने भीड़ को ठेलते हुए सामने आकर कहा, "सर उनको मारा क्यों गया? जिन्होंने मारा उनका क्या किया गया? वे जितना भी अन्याय करें उनको मारने का कानून है?"

बकुल ने कहा, "देखिए कानून की बात अगर करें तो हम कुछ नहीं कर सकते। सपन की ड्यूटी थी उस समय जलटंकी चैकपोस्ट पर। तब फिर उस समय वो खालपाड़ा के मारवाड़ गेस्ट हाउस के सामने शराब पीकर उस हालत में गया क्यों? पर हमने यह प्रश्न नहीं उठाया। मानवीय कारणों से हमारा जो कुछ भी करना था हमने किया।"

तभी भीड़ से एक प्रश्न तैर कर आया–"मानवीय कारणों से ही क्या उसको मटिकाटा से हटाया गया है?" एक के बाद एक प्रश्न उठने लगे।

बकुल जवाब देने ही जा रहा था कि ऐसे समय किसी ने कहा, "चांदा साहब आ रहे हैं।"

बकुल यह सुनकर गेट की ओर बढ़ गया। चांदा साहब आकर कमरे में घुसे–"क्या हुआ है यहाँ पर? इतने आदमी क्यों हैं?"

बकुल ने उत्तर दिया, "सर पी.जी. अस्पताल में बी.आर.एफ. का इनूज्योर्ड कांस्टेबल मर गया है। यह सुनकर हमारे जवान थोड़े उत्तेजित हो गए हैं।"

"यह तो अच्छी खबर है। उत्तेजित होना अच्छी बात है। मैं पहाड़ के लिए ऐसे ही कुछ जवान खोज रहा था। तुम मुझे उनके नाम दो। मैं उन सबको लामलिंग के लिए ले जाऊँगा।"

बकुल ने देखा, भीड़ धीरे-धीरे छँटने लगी। नीली पुलिस संगठन के सुशांत, जो अब तक बक-बक कर रहा था, वो भी फुर्र से सरक गया। बकुल ने उसे संबोधित करते हुए कहा, "अब तक तो मुझे बहुत कह रहे थे। अब एस.पी. साहब आ गए हैं। अच्छी तरह बोलिए, जा क्यों रहे हैं?"

"आप लोग जो अच्छा समझें करिए सर। हम लोग और क्या कहेंगे?" इतना कहकर वो केंचुएँ की तरह निकल गया।

बकुल सोचने लगा, अभी पहाड़ पर जाने से सब डरते हैं। चांदा साहब वहाँ पर पोस्टिंग कर सकते हैं। इसलिए उनसे कितना डरते हैं। उनको देखते ही दुम दबाकर भाग गए। और अभी तक कोई भी उसकी बातें नहीं सुन रहा था। चांदा साहब ने प्रश्न किया–"असल में क्या हुआ है?" बकुल उन्हें पूरी घटना बताने लगा...।

तेईस

रात के वक्त डेड बॉडी आई। बकुल ने थाने में जाकर पहला फूल चढ़ाया। उसके बाद एक-एक करके बहुत लोगों ने फूल चढ़ाया। सपन के बड़े भाई ने आकर बताया, वे लोग अब मृतदेह को अपने घर ले जाना चाहते हैं। घर के लोगों के दर्शन के बाद ही मृतदेह दाह-संस्कार के लिए श्मशान ले जाया जाएगा। बकुल ने इसके लिए एम.टी.ओ. साहब को एक गाड़ी देने के लिए कहा। घर से वापस लौटकर आने के बाद उस गाड़ी के ड्राइवर ने बताया, "सर उन लोगों ने लाश को श्मशान ले जाने के लिए पुलिस की गाड़ी नहीं ली। उनके एक रिश्तेदार ने कहा, जिस काम को करने के लिए जिन्दा लड़का मर गया, उस गाड़ी को वे लोग नहीं छुएँगे।"

यह सुनकर बकुल को बहुत बुरा लगा, कलकत्ते से मृतदेह को पुलिस की गाड़ी में लाया गया। थाने से पुलिस की गाड़ी में घर ले जाया गया और घर पर पहुँचते ही गाड़ी अछूत हो गई? बकुल ने यह कहकर अपने मन को तसल्ली दी कि ताजा-ताजा आत्मीय वियोग हुआ है। उनका मन विक्षिप्त है। इसलिए क्या बोलते क्या बोल गए। बकुल ने ड्राइवर से कहा, "ठीक है, वे लोग यदि दूसरी गाड़ी पर श्मशान ले जाना चाहते हैं तो ले जाएँ।" वो घर चला गया।

दूसरे दिन बकुल ऑफिस में काम कर रहा था। ग्यारह बजे सभापति सुनील साहा ने फोन किया, "आपको क्या खबर मिली है कि कांस्टेबल की डेड बॉडी को लेकर उन लोगों ने महावीर स्थान पर पथ अवरोध किया है?"

"नहीं तो, कितनी देर पहले किया है?"

"कुछ देर पहले ही किया है। काफी भड़काऊ बातें कह रहे हैं। बंगाली-गैरबंगाली सेंटीमेंट को उठाकर एक झमेला खड़ा करना चाहते हैं। मुझे लगा कि आपको बताना जरूरी है।"

"आपने ठीक ही किया। मैं अभी देखता हूँ।"

बकुल ने थाने में फोन किया। आई.सी. ने कहा, "सर पथ अवरोध की बात सच है।"

"तब फिर मुझे क्यों नहीं बताया?"

"सर, मैं सँभाल लेने की कोशिश कर रहा था। इसलिए और..."

"कोशिश कीजिए पर एक न्यूज देने में क्या तकलीफ थी?" वो फोन रखकर गाड़ी में बैठ गया। उसने वरुण, पासवान, उपाध्याय, वृंदावन, राखाल को भी अपने साथ ले लिया।

महावीर स्थान में पथ अवरोध चल रहा था। इस वजह से वो उधर से न जाकर वर्द्धमान रोड से होकर थाने पहुँचा। आई.सी. समीनाथ चटर्जी ने आकर बताया, "सर, उनको बहुत समझाया पर कोई बात नहीं सुन रहे?"

"अवरोध कर कौन रहे हैं?"

"सर, मुहल्ले के क्लब के लड़के। साथ में सपन के दोनों बड़े भाई भी हैं।"

"क्या कह रहे हैं? सपन का बड़ा भाई तो एस.एस.बी. में काम करता है ना? वो भी उस अवरोध में है?"

"सर, क्या कहूँ? लग रहा है कि वही इस झमेले की जड़ है।"

"उनकी माँगें क्या हैं?"

"सर, माँग तो कुछ समझ में नहीं आ रही हैं। कह रहे हैं कि प्रतिवाद कर रहे हैं, बदला चाहिए।"

"आप दो-तीन अफसर और एक सेक्शन फोर्स तैयार रखिए।"

बकुल अपने लोगों को लेकर महावीर स्थान के लिए रवाना हुआ। रास्ता

जाम होने के कारण अवरोध स्थल के पास तक गाड़ी नहीं पहुँच सकी। वो अपने लोगों को लेकर पैदल चलते हुए अवरोध स्थल पर पहुँचा। चौराहे पर एक खाट के ऊपर मृतदेह को रखा गया था। मोटी-मोटी रस्सियों को लगाकर सारे रास्ते बंद कर दिए गए थे। रस्सी के अंदर कुल पंद्रह-सोलह लोग रह-रहकर नारा लगा रहे थे–''मारवाड़ी का बच्चा होशियार, गुंडागर्दी नहीं चलेगी, खून का बदला खून चाहिए...।''

बकुल ने पूछा, ''आप लोग क्या चाहते हैं?'' एक बीस-बाईस वर्ष के लड़के ने आगे आकर कहा, ''हम न्याय चाहते हैं।''

''किस तरह का न्याय?''

''सपन को जिस तरह उन्होंने पीटकर मारा है, उन्हें भी यहाँ लाकर पीटा जाए।''

''आप लोग जानते हैं, देश में इस तरह का कोई विधान नहीं है। उनको अरेस्ट किया गया है, हवालात में हैं, कोर्ट में फैसला होगा। फाँसी होगी कि जेल होगी यह कोर्ट तय करेगा।''

''जेल-फाँसी क्या खाक होगी। रुपए वाले लोगों को कोर्ट में कभी सजा होती है?''

''इस बात का जवाब तो मैं नहीं दे सकता। हमारे जो कुछ वश में था हमने किया। जो कर्तव्य होगा करेंगे। आप लोग अब अवरोध उठा लीजिए।''

''उनको जब तक यहाँ नहीं लाया जाता, हम लोग अवरोध नहीं उठाएँगे।''

बकुल ने इस बार सपन के बड़े भाई से अनुरोध किया, ''इन्हें समझाकर बोलिए। रास्ता बंद होने से लोगों को असुविधा हो रही है और कोई जाने या न जाने आप तो जानते हैं। हमारा जो कुछ भी करने योग्य था हमने किया। तब फिर क्यों ये सब कर रहे हैं। आप लोग रास्ता खोल दीजिए।''

''वे लोग सुन ही नहीं रहे हैं तो मैं क्या करूँ? वे लोग कह रहे हैं, भ्रमरलाल को उनके हाथों में सौंप दीजिए।''

''आप तो जानते हैं, यह संभव नहीं है।''

''आप अगर चाहें तो संभव है। आप ने ही तो उसे मटिकाटा भेजा है। उसके बाद यहाँ दर्द दिखाने आए हैं।''

बकुल समझ गया, बातों से काम नहीं होगा। यह स्वतःस्फूर्त कोई विक्षोभ की बात नहीं है। इसके पीछे एक गंभीर षड्यंत्र है। उसने कहा, ''देखिए मुझे यह आशा थी कि आप लोग मेरी तर्कपूर्ण बातें मान लेंगे। पर आप लोग जब मेरी कोई बात ही नहीं सुन रहे तब और तर्क-वितर्क करने से कोई फायदा नहीं है। मैं आपको पाँच मिनट का समय दे रहा हूँ, इसके अंदर आप लोग रास्ता खाली कर दीजिए, नहीं तो हमारे लोग ही कर देंगे।''

बकुल की बातें सुनकर भीड़ के भीतर से एक व्यक्ति बोल उठा—"हमें डरा रहे हैं। हम नहीं डरते। ऐ तुम लोग ठीक से पोजीशन लेकर खड़े हो जाओ।" तुरंत ही सब लोग मिलकर पूरी जगह घेर कर खड़े हो गए। सभी मिलकर नारा लगाने लगे। बकुल ने पाँच मिनट इंतजार किया। उसके बाद घड़ी देखकर ह्विसिल बजा दिया। वर्दीधारी लोग लाठी उठाकर दौड़ पड़े। तब जो जिधर हो सका भागने लगा। वरुण, पासवान आदि जो भी सादे पोशाक में थे उन लोगों ने तब तक जो लोग बहुत मस्ती कर रहे थे उनमें से कुछ को पकड़ लिया। सपन का बड़ा भाई बिगड़ती स्थिति को देखकर सब छोड़कर भागने लगा। बकुल ने उसका कॉलर पकड़ लिया। उसने जानना चाहा "मुझे क्यों पकड़ रहे हैं?" बकुल ने क्रोध से फुँफकारते हुए धिक्कारपूर्ण स्वर में जवाब दिया—"अभी भी समझ में नहीं आ रहा आपको क्यों पकड़ा हूँ?"

"मैंने तो कुछ भी नहीं किया।"

"आपने कुछ नहीं किया। तब ये डेड बॉडी श्मशान न जाकर यहाँ आई कैसे? मैंने कुछ नहीं किया।"

बकुल ने तड़ातड़ उसके गाल पर दो तमाचे जड़ दिए। आई.सी. ने दौड़कर आकर बकुल को पकड़ा। "क्या कर रहे हैं सर? क्या कर रहे हैं?" बकुल तब भी गुस्से में फुंकार रहा था। वो बोलने लगा, "भाई जब ड्यूटी प्लेस से भागकर, शराब पीकर, लफड़ा करने गया था और मार खाकर बेहोश होकर पड़ा था तब किसी भाई के दर्शन नहीं हुए। उसको अस्पताल ले जाया गया। मैं खुद गाड़ी लेकर मेडिकल कॉलेज ले गया। डाक्टरों को उनके क्वार्टर से उठाकर लाया। कलकत्ते भेजने की जरूरत पड़ी। सिर्फ छोटे भाई की ही नहीं बड़े की भी प्लेन की टिकट मुझे कटानी पड़ी। मरने पर कलकत्ते से मुझे ही गाड़ी करवाकर लाना पड़ा और अब मुहल्ले के मस्तानों को लेकर बड़ा भाई छोटे के शव को लेकर रास्ता जाम कर रहा है। इसे ले जाकर हवालात में बंद कर दीजिए।" बकुल का गुस्सा किसी भी तरह से शांत होता न देख ओ.सी. उसे शांत कराने लगा।

शव को गाड़ी में लादा गया। जिन्हें पकड़ा गया उन्हें भी गाड़ी में डालकर थाने के लिए रवाना किया गया। बकुल और उसके आदमी पैदल ही थाने तक पहुँचे। बकुल ने आई.सी. से कहा, "इस शव को अब और रखना उचित नहीं होगा।" उसके बड़े भाई को भी गाड़ी में उठाया गया। गाड़ी मधुछंदा नदी के किनारे बने श्मशान घाट पर रुकी। आई.सी. ने जाकर लकड़ियाँ खरीद लीं। थाने की दूसरी गाड़ी से महादेव भट्टाचार्य घी, धूप आदि जरूरत की चीजें ले आया। सपन के मृतदेह को चिता पर लिटाया गया। उसके बड़े भाई से मुखाग्नि दिलवाई गई। धधक कर चिता जल उठी।

गाड़ी का आर.टी. खुला था। पासवान ने दौड़ते हुए आकर बताया, "सर

आपको कंट्रोल रूम से बुलाया जा रहा है।'' बकुल ने जाकर आर.टी. के माउथ पीस को उठाकर कॉल का जवाब दिया—''कंट्रोल फ्रॉम एडिशनल एस.पीज. मोबाइल। डू यू गेट मी? ओवर।''

''एडिशनल एस.पीज. मोबाइल फ्रॉम कंट्रोल सर। आई गेट यू क्लियरी फाइफ सर। मारवाड़ गेस्ट हाउस में झमेला हो रहा है, सर। ड्यूटी अफसर ने आपको बताने के लिए कहा है, सर। ओवर।''

''कंट्रोल फ्रॉम एडिशनल एस.पीज. मोबाइल। झमेला मतलब? किस तरह का झमेला हो रहा है। कौन कर रहा है? ओवर।''

''एडिशनल एस.पीज. मोबाइल फ्रॉम कंट्रोल सर। कुछ लोग गेस्ट हाउस में घुसकर तोड़फोड़ कर रहे हैं। एक घर में आग भी लगा दिया है। ओवर। कंट्रोल फ्रॉम एस.पीज. मोबाइल। रोजर। ओवर।'' आर.टी. सेट छोड़कर बकुल ने तुरंत आई.सी. को बुलाकर कहा, ''मारवाड़ गेस्ट हाउस में गड़बड़ी हो रही है। तोड़फोड़ की गई है और आग भी लगाई गई है। आप यहीं रहिए। मैं वहाँ जा रहा हूँ।'' बकुल अपने लोगों को लेकर गेस्ट हाउस के लिए रवाना हुआ। वो जब गेस्ट हाउस पहुँचा तब तक असामाजिक तत्त्व जा चुके थे। पानी डालकर आग बुझाई जा चुकी थी। अभी भी धुआँ उठ रहा था।

स्थानीय लोगों से बात करके बकुल ने जाना कि उसी मुहल्ले के क्लब के लड़कों ने यह कांड किया था। उनके साथ सादे वेश में कुछ पुलिसकर्मी भी थे। बकुल थाने लौट गया। घटना की जाँच करने के लिए केस स्टार्ट किया गया और मारवाड़ गेस्ट हाउस पर राउंड दी क्लाक गार्ड पोस्ट कर दिया गया।

ऑफिस में लौटते ही संवाददाताओं ने बकुल को घेर लिया। मानव राय ने पूछा, ''सब बोल रहे हैं, पुलिस ने ही सादे वेश में गेस्ट हाउस में जाकर तोड़फोड़ की है। आप उनके विरुद्ध क्या कार्रवाई कर रहे हैं?''

''पहले तो मुझे यह देखना पड़ेगा कि क्या सचमुच ही पुलिस के लोगों ने यह काम किया है या नहीं। उसके बाद ही कार्रवाई करने का प्रश्न उठता है।''

''तब क्या आप अस्वीकार कर रहे हैं कि पुलिस ने भी तोड़फोड़-अग्निकांड में हिस्सा नहीं लिया है?''

''मैं इस समय स्वीकार या अस्वीकार कुछ भी नहीं कर रहा। जब घटना घटी थी, आप लोग शायद जानते हैं कि मैं वहाँ नहीं था, श्मशान घाट पर था। अब आप लोगों की तरह मैं भी जानना चाहता हूँ कि घटना क्या थी? इसलिए केस स्टार्ट किया गया है। जाँच चल रही है।''

''अपने लोगों से तो जान चुके होंगे कि पुलिस के आदमी थे या नहीं?''

''देखिए मैं अच्छी तरह से जाने बगैर इस बारे में कुछ भी नहीं कहूँगा।''

मानव राय ने और कुछ नहीं पूछा। स्थानीय दैनिक के दिव्येंदु साहा में अब

जाकर कुछ हलचल हुई। उन्होंने होठों पर मधुर मुस्कान लाते हुए प्रश्न किया, "आपने कहा कि केस शुरू हुआ है, जाँच चल रही है पर पुलिस के ही लोग जहाँ अभियुक्त हैं वहाँ पुलिस क्या निरपेक्ष जाँच कर पाएगी?"

"जब तक कोई पक्षपातपूर्ण काम नहीं कर रहा है तब तक यही माना जाता है कि वो निरपेक्ष रूप से काम कर रहा है।"

आजकल पत्रिका के विप्लव सरकार ने अब जाकर अपना मुँह खोला। "अपराधियों पर लाठी किसने चलाई?" बकुल अब परेशानियों में घिर गया। लाठी चलाने की बात तो छोड़ो, उसने खुद अपना हाथ चलाया था। खुद को सँभालते हुए उसने उल्टा प्रश्न किया–"अवरोध उठाने के लिए पुलिस ने जो कुछ किया, आप लोग क्या मानते हैं कि ठीक नहीं हुआ?"

आनंद बाजार पत्रिका के धीरेन चटर्जी कह उठे–"नहीं नहीं, हम यह नहीं कह रहे। पर जब देखा कि कुछ लोग एक मुद्दा बना रहे हैं, तब आप लोगों ने गेस्ट हाउस पर गार्ड पोस्ट क्यों नहीं किया?"

बकुल ने जवाब दिया, "देखिए हम लोगों में किसी ने यह सोचा भी नहीं था कि झमेला गेस्ट हाउस तक बढ़ जाएगा क्योंकि जो लोग दोषी थे उन्हें पकड़ा जा चुका था। कांस्टेबल के लिए हमारा जो कुछ भी करने योग्य था, हमने किया। इसके बाद भी ऐसी घटना घट सकती है कम से कम मैंने तो ऐसा नहीं सोचा था।"

"तब क्या आप इसे इंटेलीजेंस फेलियोर कहेंगे?" दिव्येंदु साहा ने पूछा।

बकुल ने उत्तर दिया, "आप लोगों के जो जी में आए बोलिए। मैंने आप लोगों को सच बता दिया है।"

संवाददाताओं में से किसी और ने और कुछ नहीं पूछा। चाय पीकर सब लोग चले गए। बकुल को लगा, पूरी घटना चांदा साहब को बताना जरूरी है। कल उन्होंने जो कुछ कहा, उस हिसाब से उनके विमल गेस्ट हाउस में रहने की बात थी। फोन पर बकुल ने गेस्ट हाउस से संपर्क किया। बकुल ने गाड़ी निकालने के लिए कहा।

गेस्ट हाउस पहुँचने पर केयर टेकर ने बकुल से कहा, "जाइए, साहब उठ गए हैं। एस.डी.ओ. साहब भी हैं।" यह सुनकर बकुल को बहुत बुरा लगा। चांदा साहब वैसे ही लामलिंग में बहुत कम दिन रहते हैं। कभी-कभार ही बैकुंठपुर में आकर रहते हैं। बीच-बीच में कुछ दिनों के लिए कलकत्ता भी जाते हैं। बकुल भी बहुत व्यस्त रहता है। जिस कारण लामलिंग जाकर चांदा साहब से बात करना नहीं हो पाता है। इसलिए चांदा साहब जब बैकुंठपुर आते हैं तब उनके साथ बात करना जरूरी हो जाता है, पर चांदा साहब के बैकुंठपुर आते ही भजनराम चिपक जाता है। भजनराम यह समझ गया था कि जिले के सरकारी कर्मचारियों में जिसके

कहने पर काम हो सकता है, वे हैं चांदा साहब। अतः वो अपना उल्लू सीधा करने के लिए चांदा साहब का फैन हो गया। बकुल ने बैकुंठपुर में एक दिन भी ऐसा नहीं देखा जिस दिन भजनराम उनके साथ न हो। क्षुब्ध मन से वह सीढ़ी चढ़ने लगा। सीढ़ी से ही भजनराम की चाटुकारिता बकुल के कान में पड़ी–"सर उनकी सब माँगें वन प्वाइंट प्रोग्राम में परिणित होंगी, लामलिंग से चांदा साहब को हटाना होगा।" चांदा साहब का दिल खोलकर अट्टहास भी सुनाई पड़ा।

बकुल कमरे में घुसते ही आश्चर्यचकित हो गया। आज टी पॉय के ऊपर शराब का गिलास नहीं था। याद आया यह होटल नहीं है और यहाँ शराब की भी व्यवस्था नहीं है। तब वे सर्किट हाउस में न उतरकर यहाँ क्यों उतरे? चांदा साहब उसे देखते ही बोल पड़े, "हैल...लो। कॉम ऑन, कॉम ऑन। सिट डाउन।" बकुल सामने रखे एक सोफे पर बैठ गया। चांदा साहब ने प्रश्न किया–"तुम्हारे मारवाड़ गेस्ट हाउस के बारे में क्या सब सुन रहा हूँ? क्या बात है?" चांदा साहब जहाँ तक जानते थे बकुल ने उसके बाद से शुरू किया–"सर, आप तो जानते ही हैं कि कल रात उस कांस्टेबल की डेड बॉडी आई थी।"

कुछ और कहने के पहले ही एक आदमी ने आकर चांदा साहब का अभिवादन किया। बकुल ने देखा, वो अमित अग्रवाल का कर्मचारी था। उसे साथ में लेकर अमित अग्रवाल उसके ऑफिस में आया था। उसने सलाम करके कहा, "बाबू ने भेजा है। यहाँ ले आऊँ?" चांदा साहब की तरफ से भजनराम ने उत्तर दिया, "हाँ, हाँ, यहाँ ले आइए।"

आदमी चला गया। उसके बाद और एक आदमी को साथ में लेकर बहुत कुछ लिए हुए वो कमरे में घुसा। पाँच शराब की बोतलें, भूना हुआ मांस, काजू, बादाम, किसमिस। एक और थाली में पता नहीं लाल-लाल क्या रखा हुआ था बकुल समझ नहीं पाया। आदमी ने एक बैग से सोडा वाटर की बोतल खोलकर टी पॉय पर रख दिया। भजनराम ने दो गिलासों में जरा-सी शराब डालकर उसके साथ सोड़ा वाटर मिलाया। उसके बाद चांदा साहब के हाथ में एक पकड़ाकर खुद भी एक लेकर बोल उठे–

"चियर्स।"

चांदा साहब ने गिलास में कुछ चुस्की लगाकर बकुल को आवाहन किया–

"कॉम ऑन। ज्वाइन अस।"

"सर मैं तो नहीं पीता।"

"अरे नहीं पीते इसलिए कभी नहीं पियोगे इसका तो कोई मतलब नहीं है। आज से स्टार्ट करो। अच्छी चीज है ह्विस्की।"

"नहीं सर, थैंक्स। मैं नहीं पियूँगा।"

"श्योर?"

"श्योर सर।"

"तुमने अपना जीवन ही खाक में मिला लिया। जरा-सा भी एनज्वॉच नहीं किया।"

वे अपनी ही धुन में गिलास में शराब डालने लगे। बकुल को ई.एफ.आर. के एक राइफल मैन की याद आ गई। बकुल उस समय ई.एफ.आर. के सेकेंड बटालियन में असिस्टेंड कमांडेंट था। फायरिंग रेंज में अपनी कंपनी को लेकर फायरिंग प्रैक्टिस कराने गया था। लाइन में से कहीं देशी शराब की बू आ रही थी। बकुल ने पूछा, पर किसी ने भी कुछ नहीं कहा। तब उसने ढूँढ़-ढूँढ़कर उस राइफल मैन को खोज निकाला जिसके मुँह से शराब की बू आ रही थी। उसके पैर काँप रहे थे। वो बैलेंस ही नहीं रख पा रहा था। फायरिंग रेंज में शराब पीना सिर्फ खुद के लिए ही नहीं दूसरों के लिए भी खतरनाक था। कब किस तरफ से गोली चल जाए पता ही नहीं चलता। खुद मरेगा या दूसरे को मारेगा इसकी भी कोई गारंटी नहीं। बकुल उसे लाइन से बाहर निकालकर ले आया। शराब पीकर फायरिंग रेंज में आने के लिए फटकारा। उसके बाद चिढ़कर पूछा, "क्यों पीते हो ये सब गंदी चीजें? क्या मिलता है इससे?" आदमी उस समय पूरा धुत था। बकुल के अयुक्ति अवान्तर प्रश्न को सुनकर वो भी चिढ़ गया होगा। उसने बकुल के लिए अफसोस करते हुए कहा, "क्या बताऊँ सर आपको? आपने तो कभी पिया ही नहीं। आप इसका मजा कैसे समझेंगे?"

उसका वक्तव्य इतना आत्मीय और हताशाजनक था कि बकुल ने उस पर गुस्सा नहीं किया। उसको कोई सजा भी नहीं दी। सिर्फ घर भेज दिया। पर चांदा साहब की बातें सुनकर उसे वैसी कोई अनुभूति नहीं हुई। यह सिर्फ बात की बात थी। कुछ बोलना होता है इसलिए बोलना है। बकुल को बुरा लगने लगा। उसको क्या चांदा साहब पर गुस्सा आ रहा था? नहीं, लगता है, उसे दुःख हो रहा था। हताशा हो रही थी। जो व्यवसायी प्रशासन के विरुद्ध हाईकोर्ट में मामला करके ऐसा आदेश निकलवाता है कि प्रशासन उसका कुछ भी नहीं कर पाए। वो जितना भी अन्याय करे, प्रशासन कोई भी व्यवस्था न ले सके और वही प्रशासन के लोगों के पास शराब और मांस भेज रहा था। एस.पी. और एस.डी.ओ. उसका महा आनंद के साथ सद्व्यवहार कर रहे हैं। होम सेक्रेटरी साहब ने ठीक ही कहा था, किसका किससे क्या संबंध है बकुल नहीं जानता।

वो जिस वक्त ये सब बातें सोच रहा था ठीक उसी वक्त अमित अग्रवाल कमरे में आकर घुसा। चांदा साहब और भजनराम दोनों ने ही उठकर उससे हैंडशेक किया। अमित अग्रवाल को चांदा साहब ने बकुल की ओर दिखाकर पूछा, "यू डोंट नो हिम?"

अमित अग्रवाल ने मुस्कुराते हुए जवाब दिया, "सर इन्हें तो मैं अच्छी तरह

से जानता हूँ पर ये मुझसे जरा भी खुश नहीं हैं।" बकुल ने कुछ नहीं कहा।

चांदा साहब ने हँसते-हँसते कहा, "आप अगर शराब पीएँगे तो ये असंतुष्ट होगा ही। मैं शराब पीता हूँ, इसलिए ये मुझ पर भी असंतुष्ट है।"

बकुल को इस बार बोलना ही पड़ा, "क्यों, सर ऐसा क्यों बोल रहे हैं?"

चांदा साहब ने अमित अग्रवाल की तरफ देखकर कहा, "देख लिया तो ये आपसे जरा भी असंतुष्ट नहीं हैं। हो सकता है कि कुछ मिसअंडरस्टैंडिंग हुई हो। आप एक दिन इसके घर जाकर बात कीजिए। मगर सावधान, शराब लेकर मत जाइएगा। थोड़ा दूध लेकर जा सकते हैं।"

अमित अग्रवाल ने कहा, "मैं दो-एक दिन में ही जाऊँगा सर।"

भजनराम तब तक और एक गिलास में शराब डालने लगा। अमित अग्रवाल गिलास उठाकर उसमें सोडा वाटर डालने लगा। गिलास के भर जाने पर उसने कहा—"चियर्स।" चांदा साहब और भजनराम दोनों ने ही फिर से एक बार चियर्स किया।

बकुल उठ खड़ा हुआ—"सर मुझे काम है।"

चांदा साहब ने उसे रोकते हुए कहा, "बैठो-बैठो। अभी तक तुम्हारे गेस्ट हाउस की बातें सुन नहीं पाया।" बकुल को बाध्य होकर बैठना ही पड़ा।

अमित अग्रवाल ने कहा, "सर गेस्ट हाउस के बारे में एडिशनल साहब ने एक्सीलेंट काम किया है। बहुत बड़ा झमेला हो सकता था।" बकुल को असह्य लगा। यों बदन पर गिरकर प्रशंसा करना उसे असह्य लगता था। विशेषकर जब उसे लगता है कि उस प्रशंसा के पीछे कोई उद्देश्य छुपा है तब उसे बर्दाश्त ही नहीं होता। उसको यह सोचकर और भी खराब लगता है कि इन अमित अग्रवाल जैसे धंधेबाज लोगों की प्रशंसा-निंदा पर ही चांदा साहब जैसे सुपीरियरों के सामने उसकी अच्छी-बुरी इमेज निर्भर करती है।

बकुल वापस उठ खड़ा हुआ—"सर, अभी चलूँ। मुझे जरा काम है।"

चांदा साहब ने गिलास में और एक चुस्की लगाकर कहा, "क्यों? मुझसे मिलना क्या तुम्हारा काम नहीं है?" बकुल को और भी बुरा लगा। वो कह सकता था—"सर, दूसरों के पैसे से शराब पीते हुए देखना मेरा काम नहीं है।" और कहने की इच्छा हुई—"अमित अग्रवाल जैसे नरक के कीड़ों को कंपनी देना मेरा काम नहीं है।" पर मुँह से यह सब बातें न बोल सका। उसने कहा, "वो तो अवश्य ही है सर। पर मेरे कुछ सोर्स मुझसे मिलने आएँगे। मेरे न रहने पर...।"

"नहीं, तब तो जाना ही होगा। गो।" चांदा साहब ने अनुमति दे दी।

बकुल ने बाहर आकर देखा अँधेरा छा गया था। वो गाड़ी में बैठ गया। उसे याद आया कि चांदा साहब की सिफारिश पर अमित अग्रवाल कुछ दिनों में ही उससे मिलने आएगा। उसके पहले ही वो हाईकोर्ट का ऑर्डर वैकेट करवाने की

व्यवस्था करेगा। कल ही किसी को कलकत्ता भेजेगा। थकान, हताशा के मारे वो पीछे की सीट पर टेक लगाकर सो गया।

चौबीस

नींद टूटने पर भी बकुल को उठने की इच्छा नहीं हो रही थी। कल सोने में भी देरी हुई थी। रात में ठीक से नींद नहीं आई जिसके कारण बदन टूट रहा था। वो बिस्तर पर आँख मूँदकर लेटा रहा। इस तरह लेटे रहना उसे अच्छा लग रहा था।

आज धूप नहीं चढ़ी थी। इसलिए दिन कितना बीत गया, समझ में नहीं आ रहा था। घने मेघ से आकाश ढक गया था। बूँदा-बाँदी भी हो रही थी। हवा से बरसात के छींटे काँच की खिड़की से टकरा रहे थे। पूरे वातावरण में मानों एक संगीत गूँज रहा हो। जिससे अब भी बकुल को नींद आ रही थी। ऐसी इच्छा हो रही थी कि उसे जो अच्छी लगती है वो भी अगर पास होती तो कितना अच्छा होता।

ठीक उसी वक्त ट्रिंग-ट्रिंग की काफी भद्दी आवाज में टेलीफोन बज उठा। बकुल ने आँखें मूँदे-मूँदे ही रिसीवर उठा लिया। "हैलो, कौन बोल रहे हैं?"

"चीफ सेक्रेटरी?"

"नमस्कार सर।" बकुल हड़बड़ाकर उठकर बैठ गया।

चीफ सेक्रेटरी ने कहा, "दिल्ली की फ्लाइट से होम सेक्रेटरी बाघागुड़ी उतर रहे हैं। बाद में स्पेशल फ्लाइट से विधान सुब्बा भी आएँगे। तुम एयरपोर्ट चले जाओ।"

दिल्ली की फ्लाइट से होम सेक्रेटरी आ रहे हैं। दिल्ली की फ्लाइट तो साढ़े आठ बजे है। बकुल घड़ी खोजने लगा। आठ बजकर बीस मिनट हुए थे। गाड़ी निकालने के लिए कह कर वह वर्दी पहनने लगा परंतु कितनी भी जल्दी करे साढ़े आठ बजे के अंदर नहीं पहुँचा जा सकता है। वो एयरपोर्ट पर फोन करने की कोशिश करने लगा पर लाइन नहीं मिली। एक बार तो मन में आया आर.टी. से कंट्रोल को कह दे बाघागुड़ी थाने को खबर देने के लिए परंतु बाघागुड़ी थाने से एयरपोर्ट खबर जाते-जाते तो वह खुद ही पहुँच जाएगा। बकुल गाड़ी में बैठ गया।

एयरपोर्ट तक पहुँचने पर उसे आठ पचास हो गए। तब तक दिल्ली की

फ्लाइट आ चुकी थी। वैसे तो बहुत देर करती थी पर आज एकदम सही वक्त पर आ पहुँची। बकुल दौड़कर एयरपोर्ट में घुसा। देखा, होम सेक्रेटरी कमल कृष्णामाचारी साहब लाऊंज के एक कोने में चुपचाप बैठे थे। बकुल के सैल्यूट करते ही दूसरे लोग भी दौड़ पड़े। बकुल ने अधिकारियों से कहकर व्ही.आई.पी. लाऊंज खुलवाया। दो-एक मिनट के अंदर ही एस.डी.ओ. चले आए।

व्ही.आई.पी. लाऊंज में बैठकर होम सेक्रेटरी विधान सुब्बा के लिए इंतजार करने लगे।

जून और जुलाई के आरंभ में लगातार अठारह दिन के बंद के बाद केंद्रीय सरकार टी.एन.एल.एफ. के नेताओं के साथ बातचीत करने के लिए तैयार हुई। राज्य सरकार का भी इसमें योगदान था। होम सेक्रेटरी दिल्ली में आयोजित त्रिपक्षीय बैठक में राज्य सरकार के प्रतिनिधि दल में थे। बातचीत के बाद वे सीधे यहाँ चले आए। वे विधान सुब्बा के साथ एकांत में बातचीत करना चाहते थे।

विधान सुब्बा स्पेशल फ्लाइट से दिल्ली से आएँगे। बकुल ने टावर से पता किया, वो फ्लाइट इस तरफ नहीं उतरेगी। उल्टी तरफ एयरफोर्स के पास उतरेगी। ई.टी.ए. ग्यारह पच्चीस। बकुल और उसके आदमी गाड़ी लेकर निकल पड़े। रनवे के पास जो गेस्ट रूम था एयरफोर्स के लोगों ने उसे खोल दिया था। होम सेक्रेटरी बकुल आदि के साथ वहाँ बैठकर इंतजार करने लगे।

ग्यारह पच्चीस नहीं, पौने बारह बजे एक फॉकर विमान उतरा। वह ठीक एक स्पेशल फ्लाइट नहीं, पड़ोसी राज्य सरकार का विमान था। विमान से दो-तीन चेले चामुंडों को लेकर विधान सुब्बा उतरे। करमर्दन का उत्सव समाप्त होने पर होम सेक्रेटरी ने विधान सुब्बा को लेकर गेस्ट हाउस का दरवाजा बंद कर लिया। तकरीबन एक घंटे तक बातचीत चली।

एक बजे के करीब विधान सुब्बा गाड़ी लेकर लामलिंग रवाना हो गए। होम सेक्रेटरी सर्किट हाउस में आकर ठहरे। कुछ ही देर में एस.पी. और डी.एम. साहब चले आए।

संवाददाताओं को खबर मिल गई कि होम सेक्रेटरी दिल्ली की बैठक के बाद बैकुंठपुर आए हैं। सर्किट हाउस में अनेकों फोन आने लगे। पत्रकारों से बचने के लिए चांदा साहब होम सेक्रेटरी को होटल ब्लू वर्ड ले गए। सभी को कह दिया गया कि पत्रकारों को न बताया जाए कि वे ब्लू वर्ड होटल में हैं। बकुल विदाई लेकर ऑफिस रवाना हो गया।

ऑफिस के बाहर काफी लोग जमा थे। बकुल को आते देख वे लोग उठ खड़े हुए। बकुल ने वृंदावन को बुलाकर पूछा, "इतने लोग ऑफिस में क्या कर रहे हैं?"

वृंदावन ने जवाब दिया, "सर वे लोग आपसे मिलने आए हैं?"

"किस बारे में?"

"थाने से सर उन्हें घर छोड़ने के लिए कहा गया है। इसलिए आपके पास आए हैं।"

बकुल विषय को समझ नहीं पाया। उन लोगों को बुला भेजा। तीस-पैंतीस पुरुष-महिला ठसमस करके उसके ऑफिस के अंदर खड़े हो गए। बकुल ने पूछा, "आप लोगों की क्या समस्या है?" एक वृद्ध आदमी, जिसके चेहरे पर छोटी-छोटी दाढ़ियों की एक झाड़ी सी थी, वो हाथ जोड़कर कहने लगा, "हुजूर हम लोग गरीब आदमी हैं। हमारी ओर देखिए।"

"आप लोगों की क्या परेशानी है?"

"थाने से हमें घर खाली करने के लिए कहा गया है। अब हम कहाँ जाएँगे?"

"घर खाली करने के लिए क्यों कहा है?"

"उस मकान में पुलिस रहेगी।"

"पुलिस रहेगी? मुझे कुछ भी समझ में नहीं आ रहा है। आप सब एक साथ न बोलकर, आपमें से यदि कोई एक मुझे बात समझाकर बोल सके तो बोलिए। जिससे मैं जल्दी समझ सकूँ।"

बकुल की बात सुनकर एक वयस्क आदमी ने कहा, "मैं बताता हूँ, सर। हम लोग सभी एक भाड़े के मकान में रहते हैं। गोराचाँद अग्रवाल के मकान में।"

"जर्मन मोटर का मालिक गोराचाँद के धर्मशाले में रहते हैं?"

"सर वो धर्मशाला नहीं है।"

"तो फिर।"

"वो सर एक साधारण सा मकान है। हममें से कोई दस वर्ष, कोई बारह वर्ष से उस मकान में है। हम लोग भाड़े पे हैं सर। अब गोराचाँद वहाँ एक फ्लैट वाला मकान बनाना चाहता है। हम लोगों से यही कहा। कहा, मकान छोड़ दो। मगर हमें दूसरी जगह भाड़े पर घर नहीं मिला इसलिए मकान खाली न कर सके। दरअसल सर, हमारी आमदनी इतनी कम है कि उन रुपयों से किसी भी तरह भाड़े पर घर नहीं मिल रहा। ये सर मोदी की दुकान में काम करता है, मैं दर्जी की दुकान में और वो सिनेमा का टिकट बेचता है...।"

"अच्छा समझ गया। उसके बाद क्या हुआ बोलिए।"

"गोराचाँद ने सर कोर्ट में मामला किया कि यह धर्मशाला है। ये लोग जबरदस्ती कब्जा कर रहे हैं लेकिन कोर्ट में हम लोग जीत गए। उसके बाद थाने से आज आलोक पाल ने जाकर कहा कल सुबह के अंदर ही मकान खाली करना पड़ेगा नहीं तो पुलिस आकर सब कुछ सड़क पर फेंक देगी। कहते हैं कि उस मकान में अब पुलिस रहेगी।"

बकुल को आश्चर्य हुआ। लोगों को निकालकर पुलिस क्यों रहने जाएगी

उस मकान में? उसने थाने में फोन करके आलोक पाल को माँगा। आलोक पाल ने फोन पकड़ते ही कहा, "सर चांदा साहब ने कहा था।"

"चांदा साहब ने क्या कहा?"

"सर अभी पहाड़ के लिए अक्सर फोर्स मूवमेंट होती रहती है। आने-जाने के लिए रास्ते में उनको प्रायः एक-दो दिन रुकना पड़ता है। उसके लिए एक निश्चित जगह रहने पर अच्छा होता। चांदा साहब ने कहा, गोराचाँद अग्रवाल बिना भाड़े लिए मकान फोर्स रखने के लिए देना चाहता है। मकान खाली करवाना होगा।"

"चांदा साहब क्या जानते हैं कि उस मकान में कुछ परिवार दस-बारह वर्षों से भाड़े पर रह रहे हैं?"

"सर यह तो मैं नहीं कह सकता।"

"आपने बताया था?"

"नहीं सर।"

'छान-बीन किए थे?"

आलोक पाल चुप रहा। बकुल ने कहा, "कुछ भी छान-बीन आपने नहीं की। किसी के साथ बातचीत भी नहीं की। चांदा साहब ने कहा और आपने जाकर मकान खाली करने के लिए कह दिया। कल सुबह तक खाली न करने पर सड़क पर सामान फेंक देंगे।"

आलोक पाल कोई उत्तर न दे सका। बकुल ने कहा, "जो भी हो, मैं चांदा साहब से बात कर लूँगा। आप मुझसे बात किए बगैर उनको घर से निकालने मत जाइएगा।"

फोन रखकर बकुल ने उन लोगों की ओर देखते हुए कहा, "आप लोगों के सामने ही तो बात हुई। किसी प्रकार की असुविधा होने पर मुझे बताइएगा।"

मुरझाए हुए चेहरों पर शांति की लहर दौड़ गई। वे लोग नमस्कार करके चले गए।

बकुल ने एक बार सोचा, चांदा साहब के साथ एक बार बात कर ले। फिर याद आया, वे तो अभी होम सेक्रेटरी के साथ हैं। शाम को तो मुलाकात हो ही रही है। उसी समय बात कर लेगा। बकुल ने बेल बजाकर वृंदावन को बुलाया, "और कोई विजिटर है?" उसके उत्तर देने के पहले ही रीडर बाबू ने आकर कहा, "सर आज मनोतोष भट्टाचार्य के प्रोसेडिंग की डेट थी। वे तो आए नहीं। गवाह लोग आकर बैठे हैं।" उसने फाइल दिया। बकुल ने देखा, मेडिकल बोर्ड द्वारा उसकी जाँच कर इनक्वायरी अटेंड करने में सक्षम बताने के बावजूद भी मनोतोष भट्टाचार्य अनुपस्थित था। बकुल ने पूरी घटना आर्डर शीट में नोट करके आर्डर दिया कि अगले दिन बिना कारण अभियुक्त के अनुपस्थित रहने पर उसकी अनुपस्थिति में ही इनक्वायरी शुरू होगी।

बकुल के बेल बजाने पर वृंदावन आया। फाइल उसके हाथ में देकर बकुल ने कहा, "रीडर बाबू को दीजिए। कोई और विजिटर हो तो उसे भी भेज दीजिए।"

वृंदावन के फाइल लेकर चले जाने के बाद सत्ताईस-अट्ठाईस वर्ष के लड़के को साथ में लेकर एक वृद्धा कमरे में घुसी। बकुल को नमस्कार करके बोली, "बाबू हम लोग बहुत गरीब हैं। इसके पिता की उम्र बहुत हो जाने के कारण अब और काम नहीं कर पाते। घर में पाँच-सात पेट हैं। परिवार नहीं चल पाता। मेरा यह लड़का मैट्रिक पास है। आप इसे एक नौकरी दिलवा दें तो आपकी बहुत मेहरबानी होगी।"

बकुल के लिए यह एक मुसीबत हो गई थी। प्रचार हो गया था कि उसके पास जाने से ही काम हो जाता है। जो लोग क्षमता की सीमाबद्धता के संबंध से परिचित नहीं थे, वे सोचते थे उसके पास जाने से नौकरी मिल जाएगी। जिसके कारण प्रत्येक दिन ही प्रायः एक-दो जन नौकरी के लिए आते थे। बकुल उनको समझाने की कोशिश करता था। पर समझाना बहुत मुश्किल था। बकुल ने वृद्धा से कुछ न कहकर लड़के को संबोधित करते हुए कहा, "माना कि आपकी माँ नहीं समझती पर आप तो जानते हैं कि अब नौकरी इस तरह नहीं मिलती?"

लड़के ने संकुचित होकर जवाब दिया, "माँ को काफी समझाया था पर माँ मानना ही नहीं चाहती। मुझे जबरदस्ती लेकर चली आई।"

बकुल इस बार वृद्धा को समझाने की कोशिश करने लगा कि अब सीधे-सीधे किसी को नौकरी नहीं दी जा सकती। एम्प्लायमेंट एक्सचेंज में नाम लिखवाना पड़ता है। कोई पद खाली होने पर योग्यता देखकर नाम भेजा जाता है। वृद्धा संतुष्ट नहीं हुई—"आपका सब इतना नाम लेते हैं। आप एक लड़के को नौकरी नहीं दे सकते? तब फिर कैसे नामी आदमी हैं आप? कह दीजिए नहीं देंगे।" बकुल ने देखा, इस वृद्धा को समझाया नहीं जा सकता।

उसने लड़के से कहा, "एक्सचेंज में तो आपका नाम लिखवाया हुआ है। कॉल मिलने पर बताइएगा, मैं देखूँगा।" बकुल की यह बात सुनकर वृद्धा थोड़ी खुश हुई। लड़का उसे समझाकर ले गया।

बकुल ने घड़ी की तरफ देखा साढ़े चार बज रहे थे। पौने सात बजे की ट्रेन से होम सेक्रेटरी कलकत्ता रवाना होंगे। बकुल ब्लू बर्ड होटल के लिए रवाना हुआ। रिसेप्शन में पूछने पर एक सज्जन उसे एक कमरे में ले गए। बकुल ने देखा, होम सेक्रेटरी बैग सजा रहे थे। चांदा साहब और मिश्रा साहब उनकी सहायता कर रहे थे। होटल का ब्वॉय एक ट्रे में कॉफी पॉट, कुछ कप, चीनी, क्रीम बिस्कुट आदि सामान ले आया। टी पॉय पर कप रखकर वो कॉफी डालने लगा। होम सेक्रटरी को पहला कप देकर चांदा साहब एवं मिश्रा साहब ने भी एक-एक कप ले लिया। बकुल कॉफी नहीं पीता था इसलिए उसने एक बिस्कुट लिया। कॉफी पीते-पीते

चांदा साहब ने होम सेक्रेटरी के पास जाकर धीरे से कहा, ''सर, दोपहर की वो विलायती एक साथ में दे दूँ।'' होम सेक्रेटरी ने मीठी मुस्कान लिए आपत्ति जताई–''रहने दो, फिर से क्या जरूरत है?'' उनके आपत्ति करने के ढंग को देखकर ही समझ में आ गया, उनको वैसी कोई आपत्ति नहीं थी। चांदा साहब ने ब्वॉय को थोड़ी दूर पर ले जाकर पता नहीं क्या कहा, वो जाकर तीन सफेद बोतल ले आया। चांदा साहब ने उन सबको होम सेक्रेटरी के बैग में भरकर ब्वॉय से कहा, ''साहब की गाड़ी में रख दो।'' ब्वॉय बैग लेकर चला गया।

होम सेक्रेटरी कमल कृष्णामाचारी ने आपत्ति नहीं जताई। बकुल को उनसे यह आशा नहीं थी। कृष्णामाचारी के संबंध में उसकी धारणा बहुत ऊँची थी। कई वर्षों की नौकरी में उसने कई होम सेक्रेटरी देखे थे, पर कृष्णामाचारी साहब सबसे अलग थे। वे जूनियर अफसरों के साथ अच्छा व्यवहार करते थे। किसी असुविधा के बारे में कहने पर बातचीत करते थे। अत्यधिक आडम्बर भी पसंद नहीं करते थे। उस इंसान का यह कर्म? शराब वो पी सकते थे, पर जूनियर अफसरों के पैसे से। तब वे निरपेक्ष रूप से काम करेंगे कैसे? और जो लोग शराब पिला रहे हैं वे क्या बिना वजह पिला रहे हैं? इस तरह के अनेकों प्रश्न बकुल को परेशान करने लगे।

छह बज गए थे। होम सेक्रेटरी के साथ वे लोग होटल के कमरे से निकलकर नीचे उतर आए। होम सेक्रेटरी स्टेशन जाएँगे। बकुल को अब और साथ जाने की इच्छा नहीं हो रही थी पर चांदा साहब के साथ गोराचाँद के मकान के बारे में बात करनी थी। चांदा साहब स्टेशन जा रहे थे। अतएव इच्छा न होने पर भी बकुल को स्टेशन जाना पड़ा।

ट्रेन ठीक समय पर ही आई। डिब्बे का दरवाजा खोल दिया गया। ओवरब्रिज से उतरते ही गेट के सामने ही एयर कंडीशन कोच पड़ता था। होम सेक्रेटरी साहब उसमें चढ़ गए। गाड़ी खुलने के बाद चांदा साहब आदि ओवरब्रिज पार कर बाहर आए और गाड़ी में चढ़ गए। बकुल ने चांदा साहब की गाड़ी में चढ़कर गोराचाँद अग्रवाल के घर की बात को उठाया–''सर, आपने फोर्स रखने के लिए गोराचाँद अग्रवाल के मकान को खाली करने के लिए कहा था, पर गोराचाँद ने निश्चय ही सर आपको यह नहीं कहा होगा कि पिछले दस-बारह वर्षों से कई परिवार उस मकान में भाड़े पर रह रहे हैं। वो उन पर मामला करके भी उन्हें हटा नहीं पाया।''

''इज इट सो?''

''यस सर। और वो सब काफी गरीब हैं। उनके पास सर छुपाने की और कोई जगह भी नहीं है। जोर-जबरदस्ती से हटाने पर सड़क पर आ जाएँगे सर।''

''नहीं-नहीं, तब जोर-जबरदस्ती क्यों करेंगे? डोंट डू दैट्। गोराचांद ने मुझसे कहा था, मकान पड़ा हुआ है। कुछ गुंडे प्रकृति के लोग दखल करके बैठे हैं। मैंने

उसी वजह से वैकेट करने के लिए कहा था।''

''तब सर उनको अब और वैकेट करने की जरूरत नहीं है तो?''

''तुम्हें क्या लगता है?''

''उनको जबरदस्ती निकालना उचित नहीं होगा सर, वरना हमारी काफी बदनामी होगी।''

''तब तुम जो अच्छा समझो करना।''

''थैंक यू सर।'' बकुल की जान में जान आई।

गाड़ी आकर ब्लू बर्ड होटल के सामने रुकी। बकुल ने आज्ञा माँगी, ''सुबह से ही बाहर हूँ। अब घर लौटना चाहिए।''

चांदा साहब ने कहा, ''तुम्हारे रहने से भी कोई फायदा नहीं है, शराब जब पियोगे ही नहीं, तो जाओ।'' बकुल सैल्यूट करके अपनी गाड़ी में जा बैठा।

रात हो गई थी, बकुल की इच्छा थी सीधे ऊपर जाए, पर गाड़ी से उतरते ही राखाल ने आकर बताया कि एक आदमी शाम से बैठा है, कुछ खबर देगा। बकुल ऑफिस में घुसा। मझोले उम्र के एक युवक ने आकर इधर-उधर देखने के बाद कहा, ''सर, मेरे पास के घर के लोग चोरी के सीमेंट का कारोबार करते हैं।''

''आपका घर कहाँ है?''

''सर, देशबंधु मुहल्ले में।''

''देशबंधु मुहल्ले में कहाँ?''

''वो जो दादा-भाई का मैदान है ना सर, उसके पास।''

''अच्छा तो चोरी के सीमेंट का कारोबार किस तरह का है?''

''सिंचाई प्रोजेक्ट के सीमेंट अफसरों को साथ में मिलाकर ले आता है। उस सीमेंट को बेच कर पैसा आपस में बाँट लेते हैं। कल रात भी एक लॉरी लेकर आया है।''

''सिंचाई प्रोजेक्ट का ही सीमेंट है यह आपने कैसे जाना?''

''सीमेंट की बोरियों पर सरकारी ढप्पा लगा हुआ है। इसके अलावा उनके पास सीमेंट बेचने का लाइसेंस भी नहीं है और फिर उस मकान में कोई कमरा भी नहीं बन रहा है। तो फिर उनके घर में सीमेंट क्यों आएगा?''

''आप बोल रहे हैं कि सीमेंट अभी भी है?''

''मैं जब आ रहा था तब तक तो था सर।''

बकुल निकल पड़ा। उसने थाने से महादेव भट्टाचार्य और दो कांस्टेबलों को ले लिया। निर्दिष्ट मकान पर पहुँच कर उसने देखा, छोटे एक गोदामनुमा घर के बाहर ताला लगा हुआ है। एक वृद्ध को छोड़कर और कोई पुरुष उस मकान में नहीं था। उन्होंने अपनी बहू के पास से चाबी लाकर गोदाम खोल दिया। बकुल ने देखा, घर में इकत्तीस बोरियाँ सीमेंट की थीं। मगर बोरियों के ऊपर सरकारी

ढप्पा तो दूर की बात है, उस पर कोई ढप्पा ही नहीं है। बकुल ने वृद्ध से पूछा, "आपके मकान में तो मरम्मत का कोई काम नहीं हो रहा है?"

वृद्ध ने गर्दन हिलाकर कहा, "नहीं बेटे, कोई काम नहीं हो रहा है।"

"तब फिर ये सीमेंट घर में क्यों आया?"

"मेरा छोटा लड़का बीच-बीच में कहीं से लाकर रखता है। वापस एक-दो बोरा करके बेच देता है।"

"कितने दिनों से ऐसा कर रहा है?"

"वो तो बेटा साल भर से होगा। क्यों, कोई खराब काम कर रहा है क्या?"

"ये जो सीमेंट खरीदने-बेचने का काम कर रहा है, इसका कोई लाइसेंस है?"

"यह तो बेटा मैं नहीं बता पाऊँगा। उसने कोई खराब काम तो नहीं किया? वरना आप लोग क्यों आएँगे? मेरे घर में सात जन्म से पुलिस नहीं आई।"

"क्यों पुलिस का आना खराब है क्या?"

"खराब ही तो है बेटा, भले लोगों के घर में क्या पुलिस आती है?"

बकुल इस प्रश्न का कोई जवाब नहीं दे पाया। उसको लगा कि यह आदमी उसके गाँव के लोगों की तरह सोचते हैं कि गाँव में पुलिस का घुसना मतलब गाँव की इज्जत नष्ट होना। यह वृद्ध भी उनकी तरह ही है। बकुल को दया आई पर सीमेंट जिस तरह रखा हुआ है और वृद्ध जो बोल रहे थे उसके मुताबिक ये सब सीमेंट चोरी का ही लग रहा है। बकुल ने वृद्ध से पूछा, "ये जो सीमेंट आपका लड़का खरीद कर लाया है, उसका कोई कागज-पत्र आपके पास है?"

"रहने पर लड़के के पास ही रहेगा। मैं कुछ नहीं बता सकता।"

"तब फिर हम लोग सीमेंट सीज कर रहे हैं। सीज करके ले नहीं जा रहे हैं। आपके जिम्मे छोड़े जा रहा हूँ। आपका लड़का आए तो भेज दीजिएगा। महादेव, आप सीज करके इनको जिम्मा दे दीजिए।" बकुल घर के लिए रवाना हो गया।

घर पहुँचने के बाद घंटे भर के अंदर ही वृद्ध का छोटा लड़का श्यामल आकर हाजिर हुआ। बकुल उस समय रात का खाना खाकर ही उठा था। राखाल ने फोन पर बताया कि जिसकी सीमेंट सीज की गई है उसका लड़का आया है। बकुल नीचे उतर आया। लड़का उसके कमरे में घुसकर चेयर पर बैठ गया, पर कोई बात नहीं की। बकुल ने पूछा, "हमने जो सीमेंट सीज किया है वो आपने कहाँ से खरीदी?"

"नेशनलाइज्ड ट्रांसपोर्ट गोडाउन से।"

बकुल को यकीन ही नहीं हुआ क्योंकि वह गोदाम पास के एक राज्य का सरकारी गोदाम है। उस राज्य से कोई भी सामान निर्यात होने के लिए वहाँ रखा जाता है और दूसरे राज्यों से आयात किया गया द्रव्य भी उस राज्य से जाने के रास्ते वहाँ रखा जाता है। सीमेंट भी उसमें से एक है। विभिन्न सीमेंट कारखानों से उस राज्य के कोटे का सीमेंट आकर उस गोदाम में जमा होता है। उसके बाद

समयानुसार वे ट्रक से उस राज्य में भेजा जाता है। सीमेंट तो उनके बेचने की बात नहीं थी। बकुल ने पूछा, "आपने जो वहाँ से खरीदा है, उसके कोई कागजात हैं?"

"नहीं सर, वे लोग कागज-पत्र नहीं देते।"

"क्या कह रहे हैं? सरकारी गोदाम, सीमेंट बेचकर कागज-पत्र नहीं देते। ऐसा कहीं होता है क्या?"

"सर वे लोग खुले आम तो नहीं बेचते हैं। चोरी से बेचते हैं।"

"कैसे?"

""सर, मान लीजिए दो सौ बोरा सीमेंट आया। उन लोगों ने उसे तीन सौ बोरा बना दिया। ये जो सौ बोरा अधिक हुआ है उसे वे लोग हमें बेच देते हैं। बेचने के बाद भी हिसाब में गड़बड़ी नहीं हुई। दो सौ के दो सौ बोरे ही रहे।"

"दो सौ बोरा रहा, पर वजन तो कम हो गया। एक बोरा वजन करने से पकड़ा जाएगा।"

"वजन कौन करेगा सर? ऊपर मुख्यमंत्री तक कनेक्शन है। कोई कुछ नहीं कहता।"

बकुल को इस अभियोग पर विश्वास नहीं हुआ कि सरकारी गोदाम से मैनेज करके सीमेंट बेचने जैसे मामूली विषय में मुख्यमंत्री शामिल होंगे। यह बात वो मान नहीं पाया। फिर भी विषय को जानने का कौतूहल हुआ। उसने प्रश्न किया–"अच्छा वे लोग बोरा खोलने का काम कब करते हैं?"

"रात दस-ग्यारह बजे के बाद सर।"

"आज करेंगे?"

"हाँ सर। आज दोपहर को ही सीमेंट आया है। आज तो करेंगे ही। आज रात सर मेरे सीमेंट लेने जाने की बात है।"

"मुझे साथ लेकर जाएँगे?"

"चलिए सर। मगर मैं आपको घुसाकर ही चला आऊँगा।"

"ठीक है।"

बकुल अपने कुछ विश्वस्त लोगों को लेकर ग्यारह बजे के बाद गोदाम पहुँचा। श्यामल के गेट के दरबान के साथ बात शुरू करते ही बकुल वरुण और पासवान को लेकर भीतर घुस गया। देखा, श्यामल की बात सही थी। गोदाम के खिड़की-दरवाजे को बंद करके भीतर लाइट जलाकर काम हो रहा है। बकुल ने दरवाजे के छोटे से फाँक से देखा बीस-पच्चीस लोग सीमेंट के बोरों के लाट से बोरे उतार रहे हैं, बोरे खोल रहे थे और खुले बोरों को दूसरी तरफ के दो लाट पर रख रहे थे। एक लाट में सरकारी ठप्पा लगे बोरे थे और दूसरे लाट में ठप्पे बिना बोरे थे। पाँच-सात आदमी उस काम की देख-रेख में लगे थे।

बकुल सोचने लगा, क्या किया जाए? ये लोग दंडनीय अपराध कर रहे थे इसमें कोई संदेह नहीं पर गोदाम अधिकारियों की सहयोगिता के बिना इनके विरुद्ध कार्रवाई करना असंभव है। यदि वे कहें—हम लोगों ने ही दो बोरे खोलकर तीन बनाने के लिए कहा, तो कुछ भी नहीं किया जा सकता है। मगर श्यामल के घर से जो सीमेंट सीज किया गया है उस केस में तो इनको पकड़ा जा सकता है। उसने वरुण से कहा, ''बाहर जाकर गाड़ी से वायरलेस पर कंट्रोल रूम से संपर्क करके रात के मोबाइल वैन को यहाँ चले आने के लिए बोलिए।''

कुछ देर बाद वरुण ने आकर बताया कि वैन आ गई है। बकुल ने उन्हें भीतर लाकर खड़ा कर दिया। गेट के दरबान को अपना परिचय देकर कहा, ''दरवाजा खोलने को बोलिए।'' दरबान ने बकुल की ओर ताकते-ताकते दरवाजे पर जाकर धक्का दिया—''पुलिस आई है, दरवाजा खोलिए।'' भीतर का काम बंद हो गया। कुछ देर बाद जब दरवाजा खुला तब सिर्फ दो जन खड़े थे। बकुल ने खोज-खोज कर सीमेंट के बोरे के लाट के पीछे से सभी को बाहर निकाला। देखा गया, चौबीस लोग स्थानीय मजदूर हैं। उनसे पूछताछ करके पता चला कि वे दिन के वक्त यहाँ काम नहीं करते। रात के वक्त काम करने के लिए ही उन्हें बुलाया जाता है। जितने बोरे खोले जाएँगे। उतनी ही मजदूरी मिलेगी। उनके काम की देखरेख के लिए फोर्थ ग्रेड स्टाफ से लेकर मुंशी, खजांची, मैनेजर सभी थे। बकुल ने मैनेजर से पूछा, ''आधी रात को खिड़की-दरवाजे बंद करके दो बोरे खोलकर तीन बोरे बनाने का क्या मतलब है?'' वह चुपचाप खड़ा रहा। बकुल ने तब सीधे जाकर बिना ठप्पे के सीमेंट के बोरों को सीज करके मैनेजर के जिम्मे दे दिया। उसके बाद मैनेजर समेत आठ लोगों को अरेस्ट कर थाने ले जाया गया। जो लोग काम कर रहे थे उनका नाम-पता लिखकर छोड़ दिया गया।

पूरा विवरण देकर बकुल ने रात को ही डी.जी., ट्रांसपोर्ट सेक्रेटरी और चीफ सेक्रेटरी के पास मैसेज भेज दिया। चांदा साहब को भी रात में ही टेलीफोन पर पूरी घटना बता दी। अगले दिन सुबह होते ही हलचल मच गई। एक बार कलकत्ते से फोन आता तो तुरंत फिर किसी राज्य की राजधानी से फोन आता। दिन के दस बजे वहाँ से एक ज्वाइंट सेक्रेटरी आकर हाजिर हुए। वे बकुल के काम की भूरि-भूरि प्रशंसा करने लगे, ''रियली यू हैव डन ऍन एक्स्ट्रा आर्डिनरी वर्क्स फॉर अस। यहाँ ऐसा कोई कारोबार चल रहा है, हम समझ ही नहीं सके। आप अगर नहीं पकड़ते तो शायद और भी बहुत दिनों तक ऐसा चलता।''

हर बोरे से वन थर्ड सीमेंट निकाल लेते थे। बोरे जब वहाँ पहुँचते थे तभी तो उनके पकड़े जाने की बात थी।

''यही तो आश्चर्य की बात है हमें एक बार भी रिपोर्ट तक नहीं किया गया। समझ ही तो रहे हैं, हो सकता है कि उनके साथ भी मिलीभगत हो।''

"अब सब सामने आ जाएगा। आप लोग अगर जल्दी से एफ.आई.आर. करें तो अच्छा रहेगा।"

"नहीं, नहीं, आपने हमारे लिए बहुत कुछ किया है। आपको और ट्रॅबल हम लोग नहीं देंगे। हम लोगों ने तय किया है, हम लोग खुद ही इनक्वायरी करेंगे।"

बकुल को लगा, श्यामल की बात ही ठीक थी। यहाँ की पुलिस जाँच करे, ये वे नहीं चाहते। ज्वाइंट सेक्रेटरी ने लिखित रूप से कहा था कि वे लोग खुद इस बारे में जाँच करेंगे।

कोर्ट से मैनेजर समेत सभी की जमानत हो गई। मैनेजर को निलंबित कर दिया गया। उसके बाद क्या हुआ कुछ भी मालूम नहीं पड़ा।

पच्चीस

बकुल मनोतोष भट्टाचार्य के विरुद्ध हुई इनक्वायरी की रिपोर्ट लिख रहा था। मेडिकल कॉलेज ने जाँच किया—वो इनक्वायरी अटेंड करने में सक्षम है, इस मर्म में रिपोर्ट देने पर भी उसने इनक्वायरी अटेंड नहीं किया। बकुल ने लगातार तीन बार डेट देकर प्रॉसिक्यूशन के पक्ष में गवाहों की गवाही लेनी शुरू कर दी। शुरू किया चक्रवर्ती से और समाप्त करने की बात थी अल्पना दास के पते पर ठीक उस पते पर वो नहीं मिला। बकुल ने तब अभियुक्तों से लिखित रूप में जानना चाहा कि वह अपने पक्ष में कोई गवाही दिलवाना चाहते हैं या नहीं। मनोतोष भट्टाचार्य ने दो लोगों का नाम दिया। मटिकाटा के सभापत्ति शरदेंदु मंडल और स्थानीय प्रधान प्रताप मिन्ज। तीन-तीन डेट देने के बाद भी शरदेंदु मंडल नहीं आए। प्रताप ने आकर कहा, "वो मकान जो मनोतोष बाबू की मेड सर्वेंट के नाम पर बन रहा था यह हम नहीं जानते थे। हम सब यह जानते थे कि वो मकान थाने के बड़े बाबू का बन रहा है।

बकुल ने कहा, "आप जो कहिएगा मैं वही लिखूँगा।"

यह सुनकर प्रधान ने कहा, "तब आप लिखिए कि उस मकान के संबंध में मैं कुछ भी नहीं कह पाऊँगा।"

"तब आप गवाही देने क्यों आए?"

"क्या करूँ? बड़े बाबू बार-बार जा रहे हैं। आज तो सुबह से ही जाकर बैठे हुए थे। मैं उन्हें किसी भी तरह समझा नहीं पाया।"

बकुल ने बात को और नहीं बढ़ाया। प्रधान की गवाही समाप्त हो गई। बकुल ने मनोतोष भट्टाचार्य को लिखित सफाई जमा देने के लिए एक समय सीमा तय कर दी। उस समय के अंदर लिखित सफाई जमा न देकर मनोतोष भट्टाचार्य ने प्रॉसिक्यूशन के पक्ष में गवाहों को जिरह करने के लिए फिर से बुलाने का अनुरोध किया। बकुल ने उस आवेदन को इस तर्क पर खारिज कर दिया कि अभियुक्त अगर चाहता तो पी.डब्लू.ओ. से जिरह कर सकता था। यह मौका जब उसने अपनी इच्छा से खोया है तब फिर नए सिरे से गवाहों को जिरह के लिए बुलाने का कोई मतलब नहीं रहता है। अतः इस हालत में अभियुक्त अगर अगली तारीख के अंदर लिखित सफाई जमा नहीं देता है तो यह मान लिया जाएगा कि उसको अपनी सफाई में कुछ नहीं कहना।

इस आदेश के मिलने के बाद मनोतोष भट्टाचार्य ने अपनी लिखित सफाई जमा दी। बकुल गवाहों की गवाही और अपनी सफाई पर विचार कर रिपोर्ट लिखने लगा।

सबसे पहले बकुल ने प्रत्येक पी.डब्लू. और एकमात्र डी.डब्लू. की गवाही का मूल्यांकन किया। उसके बाद अभियुक्त की जमा दी हुई सफाई पर मूल्यांकन कर रिपोर्ट लिखा अभियुक्त के विरुद्ध जो अभियोग लगाया गया था संदेहातीत रूप से प्रमाणित हुआ है। मैंने गवाहों की गवाही ली और उनके द्वारा उपस्थित किए गए कागजातों की जाँच करने के अलावा मटिकाटा थाने के रिकार्ड का भी निरीक्षण किया है। यहाँ तक कि अभियुक्त की सफाई की भी विवेचना की गई है। इन सबसे यही प्रमाणित होता है कि दूसरे को एलॉट की गई सरकारी जमीन पर मनोतोष भट्टाचार्य की मेड सर्वेंट द्वारा जोर जबरदस्ती से पूर्ववर्ती ऍलाटी को निकालकर मकान बनाने पर एस.डी.ओ. ऑफिस से थाने में एफ.आई. आर. किया गया था और उस जमीन को खाली करने के लिए अल्पना दास को नोटिस भी भेजी गई थी। उस एफ.आई.आर. और नोटिस को मनोतोष भट्टाचार्य ने स्वयं साइन करके लिया था पर उसके अनुसार उसने थाने में कोई केस स्टार्ट नहीं किया या किसी प्रकार की व्यवस्था नहीं ली जो कि वह कानूनन करने के लिए बाध्य था।

रिपोर्ट लिखकर बकुल ने फाइल को एस.पी. साहब के पास भेजने के लिए रीडर बाबू को निर्देश दिया।

रीडर बाबू के फाइल लेकर बाहर निकलते ही आई.सी. समीनाथ चटर्जी कमरे में घुसे। कुर्सी पर बैठते-बैठते ही उसने कहा, "सर एक समस्या आ गई है।"

"आपको अब क्या समस्या आ गई?"

"कॉलेज के मुहल्ले में एक मर्डर हो गया है। जिसने मर्डर किया है वो एक क्रिमिनल है। हिरोइन का धंधा करता है। मुहल्ले के एक मास्टर जी ने उसे रोकने की कोशिश की। इसी गुस्से में उसने अपने एक-दो चेले चामुंडों को लेकर मास्टर

जी को चाकू घोंप कर मार डाला।''

''क्या वो पकड़ा गया?''

''पकड़ूँ कैसे सर? मर्डर करने के बाद से ही वो अमित अग्रवाल की मिल में जाकर बैठ गया है। आर्डर तो अभी तक वैकेट नहीं हुआ है। इस ओर उसको पकड़ने के लिए मुहल्ले के लोग डेपुटेशन में आए हैं।''

''पिछले शुक्रवार को जो डेट थी, उसका क्या हुआ?''

''सर उसी लिस्ट में है। सुनवाई किसी भी तरह नहीं हो रही है।''

''बेंच चेंज नहीं हुआ? वही जस्टिस भट्टाचार्य है?''

''हाँ, सर।''

बकुल पर हताशा छाने लगी। हाईकोर्ट मानो इम्मूवेवल हो चुका है। इम्मूवेवल भी कहे तो किस तरह? जो लोग एक हाथ से रुपए लुटा सकते थे हाईकोर्ट उनके लिए ब्रह्मास्त्र था जैसे अमित अग्रवाल के लिए। वर्ना बकुल इतनी कोशिश करने के बावजूद भी आज तक आर्डर वैकेट नहीं करवा पाया।

बार-बार आदमी भेजने पर भी जब काम नहीं हुआ तब वह स्वयं गया। पी. पी. के माध्यम से स्पेशल मेंसन करवाया पर रिकार्ड सेक्शन से भी किसी तरह से केस के दस्तावेज नहीं आए।

अगली बार बकुल एक सब-इंस्पेक्टर को साथ लेकर गया। पी.पी. से अनुरोध कर एक एडवोकेट को लेकर रिकार्ड के सेक्शन में गया। वहाँ पर भी काफी खोज-बीन करने के बाद जब रिकार्ड नहीं मिला तब वो चीफ जस्टिस से मुलाकात करने की कोशिश करने लगा। यह खबर शायद रिकार्ड सेक्शन में भी पहुँची। अगले दिन रिकार्ड खोजने पर मिल गया, पर रिकार्ड सेक्शन से रिकार्ड वापस जस्टिस बनर्जी के कमरे में भेज दिया गया। तकरीबन रिकार्ड हफ्ते भर बाद लिस्ट में चढ़ा, पर जस्टिस बनर्जी का भाई ही आवेदनकारी का वकील था इसलिए जस्टिस बनर्जी ने फाइल वापस भेज दिया। बकुल सब-इंस्पेक्टर को वहीं छोड़कर वापस लौट आया।

जस्टिस बनर्जी की वापस भेजी हुई फाइल के पहुँचने की बात थी जस्टिस वेनुगोपाल के कमरे में पर ढिल्लन बनर्जी ने दफ्तर बाबुओं के साथ मिलकर फाइल को जस्टिस भट्टाचार्य के कमरे में भेज दिया। जस्टिस भट्टाचार्य सिविल केस देखते थे। सप्ताह में सिर्फ एक ही दिन शुक्रवार को क्रिमिनल रिविशनों को देखते थे अर्थात् एक डेट पार करवा सकने पर ही एक सप्ताह के लिए केस सरक जाएगा। जस्टिस भट्टाचार्य जिस तरह के स्लो आदमी थे उससे कई सप्ताह बीत जाना कुछ संभव नहीं था।

मामला लिस्ट में चढ़ा। शुक्रवार को सुनवाई होगी। बकुल खुद बैकुंठपुर से गया पर अमित अग्रवाल का मामला लिस्ट में इकहत्तर नंबर पर था। सुनवाई हो रही थी छप्पन नंबर की। अब क्या होगा? जस्टिस साहब इतने विस्तृत रूप से

केस सुनने लगे और कभी-कभी वक्तव्य के समर्थन में तो कभी विरुद्ध में संस्कृत के श्लोक उद्धृत करके ऐसी व्याख्या देने लगे कि एक मामला भी फर्स्ट हॉफ तक खत्म नहीं हुआ। बकुल के एडवोकेट ने धीमे से बकुल के कान के करीब आकर कहा, ''बस यही एक दोष है जस्टिस भट्टाचार्य में। एक बार सुनेंगे, खुद बोलेंगे, थोड़ा तर्क करेंगे, फिर सुनेंगे। यही करते-करते दिन पूरा बिता देते हैं। देखिए ना आज अब और कोई मामला नहीं होगा।'' बकुल सुन रहा था। जस्टिस भट्टाचार्य और जो कुछ भी हो पर बेईमान आदमी नहीं थे। किसी से भी प्रभावित होकर फैसला नहीं देते। पर फैसला जल्दी हो, क्या वे इस बात को नहीं समझते?

एडवोकेट की बात ही सच हुई। टिफिन के बाद भी उसी मामले को लेकर सुनवाई चली। वो भी खत्म नहीं हुआ। तय हुआ अगले सोमवार को फिर सुनवाई होगी। जस्टिस खड़े हो गए। बकुल बैकुंठपुर लौट गया।

उसके बाद भी तकरीबन दो महीने गुजर गए। बकुल फिर खुद नहीं जा सका। पर प्रत्येक डेट पर आदमी भेजता रहा। अगली डेट पर जाकर देखा कि जस्टिस अनुपस्थित थे, पता नहीं कहीं गए थे। एक सप्ताह बीत गया। अगली डेट पर बंगाल बंद हो गया। बकुल ने उस दिन भी आदमी भेजा। आदमी पैदल चलकर ही हाईकोर्ट पहुँचा पर केस नहीं हुआ। अग्रवाल का एडवोकेट कोर्ट में नहीं आ पाया। एक और सप्ताह गुजर गया। अगली डेट पर एक मंत्री मर गए जिससे राज्य सरकार ने छुट्टी की घोषणा कर दी। अग्रवाल का एडवोकेट आया पर स्टेट का एडवोकेट नहीं आ सका। स्टेट ने तो छुट्टी की घोषणा कर दी थी। उसके आने की जरूरत ही नहीं थी। बकुल का आदमी तब भी कमरे में बैठा रहा पर केस नहीं हुआ। एक और सप्ताह बीत गया। अगली डेट पर जाकर देखा कि जस्टिस भट्टाचार्य मुंसिफी की परीक्षा ले रहे थे इसलिए कोर्ट नहीं बैठा। अगली डेट पर भी परीक्षा चलती रही। दो सप्ताह और बीत गए। बकुल अगली डेट पर खुद गया। उसने पी.पी. से बात की और पूरे दिन एडवोकेट के साथ जस्टिस भट्टाचार्य के कमरे में बैठा रहा पर केस नहीं चढ़ा। पूरे दिन में अट्ठावन, उनसठ दो ही केसों की सुनवाई हुई। बकुल लौट आया। अगले सप्ताह वो नहीं गया, पर आदमी को भेज दिया पर सुनवाई नहीं हो सकी।

आई.सी. ने कहा, ''सर उस कमरे में जस्टिस दासगुप्ता के न आने तक कोई सुनवाई नहीं होगी।''

बकुल ने कहा, ''जिस किसी जस्टिस के कमरे में हो, मुझे सिर्फ सुनवाई होने से मतलब है। एक फाइनल आर्डर होने पर हम लोग उसके विरुद्ध अपील में जा सकेंगे पर मुझे लग रहा है कि आर्डर की अवमानना न होने तक कोई सुनवाई नहीं होगी। अब आर्डर की अवमानना करनी ही पड़ेगी।''

''पर अवमानना करने से सर कंटेम्पट होगा।''

"पर कम से कम सुनवाई तो होगी कि आर्डर वैध नहीं था और फिर ये मर्डर केस तो एक सौलिड ग्राउण्ड है। हम लोग अमित अग्रवाल को तो पकड़ने नहीं जा रहे हैं और उसका कुछ सीज भी नहीं करने जा रहे। बल्कि हम तो एक मर्डर केस के असामी को पकड़ने जा रहे हैं। आप आज ही आदमी भेज दीजिए।"

"किसको भेजूँ सर?"

"पाल और भट्टाचार्य तो इफेक्टिव हैं पर दोनों ही करप्ट हैं। देखिए आप जिसे उचित समझें भेज दीजिए और वे लोग जिस मुहल्ले से डेपुटेशन देने आए हैं वह जरूर से जी.डी. करके रख लीजिए।"

"ठीक है सर।" आई.सी. चला गया।

अगले रोज सुबह आई.सी. ने थाने से खबर दी, आलोक पाल और महादेव भट्टाचार्य कल रात अमित अग्रवाल की मिल पर गए थे पर वहाँ पर असामी नहीं मिला। मगर बकुल के गुप्त सूत्रों की खबर थी कि आलोक और महादेव जाकर अमित अग्रवाल के साथ सिर्फ चाय पीकर चले आए हैं। असामियों को उन्होंने खोजा ही नहीं। कुछ दिनों बाद बकुल को अमित अग्रवाल के वकील से एक चिट्ठी मिली। वकील ने लिखा था–"मेरे क्लाइंट को अरेस्ट न करने और उसके मकान या मिल को सर्च न करने के लिए महामान्य हाईकोर्ट के निर्दिष्ट आर्डर रहने के बावजूद भी आपने आदमी भेजकर मेरे क्लाइंट को अरेस्ट करने की कोशिश की और उसके मकान-मिल को सर्च करवाया। आपने ऐसा क्यों करवाया दो सप्ताह के अंदर सही जवाब नहीं मिलने पर मेरे क्लाइंट कोर्ट में कंटेम्पट पिटीशन फाइल करने के लिए बाध्य होंगे।" वकील ने अपनी चिट्ठी के साथ हाईकोर्ट के अंतरिम आर्डर की एक कॉपी और एक जी.डी. की कापी संलग्न कर दी। आर्डर बकुल का पढ़ा हुआ था। इसलिए वो जी.डी. एंट्री पढ़ने लगा। आलोक पाल ने एंट्री की थी–"एज पर दी डाइरेक्शन ऑफ एडिशनल एस.पी. बैकुंठपुर, आई आलोक पाल, एलोग विद् एस.आई. महादेव भट्टाचार्य वेंट टू सर्च दी फ्लावर मिल ऑफ अमित अग्रवाल फॉर अरेस्टिंग ऍक्यूक्ड प्रबीर पांडा ऑफ दिस पी.एम. केस नंबर थर्टीन अंडर सेक्शन थ्री हंड्रेड टू आई.पी.सी. ऑफ दिस डेट। वी सर्च्ड दी प्रेमिसेज ऑफ श्री अग्रवाल, बट कुड नॉट फाइड दी एक्यूज्ड।"

बकुल यह देखकर आश्चर्यचकित हो गया कि आलोक पाल ने लिखा था कि वो अमित अग्रवाल की मिल में उसके निर्देशानुसार गया था। पर उसने तो निर्देश ही नहीं दिया था। उसने तो आई.सी. को निर्देश दिया था और आई.सी. ने उसको भेजा था। फिर भी पाल ने आई.सी. का निर्देश न लिखकर उसका निर्देश क्यों लिखा? तो क्या आई.सी. ने उनको कहा था कि एडिशनल साहब ने कहा है। कह भी सकते हैं। एक तरह से देखा जाए तो यह बात शाब्दिक अर्थ में सत्य न भी हो तो कार्यतः सत्य है। उसने तो सचमुच ही निर्देश दिया था मगर अमित

अग्रवाल को जी.डी. की कॉपी देने का निर्देश नहीं दिया था। तो क्या जी.डी. भी उसी के परामर्श के मुताबिक हुआ था? बकुल को सोचने में भी खराब लग रहा था कि इन जैसे गलत आदमियों के कारण ही थाना अमित अग्रवाल जैसे गलत लोगों के पास बिक गया है। जी.डी. की कॉपी कैसे बाहर गई यह जाँच करने के लिए उसने आई.सी. को निर्देश दिया मगर वकील की चिट्ठी का कोई जवाब नहीं दिया। कंटेम्पट पिटीशन ही फाइल हो तब ही साबित होगा कि जस्टिस दासगुप्ता का आर्डर ही गैरकानूनी था।

दो सप्ताह ही नहीं, कई सप्ताह गुजर गए पर अमित अग्रवाल ने हाईकोर्ट में कंटेम्पट पिटीशन फाइल नहीं की। शायद उसने यह समझ लिया कि पिटीशन करने से उसका ही अहित होगा।

ऐसे समय पहाड़ की परिस्थितियों की समीक्षा करने के लिए राज्य के गृह मंत्री बैकुंठपुर आए हुए थे। उन्होंने जिले के सभी अफसरों से बात की। बकुल को भी बुलावा आया। बात करने के बाद बकुल मंत्री के साथ कमरे में बैठा रहा। एस.पी. और डी.एम. साहब भी थे। गृहमंत्री कलकत्ता रवाना होने के पहले कॉफी पी रहे थे। डी.एम. साहब ने आकर कहा, ''भजन को तो इस बार प्रमोशन मिलनी है। उसकी यहाँ पोस्टिंग हो इसकी व्यवस्था करिएगा?''

मंत्री ने रुष्ट होकर पूछा, ''हू इज भजन?''

''सर यहाँ के एस.डी.ओ. सर। वो इस बार ए.डी.एम. बनेंगे सर।''

''पर यहाँ तो ए.डी.एम. की कोई पोस्ट ही नहीं है।''

''सर बैकुंठपुर डेवलपमेंट ऑथारिटी के चीफ एक्जीक्यूटिव अफसर बनाने की बात बोल रहा हूँ, सर।''

''पर वहाँ तो दूसरा आदमी है।''

मिश्रा साहब और कुछ न कह सके। इस बार चांदा साहब उठकर कहने लगे, ''सर वो यहाँ काफी दिनों से हैं। टी.एन.एल.एफ. के बारे में काफी खोज खबर रखते हैं। उनके रहने पर हमें सुविधा ही होगी सर।'' गृहमंत्री इस बार कुछ संतुष्ट से लगे। उन्होंने बेख्याली में ही प्रश्न किया—''वाकई?''

''हाँ, सर।''

''तब फिर अगली बार जब कलकत्ता आइएगा तब मुझे याद दिला दीजिएगा।''

''यस सर।'' चांदा साहब मिश्रा साहब को ले जाकर बैठ गए।

साढ़े बारह बजे की फ्लाइट थी। पौने बारह बज गए। मंत्री निकल पड़े। उनके गाड़ी में बैठते ही सायरन बजाते हुए पायलट ने चलाना शुरू किया। मंत्री की गाड़ी भी स्टार्ट हुई। उसके पीछे की गाड़ी में डी.एम., एस.पी. चढ़े तथा उसके बाद एस्कॉर्ट कार। उन सबके पीछे बकुल जाकर अपनी गाड़ी में बैठा। बीस-एक मिनट में ही कॉनवाय एयरपोर्ट पहुँच गया। गृहमंत्री व्ही.आई.पी. लाऊंज में जाकर

बैठ गए। खबर लेने पर पता चला, फ्लाइट थोड़ी देर से आएगी। अभी भी पैंतीस-चालीस मिनट बैठना पड़ेगा।

डी.एम., एस.पी. के साथ बकुल भी कमरे में बैठा था। सौराष्ट्र मंत्री उससे तरह-तरह की बातें पूछ रहे थे। बात करते-करते अचानक अमित अग्रवाल के अंतरिम आर्डर का प्रसंग उठाया—"सर रुपया खिलाकर ऐसा एक गैर कानूनी आर्डर ले रखा है। जितना भी अन्याय करे हम कुछ नहीं कर पा रहे हैं। आप अगर हाईकोर्ट के पी.पी. को बोल दें तो अच्छा रहता।"

गृहमंत्री शायद हल्के मूड में थे, उन्होंने धीरे से कहा, "वो आर्डर वैकेट नहीं होगा। तुम किसी दिन उसे उठाकर कहीं ले जाकर फेंक दो।" गृहमंत्री क्या कहना चाह रहे थे बकुल ने समझने की कोशिश की।

मंत्री ने डी.एम. को संबोधित करके कहा, "आप लोग तो प्रायः ही आते हैं पर यहाँ ऐसा एक आर्डर हो रखा है, यह तो मुझे नहीं बताया?"

"सर, मैं इस बार जाऊँगा तो देखूँगा सर।"

"हाँ पी.पी. से बात करके यदि काम न हो तो मुझे बताइएगा। मैं एल. आर. से कह दूँगा।"

"यस सर।" और दूसरी बात होने लगी।

एयर होस्टेस ने आकर नमस्कार किया। मतलब अब जाना पड़ेगा। मंत्री जाकर प्लेन में चढ़ गए। सीढ़ियाँ हटा दी गईं। प्लेन के सामने एक आदमी ने आकर दोनों हाथों से टेबिल टेनिस के रैकेट की तरह दो वस्तुओं को हिलाना शुरू कर दिया, इसके बाद प्लेन ने चलना शुरू कर दिया। बकुल और सभी गाड़ी के पास लौट आए।

चांदा साहब ने चिढ़े हुए स्वर में कहा, "अमित अग्रवाल के केस के बारे में तुम्हें बताने की क्या जरूरत थी?"

बकुल ने जवाब दिया, "सर बहुत दिनों से कोशिश कर रहा हूँ। किसी भी तरह से वैकेट नहीं करवा पा रहा हूँ। उनके कहने पर अगर हो जाए, इसलिए कहा।" चांदा साहब ने कोई उत्तर नहीं दिया। मगर बकुल समझ गया चांदा साहब और मिश्रा साहब दोनों ही उस पर नाराज हो गए हैं। वे लोग वापस जाकर गाड़ी में बैठ गए। बकुल सैल्यूट करके अपनी गाड़ी के पास चला गया।

गाड़ी चलने लगी। बकुल का मन खराब हो गया। गृहमंत्री को उसने ऐसा क्या खराब कहा था? अंतरिम आर्डर वैकेट करवाने की जरूरत थी। डी.एम., एस. पी. से कितनी बार कहा, पर उन्होंने ध्यान ही नहीं दिया। बकुल भी बहुत दौड़ भाग करके वैकेट नहीं करा पाया। मंत्री अगर जरा पी.पी. को बोल दें तो शायद हो भी सकता है। इसीलिए उसने कहा, पर चांदा साहब उसमें भी असंतुष्ट हो गए। डी.एम. और एस.पी. की उपस्थिति में ही उसने मंत्री से कहा था, यही क्या

नाराजगी का एक मात्र कारण था या कुछ और? मगर किस के साथ वो दिल खोलकर इन सब बातों पर बात करे, यह सुयोग भी उसके पास नहीं था। घर में वो अकेला ही था। विवाहित होने पर भी वो अविवाहित सा जीवन-यापन कर रहा है।

गर्मी की छुट्टियों के बाद रोजी जो गई फिर बकुल के साथ उसका कोई संपर्क नहीं रहा। सहकर्मियों के साथ इन सब बातों को लेकर कोई बात नहीं की जा सकती। एक मानव बाबू के आने पर कुछ बातचीत होती थी या फिर फूल के साथ। फूल के साथ बात करते हुए बकुल को लगता था कि फूल उसकी समस्याओं को समझती है, दुःख को समझ सकती है। इसी कारण बकुल की फूल के साथ आत्मीयता हो गई थी। बकुल को लगता था कि फूल उससे प्यार कर बैठी है। फूल उसे सिर्फ उसे पाना चाहती है। वो भी तो फूल को पाकर सुखी होना चाहता है। रोजी के साथ अगर उसकी शादी नहीं होती, तब वो फूल से शादी करके सुखी हो सकता था। रोजी से शादी हो जाने के कारण ही वो फूल से शादी करने के बारे में नहीं सोच पा रहा था। उससे शादी की बात मन में आने के कारण वो उससे घुलमिल भी नहीं पा रहा था। फूल ने तो एक दिन बातों ही बातों में कह ही दिया—"रोजी दीदी डाइवोर्स चाहती है, आप..." और कुछ भी वो नहीं कही। फूल क्या कहना चाहती थी बकुल समझ गया था, पर वो यह बात स्वीकार नहीं कर पा रहा था। इतने दिनों तक उसने रोजी को डाइवोर्स नहीं दिया था। अब अगर डाइवोर्स करके फूल से शादी कर ले तो सब लोग यही कहेंगे कि फूल से शादी करने के लिए ही बकुल ने अपनी पहली पत्नी को डाइवोर्स दे दिया। हो सकता है उसकी इस सोच का कोई मतलब न हो, पर वो इन सबसे बाहर सोच भी नहीं पा रहा था।

फूल से एक बार मिलने के लिए उसका मन तड़पने लगा। उसने रुद्र से कहा, "एक बार मेडिकल कॉलेज होकर चलिए।" रुद्र ने गाड़ी को मेडिकल कॉलेज के रास्ते पर डाल दिया। बकुल सोचने लगा, गाड़ी कहाँ ले जाने के लिए कहे। फूल ने कहा था कि सामने परीक्षा है इसलिए क्लास नहीं हो रहे। तब तो उसके होस्टल में ही रहने की बात थी, पर होस्टल में उससे मिलने के लिए जाने पर रुद्र, वरुण ये लोग क्या सोचेंगे? इसके अलावा उसके संगी-साथी क्या सोचेंगे? वो कुछ तय नहीं कर पाया। रुद्र ने पूछा, "सर कहाँ चलूँ?" बकुल ने चौंककर कहा, "वाइस प्रिंसिपल के ऑफिस।"

गाड़ी वाइस प्रिंसिपल के कार्यालय के सामने आकर खड़ी हो गई। बकुल गाड़ी से उतरकर वाइस प्रिंसिपल के कमरे की तरफ बढ़ा। वे क्लास में गए हुए थे। बकुल खुश ही हुआ। जरूरत तो कुछ भी नहीं थी, मुलाकात होने पर कुछ देर तक बैठे-बैठे राम नाम जपना पड़ता। वो डाक्टर नंदी के चेंबर की तरफ बढ़ा। डाक्टर नंदी के साथ फूल के संबंध अच्छे थे। वे अगर उसकी कुछ खोज खबर

दे दें। डाक्टर नंदी चेंबर में ही थे, उन्होंने काफी गपशप की। बकुल के आने पर वो खुश ही हुए पर फूल के बारे में कोई प्रसंग ही नहीं उठा। बकुल उनके चेंबर से निकलकर गाड़ी के पास गया। रुद्र से कहा–''आउट पोस्ट चलिए।'' आउट पोस्ट का रास्ता होस्टल के पास से होकर जाता था। बकुल को आशा थी कि जाने के रास्ते में मुलाकात हो सकती है। इसके अलावा वह चैकपोस्ट पर कुछ देर रहेगा। इस समय उसकी गाड़ी को देखकर यदि फूल बाहर आ जाए। इसके अलावा भी तो शाम को बीच-बीच में फूल मैदान की ओर घूमने के लिए निकलती थी। इस तरह लौटते वक्त रास्ते में मुलाकात हो सकती थी। होस्टल के पास से गुजरते वक्त बकुल ने होस्टल की ओर देखा, पर बंद खिड़की-दरवाजों को छोड़कर और कुछ भी उसके नजर में नहीं पड़ा। आउट पोस्ट में कौन-कौन उपस्थित है, कौन-कौन छुट्टी पर है, कौन-कौन ड्यूटी पर है ये सब देखने के बहाने बकुल बहुत समय तक वहाँ रहा। फिर उसके बाद गाड़ी में जाकर बैठ गया। रुद्र गाड़ी चलाने लगा। होस्टल के पास से लौटते वक्त बकुल ने फिर से उस ओर देखा। कुछ लड़कियों को उसने बरामदे में खड़े हुए देखा पर फूल नहीं दिखी। हताश मन से वो गाड़ी में बैठा रहा। गाड़ी आकर ऑफिस के सामने रुकी।

गाड़ी से उतरते ही राखाल करीब आया। बकुल को थकान सी महसूस हो रही थी। उसने राखाल से पूछा, ''कोई जरूरी खबर है?''

''नहीं सर।''

बकुल तब अपने ऑफिस न जाकर सीधे ऊपर चला गया। कपड़े बदलकर वो एक चेयर लेकर छत के बरामदे में बैठ गया। माधवीलता के इतने फूल खिले थे कि छत का एक कोना पूरा लाल रंग का हो रहा था। बरामदे के पास मल्लिका के पेड़ पर कुछ सफेद मल्लिका खिली थी जिससे वातावरण सुगंधित हो रहा था। आकाश में बादल छाए थे। बीच-बीच में बिजली चमक रही थी। इस वक्त दूसरी ओर कटहल के पेड़ स्पष्ट दिखाई पड़ रहे थे। पागल हवा बह रही थी जिसके कारण इस जुलाई के महीने में भी बकुल को ठंड सी लग रही थी। बकुल कमरे में जाकर बिस्तर से एक चादर लपेट कर चला आया। पर अधिक समय तक वो बैठ न सका। टेलीफोन बज उठा। राखाल ने बताया–''रजनी नाम का एक आदमी आपसे मिलना चाहता है। कह रहा है कि रजनी कहने से ही आप समझ जाएँगे।''

बकुल समझ गया कि मनुजा होटल से कोई खबर आई है। इस होटल का मालिक बकुल के एक सीनियर आई.पी.एस. अफसर का रिश्तेदार है। इस कारण वह गैरकानूनी काम पूरा सीना फुलाकर करता है। शराब, लड़की, जुआ तो था ही बहुत सारे खून की घटना भी उसके होटल में घट चुकी थी। अगर कोई विदेशी आदमी अधिक रुपए लेकर उसके होटल में अनजाने में आकर रहे तो उसके जीवित लौटने की आशा कम रहती थी। बकुल के ज्वाइन करने के एक महीने पहले ऐसी

एक घटना घटी थी। उसमें पुलिस ने उसे कुछ भी नहीं कहा। बकुल के आने के बाद वैसी कोई बड़ी घटना नहीं घटी। परंतु शराब, लड़की, जुए का धंधा चल ही रहा था। कानून के अनुसार हफ्ते में एक दिन शराब बेचना निषेध था। उस दिन बार बंद रहते थे। लोगबाग उसे 'ड्राई डे' कहते थे। बृहस्पतिवार बैकुंठपुर का 'ड्राई डे' था पर मनुजा के लिए कोई भी दिन ड्राई डे नहीं था। बृहस्पतिवार को भी वहाँ पर बार खुला रहता था। जिससे दूसरे होटल के मालिकों के व्यवसाय में नुकसान होता था। ब्रॉडवे होटल में रेड के बाद उन्होंने एक दिन आकर बकुल के पास शिकायत की। बकुल ने एक दिन अचानक होटल में छापा मारा, देखा कि 'ड्राई डे' में भी बार खुला था। शराब सर्व किया जा रहा था। उसने शराब की बोतलों को सीज करके थाने भेज दिया। पर चांदा साहब बकुल को बिना कुछ बताए ही थाने के ओ.सी. को बोलकर उन शराब की बोतलों को मनुजा होटल में वापस भिजवा दिया। केस की भी फाइनल रिपोर्ट हो गई थी। बकुल ने चांदा साहब से इसके विरुद्ध प्रतिवाद किया। चांदा साहब ने कहा, "मैंने उनको किसी कारण से कल्टीवेट किया है। इसके बाद से कुछ भी करना हो तो मुझसे एक बार पूछ लेना।"

उसी समय से मनुजा होटल का मालिक बकुल को किसी गिनती में ही नहीं रखता था। यह बात बकुल की सहन शक्ति के बाहर थी। वो यहाँ एडिशनल एस.पी. रहेगा और मनुजा होटल का मालिक जो मन में आए करेगा, यह नहीं हो सकता। अवस्था चरम में उस समय पहुँची जब उस मुहल्ले के दो गुटों के लड़कों में चंदा उठाने के लिए झगड़ा हो गया। बकुल ने तब एक मोबाइल वैन को समझौते के लिए भेजा। पर मनुजा के मालिक ने वैन के ए.एस.आई. को अपमानित करके वापस भेज दिया। ए.एस. आई. के वापस लौटकर यह बात बताने पर बकुल ने ए.एस.आई. से कहा, "अभी तुरंत अपने लोगों को लेकर जाइए और उसको मुझसे मिलने को बोलिए। यदि वो न आए तो अरेस्ट करके ले आइए।" ए.एस.आई. चला गया पर अरेस्ट करके नहीं लाना पड़ा। वो स्वयं ही बकुल के पास आकर माफी माँग गया।

पर, बकुल का गुस्सा उससे भी कम नहीं हुआ। जहाँ पर रुकावटें आती थीं वहीं पर उसे अधिक जिद चढ़ जाती थी। उसने मनुजा होटल के दो-एक कम्र्चारियों को सूचना देने के लिए तैयार किया। चांदा साहब को वो यह सब खबर देकर वो समझा देना चाहता था कि मनुजा होटल के मालिक को प्रोटेक्शन देकर उन्होंने अच्छा काम नहीं किया। रजनी वही खबर लेकर आया होगा। बकुल नीचे उतर गया।

रजनी ने करीब आकर कहा, "सर, आज मनुजा के तैंतीस नंबर कमरे में विनय बनर्जी एक लड़की को लेकर आए हैं।"

"वो लड़की कौन है?"

"मिलन पल्ली के समर की बहन, समर को विमूल में नौकरी दिलवाने का लालच देकर लड़की को लेकर आया है। लड़की की उम्र अट्ठारह-उन्नीस से अधिक नहीं होगी।"

बकुल इस तरह के न्यूज के लिए तैयार नहीं था। ट्रेड यूनियन लीडर नौकरी के लिए लालच देकर लड़की को लेकर होटल में आया, यह बात पार्टी को बताने की जरूरत है। पर यहाँ तो पार्टी का नेता गौर कुंडू है और विनय बनर्जी उसके करीब का आदमी। वो विनय बनर्जी की गाड़ी में चढ़कर घूमता रहता है। उनको बताकर कोई फायदा नहीं होगा। वो चांदा साहब को ही बताएगा।

उसने सर्किट हाउस में फोन किया। सर्किट हाउस के जमादार ने बताया, "साहेब लोग शाम को ही लामलिंग के लिए रवाना हो गए हैं। अब तक तो शायद पहुँच गए होंगे।" बकुल ने लामलिंग फोन किया।

चांदा साहब ने कहा, "तुम मुझे एक दिन का वक्त दो। मैं आज ही बात कर ले रहा हूँ। तुमको कल बताऊँगा।"

बकुल इससे संतुष्ट न हो सका। उसने मनुजा होटल के मालिक को फोन किया–"आपके होटल के तैंतीस नंबर कमरे में इस समय विनय बनर्जी एक लड़की को लेकर आए हैं?"

"हुजूर विनय बनर्जी भी है और साथ में एक लड़की भी है। कोई किसी को साथ में लेकर आए तो मैं क्या करूँ?"

"विनय बनर्जी का घर तो यहीं है। वो आपके होटल में रूम भाड़े पर क्यों ले रहे हैं? फिर आप तो विनय बनर्जी को पहचानते हैं। रूम भाड़े पर लेने के लिए रजिस्टर में नाम-पता लिखना पड़ता है। क्या आपके रजिस्टर में विनय बनर्जी का नाम लिखा है?"

"हुजूर वे तो पार्टी के आदमी हैं। अगर आकर कहें तो मैं मना तो नहीं कर सकता। तब तो मेरा होटल ही बंद हो जाएगा।"

"तब फिर आप अपने होटल की रक्षा इस प्रकार से करें, पर मेरी ओर से यह लास्ट वार्निंग है। इसके बाद ऐसी घटना घटने पर रेड होगी। उसके लिए आप मुझे कुछ बोलने मत आइएगा।"

बकुल टेलीफोन रखकर सोचने लगा कि उसने टेलीफोन पर कह तो दिया इसके बाद कुछ होने पर व्यवस्था लेगा। पर क्या वो सचमुच व्यवस्था ले सकेगा। चांदा साहब अगर अनुमति न दें तो। वो चांदा साहब को समझाने की कोशिश करेगा। अगर समझा नहीं पाया तो वो जो उचित समझेगा करेगा। फिर जो होना होगा, होगा।

छब्बीस

सुंदर सा एक संगमरमर का राजमहल। राजमहल के सामने पानी का फव्वारा। हवा के झोंके से फव्वारे के पानी की बौछार आकर बदन से टकरा रही थी। फव्वारे के उस ओर श्वेतवसना एक राजकुमारी श्वेत फूलों की माला लिए किसी का इंतजार कर रही थी। राजकुमारी का मुँह अचानक फूल की तरह लगने लगा। और राजमहल! यह तो राजमहल नहीं बकुल का क्वार्टर है। क्वार्टर के खुले छत पर अनगिनत फूलों को समेटे, माधवीलता के पास फूल हाथों में रजनीगंधा की माला लिए खड़ी है और बकुल छत के बरामदे में एक चेयर पर बैठा था। फूल के करीब आने पर वो उठ खड़ा हुआ। फूल ने अपने हाथ में पकड़ी हुई माला बकुल के गले में डाल दी। बकुल को लगा कि उसको भी फूल के गले में एक माला डाल देनी चाहिए। मगर उसकी माला थी कहाँ? उस ओर से रोजी निकलकर आई। उसने आँखें तरेरते हुए बकुल के गले की माला को पकड़कर एक झटका दिया। गले में खचाक् से चोट लगने पर बकुल की नींद टूट गई।

स्वप्न की मधुर सुखानुभूति अभी भी बकुल के हृदय के अंदर धड़क रही थी। बस अभी-अभी तो फूल ने उसके गले में माला डाली थी। रोजी यहाँ क्यों आ गई? वरना वो फूल को कुछ देर और अपने करीब पाता। उसने आँखें मूँदकर फिर से सोने की कोशिश की। यदि एक बार फिर से फूल को सपने में देख सके। मगर नींद है कि फिर आना ही नहीं चाहती। घूम-फिरकर हाथों में माला लिए फूल का चेहरा आँखों के सामने घूमने लगा। स्वप्न में फूल मानों और भी अधिक कोमल और भी अधिक मायावी लग रही थी। बकुल बिस्तर छोड़कर उठ खड़ा हुआ, पर फूल का चेहरा उसके हृदय से गुँथा रहा। बकुल हाथ-मुँह धोकर बरामदे में आया। माधवीलता पर अनगिनत लाल फूल अभी भी झूम रहे थे पर उसके स्वप्नों की माला हाथों में लिए वो फूल वहाँ नहीं थी। बकुल का हृदय किसी अनजान कशिश से कसमसाने लगा। फूल इस वक्त क्या कर रही होगी? हो सकता है मुँह-हाथ धोकर चाय पीते-पीते परीक्षा की तैयारियाँ कर रही हो। बकुल हारमोनियम लेकर बिस्तर पर बैठ गया और अतुल प्रसाद का वो गाना गाने लगा–

''मोने पथे ऐलो वोनहरिनी, ऐकि मनोहारिनी,
तार सजल काजल आँखि केनो ता नाही जानी॥''
(मनपथ पर आई वनहिरणी, ये क्या मनमोहिनी,
उसकी कजरारी आँखें सजल क्यों हैं, ये तो नहीं जानता॥)

गाना गाने के बाद मन जरा सा हल्का होने पर बकुल नहा-धोकर खाना खाने के बाद ऑफिस में आया। देखा, डी.ई.बी. इंस्पेक्टर सलिल सेन बैठा है।

उसने कहा, "सर, हमारे पास खबर है कि आज टी.एन.एल.एफ. बुधिया में एक मीटिंग करेंगे।" उसने बकुल के हाथ में एक लीफलेट थमा दिया। बकुल ने पढ़कर देखा, टी.एन.एल.एफ. की लोकल कमिटी ने शाम तीन बजे बुधिया प्राइमरी स्कूल में एक मीटिंग बुलाई है।

बुधिया बैकुंठपुर महकमे में होने पर भी पहाड़ की गोद में बसा है। वहाँ के अधिकतर लोग गैर-बंगाली जाति के हैं। पहाड़ की देखादेखी वहाँ भी टी.एन. एल.एफ. पार्टी तैयार हो चुकी थी। मगर इतने दिनों से जो कुछ होता रहा वो बिल्कुल गुप्त रूप से होता था। प्रचार करके सभा टी.एन.एल.एफ. ने इससे पहले कभी नहीं की थी। पर इन दिनों केंद्रीय गृहमंत्री सहित अन्य वी.आई.पी. लोगों के साथ विधान सुब्बा की बातचीत और सरकारी विमान द्वारा उसे पहुँचा जाना आदि घटनाओं को देखकर मानों ये लोग कुछ अधिक ही उत्साहित हो गए थे। यह मीटिंग उसी का नतीजा है। सिर्फ मीटिंग करने पर, वो क्या कर सकता है? सादे पोशाक में आदमियों को रखकर वे लोग क्या बात कर रहे हैं नोट कर सकता है। उनकी गतिविधियों पर नजर रखा जा सकता है। मगर यह विषय इतना संवेदनशील है कि एस.पी. साहब से बात करना जरूरी है। बकुल ने चांदा साहब को फोन मिलाया। सब सुनकर चांदा साहब ने कहा, "तुम अतिलाल बाड़ी चले आओ। मीटिंग किसी भी हालत में नहीं होनी चाहिए। जो लोग मीटिंग करने आएँगे उन सबको अरेस्ट कर लो। हथियार जो भी मिले उसे सीज कर लेना। जरूरत पड़े तो माखना कैंप से एक प्लाटून सी.आर.पी.एफ. ले जाओ।"

बकुल माखना कैंप में रिक्यूजीशन भेजकर अतिलाल बाड़ी थाने चला गया। थाने से सादे पोशाक में चार एक जनों को खोज खबर लेने के लिए भेजा। तकरीबन डेढ़ घंटे बाद उन्होंने लौटकर बताया–"कह रहे हैं स्कूल के मैदान में एक मीटिंग होगी। मगर बाहर से कोई भी नहीं आएगा। स्थानीय युवा लड़के ही मीटिंग करेंगे। टी.एन.एल.एफ. का फ्लैग उन्होंने जुगाड़ किया है। स्कूल की बेंचों को मैदान में रख रहे हैं।"

बकुल ने ओ.सी. को ऐसे कुछ आदमियों को जुगाड़ करने के लिए कहा जिन्हें उस इलाके की अच्छी जानकारी हो। ओ.सी. प्रद्युत आचार्य ने कहा, "सर मैं भी जानता हूँ और छोटे बाबू भी जानते हैं।"

बकुल ने कहा, "तब फिर आप लोगों के रहने से ही होगा।"

अढ़ाई बजे सी.आर.पी.एफ. की एक प्लाटून पहुँच गई। बकुल ने एक सेक्शन बड़े बाबू को, एक सेक्शन छोटे बाबू को और एक सेक्शन अपने पास रखा। तय हुआ कि तीनों सेक्शन ही मीटिंग शुरू होते ही तीनों ओर से स्कूल के मैदान को घेर लेंगे और चौथी तरफ तो स्कूल की इमारत होगी। किसी भी हालत में हमारे लोग अंधाधुंध गोली नहीं चलाएँगे। एकदम जरूरी नहीं होने पर गोली नहीं चलाएँगे। बकुल

ने इसी बीच एक स्केच मैप बना लिया। उसे दिखाकर तीनों टुकड़ियों को उसने रूट समझा दिया। बड़े बाबू के साथ जो टुकड़ी थी वह लोहागढ़ होकर पीछे की तरफ से जाएगी। उन्हें सबसे अधिक समय लगेगा। उनको तीन बजे रवाना कर दिया गया। तकरीबन दस मिनट बाद छोटे बाबू की टुकड़ी रवाना कर दी गई। यह टुकड़ी चैंगमारी होकर पूर्व की ओर जाएगी। बकुल अपनी टुकड़ी को लेकर पश्चिम की ओर बढ़ने लगा। ऊबड़-खाबड़ रास्ता। बीच-बीच में कीचड़ भी है। जल्दी-जल्दी नहीं चला जा रहा। पौने चार बजे के करीब वे लोग स्कूल के पास पहुँचे, पर बड़े बाबू की टुकड़ी नहीं पहुँच सकी। बकुल ने आर.टी. से बाकी दोनों टुकड़ियों से संपर्क किया। बड़े बाबू की टुकड़ी आने पर सभी को आगे बढ़ने के लिए कहा।

तब तक मीटिंग शुरू हो चुकी थी। एक वक्ता खड़ा होकर भाषण दे रहा था—"हामिहरु लोकल गवर्नमेंट मागदई ना, हील काउन्सिल मागदई ना, हामिहरु ट्राइबल लैंड मागहू, हामिहरु...।" बकुल और उसके आदमियों ने तीनों ओर से आकर मीटिंग को घेर लिया। पुलिस को देखकर किसी ने भागना चाहा, तो कोई बैठा ही रहा। भाषण चलता रहा। पुलिस ने सभी को अरेस्ट कर गाड़ी में डाल दिया। दो-एक जन छूटकर भाग गए। अंत में भाषण देनेवाले को भी पुलिस ने पकड़ लिया।

कुल पच्चीस लोग पकड़े गए। उनके पास से चार धनुष, पंद्रह-एक तीर और कुल बीस-एक कुकरी बरामद की गई। बकुल ने बड़े बाबू को तो सब सीज करने के लिए कहा। सभी लोगों को लेकर वे लोग अतिलाल बाड़ी थाने के लिए रवाना हुए। रास्ते में उस भाषण देने वाले आदमी ने, जिसने अपना परिचय स्थानीय प्राइमरी स्कूल टीचर के रूप में दिया था, बकुल से विनयपूर्वक पूछा, "सर, आपने हमें अरेस्ट क्यों किया? हम लोग तो शांतिपूर्ण तरीके से मीटिंग कर रहे थे। यह तो कोई अन्याय नहीं है। यह अधिकार तो हम लोगों को संविधान में दिया गया है।" बकुल काफी असमंजस में पड़ गया। फिर भी उसने कहा, "संविधान में बिना अस्त्र-शस्त्र के मीटिंग करने का अधिकार दिया गया है। पर आप लोग तीर-धनुष, कुकरी इत्यादि आपत्तिजनक अस्त्रों के साथ मीटिंग कर रहे हैं।"

"सर, इस तरह के अस्त्रों के साथ तो कलकत्ते के मैदान में भी मीटिंग होती है। आप लोग उन्हें तो नहीं पकड़ते?"

बकुल ने इन सब बातों को न सुनने का नाटक किया। जिन बातों का कोई जवाब न हो उन बातों को न सुनना ही बुद्धिमानी का काम है। वह आदमी शायद बकुल की कमजोरी को समझ गया। वो फिर बोला, "यही तो, बैकुंठपुर में भी लाल पार्टी के लोगों ने भी तो लाठी-सोटा लेकर मीटिंग किया था। उसमें पास के गाँव से तीर-धनुष भी गए थे। तब तो आप लोगों ने एक जन को भी नहीं पकड़ा।"

बकुल के दिमाग में इस बार एक प्वाइंट आया। उसने उल्टा प्रश्न किया–"उन्होंने मीटिंग करने के लिए परमिशन लिया था। आप लोगों ने क्या परमिशन लिया है? आप कह रहे हैं, आप उस स्कूल के शिक्षक हैं। वो तो सरकारी जगह है। सरकारी जगह पर मीटिंग करिएगा और परमिशन नहीं लीजिएगा?" इस बार उस आदमी ने और कुछ भी नहीं कहा।

गाड़ी थाने में आ पहुँची। पकड़े गए लोगों को थाने में उतारकर बकुल ऑफिस रवाना हुआ। ऑफिस लौटते ही उसने चांदा साहब को फोन किया। सब सुनकर उन्होंने पूछा, "क्या-क्या अस्त्र-शस्त्र मिले?"

"सर चार धनुष, पंद्रह तीर और बीस कुकरी मिली है।"

"और बंदूक-बम-पिस्तौल-पाइपगन ये सब?"

"वह सब कुछ नहीं मिले सर।"

"अच्छा उन तीर-धनुषों की संख्या जरा बढ़ा दो और कहो कि उनके पास से तीस बम, पाँच पाइपगन एवं दो बंदूकें बरामद हुई हैं।"

"पर सच कहें तो वो सब तो मिला ही नहीं सर।"

"यह तो मैं भी जानता हूँ पर तुम जब बोल रहे हो तो तब बरामद हुआ है।"

"पर केस में वो सब लिखने पर तो कोर्ट में प्रोड्यूस भी करना पड़ेगा, सर।"

"इसके लिए तुम्हें नहीं सोचना होगा। मैं ओ.सी. से कह दे रहा हूँ। वो व्यवस्था कर देगा। तुम सिर्फ संवाददाताओं को अगर पूछें तो कहना।"

"मैं सर...।"

"अच्छा, तुम्हें नहीं कहना पड़ेगा, मैं ही कहूँगा। मगर तुमसे कुछ पूछें तो उल्टा-सीधा मत बोलना।"

चांदा साहब ने फोन रख दिया।

बकुल भी फोन रखकर सोचने लगा, यह झूठा प्रचार क्यों? यहाँ की समस्याओं को बड़ा करके दिखाया जा रहा है या फिर इस समस्या के समाधान में सफल होने की क्रेडिट लेने की कोशिश की जा रही है? जो भी हो मगर इस तरह तो दूसरे लोग इस समस्या का मूल रूप नहीं देख पा रहे हैं। इस प्रकार की झूठी खबर सुनकर भ्रमित हो रहे हैं या फिर दूसरे लोग ऐसा ही चाहते हैं? उनके चाहने से ही वो ऐसा क्यों करे? वो भी तो एक इंसान है। वो अनुचित काम करके झूठ बोलकर अमानुष क्यों बनने जाए?

बकुल ये सब बातें जब सोच रहा था तब प्रायः पत्रकारों का समूह दलबद्ध होकर कमरे में घुसा। घुसते ही दिव्येंदु साहा ने पूछा, "सुना है बुधिया में टी.एन. एल.एफ. के विरुद्ध एक बड़ा ऑपरेशन हुआ है। कितने लोग अरेस्ट हुए हैं बताइएगा?"

बगल से विप्लव सरकार ने पूछा, "अस्त्र-शस्त्र कितने बरामद हुए हैं, यह भी जरा बताइएगा।"

बकुल ने कहा, "तय हुआ है, इस बारे में जो भी बोलना होगा चांदा साहब ही बोलेंगे।"

पी.टी.आई. के संवाददाता ने कहा, "चांदा साहब ने तो कहा ही है। हम लोग आपसे सुनना चाहते हैं।"

बकुल ने कहा, "हमारे सर्विस में जूनियर अफसर के कुछ कहने पर सीनियर अफसर राय दे सकते हैं, पर सीनियर अफसर कुछ कहें तो जूनियर लोग उस पर अपनी राय नहीं दे सकते।"

विप्लव सरकार ने कहा, "पर आपरेशन तो आपके नेतृत्व में हुआ है। राय नहीं हम आपकी बात भी सुनना चाहते हैं।"

बकुल ने जवाब दिया, "चांदा साहब ने जो भी कहा है वो सब तो मुझसे सुनकर ही कहा है। इसके बाद मेरे कुछ कहने के लिए नहीं बचता है।"

दिव्येंदु साहा ने कहा, "ठीक है, आफ दी रिकार्ड।"

बकुल ने कहा, "देखिए एस.पी. ने खुद कहा तो वो आन रिकार्ड है, ऑफ दी रिकार्ड कुछ भी कहने के लिए मेरे पास कुछ भी नहीं है। मुझसे अब और अनुरोध मत करिए।"

कहा जाए तो एक प्रकार से संवाददाता सभी बकुल के ऊपर गुस्सा करके एक के बाद एक चले गए। रह गए सिर्फ मानव राय। सबके चले जाने के बाद उन्होंने पूछा, "क्या बात है बताइए तो। आप तो संवाददाताओं के साथ ऐसा व्यवहार नहीं करते हैं।"

"क्या करूँ बताइए? कोई उपाय भी तो नहीं है।"

"खबर के लिए नहीं, पर क्या हुआ मुझसे कह सकते हैं।"

"कह सकता हूँ, पर वो बात थर्ड पर्सन न हो तो।"

"कहिए, मैं किसी से भी नहीं कहूँगा।"

"यह बात सच है कि वे लोग एक मीटिंग कर रहे थे। मीटिंग में ट्राइबललैंड की माँग भी उठाई गई थी, पर उन लोगों ने ऐसा कुछ भी नहीं किया जिससे उन्हें अरेस्ट करना पड़े। फिर भी उन्हें अरेस्ट किया गया। ऐसा ही निर्देश था।"

"कितने अरेस्ट हुए?"

"पच्चीस लोग। उनके पास से चार धनुष, पंद्रह तीर और बीस कुकरी बरामद हुए। पर चांदा साहब ने कहा, तीर, धनुष को थोड़ा बढ़ा दो और बोलना, उनके पास से तीस बम, पाँच पाइपगन और दो बंदूकें बरामद हुई हैं।"

"हूँ।" मानव बाबू चुपचाप बैठे रहे। थोड़ी देर बाद उन्होंने धीरे-धीरे कहा, "तब फिर हम लोग जो सब बड़ी-बड़ी खबर छापते हैं, वो भी क्या इसी तरह घर

बैठे मैन्युफैक्चर की जाती हैं?"

"यह मैं नहीं कह सकता।"

"आप अब कैसे बोलिएगा? क्या करिएगा, इन सब लोगों के साथ जब आप नौकरी कर रहे हैं तो कुछ मान कर ही चलना पड़ेगा। फिर ये लोग ही आपका ए.सी.आर. लिखेंगे और उस पर ही आपका भविष्य निर्भर करेगा।"

मानव बाबू उठ खड़े हुए। बकुल ने कहा, "खड़े क्यों हो गए?"

मानव बाबू ने जवाब दिया, "क्या करूँ? आपको तो मैं सांत्वना नहीं दे सकता।" वे चले गए। बकुल ने ऊपर जाकर अपनी वर्दी उतारी। हाथ-मुँह धोकर अपना रेडियो खोल दिया।

आकाशवाणी के स्थानीय संवाद में बुधिया के संबंध में कहा गया कि "आज शाम पुलिस ने अतिलाल बाड़ी थाने के बुधिया अंचल में अभियान चलाकर कुछ अस्त्र-शस्त्रों सहित पच्चीस टी.एन.एल.एफ. उग्रपंथियों को गिरफ्तार किया है।" बकुल समझ गया, उससे बात करने के बाद मानव बाबू ने काफी सतर्क भाषा में अपनी खबर भेजी है। चांदा साहब यह नहीं कह पाएँगे कि उन्होंने जो कहा वो समाचार नहीं बना है और खबर में ऐसा कुछ भी नहीं है जिसमें बकुल को आपत्ति हो सकती है।

पर अगले दिन सुबह स्थानीय दैनिक में बड़ी-बड़ी हेड लाइनों में इस कहानी को छापा गया। किस तरह बकुल के नेतृत्व में पुलिस वाहिनी ने सशस्त्र टी.एन. एल.एफ. उग्रपंथियों को अरेस्ट किया और उनके पास से काफी मात्रा में तीर-धनुष, कुकरी के अलावा तीस बम, पाँच पाइपगन और दो बंदूकें बरामद की गईं। यह बात सविस्तार छापी गई। कलकत्ते के अखबारों में भी ऐसी ही खबर छपी। बकुल सोचने लगा, देश के अन्य हिस्सों के लोग तो कुछ भी नहीं जानते। वे लोग सोच रहे होंगे, जो छापा गया है वही सत्य है। मगर जो लोग अरेस्ट हुए, वे लोग और उस गाँव के लोग क्या सोच रहे होंगे? वे लोग तो जानते थे कि हकीकत में क्या घटना घटी थी। वे लोग जरूर उसे झूठा-बदमाश-ठग समझ रहे होंगे।

बकुल का मन खराब हो गया। ऑफिस के वे काम जिसे न करने से नहीं चलता वो सब जल्दी-जल्दी खत्म करके उसने सोचा, एक बार फूल से मिलने जाए। पर जाएगा कैसे? गाड़ी लेकर जाने से ड्राइवर, सिक्यूरिटी रहेंगे। लड़कियों के कॉलेज में उनको लेकर जाने में शर्म आती है और बस से जाने पर दुर्घटना की संभावना है। झमेले का यही अंत नहीं है, होस्टल में जाकर फूल को बुलाना भी एक झमेला ही है। नाम बदलकर बुलाने पर फूल समझ नहीं पाएगी और सही नाम बोलने पर सब लोग जान जाएँगे। यह सब सोच-सोचकर जब कुछ भी तय नहीं कर पाया तब अचानक ही उसने तय किया, वो बस से ही जाएगा। देखा जाएगा जो होगा। बकुल ने रीडर बाबू से कहा, "मैं जरा निकल रहा हूँ, डी.एस.पी. साहब को थोड़ा

ऑफिस में रहने को बोलिएगा।''

बकुल को ऑफिस से निकलता देख पासवान भी निकल आया—''सर मैं आऊँ तो?'' ''नहीं आपको नहीं आना पड़ेगा। मैं अभी ही लौट आऊँगा।'' बकुल की बात पासवान को पसंद नहीं आई। कब कहाँ किस ओर से खतरा आ जाए, नहीं कहा जा सकता है? इसलिए पासवान हर समय साहब के पास-पास ही रहता। वो ऑफिस में लौट आया। बकुल चलते-चलते मेडिकल कॉलेज की बस में चढ़ गया।

बस में अगल-बगल के लोगों ने इतना ध्यान नहीं दिया। पर भाड़ा लेते वक्त कंडक्टर पहचान गया—''सर, आप?'' बकुल ने इशारे से उसे चुप रहने के लिए कहा और कहा—''काम है।'' किंतु यह बात आस-पास के लोगों की आँखों से छुप न सकी। वे लोग बकुल की ओर ताकने लगे। खुसर-फुसर की एक लहर सी उठी। बकुल को सुनाई पड़ा, कोई कह रहा था—जरूर किसी रेड पर जा रहे हैं। तो कोई कह रहा है—चल, देखते हैं क्या होता है। बकुल को चिढ़ होने लगी। उसे लगा, इससे तो गाड़ी में आना ही अच्छा था।

बस आकर मेडिकल कॉलेज के स्टाप पर रुकी। बकुल ऑफिस के सामने से सबकी नजरें चुराकर होस्टल की ओर चला गया पर नीचे कोई दिखाई नहीं पड़ा। फूल का कमरा दूसरे तल्ले पर है। ठीक उसी समय एक मझोले उम्र की साँवली सी लड़की बाहर आई। बकुल ने उससे कहा, ''दूसरे तल्ले पर फूलझड़ी सान्याल रहती है, उसे जरा बुला देंगी?''

लड़की ने बकुल के चेहरे की ओर एक बार देखा और उसके बाद पूछा, ''कौन बुला रहा है, कहूँ?'' बकुल हड़बड़ाकर कह उठा—''बैकुंठपुर से बकुल आया है, कहने से ही होगा।'' लड़की होठ दबाकर इस तरह हँसी जैसे कि वो समझाना चाहती हो, और कहना नहीं पड़ेगा, समझ गई।

लड़की ऊपर चली गई। कुछ ही सेकेंड के अंदर सलवार कमीज पहने फूल उतर आई—''क्या बात है आप अचानक?''

''बस चला आया।''

''गाड़ी कहाँ है?''

''गाड़ी नहीं लाया।''

''तब फिर?''

''बस से आया हूँ।''

''क्यों?''

''गाड़ी लाने पर ड्राइवर और सिक्यूरिटी रहते हैं इस तरफ आने में शर्म आती है। उस दिन भी आकर लौट गया।''

''ऐसा क्यों?'' फूल मीठी-मीठी मुस्कान बिखेरने लगी। उसके बाद अचानक

गंभीर होकर बोली, "पर ये जो काम करते फिरते रहते हो, उसमें अकेले निकलने में डर नहीं लगता?"

"हाँ डर तो लगता है। कम से कम सावधानी पालन करना उचित है, यह मानता हूँ। पर क्या करूँ? तुमसे भी मिलने की इच्छा होती है।"

"ये इच्छा कब होती है? सारा दिन तो ये सब करते फिरते रहते हो। आज फिर अखबार में देखा, बुधिया में बम-बंदूक-पाइपगन समेत टी.एन.एल.एफ. उग्रपंथियों को पकड़ा है। वो अगर आपको अकेले में पाएँगे तो क्या छोड़ देंगे?"

"छोड़ेंगे तो नहीं। पर यह खबर पूरी तरह ठीक भी नहीं है। झूठी खबर छपी है। मैं इस बारे में तुमसे दो बातें करना चाहता हूँ।"

"मेरे कमरे में बैठेंगे या बाहर जाएँगे?"

"लड़कियों का होस्टल है तो। मुझे संकोच होता है। बाहर ही ठीक है।"

"तब फिर उस रास्ते की तरफ चलें।'

"उस ओर तो काफी लोग हैं, किसी के सामने पड़ गया तो फिर उसके साथ बक-बक करो।"

"यानी, कोई देख लेगा इसका डर है? लोग क्या सोचेंगे इस बात को लेकर आप इतना क्यों सोचते हैं? हर वक्त–"बाद में लोग अगर कुछ कहें तो?" मुझे बिल्कुल अच्छी नहीं लगतीं ये सब बातें। ठीक है, चलिए होस्टल के पिछवाड़े के तालाब के किनारे बैठेंगे।"

फूल चलने लगी, बकुल भी उसके पीछे-पीछे चलने लगा। तालाब के किनारे एक बेंच थी। फूल जाकर वहाँ बैठ गई। बकुल भी उसके बगल में बैठ गया।

बकुल ने बुधिया की घटना बताकर अपने मन की व्यथा कही। फूल पूरी बात सुनकर बोली, "अब क्या कीजिएगा? ईमानदारी से काम करने पर तो विरोध होगा ही। मगर एक बात है, आपका इस नौकरी में आना उचित नहीं हुआ।"

"फूल तुम भी बोल रही हो?"

"क्यों? इसके पहले भी किसी और ने कहा था क्या?"

"मेरे सभी दोस्त मेरे आई.पी.एस. ज्वाइन करने के विरोधी थे। उनका कहना था कि पुलिस में घुसने के बाद मैं खराब हो जाऊँगा। सिर्फ मेरे एक प्रोफेसर ने कहा था–तब क्या पुलिस में अच्छे लोग नहीं जाएँगे? अच्छे लोगों के नहीं जाने से पुलिस अच्छी कैसे होगी? तुम जैसे लड़कों को ही पुलिस में जाना चाहिए। मैं इसी तर्क पर निर्भर करके अपने सभी दोस्तों को चेलेंज देकर आई.पी.एस. में आया था कि मैं पुलिस की नौकरी करके भी ठीक रहूँगा।"

"किंतु रह कहाँ पा रहे हैं?"

"क्यों?"

"आपने तो स्वयं ही कहा है कि उन लोगों ने ऐसा कोई अन्याय ही नहीं

किया जिसके लिए उन्हें अरेस्ट किया जाए। तो फिर आप अच्छे रहे कहाँ?"

बकुल समझ गया कि फूल जो भी कह रही है उसका कोई उत्तर नहीं है। बकुल को याद आया, फूल अतिलाल छात्र संगठन करती है। टी.एन.एल.एफ. के अलगाववाद को अतिलाल लोग समर्थन न करते हुए भी उनकी अनेक माँगों को वे लोग ठीक मानते हैं। वे लोग पुलिस की दमन नीति के भी विरुद्ध हैं। इस नीति का बकुल भी समर्थन नहीं कर पाता। इसलिए लगा कि फूल ठीक ही कह रही है। उसने करुण स्वर में कहा, "फूल तब मैं खराब होता जा रहा हूँ पर यकीन करो। मैं खराब होना नहीं चाहता।"

"मैं विश्वास करती हूँ, पर मेरे विश्वास करने या न करने से क्या फर्क पड़ता है?"

"मुझे फर्क पड़ता है। बोलो तुम विश्वास करती हो?"

"करती हूँ।"

काफी देर तक दोनों चुपचाप बैठे रहे। किसी के भी मुँह में कोई शब्द नहीं था। बकुल ने मौन तोड़ते हुए कहा, "फूल, बहुत दिनों से तुम्हारा गाना नहीं सुना। एक गाना सुनाओ ना।"

"यहाँ बैठकर गाना? आपका दिमाग तो खराब नहीं हो गया है?"

"दिमाग तो नहीं खराब हुआ सिर्फ मन खराब हुआ है। तुम्हारा गाना सुनने की बहुत इच्छा हो रही है। एक सुनाओ ना।"

"सुनकर क्या होगा?"

"यह मैं नहीं कह सकता। ये जो जीवन का खतरा उठाकर भी इतनी दूर बस से आया। यदि पूछोगी कि क्यों आया? मैं उत्तर नहीं दे पाऊँगा।"

फूल और कुछ नहीं बोली। कुछ देर चुप रहने के बाद उसने एक गाना गुनगुनाना शुरू किया।

"आमि जेने सुने विष कोरेचि पान।
प्रानेरओ आशा छेड़े सौंपेचि प्रान।"
(मैंने सोच समझकर किया है विष पान
प्राणों की आशा छोड़कर भी सौंपी हूँ प्राण)

बकुल ने देखा, फूल अथाह दर्द में डूबकर गा रही है। 'जतई देखि तारे ततई दहि, आपन मने ज्वाला नीरवे सही" (दहकू मैं, जितना भी तुम्हें देखूँ, अपने मन की ज्वाला को चुपचाप सहूँ) इस अंश में तो उसने मानो अपने हृदय की समूची आहुति ही दे डाली हो।

गाना खत्म होने पर बकुल ने कहा, "फूल तुमने भी दुःख का ही गाना सुनाया।"

"क्या करूँ बताइए? दिल में अथाह दुःख लिए सुख का गाना गाने की मानसिक शक्ति मैं अभी तक अर्जित नहीं कर पाई हूँ।"

"तुम्हारे जीवन में भी इतना दुःख है?"

"डॉक्टरी पढ़ने आई थी। यहाँ आकर राजनीति में उलझ गई। घटना चक्र के कारण मुलाकात हुई आपसे। आपकी ईमानदारी, कर्मनिष्ठा और आत्मीय व्यवहार देखकर अच्छा लगा। आप विवाहित हैं यह बात मैं नहीं जानती थी। जब जाना, तब बहुत देर हो चुकी थी। तब भी अपने आप को संयत कर सकती थी, पर मन ने नहीं माना। बहाव में बह गई। आपकी तो पत्नी है, घर-संसार है, न्यायनीति का कवच है पर मेरे पास क्या है? आज मैं जहाँ आकर खड़ी हो चुकी हूँ वहाँ से आगे बढ़ने का कोई रास्ता नहीं है। पीछे लौट जाऊँ, उसका भी उपाय नहीं है। दुःख मेरे जीवन में नहीं होगा तो किसके जीवन में होगा?"

बकुल कोई उत्तर न दे सका। फूल खड़ी हो गई। बकुल उसके साथ-साथ चलने लगा। होस्टल के पास आकर फूल ने हाथ हिलाकर विदाई दी पर मुँह से कुछ भी नहीं कहा। बकुल भी फूल को साथ चलने के लिए न कह सका। असीम दुःख वेदना के बीच फूल विदाई देकर होस्टल में घुस गई। बकुल बस स्टैंड की ओर बढ़ने लगा।

सत्ताईस

मेडिकल कॉलेज से बस मिलते-मिलते बकुल को शाम हो गई। बस से उतरकर उसने एक रिक्शा लिया। रिक्शे से ऑफिस पहुँचते ही पासवान ने आकर कहा, "सर, भूषणगंज के एस.डी.पी.ओ. आए हैं।"

"क्या बात है?"

"सर आपके इंतजार में बैठे हैं।"

बकुल सीधे ऑफिस में गया। उसे देखकर एस.डी.पी.ओ. सावधान मुद्रा में खड़ा हो गया। "सर, मेरा नाम अभय झा। नाइनटीन एट्टीफोर बैच आई.पी.एस.।"

"एस.डी.पी.ओ. भूषणगंज?"

"सर, आप तो जानते हैं।"

"प्लीज सिट डाउन।"

अभय झा ने कहा, "थैंक यू सर।" बकुल ने बेल बजाकर राखाल को बुलाया, "साहब को चाय पिलाए हैं?"

अभय ने उत्तर दिया, "हाँ सर। चाय मैंने पी है।"

"तो फिर बताइए आपके लिए क्या कर सकता हूँ?"

"सर आप तो जानते ही हैं, मेरा जलजलीया थाना नेपाल की सीमा पर है। आपके यहाँ आने के बाद से इस ओर से असुविधा हो रही है, इस कारण सारे स्मग्लर्स इस ओर कांसन्ट्रेट कर रहे हैं। इसलिए मैंने ओ.सी. को बुलाकर उस दिन धमकाया था। डाँट खाकर ओ.सी. ने कुछ स्मग्लरों को माल समेत पकड़ा। पर आर्डर सीट देखिए स्मग्लरों की, गुट बंद होकर ओ.सी. के घर पर पाइपगन से धावा बोल दिया।"

"यह कब की घटना है?"

"सर कल रात की। सौभाग्य से ओ.सी. उस समय घर में नहीं था, पर उन लोगों ने घर के दूसरे लोगों को धमकाया। ओ.सी. की पत्नी के साथ बुरा व्यवहार भी किया। मुझे खबर मिलते ही, मैं फोर्स लेकर गया पर तब तक वे लोग भाग चुके थे। मुझे जो खबर मिली है उसके अनुसार उनमें यहाँ के दो लोग थे। वे लोग अभी भी यहीं हैं।"

"कौन-कौन से दो लोग?"

"सर, भोरा सिंह और बलराम सरकार। उनको अरेस्ट करने के लिए आपकी सहायता चाहिए, सर।"

"नो प्रॉबलम। आप बैठिए।"

बकुल ने पासवान को बुलाया, "भोरा सिंह का घर पहचानते हैं?"

"हाँ सर। प्रधान नगर के मंदिर के पास है।"

"और बलराम सरकार का?"

"मैं नहीं पहचानता सर। उपाध्याय पहचानता है।"

"उपाध्याय है?"

"नहीं सर, वो छुट्टी पर है।"

"और कोई नहीं जानता? जरा वृंदावन को बुलाइएगा।"

पासवान वृंदावन को बुला लाया। वृंदावन ने बताया—"बलराम सरकार का घर सर पास में ही है, कॉलेज मुहल्ले में।"

बकुल ने थाने से एक सेक्शन फोर्स लेकर अभय के साथ रात ग्यारह बजे के करीब बलराम सरकार के घर को घेर लिया। पर घर की तलाशी लेने पर भी बलराम सरकार नहीं मिला। देखा गया कि बगल के मकान की छत के साथ उसके मकान की छत में एक रास्ता है। काफी संभावना थी कि बलराम सरकार छत के ऊपर से भाग निकला हो। बकुल ने इस तरह की संभावना के बारे में पहले से नहीं सोचा था। इस वजह से बलराम पकड़ा नहीं गया।

भोरा सिंह के घर पर जब वे लोग पहुँचे तब बारह बज चुके थे। इस बार उन लोगों ने किसी भी तरह का कोई रिस्क न लेकर मकान को घेर लिया, पर

मुख्य दरवाजे का ग्रिल इस तरह से बंद था कि खुल ही नहीं रहा था। बहुत आवाज देने के बाद भी कोई दरवाजा नहीं खोल रहा था। तब दीवार फाँदकर तीन राइफलधारियों को अंदर घुसाया गया। उन्होंने जाकर दरवाजा खोल दिया। मुख्य दरवाजे पर पहरा लगाकर बकुल और उसके आदमी भीतर घुसे पर पूरे मकान को छानने के बाद भी भोरा सिंह नहीं मिला। किंतु बकुल को लग रहा था कि भोरा सिंह घर पर ही है। वरना दरवाजा खोलने पर इतनी आना-कानी नहीं होती। बकुल संदूक, अलमारी जैसी सब चीजों को खोलकर देखने लगा। एक अलमारी को खोलते वक्त बकुल ने देखा, अलमारी के नीचे के कारपेट पर सलवटें भरी हुई हैं–दूसरी जगहों की तरह तना हुआ नहीं है। बकुल ने अपने आदमियों से कारपेट हटाने के लिए कहा। अलमारी हटाकर कारपेट को उठाते ही एक बड़े आकार की टाली दिखाई पड़ी जिससे मानो किसी गड्ढे को बंद किया गया हो। टाली को हटाने पर एक सीढ़ी दिखलाई पड़ी। सीढ़ी नीचे की ओर उतरती थी। पर भीतर पूरा अँधेरा था।

बकुल को लगा, वहाँ भोरा सिंह छुपा हुआ है। पर अंदर इतना अँधेरा था कि किसी को उतरने के लिए बोलने में भी डर लग रहा था। यदि दम घुटकर मर जाए तो। बकुल ने मिसेज सिंह से पूछताछ करनी शुरू की। मिसेज सिंह ने अंत में स्वीकार किया कि वहाँ उसके पति ही हैं और भीतर दम बंद होने की कोई संभावना ही नहीं है। इसका मतलब है कि नीचे हवा-रोशनी की व्यवस्था है।

फिर भी नीचे उतरने के नाम से ही बदन में सिहरन दौड़ जाती है। बकुल वापस मिसेज सिंह के पास गया–"अपने पति को बाहर निकलने के लिए बोलिए वरना हम लोग पानी डालना शुरू कर देंगे।" मिसेज सिंह ने दरवाजे के पास जाकर आवाज लगाई–"सुनिए जी, पुलिस आई है। ऊपर आ जाओ।" कई बार आवाज लगाने के बाद भीतर बत्तियाँ जल उठीं। भोरा सिंह के ऊपर आते ही उसे अरेस्ट कर लिया गया। इसी बीच ही उसके बिस्तर के नीचे से डेढ़ लाख रुपए मिले। वे रुपए कहाँ से आए इसका कोई भी जवाब वो दे न सका। रुपयों को भी सीज किया गया।

जाने से पहले बकुल के मन में उस चोर घर को देखने की इच्छा हुई। भोरा सिंह और कुछ लोगों को साथ लेकर वो सीढ़ी से नीचे उतरा। नीचे बत्ती जल रही थी। बकुल तो अवाक्। पूरा शीतताप नियंत्रित एक कमरा। कीमती कारपेट के ऊपर मैच किया हुआ सोफा सेट। टी पॉय, टी सेट, एक कोने में एक रंगीन टीवी, टेलीफोन। क्या नहीं था? बकुल ने पूछा, "यह कमरा क्या सिर्फ छुपने के लिए है या और किसी काम में भी प्रयोग किया जाता है?" उसने कोई जवाब नहीं दिया। बकुल उसको लेकर ऑफिस लौटा।

ऑफिस में लाकर उससे पूछताछ की गई। भोरा सिंह ने कहा, "सब गए, अगर मैं नहीं जाता तो धंधा ही नहीं करने देते। इसलिए मुझे भी जाना पड़ा। मगर

मैंने कुछ भी नहीं किया।''

''किसने किया था?''

''मुझे याद नहीं आ रहा। काफी लोग थे।''

''याद आएगा। भूषणगंज चलिए।'' अभय भोरा सिंह को लेकर चला गया।

सुबह बकुल को चांदा साहब का फोन मिला। भोरा सिंह का एक जाति भाई चांदा साहब के ऑफिस में ए.एस.आई. था। बकुल ने जितनी बार भोरा सिंह को पकड़ना चाहा उतनी बार चांदा साहब ने कहा, ''दो दिन इंतजार करो, मैं देख रहा हूँ।'' उनका यह देखना खत्म ही नहीं हुआ और बकुल का भी भोरा सिंह को अरेस्ट करना नहीं हुआ। मगर उसमें भी कुछ काम हुआ। बकुल के धर-पकड़ शुरू करने के बाद भोरा सिंह बैकुंठपुर में अब और प्रत्यक्ष रूप से कुछ नहीं करता। अतिलाल बाड़ी छोड़िबाड़ी की ओर कुछ धंधा चलता है। मगर आज जो कुछ भी अभय से मालूम चला, उससे तो लगा कि उसने जलजलिया में ही ज्यादा जोर दिया था।

चांदा साहब ने पूछा, ''तुमने भोरा सिंह को अरेस्ट किया है?''

''नहीं सर, मैंने नहीं। एस.डी.पी.ओ. भूषणगंज आया था। वे लोग ही अरेस्ट करके ले गए हैं।''

''केस क्या है?''

''हथियार लेकर ओ.सी. के घर पर धावा बोला था, सर।''

''पर वो तो कहता है कि उसने सब छोड़ दिया है?''

''मैंने तो बार-बार कहा था सर उसने नहीं छोड़ा। पकड़े जाने के बाद स्वीकार भी किया है। मगर यह सच है कि बैकुंठपुर में वो अब झमेला नहीं करता है।''

''जो झमेला नहीं करते उनको तो तुम जेल में ठूँस रहे हो और जो लोग हमेशा ही झमेला करते हैं उनको कुछ भी नहीं बोल रहे।''

''आप किसकी बात कर रहे हैं, सर? आर्डर दीजिए।''

''क्यों बबुआ को तो तुम पकड़ नहीं रहे?''

''सर, मैं तो पकड़ना ही चाहता था पर आप ही ने कहा था—पार्टी के साथ बात करेंगे।''

''मेरी बात हो चुकी है। कोई असुविधा नहीं है।''

''तब वो अरेस्ट हो जाएगा, सर।''

बकुल ने चांदा साहब को कह तो दिया कि अरेस्ट कर लेगा, पर वो काफी अच्छी तरह से जानता है कि बबुआ को अरेस्ट करना कितना मुश्किल है। पिछले तीन महीनों से वो बबुआ को अरेस्ट करने की कोशिश कर रहा है पर अरेस्ट नहीं कर पा रहा है। बबुआ को उसने एक बार अपनी आँखों से देखा था उस विधान सभा के चुनाव के समय। लाइन के पास से उसको हटा दिया था, पर उस समय

भी उसको उसका पूरा परिचय नहीं मिला था।

बबुआ का पूरा नाम बबुआ प्रसाद सिंह। घर बिहार के आरा जिले में है, मगर जंक्शन के पास कुलीपाड़ा में भी उसका एक डेरा था। रेल के ठेकेदार के साथ आया था और स्थायी रूप से यहीं रह गया।

जंक्शन इलाके का वो अब एकछत्र राजा है। उसकी एक विशाल वाहिनी है। उस गुंडा वाहिनी का वो सरदार या दादा है। दादा का फरमान उस इलाके में मुगल बादशाह के फरमान से कहीं ज्यादा प्रभावशाली है। उस अंचल में रहने के लिए सिर्फ देवता या ब्राह्मणों में भक्ति रखने से नहीं चलता है—दादा में भी भक्ति रखनी पड़ती है। भक्ति स्वरूप दादा को कुछ दक्षिणा भी देनी पड़ती है।

पान वाले से लेकर अट्टालिकाओं के मालिक तक, इस एरिया के सभी लोगों को दादा को महीने-महीने हफ्ता देना पड़ता है। कोई अगर काम करने आए तो उसको मोटी रकम चंदे के तौर पर देनी पड़ती है। कोई अगर नया मकान खरीदता है या बनाता है तो उसको डोनेशन देना पड़ता है। कोई अगर उस रूट पर बस चलाना चाहे तो दादा को सिर्फ भेंट देने से नहीं चलता, दादा के लड़कों को नौकरी भी देनी पड़ती है। किसी के घर की बहू-नौकरानी अगर दादा की नजरों में चढ़ जाए तो, उसको उन लोगों को सहन करना ही पड़ता है क्योंकि प्रतिवाद करने से कोई फायदा नहीं। अगर कोई ऐसा दुस्साहस दिखाता तो दादा के शिष्य लोग उसे उठा कर ले जाते। उसके बाद तो उसकी लाश तक नहीं मिलती।

जंक्शन स्टेशन तो मानो दादा की ही बपौती है। वहाँ दादा के चेलों को ही सिर्फ कुलीगिरी करने को मिलती है। वे जब चाहें रेल का माल-यंत्रादि हटाएँ। कोई कुछ नहीं कह सकता। यात्री भी उनसे बच नहीं सकते। किसी के पास एक कीमती कैमरा हो, दादा के लोग उसी की आँख के सामने लेकर गायब हो जाते। पुलिस के पास जाकर भी कोई फायदा नहीं होता, क्योंकि उसमें तकलीफ और बढ़ जाती है। दादा के लोगों को पुलिस छूने से भी डरती है।

जब नीली पार्टी सत्ता में थी तब दादा अपने चेले-चामुंडों को लेकर नीली पार्टी में था। जैसे ही लाल पार्टी सत्ता में आई दादा रातोंरात अपने दल-बल को लेकर लाल हो गया। अभी वो लाल पार्टी में ऊँचे कद का नेता है। अगले चुनाव में वो प्रार्थी के रूप में खड़ा होगा। पुलिस उसके लोगों को पकड़े तो भी किस साहस से? इसलिए कोई भी उसके विरुद्ध पुलिस के पास नहीं जाता। उसके विरुद्ध तीन मर्डर केस और पाँच रायोटिंग के केस पेंडिंग थे। मर्डर केस में भी पुलिस ने उसको नहीं पकड़ा। इन सब कारणों के बाद भी लोग अगर पुलिस के पास जाएँ भी तो किस भरोसे से।

फिर भी बबुआ के खिलाफ बकुल के पास रिपोर्ट आई। एक सज्जन रात साढ़े दस बजे जंक्शन स्टेशन पर उतरे। उनके साथ थी कॉलेज में पढ़ी उनकी सुंदरी

लड़की। बबुआ के लोगों की नजर उस पर पड़ी। उनमें से दो ने जाकर उस सज्जन को दबोच लिया और दूसरे लोग लड़की को उठाकर ले गए। छूटने के बाद सज्जन के चिल्लाने पर लोग इकट्ठा हो गए। उन्होंने धीमे स्वर में कहा, ''बबुआ के आदमी ले गए हैं। कुछ ही देर में आपको आपकी लड़की वापस मिल जाएगी। पर पुलिस के पास जाने पर वापस नहीं मिलेगी।'' वे सज्जन अपनी लड़की खोना नहीं चाहते थे। इसलिए पुलिस के पास न जाकर वहीं पर इंतजार करने लगे। तकरीबन दो घंटे बाद उनकी लड़की वापस आई पर इसी बीच जो होना था सो हो गया। लड़की लँगड़ा-लँगड़ाकर चल रही थी, उसकी साड़ी-साया-ब्लाउज सब फटे हुए थे। बाल बिखरे हुए, होठ-गले-गाल पर दाँत के निशान, आँखें बुझी सी थीं। लड़की की हालत देख कर वो सज्जन पागल की तरह हो गए। गंभीर वेदना के साथ न्याय की आशा में वे बकुल के पास हाजिर हुए। बकुल ने लड़की का डॉक्टरी मुआयना करवाकर फार्मल एफ.आई.आर. करने के लिए अनुरोध किया। सज्जन तैयार नहीं हुए। उन्होंने कहा, ''मेरा जो सर्वनाश होना था वो तो हो गया। अपराधियों को सजा तो मिलेगी नहीं। इसके अलावा इस बारे में कोर्ट कचहरी करने पर मेरी लड़की की और भी ज्यादा बदनामी होगी। आपका काफी नाम सुना था इसलिए आया। आप अगर अपने से कुछ कर सकें तो कीजिए।''

बकुल उस सज्जन की मानसिक अवस्था देखकर उन्हें और कुछ नहीं कह सका। सज्जन और उनकी लड़की को उसी रात घर पहुँचाकर वो सोच रहा था, क्या किया जाए। लड़की की हालत देखने के बाद से उसका विवेक उसकी चेतना को झकझोर रहा था। खून खौल रहा था। कुछ न कर पाने तक उसको शांति नहीं मिलनी थी। एक बबुआ को छोड़कर अन्य अपराधियों को वो पहचानता भी नहीं था। पकड़ना होगा तो बबुआ को ही पकड़ना होगा।

मगर बबुआ सत्ताधारी पार्टी की छत्रछाया में था। बिना किसी अभियोग के उसे पकड़ने का प्रश्न ही नहीं उठता। निर्दिष्ट अभियोग रहने पर भी पकड़ने में झमेला था। फिर भी यह रिस्क बकुल ले सकता था।

बकुल सुबह से ही थाने में जाकर बबुआ के विरुद्ध केसों की स्थिति देखने लगा। उसने देखा, एक मर्डर केस और तीन रायोटिंग केस फाइनल हो गया है। अभियोग प्रमाणित नहीं हुआ है। एक मर्डर केस की जाँच पड़ताल प्रायः अंतिम चरण पर है। बाकी एक मर्डर केस और दो रायोटिंग केस बिल्कुल प्राथमिक स्तर पर ही पड़े हैं। वैसे भी उसे अरेस्ट नहीं किया गया था। बकुल ने आई.ओ. और अन्य लोगों को लेकर अगले दिन ही रेड किया पर बबुआ नहीं मिला। बबुआ तो नहीं मिला पर चांदा साहब के पास खबर पहुँच गई। चांदा साहब ने बकुल को टेलीफोन करके कहा, ''मैं पार्टी के लोगों से जरा बात कर लूँ। तुम कुछ दिन इंतजार करो।'' मगर बकुल इंतजार करने के लिए बैठा नहीं रहा। गुप्त रूप से

खोज-खबर लगाए जा रहा था। अरेस्ट करने की कोशिश भी कर रहा था, पर पार्टी के साथ उनकी बातचीत का क्या फल निकला, चांदा साहब ने नहीं बताया। आज जाकर उन्होंने बताया–"असुविधा नहीं है।" इससे बकुल को सुविधा ही हुई।

बकुल जब बबुआ को पकड़ने की कोशिश कर रहा था तब वो यहाँ से भाग गया। बकुल ने उसके गाँव आरा में भी आदमियों को भेजा पर बबुआ वहाँ भी नहीं था। तीन महीने हुए इसी तरह भागते हुए अब कुछ दिन हुए बबुआ बैकुंठपुर लौटा। मगर वो काफी सतर्कता से रहता था। बाहर तो एकदम नहीं निकल रहा है।

बबुआ के बैकुंठपुर लौटने की खबर बकुल को मिल चुकी थी। यह बात बबुआ न जान सके इसके लिए बकुल ने उल्टा प्रचार शुरू कर दिया। बबुआ से संबंधित ऐसे किसी आदमी से मिलने पर वो बबुआ की बात उठाकर कहता–"ये बबुआ तो ऐसा भागा कि वापस लौट कर ही नहीं आया।" वे लोग बहुत मजे से बबुआ के पास जाकर बताते–"जानते हो, बकुल विश्वास जानता ही नहीं कि तू वापस लौट आया है।" बबुआ का सीना गर्व से फूल उठता, जानेगा कैसे? वो क्या कम सावधानी से रह रहा है? वो और भी सावधानी से चलने लगा, मगर अपना काम भी शुरू कर दिया।

इस ओर बकुल ने उसके पीछे हर समय अपना आदमी लगाकर रख दिया। उन लोगों के पास से जो खबर मिली उसके मुताबिक वो दिन या रात में कभी भी एक जगह नहीं रहता। आज यहाँ तो कल वहाँ, प्लान प्रोग्राम करके उसे पकड़ने की कोई सुविधा नहीं है। उस दिन उसके इनफार्मर ने रात साढ़े ग्यारह बजे खबर दी कि बबुआ मधुछंदा ब्रिज के पास एक मकान में है। बकुल ने कुछ लोगों को लेकर आधी रात में उस मकान को घेर लिया। पर सर्च करके देखा गया, बबुआ नहीं है। वो बबुआ को पकड़ने के लिए आया था यह खबर फैल न जाए इसलिए उसने झूठमूठ बहुत देर तक हिरोइन खोजी। अंत में न मिलने पर उस मकान के मालिक को होशियार किया–"आपका भाग्य अच्छा है कि हिरोइन नहीं मिली। पर सावधान मेरे पास खबर आ रही है कि आपके घर में हिरोइन आ रही है।" मकान मालिक ने कोई जवाब नहीं दिया। बकुल अपने आदमियों को लेकर लौट गया।

बबुआ की गतिविधियों की खबर आने लगी। बकुल ने देखा उसकी सुबह-सुबह की दो बातें मोटा-मोटी तय थीं। वो सुबह उठकर सीधे श्मशान काली मंदिर में पूजा करने जाता है। उसके बाद मुँह-हाथ धोकर मोड़ की दुकान पर चाय पीने जाता है। उसके बाद अलग-अलग दिन अलग-अलग जगह चला जाता है। कब कहाँ जाता है उसकी कोई तय सूची नहीं है। बकुल ने तय किया कि वो बबुआ को सुबह के वक्त ही पकड़ेगा।

बकुल के पास खबर थी, बबुआ सुबह सात से सवा सात बजे के अंदर चाय की दुकान में बैठता है। बकुल ने तय किया, वो इस तरह प्रोग्राम बनाएगा जिससे सात बजे तक चाय की दुकान पर पहुँच सके।

बकुल ने खुद कुर्त्ता-पायजामा पहन लिया। जरूरत पड़ने पर दौड़ सके इसलिए पायजामे के ऊपर उसने केट्स पहन लिया। कमर में बेल्ट बाँधकर पिस्तौल ले लिया। कुर्त्ते की यही एक सुविधा है कि पिस्तौल को पूरा छुपा लिया जा सकता है। उसने पासवान, वरुण और उपाध्याय को भी सादा पोशाक पहना दिया और साथ में आर्म्स लेने के लिए भी कह दिया। थाने से एक सेक्शन फोर्स सहित गाड़ी मँगवा ली।

सुबह छह बजे बकुल सबको लेकर गाड़ी में बैठ गया और ड्राइवर से कहा–"मधुछंदा ब्रिज के ऊपर से न जाकर सेवक रोड होकर मालुगाड़ा से गुरुंग बस्ती में घुसिए। गुरुंग बस्ती से मेन रोड पर आकर कुलिपाड़ा जाने के रास्तों के मुँह पर जो गैरेज है वहाँ गाड़ी घुसाकर इंजन का ढक्कन खोल दीजिए।"

गाड़ी जब गैरेज में घुसी तब सात बजने में दस मिनट बाकी थे। ड्राइवर इंजन का ढक्कन खोलकर मिस्त्री को खोजने लगा। बकुल ने पासवान, वरुण और उपाध्याय को लेकर रिक्शा स्टैंड जाकर दो रिक्शा भाड़े पर लिया। उस सामने के मुहल्ले में जाएँगे और वापस आएँगे। तीन रुपए के हिसाब से छह रुपया भाड़ा तय हुआ। बकुल और पासवान एक रिक्शे में बैठे और दूसरे रिक्शे में बैठे वरुण और उपाध्याय। दोनों रिक्शे चल पड़े। पाँच मिनट के अंदर ही रिक्शा मोड़ पर पहुँच गया। बकुल ने देखा, बबुआ दुकान की बेंच पर बैठकर चाय पी रहा है। बकुल और उसके आदमियों ने रिक्शे से उतरकर बबुआ के कुछ समझने के पहले ही उसे दबोच लिया। तय किए गए प्लान के मुताबिक वरुण और पासवान दोनों ने उसके दोनों हाथों को पकड़ा, उपाध्याय ने उसकी कमर को पकड़ लिया और बकुल ने उसके बालों को। बकुल ने पिस्तौल निकालकर उसकी गर्दन पर सटाकर कहा–"बदमाशी करने की कोशिश की तो गोली मार दूँगा।"

बबुआ को उठाकर वे लोग चलने लगे। तब तक दोनों रिक्शा वाले जान छुड़ाकर भागने लगे। चाय की दुकान वाला तारकेश्वर चिल्लाने लगा–"अरे बाप रे बबुआ दादा को गुंडे लोग उठाकर ले गए रे।" उपाध्याय ने दौड़ के जाकर एक रिक्शे को पकड़ा। उसमें बबुआ को लेकर बकुल बैठा। वरुण और पासवान दोनों हाथों को पकड़कर अगल-बगल चलने लगे। उपाध्याय उनके आगे-आगे। बबुआ के चेले-चामुंडों के कुछ समझने के पहले ही वे लोग गाड़ी तक पहुँच गए। बकुल जल्दी से बबुआ को लेकर थाने पहुँचा।

बबुआ को पकड़ने के लिए शहर के लोग बकुल की प्रशंसा करने लगे। अभिनंदन के लिए फोन आने लगे। दूसरी तरह की प्रतिक्रियाएँ भी शुरू हो गईं।

लाल श्रमिक संगठन ने अरेस्ट के प्रतिवाद में शहर के मुख्य सड़क पर जुलूस निकाला। एम.एल.ए. गौर कुंडू बी.राय को साथ लेकर बकुल के ऑफिस में चले आए–"आपने उसे अरेस्ट क्यों किया? यह बात ठीक है कि नीली पार्टी में जब वो था तब खराब था। हमारी पार्टी में आकर अच्छा हो गया है।"

बकुल ने नम्रतापूर्वक कहा, "किंतु उसके नाम में तीन मर्डर और पाँच रायोटिंग केस हैं।"

"वे सब तो फॉल्स केस हैं।"

"कुछ एक केसों का एफ.आई.आर. तो आपके लोगों ने भी किया है।"

"हमने तो कहा है, सब सल्टा लेंगे।" बी. राय बगल से बोल पड़े–"और वो तो था ही नहीं यहाँ पर, आपके डर से भाग गया था। कुछ दिन हुए आया है।"

बकुल ने बी. राय की ओर मुँह घुमाकर उत्तर दिया, "पर भागा क्यों था जानते हैं? गैंग रेप किया था।"

"बबुआ ने किया था? किसी ने देखा है?" एम.एल.ए. ने पूछा।

बकुल ने जवाब दिया, "बबुआ को नहीं देखा, पर यह देखा है कि उसके आदमी उठाकर ले गए हैं।"

"हो सकता है पर जंक्शन स्टेशन पर ऐसा काम करने का साहस और किसी में नहीं है। सबसे बड़ी बात तो यह है कि सब जानते हैं कि बबुआ के नाम पर ऐसा झूठा दोषारोप करने वाले की गर्दन धड़ पर नहीं रहेगी।"

बी. राय ने इस बार समझौते की बात कही–"जो भी हो मगर वो हमारी पार्टी में है। उसके बेल का इंतजाम तो करना ही पड़ेगा।"

एम.एल.ए. ने संशोधन करते हुए कहा, "वो पार्टी में नहीं लेबर फ्रंट में है।"

बकुल ने कहा, "देखिए यह मर्डर केस है। कोर्ट के बगैर तो बेल होगी ही नहीं।"

एम.एल.ए. गौर कुंडू खीज गए–"आप हमें कानून समझा रहे हैं?"

बकुल ने नम्रतापूर्वक जवाब दिया, "कानून समझाने का तो प्रश्न ही नहीं उठता। ये तो आप लोग सब जानते हैं। इसके अलावा चांदा साहब ने तो आप लोगों से बात कर ही ली थी। उसके बाद भी आप लोग गुस्सा क्यों कर रहे हैं?"

"चांदा साहब? नहीं इस बारे में हमारी उनसे कोई बात ही नहीं हुई।"

बकुल स्तंभित हो गया। चांदा साहब ने बात नहीं की? उसने खुद को संयत करते हुए कहा, "तब हो सकता है कि किसी और के साथ बात हुई हो। मुझसे तो उन्होंने खुद ही कहा था।"

"नहीं किसी के साथ भी उन्होंने बात नहीं की। तो क्या आप बेल नहीं देंगे?"

“दरअसल कानूनन मेरे पास ऐसी कोई क्षमता नहीं है।”

“ठीक है।” एम.एल.ए. गौर कुंडू उठ खड़े हुए। उनके साथ ही साथ बी. राय भी निकल गए।

बबुआ कोर्ट में भेजा गया। कोर्ट ने उसे दो हफ्ते के लिए पुलिस हिरासत में रखने की सलाह दी। इससे लाल पार्टी के लोग और भी क्षुब्ध हो गए। शाम को अशोक आचार्य ने फोन किया–“थाने में बबुआ को काफी मारा-पीटा जा रहा है? किसी से मिलने तक नहीं दिया जा रहा है।”

“मारने-पीटने का तो सवाल ही नहीं उठता और किसी को मिलने नहीं दिया जा रहा है, यह तो हो ही नहीं सकता।”

“नहीं, सचमुच ही उससे मिलने नहीं दिया जा रहा है। हमारे काफी लोग ऐसे ही वापस लौट गए।”

“जिसकी भी मर्जी हो वो जाकर मिल ले यह संभव नहीं है। यदि आप लोगों में से कोई मिलना चाहता है तो बोलिए उसकी व्यवस्था हो जाएगी। आप कब जाइएगा बोलिए, मैं स्वयं जाकर आपके मिलने की व्यवस्था कर दूँगा।”

“नहीं, नहीं, मैं नहीं जाऊँगा।”

“तब कौन जाएगा?”

“सुखेन दास जाएँगे।”

“ठीक है, मैं थाने में बोलकर रखूँगा।”

“उसके छूटने की कोई व्यवस्था नहीं होगी?”

“वो तो कोर्ट के आदेश पर है। इसलिए कोर्ट में ही दरख्वास्त करनी होगी।”

“पर आप कांटेस्ट करेंगे तो नहीं होगी।”

“जितने की सचमुच जरूरत है, उससे अधिक नहीं माँगूँगा।”

“ठीक है, तब छोड़ता हूँ। नमस्कार।”

“नमस्कार।”

अट्ठाईस

आज शाम ऑडिटोरियम में लोक नृत्य का कार्यक्रम है। प्रबंधकों ने बकुल को प्रधान अतिथि के रूप में आमंत्रित किया है। कुछ दिनों से यहाँ कोई भी कार्यक्रम होने पर बकुल को बुलावा आता है। नाच-गाने का कार्यक्रम, सांस्कृतिक प्रतियोगिता,

खेल-कूद यहाँ तक कि स्कूल-कालेज के कार्यक्रमों में भी बकुल को बुलाया जाता है। हमेशा से ही संस्कृति के प्रति बकुल का झुकाव रहा। काम-धाम के बीच में समय निकलते ही वह आमंत्रण में जाता।

इसके फलस्वरूप साधारण जनता विशेषकर जो लोग कला-साहित्य-खेलकूद की दुनिया से हैं उनके साथ बकुल का संपर्क बढ़ने लगा, पर दो अन्य उपसर्ग भी दिखलाई पड़ने लगे।

साधारणतः सबसे पहले प्रशासन के ऊपर महल के लोग ही विभिन्न कार्यक्रमों में आमंत्रित होते थे। पर अब प्रायः सब जगह बकुल के आमंत्रित होने पर वे लोग तुलनात्मक रूप से अवहेलित होने लगे। भजनराम इस असंतोष को काम में लगाकर बकुल से नए एस.डी.ओ. की दूरी बनाने में सफल हो गए। भजनराम में खुद भी यह जलन थी, अब भी है। अब वो बैकुंठपुर में है। चांदा साहब की सिफारिश काम कर गई। बैकुंठपुर श्रीकंठपुर डेवलपमेंट ऑथ़ारिटी में ही उसकी पोस्टिंग हुई।

दूसरी बात, बकुल जब किसी कार्यक्रम में जाता तो उस खबर को ध्यान में रखकर अपराधी लोग उस समय अपना धंधा चलाते। एक दिन ऑडिटोरियम में हबीब तनवीर का नाटक था—'चरनदास चोर'। बकुल देखने गया। पता चला उसी बीच विनय बनर्जी ग्रुप ने कई लॉरी लकड़ी पार कर ली। पिछले सप्ताह स्थानीय फुटबॉल लीग का फाइनल था, बकुल भी गया था। पता चला कई राशन डीलरों ने उस समय एफ.सी.आई. के गोदाम से राशन का चावल उठाकर मारवाड़ी की गद्दी में बेच दिया। इस तरह, बकुल के किसी कार्यक्रम में जाते ही धंधेबाज का दल उस समय का 'सदुपयोग' करता। इसलिए आज ऑडिटोरियम जाने से पहले बकुल ऑफिस के टेलीफोन विभाग में बोल गया कि कोई खबर आते ही उसे कार्यक्रम में ही बताया जाए। बकुल ने अपने इनफार्मर को भी ठीक वही निर्देश दे दिया। वे लोग आकर ऑफिस से पता लगा लें कि बकुल कहाँ है।

गाड़ी से उतरते ही प्रबंधक लोग बकुल का स्वागत कर अंदर ले गए। सभापति और अतिथि के स्वागत के बीच कार्यक्रम शुरू हुआ। संस्था के सभापति को ही सभापति बनाया गया। सभापति बकुल को लेकर मंच पर गए। एक छोटी-सी बच्ची ने आकर सभापति और बकुल को माला पहना दी। सभापति महाशय ने बहुत ही संक्षेप में इस कार्यक्रम के उद्देश्य को व्यक्त किया। उसके बाद बकुल को कुछ कहने के लिए कहा गया। बकुल ने भी कहा जाए तो एक बात में ही वक्तव्य खत्म कर दिया—"मैं भाषण देकर समय नष्ट नहीं करूँगा। कोई भी यहाँ भाषण सुनने नहीं आया। सबकी तरह मैं भी यहाँ नाच देखने और गाना सुनने आया हूँ। प्रबंधकों ने मुझे आने का सुअवसर दिया है, जिसके लिए मैं उनको धन्यवाद देता हूँ।" सभापति के साथ-साथ लोगों ने भी तालियाँ बजाईं। आयोजकों ने बकुल को लाकर सामने की सीट पर बैठा दिया।

धूमगुड़ी से मेछेनी नाच और गाने का एक ग्रुप आया है। उनके नाच-गाने से ही कार्यक्रम का शुभारंभ हुआ। एक अनाउंसर ने माइक पर बोलना शुरू किया–"हमारे अंचल के लोग तिस्ताबुड़ी को देवी मानकर उपासना करते हैं। इस उपासना का सर्वोपरि अंग है मेछेनी व्रत। साधारणतः वैशाख महीने के किसी भी समय में मुहल्ले की लड़कियाँ मिलकर मेछेनी व्रत का पालन करती हैं। दल की नेत्री को कहते हैं–मारेयानी। इस मारेयानी के नेतृत्व में नाच-गाना होता है। जिसके आठ पर्व हैं–नामानी, पोथ, बेड़ानी, बाड़ी ढूकोनी, बसानी, ढूमानी, नाचानी, उठानी और भूरा-भासानी। तय दिन गाँव में देवता के स्थल पर तिस्ताबुड़ी को स्वर्ग से उतारने के लिए जो गाना होता है, वही है नामानी गाना। तिस्ताबुड़ी के प्रतीक एक मिट्टी के ढेले को बाँस की छोटी छबड़ी में रख कर तेल, सिंदूर, दूध, चावल चढ़ाने के बाद ले जाकर नामानी गाना गाया जाता है। उसके बाद कुछ दिन उस छबड़ी को घर-घर ले जाकर गाना गाकर उपासना के लिए चंदा संग्रह किया जाता है। किसी घर में ले जाने के रास्ते में जो गाना गाया जाता है उसे कहते है 'पोथ बेड़ानी' गाना। उसके बाद घर में घुसते समय 'बाड़ी ढूकोनी' गाना गाया जाता है। तिस्ताबुड़ी को किसी घर में बैठाने के लिए गाया जाता है 'बसानी गान'। 'ढूकोनी गाना' गाकर घर के लोग या उनकी तरफ से मारेयानी तिस्ताबुड़ी का वरण करती है। उसके बाद नाच के साथ होता है 'नाचानी गान'। तिस्ताबुड़ी को 'उठानी गाना' गाकर किसी घर से उठाकर लाया जाता है। इस तरह कुछ दिन चलने के बाद 'भूरा-भासानी' गाना गाकर लड़कियाँ नदी में नहाती हैं। व्रत भी समाप्त होता है।"

सूत्रधार की बात खत्म होते न होते ही विचित्र तरह की सर पे छतरी लगाए दाहिने काँख में सफेद कपड़े से ढकी बाँस की एक छबड़ी लिए मारेयानी स्टेज पर प्रवेश करती है। उनके साथ दूसरी लड़कियाँ भी आती हैं। तिस्ताबुड़ी को स्वर्ग से उतारने के लिए गाना शुरू करती हैं।

तिस्ताबुड़ी नाम रे।
बाजे हीरामन बाँशी रे॥
मोर मोने नागिया गेईल्
गायेर पाछोड़ा हारेयां गेईल्
गाँयेर गाराम सामाल रे॥

बकुल मन लगाकर सुन रहा था। वरुण सामने की तरफ झुककर नीचे हो, यथासंभव दर्शकों को कम असुविधा हो इस प्रकार, बकुल के सामने आकर बोला–"राखाल आया है। ऑफिस में कोई खबर लेकर आया है।" बकुल बाहर निकल आया, इसी बीच रुद्र भी निकल आया। बकुल गाड़ी में चढ़ गया। ऑफिस के सामने गाड़ी से उतरते ही बकुल को दिखाई पड़ी–एक लाल मोटर साइकिल। जिसके बगल में दो आदमी खड़े थे। बकुल के ऑफिस में घुसते ही दोनों आदमी

आगे आए। बुजुर्ग आदमी ने कहा, "सर, फिदानगर के प्रधान नीरेन नंदी हॉसिकुआँ वी.डी.ओ. ऑफिस से पंचायत के लिए डेढ़ सौ बोरे सीमेंट उठाकर खिमराज मारवाड़ी की दुकान में बेच रहा है। स्थानीय लोगों ने रोक रखा है। आप कुछ कीजिए।"

"इसके लिए मेरी क्या जरूरत थी? थाने में खबर दे सकते थे।"

"सर, थाने में खबर दिया था। बाघागुड़ी में सी.आई. साहब को भी खबर दी गई है पर नीरेन नंदी लाल पार्टी के प्रधान जो ठहरे। कोई केस स्टार्ट ही नहीं करना चाहता।"

"केस होने पर कोई केस न करना चाहे ऐसा तो नहीं होता। और अगर कोई दोष ही न हो तो केस कैसे होगा?"

"सर पंचायत का सीमेंट बाजार में बेचा जा रहा है, तो क्या केस नहीं हुआ।"

"आप लोग जो बोल रहे हैं, वो अगर सच हुआ तो होगा।"

"सर, आप एक बार मेहरबानी करके चलकर देखिए। झूठ होने पर हमें जो सजा दीजिएगा, हम लेंगे।"

"रेसा रेसी के कारण बनाया हुआ आरोप तो नहीं है? आप कौन सी पार्टी से हैं?"

"सर झूठ नहीं बोलूँगा। मैं नीली पार्टी का समर्थक हूँ। मगर वहाँ जो लोग घेराव किए हुए हैं उनमें लाल पार्टी के लोग भी हैं। यहाँ पार्टी की कोई बात नहीं है।"

"ठीक है आप लोग जाइए। मैं देखता हूँ।"

दोनों आदमी चले गए। बकुल ने कंट्रोलर से पूछा, "हॉसिकुआँ एयर पर है या नहीं। कंट्रोल रूम ने बताया, अभी तुरंत ही सेट बंद किया है। दो घंटे बाद वापस मिल जाएगा। थाने का फोन खराब है। अतः दो घंटे के पहले संपर्क होने की कोई संभावना भी नहीं है।" बकुल जाकर गाड़ी में बैठ गया।

हॉसिकुआँ पहुँचकर देखा, लोग-बाग तब भी भीड़ लगाए हुए हैं। मगर सीमेंट समेत ट्रक को थाने ले जाया जा चुका है। बकुल थाने गया। बड़े बाबू ने बताया, "सर नीरेन नंदी ने थाने में एक डायरी की है। उसके बाद ही हमने सीमेंट सहित गाड़ी को लाकर थाने रखा है।" बकुल डायरी पढ़ने लगा। नीरेन नंदी ने लिखित रूप में ओ.सी. को बताया कि "आज शाम चार बजे पंचायत के काम के लिए मैंने डेढ़ सौ बोरे सरकारी सीमेंट हॉसिकुआँ अतिलालबाड़ी ब्लाक से ड्रा किया था। फिदानगर जाने के रास्ते पर लॉरी के खराब हो जाने पर उन बोरों को खिमराज के घर में उतारकर रख रहा था। साठ बोरा उतारा ही गया था कि ऐसे वक्त स्थानीय कुछ लोगों ने आकर बोरे उतारने के काम में रुकावट पैदा की और लॉरी को घेर लिया। ऐसी हालत में महाशय के पास मेरी प्रार्थना है कि सीमेंट के बोरों की सेफ कस्टडी की व्यवस्था की जाए।"

डायरी पढ़ने के बाद बकुल ने पूछा, "उस लॉरी का जिन्होंने घेराव कर रखा

था उनकी क्या राय है?"

"सर, उन लोगों ने भी एक दरख्वास्त दी है।"

"दरख्वास्त में किसने किसने साइन किया है?"

"सर, सात लोगों का साइन देख रहा हूँ।"

"सातों के पार्टी का परिचय क्या है?"

"सर, तीन नीली पार्टी के, परितोष लाल पार्टी के, और बाकी तीन क्या करते हैं, मेरी जानकारी में नहीं है।"

"दरख्वास्त में क्या लिखा है?"

"मैं पढ़ता हूँ, सर।"

ओ.सी. पढ़ने लगा। उन्होंने लिखा था–"महाशय, आज शाम चार बजे फिदानगर के प्रधान नीरेन नंदी के ब्लाक के गोदाम से एक सौ पचास बोरा सरकारी सीमेंट उठाकर एक लॉरी (डब्लू.एम.के. 1875) पर लादा। उसके बाद लॉरी को सीधे खिमराज की दुकान में ले जाकर सीमेंट के बोरों को ब्लैक में बेच दिया। खिमराज के लोग बोरों को उतारने लगे। उतारने के बाद हम लोगों ने जाकर हस्तक्षेप किया। महाशय के पास अनुरोध है कि इस घटना की संपूर्ण जाँच करके दोषी व्यक्तियों के सजा की व्यवस्था करें। आपकी जानकारी में रहे कि खिमराज के उस दुकान के पीछे एक-दो कोठरी का घर बन रहा है। छत तक बन चुकी है। छत ढलाई होगी।"

दरख्वास्त पढ़ना खत्म करके ओ.सी. ने बकुल के चेहरे की ओर देखा। बकुल ने कहा, "इसका मतलब नीरेन नंदी कह रहे हैं, फिदानगर जाने के रास्ते में गाड़ी खराब हो गई थी इसलिए वो सीमेंट के बोरों को खिमराज के घर उतारकर रख रहे थे। परितोष लोगों ने आकर रुकावट दी। उनका अभियोग है नीरेन नंदी सीमेंट के बोरों को खिमराज के पास ब्लैक में बेच रहे हैं। आपने जाँच करके क्या पाया?"

"सर जाँच तो किया नहीं। सी.आई. साहब ने कहा इसलिए सीमेंट की गाड़ी को थाने में लाकर रखा हूँ।"

"नहीं, आपने और एक काम किया है। नीरेन नंदी क्या कह रहे हैं यह आपने डायरी करके रखा है पर इसी से क्या आपका दायित्व खत्म हो जाता है?"

"क्या करूँ, बताइए सर?"

"किसकी बात सच है? यह क्या आप जाँच करके नहीं देखेंगे?"

"हाँ सर, देखना होगा।"

"करके देखना होगा? अभी खोज खबर लेने से आप सच बात जान पाएँगे? दो दिन बाद जाने पर मन-गढ़ंत बातें मिलेंगी। तब सभी अपनी सुविधानुसार बनाकर बात करेंगे।"

"यह तो है सर।"

"तब आप जाँच शुरू कीजिए। नीरेन नंदी ने कहा है, फिदानगर जाने के रास्ते में लॉरी खराब हो गई है। आपको देखना चाहिए कि लॉरी सचमुच खराब हुई है या नहीं। मेरे या आपके कहने पर तो नहीं होगा। मोटर वेहिकल्स इंस्पेक्टर की रिपोर्ट लेनी होगी। उनको चिट्ठी लिखिए। मगर आप प्राथमिक जाँच कर सकते है। अच्छा गाड़ी थाने में लाई कैसे गई?"

"सर, ड्राइवर चलाकर लेकर आया था।"

"ड्राइवर चलाकर लेकर आया था? लॉरी अगर खराब होगी, तब चलाकर लाया किस तरह? इसका मतलब तत्कालीन दृष्टि में नीरेन नंदी का दावा झूठा है।"

"फिर देखिए, वे बोल रहे हैं कि लॉरी फिदानगर जाने के रास्ते में खराब हुई है। गोदाम से फिदानगर पश्चिम में है और खिमराज की दुकान गोदाम से काफी पूर्व बैकुंठपुर जाने के रास्ते पर। वो फिर लॉरी खिमराज की दुकान के सामने खराब हुई कैसे? खराब होने पर तो गोदाम से फिदानगर तक के रास्ते में किसी जगह होगी।"

"ये सब प्रश्न नीरेन नंदी से पूछे थे?"

"नहीं सर।"

"तब फिर अब और विलम्ब न करके पूछिए। और हाँ। खिमराज कहाँ मिलेगा?"

"सर, दुकान के सामने ही उसका मकान है सर। वहीं पर मिलेगा।"

बकुल ओ.सी. को लेकर खिमराज के घर पहुँचा। देखा, सचमुच ही दुकान के पीछे दो कमरों का एक घर बन रहा था। लिंटन तक ढलाई हो चुकी थी। छत ढलाई के लिए खूँटी गाड़ी गई थी। बकुल ने खिमराज से पूछा, "छत ढलाई के लिए तो सीमेंट की जरूरत है?"

खिमराज ने उत्तर दिया, "हाँ सर, सीमेंट की तो जरूरत है।"

"इसलिए ही क्या सीमेंट खरीदे थे?"

"नहीं सर। मैंने वो सीमेंट नहीं खरीदा। नीरेन बाबू ने आकर कहा, लॉरी खराब हो गई है। इसलिए उतारकर रख रहा था। उतने में ही बदमाश लोग आकर हल्ला मचाने लगे।"

"अच्छा सीमेंट के बोरे गाड़ी से कौन-कौन उतार रहे थे?"

"सर, मैं तो सबका नाम नहीं जानता मगर बुधू और सनातन मिन्ज थे।"

"वे लोग इस वक्त कहाँ हैं?"

"ये तो बड़े बाबू अच्छी तरह बता सकेंगे। वे उस तरफ चाय-बागान की बस्ती में रहते हैं।"

बकुल ने इस बार ओ.सी. को ही पूछा, "उनका घर पहचानते हैं?" ओ.सी. ने हामी भरी।

बकुल ने कहा, "उनके साथ मैं बात करना चाहता हूँ।"

थाने में आकर बड़े बाबू को साथ में लेकर बकुल गाड़ी में चढ़ा। दक्षिण-पश्चिम की दिशा में जो रास्ता गया था उस तरफ तकरीबन एक मील जाकर एक बस्ती के पास गाड़ी रुकी। बड़े बाबू ने जाकर एक मझोले उम्र के आदमी को लाकर कहा, "सर, बुधू नहीं है और ये है सनातन मिन्ज।"

बकुल ने सनातन मिन्ज से पूछा, "आप लोग आज खिमराज की दुकान पर सीमेंट उतार रहे थे?"

"हाँ, सर।"

"आप लोग कुल कितने लोग थे?"

"आठ जन।"

"आप लोग कितने बजे से काम पर गए थे?"

"बाबू तो चार बजे ही जावे को बोले रहे पर हम लोग तनी पहले ही चले गए रहे।"

"कौन बाबू बोले थे?"

"खिमराज बाबू।"

"बाबू काम के लिए कितने बजे बोले थे?"

"कहा ना चार बजे।"

"चार बजे तो आप लोगों को जाने के लिए कहा था। ये जाने वाली बात कितने बजे हुई थी?"

"ओ। दूपहर में, सूरज जब सर पे चढ़ल रहा।"

"बाबू की बात क्या आपके साथ हुई थी या किसी दूसरे के साथ?"

"नहीं, नहीं, हमर साथ ही हुआ रहा। हमही उन लोगन को लेकर गए रहे।"

बकुल सनातन को धन्यवाद देकर वापस गाड़ी में आकर बैठ गया। गाड़ी थाने की तरफ बढ़ने लगी। बकुल ने ओ.सी. से कहा, "देखिए, खिमराज ने सनातन को सीमेंट ऑनलोड करने के लिए दोपहर को ही बोल दिया था। इससे यह साबित होता है कि नीरेन नंदी उस समय सीमेंट की लॉरी लेकर आएगा यह पहले ही तय था। वरना यह तो नहीं हो सकता कि कब नीरेन नंदी की लॉरी खराब होगी यह बात खिमराज पहले से जनाकर उसके लिए कुली तैयार करके रखा होगा। इससे आपको क्या लगता है?"

"सर, अब तो लग रहा है, यह सीमेंट ब्लैक का ही केस है।"

"सनातन से बात करके मुझे भी ऐसा ही लगता है। आप अभी तुरंत नीरेन नंदी से बात करिए। संतोषजनक उत्तर न पाने पर केस स्टार्ट कीजिए।"

"सर, रास्ते के किनारे एक लाल पार्टी के पंचायत मेंबर का घर है। उस घर में नीरेन नंदी है। मैं बुलवा भेजता हूँ, सर। आप अगर जरा ठहरें तो अच्छा होगा, सर।"

"अच्छा चलिए मैं तो उसी रास्ते से जाऊँगा। तब फिर नंदी से बात करके उसी रास्ते से चला जाऊँगा?" बकुल और बाकी सभी गाड़ी में बैठ गए।

पंचायत मेंबर के घर के सामने गाड़ी आकर रुकी। ओ.सी. ने जाकर मेंबर को बुलाया। मेंबर ने कहा, "नीरेन नंदी आए थे पर इस वक्त मेरे घर पर नहीं हैं। सुधीर भाई के यहाँ हो सकते हैं।"

"सुधीर भाई का घर कौन सा है?"

"ये इस कच्चे रास्ते से चले जाइए। रास्ते के बाएँ तरफ का पहला मकान।"

ओ.सी. कच्चे रास्ते से होकर सुधीर भाई के घर गए पर वहाँ भी नीरेन नंदी नहीं मिले। बकुल ओ.सी. को केस स्टार्ट करने का निर्देश देकर गाड़ी में बैठ गए। वापस लौटते-लौटते रात के डेढ़ बज गए।

नीरेन नंदी के पास तुरंत ही खबर पहुँच गई कि थाने में उसके नाम पर एक केस स्टार्ट किया गया है। वो एक मोटरसाइकिल जुगाड़ कर उसी रात ही बैकुंठपुर में सुनील साहा के पास हाजिर हुआ। सुनील साहब सब कुछ सुनकर उसके प्रति बहुत असंतुष्ट हुए। उसके दल के कर्मी इस तरह का काम कर सकते हैं यह बात वो सोच भी नहीं सकते। उन्होंने नीरेन से कहा, "मैं देखता हूँ क्या किया जा सकता है मगर तुमसे इस तरह की आशा नहीं थी।"

इससे नीरेन को बहुत गुस्सा आया। उसने पार्टी के लिए इतना कुछ किया था। उसके मुसीबत के वक्त पार्टी क्या उसकी मदद नहीं करेगी? वो वहाँ से सीधे गौर कुंडू के पास गया। गौर कुंडू ने देखा, सुनील साहा के दुर्ग में दरार डालने का यही मौका है। उसने नीरेन से कहा, "डरने की कोई बात नहीं है। तुम कुछ दिन पार्टी ऑफिस में रहो। उसके बाद जो होगा मैं देखूँगा। नीली पार्टी का राज समझा है क्या? तुमने पंचायत की सीमेंट उठाई है। उस सीमेंट का तुम कुछ भी करो, एडिशनल एस.पी. का क्या?" उन्होंने कलकत्ता में जिला मंत्री को फोन किया। मंत्री की इसी बीच सुनील साहा से बात हुई। उन्होंने कहा, "किंतु आपका प्रधान सीमेंट ब्लैक कर रहा है, यह ठीक है तो?" गौर कुंडू ने तत्काल बिना सोचे-समझे ही उत्तर दिया, "नहीं, नीली पार्टी के लोगों ने षड्यंत्र करके ऐसा इलजाम लगाया है।"

"अच्छा मैं देखता हूँ।"

"आप एस.पी. को जरा बोल दीजिए। नहीं तो असुविधा होगी।"

"अच्छा, अच्छा। मैं होम सेक्रेटरी से कह दूँगा।"

"फिर भी चांदा साहब को एक बार फोन कर दीजिएगा।"

फोन रखकर उन्होंने नीरेन नंदी को दिलासा देते हुए कहा, "डरने की कोई

बात नहीं है। चांदा साहब से कह देता हूँ।'' नीरेन नंदी ने कृतज्ञता भरी दृष्टि से गौर कुंडू की ओर देखा। बेकार में ही वह सुनील साहा को नेता मानता आया था। उससे तो गौर कुंडू ही कहीं अधिक अच्छे नेता हैं।

सुबह उठकर बकुल ने सुनील साहा को फोन किया। सुनील साहा ने कहा, ''मैंने सुना है। काम सचमुच ही खराब हुआ पर वो हमारे पार्टी के प्रधान जो ठहरे। धर-पकड़ करने से हमारी पार्टी की ही बदनामी होगी।''

''तब फिर मि. नंदी को आप कोर्ट में सरेंडर करने के लिए बोलिए या एंटीसिपेटरी बेल लेने के लिए बोलिए। उसके बाद जाँच में जो होगा देखा जाएगा।''

''मैं देखता हूँ क्या किया जा सकता है। आप भी जरा ध्यान रखिएगा।''

थोड़ी देर बाद ही गौर कुंडू का फोन आया–''एम.एल.ए. बोल रहा हूँ। आपने फिदानगर के प्रधान के विरुद्ध केस स्टार्ट किया है? आपने समझ क्या रखा है? आपकी जो मर्जी होगी वही करएिगा? हम लोग आपसे कोई रिश्ता नहीं रखेंगे।''

बकुल को कुछ कहने का मौका दिए बगैर ही उन्होंने फोन रख दिया। बकुल ने एक बार सोचा, अपनी बात बोलकर दूसरे की बात सुनने तक की सामान्य भद्रता जिस इंसान में न हो, उससे बात नहीं करना ही उचित है।

बकुल समझ नहीं पाया दरअसल ये गौर कुंडू क्या चाहता है। इस विषय में गुस्सा आना स्वाभाविक है। उसके पार्टी के आदमी के विरुद्ध केस स्टार्ट हुआ है और वो भी उसकी भाषा में उसके ही राज में। पर कुछ दिन पहले बकुल ने जब कई लाख रुपए के 'विक्रय कर' की चोरी पकड़ी थी तब भी उन्होंने यही बात कही थी। एक ट्रांसपोर्ट कंपनी अन्य कुछ जाली कंपनियों का नाम व्यवहार करके विक्रय कर की चोरी कर रही थी। गुप्त सूचनाओं के आधार पर बकुल ने एक दिन उस ट्रांसपोर्ट कंपनी के ऑफिस में रेड करके जाली कागजात सीज किए। जिसके कारण अगले ही दिन वो कंपनी दो लाख बीस हजार रुपयों का कर जमा कर देने के लिए बाध्य हुई थी। बकुल ने सोचा, इस बार कम से कम गौर कुंडू उससे खुश होगा, क्योंकि उसकी कोशिशों से इतने रुपए सरकार के राजस्व में जमा हुए। मगर गौर कुंडू ने राय दी, सेल्स टैक्स की चोरी देखने के लिए सेल्स टैक्स अफसर है। एडिशनल एस.पी. के सर में क्या दर्द हुआ था कि वो रेड डालने चला गया? यह राय सुनकर बकुल को लगा कि गौर कुंडू उसे पसंद नहीं करते। और जो लगे बुरा, उसका सब बुरा।

थोड़ा दिन चढ़ते ही एक झुंड पत्रकारों ने आकर बकुल को घेर लिया। एक दम सुबह-सुबह मानव बाबू ने फोन किया, ''फिदानगर के प्रधान के विरुद्ध आपने केस किया है?''

''यह खबर अभी लीक मत करिएगा।''

''गजब बात है, आप मुझे लीक करने के लिए मना कैसे कर सकते हैं?

आपसे बात करने के पहले ही मुझे खबर मिली थी। मैं सिर्फ आपसे इस खबर की सत्यता जानना चाहता हूँ। आप बताइएगा या नहीं बोलिए।"

"बाद में बताऊँगा। अभी लीक मत करिए।"

पर मानव बाबू नहीं माने उनकी बातों में दम था। उनको खबर दूसरे सूत्र से मिली थी। इसलिए बकुल के अनुरोध को रखने के लिए वो बाध्य नहीं थे और रखा भी नहीं। रेडियो में खबर निकल गई।

उसी के बाद ही इन संवाददाताओं कर झुंड आ गया। जनगण समाचार के संपादक रंजन नायर स्वयं आए थे। उन्होंने कहा, "एम.एल.ए. गौर कुंडू ने हमें स्टेटमेंट दिया है कि फिदानगर के प्रधान के विरुद्ध आपने झूठा मामला दायर किया है। वे लोग आपके विरुद्ध फौजदारी का मामला करेंगे।" नायर की बातें सुनते ही बकुल का मूड खराब हो गया, पर उसने देखा कि ऐसे वक्त दिमाग गरम करने का मतलब था अपना ही नुकसान करना। उसने दिमाग ठंडा रखने की कोशिश की।

नायर ने उसे गौर कुंडू के हस्ताक्षर किए हुए स्टेटमेंट को दिखलाते हुए पूछा, "इस बारे में आपका क्या कहना है?"

बकुल ने एक बार फिर सोचकर उत्तर दिया, "गौर कुंडू क्या करेंगे, यह उनका विषय है। मगर उन्होंने प्रधान के विरुद्ध झूठा मामला दायर करने का जो आरोप लगाया है, वह पूरी तरह से बेबुनियाद है। सटीक आरोप की बुनियाद पर ही केस स्टार्ट किया गया है और प्राथमिक रूप से जाँच करके देखा गया कि यह आरोप सत्य है।"

"वे लोग अगर केस करेंगे तो आप क्या करेंगे?"

"उन लोगों को पहले केस तो करने दीजिए। मेरे विरुद्ध केस करेंगे। कहने से तो किया नहीं जा सकता है। उसके लिए पहले सरकार की अनुमति लेनी पड़ती है। अनुमति क्या उन्होंने ली है? नहीं तो केस करने की बात किस तरह कर रहे हैं?"

पत्रकार सभी एक-दूसरे का मुँह ताकने लगे—"हाँ पूछना तो पड़ेगा ही।" वे लोग चले गए।

बकुल ने डी.आई.बी. इंस्पेक्टर भौमिक को बुलाकर कहा, "हॉसिकुआँ के बारे में आपने शायद सुना होगा।"

भौमिक ने उत्तर दिया, "हाँ सर, कानाफूसी सुनी है। गौर कुंडू ने स्टेटमेंट दिया है कि मामला करेगा।"

"हाँ, आपने ठीक ही सुना है। गौर कुंडू जिस तरह उल्टा-पुल्टा स्टेटमेंट दे रहा है उस हिसाब से इस केस की जाँच अच्छी तरह होनी चाहिए। एसेन्शियल कॉमोडिटी एक्ट में केस स्टार्ट हुआ है। ठीक ही है। मगर एंटी करप्शन एक्ट का सेक्शन भी लगाना होगा। प्रधान पब्लिक सर्वेंट की क्षमता का दुरुपयोग करके नीरेन

नंदी खिमराज के पास सीमेंट बेचने गया था। आप सेक्शन को जोड़कर अच्छी तरह से जाँच की व्यवस्था करिए।''

''सर चांदा साहब से एक बार बात करने से नहीं होगा?''

''बात तो करनी ही होगी। मैं बात कर लूँगा।''

''पर सर, वो केस की जाँच करने नहीं देंगे।''

''कोशिश करने में दोष क्या है?''

भौमिक बकुल के प्रस्ताव का अनुमोदन न कर सका। पर बात भी नहीं बढ़ाई। वो गाड़ी लेकर हॉसिकुआँ के लिए रवाना हो गया।

उनतीस

प्रधान के नाम पर केस स्टार्ट करने के प्रतिवाद में लाल पार्टी ने फिदानगर में बारह घंटे के बंद का आह्वान किया। गौर कुंडू ने जाकर बंद के समर्थन में बकुल के खिलाफ जहर उगलने वाला भाषण दिया। नीली पार्टी, विप्लवी पार्टी, अग्रगामी पार्टी ने अलग-अलग रूप से बंद के विरोध में मीटिंग की। उन्होंने पुलिस के काम का समर्थन कर अविलंब ही नीरेन नंदी के पद त्याग की माँग की। लाल पार्टी का अभियोग ही, जब बकुल के विरुद्ध था तब बंद के दिन बकुल खुद न जाकर डी.एस.पी. गौतम पाल और सी.आई. बाघागुड़ी को फिदानगर भेज दिया। डी.एस. पी. फोन पर उसे सब खबर देता रहा।

लाल पार्टी ने एक जुलूस निकाला, उसमें तकरीबन दो हजार लोग शामिल हुए। वे स्लोगन दे रहे थे–''इंकलाब जिंदाबाद, लाल पार्टी जिंदाबाद। नीरेन नंदी जिंदाबाद। झूठा केस, बंद करो। बकुल विश्वास, दूर हटो। ये लड़ाई जीने की लड़ाई है। ये लड़ाई जीतनी होगी।'' नीली पार्टी, विप्लवी पार्टी और अग्रगामी पार्टी ने एक साथ बंद की विरोधिता करते हुए एक जुलूस निकाला। उसमें पाँच हजार के करीब लोग शामिल हुए। उनका स्लोगन था–''आज बंद नहीं है, नहीं होगा। लाल पार्टी की गुंडागिरी बंद करो। भ्रष्टाचारी नीरेन नंदी गद्दी छोड़ो। जबरदस्ती बंद करना नहीं चलेगा, नहीं चलेगा।'' तीर-धनुष और इस तरह के और भी अस्त्र-शस्त्र दोनों जुलूसों में थे।

प्रायः आधी दुकानें सुबह से ही बंद थीं। बाद बाकी खुले थे। थाने के पास कच्चे अनाज का बाजार बैठा था, लाल पार्टी के लोग आकर उनको डराकर उठा

रहे थे कि दूसरे जुलूस के लोगों ने आकर रोका। पुलिस दोनों जुलूस के बीच आकर खड़ी हो गई। नीली पार्टी के लोग कह रहे थे—"हम लोग झमेला नहीं चाहते हैं, पर जबरदस्ती बंद नहीं किया जाएगा।" उन्होंने लाल पार्टी के जुलूस को कहा, "आप लोग अनुरोध करिए पर जबरदस्ती बंद मत करवाइए।" लाल पार्टी के जुलूस से कहा गया, "हमने बंद बुलाया है। उन लोगों ने झमेला करने के लिए जुलूस निकाला है।" जोरदार टेंशन। पर अंततः बड़े पैमाने का कुछ भी नहीं हुआ। दोपहर के वक्त दोनों जुलूस खत्म हो गए। बंद पूर्ण रूप से सफल नहीं हो सका।

बंद न हो पाने के कारण गौर कुंडू बमक गए। सीधे कलकत्ता जाकर जिले के मंत्री के पास दरबार लगाया—"मैंने पहले ही कहा था। बकुल विश्वास ने हमारे खिलाफ षड्यंत्र रचाया है। बंद होने नहीं दिया। उसके वहाँ रहने पर पार्टी का नुकसान ही होगा।"

मंत्री ने आश्वासन देकर कहा—"मैं मामले को देख रहा हूँ।" बैकुंठपुर में चर्चा होने लगी, बकुल विश्वास का तबादला हो रहा है।

अभी भोर नहीं हुई मगर रात खत्म होने को थी। बकुल सोया हुआ था। बिस्तर के बगल में टेबुल पर रखा हुआ टेलीफोन बज उठा। बकुल ने नींद में ही मच्छरंदानी के बाहर हाथ निकालकर टेलीफोन को उठाकर बिस्तर में घुसा लिया। मधु की आवाज सुनाई पड़ी—"सर, एक आदमी आपसे मिलना चाहता है। कह रहा है बहुत ही जरूरी खबर है।" बकुल बिस्तर से उठकर बैठ गया। खबर निश्चित ही बहुत जरूरी होगी नहीं तो रात बीतने के पहले ही मधु उसे क्यों उठाता? मधु एक होमगार्ड है। नीचे ऑफिस के बगल में एक छोटा-सा कमरा है। वहीं पर वो अपनी पत्नी के साथ रहता है। वो दिन में ऑफिस में काम करता और रात में उस कमरे में सोता। उस आदमी ने आकर जरूर उसे उसके कमरे से उठाया होगा। बकुल नींद भरी आँखों में ही नीचे उतर आया, पर उस आदमी को देखते ही उसे गुस्सा आ गया। बस में पॉकेटमारी हो गई है कहकर कुछ दिन पहले यही आदमी टिकट काटने के लिए बकुल के पास से सौ रुपया ले गया था। वो रुपया तो उसने लौटाया नहीं, उल्टे आज बेसमय तंग करने चला आया। बकुल ने बेमन से पूछा, "आज फिर क्या हुआ।"

"सर कल रात उन लोगों ने मीटिंग की। तय हुआ कि आपका कत्ल करेंगे।" उसका जवाब सुनकर बकुल की नींद उड़ गई। चेयर पर बैठकर उसने प्रश्न किया—"किन लोगों ने मीटिंग की?"

"सर, मैं सबको तो नहीं पहचानता पर जिसके घर में मीटिंग हुई थी वो एक स्मग्लर है।"

"किसके घर में मीटिंग हुई थी?"

"सर, जलजलिया के शिबेन घोष के घर में।"

"मीटिंग में और कौन-कौन थे?"

"पचास-साठ लोग थे। मगर मैं उस एक आदमी को ही पहचानता हूँ। वो है शिबेन घोष का चेला अधीर दास।"

"मीटिंग में क्या-क्या बातें हुईं?"

"सर, आपको काफी रुपए घूस देकर हाथ में करने के लिए दलाल लगाया गया था। जो व्यर्थ हो गया। इसलिए आपसे मुक्ति पाने का एक मात्र रास्ता है—आपका कत्ल। वे लोग कत्ल करवाने के लिए आदमी भाड़ा करेंगे। जो भी खर्च होगा सब मिलकर चंदा उठाकर देंगे। बात फैला देंगे कि टी.एन.एल.एफ. के लोगों ने खून कर दिया।"

"इतनी सारी बातें आप कैसे जाने?"

"सर मुझे मीटिंग में चाय देने के लिए ले गए थे।"

"आप उन्हें मिले कहाँ?"

"सर, मेरी वहाँ पर एक चाय की दुकान है।"

"आपका घर कहाँ है?"

"सर, रंगमनी, छोड़ीबाड़ी थाना में।"

"तब क्या आप वो आदमी नहीं हैं? बस में पॉकेटमारी हो गई यही कहकर एक दिन आप आए थे ना? कहा था कलकत्ते में कहीं घर है? गैंगटॉक में नौकरी करते हैं? आपकी शादी तय हुई है? न जाने पर लड़की लग्न-भ्रष्टा होगी?"

"मैं वही आदमी हूँ सर। मगर वो सब झूठ था। आपसे रुपए ऐंठने के लिए बना-बनाकर बोला था।"

"इसका मतलब चीटिंग?"

"हाँ सर।"

बकुल सोचने लगा, कितना भयंकर आदमी है। उसके ऑफिस में आकर उस जैसे पुलिस अफसर को चीट कर गया। आज वापस एक भयानक खबर लेकर आया। उसने पूछा, "आज आप सच बोल रहे हैं, इसका क्या सबूत है?"

"इस तरह झूठ बोलकर मेरा तो कोई फायदा नहीं है वरन उन लोगों को अगर मालूम पड़ गया तो मेरे जान के लाले पड़ जाएँगे। फिर मैंने तो चीटिंगबाजी करना भी छोड़ दिया है।"

"क्यों?"

"मैंने देखा है कि जो लोग सीधे सादे भले लोग हैं वे ही मेरा शिकार होते हैं। रुपए चीट करके भी मुझे शांति नहीं मिलती। आपसे जो सौ रुपए ले गया, वो खर्च भी हो गया। पर बराबर इच्छा होती थी कि आपके रुपया लौटा दूँ। मगर सौ रुपए लाऊँ कहाँ से? तब से रोज ही सोचता था कि आपका कोई उपकार करूँ। उसका भी कोई अवसर नहीं था। अचानक मीटिंग की बातें सुनकर लगा

कि आपको खबर देना जरूरी है। इसलिए रात की ही ट्रेन में चढ़ गया। मैंने अपना काम कर दिया। अब आपकी जो इच्छा हो करिए।''

बकुल को लगा कि आदमी सच बोल रहा है। स्मग्लर, लकड़ी की चोरी करने वाले और ब्लैक मार्केटर उस पर बहुत दिनों से ही क्षुब्ध थे। अब पार्टी के लोगों का समर्थन पाकर वे लोग उत्साहित हो चुके थे। बहुत तेजी से कुछ कार्रवाई करने की जरूरत है। नहीं तो उसका जीवन संकट में पड़ जाएगा। बकुल ने उस आदमी से कहा, ''मैं तुरंत ही शिबेन घोष और अधीर दास को अरेस्ट करना चाहता हूँ, पर मैं उसे नहीं पहचानता। उसे पहचानवाने की व्यवस्था कर सकते हैं?''

''मैं तो नहीं जा सकूँगा पर आदमी दे सकता हूँ।''

''तब फिर आज रात को ही मैं रेड करूँगा। आप अपने आदमी को चाय की दुकान पर रखिएगा। मैं दस बजे उन्हें दुकान से उठा लूँगा।''

''ठीक है सर। पर मेरा नाम सामने न आए, नहीं तो जान से हाथ धो बैठूँगा।''

''नहीं आएगा। आपको कोई हानि पहुँचे, यह मैं नहीं चाहता।''

''तब मैं जाऊँ सर। दस बजे मुलाकात होगी।'' आदमी चला गया।

बकुल ने आई.सी. को बुलवाया। आई.सी. के आने पर उसने पूरी बात बताकर कहा, ''आप तीन अफसर और पंद्रह कांस्टेबल रेडी रखिए और एम.टी.ओ. से कहिए दो गाड़ी तैयार रखे।'' आई.सी. हामी भर कर चला गया।

विप्लवी पार्टी के नेता बकुल से मुलाकात करने आए। नीरेन नंदी के विरुद्ध केस स्टार्ट करने के लिए उन्होंने बकुल का अभिनंदन किया।

बकुल को आश्चर्य हुआ। वो यह जानता था कि विप्लवी पार्टी लाल पार्टी के साथ सरकार में है। इस बैकुंठपुर के म्युनिसिपल के वाइस चेयरमैन भी उनकी पार्टी के आदमी हैं। फिर भी वे लोग लाल पार्टी के ऊपर इतने नाराज क्यों हैं? बकुल ने पूछा, ''अच्छा आप लोगों ने उस दिन बंद की विरोधिता क्यों की?'' उन्होंने उत्तर दिया, ''क्यों न करें। न्याय-अन्याय बोकर क्या कोई चीज नहीं है। नीरेन नंदी ने चोरी की है, वो दोषी है और उसके विरुद्ध केस हुआ है। उसके लिए बंद क्यों?'' बकुल को लगा, चलो! कुछ लोग तो हैं जो कम से कम उसके काम का समर्थन करते हैं।

वो कहने लगा, ''देखिए ना, केस स्टार्ट हुआ है फिर भी गद्दी पकड़कर बैठे हैं।''

बकुल ने कौतूहलवश पूछा, ''अच्छा मान लीजिए अगर नीरेन नंदी ने पदत्याग कर दिया, तो क्या होगा?''

''होगा क्या? हम लोगों ने तो माँग की है कि वो पदत्याग करे। हमारे प्रधान काम चलाएँगे।''

बकुल का मन किरकिरा हो गया। उसे महसूस हुआ, विप्लवी पार्टी ने जो

बंद का समर्थन किया है वो न्याय के समर्थन में नहीं—पंचायत अपनी पार्टी के हाथ में लाने के लिए। उसका मन खराब हो गया। विप्लवी पार्टी के नेता कुछ देर गपशप करके चले गए।

हॉसिकुआँ मस्जिद के इमाम मल्लिक ने कमरे में प्रवेश किया। वो उत्साह के साथ कहने लगे, ''उस दिन जुलूस के लोगों के लिए हमारे मस्जिद फंड से शरबत की व्यवस्था की गई थी। हमारी बिरादरी का एक अफसर है। उसे बेइज्जत करने की कोशिश हम लोग बर्दाश्त नहीं करेंगे!''

''तो क्या मैं अगर दूसरे धर्म का आदमी होता तो आप लोग मुझे शरबत नहीं पिलाते?''

मौलवी मल्लिक ने देखा, एडिशनल एस.पी. उसकी बातें पसंद नहीं कर रहे। तुरंत ही वो कह उठे, ''ऐसा क्यों होगा? हम लोग हर वक्त न्याय के पक्ष में ही हैं। आपने अन्याय कुछ किया नहीं तो फिर उसके विरुद्ध बंद क्यों?''

''वो तो ठीक है। बताइए आपके लिए क्या कर सकता हूँ?''

''हमारे मस्जिद फंड में कुछ आर्थिक मदद दीजिए।''

''देखिए, किसी धार्मिक काम के लिए मैं आर्थिक सहायता नहीं देता।''

''इसमें गलत क्या है? ये तो सभी करते हैं। हमारे जो बी.डी.ओ. साहब हैं वे तो हर महीने मंदिर में चंदा देते हैं। यही तो आपके हॉसिकुआँ थाने में भी काली मंदिर है। थाने के इतने करीब होकर भी नीरेन नंदी सीमेंट ब्लैक क्यों कर पा रहा है? नीरेन नंदी ने उस थाने के काली मंदिर के लिए दस बोरा सीमेंट दिया था।''

''जो लोग करते हैं करें। पर हम लोग प्रशासन में हैं उनका इस तरह करना उचित नहीं है। मान लीजिए मैं अगर आपके मस्जिद फंड में रुपए दूँ तो फिर किसी अन्य धर्म के आदमी के मन में क्या ये नहीं आ सकता है कि एडिशनल एस.पी. किसी एक विशेष धर्म के लोगों के प्रति पक्षपात कर रहे हैं।''

मल्लिक साहब ने इसका कोई उत्तर नहीं दिया। मनोकामना असफल होने पर वो ऑफिस से निकल गए। बकुल ने ऑफिस के काम में मन लगाने की कोशिश की। पर किसी भी तरह वो काम में मन नहीं लगा पाया। उसका ध्यान सिर्फ रात के रेड की तरफ था।

साढ़े आठ बजे के करीब वो तीन गाड़ी और कुल बीस लोगों को लेकर जलजलिया रवाना हुआ। वरुण, पासवान, उपाध्याय के अलावा रीडर बाबू को भी साथ में ले लिया। दस बजने से कुछ मिनट पहले ही वे लोग जलजलिया के निकट पहुँच गए। दूसरी दोनों गाड़ियों को रखकर बकुल अकेले ही उस आदमी के कहे अनुसार उसके चाय की दुकान पर गया। उस आदमी ने सुजीत नाम के एक कम उम्र के लड़के को बकुल के साथ लगा दिया। बकुल उसको लेकर वापस उन दोनों गाड़ियों के पास लौट आया।

सुजीत ने बताया कि शिबेन का घर खुले मैदान के बीच में है। चारों ओर चारदीवारी है। तीन दरवाजे हैं। उसके कहे अनुसार बकुल ने एक किलोमीटर पहले ही गाड़ी छोड़ दी। उसके बाद पैदल जाकर शिबेन घोष के मकान को घेर लिया। लड़के ने कहा, ''दोस्त लोग शिबेन को शिबु कहकर बुलाते हैं।'' बकुल ने मुख्य द्वार को खटखटाकर आवाज लगाई–''शिबू दादा।'' दो-तीन बार बुलाते ही अंदर से आवाज आई–''कौन?'' बकुल ने जवाब दिया–''मैं हूँ शिबू दादा, दरवाजा खोलो।'' दरवाजा खुल गया। बाहर मुँह निकालकर शिबेन ने पूछा–''कौन?'' बकुल के आदमियों ने दरवाजे के बगल से निकलकर उसे पकड़ लिया। बकुल ने पिस्तौल निकालकर कहा, ''अगर भागने की कोशिश की या चिल्लाने की कोशिश की तो गोली मार दूँगा।''

''मैं नहीं भागूँगा और नहीं चिल्लाऊँगा। मगर आप लोग कौन हैं? कस्टम? या बिहार पुलिस?''

''बाद में बताता हूँ। अभी आप बताइए घर में और कौन-कौन हैं?''

बकुल के लोग शिबेन को लेकर मकान में घुस गए। प्रत्येक कमरे की तलाशी ली गई पर घरवालों को छोड़कर और कोई भी नहीं मिला। वे लोग शिबेन को लेकर घर के बाहर आए। बाहर आकर देखा कि यूनिफार्म पहने कस्टम के कुछ लोग आए हुए हैं। उन्हीं में से किसी एक ने पूछा, ''किस बारे में रेड हो रही है?'' रीडर बाबू वहीं थे। उन्होंने कहा, ''हम लोग ठीक से नहीं जानते हैं। सी.बी.आई. की रेड हो रही है। हमें पकड़कर लाया गया है।'' सी.बी.आई. का नाम सुनकर कस्टम के लोगों ने किनारा कर लिया। बकुल ने शिबेन से पूछा, ''आप अधीर का घर दिखा देंगे या हमें ही खोजकर निकालना होगा?'' बकुल ने यह देखा था कि अगर कोई अपराधी पकड़ा जाता है तो वो चाहता है कि उसके साथ कम से कम और कोई एक आदमी और भी रहे। शिबेन घोष भी इसका अपवाद नहीं हुआ। वह बकुल को अधीर के घर ले गया। पहले चारों ओर से घेर लेने के बाद बकुल ने शिबेन के जरिए अधीर का नाम लेकर बुलाया। अधीर घर पर ही था। मगर वो दौड़कर भागने लगा, किंतु पुलिस का एक करारा डंडा पड़ते ही वो मुँह के बल गिर पड़ा। पासवान और वरुण ने उसे पकड़कर बकुल के सामने लाकर खड़ा कर दिया। दोनों को गाड़ी में डालकर बकुल बैकुंठपुर रवाना हुआ। बिहार को छोड़कर पश्चिम बंगाल के बैकुंठपुर महकमे में घुसते ही उन्होंने राहत की साँस ली।

जलजलिया बिहार में था और बकुल का बैकुंठपुर पश्चिम बंगाल में। कानूनन दूसरे राज्य में जाकर अपराधियों को पकड़ने की मनाही नहीं थी।

पर स्थानीय पुलिस को एक बार खबर देनी पड़ती है। मगर बकुल ने ऐसा नहीं किया। इसका कारण यह था कि खबर लेने-देने में शिबेन और अधीर नहीं मिलते। दूसरा कारण यह था कि उनके विरुद्ध बकुल के पास कोई ठोस सबूत

भी नहीं था। इसलिए बकुल ने बिना किसी को बताए ही उनको पकड़कर लाने का सिद्धांत लिया। उसका उद्देश्य सफल हुआ। अब उनके पास से ही असली खबर मिल जाएगी।

बकुल ने गाड़ी रोककर अधीर को दूसरी गाड़ी में चढ़ा दिया और सिर्फ शिबेन को अपनी गाड़ी में रखा। गाड़ी में ही उससे पूछताछ शुरू कर दी। कल रात की मीटिंग में आपके घर पर कितने लोग जमा हुए थे? बकुल का प्रश्न सुनकर शिबेन उसके मुँह की ओर ताकने लगा। बकुल ने कहा, "इस ओर देखने को कुछ भी नहीं है। मैं सब कुछ जानता हूँ सिर्फ आप ठीक बोल रहे हैं या नहीं देख रहा हूँ। अगर नहीं जानता तो दुनिया में इतने लोग होने के बावजूद छाँटकर आपको और अधीर को ही क्यों पकड़ने गया?" शिबेन फिर भी अवाक् दृष्टि से बकुल की ओर ताकता रहा।

बकुल ने कहा, "मैं कौन हूँ? मैं एडिशनल एस.पी. बैकुंठपुर।"

शिबेन फिर चौंक उठा, "हुजूर, मैं तैयार नहीं हुआ था, पर वीरसिंह किसी भी तरह से भी नहीं माना। कहा, यहीं पर अच्छा होगा।" वीरसिंह इस इलाके का सबसे कुख्यात स्मग्लर था।

बकुल ने पूछा, "मीटिंग में वीरसिंह था?"

"नहीं हजूर। उसका एक आदमी था।"

"नाम क्या है?"

"नाम नहीं बताया। कहा था वीरसिंह का आदमी है, बस।"

"भोरा सिंह था?"

"था हजूर। बाघागुड़ी के और लोग भी थे।"

"सनत-नृपेन?"

"नहीं हजूर, उन लोगों ने यह काम छोड़ दिया है।"

"और कौन-कौन थे?"

"सबको मैं भी नहीं पहचानता हजूर। मगर बैकुंठपुर के आदमी अधिक थे। क्या बनर्जी बोलकर एक पार्टी का आदमी भी था।"

"क्या बातें हुईं?"

"हजूर सभी कह रहे थे, धंधा पहले की तरह नहीं चल रहा है। क्या किया जाए?"

"क्या तय हुआ?"

"तय कुछ भी नहीं हुआ हजूर। सिर्फ आलोचना ही हुई थी।"

"तब आप सच बात नहीं बताएँगे। मैं ही बताता हूँ सुनिए। घूस भी जब नहीं ले रहा है और तबादला करने के लिए मंत्री भी तैयार नहीं हो रहा है, तब बकुल विश्वास को आदमी लगाकर कत्ल कर दिया जाए। जो भी खर्च होगा चंदा उठाकर सब मिलकर खर्च करेंगे।"

शिबेन एकदम चुप हो गया। बकुल कहने लगा, "अच्छा आप लोगों की इतनी हिम्मत होती कैसे है कि एडिशनल एस.पी. का कत्ल करने की सोचते हैं। आप लोग कत्ल करेंगे और एडिशनल एस.पी. चुपचाप बैठा रहेगा? मान लीजिए कि आप दोनों को यदि यहीं पर गोली मारकर फेंक दूँ तो आप लोगों को कौन बचाने आएगा?" यह सुनते ही शिबेन का मुँह सूख गया। बकुल कहता रहा—"पर मैं ऐसा नहीं करूँगा। आप लोगों को मैं एक मौका और दूँगा। उसके बाद भी अगर आप लोग मुझे मारना चाहेंगे तो मुझे भी आत्मरक्षा का अधिकार है। तब मैं सचमुच ही आप लोगों को गोली मारकर फेंक दूँगा। पैदा जब हुआ हूँ तो मरना एक दिन पड़ेगा ही पर मैं आप लोगों को जिंदा छोड़कर नहीं मरूँगा।"

"हजूर हमें छोड़ दीजिए। आइंदा से हम लोग ऐसा काम नहीं करेंगे और जो कोई भी करेगा आपको खबर दे देंगे।"

"पर छूटने के बाद अगर आप लोग दूसरा रूप धारण करें तो?"

"आपको छूकर कसम खाता हूँ, हम लोग ऐसा नहीं करेंगे।"

"ठीक है आप लोग जिससे छूट न पावें वैसा केस मैं नहीं दूँगा। पर याद रहे।"

बकुल दोनों असामियों को बैकुंठपुर थाने के लॉकअप में बंद करके ऑफिस लौट गया। रेड सफल होने के कारण उसे अच्छा लग रहा था, पर अधिक देर तक उसका ये अच्छा लगना नहीं रहा। राखाल दुकान से कलकत्ते की एक बंगला दैनिक ले आया।

बकुल ने देखा, जलजलिया में शिबेन घोष के घर की मीटिंग की खबर अखबार के लोग भी जान चुके थे। अखबार में बड़ी-बड़ी हेडलाइन छपी थी; पुलिस अधिकारी बकुल विश्वास का कत्ल करना चाहते हैं बैकुंठपुर के माफिया। विस्तृत रिपोर्ट भी छपी थी। कौन-कौन मीटिंग में थे, क्या सिद्धांत हुआ सब छापा गया था। खबर पढ़ते ही सबसे पहले बकुल को रोजी की याद आई। रोजी क्या सोचेगी? हो सकता है वो खुश ही हो। बकुल के कत्ल होने पर मुकदमा करके तलाक लेने का झमेला भी नहीं रहेगा। पर बकुल के माँ-बाप। वे इस खबर को पढ़कर टूट जाएँगे। ऐसे ही बकुल को बार-बार सावधान करते रहते थे। सब समय ही वे लोग डरे-डरे रहते थे। अब तो और ज्यादा घबड़ा जाएँगे। जिन्होंने ऐसी खबर छापी है उनमें अगर जरा सी भी बुद्धि रहती। बकुल ने अपने जिले के एस.पी. को फोन पर पकड़ा—"अखबारों में माफिया मेरा कत्ल करना चाहती है ऐसी एक खबर छपी है, शायद आपने देखा होगा सर?"

"हाँ देखा हूँ, बात क्या है?"

"घटना एकदम सत्य है सर। मगर डरने की कोई बात नहीं है। जिन्होंने षड्यंत्र किया था, उनमें से दो जन इसी बीच अरेस्ट हो गए हैं। सर आप अगर

मेरे घर पर एक आदमी भेजकर कहलवा देते कि डरने की कोई बात नहीं है। मैं ठीक हूँ।''

''जरूर, जरूर। मैं थाने में बोल दे रहा हूँ। आप यहाँ कब आ रहे हैं?''

''घर जाने पर आप लोगों के साथ मुलाकात करूँगा सर।''

पत्रकार विप्लव सरकार ने कमरे में घुसते ही कहा, ''हमारे अखबार की खबर देख रहे हैं?''

''देखा, पर खबर आपने नहीं लिखी यह भी देख रहा हूँ और आप लोगों के खबर पाने से पहले ही मुझे खबर मिल गई थी। आप लोगों ने तो सिर्फ किन लोगों ने षड्यंत्र किया यह छापा है किंतु उनमें से दो व्यक्ति इसी बीच पकड़े गए हैं यह जानते हैं क्या?''

''नहीं, नहीं। यह तो नहीं जानता। कहाँ हैं वो लोग? एक बार देखना चाहता हूँ।''

''थाने के लॉकअप में हैं, देख आइए, जाइए।''

''तब फिर देख ही आऊँ। एक खबर तो मिली।'' वो चला गया। तकरीबन एक मिनट बाद दिव्येंदु साहा ने कमरे में घुसकर आरोप किया—''हमें बिना कुछ बताये विप्लव को खबर दे दिया तो?''

''यही तो, आप बिना कुछ देखे सुने ही मुझ पर दोषारोपण कर रहे हैं। वो खबर विप्लव ने नहीं की। उनके भूषणगंज के संवाददाता ने की है। इस तरह की खबर छपे, क्या मैं चाहूँगा?''

''यह भी ठीक है। उसके घर पर कहा, विप्लव आपके पास आया है। विप्लव नहीं आया?''

''आया था। थाने में गया है।''

''क्यों?''

''जिन्होंने मुझे कत्ल करने का प्लान बनाया था, उनमें दो जन पकड़े गए हैं।''

''वाकई, ये बोलिए। यही तो एक न्यूज हो सकती है।'' दिव्येंदु साहा भी थाने की तरफ चल पड़े।

अगले दिन अखबारों में छपा—प्रायः मीटिंग के साथ-साथ बैकुंठपुर में एडिशनल एस.पी. बकुल विश्वास के पास खबर पहुँच गई। दूसरी रात को ही रेड करके उन्होंने दो लोगों को गिरफ्तार कर लिया जिन्होंने उनका कत्ल करने का षड्यंत्र रचा था। खबर फैलने के साथ-साथ जिन्होंने षड्यंत्र रचा था उनमें आतंक की लहर दौड़ गई। वे सोचने लगे—अलग राज्य में मीटिंग हुई फिर भी यह खबर बकुल विश्वास इतनी जल्दी कैसे जान गया? बेटा जरूर कोई मंतर जानता है। कोई इलाका छोड़कर भाग गया, तो कोई अपने इलाके में ही अंडरग्राउंड हो गया।

चांदा साहब ने कलकत्ते से लौटकर बकुल को सर्किट हाउस में बुला भेजा। बकुल के पास से नीरेन नंदी के केस के बारे में जानकर कहा, "मैंने सौराष्ट्र मंत्री को जबान दी है, तुम नीरेन नंदी को अब और अरेस्ट मत करना।"

"किंतु तब तो लोग यही सोचेंगे कि गौर कुंडू की बात ही सही है। उन्होंने कहा कि मैंने नीली पार्टी के साथ षड्यंत्र करके केस स्टार्ट किया है। अखबारों में बयान दिया है कि मेरे नाम मुकदमा करेंगे।"

"वो एकदम ब्लडीफूल है। एम.एल.ए. होकर सोच रहा है कि क्या न क्या बन गया है। मंत्री के पास मुकदमे के लिए पूछने गया था। उन्होंने काफी फटकारा।"

"किंतु सर..."

"कोई किंतु नहीं। कम से कम मेरे लिए ही तुम नीरेन नंदी के केस को लेकर और हल्ला-चिल्ली मत करो। मैं तो तुमसे प्यार करता हूँ। तुम कम से कम यह तो नहीं चाहते कि मेरा अपमान हो। मैंने गृहमंत्री को जबान दी है। तुम अगर मेरी बात नहीं सुने तो मेरे मुँह पर कालिख पुत जाएगी।"

बकुल और कुछ नहीं कह सका। चांदा साहब ने प्रसंग बदलते हुए कहा, "यहाँ पर पिस्तौल लटकाकर क्यों आए हो? मैं क्या तुम्हारा शत्रु हूँ?"

"नहीं सर। मगर मेरे शत्रु तो काफी हो गए हैं। वे षड्यंत्र भी कर रहे हैं इसलिए साथ में कुछ रखना अच्छा है।"

"हर वक्त साथ में यदि रखना है तो यह लो।" उन्होंने अपने पॉकेट से एक छोटा-सा स्पेशल रिवाल्वर निकालकर बकुल के हाथ में दे दिया। बकुल ने जानना चाहा—"पर सर आप?"

"मैं एक और इश्यू करवा लूँगा। तुम इसे रखो। खुश हो तो?" बकुल के अंदर एक अलग सी अनुभूति होने लगी। प्राचीन काल में गुरु अपने शिष्यों के हाथ में अस्त्र दिया करते थे। यह भी वैसी ही बात है। बकुल ने रिवाल्वर लेकर चांदा साहब को सैल्यूट किया। चांदा साहब ने उसकी पीठ को थपथपाते हुए कहा, "दैट्स लाइक ए गुड ब्वॉय। मैं जानता हूँ कि तुम मेरी बात नहीं टाल सकोगे।"

तीस

दो दिन हुए बकुल का छोटा भाई माँ को लेकर बैकुंठपुर आया था। कुछ दिनों से माँ के सीने में काफी असहनीय दर्द हो रहा था। गाँव का अस्पताल कुछ न

कर सका। कहा अल्ट्रासोनोग्राफी करवाना होगा, इंट्रोवेनस पाइलोग्राफी भी करवाने को कहा। कलकत्ता नहीं ले जाने से नहीं होगा। भाई कलकत्ता न जाकर माँ को लेकर बकुल के पास चला आया। यहाँ भी वो सुविधाएँ हैं। बकुल ने कल ही वो सब करवाया था। उन रिपोर्ट से पता चला कि गॉल ब्लाडर में स्टोन हुआ है। ऑपरेशन करना होगा। सब-डिविजनल अस्पताल में नहीं होगा—मेडिकल कॉलेज अस्पताल में जाना होगा। बकुल के घर के पास ही मेडिकल कॉलेज अस्पताल के डाक्टर बनिक रहते हैं। उनकी पत्नी भी उस अस्पताल की पैरा मेडिकल स्टाफ है। दोनों के साथ बकुल का परिचय था। बकुल कल रात ही उनके पास गया था। डाक्टर बनिक आज कलकत्ता चले जा रहे हैं इसलिए अस्पताल में नहीं रह पाएँगे। मिसेज बनिक ने उनको दस बजे माँ को लेकर जाने के लिए कहा। वे भर्ती करवा देंगी। इस तरफ कल रात को बकुल को खबर मिली कि पहाड़ की हालत का मुआयना करने के लिए डीजी होम साहब आज की फ्लाइट से आ रहे हैं। बारह दस की फ्लाइट है। उसके पहले ही बकुल को एयरपोर्ट पहुँचना होगा। बकुल थोड़ा पहले मेडिकल कॉलेज के लिए रवाना हो गया।

माँ को गाड़ी में बैठाकर वो पहले मिसेज बनिक के पास गया। मिसेज बनिक उसे अस्पताल सुपर के पास ले गईं। सुपर ने शिकायत के लहजे में कहा, आप तो सीधे मेरे पास आ सकते थे। मिसेज बनिक बकुल को कैश काउंटर में ले गईं और पाँच दिन का एडवांस रुपया जमा करके रसीद वार्ड मास्टर को दिखा दिया। वार्ड मास्टर ने कहा, "डाक्टर बाबू देखेंगे, कुछ दिन ऑब्जर्वेशन में रहेंगी, उसके बाद ऑपरेशन होगा। मगर खाना आप लोगों को देकर जाना होगा। पेइंग बेड में खाना नहीं दिया जाता।" बकुल मुश्किल में पड़ गया। वो कब कहाँ रहता है, इसकी कोई निश्चितता नहीं है। भाई भी रास्ता पहचानकर नहीं आ सकेगा। दो वक्त खाना पहुँचाने में बहुत झमेला होगा।

बकुल ने पूछा, "आप लोग खाना दे दें। और पैसा ले लें, ऐसा नहीं हो सकता?"

वार्ड मास्टर ने कहा, "नहीं, ऐसा नहीं होता है। उस कांट्रेक्टर को बोलना पड़ेगा। वो इसमें तैयार होगा कि नहीं ठीक नहीं है। बहुत झमेला है। इससे बेहतर होगा कि आप खाना पहुँचा जाइए।"

मिसेज बनिक ने कहा, "मैं तो सुबह आती हूँ। सुबह के वक्त खाना न हो तो मैं ही दे दूँगी। आप शाम का खाना भेजने की व्यवस्था करें।" बकुल अब और बात नहीं बढ़ाकर बाहर आ गया। जरूरत पड़ने पर राखाल या मधु किसी को भेजकर खाने की व्यवस्था करनी पड़ेगी।

मिसेज बनिक ने कहा, "चलिए, हमारे वार्ड में चलिए। हमारे वार्ड में तीन लड़कियाँ हाउस सर्जनशिप कर रही हैं। वे लोग आपको देखना चाहती हैं। आप

आएँगे सुनकर मुझे कह रखा है–बकुल विश्वास कैसा है एक बार दिखाइएगा।"

"देखिए आज मुझे थोड़ी जल्दी है। माँ को जब भर्ती किया है, तब तो आना ही पड़ेगा। बाद में मैं मिल लूँगा।"

"ये नहीं हो सकता है वे मुझे खा जाएँगी। आपकी फ्लाइट में तो अभी देरी है। अभी तो सिर्फ ग्यारह बजे हैं। रोज मुझसे पूछती हैं, आप बकुल विश्वास के घर के पास रहती हैं। वो सज्जन देखने में कैसे है? क्या बहुत गंभीर हैं? हम लोगों से एक दिन मुलाकात करा देंगी? वही बकुल विश्वास अस्पताल में आकर चला जाए, मुझे साबुत छोड़ेंगी सोच रहे हैं?"

इच्छा के विपरीत नई-नई पास हुई डाक्टरों को दर्शन देने के लिए बकुल को मिसेज बनिक के वार्ड में जाना ही पड़ा। वार्ड में पहुँचते ही मिसेज बनिक बुलाने लगीं–"अरी ओ शिऊली, ओ सईला, ओ शकुंतला इधर आओ। बकुल विश्वास आए हैं।" एक-एक करके बाईस-तेईस वर्ष की तीन लड़कियाँ आकर बकुल को जैसे चिड़ियाघर में बाघ-भालुओं को देखते हैं, वैसे देखने लगीं। उनकी आँखों को देखकर बकुल विश्वास को लगा, ये विश्वास ही नहीं कर पा रही हैं कि यही बकुल विश्वास है। एक लड़की ने तो मिसेज बनिक का हाथ पकड़कर तानते-तानते दूर ले जाकर पता नहीं क्या खुसर-फुसर करने लगी। जिसे सुनकर मिसेज बनिक हो-हो करके हँसने लगीं। हँसी का दौर जब जरा कम हुआ तो वे आकर बोलीं, "सईला क्या कह रही है, जानते हैं? बोल रही है, ये तो हमारी तरह ही साधारण आदमी हैं।" यही एक मुश्किल है। उसके संबंध में अखबारों में रिपोर्ट पढ़कर लोगों के मन में ऐसी एक धारणा बन गई थी कि बकुल विश्वास मानों एक असाधारण, अस्वाभाविक इंसान है। वो सोच ही नहीं सकते कि वो एक साधारण इंसान है। इन पर गुस्सा करके क्या फायदा? उसने मुस्कुराते हुए पूछा, "आप लोगों ने क्या सोचा था कि मेरे सर पर तीन सींग होंगे, या पीछे की ओर आँखें होंगी?"

उसी के पास खड़ी एक लड़की ने उत्तर दिया–

"नहीं ऐसा नहीं?"

"फिर?"

"देखने में विशाल होंगे। मुख पर गंभीरता होगी। या बड़ी-बड़ी मूँछें होंगी।" उसके बगल वाली लड़की फट से बोल पड़ी, "यही हाई-फाई और क्या?" यह सुनते ही बकुल हँस पड़ा। मिसेज बनिक भी हँसने लगीं। तीनों लड़कियाँ भी इस हँसी में शामिल हो गईं।

बकुल ने कहा, "आज मेरे पास समय नहीं है। आप लोग एक दिन ऑफिस में आइए। परिचय किया जाएगा।" वो उठ गया।

मिसेज बनिक कमरे से बाहर आकर बोलीं, "देखे, कितनी पागल हैं।" बकुल मुस्कुराते हुए गाड़ी में बैठ गया।

फ्लाइट ठीक समय पर ही लैंड हुई। होम साहब प्लेन से उतरते ही लामलिंग रवाना हो गए। बकुल से कह गए–"कल दोपहर को मैं लौटूँगा। चार बजे तुम मुझसे आई.बी. ऑफिस में मिलो।" बकुल लौट आया। अगले दिन आई.बी. ऑफिस में जाते ही होम साहब ने उसके हाथ में एक चिट्ठी दी। यह चिट्ठी राज्य के मुख्यमंत्री को हॉसिकुआँ के एम.एल.ए. पलाश मिंज द्वारा लिखी गई थी। चिट्ठी अंग्रेजी में लिखी हुई थी। उन्होंने लिखा था, "एडिशनल एस.पी. बकुल विश्वास नीली पार्टी के साथ षड्यंत्र करके हमारे पार्टी संगठन को नष्ट कर देना चाहते हैं। जनसाधारण की आँखों में हमारे नेताओं की छवि खराब करने के लिए हमारे पार्टी के नेताओं के खिलाफ झूठे केस स्टार्ट कर रहे हैं।

फिदानगर के प्रधान नीरेन नंदी एक बहुत ईमानदार आदमी हैं पर एडिशनल एस.पी. बकुल विश्वास ने उनके नाम पर सिर्फ केस ही स्टार्ट नहीं किया, उनको अरेस्ट करने की कोशिश भी की है। इस कारण इलाके में काफी उत्तेजना फैल गई है। अतः यदि बकुल विश्वास को अविलंब ही यहाँ से हटाया नहीं गया तो बड़े स्तर की एक अशांति की सृष्टि हो सकती है। इसलिए जन प्रतिनिधि की हैसियत से आपसे यह निवेदन है कि बकुल विश्वास को तत्काल बैकुंठपुर से हटाया जाए।" चिट्ठी की कॉपी गृहमंत्री, जिला मंत्री, होम सेक्रेटरी, डी.जी. और एस.पी. को भी दी गई।

बकुल सोच नहीं पा रहा था कि पलाश मिंज ऐसी एक चिट्ठी भी लिख सकते हैं। विभिन्न मौकों पर काम के सिलसिले में पलाश मिंज से उसकी बातें हुई थीं। जिसमें वे इस तरह के कूटनीति मिथ्याचारी आदमी नहीं लगे। जरूर गौर कुंडू और नीरेन नंदी ने उनको प्रभावित करके ऐसा लिखवाया था। वे अगर व्यक्तित्व सम्पन्न आदमी होते तो ऐसा लिखने के लिए तैयार ही नहीं होते।

बकुल ने डी.जी. साहब को सब बातें खोलकर बता दीं। यह सुनकर उन्होंने कहा, "चांदा ने भी मुझे ऐसा ही कुछ कहा था, पर वे लोग फिर तुम्हें इतना नापसंद क्यों करते हैं? तुम एम.एल.ए. का फोन नंबर जानते हो? मैं उन लोगों से बात करूँगा।" बकुल ने होम साहब को एम.एल.ए. का फोन नंबर दे दिया। होम साहब ने कहा, "मुझे एक रिपोर्ट देनी होगी। तुमने मुझे जो कुछ भी कहा उसे अच्छे से लिख कर दो। और तुमने यह जो मुझसे कहा कि गोदाम से फिदानगर पश्चिम में है और जहाँ मारवाड़ी की दुकान पर सीमेंट अनलोड हुआ वो काफी पूर्व में है। उन जगहों का तुम मुझे एक स्केच मैप बनाकर दो। मैं कल की फ्लाइट से जाऊँगा। उसके पहले ही दे देना। तुम्हें काफी काम रहता है, तुम जाओ।" बकुल सैल्यूट करके ऑफिस लौट गया। वो मन ही मन सोचने लगा–बाकी सब अफसर भी अगर ऐसे होते तो कितना अच्छा होता।

अगले दिन फ्लाइट से होम साहब कलकत्ता रवाना हो गए। उसके भी अगले

रात चांदा साहब ने फोन किया—"सबंग में बहुत झमेला हो रहा है। तुम जाकर दो दिन कैंप करो।" अभी भी उसकी माँ अस्पताल में भर्ती थी। ऑपरेशन नहीं हुआ था। डाक्टर ने दवाई दी थी। सीने का दर्द कम होने पर ऑपरेशन करेंगे। एक बार तो बकुल ने सोचा कि यह बात चांदा साहब को बता दे। पर बाद में अगर वे सोचें कि संबग न जाने के लिए बकुल बहाना कर रहा है। इसलिए वो यह बात नहीं कह सका। उसने चांदा साहब से पूछा, "कब जाना होगा सर?"

"तुम्हारी जब इच्छा हो। कल सुबह ही चले जाओ नहीं तो परसों जाओ। ऐट योर विल।"

"साथ में किसी को लेना होगा सर?"

"कुछ असिस्टेंट लोग ले लो और फिर वहाँ तो लोग हैं ही।"

"ठीक है सर। कल नहीं मैं परसों सुबह जाऊँगा।"

सुबह उठते ही बकुल अस्पताल गया। उसने माँ से कहा, "मैं दो दिन के लिए बाहर जा रहा हूँ। लौटने पर मुलाकात होगी।"

माँ रोने लगी, "ऑपरेशन होगा। बचूँगी या मरूँगी, कोई ठीक नहीं। तुम नहीं रहोगे, यही सही? यहाँ मुझे कौन जानता है? एक आकुल है। वो भी है तो जो खुद को ही नहीं सँभाल पाता, तो मुझे क्या देखेगा?"

बकुल ने समझाकर कहा, "मैंने डाक्टर बाबू से बात कर ली है। ऑफिस के लोग रोज आकर देख जाएँगे। और ये काम करने वाली बाई और मिसेज बनिक भी आएँगी।"

बकुल ने कमरे से बाहर निकलते ही देखा, दरवाजे के बाहर फूल खड़ी है। उसने बकुल को देखते ही पूछा, "खुद तो सबंग जा रहे हैं। माँ के खाने की क्या व्यवस्था की है?"

"भाई तो है ही। वो ही खाना दे जाएगा।"

"इतना झमेला न करके अपने होस्टल से मैं अगर खाना दे जाती तो अच्छा नहीं होता?"

"नहीं, नहीं, सामने तुम्हारी परीक्षा है। इस समय मैं तुम्हें इन सब झमेले में नहीं डालना चाहता।"

"वाकई? या बार-बार मेरे आने पर बाद में अगर माँ पूछ बैठे, ये लड़की कौन है, ये डर है?"

"हाँ, ये भी है।"

"तब फिर अब और माँ के पास अच्छा लड़का बनकर नहीं रहना होगा, क्यों? यदि इतना ही अच्छा लड़का बनने का शौक है तो फिर जो कुछ आपके हिसाब से अच्छा काम नहीं है, वो सब करने क्यों जाते हैं?"

बकुल कोई जवाब न दे सका। फूल से विदा लेकर वो ऑफिस रवाना हो गया।

पासवान छुट्टी लेकर घर गया था। ऑफिस में आकर बकुल ने वरुण को बुलाकर एम.टी.ओ. को एक गाड़ी और आई.सी.बी.आर.एफ. को एक सेक्शन फोर्स रेडी रखने के लिए कहा। रुद्र को बुलाकर कहा—कल सुबह आठ बजे ही सबंग के लिए रवाना होगा पड़ेगा। पहाड़ पर जो लोग आंदोलन कर रहे हैं, रुद्र उसी जाति का था। इसलिए बकुल को कइयों ने यहाँ तक कि डी.एस.पी. गौतम पाल ने भी रुद्र को पहाड़ पर लेकर न जाने की सलाह दी थी। उनके परामर्श को सुनकर बकुल के मन में भी संशय आ गया। अपने ही सिक्यूरिटी के हाथों इंदिरा गाँधी की हत्या की बात याद आने लगी। ऐसे ही ड्राइवर भी अगर विश्वासी न हो तो कदम-कदम पर खतरा आ सकता है। कोई मूवमेंट नहीं किया जा सकेगा। आंदोलनकारियों को उसकी सब गतिविधियों की खबर मिल जाएगी। वो वलनरेबल हो सकता है। पर रुद्र बकुल के पास शुरू से काम कर रहा है। इसी बीच वह बकुल के साथ पहाड़ पर भी गया है, पर रुद्र उस तरह का नहीं लगा। रुद्र अगर अविश्वसनीय व्यक्ति नहीं है तो सिर्फ शक के कारण उसे छोड़ देना बहुत अन्याय होगा। इस कारण बहुत सोच विचारकर बकुल ने तय किया कि वो रुद्र को ले जाएगा।

रुद्र को गाड़ी तैयार रखने के लिए कहकर बकुल ऊपर जाकर कपड़े-लत्ते, बोरिया-बिस्तर सजाने लगा। सबंग में काफी ठंड थी, वो पुराने होल्डाल को निकालकर एक कंबल, एक रजाई और दो बिछाने का चद्दर ले लिया। यूनिफॉर्म के साथ स्वेटर के अलावा जैकेट भी रख लिया। ऊन के मोजों को भी बक्से से निकाला।

सुबह आठ बजे थाने से आदमियों को लेकर गाड़ी चली आई। बकुल भी निकल पड़ा। बकुल की गाड़ी में वरुण के अलावा और भी एक स्टेनगनधारी हेड कांस्टेबल और तीन राइफलधारी कांस्टेबल चढ़े। पीछे की गाड़ी में बल्कि एक स्टेनगनधारी हेड कांस्टेबल और चार स्टेनगनधारी कांस्टेबल चढ़े। बकुल ने दोनों ड्राइवरों से कह दिया कि दोनों गाड़ियाँ सब समय एक साथ थोड़ी दूरी रखकर चलेंगी जिससे एक-दूसरे की सहायता कर सकें। गाड़ी चलने लगीं।

कुछ दूर जाने के बाद ही पहाड़ी रास्ता शुरू हुआ। पहाड़ों को काटकर रास्ता बनाया गया था। एक ओर ऊँचा पहाड़ तो दूसरी ओर गहरी खाई। बीच से गुजरता हुआ टेढ़ा-मेढ़ा घुमावदार रास्ता। गाड़ियाँ काफी कम चल रही थीं। कभी दो-एक छोटी पहाड़ी बस आ रही थीं तो कभी दो-एक छोटे पहाड़ी ट्रक और कुछ आर्मी के हरे रंग की गाड़ियाँ। कभी-कभी दो-एक लोग दिखलाई पड़ रहे थे। बकुल अपनी सतर्क दृष्टि रास्ते पर लगाए बैठा रहा। शायद कहीं रास्ते पर माइन बिछी हुई हो, या फिर किसी पहाड़ के ऊपर से चट्टान का कोई बड़ा टुकड़ा ही लुढ़क आए। किसी आड़ से गोली चल जाना भी कोई विचित्र बात नहीं थी। आंदोलनकारियों का मूल लक्ष्य है—पुलिस। पुलिस की गाड़ी देखते ही वो आक्रमण करते हैं। जिसके

कारण बकुल हर वक्त उत्कंठित रहता था। वन के हरे-हरे सौंदर्य, करीब ही तेज गति से बहने वाली नदी का रुपहला स्रोत, रास्ते के दोनों ओर बिखरे हुए फूल-फल, लता-गुल्म, पशु-पक्षियों की ओर भी वो एक नजर नहीं दे पा रहा था। वे सब मानों आँखों के पर्दे पर एक मोहक आघात कर कहीं विलीन होते जा रहे हैं।

एक घुमाव पर आकर गाड़ी खड़ी हो गई। रुद्र ने कहा, "सर उस पहाड़ के ऊपर कुछ लोग घूम-फिर रहे हैं।" बकुल ने देखा, एक आदमी पहाड़ के शिखर पर खड़ा है। उसके आस-पास कुछ लोग चल-फिर रहे हैं। बकुल गाड़ी से उतरा। अन्य सभी भी उतर पड़े। बकुल ने एक साथ झुंड बनाकर खड़े रहने के लिए मना किया। वे लोग इधर-उधर बिखरकर खड़े हो गए। वहाँ से आर्मी की एक ट्रक क्रॉस करके चली गई। पहाड़ के ऊपर खड़े लोग भी ओट में छिप गए। बकुल और अन्य सभी गाड़ी में बैठ गए और गाड़ी चलने लगी। इस बार वे चढ़ाई पर से जा रहे थे। एक घुमाव पर बकुल ने देखा कुछ मुर्गियाँ चुग्गा कर रही हैं। रुद्र ने कहा, "सर जंगली मुर्गी।" बकुल ने देखा, बिल्कुल पाली हुई मुर्गियों की तरह है।

कुछ दूर और जाने पर बकुल ने ध्यान दिया कि एक तार के जैसा कुछ ऊपर की ओर जा रहा है। बकुल ने गाड़ी रोकने के लिए कहा। उसने गाड़ी से उतरकर वस्तुस्थिति समझने की कोशिश की। अच्छी तरह से मुआयना करने के बाद उसने देखा कि वो तार नहीं लता है। वो वापस चलने लगा।

दोपहर बारह बजे के करीब वे लोग सबंग आकर पहुँचे। सबंग थाने का ओ.सी. बादल चक्रवर्ती पहले बाघागुड़ी थाने में था। उसने बकुल को देखते ही प्रश्न किया—"सर आप यहाँ?"

"हाँ, आप लोगों के यहाँ एक-दो दिन रहना होगा। चांदा साहब ने तो यही कहा है।"

"पर हमारे पास तो कोई खबर नहीं है। बैठिए सर। मैं एस.डी.पी.ओ. साहब से पूछता हूँ।"

बादल चक्रवर्ती ने एस.डी.पी.ओ. कामता को फोन किया। मगर वो घर या ऑफिस कहीं भी नहीं थे। वे एस.डी.ओ. के घर गए हैं। बकुल गाड़ी लेकर एस.डी.ओ. के घर चल पड़ा। घर के सी.आर.पी.एफ. कैंप के लोगों ने कहा—

"साहब क्लब गए हैं।"

"क्लब किधर है?"

"सीधे चले जाइए। इस रास्ते के बाईं ओर।"

बकुल उस रास्ते से सीधे चलने लगा। कुछ दूर जाने के बाद एक मैदान दिखाई पड़ा। मैदान के चारों ओर राइफलधारी और स्टेनगनधारी सी.आर.पी.एफ. के जवान खड़े हैं, और मैदान में दो सज्जन गोल्फ खेल रहे हैं। मैदान के पास जाकर बकुल ने देखा, उसमें से एक एस.डी.ओ. कामता प्रसाद और एक एस.

डी.ओ. आमटे हैं। बकुल को यह दृश्य अच्छा नहीं लगा। जब पहाड़ धधक रहा है, तब उस पहाड़ की शांति बनाए रखने के लिए जो फोर्स दी गई है उनको मैदान के चारों ओर खड़ा करके प्रशासन के दो कर्णधार दोपहर के वक्त गोल्फ खेल रहे हैं। हालाँकि दोपहर का वक्त ही यहाँ उपयुक्त समय है क्योंकि यहाँ सुबह या शाम को काफी ठंड पड़ती है। अपने मन के भाव को छुपाकर बकुल मैदान की ओर बढ़ा। कामता साहब ने आगे आकर कहा–"नो सर। चांदा साहब ने मुझसे कुछ नहीं कहा।" आमटे ने भी उसका साथ दिया। बकुल वापस थाने लौट आया। उसने चांदा साहब से फोन पर संपर्क करने की कोशिश की पर वे नहीं मिले। बाध्य होकर उसने ओ.सी. से कहा, "अभी तो आप कम से कम रहने की एक व्यवस्था कीजिए। बाद में बात की जाएगी, किसलिए आने के लिए कहा था।"

बादल चक्रवर्ती इसे-उसे फोन करने लगा। अंततः उसे एक परित्यक्त पी. डब्लू.डी. के ऑफिस में ले जाकर ठहराया। ऑफिस थाने से पूर्व की ओर था। ऑफिस के नीचे ही सिनेमा घर है जो अभी बंद है। दूसरी ओर ट्रेजरी गार्ड। कुछ दूरी पर सी.आर.पी.एफ. है। चेयर-टेबिल हटाकर सोने के लिए जगह बनाई गई। यहाँ खाना पकाने में काफी असुविधा है, इसलिए ओ.सी. ने सी.आर.पी.एफ. कैंप में खाना खाने की व्यवस्था कर दी। बकुल ने ऑफिस के सामने और पीछे चौबीस घंटे गार्ड की व्यवस्था की। रात को जो लोग ड्यूटी पर रहेंगे उनको दिन के वक्त सो लेने को कहा।

शाम होते न होते ही बम गिरने लगे। थोड़ी रात होने पर सिनेमा हॉल के सामने ही एक बम फटा। रास्ते के उस ओर बेटशी बाजार की ओर से तो दीवाली के पटाखे की तरह बम फटने की आवाजें आने लगीं। बकुल गार्ड को सतर्क कर थाने पहुँचा। बादल चक्रवर्ती ने कहा, "सर अभी तो यह शुरू ही हुआ है, सारी रात चलेगा। यहाँ कोई प्रशासन नहीं है। मैं खुद भी डर-डर के यहाँ रहता हूँ। पुलिस के लोगों के साथ भी उनका संपर्क है। हम कब क्या कर रहे हैं, वे सब कुछ जान जाते हैं।"

"पर ये बम का गिरना तो दिन में घर-घर जाकर सर्च करने से ही बंद हो जाएगा। कम से कम, कम तो होगा ही।"

"किंतु सर्च करेगा कौन, सर? 'जान बची तो लाखों पाए' वाली हालत है। जितनी फोर्स आई थी सब तो साहब लोगों को गार्ड करने में ही समाप्त हो गई।"

"पर उन गार्डों को ही लेकर तो रेड किया जा सकता है?"

"मैं तो कुछ भी न कर सका। सर, आप जब आए हैं तो जरा देखिए, सर।"

बकुल वापस उस पी.डब्लू.डी. के ऑफिस़ लौट आया। देखा, दूसरी जगहों पर गफलत करने पर भी उसके आदमी यहाँ काफी सतर्क होकर गार्ड ड्यूटी कर रहे हैं। दरअसल यहाँ वे लोग भी खुद खतरे की संभावना के कारण सचेत होकर

रह रहे थे। वे यह जानते हैं कि यहाँ असावधानी बरतने का मतलब है कि खुद का जीवन भी खतरे में पड़ सकता है। दूसरी जगहों पर हजार कोशिशों के बावजूद यही समझ उनके अंदर पैदा नहीं किया जा पाता। इसलिए भी वे कर्त्तव्य की अवहेलना करते हैं।

बकुल गार्डों के साथ बात करके सोने चला गया। मगर नींद थी कि किसी भी तरह आने का नाम ही नहीं लेती। उसने मन को समझाने की बहुत कोशिश की कि नींद पूरी नहीं होने पर तबीयत खराब हो सकती है। वो ठीक तरह से काम नहीं कर पाएगा, किंतु किसी भी तरह उसे नींद नहीं आई। उसके मन में सिर्फ यही बात आने लगी कि किसी भी क्षण कैंप पर आक्रमण हो सकता है। इसके पहले भी वो कई बार पहाड़ पर आ चुका था साथ में गार्ड भी थे। काम खत्म करके चला भी गया। डामडिंग में तो गोली खाते-खाते बचा। पर ऐसी अनुभूति नहीं हुई।

जिस किसी भी पल संकट आ सकता था। यह अनुभूति बकुल को बेचैन कर गई। वो सोचने लगा, जो लोग आंदोलन कर रहे हैं उनके साथ उसकी किसी प्रकार की व्यक्तिगत शत्रुता नहीं है। फिर भी उसने ऐसा एक काम लिया है कि वो उनके आक्रमण का निशाना बन गया है।

दूसरे दिन बकुल ने कामता प्रसाद के साथ बात की। पर कामता प्रसाद रेड करने के लिए तैयार नहीं हुआ। उसने कहा, "यहाँ का कल्चर ही अलग है। तुम अपना खेल दिखाओ, हम अपना खेल दिखाते हैं। वे लोग रात के वक्त बम फोड़ेंगे, लोगों को डराएँगे और हम लोग दिन के वक्त घूम फिरकर लोगों के मन में साहस पैदा करेंगे, बस। रेड करने पर ही झमेला होगा। क्या फायदा झमेला बढ़ा कर?" बकुल ने देखा, उसके यहाँ आने का कोई मतलब ही नहीं है। न तो कोई यहाँ उसकी बात सुनता है और न ही उसको यहाँ किसी की बातें सुननी पड़ती हैं। तब फिर उसका यहाँ रहने का क्या फायदा? बकुल ने चांदा साहब से फोन पर संपर्क करने की कोशिश की पर ऑफिस से बताया गया कि वे लामलिंग में नहीं हैं। कहीं बाहर गए हैं। कहाँ गए हैं यह वे नहीं बता सके।

बकुल ने तय किया कि वो बैकुंठपुर लौट जाएगा। दूसरे दिन शाम को उसके ऑफिस से रीडर बाबू ने फोन करके बताया, कि उसकी माँ का ऑपरेशन हो गया है। होश में आने के बाद से ही वो बकुल को देखना चाह रही हैं। बकुल ने थाने से कैंप लौटते ही अपने लोगों से कहा, "हम लोग कल सुबह ही बैकुंठपुर चले जाएँगे।" लोग सुनकर खुश हो गए। कौन यहाँ पड़े रहना चाहता है?

रात को बकुल ने चांदा साहब से बात करने की कोशिश की पर पता चला, वे लामलिंग नहीं लौटे हैं। कहाँ हैं यह उनके ऑफिस के लोग नहीं जानते। बकुल एक मैसेज लिखकर सुबह-सुबह ही बैकुंठपुर के लिए रवाना हो गया। लौटते वक्त

गाड़ी पहले की अपेक्षा थोड़ी जल्दी ही पहुँच गई। दस बजे के करीब वे लोग बैकुंठपुर पहुँच गए।

इकतीस

दो दिन बाद चांदा साहब ने फोन किया—"मैंने तुम्हें सबंग भेजा और तुम मेरे साथ बात किए बगैर ही चले आए?" किसी को बिना कुछ कहे ही उसे सबंग भेजने के लिए बकुल चांदा साहब पर असंतुष्ट था। उसने कहा, "सर, मैं यदि कोई काम में ही न लगूँ तो झूठ-मूठ वहाँ बैठने से क्या फायदा, मैंने आपसे बात करने की बहुत कोशिश की पर कर न सका, इसलिए चला आया। मुझे जो आप वहाँ भेज रहे हैं यह बात आपने न कामता प्रसाद को बताई न और किसी को। जिस कारण उन लोगों ने मेरे साथ फारेनर की तरह व्यवहार किया। इस हालत में मैं वहाँ क्या करता, सर।"

"क्या करोगे यह मैं समझूँगा। तुम वापस जाओ।"

"किस हिसाब से जाऊँ सर?"

"क्यों? तुम वहाँ पर एडिशनल एस.पी. की हैसियत से काम करोगे?"

"सर, तब फिर एक आर्डर कर दीजिए।"

"क्यों? मैं तुमसे कह रहा हूँ, क्या यह आर्डर नहीं है?"

"पर आप सबंग में तो किसी को कुछ बोल नहीं रहे हैं, सर।"

"बोल दूँगा।"

"अच्छा होगा कि आप अगर एक मैसेज भेज दें।"

"मैसेज की जरूरत नहीं होगी। तुम चले जाओ।"

उन्होंने फोन रख दिया। चांदा साहब की बातें बकुल को बिल्कुल पसंद नहीं आईं। उसे सबंग जाने के लिए कह रहे हैं पर सबंग के लोगों को कुछ कह ही नहीं रहे हैं। अपने इलाके के बाहर जाकर दिन पर दिन काम करने के लिए एक आर्डर का होना बहुत जरूरी है। वो कुछ लोगों को साथ लेकर जा रहा है। किसी को अगर कुछ हो गया तो वो क्यों गया—यह प्रश्न उठेगा और उस प्रश्न का उत्तर यदि ऊपर वालों के लिए सुविधाजनक न हो तो वे लोग कोई भी ठीक उत्तर नहीं देंगे। इसलिए काम को यथा संभव कानून के मुताबिक करने के लिए उसने चांदा साहब को एड्रेस करके एक मैसेज लिखा—'एज पर योर डाइरेक्शन आई.एम. प्रॉसीडिंग

टू सबंग फॉर एनक्वायरिंग एज एडिशनल एस.पी. सबंग देअर।' बकुल ने मैसेज की कॉपी डी.आई.जी. और डी.आई.जी. हेडक्वार्टर को भी दी।

अगले दिन सुबह वरुण, पासवान और उनके अलावा भी फोर्स लेकर बकुल सबंग के लिए रवाना हुआ। उसी पी.डब्लू.डी. के ऑफिस में रहने की व्यवस्था की गई। अबकी बार बकुल यहाँ रहने के लिए मानसिक रूप से तैयार होकर आया था। भाई से कह आया था, माँ के पूर्ण रूप से स्वस्थ होते ही वो माँ को लेकर घर चला जाए। इसलिए उसे पीछे की कोई चिंता नहीं थी। वो दिन-ब-दिन सबंग की परिस्थितियों पर नजर रख रहा था।

शाम होते ही दीवाली के पटाखों की तरह बम फटने का क्रम अभी भी एक ही तरह से चल रहा है। पिछले दो दिनों में और भी दो बंगले जल चुके हैं। टी.एन.एल. एफ. के जंगियों ने दो दिन में दो महिलाओं का अपहरण कर लिया। उनमें से एक पुलिस की होम गार्ड थी, और कंट्रोल रूम में काम करती थी। परसों दोपहर को वे जब काम से घर लौट रही थीं तब टी.एन.एल.एफ. के लोग उसे उठाकर रोशी बाजार की ओर लेकर चले गए। कल रात टी.एन.एल.एफ. के लोग नर्सरी की अध्यापिका को घर से जोर-जबरदस्ती उठाकर ले गए। पिछले जून महीने में बंद के समय उसने अपना स्कूल खुला रखा था। उनकी आज तक कोई खोज खबर नहीं मिली।

बकुल ने कामता प्रसाद से कहा कि कम से कम रोशी बाजार इलाके में तलाशी चलाकर देखा जा सकता है कि दोनों महिलाएँ मिलती हैं या नहीं। न मिलने पर भी तो लोग यही समझेंगे कि पुलिस कोशिश कर रही है। वरना बाद में और कोई भी व्यक्ति पुलिस की सहायता करने के लिए आगे नहीं आएगा। मगर कामता ने इस बात पर कोई ध्यान नहीं दिया। उसने बताया कि गुप्त रूप से उनकी खोज की जा रही है। किस तरह की खोज हो रही है यह शाम के वक्त पता चला। एस.डी.पी.ओ. अपनी गाड़ी को रास्ते पर खड़ी करके ड्राइवर को लेकर एक घर में घुसे। तकरीबन घंटे भर बाद घर से बाहर निकला तो पाया कि किसी ने गाड़ी को धकेलकर कई सौ फुट नीचे फेंक दिया है। काफी कोशिशों के बाद भी गाड़ी को उठाया नहीं जा सका। रात के वक्त अज्ञात कुछ लोगों ने गाड़ी को आग लगाकर फूँक दिया। दूसरे दिन समाचार पत्रों में खबर छपी, सबंग के एस. डी.पी.ओ. की गाड़ी पर सशस्त्र टी.एन.एल.एफ. का हमला। प्राण बचने पर भी गाड़ियों को हमलावरों के हाथों से नहीं बचाया जा सका। गाड़ी जलाई गई थी यह सच है, पर हमला कब हुआ यह बकुल सबंग में रहकर भी न जान सका।

पर अगले दिन सचमुच हमला हुआ। थाने के पश्चिम दिशा में बाजार था। वहाँ के कुछ व्यवसायियों पर टी.एन.एल.एफ. के लोग काफी खफा थे क्योंकि उन्होंने बंद के समय अपनी दुकानें खुली रखी थीं। कुछ दिन पहले ही उनमें से एक को टी.एन.एल.एफ. के हथियार बंद लोगों ने थाने से कुछ सौ गज की दूरी पर चौक

बाजार में दिन दहाड़े गोली मारकर हत्या कर दी। थाने के इतने करीब खून होने पर भी पुलिस अभी तक एक भी हत्यारे को नहीं पकड़ सकी। मगर चौक बाजार में अब दिन-रात हर वक्त ही पुलिस पिकेट रहती है। पैदल पुलिस के अलावा भी पुलिस की गाड़ी गश्त देती रहती है। सी.आर.पी.एफ. की एक गाड़ी जब थाने की ओर से चौक बाजार होकर उस ओर जा रही थी, तभी पास के एक छत से गोली की आवाज गूँज उठी। दो जवान गाड़ी के अंदर ही लुढ़क गए। यह खबर मिलते ही सी.आर.पी.एफ. के कार्यकर्त्ता घटना स्थल पर दौड़ते हुए पहुँचे। काफी संख्या में पुलिस और सी.आर.पी.एफ. पहुँची पर हमलावर नहीं मिले। अंधकार की ओट में उन्होंने खुद को छिपा लिया।

अगले दिन कड़े पुलिस पहरे में बाजार के नीचे श्मशान में दोनों सी.आर.पी.एफ. जवानों की अंत्येष्टि की गई। उनके घर के लोग जो बहुत दूर थे, शायद उन्हें यह भी नहीं मालूम होगा कि उनके प्रियजन अब इस दुनिया में नहीं रहे। बकुल का मन दुःख से भारी हो गया। कल उसका भी यही हाल हो सकता है।

सी.आर.पी.एफ. के जवानों का शायद मन खराब हो गया था। दो सहकर्मियों को श्मशान में जलाकर आने के बाद वे अड़कर बैठ गए। दिन के वक्त सर्च सीजर, रेड न करने दिया गया तो वे लोग रात को अब और गश्त पर नहीं निकलेंगे। व्यवसायी लोग खबर सुनते ही घबड़ा गए। वे लोग एक बार एस.डी.ओ. के पास जाते तो एक बार एस.डी.पी.ओ. के पास। दो-एक बार बकुल के पास भी आए। बकुल ने उनको अपनी असहायता के बारे में बताया। सब सुनने के बाद उन्होंने चांदा साहब को फोन किया। चांदा साहब ने बकुल को फोन करके कामता को फोन किया। कामता बकुल के पास आया। तय हुआ कि दो-एक दिन खोज-खबर लेकर रेड होगी। इसी बीच आंदोलनकारियों ने एस.डी.ओ. ऑफिस के एक कर्मचारी का अपहरण कर लिया। उसका अपराध यह था कि वह टी.एन.एल.एफ. के अनुगत एमप्लाइज एसोसियेशन का सदस्य नहीं था। तय हुआ, देरी करना उचित नहीं होगा। अगले ही दिन रोशी बाजार इलाके में तलाशी अभियान चलाया जाएगा। उसी के मुताबिक प्लान बनाया गया। अपने इस प्लान की बात बकुल ने कामता और सी.आर.पी.एफ. के असिस्टेंट कमांडेंट के अलावा और किसी को भी नहीं बताई।

दूसरे दिन प्लान के मुताबिक कामता एक प्लाटून लेकर थाने के बगल से नीचे उतरा। असिस्टेंट कमांडेंट चौक बाजार से नीचे उतरे। बकुल और जरा-सा बाएँ तरफ आया, जिससे पूरी घाटी को घेरा जा सके। वे लोग घर-घर जाकर बम, विस्फोटक या अस्त्र-शस्त्र है या नहीं की तलाशी लेने लगे। किसी संदेहास्पद व्यक्ति को देखते ही उससे पूछताछ शुरू करने लगे। प्रायः किसी भी घर में कोई वयस्क पुरुष नहीं मिला और अस्त्र-शस्त्र भी नहीं मिला। मगर फिर भी वे लोग देखते-देखते आगे बढ़ने लगे।

बी.एस.एफ. कैंप के पास आकर वे लोग जबरदस्त विरोध के सामने पड़ गए। सामने पहाड़ की ओट में कुछ लोग हाथों में बंदूक लिए पोजीशन लेकर खड़े हुए दिखे। बाईं ओर से बाँस-झाड़ियों के उस पार से बम फटने की आवाजें आ रही थीं। अचानक ही सामने से गोली चलने की आवाज आई। बकुल और उसके साथी जो जहाँ थे वहीं रुककर पोजीशन ले ली। इस हालत में अगर आगे बढ़ना होगा तो फायर करना पड़ेगा, वरना पीछे हटना पड़ेगा। यहाँ बैठे रहना भी खतरे से खाली नहीं है। पीछे हटना भी सुरक्षाप्रद होगा बकुल को ऐसा नहीं लगा। उस हालत में वे लोग पीछे से गोली चला सकते थे। इसके अलावा एक बार पीछे हटने से दुबारा इस इलाके में नहीं आया जा सकेगा। उनका साहस और बढ़ जाएगा। बकुल ने कहा, ''आगे बढ़ना होगा। अगर जरूरत पड़ी तो गोली चलाकर भी।'' संग-संग बकुल ने आर.टी.ओ. पर असिस्टेंट कमांडेंट का आर्डर सुना—''सामने दुश्मन, दो सौ गज पर। पहाड़ी की ओट पर छुपा हुआ। देखने के साथ ही फायर।'' कुछ देर तक निस्तब्धता छाई रही। उसके बाद अचानक गोली की आवाज। सामने अंतर्नाद। फिर एक गोली की आवाज। उसके बाद सामने के बंदूकधारियों की ओर से जवाबी गोली। कुछ देर तक दोनों ओर से गोलियाँ चलीं। उसके बाद उन लोगों का पलायन।

बकुल और उसके आदमियों ने जब देखा कि वे लोग काफी दूर चले गए तब वे लोग आगे बढ़ने लगे। कुछ दूर आगे बढ़ने पर एक बंद घर के अंदर से एक साथ बहुत सारे लोगों की बचाओ-बचाओ चिल्लाने की आवाजें सुनाई पड़ीं। मगर उस घर के बाहर ताला लगा था। आस-पास के घरों में भी कोई आदमी नहीं था। बकुल के लोगों ने पत्थर मार कर दरवाजा खोल दिया। घर में घुसकर देखा गया कि दो महिलाओं और एस.डी.ओ. ऑफिस के कर्मचारी के अलावा और भी दो लोगों को बाँधकर रखा गया। उनको मुक्त किया गया। उनसे पता चला कि टी.एन.एल.एफ. के लोग नदी के किनारे-किनारे उत्तर-पूर्व की ओर आगे बढ़ते हुए दिखाई पड़े। यहाँ पर रास्ता बहुत अच्छा है, पर वे लोग गाड़ी को बहुत पीछे छोड़ आए थे। बकुल अपने आदमियों को लेकर रास्ते के ऊपर दौड़ने लगा। उसके साथ उन हथियार बंद लोगों ने बहुत दूर पर खुली जगह को छोड़कर पहाड़ की खोह में जंगल के अंदर पोजीशन ले ली। बकुल सोचने लगा कि कैसे उनको पकड़ा जाए क्योंकि वे लोग हर समय बहुत दूरी रखकर चल रहे थे।

बकुल उस ओर देख ही रहा था कि अचानक कुछ पहाड़ की खोह से बंदूक की नाल आहिस्ते-आहिस्ते ऊपर उठती हुई नजर आई। बकुल का हृदय धक्-धक् करने लगा। उसने झट से बैठकर दूसरों को इशारा किया। सभी ने अपनी-अपनी सुविधानुसार पोजीशन ले लिया। रास्ते के बाईं ओर एक सूखे ड्रेन से होकर बकुल घुटने के बल चलते हुए, एकदम खोह के उस पार निकल गया। उस पार जाकर स्पष्ट रूप से दिखलाई पड़ा कि एक बाईस-तेईस साल का युवक अपनी बंदूक ताने

स्टैंडिंग पोजीशन में खड़ा है। किसी पर नजर पड़ते ही तुरंत फायर करेगा, पर पीछे क्या हो रहा है उस पर उसका कोई ध्यान नहीं है। उसके साथ उसका कोई साथी नहीं है। तकरीबन एक गज की दूरी पर वो खड़ा है। एकमात्र राइफल से ही अच्छा निशाना साधा जा सकता था मगर ड्रेन से निशाना साधने के लिए राइफल को पूरी तरह खड़ा करके बाहर निकालना पड़ेगा क्योंकि ड्रेन एकदम खड़ी है। इस कारण उसकी कोई भी हरकत उस लड़के की नजर में आ सकती है। उसने चुपचाप अपने संगी से कहा, "आप तैयार रहिए, गोली की आवाज सुनते ही आप राइफल को बाहर निकालकर तैयार हो जाइए। अगर वो भागने लगे तब गोली मार दीजिएगा।" उसके साथी ने हामी भरकर अपनी सहमति जाहिर की। बकुल ने अपनी नाइन एम.एम. पिस्तौल को ड्रेन से बाहर निकालकर निशाना साधा। जब पिस्तौल के दोनों नल और उस युवक की पीठ एक लाइन में आ गई तब उसने ट्रिगर दबाया। गोली चलने के साथ ही एक चीख सुनाई पड़ी। लगा कि हाथ की बंदूक छिटक पड़ी है। बकुल ने ड्रेन के बाहर सिर निकालकर देखा, नहीं बंदूक छिटकी नहीं है। वो युवक बंदूक हाथ में लिए ही लँगड़ा-लँगड़ाकर भाग रहा है। बकुल के साथ-साथ उसके साथी ने भी गोली चलाई। युवक निढाल होकर गिर पड़ा। उसके हाथ से बंदूक भी छिटक गई।

बकुल के आदमी जाकर उसे उठा लाए। देखा गया, उसके हाथ में जो बंदूक है एक विदेशी बंदूक है जिसमें ट्वेल्व बोर बुलेट लोड किया हुआ है। उसके कपड़ों की जाँच करके और कुछ भी नहीं मिला। सिर्फ उसकी शर्ट की पॉकेट से एक चिट्ठी मिली। बकुल उस चिट्ठी को खोलकर पढ़ने की कोशिश करने लगा। चिट्ठी देवनागरी में लिखी गई थी। बकुल ने उसे धीरे-धीरे पढ़ा उसमें लिखा था—

"मेरे पवन,

तुम्हारा पत्र मिला। तुम्हारी सब बातें मैं समझ नहीं पाई। मगर मुझे काफी डर लग रहा है। तुम लोगों के पास न तो हथियार है और न ही ट्रेनिंग। सिर्फ मन के जोर पर क्या सब कुछ होता है? ट्रेनिंग पाए हुए लोगों के साथ तुम लोग क्या कर पाओगे? मैं तुम्हें निरुत्साह नहीं कर रही, पर इन सब बातों पर तुम्हें विचार करना ही होगा।

जो भी हो तुम्हें एक बार देखने की बहुत इच्छा हो रही है। तुम कम से कम एक दिन के लिए आ जाओ। मैं इंतजार करूँगी।

तिमारी पूर्णिमा।"

बकुल का हृदय दर्द से व्यथित हो उठा। तब इस युवक का नाम पवन है। पूर्णिमा नाम की एक लड़की इससे प्यार करती है। वो पवन के लिए इंतजार करेगी लिखा था पर अनंत काल तक इंतजार करने पर भी उसका पवन अब कभी नहीं लौटेगा। उसने स्वयं पवन को मार डाला था। बेचारी पूर्णिमा। बकुल ने लिफाफा निकालकर उसका पता देखना चाहा। यदि मिल जाए तो उसे गुमनाम रूप से खबर

भेजवा देगा। पर लिफाफे पर पूर्णिमा का पता लिखा हुआ ही नहीं है। पवन का है। पवन कुमार छेत्री, रोशी बाजार, पो. सबंग, जिला लाममलिंग। बकुल ने देखा, लिफाफे के ऊपर कल की सबंग पोस्ट ऑफिस की मुहर लगी है। इसका मतलब यह चिट्ठी उसे कल ही मिली है और आज ही वो इस दुनिया को छोड़कर चला गया। बकुल बहुत हताश होकर आकाश की ओर देखने लगा।

बकुल ने देखा हथियार बंद लोग नदी पार करके उस पार की पहाड़ी के नीचे के जंगलों में घुसे हैं। अचानक बकुल को खयाल आया कि इस तरह यहाँ पर खड़ा रहना खतरों से खाली नहीं। वे लोग बंदूक और डेड बॉडी लेकर वापस लौटने लगे। लौटकर आकर देखा कि सी.आर.पी.एफ. के असिस्टेंट कमांडेंट का दल भी एक डेड बॉडी लेकर लौट आया है। सभी के थाने में लौटने के बाद देखा गया कि कुल चार लोग फायरिंग में मारे गए हैं। सी.आर.पी.एफ. के एक जबान के हाथ में भी गोली लगी थी। उसे अस्पताल ले जाया गया। वहाँ पहुँचकर देखा गया, गोली से घायल आदमी को कोई अस्पताल में भर्ती करा गया है। बकुल ने पूरी घटना का विवरण लिखकर लाममलिंग एस.पी. के पास मैसेज भेज दिया।

उस दिन रात को शहर में और बम नहीं फटा। अंतिम प्रहर में सिनेमा हॉल के दक्षिण में सिर्फ एक बम फटा। दूसरे दिन कुछ लोग रोशी बाजार से एस.डी.ओ. के पास गए। उनकी शिकायत थी, कि "पुलिस मासूम लोगों को परेशान कर रही है। निर्विकार रूप से लोगों को गोली मार रही है।" और कुछ लोगों ने एस.डी.ओ. के पास आकर कहा, "ऍक्सेस कुछ हुआ है। मगर इसकी भी जरूरत थी। उन बच्चुओं का बम मारना तो बंद हुआ। दो दिनों से कोई किडनैप्ड भी नहीं हुआ।"

शाम को बैकुंठपुर से आई.सी. समीनाथ का फोन आया। समीनाथ ने कहा, "सर, कैसे हैं सर?"

"अच्छा हूँ। आप लोग कैसे हैं?"

"सर, ठीक हैं सर।"

"माँ की तबीयत कैसी है, जानते हैं?"

"हाँ सर। शाम के वक्त वरुण आया था। कह रहा था अच्छी है। शायद दो-एक दिन के अंदर ही घर चली जाएगी। आपको वहाँ गए हुए तो तीन सप्ताह हो गए हैं, सर। अब और कितने दिन रहेंगे?"

"देखो, और कितने दिन रहना पड़ता है।"

"सर, अखबारों में देखा कि बहुत बड़ी रेड हुई थी। पर रेड में क्या आप नहीं थे सर?"

"क्यों रेड तो मेरे अंडर में ही हुई थी। अगुवा किए गए लोगों का उद्धार किया गया। गोली-बारी में उनके पाँच लोग मारे गए।"

"वो सब तो लिखा है सर। मगर लिखा है कि रेड कामता साहब के नेतृत्व में हुई है।"

"आप किस अखबार की बात कर रहे हैं?"

"सभी अखबारों में लिखा है सर। यही तो मेरे सामने स्टेट्समैन रखा हुआ है। स्टेटसमैन में भी लिखा है कि रेड कामता साहब के अंडर में हुई है।"

"देखिए तो किसे कोट करके लिखा गया है?"

"चांदा साहब को कोट किया गया है, सर।" वो अखबार पढ़कर सुनाने लगा। हाँ चांदा साहब ने ही विज्ञप्ति दी थी कि रेड कामता के नेतृत्व में हुई है?

बकुल सोचने लगा, चांदा साहब ने ऐसी विज्ञप्ति क्यों दी? चांदा साहब क्या नहीं चाहते कि बकुल को अपनी योग्यता की स्वीकृति मिले या फिर उन्होंने बैकुंठपुर से बकुल को मौखिक रूप से सबंग लाकर रखा है यह बात वो किसी को बताना नहीं चाहते। जो भी हो, बकुल के साथ उन्होंने बहुत अन्यायपूर्ण व्यवहार किया है।

बकुल समझ गया उसे और भी अधिक सावधान होना होगा। वो बहुत हिसाब से चलने लगा।

दूसरे दिन सुबह-सुबह ही बकुल को चांदा साहब का एक लाइन का मैसेज मिला—"प्रोसेडि टू बैकुंठपुर इम्मिडिएटली।" बकुल अपना बोरिया बिस्तर समेटकर वापस गाड़ी में बैठ गया। काफी दिनों बाद शाम के वक्त वो वापस बैकुंठपुर पहुँचा। बैकुंठपुर मानो नया-नया सा लग रहा है। ऑफिस में आकर पता चला कि भाई आज सुबह ही माँ को लेकर घर चला गया है। बकुल ऊपर चढ़ गया। बिस्तर के चद्दर को बदलकर वो सो गया। बहुत दिनों बाद वह मानो शांति से सोया था इसलिए जल्दी ही नींद आ गई।

दूसरे दिन सुबह एक सज्जन, एक सुंदरी महिला को साथ में लेकर बकुल के ऑफिस में आए। सज्जन ने कहा, "मेरा नाम कुमारेश राय है और ये हैं चंपा बसु। हम लोग एयर लाइंस क्लब की ओर से आए हैं। मैं सेक्रेटरी हूँ और मिसेज बसु ज्वाइंट सेक्रेटरी।"

"तब तो शायद आप लोग यहाँ फुटबॉल टूर्नामेंट अरेंज करने के बारे में आए हैं।"

"ऍक्जेक्टली, यहाँ आने से पहले ही हमने चीफ सेक्रेटरी से कहा था कि खेल के समय आपको वहाँ रखा जाए।"

"क्यों बताइए तो?"

"आई.एफ.ए. के सेक्रेटरी से हमने सुना है कि किस तरह से आपने खेल अरेंज करने में उनकी मदद की थी। आप अगर न होते तो वो काफी मुश्किल में पड़ जाते। उन्होंने कहा था कि आपके रहने पर कोई चिंता नहीं रहेगी।"

"मैं नहीं जानता, उन्होंने ऐसा क्यों कहा?"

"मगर ठीक नहीं कहा। मैं तो सिर्फ कानून बनाए रखने की व्यवस्था कर सकता हूँ। बाकी सब कुछ आप लोगों को ही करना पड़ेगा।"

"वो हम करेंगे। सिर्फ आपके सहयोग की जरूरत है।"

"मेरा सहयोग आपको हर समय मिलेगा।"

कुमारेश राय और चंपा बसु के जाते ही बकुल के ऑफिस की लीव क्लर्क रीनिका सेन ने आकर कहा, "सर, मेरी बहन की सहेलियाँ आपसे मिलना चाहती हैं। बीच में एक दिन आकर लौट गईं। आप उस समय सबंग में थे। वे लोग आज फिर आई हैं।"

"आपकी बहन क्या करती हैं?"

"बैकुंठपुर कॉलेज में सेकेंड ईअर में पढ़ती है।"

"मुझसे मुलाकात करने में क्या है?"

"वे लोग आपसे मिलकर ही चली जाएँगी, अधिक समय नहीं लेंगी सर। ऐ, तुम लोग आओ।"

उसके पर्दा उठाकर बुलाते ही चारों लड़कियाँ अंदर आकर खड़ी हो गईं। बकुल ने कहा, "बैठिए।"

एक लड़की ने विरोध जताते हुए कहा, "हमें आप करके क्यों कह रहे हैं?"

बकुल ने मृदु मुस्कान लिए हुए कहा, "आप निश्चय ही रीनिका देवी की बहन हैं। क्या नाम है तुम्हारा?"

"कोनिका।"

"और तुम्हारी सहेलियों का?"

"सुजाता, इप्सिता, शर्मिष्ठा।" एक-एक करके सब ने अपना नाम बताया।

बकुल ने देखा कि शर्मिष्ठा देखने में बहुत सुंदर है। काफी हद तक फूल की तरह। उसकी तरफ एक बार बकुल ने निहारकर देखा। उसके बाद कोनिका की तरफ देखकर पूछा, "मुझमें देखने का क्या है?" सब एक-दूसरे का मुँह ताकने लगीं।

बकुल ने फिर कहा, "मैं एक अति साधारण इंसान हूँ।"

शर्मिष्ठा नाम की लड़की ने इस बार मुँह उठाकर कहा–"आप हमें कुछ बोलिए।"

बकुल ने जवाब दिया, "मैं कोई साधु बाबा तो हूँ नहीं। मैं क्या बोलूँ? तुम लोग अच्छी तरह पढ़ाई-लिखाई करो।"

"अच्छी तरह पढ़ाई-लिखाई तो करूँगी, और?"

"और यदि हो सके तो न्याय के पक्ष में रहने की कोशिश करिएगा।"

"और?"

"नहीं, मेरे पास बोलने के लिए और कुछ भी नहीं है। तुम लोग खुश रहो।"

चारों लड़कियाँ बकुल को नमस्कार करके एक-एक करके बाहर निकल गईं।

बत्तीस

आज से एयरलाइंस कप फुटबॉल टूर्नामेंट शुरू हो रहा है। इसलिए क्लब के अधिकारियों के साथ बकुल जरूरी मुद्दों पर बात कर रहा था। नेहरू कप फाइनल वाले दिन स्टेडियम में जितने लोगों के रहने की बात थी आई.एफ.ए. ने उससे अधिक टिकट बनवाया था। इस कारण भीड़ को सँभालने में पुलिस का दम निकल गया। इस बात को ध्यान में रखकर बकुल ने इस बार शर्त रखी कि वे लोग प्रतिदिन जितनी टिकट बेचेंगे उसकी एक तालिका पुलिस को देकर बैटं करवानी पड़ेगी। जिससे अधिक मात्रा में टिकट बिक्री न हो।

कुमारेश राय ने कहा, "इसमें कोई आपत्ति नहीं है। अधिक टिकट हम लोग किसी भी हालत में नहीं बेचेंगे। पर गेट पर जो लोग रहेंगे उनके आत्मीय, स्वजन, दोस्त या परिचित लोग बिना टिकट के स्टेडियम में न घुस जाएँ भीड़ बढ़ाने के लिए, यह भी देखना होगा।"

इंडियन एयरलाइंस के स्थानीय अफसर विश्वास साहब बोल पड़े, "नहीं, नहीं, बकुल बाबू जब हैं तो इसकी कोई संभावना नहीं है।"

बकुल ने रोकते हुए कहा, "नहीं, नहीं, मुझ पर इतनी आशा मत रखिए, क्योंकि गेट पर जो लोग ड्यूटी करेंगे वे सभी सोलह आने खरे होंगे ऐसा सोचना गलत है। मगर मैं कोशिश करूँगा जिससे ऐसी हरकत बंद हो जाए।"

विश्वास साहब कुछ बोलने ही जा रहे थे कि ऐसे समय चौदह-पंद्रह वर्ष की एक लड़की रोते-रोते आकर बकुल के कमरे में घुसी।

"ओ बाबू गो, हमर बाप के मार डाला रे।"

"किन लोगों ने मार डाला?" बकुल ने पूछा। लड़की ने जवाब दिया, "भेला लोग।"

"कहाँ पर?"

"ऊ कैंटिन मा।"

और कुछ पूछे बगैर ही बकुल ऑफिस के बाहर आ गया। उसके घर के पास ही एस.डी.ओ. का घर था। उसके बाद, रास्ते के किनारे ही स्टेडियम से सटा

हुआ कैंटीन। बकुल जानता था कि कैंटीन को लेकर कुछ महीनों से गड़बड़ चल रहा है। स्टेडियम पूरा होने के पहले ही दो सौ रुपए महीने भाड़े पर स्टेडियम कमिटी ने विकास बोस नाम के एक आदमी को कैंटीन लीज पर दिया था। विकास बोस कैंटीन चला रहा था और प्रति महीने स्टेडियम कमिटि को दो सौ रुपए भाड़ा दे रहा था। विभिन्न व्यवसायी प्रतिष्ठानों ने देखा कि वह कैंटीन बहुत फायदेमंद है। और इसकी मार्केट वैल्यू इससे भी कहीं ज्यादा है। बहुतों ने कैंटीन लेना चाहा। बैकुंठपुर के एक प्रसिद्ध होटल व्यवसायी ने स्टेडियम कमिटी को प्रस्ताव दिया कि वो कैंटीन के लिए महीने में एक हजार रुपए देने के लिए तैयार है। फिर उसे कैंटीन भाड़े पर पाने के लिए कमिटी के दो-एक सदस्यों को बख्शीश देने में भी आपत्ति नहीं है। (नहीं, यह लिखित नहीं होगा) जिसके कारण कमिटी के दो-एक सदस्य विकास को कैंटीन से हटाने के लिए हाथ धोकर पड़ गए थे। पहले उन्होंने विकास को समझा-बुझाकर कहा। उससे भी काम नहीं हुआ तो कोर्ट में मुकदमा किया। मगर दुःख की बात यह थी कि मुकदमे में उनकी हार हुई। इस कारण विकास पर उनका गुस्सा और बढ़ गया। गौर कुंडू की दया से पार्टी उनके हाथ में थी। पार्टी की सहायता से विकास पर दबाव डालना शुरू किया गया। वे विकास को डराने लगे। आज की गड़बड़ी जरूर उसकी शिखर बिंदु होगी।

बकुल दौड़कर स्टेडियम के पास पहुँचा। बकुल को दौड़ता देखकर वरुण, पासवान, राखाल वे लोग भी उसके पीछे-पीछे कैंटीन के पास चले आए। कैंटीन के पास पहुँचकर उसने देखा कुछ टीनएज लड़के बर्तन, कप-प्लेट, टोपिया-ऊपिया उठाकर बाहर फेंक रहे हैं। बकुल और उनके आदमियों को दौड़ते हुए आता देखकर वे लोग भाग गए। पर आकाश बाबू, विनय बनर्जी और शिशिर साहा नहीं भागे।

शिशिर ने एक बड़ी हाँड़ी को कैंटीन से निकालकर रास्ते पर धम से फेंक दिया। आकाश बाबू विकास को धकेल-धकेलकर रास्ते पर उतार रहे थे और विनय बनर्जी आकाश की पत्नी को कैंटीन से निकालने के लिए खींचातानी कर रहे थे। बकुल ने चिल्लाकर कहा, ''छोड़िए आप लोग बाहर निकलिए।'' आकाश बाबू ने तुरंत उसमें जोड़ा, ''बाहर निकाल दीजिए तो। हमारी बातें किसी भी तरह नहीं सुन रहे।''

''उन लोगों को नहीं मैं आप लोगों को बाहर निकलने के लिए कह रहा हूँ।'' आकाश बाबू ने सहमकर विकास बाबू को छोड़ दिया, पर विनय बनर्जी तब भी विकास की पत्नी को कैंटीन से बाहर निकालने की कोशिश किए जा रहे थे।

बकुल ने कहा, ''मेरी बात न सुनने पर मैं बल प्रयोग करने के लिए बाध्य हूँगा। पासवान आइए तो। पासवान को और आना नहीं पड़ा। विनय बनर्जी विकास की पत्नी को छोड़कर बाहर आकर हाथ झाड़ने लगे। भाव-भंगिमा तो ऐसी थी कि जैसे विकास की पत्नी को पकड़ने पर जो धूल लगी थी उसको वो झाड़कर फेंकना चाहते हैं।

विनय के हाथों से छूटते ही विकास की पत्नी आकर बकुल के पैरों पर गिर पड़ी–''बाबू हम लोग गरीब बा। इ खातिर कऊनो आदमी हमका न देखत है। उलोगन की धमकी सुनकर थाना म डायरी किए रहे। आपके पास भी गए रहे। तबूहो कोऊनो व्यवस्था न हुई।''

विकास ने अपनी पत्नी को खींचकर उठाते हुए कहा, ''भगवान ही हमन लोग का मार रहे हैं। इनका दोष देके का होई? ये तो फिर भी आए हैं अऊर तो कोऊनो आदमी नहीं आवा।''

बकुल को खराब लगने लगा। उसके विरुद्ध इन लोगों का कोई आरोप नहीं है फिर भी उसे लगा कि अपने दायित्व का पालन वो ठीक तरह से नहीं कर रहा है। अगर करता तो विनय बनर्जी दल-बल लेकर विकास बोस को कैंटीन से जोर-जबरदस्ती निकालने की बात सोच भी नहीं सकता। विनय बनर्जी और आकाश राय की बात फिर भी बकुल को समझ में आती है। कैंटीन खाली करवाने पर उन्हें मोटी सलामी मिलेगी, पर शिशिर? वो कॉलेज में पढ़ता है। बैकुंठपुर वेलफेयर ऑर्गनाइजेशन का मेंबर भी है। खाली समय वो जनहित के कार्य में व्यय करता है। विभिन्न मामलों में उससे काफी सहायता भी मिली थी। वो भी इससे जुड़ गया। शिशिर के लिए उसे दुःख हुआ। उसे वो कभी बुलवा भेजेगा, पर इस समय उसने वरुण को ऑफिस भेजकर थाने से एक वैन भेजने के लिए कहा।

खबर मिलते ही खुद आई.सी. चटर्जी दौड़कर आए। बकुल को जरा किनारे ले जाकर उसने कहा, ''सर बात है, जरा ऑफिस में चलिए।'' ऑफिस में आकर उसने कहा, ''सर, चांदा साहब ने मुझसे कहा है कि एक सप्ताह के अंदर कैंटीन खाली हो जानी चाहिए।''

''यह कैसे संभव है? वो लीज लेकर कैंटीन चला रहा है। महीने-महीने भाड़ा देता है। उससे भी बड़ी बात यह है कि कोर्ट की राय उसके पक्ष में है। कोर्ट से हमारे ऊपर भी निर्देश है। आपने चांदा साहब से यह सब नहीं कहा?''

''सर उन्होंने इस तरह कहा कि मेरी हिम्मत ही नहीं हुई। वो कुछ सुनने के मूड में नहीं थे।''

पुलिस में काम करने की यही एक बड़ी असुविधा है। यहाँ सुपीरियर लोग अपनी सुविधानुसार जूनियरों को आर्डर देते हैं। उन आर्डरों को बिना प्रतिवाद करे कैरी आउट करना ही योग्यता का परिचायक है। आर्डर यदि न्याय संगत हो, निरपेक्ष हो तो कोई असुविधा नहीं। पर आर्डर यदि पक्षपात मूलक हो या आर्डर यदि अपने फायदे के लिए हो या फिर अपने मित्रों या प्रभावशालियों की सुविधा के लिए मात्र हो तो, कैरी आउट करने पर पुलिस की छवि खराब होती है। जो कैरी आउट करते हैं उसके संबंध में लोगों की राय खराब होती है। बकुल यह नहीं कर पाता। जिसका परिणाम ऊपर वालों की नजरों में खराब होना और मतलब कैरियर चौपट

होना। उसने चांदा साहब को फोन किया–"सर, आपने आई.सी. को स्टेडियम का कैंटीन खाली करवाने के लिए कहा है?"

"हाँ, खाली हो गया क्या?"

"सर कैसे होगा? वो तो लीज लेकर कैंटीन चला रहा है। हर महीने भाड़ा भी देता है। कोर्ट की राय भी उसके पक्ष में है। और तो और हाईकोर्ट से हम पर निर्देश है कि जिससे कोई गैरकानूनी तरीके से उच्छेद न कर सके, यह देखने के लिए।"

"गौर कुंडू ने मुझसे तो कहा, जबरदस्ती दखल करके बैठा है? आई मीन फोरसेबल आकूपेशन।"

"यह ठीक नहीं है सर। आप गौर कुंडू से ही पूछिए, मैं जो कुछ कह रहा हूँ वो सब ठीक है या नहीं।"

"ठीक है होल्ड ऑन फॉर ए मिनट।"

बकुल पकड़ा रहा। पाँच मिनट बाद वापस चांदा साहब ने फोन उठाकर कहा, "आई चेक्ड अप। तुम्हारी ही बात ठीक है। तुम जो अच्छा समझो, करो।"

"थैंक यू सर। नमस्कार।"

"नमस्का...र।" चांदा साहब ने फोन रख दिया। बकुल ने भी फोन रखकर कहा, "आप वहाँ पर मोबाइल वैन को कुछ देर के लिए पोस्ट कर दीजिए। कोई अब और झमेला न कर सके।" आई.सी. हामी भर कर चला गया। बकुल ने विश्वास साहब से कहा, "सर। आप लोगों को खामखाह ही बहुत देर तक बैठाए रखा।"

"नहीं, नहीं ऐसा कुछ भी नहीं है। आप तो काम ही कर रहे थे उल्टे हम लोग ही आकर आपकी व्यस्तता में और भी झमेला बढ़ा रहे हैं।"

"अरे विश्वास साहब ये आप क्या बोल रहे हैं? आप भी तो काम ही लेकर आए हैं। तब वही बात तय रही। साढ़े चार बजे से मैच शुरू।"

"ठीक है," विश्वास कुमारेश राय को लेकर चले गए।

राखाल ने आकर कहा, "सर, एक लड़का कुछ खबर लेकर आया है। कह रहा है आपसे बात करना चाहता है।" बकुल ने इशारे से उसे भेजने के लिए कहा।

लड़के ने आकर कहा, "सर मिलनसंगी का समर हिरोइन बेच रहा है। रोज दोपहर को एक लड़का स्कूटर से आकर हिरोइन दे जाता है। आज भी आएगा।"

बकुल ने पासवान को बुलाकर कहा, "एक बजने के बीस मिनट पहले हम लोग निकलेंगे। आप लोग तैयार रहिएगा।" पासवान निकल गया।

रीडर बाबू ने कमरे में आकर कहा, "मटिकाटा से चार महिलाएँ आई हैं। आपसे मिलना चाहती हैं।"

"आने के लिए कहिए।"

चारों महिलाएँ ने कमरे में प्रवेश किया। बकुल ने कहा, "बैठिए।" दरवाजे के पास जो महिला बैठी थी उसने उत्तर दिया, "हमारे मास्टर जी के केस का क्या हुआ, यह जानने आई हैं।" बकुल को उस केस की याद आई। मटिकाटा के पोस्टमास्टर की लड़की की उम्र सोलह वर्ष थी। क्लास नाइन में पढ़ती थी। घर में ही बी.ए. पास एक बेरोजगार लड़के से प्राइवेट ट्यूशन पढ़ती थी। उसी प्राइवेट ट्यूटर के साथ वो भाग गई। वो अपनी इच्छा से गई थी पर उसकी उम्र अट्ठारह वर्ष नहीं थी, इसलिए संशोधित कानून के अनुसार यह अपहरण था। मटिकाटा के पोस्टमास्टर ने उसी हिसाब से थाने में एक कंपलेन की। उस समय वहाँ ओ.सी. मनोतोष भट्टाचार्य था और लड़के का बड़ा भाई संतोष पुलिस में हेड कांस्टेबल था। अकेला मनोतोष कम नहीं था, उस पर से उसका साथी संतोष। ओ.सी. मनोतोष, बड़ा भाई संतोष। सोने पर सुहागा। मनोतोष ने अपहरण का केस स्टार्ट ही नहीं किया। सिर्फ एक मिसिंग डायरी की। खोज-बीन चल रही थी। तकरीबन महीने भर बाद भी कोई खबर न मिलने पर पोस्टमास्टर ने बकुल के साथ मुलाकात की। बकुल ने तब जाकर एक केस स्टार्ट किया। इन दिनों मटिकाटा थाने में सामंत ने ओ. सी. के रूप में ज्वाइन किया। बकुल ने सामंत को इस केस की जाँच अच्छी तरह से करने के लिए कहा पर एक महीने के अंदर सामंत को हटाकर आलोक पाल को मटिकाटा का ओ.सी. नियुक्त कर दिया गया। आलोक पाल ने झूठा केस बनाकर मित्तल को पकड़ा था। उसे इसके लिए पुरस्कार भी मिला, पर थाने का भविष्य जर्जर हो गया। बकुल ने विरोध जताया कि आलोक पाल एक भ्रष्ट आदमी है। उसे मटिकाटा का ओ.सी. बनाना ठीक नहीं होगा। इसके अलावा सामंत वहाँ अच्छा काम कर रहा था। आलोक पाल जानता था कि बकुल उसके प्रति संतुष्ट नहीं है। इसलिए वह बकुल को लाँघकर वो चांदा साहब को संतुष्ट रखने की कोशिश करता। उस दिन बकुल को बहुत बुरा लगा, जब उसने देखा कि आलोक पाल चांदा साहब की गाड़ी में कई वीडियो कैसेट और शर्ट-पैंट की पीसेस रख रहा है। वो ठीक से नहीं जानता था कि चांदा साहब ने ये सब खरीदने के लिए दिया था या वो ये सब अपने पैसे से कर रहा है। कुछ पूछना खराब लगता। उसने पूछा नहीं। आलोक पाल से कोई काम नहीं करवाया जा सकता है। मुँह से तो यस सर यस सर करता है, पर असल में कुछ नहीं करता है। कभी-कभी वो चांदा साहब की दुहाई देता। उसे बकुल ने इस केस को देखने के लिए कहा, पर उसने कुछ भी नहीं किया। फिर भी बकुल ने उससे संपर्क करने की कोशिश की, पर वो नहीं मिला। रीडर बाबू ने कहा, "मटिकाटा का फोन खराब है सर।"

बकुल ने उन महिलाओं से कहा, "आप लोग अवश्य ही यह जानती होंगी कि मैं तकरीबन एक माह से यहाँ नहीं था। मात्र कुछ दिन हुए आया हूँ। आप लोग क्या थाने गई थीं?"

''नहीं, हम सीधे आपके पास ही आई हैं।''

''आप लोग क्या मास्टर जी के रिश्तेदार हैं?''

''नहीं, हम लोग महिला समिति की ओर से आई हैं।''

''अच्छा-अच्छा। आप लोगों को पहले कभी देखा हो ऐसा तो याद नहीं पड़ता। आप लोगों का परिचय मिल सकता है?''

दरवाजे के पास बैठी लड़की ने कहा, ''मैं आभा मंडल।''

''क्या करती हैं?''

''चाँदमणि चाय बागान में काम करती थी। अभी तो बागान बंद है इसलिए पार्टी का काम कर रही हूँ। होल टाइमर।''

''इसका मतलब आप लाल पार्टी करती हैं?''

''हाँ लाल पार्टी करती हूँ और महिला समिति का काम भी देखती हूँ?''

उसके बगलवाली लड़की ने कहा, ''मैं ममता मिन्ज। मेरी दर्जी की दुकान है।'' उसके बगलवाली ने कहा, ''मैं गंगा मंडल। गृहवधू।'' सर्वशेष में दाहिने ओर बैठी लड़की ने अपना परिचय दिया, ''मैं शोभा घोष। हिमलु में काम करती हूँ।''

परिचय पर्व समाप्त होने पर बकुल ने कहा, ''देखिए, केस तो पहले ही खराब कर दिया गया है। काफी दिनों तक केस स्टार्ट नहीं हुआ। कोई खोज खबर भी नहीं हुआ। मास्टर जी से मिलने के बाद, मैंने जाकर केस स्टार्ट किया। पर इतने दिनों में वे लड़के-लड़की ऐसी जगह चले गए हैं कि मिल नहीं रहे हैं। मैंने तो उसके भाई को जो ऑटो चलाता है उसको भी अरेस्ट करने के लिए कहा था। सामंत ने उसे अरेस्ट भी किया था, पर उसके पास से भी कुछ नहीं मिला।''

''मिलेगा कैसे?'' आभा कह उठी—''धुलाई दिए बगैर कैसे खबर मिलेगा? आप लोगों ने तो उसे थाने में लाकर बाबू की तरह बैठा कर रखा। पीठ पर एक भी मार नहीं पड़ी।''

''देखिए असामी को मारना-पीटना गैरकानूनी है। मैं गैरकानूनी काम करने के लिए तो नहीं कह सकता।''

''कैसा गैरकानूनी। थाने में क्या मारते-पीटते नहीं हैं?''

''जो करते हैं अपने दायित्व पर करते हैं। मैं किसी को ऐसा करने के लिए नहीं कह सकता। बहुत लोग तो चोरी करते हैं। इसका मतलब क्या आप मुझसे चोरी करने के लिए कहेंगी?''

''वो क्यों कहूँगी?''

''मगर आप तो उससे भी बड़ा अपराध करने के लिए बोल रही हैं।''

''वो कैसे?''

''चोरी करने पर मैक्सिमम तीन साल की जेल होती है और किसी को स्वीकारोक्ति के लिए पीटने पर सात साल जेल की सजा का प्रावधान है।''

"जो मन में आया, बोलने से होगा?"

"जो मन आए ऐसा नहीं है। मैं किताब निकालकर दे देता हूँ। आप तीन सौ तीन आई.पी.सी. देख लीजिए।" बकुल ने अलमारी से एक किताब निकालकर टेबिल पर रख दिया।

आभा ने और कुछ नहीं कहा, पर गृहवधू गंगा मंडल बोल पड़ी, "हम वो कानून-वानून कुछ नहीं जानतीं। लड़की को खोजकर निकालना होगा बस।" बकुल ने जवाब दिया, "अवश्य ही खोजकर निकालना होगा।"

"तो अब और कितने दिन लगेंगे?"

"मुझे हफ्ते भर का समय दीजिए। मैं केस की डेवलपमेंट आपको बता दूँगा।"

"कोई खबर लिए बगैर हम लोग यहाँ से नहीं उठेंगी।"

"देखिए, केस के बारे में मुझे जितना मालूम था मैंने बता दिया। इसके बाद भी आप लोग अगर मेरे ऑफिस में बैठे रहना चाहती हैं तो इसमें मुझे कोई आपत्ति नहीं। मगर मेरे पास एक जरूरी खबर है। मुझे अभी तुरंत जाना पड़ेगा।"

"हम आपको निकलने नहीं देंगी।"

"निकलने नहीं देंगी, मतलब? "बकुल का मूड खराब हो गया। बाप का राज है, क्या? मनोतोष भट्टाचार्य ने केस स्टार्ट न करके मिसिंग डायरी करके केस स्टार्ट किया। पर ये लोग मनोतोष के पास नहीं जातीं। एस.पी. के पास भी नहीं जातीं। वो एक महीने के बाद सबंग से लौटा है। उसके पास खबर लेने आई है। वो भी ठीक है, पर ऊपर से बोलती हैं कि निकलने नहीं देंगी। हाँ, अगर आरोप हो तो घेराव कर सकती हैं, पर उसका भी एक तरीका है। ऑफिस में मिलने के लिए आकर कहती हैं कि निकलने नहीं देंगी। बकुल ने पासवान को बुलाया–"आप लोग तैयार हैं?"

"हाँ सर। रुद्रजी भी गाड़ी में बैठे हैं।"

"चलिए।"

बकुल जाकर गाड़ी में बैठ गया। चारों महिलाएँ भी जाकर गाड़ी के सामने खड़ी हो गईं। बकुल का मूड खराब हो गया। किसी तरह अपने को संयत रखकर उसने रुद्र से कहा, "जरा बैक करके चलाइए। उससे अगर किसी को धक्का लगता है तो लगे।" रुद्र ने गाड़ी को जरा-सा बैंक करके जोर से चला दिया। वीरांगनाएँ अगल-बगल हट गईं।

कुछ देर बाद दिमाग ठंडा होने पर बकुल को लगा, अचानक इतना गुस्सा हो जाना ठीक नहीं था। उन महिलाओं को जरूर गौर कुंडू या शरदेंदु मंडल ने प्लान करके उसे उत्तेजित करने के लिए भेजा होगा। अपना दिमाग ठंडा रखकर उनसे डील करना उचित था। मगर इस तरह की बातों में बकुल किसी तरह अपना दिमाग ठंडा नहीं रख पाता। बेतुकी बातें सुनकर उसका दिमाग खराब हो जाता।

सोचते-सोचते वे लोग मिलन पल्ली पहुँच गए। वहाँ कोई गैरेज नहीं था। एक स्कूल के मैदान में गाड़ी खड़ी करके बकुल लोग ताक लगाकर बैठ गए। एक बजे के करीब एक लड़का स्कूटर पर सवार होकर आया। उसे सर्च करके देखा गया। स्कूटर की डिक्की को भी खोलकर देखा गया पर हिरोइन नहीं मिली। समर के पढ़ने की रूम को सर्च करने पर एक पुड़िया हिरोइन मिली। जिसे देखकर समर की माँ की आँखें फैली रह गईं। बकुल ने हिरोइन की पुड़िया को सीज किया, पर समर को अरेस्ट नहीं किया।

बकुल ने रुद्र से कहा, मटिकाटा थाना चलिए। यद्यपि महिलाओं का व्यवहार उसे जरा भी अच्छा नहीं लगा। पर जिस केस के लिए वे लोग आई थीं, उसकी ठीक तरह से जाँच नहीं हुई, ये सत्य है। लड़की के पिता ने सबसे पहले जो आरोप थाने में दर्ज करवाया था उसमें संतोष के नाम पर भी अभियोग था। वो लड़का लड़की को लेकर अपने बड़े भाई के पास गया था। बड़े भाई संतोष ने ही उसे भागने में मदद की थी। बकुल ने संतोष को बुलाकर लड़की को खोज निकालने के लिए कहा। उसकी धारणा थी कि संतोष जानता है कि वो लड़की उसके भाई के साथ कहाँ है। पर ये बात उसने स्वीकार नहीं की। पुलिस के आदमी होने के कारण वो जानता है कि महीनेभर तक कोई केस स्टार्ट नहीं होने के कारण, केस बहुत कमजोर हो गया। फिर उसके विरुद्ध कोई प्रमाण भी नहीं है। बकुल को बहुत गुस्सा आया। उसने आलोक पाल को बुलाकर उसे इस केस में अरेस्ट करने के लिए कहा। थाने में आकर उसने पाल से जानना चाहा—"क्यों उसे अरेस्ट नहीं किया गया?"

"सर, आई.सी. साहब ने कहा कि उसके विरुद्ध कोई सबूत नहीं मिला है। चांदा साहब को कहा था। उन्होंने भी ऐसा ही कहा। इसलिए फिर..."

"देखिए आलोक बाबू मेरे सामने मेरे ऊपर वालों का नाम लेकर कोई लाभ नहीं होगा। मैं जो कहूँगा उसमें कोई आपत्ति हो तो मुझसे कहिए। आपत्ति नहीं होने पर काम करना होगा। अब आप बताइए संतोष को अरेस्ट करने में आपको कोई असुविधा है?"

"नहीं सर, आप जब बोल रहे हैं?"

"तब फिर एक सप्ताह के अंदर अरेस्ट करके मुझे रिपोर्ट दीजिए। यदि आपने नहीं दिया तो मैं आपसे एक्सप्लेनेशन कॉल करूँगा।"

"नहीं सर, मैं अवश्य ही कर लूँगा।"

"हाँ, करके रिपोर्ट दीजिएगा और केस की क्या डेवलपमेंट होती है मुझे बताइएगा।"

बकुल आकर गाड़ी में बैठ गया। आलोक पाल ने बाहर आकर बकुल को सैल्यूट किया। गाड़ी चल पड़ी।

मटिकाटा से बकुल सीधे खेल के मैदान पहुँचा। तब तक दर्शक मैदान में आ चुके थे। दोनों टीम भी उतर चुकी थीं। खेल के उद्घाटन के लिए मैदान में जिला मंत्री भी आ चुके थे। वे वी.आई.पी. गैलरी में बैठे थे। बकुल ने डी.एस.पी. से मालूम कर लिया कि सब व्यवस्था ठीक है। उसके बाद उसने जाकर मंत्री को सैल्यूट किया। मंत्री ने उसे बैठने के लिए कहा। बकुल के बैठते-ही-बैठते कुछ अपने ऑटोग्राफ बुक लेकर बकुल के सामने आकर खड़े हो गए। बकुल ने कहा, ''यहाँ नहीं ऑफिस में आना।'' वे लोग लौट गए पर मंत्री का चेहरा देखकर बकुल को लगा कि यह बात उन्हें पसंद नहीं आई। अगर कोई उसका ऑटोग्राफ लेने आता है तो वह क्या कर सकता है? वो उन्हें लौटा सकता है, पर उनका आना तो बंद नहीं कर सकता। बकुल खेल देखने लगा। खेल के समाप्त होते ही मंत्री महोदय चले गए। बकुल जाकर कंट्रोल रूम में बैठ गया। सभी के जाने के बाद स्टेडियम गेट बंद करते-करते बहुत देर हो गई।

बकुल क्वार्टर न लौटकर महिला समिति की संपादिका के घर गया। उन्होंने सब कुछ सुनकर कहा, ''आप जिनका नाम बोल रहे हैं मैं उनमें से किसी को भी नहीं जानती। मुझे लगता है कि वे लोग महिला समिति की नहीं थीं। महिला समिति की बात होती तो वे लोग मुझसे कहतीं।'' बकुल को यह बात जँची। वो वहाँ से बैकुंठपुर थाने गया।

आई.सी. समीनाथ ने कहा, ''सर मैंने केस नहीं बल्कि कैंटीन के बारे में एक डायरी की है, पर इतने में ही लाल पार्टी के लोग आगबबूला हो गए हैं। गौर कुंडू ने खुद फोन किया था। वे कह रहे थे कि चांदा साहब ने उसे खाली करने के लिए कहा था तो फिर ऐसा क्यों हुआ?''

''क्या कहा?''

''कहा कि चांदा साहब के साथ एडिशनल साहब की बात हुई है।''

''जो कहा ठीक है। अब देखिएगा कि उस कैंटीन को लेकर और कोई झमेला न हो। मोबाइल वैन को उसी तरह रखिएगा।''

बकुल निकल पड़ा। घर जब पहुँचा तब दस बज चुके थे। कपड़े बदलने के बाद हाथ-मुँह धोकर खाना खाने में रात के ग्यारह बज गए। फिर भी उसकी सोने की इच्छा नहीं हो रही थी इसलिए वो खुले बरामदे में चहलकदमी करने लगा।

अचानक फोन बज उठा। मधु ने कहा, ''सर, एक शराबी आया है। आपसे मिलना चाहता है।'' बकुल कुर्त्ता-पायजामा पहने हुए ही निकल पड़ा। उसने देखा कि उस आदमी के मुँह से भक्-भक्! करके शराब की बू आ रही है। उसने रुआँसे स्वर में हाथ जोड़कर कहा, ''सर आप मेरा न्याय करिए। आपके आलोक पाल ने मुझे घर से निकाल दिया।''

''किस घर से?''

“ग्रीनवुड होटल के कमरे से।”

“होटल क्यों गए थे?”

“वाइफ प्रेगनेंट है सर। आठवाँ महीना चल रहा है, बैठ नहीं पाती। इसलिए कभी-कभार वहाँ चला जाता हूँ। आज भी गया था।”

“उसके बाद?”

“उसके बाद सर एक कमरा भाड़े पर लेकर साथ में गया था। वो लोग पर नाइट पाँच सौ रुपए लेती है। मैंने रुपया पेमेंट भी कर दिया था मगर कुछ करने से पहले ही मैनेजर ने कहा, बड़े बाबू आए हैं। उसके साथ ही आलोक पाल ने कमरे में घुसकर दरवाजा बंद कर दिया। आप न्याय करिए। आलोक पाल क्या ज्यादा रुपया देगा? मैं उससे भी ज्यादा रुपया दूँगा। आप उसको निकालने के लिए बोलिए।”

बकुल का सर से पाँव तक पूरा बदन घृणा से घिनघिनाने लगा। उसने उस शराबी से कहा, “आप कल सुबह आइए, कल सोचूँगा।”

“ठींक है। मैं कल सुबह ही आऊँगा। आप मेरा कार्ड रखिए।” बकुल के हाथों में एक विजिटिंग कार्ड थमाकर वो चला गया। बकुल ने देखा कि वो भी एक सरकारी अफसर है। कार्ड में लिखा है—अनल चौधरी, असिस्टेंट कमिश्नर ऑफ कॉमर्शियल टैक्स, बैकुंठपुर सर्कल। वो ऊपर जाकर फिर से खुली छत पर चहलकदमी करने लगा।

तैंतीस

ऑफिस से ऊपर आकर बकुल ने देखा, चाँदनी पूरे शहर पर छाई है। बत्ती जलाए बगैर ही वो खुली छत पर आ गया। पूर्व की तरफ गोल चाँदी की थाली के आकार का चाँद उगा है। माधवीलता के असंख्य फूल हवा के मृदु झोंकों से लहरा रहे हैं। मल्लिका की मनमोहक खुशबू वातावरण में छाई थी। चाँद की ठंडी रोशनी और फूल की मनमोहक खुशबू बकुल के सीने में एक चरम सुख की अनुभूति पैदा कर रही थी। काफी दिनों के बाद आज बकुल को अच्छा लग रहा था। प्यार करने का जी कर रहा है। गाना गाने की इच्छा हो रही है। आरती मुखोपाध्याय का वो गाना अचानक ही उसे स्मरण हो आया। ‘मधुर चाँदनी में अंग भिगा कर आओ न बात करें। पर इसके बाद की पंक्तियाँ क्या थीं उसे किसी तरह भी याद नहीं

आईं। उस एक ही पंक्ति को वो घुमा फिराकर गाने लगा, पर सुर ठीक नहीं हुआ। तब उसने सोचा, कैसेट तो है ही, एक बार टेप बजा लिया जाए। परंतु छत से जाने की इच्छा नहीं हुई। वो छत के किनारे रखी हुई चेयर पर बैठ गया। धीरे-धीरे कितनी ही बातें उसे याद आने लगीं।

अचानक ही टेलीफोन की घंटी कर्कश स्वर में बज उठी। ऐसे सुंदर माहौल में टेलीफोन की घंटी की घर्र-घर्र की आवाज बकुल को बड़ी बेमानी सी लगी। बेमन से उठकर उसने बैडरूम में जाकर रिसीवर उठाया। नहीं, बाहर से नहीं, नीचे से मधु ने किया है। मधु ने कहा, ''सर यूनिवर्सिटी से सरस्वती नाम की एक भद्र महिला आई है। कह रही है कि आपसे बहुत जरूरी काम है।'' 'सरस्वती?' वो इसके पहले भी कई बार आई थी। अपनी पी-एच.डी. के विषय में बातचीत की थी। मगर इतनी रात गए ऐसी क्या जरूरत आ पड़ी? जो भी हो मधु के मार्फत तो ये सब बातें नहीं पूछी जा सकतीं।

उसने कहा, ''ठीक है, मैं आ रहा हूँ।'' छत के दरवाजे को बंद करके वो सीढ़ी के सामने आया। दरवाजा खोलते ही उसने देखा कि सरस्वती को लेकर मधु हाजिर था।

सरस्वती बोली, ''सुना कि आप थोड़ी देर पहले ही ऊपर चढ़े हैं और फिर से आप तकलीफ करके नीचे उतरेंगे इसलिए मैं ही ऊपर चली आई।''

मधु इसी बीच चला गया। सरस्वती बकुल की प्रतिक्रिया के लिए इंतजार न कर क्वार्टर के अंदर घुस गई। बकुल ने सीढ़ी का दरवाजा बंद करके आकर बैठकखाने की बत्ती जलाई। बैठकखाने के दक्षिण दरवाजे को खोलते ही सामने ऑफिस की छत दिखाई पड़ती है। बकुल ने जाकर दरवाजा खोल दिया।

सरस्वती ने बकुल के पास आकर पूछा, ''आपको कहीं डिस्टर्ब तो नहीं किया? आप क्या कर रहे थे?''

बकुल जरा-सा शर्मा गया। उसने सर झुकाकर कहा, ''वैसा कुछ नहीं कर रहा था। चाँद उगा है। फूल खिले हैं। इस कारण छत पर जाकर बैठा था।''

''तब तो आपमें रस बोध भी है, देख रही हूँ। चलिए ना, तो फिर हम लोग भी वहीं जाकर बैठें।''

''आप जाकर बैठिए। मैं यूनिफार्म खोलकर आता हूँ।''

''नहीं-नहीं रहने दीजिए। यूनिफार्म पहने हुए ही आपको देखने में ज्यादा अच्छा लगता है। काफी स्मार्ट और मैनली लगते हैं।''

उसके ये शब्द बकुल के कानों में गूँज उठे। उसे शर्म आने लगी और बुरा तो बिल्कुल भी नहीं लगा। वो यूनिफार्म पहने हुए ही छत पर रखी चेयर पर जाकर बैठ गया। सरस्वती भी अपना बैग रखकर बकुल के पास आकर बैठ गई। बकुल ने पूछा, ''कहिए आपकी क्या जरूरी बात है?''

सरस्वती ने बिना संकोच के कहा, "मैं घर जा रही हूँ।"

"किससे जाएँगी?"

"कल सुबह की ट्रेन से।"

"अभी कहाँ से आ रही हैं?"

"होस्टल से।"

"कल सुबह की ट्रेन से जा रही हैं तो फिर अभी होस्टल से क्यों आईं?"

"आज रात अगर आपके यहाँ रुक जाऊँ तो क्या असुविधा होगी?"

"दूसरी तो कोई असुविधा नहीं है मगर आप तो जानती हैं कि मैं यहाँ अकेला रहता हूँ।"

"उससे क्या हुआ? यहाँ तो बहुत सारे कमरे हैं।"

"वो तो हैं पर इस मकान में और कोई नहीं रहता। आपके रहने पर बात उठ सकती है। आप होस्टल लौट जाएँ तो अच्छा रहेगा।"

"मगर अब तो कोई बस भी नहीं मिलेगी।"

"ऐसा करते हैं कि मैं आपको गाड़ी से छोड़ आता हूँ।"

"पर मैं तो होस्टल में कह आई हूँ कि रात की ट्रेन से जा रही हूँ। अब अगर वापस लौट जाऊँ तो उनसे क्या कहूँगी? अच्छा अगर आपका कोई पुरुष मित्र यदि आकर यहाँ रात में रहना चाहता, तब भी क्या आप उसे इस तरह दुत्कार कर भगा देते?"

"नहीं ऐसा नहीं करता।"

"तो फिर मुझे क्यों जाने के लिए कह रहे हैं।"

"क्योंकि एक लड़के के साथ एक लड़के के रहने और एक लड़की के साथ एक लड़के के रहने में काफी फर्क है।"

"आप वैसा क्यों सोच रहे हैं? सोचिए ना एक इंसान के साथ एक इंसान रह रहा है। तब देखिएगा कोई फर्क नहीं रहेगा।"

बकुल और कुछ भी नहीं कह सका। चुपचाप बैठा रहा। सरस्वती ने अनुराग भरे स्वर में कहा, "मेरे रहने की बात से आप असंतुष्ट हो रहे हैं। इससे अच्छा तो मैं चली ही जाऊँ। होस्टल में न सही, किसी होटल में जाकर ठहरूँगी।" वो उठ खड़ी हुई।

बकुल ने रोकते हुए कहा, "उसकी अब कोई जरूरत नहीं है। होस्टल में जब जाएँगी ही नहीं, तब यहीं रुक जाइए। मैं मधु को बोलता हूँ कि होटल से कुछ खाने के लिए ला दे।"

"नहीं बाहर से खाना मँगवाना नहीं होगा। आपके घर में जो कुछ है उसी से हो जाएगा।"

"मेरे घर में तो एक जन के लायक ही खाना है। आप आएँगी यह तो मालूम नहीं था।"

'''दाल-चावल तो है?''

''हाँ वो है।''

''उसी से होगा। आप मुझे दिखा दीजिए। मैं खाना पका लेती हूँ।''

''तो फिर चलिए। आप भी हाथ-मुँह धो लीजिए और मैं भी कपड़े बदल लेता हूँ। बनाने-खाने का झमेला सलट जाए। उसके बाद बातें करेंगे।''

''चलिए।''

बकुल ने सरस्वती को ले जाकर रसोईघर दिखला दिया। सरस्वती खाना पकाने लगी। बकुल भी यूनिफार्म खोलकर आकर उसकी मदद करने लगा। खाना पकाने के बाद उन्होंने खाने की टेबल पर एक साथ खाना खाया। उसके बाद दोनों जन छत पर आकर बैठे। अब तक चाँद आकाश में काफी ऊपर तक चढ़ आया है। मगर माधवीलता छत के कोने में ही है। पास ही के जामुन के पेड़ पर बैठकर एक कोयल कूक रही है। हवा के मृदु झोंकों से सरस्वती की सफेद साड़ी का आँचल रह-रहकर उड़कर बकुल के सीने और मुँह से टकरा रहा है जिससे बकुल के अंदर झुरझुरी-सी दौड़ रही है। रात मधुमय सी प्रतीत हो रही है। सिर्फ चाँद के सीने पर लगे कलंक की तरह बकुल के मन में भी एक संकोच हो रहा है। अकेले इस घर में सरस्वती को रहने देना शायद ठीक नहीं हुआ। पर इस रात सरस्वती पास में होने के कारण काफी दिनों के बाद मानो उसे अच्छा भी लग रहा है। इतना अच्छा शायद पहले कभी नहीं लगा। खुशी की व्यापकता के कारण उसकी इच्छा गला खोलकर प्रेम का गीत गाने की हो रही है। परंतु उसका अंतर्मन कह रहा है–इतना अच्छा होना अच्छा नहीं है।

बकुल उठ खड़ा हुआ। बैठकखाने में पलंग पर मच्छरदानी टाँगकर उसने सरस्वती से कहा, ''काफी रात हो चुकी है। सो जाइए। मैं बगल के कमरे में हूँ। कोई जरूरत हो तो बुला लीजिएगा।''

''आप सो जाइए। मैं थोड़ी देर बाद जाती हूँ।''

बकुल सोने के कमरे का दरवाजा बंद करके लेट गया। परंतु नींद नहीं आई। दक्षिण दिशा की खिड़की खोलकर वो चाँदनी को एकटक निहारने लगा। सरस्वती अभी क्या कर रही है? बत्ती तो बुझा दी। तो क्या वो लेट गई? सो गई? नींद में वो क्या सपना देख रही है? किस तरह का सपना। उस सपने में क्या वो है? अच्छा सरस्वती ने अचानक ही आज रात यहाँ क्यों रहना चाहा? सरस्वती के गाने का स्वर बहता हुआ आने लगा। गुनगुन करके वो आरती मुखोपाध्याय का वही गाना गा रही है–''इस मधुर चाँदनी में अंग भिगाकर आओ ना बातें करें।'' अच्छा तो सरस्वती अभी तक सोई नहीं है। तो क्या वो लेटे-लेटे ही गा रही है या छत पर बैठे-बैठे गा रही है। खिड़की से उसने छत की तरफ देखा। सरस्वती छत पर घूम-घूमकर गा रही है। हवा में उसकी साड़ी का आँचल लहरा रहा है। चाँदनी उसके

पूरे बदन पर लिपटी हुई थी। छत के ऊपर सरस्वती आकाश से उड़कर आई हुई एक परी की तरह लग रही है। बकुल उसे निहारने लगा। गीत खत्म करके सरस्वती कमरे की ओर लौट गई। बकुल अपनी आँख मूँदकर सोने की कोशिश करने लगा।

कुछ देर बाद दरवाजे पर ठक्-ठक् की आवाज हुई। बकुल ने बत्ती जलाकर दरवाजा खोला। सरस्वती उसके कमरे में घुसकर बोली, "जामुन के पेड़ पर कैसी आवाज हो रही है। मुझे बहुत डर लग रहा है। मैं उस कमरे में अकेले नहीं रह सकती। इस कमरे का पलँग काफी बड़ा है। मैं एक कोने में चुपचाप पड़ी रहूँगी।" सरस्वती जाकर दीवार से सटकर पलँग पर लेट गई। बकुल भी न नहीं कह सका। बत्ती बुझाकर वो भी सो गया। उसे लगा कि सरस्वती निश्चिंत होकर सो गई है। पर बकुल सो न सका। वो रह-रहकर सरस्वती को निहारने लगा। खिड़की से चाँदनी आकर उसके चेहरे पर खेल रही है। चाँदनी से नहाया हुआ उसका चेहरा उसे अपनी ओर खींचने लगा। उसके हृदय की रक्त नदी में तूफान उमड़ने लगा।

नींद में ही सरस्वती बकुल के करीब आ गई। सबसे पहले तो उसने बकुल के बदन पर अपना एक पैर रख दिया और उसके बाद एक हाथ। बकुल के संयम का बाँध प्रचंड वेग के सामने बालू के बाँध की तरह टूट गया। उसने दोनों हाथों से खींचकर सरस्वती को अपने सीने से लगा लिया। सरस्वती ने भी कोई विरोध नहीं किया। बकुल शराबी की तरह करने लगा। उसका नशा जब स्वाभाविक नियम से शिथिल हुआ तब उसके मन में एक अपराध बोध ने जन्म लिया। परंतु सरस्वती को मानो सुख का सागर मिल गया हो। वो अपनी आँखें मूँदकर बकुल के सीने पर सर रखकर सो गई। परंतु बकुल को नींद नहीं आई।

अचानक टेलीफोन की घंटी बज उठी। बकुल ने घड़ी की तरफ देखा, दो बज रहे हैं। बकुल को डर लगने लगा। इतनी रात गए अब क्या हुआ? निश्चित रूप से वो किसी जाल में फँस गया है। उसके दुश्मनों की भी तो कोई कमी नहीं है। अवश्य ही उन लोगों ने षड्यंत्र रचकर सरस्वती को यहाँ भेजा होगा। चेहरा गर्म हो गया। डरते-डरते उसने फोन उठाया। फोन उठाते ही दूसरी ओर से प्रद्युत आचार्य बोल पड़ा, "प्रद्युत बोल रहा हूँ सर।"

बकुल ने मानो राहत की साँस ली। उसने कहा, "बोलिए।"

तोताबाड़ी गाँव में डकैत आए हैं सर। डाकुओं ने एक मकान में डकैती करके दूसरे मकान में धावा बोला है। हम लोग जा रहे हैं, सर मगर हमारे पास तो ज्यादा आदमी हैं नहीं। इसलिए वहाँ से फौरन कुछ लोगों को भेजिए सर।"

"अच्छा आप लोग आगे बढ़िए, मैं आ रहा हूँ।"

बकुल बिस्तर को छोड़कर उठ खड़ा हुआ। कंट्रोल रूम में फोन करके दोनों मोबाइल वैनों को तत्काल उसके पास रिपोर्ट करने के लिए कहा। पासवान को उठाकर खुद भी वर्दी पहनने लगा। पिस्तौल को बेल्ट के साथ लटके हुए केस में

भरकर उसने सरस्वती से कहा, "मैं जा रहा हूँ।"

"मैं क्या करूँ?"

"आप सोई रहिए। मगर यहाँ नहीं, बैठकखाने के बिस्तर पर। सुबह ब्रेक फास्ट करके ट्रेन पकड़िएगा। मेरे लिए इंतजार करने की जरूरत नहीं है।"

बकुल निकल पड़ा। उसके उतरने से पहले ही दोनों मोबाइल वैनें आ चुकी थीं। बकुल पासवान और मधु को लेकर तोताबाड़ी की तरफ रवाना हो गया। रात को रास्ता खाली ही मिला। आधे घंटे के भीतर ही वे लोग तोताबाड़ी पहुँच गए।

डकैत लोग तब तक मकान से निकलकर पास के एक जंगल में घुस चुके थे। पुलिस भी उनके पीछे-पीछे वहाँ तक पहुँच चुकी थी। बकुल ने देखा कि जंगल के तीनों ओर चाय बागान है और एक तरफ नदी। नदी के किनारे गाँव के लोग आकर जमा हुए हैं। बकुल ने अपने लोगों को तीन भागों में बाँटकर तीनों ओर फैला दिया और गाँव के लोगों को अच्छी तरह समझाते हुए उसने कहा, "डाकू अगर भाग भी जाएँ फिर भी आप लोग दौड़कर उन्हें पकड़ने मत जाइएगा?" सब तैयार हो गए। बकुल तब नदी किनारे के जंगलों के दोनों किनारे पर दो जन राइफलधारियों की पोस्टिंग करके बोला, "नदी पार होकर जो कोई भी भागना चाहे उसे गोली मार दीजिएगा। पर किसी भी हालत में जंगल की ओर गोली मत चलाइएगा वरना हम लोग मारे जाएँगे।" इसके बाद वो बाकी लोगों को साथ में लेकर गाँववासियों की मदद से नदी की विपरीत दिशा में तलाशी अभियान चलाते हुए नदी की ओर बढ़ने लगा। अपने साथ के लोगों को उसने कहा, किसी भी परिस्थिति में सामने को छोड़कर दाएँ या बाएँ गोली मत चलाइएगा वरना हमारे ही आदमी मारे जाएँगे।"

बकुल का अभियान सफल हुआ। उनको झुंड बनाकर आगे बढ़ता देख दो डाकू बंदूक लेकर नदी के किनारे से होकर भागने लगे। परंतु तुरंत ही राइफल की गोलियाँ खाकर ढेर हो गए। पास जाकर देखने पर पता चला कि एक की पीठ पर गोली लगी है और वो मर चुका है। दूसरे के चूतड़ में गोली लगी है। वह जीवित था। जीवित व्यक्ति से पूछताछ करने पर मालूम चला कि पहले मकान के रुपए-पैसे और गहनों को लेकर उन्हीं के दल का सुबोल पहले मकान से निकलने के तुरंत बाद ही चला गया है। उसकी अभी मटिकाटा में अपने ससुर अनिल मंडल के घर में रहने की बात है। बकुल पहले जिनके मकान में डकैती हुई थी उसके एक व्यक्ति और घायल डाकू को लेकर तुरंत ही मटिकाटा के लिए रवाना हो गया।

मटिकाटा थाने से थोड़ी ही दूर पर अनिल मंडल का घर है। बकुल सब लोगों को लेकर उसके घर पर हाजिर हुआ। गेट से जैसे ही घर में घुसने के लिए हुए कि एक सत्रह-अठारह साल की लड़की ने रास्ता रोक लिया। वो झल्लाते हुए बोली, "हम लोगों ने क्या किया है जो हमारे घर पर आए हैं?" बकुल ने उस लड़की को समझाने की कोशिश की, "हमारे पास खबर है कि इस घर में डकैती

का माल है। हम घर को सर्च करेंगे।''

''घर में कोई मर्द नहीं है। अभी आप सर्च नहीं कर सकते। बाद में आइए।''

''हमको अभी ही सर्च करना पड़ेगा। रास्ता छोड़ दीजिए।''

बकुल घुसने लगा। लड़की ने उसे धक्का देकर हटाना चाहा। बकुल ने अपना धैर्य खो दिया। उसने लड़की को एक थप्पड़ मारकर हटा दिया। घर को सर्च करने पर सुबोल के कपड़े, एक पाइपगन और जिस कपड़े से गहनों को बाँधा गया था वो भी मिला। डकैती हुए घर के लोगों ने कपड़े की शिनाख्त की। कपड़े-लत्ते और पाइपगन को सीज करके प्रद्युत अतिलाल बाड़ी लौट गया और बकुल बैकुंठपुर।

समीनाथ ने कहा, ''सर। जो डाकू मरा था वो लाल पार्टी का समर्थक था।''

बकुल ने ऑफिस में आकर देखा, उसके घर के पास के थाने के ओ.सी. ने उसे एक मैसेज भेजा था। उसने बताया कि उसकी माँ काफी बीमार है। उसे घर बुलाया है। बकुल को ध्यान आया, यहाँ आने के बाद से वो एक बार भी घर नहीं गया। माँ चिकित्सा के लिए यहाँ आई थी, पर उस समय भी उसे सबंग भेज दिया। जाते वक्त भी माँ से मुलाकात नहीं हुई। वो अब कुछ दिन के लिए छुट्टी लेकर घर जाएगा।

बकुल जब अपने घर के खयालों में डूबा था उसी समय मटिकाटा थाने के ओ.सी. आलोक पाल का फोन आया—''सर, महिला समिति ने राष्ट्रीय सड़क का अवरोध किया है।''

''पर यह अवरोध किस लिए?''

''सर, वे लोग बोल रही हैं कि आप घर सर्च करने के नाम पर महिलाओं पर अत्याचार कर रहे हैं। इसी वजह से यह अवरोध है।''

बकुल का दिल धड़ाक से धड़क उठा। वे लोग जो अभियोग कर रही हैं उसमें अति सामान्य होने पर भी सत्यता थी। परंतु इसमें वो कर भी क्या सकता था? हमारे देश में महिलाओं को सम्मान की दृष्टि से देखा जाता है? औरतों पर जरा-सा हाथ लगाना ही बहुत बड़ा अन्याय माना जाता है। इसका कारण यह है कि हमारे देश की सनातनी महिलाएँ अंतःपुर की वाशिंदा होती हैं और बाहर के किसी भी झगड़े-झमेले में वे लोग नहीं पड़तीं। जिसके कारण उनके साथ पुरुषों का खराब व्यवहार तो दूर की बात है किसी प्रकार के व्यवहार का सुयोग ही नहीं होता। परंतु जो महिलाएँ ऐसी नहीं हैं। जो पुरुषों के सर पर पैर रखकर जान-बूझकर झमेला करने आती हैं, उसके बदन पर जरा-सा हाथ देने को भी एक तरह के अपराध के रूप में मानना क्या ठीक है? कोई महिला अगर किसी पुरुष के सीने पर चाकू मारने आए तो उसके साथ भी क्या अंतःपुर की महिलाओं जैसी सहानुभूति रखनी चाहिए? ये तमाम प्रश्न बकुल के जेहन में घूमने लगे। मगर किससे पूछे। जिन्होंने रास्ता जाम किया था उनसे ही पूछेगा। बकुल ने कहा, ''ठीक है। मैं आ रहा हूँ।''

"सर, सी.आई. साहब बात करना चाहते हैं, सर।"

बकुल समझ नहीं पाया कि सी.आई. इतनी जल्दी कहाँ से टपक पड़ा। उसकी तो अतिलाल बाड़ी रहने की बात थी। फिर भी उसने कहा, "दीजिए।"

सी.आई. ने कहा, "सर, आपके विरुद्ध ही जब अभियोग है तब आपका आना ठीक नहीं होगा, सर। आपके आने से उत्तेजना और बढ़ सकती है। जो भी हो हम देख रहे हैं, सर।" सी.आई. की सलाह बकुल को मानने लायक लगी। उसने डी.एस.पी. गौतम पाल को वहाँ भेजकर एस.पी. चांदा साहब को फोन किया।

चांदा साहब ने भी कहा, "नहीं, तुम्हारा जाना ठीक नहीं होगा। जरूरत हो तो मैं यहाँ से किसी को भेज दे रहा हूँ।"

मानव बाबू आकर कमरे में घुसे। उन्होंने चेयर पर बैठते-बैठते ही कहा, "आपको लेकर मेरी गौर कुंडू के साथ झड़प हो गई। एक स्टेटमेंट पकड़ाने आए थे कि आपने अपने हाथों से घर की लड़कियों को मारा-पीटा है।" मैंने कहा, "यह कभी नहीं हो सकता। मैं उस सज्जन को जानता हूँ।"

इतना सुनते ही गुस्सा गए। कहा, "आप ही लोगों ने तो उसे सिर पर चढ़ाया है।"

बकुल को काफी बुरा लगा। उसके प्रति इतना विश्वास था कि गौर कुंडू के अभियोग पर मानव बाबू विश्वास ही नहीं कर सके। हो सकता है शायद बहुत लोग ही न करें। पर पूर्ण रूप में यह सत्य न होकर भी आंशिक सत्य है। बकुल को इच्छा हुई कि वो सारी बातें मानव बाबू को खुलकर बता दे, पर वो बता नहीं पा रहा था और चुपचाप बैठ भी नहीं पा रहा था। उसने कहा, "मानव बाबू यह आरोप पूरा झूठ नहीं है। हम लोग जब सर्च करने गए थे तब उस लड़की ने हमारे रास्ते को रोका था। तब मैं उसे धक्का देकर उस मकान में घुसा।"

"नहीं तो लौट आना पड़ता। आप वहाँ कोई खबर पाकर गए थे और वह खबर ठीक भी निकली। आप क्या रास्ता रोककर खड़ी हैं, इसलिए वापस लौट आएँगे? तब तो दोष होगा कि पुलिस के पास सटीक खबर रहने के बावजूद भी पुलिस ने सर्च नहीं किया।"

मानव बाबू के तर्क को सुनकर बकुल को जैसे बल मिला।

दोपहर के करीब एस.डी.ओ. के जाकर यथा योग्य जाँच का अश्वासन देने पर अवरोध उठा लिया गया। मटिकाटा थाने से बकुल को यह खबर भी दी गई। बकुल ने चांदा साहब को फोन करके माँ की बीमारी की खबर देकर तीन दिन की छुट्टी माँगी। चांदा साहब तुरंत तैयार हो गए। बकुल छुट्टी की एक दरख्वास्त देकर रात की लामलिंग मेल में बैठ गया। सिलायदह में ट्रेन से उतरकर बस से घर जाएगा, यह उसकी इच्छा थी। ट्रेन के खुलते ही वो बिस्तर लगाकर सो गया, मगर नींद है कि आना ही नहीं चाहती। घूम-फिरकर कुछ बातें याद आती रहीं।

गौर कुंडू के केस करने की धमकी, पलाश मिंज की मुख्यमंत्री को चिट्ठी, स्मग्लरों की मीटिंग, चांदा साहब द्वारा सबंग भेजना, महिला समिति का घेराव और अवरोध इन सब से एक बात तो साफ थी कि उसको बैकुंठपुर से हटाने की कोशिश की जा रही है। इस तरह से हटाए जाने पर अच्छी पोस्टिंग नहीं होगी। फिर से किसी बटालियन में ही पोस्टिंग होगी।

बटालियन में अगर पोस्ट हो तो पोस्टिंग होने में कोई आपत्ति नहीं है और अगर वो पोस्टिंग कोई एक नीति मानकर हो तो खराब नहीं लगता। मगर आजकल तो इस तरह से पोस्टिंग की जाती है कि बटालियन पोस्टिंग को सभी पनिशमेंट पोस्टिंग समझते हैं। इस वजह से बटालियन में पोस्टिंग होने पर सहकर्मी तक करुणा की दृष्टि से देखते हैं। मगर वो करे भी तो क्या? जिनको संतुष्ट रखने पर पनिशमेंट पोस्टिंग से बचा जा सकता है उनको वो संतुष्ट नहीं रख सकता। उनको संतुष्ट रखने पर गरीबों के प्रति न्याय-विचार नहीं किया जा सकता। मगर वो तो उनके बीच अपने आपको और अपने माँ-बाप को देखता था। जो लोग उन पर अत्याचार करते थे उनमें वो राजलोभी, महाजनों और बड़े व्यवसायियों को देखता था, जो उसके माँ-बाप पर हमेशा से अत्याचार करते आए थे। उसके खेलने की उम्र को कुछ पैसों की बदौलत खरीद लिया था। वो उनकी इज्जत ही नहीं कर सकता तो संतुष्ट कैसे करेगा?

यह सब सोचते-सोचते कब उसे नींद आ गई वो समझ ही नहीं पाया। जब नींद खुली तो बर्द्धमान पार हो चुका था। बकुल मुँह हाथ धोकर बैठ गया। दक्षिणेश्वर पार होकर ट्रेन सियालदह आकर रुकी। ट्रेन से उतरते ही प्लेटफार्म इंस्पेक्टर ने आकर बताया कि डी.जी. साहब ने उसे फोन पर बात करने के लिए कहा है। फोन करते ही उन्होंने कहा, "तुम राइटर्स चले आओ।" बकुल घर की बस न पकड़कर बी.बी.डी. बाग के लिए ट्राम पकड़ा। राइटर्स में घुसकर डी.जी. को स्लिप दिया। डी.जी. ने चेंबर में बुलाकर उसके हाथ में एक मैसेज पकड़ा दिया, "गवर्नर इज प्लीज टू अपाइंट बकुल विश्वास ऍट प्रेजेंट एडिशनल एस.पी. बैकुंठपुर एज डिप्टी कमांडेंट एस.पी. फर्स्ट बटालियन, बैकुंठपुर। दी ट्रांसफर हैज़् बीन मेड इन दी इंटरेस्ट ऑफ पब्लिक सर्विस।"

डी.जी. होम साहब ने कहा, "तुम इम्मीडिएटली चार्ज लेकर चले आओ।"

बकुल ने जवाब दिया, "सर माँ बीमार है, छुट्टी लेकर आया हूँ। छुट्टी से लौटते ही चार्ज दे दूँगा।"

"तुम समझ रहे हो, यह नार्मल ट्रांसफर नहीं है। तुम चार्ज देकर ज्वाइनिंग टाइम में घर जाओ। आज की ही फ्लाइट से चले जाओ।"

"सर, मैं छुट्टी पर हूँ। भाड़ा तो मिलेगा नहीं।"

"नहीं, तुम अब लौट जा रहे हो तब यह आफिसियल टूर होगी। अतः भाड़ा मिलेगा।"

उन्होंने फोन उठाकर किसी से कहा, ''एॅडिशनल एस.पी. बैकुंठपुर को इसी फ्लाइट से लौटना होगा। एक सीट की व्यवस्था होगी?''

फोन रखकर बकुल से कहा, ''तुम एयरपोर्ट चले जाओ। गेट पर ही पुलिस के लोग तुम्हारे लिए टिकट लेकर खड़े रहेंगे।'' बकुल और कुछ बोले बिना कमरे से बाहर निकल गया। सरकारी गाड़ी ने उसे एयरपोर्ट पहुँचा दिया। टिकट लेकर वो प्लेन में जाकर बैठ गया।

प्लेन की सीट पर बैठकर उसने मैसेज को पैकेट से निकालकर देखा कि इक्कीस तारीख को उसके तबादले के आर्डर पर साइन हो गया था, बाईस तारीख को मटिकाटा में पथ अवरोध अर्थात् पार्टी के लोग जानते थे कि उसका तबादला हो रहा है। तो क्या तबादले के बहाने वह अवरोध किया गया था? वे लोग तो जानते ही थे कि उसके तबादले का आर्डर आ रहा है। इसलिए तबादले की माँग को लेकर अवरोध करके लोगों को समझाना चाहते थे कि उनके आंदोलन के कारण ही उसका तबादला हुआ है। बकुल समझ नहीं पाया।

प्लेन उड़ चला। बादलों के बीच से जाते समय सब कुछ मानो बेमानी सा लग रहा था। एयरपोर्ट पर उतरकर देखा, उसके तबादले की खबर इसी बीच चारों ओर फैल चुकी है। पासवान का चेहरा उतरा हुआ है। वरुण ने कहा, ''सर, आपका तबादला तो हो गया। अब हमारा क्या होगा।''

ऑफिस पहुँचकर उसने डी.एस.पी. गौतम पाल के बारे में पूछा। वो अभी तक नहीं आया है।

पासवान ने कहा, ''तबादले की खबर सुनकर कल रात ही स्मग्लरों ने मनुजा होटल में पार्टी दी थी। उनका ड्राइवर बोल रहा था डी.एस.पी. साहब भी गए थे।'' बकुल समझ गया, उसका यहाँ और रहना ठीक नहीं होगा। जितना रहेगा उतना ही उसका असम्मान बढ़ेगा। उसने चांदा साहब को टेलीफोन किया—''सर, डी. जी. साहब ने चार्ज दे देने के लिए कहा है। मैं किसे चार्ज दूँ?''

''चार्ज दोगे, मतलब? मैं कल कलकत्ता जा रहा हूँ। होम मिनिस्टर को कहकर आर्डर कैंसल कराऊँगा। तुम चार्ज नहीं दोगे।'' उन्होंने फोन रख दिया।

बकुल काम में ध्यान लगाने की कोशिश करने लगा, पर मन न लगा सका। उसके मन में सिर्फ यही घूमने लगा कि उसका काम यहाँ खत्म हो चुका है। दूसरे दिन डी.आई.जी. हेडक्वार्टर एस.के. बनर्जी ने फोन किया, ''तुमने अभी तक चार्ज क्यों नहीं दिया?''

''सर, चांदा साहब ने चार्ज देने के लिए मना किया है।''

''तुम मुझे चांदा साहब क्या दिखा रहे हो? डी.जी. ने जब कह दिया है तो उसके बाद चांदा मना करने वाला कौन होता है?''

''सर, आप जरा चांदा साहब से बात करिए ना।''

"चांदा साहब से बात करने की मुझे जरूरत नहीं है। मैं डी.जी. को जो बोलना होगा बोल दूँगा।" उन्होंने फोन रख दिया। बकुल को यह सोचकर बुरा लगा कि डी.जी. होम साहब बकुल को अभी भी प्यार करते हैं। वे फिर से बकुल को गलत न समझें। उसने चांदा साहब को फोन किया। परंतु वे उसी बात पर अड़े रहे—"डोंट हैंड ओवर चार्ज।"

अगले दिन डी.जी. होम साहब ने खुद फोन किया, "बकुल तुमने अभी तक चार्ज क्यों नहीं दिया?"

"सर चांदा साहब किसी भी तरह चार्ज नहीं देने दे रहे हैं? आप अगर मेहरबानी करके एक बार..."

"चांदा कहाँ है?"

"सर, आज की फ्लाइट से कलकत्ता गए हैं?"

"ठीक है" होम साहब ने फोन रख दिया।

बकुल को बहुत बुरा लगा। उसने कलकत्ता चांदा साहब के घर फोन किया। फोन पकड़ते ही चांदा साहब ने कहा, "सॉरी, नहीं हुआ। तुम डी.एस.पी. को चार्ज दे दो।" बकुल ऊपर जाकर अपना बिस्तर बाँधने लगा। वरुण, पासवान, राखाल, वृंदावन, मधु, रीडर बाबू सबों ने आकर उसका हाथ बँटाया। समीनाथ चटर्जी भी आए।

उसने दुःख प्रकट करते हुए कहा, "सर, आपका तबादला हो गया, पर अमित अग्रवाल का अंतरिम आर्डर वैकेट नहीं हुआ।"

रीडर बाबू ने कहा, "मनोतोष भट्टाचार्य के प्रोसेडिंग का भी कोई आर्डर नहीं हुआ।"

बकुल ने कहा, "मेरे अख्तियार में जो कुछ था, मैंने किया। क्या हुआ और क्या नहीं इसका हिसाब मिलाकर अब क्या होगा?"

स्टेडियम कैंटीन का विकास बोस आकर रो पड़ा, "सर अब वे लोग मुझे मार डालेंगे।" बकुल ने उसे झूठी सांत्वना देने की कोशिश की।

मटिकाटा थाने से फोन आया, "मेडिकल कॉलेज से फूल सान्याल नाम की एक फोर्थ ईयर छात्रा ने फोन किया है। उसके होस्टल की एक सहेली ने अपने बदन में आग लगाकर आत्महत्या कर ली है।" बकुल का दिल बैठने लगा। बैकुंठपुर के एडिशनल एस.पी. की हैसियत से वो लास्ट केस देखने गया।

मेडिकल कॉलेज पहुँचकर बकुल को पता चला कि फूल की सहेली का शव पोस्टमॉर्टम के लिए इसी बीच मॉर्ग भेजा जा चुका है। मॉर्ग जाकर बकुल चौंक उठा। उस लड़की को पहचानने का कोई रास्ता ही नहीं है। इतना सुंदर चेहरा कितना भयानक लग रहा है। पूरा शरीर जलकर काला हो चुका है। डॉक्टर हालदार ने पोस्टमॉर्टम किया है। बकुल वहाँ और नहीं रुक सका। वो मॉर्ग से छिटककर बाहर निकल आया।

फूल तब तक मॉर्ग के सामने आकर खड़ी हो गई। बकुल के बाहर निकलते ही फूल से आमना-सामना हुआ। फूल ने बकुल को आया देखकर उसके चेहरे पर नजर दौड़ाई। बकुल ने भी उसकी तरफ एक झलक देखकर नजर हटा ली। फूल क्या उसके तबादले की खबर जानती है? हो सकता है कि अभी तक न जानती हो। बकुल की इच्छा हुई कि फूल के साथ जरा बात कर ले, पर साथ में वरुण-पासवान थे और जरा सी दूरी पर गाड़ी में रुद्र भी था। फूल के साथ उसकी कुछ सहेलियाँ भी थीं। बकुल उससे कुछ बात किए बगैर ही गाड़ी में जा बैठा।

घर पहुँचकर देखा, पूरी पैकिंग हो चुकी है। सिर्फ बरामदे का चेयर यहीं का है इसलिए वैसे ही रखा हुआ है। वहाँ बैठते ही बकुल का मन हू-हू करने लगा। वेदना की अधिकता के कारण एक गीत उसके कंठ से निकल पड़ा—''मुसाफिर पोंछ रे अपने नयन जल, खुद को साथ ले लौट चल।'' रात को सोने की इच्छा नहीं हुई। वो छत पर चहलकदमी करने लगा। रात का अँधेरा उसकी आँखों के ऊपर से लहर की तरह बहने लगा।

रात शेष होने में अभी भी बाकी है। सामान गाड़ी में लादने के बाद वो भी गाड़ी में चढ़ बैठा। रुद्र, वरुण और पासवान को छोड़कर और कोई भी नहीं जान पाया कि इस नीम भोर सुबह बैकुंठपुर का एडिशनल एस.पी. बकुल विश्वास बैकुंठपुर छोड़कर जा रहा है। शायद हो सकता है कि फिर कभी आए या तो फिर जीवन में अब कभी भी आना न हो।

गाड़ी बढ़ चली। बैकुंठपुर के रास्ते, मकान सब पीछे रह गए। रास्ते के किनारे के चाय बागान भी खो गए। बाघागुड़ी मोड़ होकर, फिदानगर के रास्ते पर गाड़ी दौड़ पड़ी। बैकुंठपुर की सीमा को पार कर गाड़ी बगल के जिले में दाखिल हुई। पूर्व दिशा के आकाश में उस समय सूर्य उग रहा था।

●●●